༄ཞོག་ཞེ་པ།།

ཡུས་ཧྭ་ཡིས་བརྩམས།
ཤར་ཆེན་ཉི་མས་བསྒྱུར།

བོད་ལྗོངས་བོད་ཡིག་དཔེ་རྙིང་དཔེ་སྐྲུན་ཁང་།

图书在版编目（CIP）数据

活着 ：藏文 / 余华著 ；石达顿珠译. --拉萨 ：西藏藏文古籍出版社，2024. 6. --

ISBN 978-7-5700-0978-7

Ⅰ. I247.5

中国国家版本馆CIP数据核字第20245T3L55号

活着

作　　者	余华
译　　者	石达顿珠
责任编辑	拉巴扎西　索朗旺杰
终　　审	扎西次仁
封面设计	贡嘎桑布
排　　版	边卓玛
出版发行	西藏藏文古籍出版社
印　　刷	成都市川侨印务有限公司
开　　本	32开　（850mm×1168mm ）
印　　张	9.938
印　　数	01-3,000
字　　数	187千
版　　次	2025年3月第1版
印　　次	2025年3月第1次印刷
书　　号	ISBN 978-7-5700-0978-7
定　　价	23.00元

བསྒྱུར་གླེང་།

དྲང་པོས་གཞུང་བསྲང་རང་རྒྱུད་སྙིང་རྗེས་བརླན། །
དྲན་དང་ཤེས་བཞིན་བག་ཡོད་རྒྱན་འཆང་བ། །
ཕུན་ཚོགས་ཚུལ་ཁྲིམས་ནོར་ལྡན་བློ་གྲོས་ཅན། །
འཇིག་རྟེན་མིག་གྱུར་རྣམ་པ་ཀུན་ཏུ་མཆོད། །

གཅིག །ཐོག་མའི་སེམས་བསྐྱེད།

དེ་ཡང་གངས་ཅན་གྱི་ནོར་བཅུ་ཕྲག་རིག་གཞུང་ནི་ཐོག་མར་རྩ་བ་ཚུགས། བར་དུ་ལོ་འདབ་རྒྱས། མཐའ་མར་འབྲས་བུ་སྨིན་པ་ཡིན་ཞིང་། རྩ་འབྲས་ལོ་འདབ་རྒྱས་པ་ལ་མེད་ཐབས་མེད་པ་ནི་སྒྲ་བསྒྱུར་རམ་ཡིག་སྒྱུར་ཡིན་ཏེ། འདི་ལ་བརྟེན་ནས་རང་གི་རིག་གནས་ཁྲ་རྗེ་རྒྱས་དང་། གཏོས་རྗེ་ཆེ། ཕུན་སུམ་རྗེ་ཚོགས་སུ་གྱུར་པས་སོ། །

འོ་སྐོལ་ལ་ལོ་ངོ་སྟོང་ཕྲག་ཡན་ཆོད་དུ་བྱེ་བྲག་རྟོགས་བྱེད་ཆེ་འབྲིང་ཆུང་གསུམ་བྱུང་ཞིང་། དབུས་སུ་རྒྱལ་བློན་བྱང་སེམས་དཔང་དུ་མཛད། གཡས་གཡོན་དུ་ལོ་པཎ་སྟན་ཐོག་གཅིག་ལ་བཞུགས་ཏེ། སཾ་བོད་སྒྲ་བསྒྱུར་གྱི་ཆུ་མགོ་མཆེད་པས། བོད་སྐད་ཡིག་འདི་ཉིད་རིམ་བཞིན་ཆོས་དང་འཇིག་རྟེན་གྱི་དོན་སྟོན་པར་བརྡ་སྤྱོད་པའི་ནུས་པ་ཁྱད་པར་བ་དང་ལྡན་པའི་སྐད་ཡིག

ཏུ་གྱུར་ཅིང་། བསྟན་བཅོས་ལ་གྲགས་པའི་ཐ་སྙད་ཀྱི་གཏེར་མཆོ་བརྗོལ་ཏེ། གསུང་རབ་ཀྱི་པོ་ཏི་བྲག་རི་བརྩིགས་པ་བཞིན་མངལ་དུ་ཡོད་དོ། །

དུས་རབས་ཉི་ཤུ་པའི་དུས་མཇུག་ཏུ་ཆུ་ངོགས་གཏམ་རྒྱུད་དང་། ཐོག་ཁང་དམར་པོའི་རྨི་ལམ་སོགས་སྤྲོལ་རྒྱུན་བརྩམས་སྒྲུང་དག་བསྒྱུར་ཐུས་མཐོན་པོའི་སྙོ་ནས་གློག་པ་པོའི་སྒྱུན་སྟར་བཤམས་པས། སྙན་པ་སྒྲིང་སྒྲུང་ལ་འགྲན་བཟོད་པའི་འཕྲིན་ལས་བྱུང་ཞིང་། བོད་ཀྱི་རྩོམ་རིག་གི་ཞིང་ས་དེ་བས་བརླན་ཞིང་གཤིན་པར་བྱས་མོད། དེང་གི་ཆར་རྒྱལ་ནང་གི་རྩོམ་པ་པོ་གྲགས་ཅན་དག་གི་དཔེར་མཚོན་བརྩམས་ཆོས་རྣམས་མ་ལག་ཅན་དང་། འཕྲུས་ཚང་ཅན་དུ་བསྒྱུར་བ་རེ་ཞིག་མཐུ་ཆུང་བ་ལྟ་བུར་གྱུར་པ་ནི་ཅུང་ཡིད་སྨུག་པའི་གནས་སུ་གྱུར་གཤིས། ཇི་སྐད་དུ་རྗེ་བཙུན་ཙོང་ཁ་པ་ཆེན་པོས་ཐོས་པའི་དོན་ལ་ནུས་པ་དང་མཐུན་པའི་ལག་ལེན་རེ་གནད་དུ་ཆེའོ་ཞེས་གདམས་པ་ཡིད་ལ་བཟུགས་ཏེ། རང་གིས་ནུས་པའི་སྲི་ཞུ་ཅུང་ཟད་བསྒྲུབ་ཐབས་ལ། གྲགས་རྩོམ་འགའ་ཞིག་གངས་ཅན་སྐད་དུ་བྱེད་འདོད་པ་ནི་སེམས་བསྐྱེད་པའོ། །

གཉིས། ནང་དོན་གནད་བསྡུས།

བརྩམས་སྒྲུང་འདིར་སྒྲུབས་འཇུག་གི་སྒྱུ་རྩལ་ལས། སྤྱི་ལྟོག་ནས་དགའ་སྡུག་གི་འཕྲང་དུ་ལུས་པའི་ཕུར་རྒོད་ཀྱིས་འཚོ་བའི་མནར་གཅོད་ལ་གདོང་ལེན་བྱས་ཚུལ་མངོན་ཞིང་། རང་ལྟོག་ནས་ཕུར་རྒོད་རང་ངོས་ཀྱི་སེམས་ནང་བདེ་དགའ་སྡྲོ་གསུམ་གྱིས་ཁེངས་པ་བྲིས་ཡོད། དེ་ཡང་དུས་ཀྱི་ལོ་ལང་དྲག་

པོའི་ཁྲོད་དུ་ཕུར་རྒོད་ཀྱི་ཁྲིམ་ལ་ཆག་སྒོ་རིམ་པར་བྱུང་བས། ཕུར་རྒོད་ཁྲིམ་མི་རྣམས་དང་རེ་ཞིག་གསོན་བྲལ་དང་མཐར་གཏན་བྲལ་བྱས་པའི་བྱུང་རིམ་ཇི་དྲག་ཇེ་སྡུག་ལས། མཐར་རང་ཉིད་ནི་རྐས་ཤིང་འཕོགས་པའི་སྐྱང་རྐན་རང་ཉིད་འདྲ་བ་ཞིག་དང་ཚེ་མཇུག་བསྐྱལ་ཡོད་ཅིང་། ཆག་སྒོའི་མཐར་གཅོད་ཀྱིས་ཕུར་རྒོད་ཇི་ལྟར་གདུངས་ཀྱང་། ནམ་ཡང་གཞོམ་དུ་མེད་པའི་འཚོ་གཞིས་ཀྱི་སྙིང་སྟོབས་དེ་ལྷམ་མེ་ལྷང་ངེ་ལྷན་ནེར་མངོན་པར་བྱས་ཡོད། བརྩམས་ཆོས་འདིར་ས་སྣག་༡༩༩༨ལོར་ཨི་ཐ་ལི་ལྷ་རིན་ཛོན་མཁའ་རྫོར་གྱི་རྩོམ་རིག་བྱ་དགའ་ཐོབ་ཅིང་། རྒྱལ་ནང་ཕོ་ནར་དཔེ་སྐྲུན་གྲངས་འབོར་ཁྲི་ཚོ་སྟོང་ཕྲག་ལས་བརྒལ་བས། ཀློག་པ་པོས་ཆེས་དགའ་བསུ་ཐོབ་པའི་བརྩམས་ཆོས་ཕྱུས་དག་ཅིག་ཀྱང་ཡིན་ནོ། །

གསུམ། རྩོམ་པ་པོ་ངོ་སྤྲོད།

ཡུས་ཧྭ་ལགས་ནི་ལྷུགས་ཕྱི་༡༩༦༠ལོར་ཀྲེ་ཅང་ཞིང་ཆེན་ཧང་ཀྲུའུ་རུ་འཁྲུངས་ཤིང་། ཤིང་ཕྱི་༡༩༨༣ལོར་གསར་རྩོམ་ལ་ཞུགས། བརྩམས་ཆོས་ལ་འཚོ་གཞིས་དང་། ཞུད་སན་ཀོན་གྱིས་ཁྲག་བཙོངས་པའི་རྟོགས་བརྗོད། གཅིན་གཅུང་། ཆར་ཟེམ་ཁྲོད་ཀྱི་ང་རོ་བཅས་སྐྲུན་རིང་པོད་ཆེན་བཞི་དང་། ཁྲག་གི་དཔྱིད་མེ་སོགས་སྐྲུན་འཕྲིན་དྲུག་སོགས་ཡོད་པ་ལས། སྔ་མ་གཉིས་ནི་རང་རྒྱལ་གྱི་དུས་རབས་ཉི་ཤུའི་ལོ་རབས་དགུ་བཅུའི་ནང་ཤུགས་རྐྱེན་ཆེ་ཤོས་ཀྱི་རྩོམ་རིག་བརྩམས་ཆོས་བཅུ་ཡི་གྲས་སུ་ཚུད། བརྩམས་སྐྲུན་དག་ནི་སྐབས་བདེ་བའི་བྱུང་རིམ་དང་། བབ་ཆགས་པའི་ཚིག་སྦྱོར་ལས་མི་སྣ་བཞེངས་སྐྲུན་

བྱེད་པར་ཐྲལ་མེད་དུ་གྱུར་པས། ཀློག་པ་པོ་རབ་འབྲིང་ཐ་གསུམ་ལ་སེམས་ཚོར་དྲག་ཏུ་འཕྱུར་བར་བྱེད། ཆུ་རྟ་༢༠༠༢ལོར་ཨོ་སི་ཁྲ་ལི་ཡའི་ཤེས་སྨུག་རྫོང་པའི་གཟེངས་རྟགས་དང་། ཤིང་སྤྲེལ་༢༠༠༤ལོར་ཧྥ་རན་སིའི་གྱུད་མིའི་རྩོམ་རིག་སྨྱུ་རྩལ་གྱི་གཟེངས་རྟགས། ཤིང་བྱ་༢༠༠༥ལོར་ཀྲུང་ཧྭའི་ཡིག་རིས་ཀྱི་དམིགས་བསལ་ཞིགས་སྐྱེས་གཟེངས་རྟགས་སོགས་བདག་གིར་བཞེས་སོ། །

སྔོན་གཏམ།

ངེས་པ་དོན་གྱི་རྩོམ་པ་པོ་ཞིག་གིས་ནམ་ཡང་ནང་སེམས་ཀྱི་ཆེད་དུ་གསར་རྩོམ་བྱེད་བཞིན་ཡོད། ནང་སེམས་ཀྱིས་རང་ཉིད་ལ་དངོས་གནས་དྲང་གནས་སྙིང་སེམས་དང་ཡ་རབས་ཇི་མ་ཇི་བཞིན་གསལ་པོར་སྟོན་ཅིང་། ནང་སེམས་ཀྱིས་དངོས་གནས་དྲང་གནས་རང་ཉིད་ལ་རྒྱུས་ལོན་བྱེད། རང་ཉིད་ལ་རྒྱུས་ལོན་བྱུས་ན་འཛིག་རྟེན་ལ་ཡང་རྒྱུས་ལོན་བྱེད་ཐུབ། གནད་འགག་འདི་ངས་ལོ་དུ་མའི་གོང་ནས་ཤེས་མོད། རྩ་དོན་འདི་བསྒྲུང་བར་ངེས་པར་དུ་དཀའ་བ་དང་དུ་བླངས་ཏེ། ཡུན་རིང་སྡུག་གི་གཙོང་རོང་བརྒྱུད་དགོས་པ་ཆེར། གང་ལགས་ཤེ་ན། ནང་སེམས་ནི་རྣམ་པ་ཐམས་ཅད་དུ་སྒོ་ཕྱེ་བ་ཞིག་མ་ཡིན་པར། དེ་ལས་མང་བར་སྒོ་གཏན་པ་ཞིག་རེད། གསར་རྩོམ་དང་། རྒྱུན་ཆད་མེད་པའི་གསར་རྩོམ་གྱིས་ད་གཟོད་ནང་སེམས་ཀྱི་སྒོ་མོ་ཕྱེ་ཐུབ་ལ། རང་ཉིད་ཀྱིས་རྙེད་པ་ནི་ད་གཟོད་ཚ་ཟེར་ཅན་གྱིས་སྨུག་གི་མུན་པ་བསྐྲད་པ་དང་འདྲ་བས། འདི་དུས་སྐྱོ་བུར་དུ་བློ་ཡུལ་དུ་ཐོལ་ཤེས་འཆར།

དུས་ཡུན་རིང་པོའི་ཁྲོད། ངའི་བརྩམས་ཆོས་ཚང་མ་དངོས་ཡོད་དང་འབྲེལ་བའི་དངངས་འཚབ་ལས་བྱུང་། ང་རྟོག་འཆར་གྱི་གློང་དུ་ཚུད་མོད། སྣང་ཡང་དངོས་ཡོད་ཀྱིས་དམ་དུ་བཅིངས། ངས་བདག་ཉིད་ཐོར་ཞིག་བྱེད་

པ་གསལ་པོར་ཤེས་སོང་། ངས་བདག་ཉིད་དག་གཙང་ཞིག་ཏུ་བསྒྱུར་མ་ཐུབ། ངས་སྔོན་ཆད་རང་ཉིད་བྱིས་སྐྱུང་རྩོམ་པ་པོ་ཞིག་ཡོང་བར་རེ་ལྟོས་བྱས་ཤིང་། དེ་ལྟར་མ་བྱུང་སོང་། བརྩམས་ཆོས་ཚུགས་ཐུབ་སུས་ལྡན་འགའ་ཡོད་པའི་རྩོམ་པ་པོ་ཞིག་ཏུ་འགྱུར་བར་རེ་ལྟོས་བྱས། ངའི་བསམ་པར་གལ་སྲིད་ང་དེ་གཉིས་ལས་གང་རུང་ཞིག་ཏུ་འགྱུར་ན་རང་ཉིད་ཀྱི་སྡུག་བསྔལ་དེ་བས་ཇེ་ཆུང་དུ་འགྲོ་སྙམ་སོང་། དུས་མཚུངས་ངའི་ནུས་ཤུགས་དེ་བས་ཇེ་ཞན་དུ་ཕྱིན།

དོན་དུ་ང་ནི་ད་ལྟ་ལྟ་བུའི་རྩོམ་པ་པོ་ཞིག་ལས་གཞན་དུ་འགྱུར་མི་སྲིད། ངས་མཐའ་གཅིག་ཏུ་ནང་སེམས་ཀྱི་དགོས་མཁོ་ལྟར་གསར་རྩོམ་ལ་ཞུགས་སོང་། རྣམ་དཔྱོད་ཀྱིས་ངའི་གསར་རྩོམ་གྱི་ཚབ་བྱེད་མ་ཐུབ་པས། དུས་ཡུན་རིང་པོའི་ཁྲིད་ང་ནི་ཁྲི་ཞིང་གཏུམ་པའི་རྩོམ་པ་པོ་ཞིག་ཏུ་གྱུར།

འདི་ནི་ང་སྐྱེར་ལ་འཕྲད་པའི་དཀའ་ངལ་ཞིག་མ་ཡིན་པར། ཕྱུལ་དུ་བྱུང་བའི་རྩོམ་པ་པོ་ཕལ་ཆེར་དངོས་ཡོད་དང་འབྲེལ་བའི་དངངས་འཚབ་ཀྱི་ཁྲིད་དུ་ཡོད། ཁོ་ཚོའི་སྒྱུག་འོག་ཏུ་དངོས་ཡོད་ནི་ཐག་རིང་གི་རྣམ་པ་ཞིག་ཏུ་འཆར་ཆོ། ད་གཟོད་ཁོ་ཚོའི་བརྩམས་ཆོས་ཁྲིད་ཀྱི་དངོས་ཡོད་ཀྱིས་འོད་ཟེར་ལྷམ་མེར་འཚེར་ཐུབ། འདས་པའི་དངོས་ཡོད་ལ་ཡིད་དབང་འཕྲོག་ནུས་དང་ལྡན་སོང་། དེར་སྣང་ལ་མ་ངེས་པའི་ཚོན་རིས་ཀྱིས་སྤྲས་ཡོད་ཅིང་། དེར་མི་སྐྱེར་གྱི་འཆར་སྒོ་དང་མི་སྐྱེར་གྱི་གོ་བས་བརྒྱན་ཡོད། དོན་དམ་དུ་དངོས་ཡོད་ཀྱང་རྩོམ་པ་པོའི་འཚོ་བའི་ཁྲིད་ཀྱི་དངོས་ཡོད་ཡིན་པས། མི་རྣམས་ཀྱིས་རྟོགས་དཀའ་ཞིང་མཉམ་གནས་དེ་བས་བྱེད་དཀའ།

རྩོམ་པ་པོས་འབྲེལ་མེད་མཉམ་གཤིབ་ཏུ་ཡོད་པའི་དངོས་ཡོད་མཚོན་སྐབས་རྟག་ཏུ་བཟོད་པར་དཀའ། གཅིག་ཏུ་སྤྱངས་པའི་དངོས་བདེན་ཕལ་ཆེ་བས་ངན་བཙོག་དང་མི་བསྲུན་འབའ་ཞིག་སྨྲ་བཞིན་ཡོད། ཨ་མཚར་མཚར་ཤོས་ཀྱང་འདི་རེད། ངན་བཙོག་རྟག་ཏུ་ལུས་འགྲམ་དུ་ཡོད་དོན་ཅི། མཛེས་སྡུག་རྟག་ཏུ་གནམ་མཐར་གནས་དོན་ཅི། ཚིག་འགྲོས་བསྒྱུར་ཏེ་བཤད་ན། རྒྱུན་དུ་མིའི་མཛའ་བརྩེ་དང་སྙིང་རྗེ་ནི་ཚོར་བའི་རྣམ་པར་གནས་ཤིང་། དེ་ལས་ལྡོག་པ་དག་ནི་ཁ་ཞོར་ལག་ཞོར་དང་ངམ་ངམ་ཤུགས་ཀྱིས་ཡོད། ཇི་སྐད་དུ་སླན་ངག་པ་ཞིག་གིས་འགྲོ་བ་རྣམས་ཀྱིས་ཆེས་མང་བའི་དངོས་བདེན་ལ་བཟོད་བསྲན་མི་ཐུབ་ཅེས་གསུངས་པ་ཇི་བཞིན་རེད།

འདི་ལྟ་བུའི་རྩོམ་པ་པོ་ཞིག་གིས་ཚེ་གང་བདག་ཉིད་དང་དངོས་ཡོད་བར་གྱི་དངངས་འཚབ་ཀྱི་འབྲེལ་བ་ཐག་གཅོད་བྱེད་བཞིན་ཡོད། ཚུ་ཁ་ནྭ་ནི་དཔེར་མཚོན་དུ་གྱུར་པ་ཞིག་རེད། ཁོང་ལ་ཞི་འཇམ་གྱི་ཐབས་ཤིག་རྙེད། ཁོང་གིས་བྱ་དངོས་ཀྱི་བར་མའི་རྣམ་པ་མཚུངས་བྲིས་བྱས་པར། བདེན་དགེ་དང་ངན་བཙོག་གཉིས་ཀ་འདུས་ཡོད། ཁོང་གིས་ཨ་རིའི་ལྷོ་ཕྱོགས་ཀྱི་དངོས་ཡོད་ནི་ལོ་རྒྱུས་དང་མིའི་རིག་སྙིང་སྟོབས་ནང་དུ་བཞག་ཡོད་པས། འདི་ནི་དོན་དམ་པའི་རྩོམ་རིག་གི་དངོས་ཡོད་རེད། གང་ལགས་ཤེ་ན་འདིས་སྟོན་ཆད་དང་མ་འོངས་འབྲེལ་མཐུད་བྱས་པས་སོ། །

ན་ཚོད་མ་སྨིན་པའི་རྩོམ་པ་པོས་ཀྱང་དངོས་ཡོད་མཚུངས་བྲིས་བྱེད་བཞིན་ཡོད། འོན་ཏེ་ཁོ་ཚོའི་པེར་འོག་གི་དངོས་ཡོད་རྗེན་འཆར་དུ་སྨྲས་ན་ཁོར་ཡུག་འབའ་ཞིག་གམ། གཏན་འཇགས་དང་འདས་ཟིན་པའི་དངོས་དོན་

ཙམ་རེད། ཁོ་ཚོས་མི་ཇི་ལྟར་ཡོང་བ་མི་མཐོང་ལ། ཇི་ལྟར་འགྲོ་བ་ཡང་མི་མཐོང་། ཁོ་ཚོས་བཟེ་རེ་ཙན་གྱི་མི་སྣ་མཚུངས་བྲིས་བྱེད་དུས་ང་ཚོས་རྩོམ་པ་པོ་རང་ཉིད་ཀྱང་བཟེ་རེ་ཙན་ཞིག་ཡིན་པ་ཚོར་བཞིན་ཡོད། འདི་ལྟ་བུའི་རྩོམ་པ་པོས་དངོས་དོན་གྱི་བརྩམས་ཆོས་ཤིག་རྩོམ་པ་བྱེད་པ་ལས། དངོས་ཡོད་ཀྱི་བརྩམས་ཆོས་ཤིག་རྩོམ་པ་མི་བྱེད།

གོང་དུ་སྨྲས་པ་ལྟར། ང་དང་དངོས་ཡོད་ཀྱི་འབྲེལ་བ་དངངས་འཚབ་ཙན་འདི་ཚབས་ཆེ་ཙམ་བཤད་ན། ངས་རྒྱུན་དུ་དཔྱར་འཛིན་གྱི་རྣམ་འགྱུར་ལས་དངོས་ཡོད་ལ་ལྟ་བཞིན་ཡོད། དུས་ཀྱི་འགྱུར་བ་དང་བསྟུན་ཏེ། ངའི་སེམས་ཀྱི་ཁོང་ཁྲོ་རིམ་བཞིན་ཞི། ངས་ངེས་པ་དོན་གྱི་རྩོམ་པ་པོ་ཞིག་གིས་བདེན་དོན་འཚོལ་བ་ཤེས། དེ་ནི་སྤྱོད་ལམ་བརྒྱལ་བརྟག་ལས་བྱུང་འཕྲུད་བྱས་པའི་བདེན་དོན་ཞིག་རེད། རྩོམ་པ་པོའི་ལས་འགན་ནི་སེམས་ཚོར་བྱོ་བ་ཙམ་མ་ཡིན་པར། ཉུ་གྱོད་དང་ཐེར་འདོན་ཙམ་མ་ཡིན་པར། མི་རྣམས་ལ་དོན་ལྡན་གསལ་སྟོན་བྱེད་པ་དེ་རེད། འདིར་སྨྲས་པའི་དོན་ལྡན་ཞེས་པ་ཡང་རྣམ་པ་ཆིག་རྐྱང་གི་ལེགས་པ་ཙམ་མ་ཡིན་པར། དངོས་པོ་མཐའ་དག་ལ་རྒྱུས་ལོན་བྱས་རྗེས་ཀྱི་བཏང་སྙོམས་ཆེན་པོ་དེ་རེད་ལ། དགེ་སྡིག་མཉམ་པར་མཐོང་སྟེ། རྗེས་སུ་བརྩེ་བའི་མིག་གིས་འཇིག་རྟེན་ལ་བལྟ་བ་དེ་རེད།

སེམས་ཁམས་འདི་འདྲ་ཞིག་གི་འོག་ཏུ་ངས་ཨ་རིའི་དམངས་གཞས་ནག་ཐྲན་ཀད་པོ་ཞེས་པ་དེ་ཐོས། དབྱངས་རྟའི་ནང་གི་ནག་ཐྲན་ཀད་པོའི་ཚེ་གང་གི་དཀའ་སྡུག་ཁྲོད་དུ་ཁྱིམ་མི་རྣམས་རང་གི་སྔོན་དུ་གྲོངས་སོང་། ཀད་པོས་སྨྲར་བཞིན་འཇིག་རྟེན་འདིར་སྒྲོ་སྣང་གིས་བལྟ་བ་ལས། ཡབང་

འཛིན་ཚིག་གཅིག་ཀྱང་མེད། ཕྲུ་ངེས་ང་ལ་སེམས་འགུལ་ཤུགས་ཆེན་ཐེབས། ངས་བརྩམས་སྒྲུང་དེ་འདྲ་ཞིག་འབྲི་བར་ཐག་བཅད། དེ་ནི་འཚོ་གཞིས་རེད། དེར་མི་རྣམས་ཀྱི་སྡུག་བསྔལ་བྱེད་ནུས་དང་། འཇིག་རྟེན་ལ་འཛིན་པའི་སྤྱི་སྣང་གི་རྣམ་འགྱུར་བྲིས། གསར་རྩོམ་གྱི་བརྒྱུད་རིམ་གྱིས་ང་ལ་ངེས་ཤེས་འདི་ལྟར་བྱུང་སྟེ། འགྲོ་བ་མི་ནི་འཚོ་གཞིས་རང་ངོས་ཀྱི་ཆེད་དུ་འཚོ་ཞིང་གཞིས་པ་འབའ་ཞིག་ལས། འཚོ་གཞིས་མ་ཡིན་པའི་དངོས་པོ་ཅི་ཞིག་གི་དབང་དུ་ཡང་འཚོ་གཞིས་མ་བྱས་པ་དེ་རེད། ངས་རང་ཉིད་ཀྱིས་བརྩམས་ཆོས་དོན་ལྡན་ཞིག་བྲིས་པ་ཚོར།

ཧེ་ཡན་དུ་རྒྱ་ཕྱི་༡༩༩༣ལོའི་ཟླ་བ་༧པའི་ཚེས་༢༧ལ་བོ། །

ཁོ་ཡིག་མའི་[1]སྙིང་གཞི།

ངས་བརྩམས་ཆོས་འདིར་འགྲེལ་བཤད་བྱེད་མ་ཤེས། ལས་འགན་འདི་རྩོམ་པ་པོར་བསྒྲུབ་ཏུ་བཅུག་པ་དཀའ་ཁག་ཤིན་ཏུ་ཆེ། འོན་ཏེ་ངས་ཚོད་ལྟ་བྱས་ཚོག །ངའི་རེ་བར་ཁོ་རེ་ཡའི་ཀློག་པ་པོ་དག་གིས་ངའི་ཉེན་འཛུག་ལ་བཟོད་པར་ཞུ།

བརྩམས་ཆོས་འདིར་འཚོ་གཞིས་ཞེས་བྱ་ཞིང་། ང་ཚོ་ཀྲུང་གོའི་སྐད་ནང་ཚིག་འདིར་སྟོབས་ཤུགས་ཀྱིས་ཁེངས་ཡོད། འདིའི་སྟོབས་ཤུགས་ནི་འབོད་སྒྲ་ལས་མ་བྱུང་ཞིང་། ཕར་རྒོལ་ལས་ཀྱང་མ་བྱུང་བར་བཟོད་བསྲན་ལས་བྱུང་། ཚེ་སྲོག་གིས་ང་ཚོར་སྤྲད་པའི་འགན་འཁྲི་བཟོད་བསྲན་བྱེད་པ་དང་། དངོས་ཡོད་ཀྱིས་ང་ཚོར་སྤྲད་པའི་བདེ་སྐྱིད་དང་། དཀའ་སྡུག །སྙུན་འཚེར། ཕལ་པར་བཟོད་བསྲན་བྱེད་པ་དེ་རེད། བརྩམས་ཆོས་ཤིག་ལ་མཚོན་ན། འཚོ་གཞིས་ནང་དུ་མི་ཞིག་དང་དེའི་ལས་དབང་བར་གྱི་བརྩེ་འདང་བྲིས་ཡོད་ཅིང་། དེ་ནི་མི་སེམས་འགུལ་བའི་བརྩེ་འདང་ཞིག་རེད། གང་ལགས་ཤེ་ན། དེ་གཉིས་ཕན་ཚུན་དྲིན་ཞུ་བྱེད་བཞིན་ཡོད་ལ། དུས་མཚུངས་སུ་ཕན་ཚུན་འཕོན་འཛིན་འཆང་བཞིན་ཡོད། དེ་གཉིས་ཕན་ཚུན་གཅིག་གིས་ཅིག

[1] ཁོ་ཡིག་མ། ཁོ་རེ་ཡའི་སྐད་དུ་བསྒྱུར་བའི་འཚོ་གཞིས་སོ། །

ཐོས་བོར་ཐབས་མེད་ལ། དུས་མཚུངས་ཕན་ཚུན་ལྷོན་འཛིན་བྱེད་པའི་རྒྱུ་མཚན་ཡང་མེད། ཕོ་ཚོ་འཚོ་ཞིང་གཞིས་དུས་ཐལ་རྫུལ་འཕྱུར་བའི་ལམ་བུར་མཉམ་དུ་ཕྱིན། ཕོ་ཚོ་འཇིག་རྟེན་ཕྱི་མར་གཤེགས་དུས་མཉམ་དུ་ཆར་ཆུ་དང་ས་འདམ་ལ་འདྲེས། རྣམ་པ་མཚུངས་པར་འཚོ་གཞིས་ཀྱིས་མི་ཞིག་གིས་དཀའ་སྡུག་གི་འཕྲང་རོང་ཇི་ལྟར་བཟོད་པའི་སྐོར་བྲིས་ཡོད་དེ། སྐྲ་ཉག་རྗོ་འཕྱུངས་ཀྱི་ཚིག་དཔེ་ཇི་བཞིན་སྐྲ་ཉག་མ་གཅིག་ལ་རྒྱ་མ་ཁྲི་གསུམ་གྱི་རྗོ་དཔྱངས་ཅུང་། སྐྲ་ཉག་མ་དེ་ད་དུང་ཆད་མེད། ང་ནི་འཚོ་གཞིས་ཀྱི་ནང་ད་དུང་འདི་ལྟར་བྲིས་པར་ཡིད་ཆེས་ཡོད་དེ། མིག་ཆུའི་རྒྱ་ཆེ་ཕུན་ཚོགས་བྲིས་ཡོད་ཅིང་། རེ་བ་གཏན་མེད་ཅེས་པ་ཞིག་མེད་ཚུལ་བྲིས་ཡོད་ལ། འགྲོ་བ་མི་ནི་འཚོ་གཞིས་རང་ངོས་ཀྱི་ཆེད་དུ་འཚོ་ཞིང་གཞིས་པ་འབའ་ཞིག་ལས། འཚོ་གཞིས་མ་ཡིན་པའི་དངོས་པོ་ཅི་ཞིག་གི་དབང་དུ་ཡང་འཚོ་གཞིས་མ་བྱས་པ་དེ་བྲིས་ཡོད། གཞན་ཡང་འཚོ་གཞིས་ནང་དུ་ང་ཚོ་ཀུང་གོ་བས་ལོ་བཅུ་ཕྲག་འགར་སྡུག་བསྲན་ཇི་ལྟར་བྱས་པ་བྲིས་ཡོད། འཚོ་གཞིས་ནང་ད་དུང་ཧ་ཅང་མང་པོ་ཞིག་བྲིས་པར་ང་ཡིད་ཆེས་ཡོད། རྩོམ་རིག་ནི་དེ་ལྟར་རེད། དེར་རྩོམ་པ་པོས་དངོས་པོར་འཛིན་པའི་འདུ་ཤེས་ཡོད་ལ། རྩོམ་པ་པོས་སྣང་མེད་དུ་ལུས་པ་དག་ཀྱང་ཡོད་པས། འདི་དུས་ནི་ཀློག་པ་པོ་གཏམ་བརྗོད་བྱེད་པའི་སྐབས་སུ་བབས་པ་ཡིན་ནོ། །

༡༩༩༨ལོའི་ཟླ་བ་༡༠པའི་ཚེས་༡༧ལ་པེ་ཅིན་དུ་བོ། །

ཉི་ཡིག་མའི་[1]སློང་གཞི།

ངས་སྔོན་ཆད་རྩོམ་པ་པོའི་ངོས་ནས་ཕུར་རྒོད་ཀྱི་མི་ཚེ་གླེང་སྒྲོང་། ཨི་ཐ་ལིའི་སློབ་འབྲིང་སློབ་མ་ཞིག་གིས་ང་ལ་དྲི་བ་དོན་སྙིང་ཅན་ཞིག་དྲིས་སྒྲོང་སྟེ། ཁྱོད་ཀྱི་བརྩམས་སྒྲུང་འཚོ་གཞིས་ནང་དུ་དེ་ལྟ་བུའི་ཐ་ཆད་ཀྱི་ཁོར་ཡུག་ཁྲོད་ད་དུང་འཚོ་གཞིས་སྙིས་ཐར་ཅན་ཞིག་བྲིས་པ་ཅི་རེད། འཚོ་གཞིས་དང་སྙིས་ཐར་བར་གྱི་དབྱེ་མཚམས་ཕྲ་མོ་དེ་གང་དུ་ཡོད་དམ་ཞེས་དྲིས།

ངའི་དྲིས་ལན་ནི་འདི་ལྟ་སྟེ། ཀྲུང་གོའི་དམའ་རིམ་སྤྱི་ཚོགས་ནང་དུ་འཚོ་ཞིང་གཞིས་པ་ཞིག་ལ་མཚོན་ན། འཚོ་གཞིས་དང་སྙིས་ཐར་ནི་དངུལ་ཏམ་གྱི་ངོས་གཉིས་ཏེ། དེ་གཉིས་ཀྱི་དབྱེ་མཚམས་ཕྲ་མོ་ནི་ཁ་ཕྱོགས་མི་འདྲ་བ་ཙམ་དེ་རེད། འཚོ་གཞིས་ལ་མཚོན་ན། འཚོ་གནས་ནི་མི་ཞིག་གིས་རང་ཉིད་ཀྱི་སྒྲོང་བརྒྱུད་ལ་འཛིན་པའི་ཚོར་སྣང་དེ་རེད། སྙིས་ཐར་ནི་རྟག་ཏུ་ཟུར་ལྟ་བའི་གྲུ་ཟུར་ལས་མི་གཞན་གྱི་སྒྲོང་བརྒྱུད་ལ་འཛིན་པའི་ཚོར་སྣང་དེ་རེད། འཚོ་གཞིས་ནང་གི་ཕུར་རྒོད་ཀྱིས་དཀའ་སྡུག་བརྒྱུད་མོད། ཁོས་རང་གི་གྲུ་ཟུར་ལས་རང་གི་གཏམ་རྒྱུད་འཆད་བཞིན་ཡོད། ངས་གང་ཟག་དང་པོ་ལས་ཞིབ་བརྗོད་བྱས་ཏེ། ཕུར་རྒོད་འཆད་པར་ཁོ་རང་ཉིད་ཀྱི་སྒྲོང་ཚོར་

[1] ཉི་ཡིག་མ། ཉི་ཧོང་ངམ་འཇར་པན་གྱི་སྐད་དུ་བསྒྱུར་བའི་འཚོ་གཞིས་སོ། །

ལས་མི་གཞན་གྱི་ལྟ་ཚུལ་མི་དགོས་སྟབས། ཁོས་འཆད་པ་ནི་འཚོ་བ་རེད། གལ་ཏེ་གང་ཟག་གསུམ་པ་ལས་ཞིབ་བརྗོད་བྱས་ཆེ། གལ་ཏེ་མི་གཞན་གྱི་ལྟ་ཚུལ་ཡོད་ཆེ། ཀློག་པ་པོའི་མིག་ནང་དུ་ཕུར་ཚོད་ནི་དཀའ་སྡུག་ཁྲིད་ཀྱི་སྙེས་ཐར་ཅན་ཞིག་རེད།

གོང་གི་རྒྱུ་མཚན་འདིས་ངས་གནས་དུས་གཞན་དུ་ཡང་ལྟ་བ་འདི་བསྐྱར་ཟློས་བྱས། ངས་འདི་ལྟར་སྨྲ་བཞིན་ཡོད་དེ། ཟུར་བལྟ་བའི་མིག་ནང་གི་ཕུར་ཚོད་ཀྱི་མི་ཚེ་ནི་དཀའ་སྡུག་གི་འཕྲང་དུ་ལྷུས་པ་ཞིག་ཡིན་མོད། ཕུར་ཚོད་རང་ཉིད་ལ་མཚོན་ན་ཁོས་དེ་བས་མང་བའི་བདེ་སྐྱིད་དང་སྤྲོ་སྣང་ཚོར་བར་ང་ཡིད་ཆེས་ཡོད། དེ་ཕྱིར་ཨི་ཐ་ལིའི་སློབ་འབྲིང་སློབ་མ་དག་གི་མེས་པོ། རླབས་ཆེན་གྱི་ཧོ་ར་སི་ཡིས་ང་ལ་ཉེན་བརྡ་འདི་ལྟར་བསྒྲགས། མི་ཞིག་གི་བདེ་སྐྱིད་མཐའ་མར་བསྒུག་ན། ཁོ་མ་སྐྱེས་གོང་དང་དུར་འཇུག་གོང་དུ་ཁོའི་བདེ་སྐྱིད་འཆད་དབང་མེད།

ཧོ་ར་སི་ཡི་ཉེན་བརྡ་འདིས་ང་མ་སྐྱིད་པར་གྱུར། ངས་སྙད་མར་མི་གཞན་གྱི་མི་ཚེར་རྩོད་སྒྲུབ་བྱེད་མི་ཉུང་ཞེས་རང་གིས་རང་ལ་ནན་དུ་གདམས། ད་ལྟ་ཙའོ་ཁྲིན་དཔེ་ཁང་གིས་ང་ལ་གླེང་གཞི་འབྲི་བའི་རེ་ལྟོས་བྱེད་སྐབས་ང་བརྗོད་གཞི་གཞན་ཞིག་གླེང་འདོད། བརྗོད་གཞི་དེ་ནི་སུ་ཞིག་གིས་གཏམ་རྒྱུད་དང་ཡ་མཚན་གསར་བཟོ་བྱས་སམ། ངའི་བསམ་པར་དུས་ཚོད་ཀྱིས་གསར་བཟོ་བྱས་སྙམ། ང་ནི་དུས་ཚོད་ཀྱིས་སྐྱེ་འཆི་བཟོས་པར་ཡིད་ཆེས་ཡོད་ལ། བདེ་སྐྱིད་དང་སྡུག་བསྔལ། དུས་བདེ་དང་དུས་ཟིང་། དྲན་པ་དང་ཚོར་སྣང་། གོ་རྟོགས་དང་བསམ་ཚོད་གསར་བཟོ་བྱས་ཤིང་། མཐའ་

མར་གཏམ་རྒྱུད་དང་ཡ་མཚན་གསར་བཟོ་བྱས་པར་ཡིད་ཆེས་ཡོད། ཏེ་གྲི་ཀྲང་གི་ཡུལ་ལོག་འཕྲུལ་སྲིས་ཞེས་པའི་ནང་དུ་དུས་ཚོད་ཀྱིས་འཕྱིར་བའི་དགའ་སྐྱོ་སྲིས་ཡོད།

ཆུང་དུས་བྱིས་བསྐྱོད་རྐས་དུས་ལོག །
ཡུལ་སྐད་མ་ཉམས་སྐྲ་མཚམས་དཀར། །
བྱིས་པ་འཕྲད་ཀྱང་ངོ་མ་ཤེས། །
དགོད་བཞིན་གང་ནས་འོང་ཞེས་འདྲི། །

ཐའི་ཕིང་ཟྲིན་ཧྲིག་ཆེན་མོའི་བམ་པོ་ཉིས་བརྒྱ་དོན་བཞི་པར་དུས་ཚོད་ཀྱིས་གསར་བཟོ་བྱས་པའི་གཏམ་རྒྱུད་ཅིག་འཁོད། དེ་ཡང་ཚོའི་ཧྲུའུ་ཞེས་པའི་གཞོན་ནུ་ཞིག་གི་འཁྱོར་ཐང་ལེགས་མོད། གྲོགས་མེད་ཁེར་རྐྱང་ཞིག་རེད། ལོ་ཞིག་གི་དུར་ཕྱུགས་ཉིན་མོར་ཚོའི་ཧྲུའུ་གཅིག་པུར་གྲོང་ལྷོའི་བས་མཐར་ཕྱིན་ཏེ། རྩེ་ཤིང་མེ་ཏོག་གིས་བརྒྱན་པའི་གཞིས་ཀ་ཞིག་མཐོང་ཞིང་། རྒྱ་ཁྱོན་མུའུ་གཅིག་ཙམ་ཡོད་མོད། མི་མེད་དབེན་པར་ཡོད། ཚོའི་ཧྲུའུ་ཡིས་སྒོ་སླིགས་ཡུན་རིང་བརྡུངས་པ་ན། མཛེས་ཤིང་ལྷ་ན་སྡུག་པའི་གཞོན་ནུ་མ་ཞིག་གི་འཛུམ་ཞལ་སྣང་ལ་མ་ངེས་པ་ཞིག་སྒོ་སྦུབས་ལས་འཆར། སློང་མོ་སྐབས་བདེ་འགའ་བྱས་རྗེས། ཚོའི་ཧྲུའུ་ཡིས་དཔྱིད་འཚོལ་ཁེར་བསྐྱོད་ཀྱིས་སྐོམ་སེལ་ཆབ་རྒྱུན་ལ་རོལ་བར་རྒྱུ་མཚན་དུ་བྱས་ཏེ། གཞིས་ཀའི་ནང་དུ་འཛུལ། ཚོའི་ཧྲུའུ་སྐོམ་སེལ་ཆབ་ལ་རོལ་དུས་གཞོན་ནུ་མ་མེ་ཏོག་ཅི་དགར་བཞད་པའི་ཁམ་སྡོང་ལ་བསླེས་པའི་སྣངས་སྐབས་རྣམ་པར་མཛེས་ཤིང་། འཛུམ་ཞལ་

ལྷང་ངེར་བྱུད། ཕོ་གཉིས་ཀྱི་མིག་ཟུང་གཉིས་ཕན་ཚུན་ལྟ་བཞིན་ཡུན་རིང་ལུས། ཚའི་ཧྲུའུ་ཕྱིར་ལོག་གྱེས་ཞུ་བྱེད་སྐབས་གཞོན་ནུ་མས་སྔོ་འཁྲམ་བར་དུ་སྐྱེལ་མ་བྱུས། དེ་རྗེས་ཚའི་ཧྲུའུ་ཡི་ཉིན་མོ་ལོ་ལམ་རིང་ཞིང་། ཉིན་མཚན་དུས་དྲུག་ཏུ་གཞོན་ནུ་མའི་འཛུམ་ཞལ་ལྷ་ལེར་འཆར། ལོ་རྗེས་མའི་དུར་ཕྱུགས་ཉིན་མོར་ཚའི་ཧྲུའུ་སླར་ཡང་གྲོང་ལྷོའི་བས་མཐར་བསྐྱོད། གཞིས་ཀའི་ཕྱི་རོལ་གྱི་རྩི་ཤིང་མེ་ཏོག་དང་སྔོ་ར་ནི་ན་ཉིང་དང་གཉིས་སུ་མེད། འོན་ཏེ་མི་མེད་ཁང་སྟོང་དུ་གྱུར། སྒོ་སྟེང་གི་ཟླ་ཆེན་པོ་ནི་དེ་ལྟར་གྲང་འཁྱུགས་ཆེ་ཞིང་གདུག་རྩུབ་ཆེ། ཚའི་ཧྲུའུ་ཡི་ཚད་དང་དབུགས་རིང་ཁྲིད་སྐད་ངག་ཞིག་སྒོ་ཐོག་ཏུ་བཞག །

ན་ནིང་དུས་འདིར་སྒོ་རའི་ནང་། །
ཁམ་སྟོང་འོག་ཏུ་འཛུམ་ཞལ་ཛེམས། །
ཁྱོད་འཛུམ་ཡལ་བ་མ་ཤེས་ཀྱང་། །
ཁམ་མེས་སྔར་བཞིན་འཛུམ་ཞལ་ཛེམས། །

སྐྱུང་ཐུང་འདི་ལས་དུས་ཚོད་ཀྱི་ཟབ་དོན་རྟོགས། ཚའི་ཧྲུའུ་དང་གཞོན་ནུ་མའི་བར་དུ་མིག་བཞི་ཕན་ཚུན་བལྟས་པ་ཙམ་ལས། འབྲེལ་བ་གཞན་གཏན་ནས་མེད་མོད། ཉིན་མཐུད་མཚན་འབྲེལ་གྱི་དྲན་གདུང་ནི་དུས་ཚོད་ཀྱི་དབྱངས་འགྲོས་ནང་དུ་བཞུར། འདིར་དུས་ཚོད་ཀྱི་ཐོབ་ཐང་བག་ལ་ཞ་མོད། མི་གཉིས་ཀྱི་ལས་དབང་དམ་དུ་བཟུང་ཡོད། ང་ཚོའི་ལྟ་སློག་གིས་འདི་བཟུང་ཐབས་མེད་ལ་མཐོང་ཐབས་མེད། འོན་ཏེ་ང་ཚོར་སླར་ཡང་དུས་རྟག་

ཏུ་དེ་གནས་པའི་ཚོར་སྙིང་ཆེ། འདི་ནི་གྲང་རེག་དང་འདྲ་བས། བཟུང་ཐབས་མེད་ཅིང་མཐོང་ཐབས་མེད་པས། ང་ཚོས་ལུས་ཡོངས་འདར་བཞིན་ཚོར་སྙིང་བྱེད་དགོས། འདི་ལྟར། ཅི་ཡང་མ་སྨྲས་ཤིང་གང་ཡང་མ་བྱས་པར་ལོ་གཅིག་གམ། དེ་ལས་ཇི་རིང་དུ་གཏང་ན་ཚིག་ལ་ཇེ་ཐུང་དུ་གཏང་ན་འཕྲུས་པའི་དུས་ཚོད་ཀྱིས་ཚུའི་ཏུའུ་དང་གཞོན་ནུ་མའི་གདངས་དཀར་བརྩེ་སེམས་བྱ་ལམ་རྗེས་མེད་ཀྱི་ཚུལ་དུ་ཁྱོད་འཛུམ་ཡལ་བར་གྱུར་ཡོད། ཞིབ་བརྗོད་འདི་འདྲ་ང་ཚོའི་རྩོམ་རིག་ནང་དུ་ཤིན་ཏུ་མང་། དེ་བས་དུས་ཚོད་ཀྱི་བར་ཆད་ལས་ཞིབ་བརྗོད་ཀྱི་བཞུར་རྒྱུན་བཀག་སྟེ། སླར་ཡང་ལོ་མང་པོའི་རྗེས་སུ་མགོ་འཛུགས་དུས་ལྡོངས་རྣམ་གཏན་ནས་མི་འདྲ་བའི་རམ་འདེགས་མི་དགོས་ལ། འགྲེལ་བཤད་ཀྱང་མི་དགོས་པར་ཞིབ་བརྗོད་ངང་གིས་ཐོན་འོང་། རྩོམ་རིག་གི་ཞིབ་བརྗོད་ནང་དུ་དུས་ཚོད་ལས་ལྷག་པའི་ནུས་པ་ཅན་ཞིག་གཏན་ནས་མེད། གང་ལགས་ཤེ་ན། དུས་ཚོད་ཀྱིས་ང་ཚོར་བརྡ་ཐོ་གཏོང་མི་དགོས་པར་ཐམས་ཅད་ལ་འགྱུར་བ་གཏོང་ཐུབ།

དཔེར་བརྗོད་གཞན་ཞིག་ནི་ཏན་ཐེ་ཡི་ལྷའི་མཆོད་དབྱངས་ནང་གི་སྙན་ཚིག་ཅིག་རེད། འོན་ཏེ་ཏན་ཐེས་མདའ་མོ་གཞུ་ལས་བྲལ་ཏེ་འབེན་ལ་ཐོག་སྐབས་སུ་མདའ་མོ་འབེན་ལ་ཐོག །མདའ་མོ་གཞུ་ལས་བྲལ་ཞེས་བྲིས་ཡོད། སྙན་ཚིག་འདིའི་ཟབ་དོན་ནི་ཏན་ཐེས་སྐད་ཆའི་དུས་ཚོད་ཀྱི་གོ་རིམ་བསྒྱུར་བ་དེ་རེད། འདིས་ང་ཚོས་སྐད་ཅིག་མར་སྐད་ཆའི་འགྲོས་ཚད་ལ་ཚོར་སྙིང་བྱུས། དཔེར་བརྗོད་འདིས་ང་ཚོར་སྨྲུང་དང་བྱུང་རིམ་གྱི་ཡ་མཚན་གསར་བཟོ་བྱས་པ་མ་ཟད། དུས་མཚུངས་སུ་བརྗོད་པ་དང་ཕྲ་རིམ་གྱི་ཡ་མཚན་

ཡང་གསར་བཟོ་བྱས།

ངས་སྔོན་ཆད་སྒྲུང་ཐུང་ཕུལ་བྱུང་གཉིས་ལས་སྒྲུང་རིང་མང་པོ་ཞིག་ལས་ཀྱང་རིང་བའི་དུས་ཚོད་བསླགས་སྐྱོང་། དེ་ནི་ཨ་རིའི་རྩོམ་པ་པོ་ཨེ་སག་པ་ཧྲེ་འོད་སི་སེང་གེ་ཡི་སླིན་པ་ཀྲིམ་ཕེལ་ཞེས་པ་དང་། ཧྥ་རེ་སིའི་རྩོམ་པ་པོ་རྗེར་ཨ་ཐམ་ཨོ་རྗེ་མ་ལན་ཨི་ཙོ་རོལ་ས་ཡི་གཙང་དོགས་གསུམ་པ་ཞེས་པ་དེ་རེད། བརྩམས་ཆོས་འདི་གཉིས་ནི་དབྱངས་མི་གཅིག་ཀྱང་འགྲོས་གཅིག་པ་ཡིན་ཞིང་། དུས་ཚོད་ཀྱིས་ཞིབ་བརྗོད་གསར་བཟོ་བྱས་གཤིས། དུས་ཚོད་ཀྱིས་མི་ཞིག་གི་མི་ཚེ་ཡིག་འབྲུ་སྟོང་ཕྲག་འགའི་ནང་དུ་དེ་ལྟར་གསོན་ཉམས་ལྡན་པར་གྲོགས་དན་བྱས། ད་དུང་རྩོམ་རིག་ཞིབ་བརྗོད་ཁྲིད་དུ་དུས་ཚོད་ཀྱིས་དམག་འཁྲུག་དང་ཞི་བདེ་ཞེས་པ་དང་། དཔལ་འབབ་དོན་རྒྱུ་ཞེས་པ། ལོ་བརྒྱའི་ཁེར་རྐྱང་ཞེས་པ་སོགས་ཀྱི་སྒྲུང་དང་ཡ་མཚན་གསར་བཟོ་བྱས་ཡོད། སྒྲུང་རིང་གླེགས་བམ་ཆེན་པོ་འདི་དག་དང་། སྒྲུང་ཐུང་ཆུང་ངུ་འདི་དག་གིས་མཉམ་དུ་རྩོམ་རིག་གི་ཞིབ་བརྗོད་གཤིས་ཀ་མངོན་པར་བྱས་ཡོད་པས། འདི་ནི་དུས་ཚོད་ཀྱི་ཡ་མཚན་རེད། འདི་ནི་ཤིང་སྡོང་ནགས་ཚལ་དུ་བཙུགས་པ་དང་འདྲ་བར་དུས་ཚོད་ཀྱི་ཡ་མཚན་ང་ཚོའི་རྩོམ་རིག་ནང་དུ་ཤིན་ཏུ་མང་།

མཐའ་དོན་ངས་འཚོ་གཞིས་འཆད་འདོད། ངའི་བསམ་པར་འདི་ནི་མི་ཞིག་གི་མི་ཚེའི་སྒྲུང་ཞིག་ཡིན་པས། འདིས་དུས་ཚོད་ཀྱི་རིང་ཐུང་མཚོན་ཡོད་ལ། དུས་ཚོད་ཀྱི་དུས་ཟིང་དང་དུས་བདེ་ཡང་མཚོན་ཡོད། རྩོམ་རིག་ཞིབ་བརྗོད་ནང་དུ་མི་ཚེ་ཞིབ་བརྗོད་བྱེད་སྐབས་ནི་དུས་ཚོད་ལས་ཐད་ཀར་མཚོན་

གྱི་ཡོད། ངའི་གོ་བ་ནི་དུས་ཚོད་ཀྱི་འགྱུར་ལྡོག་གིས་འཚོ་གཞིས་ནང་གི་ཕྱུར་རྐོད་ཀྱི་ལས་དབང་ལ་འགྱུར་ལྡོག་གཏོང་ཐུབ་པའམ། དུས་ཚོད་ལས་འཆད་སྐངས་དེ་ཕྱུར་རྐོད་འཚོ་གནས་བྱེད་སྐངས་དེ་རེད། དུས་ཚོད་ཀྱི་ཡ་མཚན་ལས་འཚོ་གཞིས་ཀྱི་ཞིབ་བརྗོད་ལེགས་གྲུབ་བྱུང་བ་ངས་ཤེས་སོད། འཚོ་གཞིས་ཀྱི་ཞིབ་བརྗོད་ཀྱིས་སྣར་ཡང་འདི་ལྟའི་ཡ་མཚན་ཞིག་མཐོང་ཐབས་བྱས་ཡོད་མེད་ངས་མ་ཤེས། ངས་ཕྱུར་རྐོད་ཀྱི་མི་ཚེ་སྔར་མཐིལ་ལས་ཆུང་བ་ཡོད་པ་ཤེས་སོད། ས་གཞི་བཞིན་ཡངས་ཤིང་རྒྱ་ཆེ་བ་ཡོད་མེད་ངས་མ་ཤེས།

༢༠༠༢ལོའི་ཟླ་བ་༡ཚེས་༡༥ལ་པེ་ཅིན་དུའོ། །

དབྱིན་ཡིག་མའི་སྙིང་གཞི།

ངས་༡༨༨༤ལོའི་རྒྱ་ཡིག་མའི་སྙིང་གཞིའི་ཐོག་ཏུ་འདི་ལྟར་བྲིས་ཡོད་པ་སྟེ། ངས་ཨ་རིའི་དམངས་གཞས་ནག་ཐན་རྐྱང་པོ་ཞེས་པ་དེ་ཐོས། དབྱངས་རྟའི་ནང་གི་ནག་ཐན་རྐྱང་པོའི་ཚེ་གང་གི་དཀའ་སྡུག་ཁྲོད་དུ་ཁྲིམ་མི་རྣམས་རང་གི་སྔོན་དུ་གྲོངས་སོང་། རྐྱང་པོས་སྔར་བཞིན་འཛིག་རྟེན་འདིར་སྡྲོ་སྣང་གིས་བལྟ་བ་ལས། ཡབང་འཛིན་ཚིག་གཅིག་ཀྱང་མེད། གླུ་དེས་ང་ལ་སེམས་འགུལ་ཤུགས་ཆེན་ཐེབས། ངས་བརྩམས་སྒྲུང་དེ་འདྲ་ཞིག་འབྲི་བར་ཐག་བཅད། དེ་ནི་འཚོ་གཞིས་རེད།

རྩོམ་པ་པོའི་རྩོམ་འབྲི་ནི་རྟག་ཏུ་འཇུམ་མདངས་ཤིག་དང་། ལག་བཟ་ཞིག །དྲན་པ་སྐད་ཅིག །རྒྱུན་གཏམ་ཚིག་གཅིག །གསར་ཤོག་གི་སྒྲུབས་ཀར་ལུས་པའི་ཆ་འཕྲིན་ཞིག་ལས་འགོ་ཚུགས་ཤིང་། ཆུ་ཡི་ཟིལ་པ་ཆུང་ངུ་འདྲ་བའི་ཕྲ་ཞིབ་འདི་དག་གིས་དུས་ཡུན་རིང་བའི་ལས་དབང་དང་། རླབས་ཆེན་གློང་ཡངས་ཀྱི་ལྡོངས་རྣམ་དགུག་ཐུབ། འཚོ་གཞིས་ཀྱང་དེ་ལྟར་ཨ་རིའི་དམངས་གཞས་ཤིག་དང་། ཡིག་ཕྲེང་འགའ་ཞིག་གི་མཚོན་དོན་ལས་ཕྱུར་རྐོད་ནི་དུས་ཟིང་དང་དཀའ་སྡུག་གི་མི་ཚེ་ཞིག་ཏུ་གྱུར་ལ། ཞི་འཇམ་དང་བདེ་སྐྱིད་ཀྱི་མི་ཚེ་ཞིག་ཏུ་ཡང་གྱུར།

ནག་ཐྲན་ཀད་པོ་དང་ཕུར་རྒོད་ནི་རྣམ་པ་གཏན་ནས་མི་མཚུངས་པའི་མི་གཉིས་རེད། ཕོ་གཉིས་རྒྱལ་ཁབ་མི་འདྲ་བར་འཚོ་ཞིང་། དུས་རབས་མི་འདྲ་བ་བརྒྱུད་ལ། མི་རིགས་དང་རིག་གནས་མི་འདྲ་བ་མ་ཟད། པགས་རིགས་དང་དད་ཞེན་ཡང་མི་འདྲ་མོད། སྐབས་རེ་ཕོ་གཉིས་ནི་མི་གཅིག་དང་མཚུངས། འདི་ནི་སུ་ཞིག་གིས་ཀྱང་འགོག་ཐབས་མེད་པའི་རྩ་བའི་ཐུན་མོང་སྟེ། འགྲོ་བ་མི་སྤྱི་མཐུན་གྱི་ཆ་དེ་རེད། མིའི་སྨྱོང་ཚོར་དང་འདོད་སྲེད་ལ་དངུང་རྟོག་བགོད་དང་གོ་ཤེས་ཡོད་པས། དབྱེ་མཚམས་ཐམས་ཅད་དོར་སྲིད་ཅིང་། མི་ཞིག་གིས་ཕོའི་སྨྱོང་བརྒྱུད་ལས་རང་གི་ལས་དབང་རྟོགས་སྲིད་པ་ནི་མེ་ལོང་མི་འདྲ་བའི་ནང་གི་རང་ཉིད་ཀྱི་གཟུགས་བརྙན་ཇི་བཞིན་རེད། ངའི་བསམ་པར་འདི་ནི་རྩོམ་རིག་གི་ཡ་མཚན་རེད་སྙམ། འདི་ལྟའི་ཡ་མཚན་གྱིས་སྤོན་ཚད་ང་སྐུལ་ཏེ། ཐག་རིང་ཀྱང་གོར་གནས་པའི་གློག་པ་པོ་ཞིག་གིས་ནི་སེན་ཧོ་འབུམ་དང་། ཕྲི་ལི་ཨམ་ཧྲུག་ནེར། ཐོ་ནི་མོར་སོན་གྱི་བརྩམས་ཆོས་ཁྲིད་ནས་ང་རང་ཉིད་བསྟག །

༢༠༠༢ལོའི་ཟླ་བ་༦པའི་ཚེས་༢༨ལ་པེ་ཅིན་དུ། །

གྲོ་ཞིང་པར་མ་གསར་པའི་གླེང་གཞི།

འདི་ལོ་ནི་གྲོ་ཞིང་དཔེ་སྐྲུན་སྤྱི་གཉེར་ཁང་དབུ་བརྙེས་ཏེ་ལོ་བཅོ་ལྔ་ལ་འཁོར་བའི་ལོ་ཞིག་རེད། འཚོ་གཞིས་རྒྱ་ཡིག་ཚོགས་རྙིང་པར་མའི་ལོ་བཅུ་བཞི་པ་དེ་རེད། གྲོ་ཞིང་གི་ལེན་ཤེའུ་མེན་གྱིས་ཁ་པར་ལས་ཐའི་ཕན་དུ་འཚོ་གཞིས་དཔེ་སྐྲུན་བྱས་ཏེ་ལོ་བཅུ་བཞི་འཁོར་ཚུལ་སྨྲས། ལོ་ལྟར་སྔོན་པར་བྱས་སྟབས། གྲོ་ཞིང་གིས་འཚོ་གཞིས་རྗེས་དྲན་པར་མ་བསྐྲུན་པར་ཐག་བཅད་དེ། ང་ལ་མགོ་བརྗོད་འབྲི་དགོས་པའི་སྐུལ་མ་བྱས།

ངས་ཅི་ཞིག་འབྲི་དགོས་སམ། སྔོན་ཆད་ནི་སློག་འགྱུ་ཙམ་ཡིན་མོད། ངས་ཧ་ཅང་གསལ་བར་དྲན། ༡༩༥༥ལོར་རྒྱང་བཞུར་དཔེ་སྐྲུན་སྤྱི་གཉེར་ཁང་དུ་རྩོམ་རིག་དང་སློག་བརྙན་དཔེ་སྐྲུན་གཙོ་སྐྱོང་བྱེད་པའི་གྲན་ཡུས་ཧང་པེ་ཅིན་དུ་ཡོང་སྟེ། ང་དང་ལྷན་དུ་བརྩམས་སྒྲུང་ལེགས་སྒྲིག་མ་གཉིས་ཀྱི་རྒྱ་ཡིག་ཚོགས་རྙིང་པར་མའི་དཔེ་སྐྲུན་གན་འཛོམ་བྱས་པས། ང་ཐའི་དབན་དུ་གྲན་ཡུས་ཧང་གིས་ངོ་སྤྲོད་བྱས་པ་རེད། ཁོང་གིས་ངའི་བརྩམས་ཆོས་ཐའི་ཕན་དུ་འཕྱེར་བ་རེད། སྐབས་དེ་དག་ཁུ་ང་ཚོ་རྒྱུན་དུ་ཡིག་འགྲུལ་ཡོད། ངས་རྒྱང་བཞུར་དཔེ་སྐྲུན་ཁང་གི་ཡིག་སྐོགས་དང་གྲན་ཡུས་ཧང་གི་ཡིག་རིས་ལ་གོམས་འདྲིས་ཆེ། ལོ་ངོ་གཉིས་ཀྱི་རྗེས་སུ་ང་ལ་གྲན་ཡུས་ཧང་གི

ཡི་གེ་ཞིག་འབྱོར། སྤར་བཞིན་འདྲིས་ཆེ་བའི་ཡིག་རིས་ཡིན་ཙང་ཡིག་སྐོགས་དེ་ལྟར་འདྲིས་ཆེ་བ་ཞིག་མིན། ཀྲུན་ཡུས་ཧང་གིས་ང་ལ་ཁོང་རྒྱང་བཞུར་ལས་འགན་དོར་བྱས་པ་ཡིན་ཟེར། ཕལ་ཆེར་ལོ་གཅིག་ཙམ་གྱི་རྗེས་སུ་ཀྲུན་ཡུས་ཧང་དང་སུའུ་ཧྲེ་མཉམ་དུ་པེ་ཅིན་དུ་ཡོང་དུས་ངས་ད་གཟོད་ཁོ་ཚོས་གྲོ་ཞིང་དཔེ་སྐྲུན་སྒྲིག་གཉེར་ཁང་བཙུགས་པ་ཤེས།

འཚོ་གཞིས་ནི་ངས་གྲོ་ཞིང་ནས་དཔེ་སྐྲུན་བྱས་པའི་བརྩམས་སྒྲུང་ཐོག་མ་དེ་རེད། རྗེས་སུ་ངའི་བརྩམས་སྒྲུང་ཚང་མ་གྲོ་ཞིང་ནས་དཔེ་སྐྲུན་བྱས། ལོ་བཅུ་ལྷག་རིང་སྐྱིད་སྡུག་མཉམ་མྱོང་བྱས་རྗེས། འཚོ་གཞིས་ནི་གྲོ་ཞིང་དཔེ་སྐྲུན་ཁང་གིས་དཔེ་སྐྲུན་བྱས་པའི་བརྩམས་ཆོས་ཐོག་མ་དེ་ཡིན་པར་ངས་གཟི་བརྗིད་དུ་དྲན་བཞིན་ཡོད། ༡༩༩༤ལོའི་པར་མའི་རྩོམ་སྒྲིག་པ་ནི་ཀྲུན་ཡུས་ཧང་རེད། ༢༠༠༠ལོའི་དག་བཅོས་མའི་རྩོམ་སྒྲིག་པ་ནི་ལིན་ཤེའུ་མེན་རེད། ༢༠༠༥ལོའི་བསྐྱར་བཅོས་མའི་རྩོམ་སྒྲིག་པ་ནི་ཧྥུའུ་ཅིན་ལུན་རེད། ད་ཐེངས་ཀྱི་རྗེས་དྲན་པར་མའི་རྩོམ་སྒྲིག་པ་སུ་ཡིན་ནམ།

ངས་འཚོ་གཞིས་ལ་མགོ་བརྗོད་བཞི་བྲིས་ཤིང་། ད་རེས་ནི་ཐེངས་ལྔ་པ་རེད། སྔོན་ཆད་ཕྱིར་དྲན་བྱས་ན་རང་ཉིད་ནི་དུས་ཡུན་རིང་པོའི་ནང་དངོས་ཡོད་དང་རྟོག་བཟོའི་འབྲེལ་མཚམས་སུ་ལུས་པ་ཚོར། རྩོམ་པ་པོའི་འཚོ་བ་ཡང་དེ་ལྟར་ཡིན་སྲིད། དངོས་ཡོད་དང་རྟོག་བཟོའི་ཁྲོད་ཕར་འགྲོ་ཚུར་འོང་བྱས་ཏེ། མཚམས་རེ་དངོས་ཡོད་ལ་རྟོག་བཟོ་བྱེད་སྲིད་ཅིང་། མཚམས་རེ་རྟོག་བཟོ་གློ་བུར་དུ་དངོས་ཡོད་ལ་འགྱུར་ཡོད་སྲིད། ལོ་བཅོ་ལྔའི་སྔོན་དུ་ངས་འཚོ་གཞིས་ནང་དུ་ཕུར་གོད་ཅེས་པའི་མི་ཞིག་བྲིས། ད་ལྟ་ཕུར་གོད་ཅེས་

པ་འདིར་ཕྱིར་དྲན་བྱེད་སྐབས། ངས་ཁོང་ནི་བཙམས་སྒྲུང་ནང་གི་མི་ཞིག་ཏུ་མ་མཐོང་བར། ངའི་མི་ཚེའི་ནང་དུ་འཕྲད་པའི་གྲོགས་པོ་ཞིག་ཏུ་མཐོང་།

༡༩༩༢ལོའི་དཔྱིད་གསར་དུས་ཆེན་གྱི་རྗེས་སུ་ངས་པེ་ཅིན་གྱི་སློ་གྲྭ་བཞི་མ་བརྒྱད་ཙམ་ལས་མེད་པའི་ཁང་ཆུང་ཞིག་ཏུ་འཚོ་གཞིས་ཐོག་མར་འབྲི་མགོ་བཙམ། སྔོན་དུས་ཧྲང་ཧེ་ཧྭ་ཏུང་དགེ་འོས་སློབ་གྲྭ་ཆེན་མོའི་འགྲུལ་ཤག་ཅིག་ཏུ་གཏན་ལ་ཕབ། ཐོག་མར་ངས་ཟུར་ལྔ་བའི་གྲུ་ཟུར་ལས་ཕུར་རྒོད་ཀྱི་མི་ཚེ་བྲིས་མོད། དཀའ་ཁག་ཇེ་ཆེར་གྱུར་ཏེ་མཐར་ངའི་གསར་རྩོམ་གྱི་མྱུ་སྒྲིང་དཀའ་བར་གྱུར། ཉིན་ཞིག་གློ་བུར་དུ་གང་ཟག་དང་པོའི་གྲུ་ཟུར་ལས་ཕུར་རྒོད་ཀྱི་འཚོ་བ་གླེང་དུས་བྱུང་མཚར་ཐོན། སྒྲིག་གཞི་གཅིག་ལ་གང་ཟག་གསུམ་པའི་གྲུ་ཟུར་ནས་རྩོམ་པ་མཐར་མ་ཕྱིན་པར་གང་ཟག་དང་པོའི་གྲུ་ཟུར་ནས་བྲི་དུས་གསར་རྩོམ་ལ་བཀག་རྒྱ་ཅི་ཡང་མ་བྱུང་། དེ་བས་འཚོ་གཞིས་བདེ་སྡུག་དང་ཡོངས་སུ་གྲུབ།

འདི་ནི་ཅིག་ཟེར་ན་ང་ཚོས་སྨྲ་བའི་ལས་དབང་ཡིན་སྲིད། རྩོམ་པ་དང་མི་ཚེ་ནི་དོན་ལ་གཉིས་སུ་མེད། ང་ཚོ་ཚང་མ་ནི་འཇིག་རྟེན་འདིའི་ལམ་རྒྱངས་པ་ཤ་སྟག་རེད། ང་ཚོས་རང་གི་ངོས་འཛིན་པའི་ལམ་བུའི་ཐོག་ཁ་ཕྱོགས་འཚོལ་བཞིན་ཡོད། ཅིག་བྱས་ན་ང་ཚོ་འགྲིག་ཡོད། ཅིག་བྱས་ན་ང་ཚོ་ནོར་ཡོད། ཡང་ན་མཚམས་རེ་འགྲིག་ཡོད་ཅིང་། མཚམས་རེ་ནོར་ཡོད། ཀྲུང་གོའི་གཏམ་དཔེར་ན་རོ་སྒམ་ནང་བླུགས་ཏེ་དུར་དུ་མ་སྦས་གོང་། རོམ་གྱི་གཏམ་དཔེར་ན་མ་སྐྱེས་གོང་དང་མ་ཤི་གོང་དུ་སུས་ཀྱང་དེ་སྔོན་གྱི་དུས་ཚོད་ནང་ང་ཚོས་སྨྲུག་པ་ནི་ཅི་ཞིག་ཡིན་པ་མི་ཤེས།

གསར་རྩོམ་གྱི་ཚེ་ན། ངས་ཅིའི་ཕྱིར་གང་ཟག་གསུམ་པའི་གྲུ་ཟུར་སྤྱི་བུར་དུ་གང་ཟག་དང་པོར་བསྒྱུར་བ་ཡིན་ནམ། ད་ནི་འཚོ་གཞིས་གསར་རྩོམ་གྱི་བརྒྱུད་རིམ་འདས་དོན་དུ་གྱུར། འདས་དོན་ལ་ཕྱིར་བལྟས་བྱས་ན། ངས་དོན་གནས་ཆེན་པོས་འདི་ནི་མི་ཚེའི་རྣམ་འགྱུར་གྱི་གདམ་ག་ཞིག་ཏུ་འདོད་པ་ལས། ལས་དབང་ཞེས་པའི་ཁ་གཡར་ས་སློག་གྱུར་ཞིག་ཏུ་མི་འདོད། འཚོ་གཞིས་ནང་གི་ཤུར་རྒོད་ཀྱི་མི་ཚེའི་ཁྲོད་དཀའ་སྡུག་དང་། ད་དུང་དཀའ་སྡུག་འབའ་ཞིག་ལས་གཞན་ཅི་ཡང་མེད། འོན་ཏེ་ཤུར་རྒོད་ཀྱི་གྲུ་ཟུར་ལས་རང་ཉིད་ཀྱི་མི་ཚེ་གླིང་སྐབས་མི་ཚོར་བདེ་སྐྱིད་དང་སྤྲོ་སྣང་གིས་ཁེངས་ཡོད། ཁོང་ལ་རང་གི་ཆུང་མ་ནི་འཛིག་རྟེན་འདིའི་ཆུང་མ་དེ་ལེགས་ཤོས་ཡིན་པར་ཡིད་ཆེས་ཡོད་ཅིང་། རང་གི་བུ་ཚ་ནི་འཛིག་རྟེན་འདིའི་བུ་ཕྲུག་ལེགས་ཤོས་དེ་ཡིན་པར་ཡིད་ཆེས་ཡོད། ད་དུང་ཁོང་གི་མག་པ་དང་ཚ་བོ། ཤུར་རྒོད་དུ་འབོད་པའི་སྤྱང་ཀན། མཉམ་དུ་འཚོ་བ་སྐྱེལ་སྐྱོང་བའི་གྲོགས་པོ་ཚོ། ཐ་ན་འཚོ་བའི་གནད་ཆུང་ས་དང་ཉག་ཕྲ་ས་དག་ཀྱང་དེ་ལྟར་རེད།

ངས་མི་གཞན་གྱི་བརྩམས་ཆོས་ཀློག་དུས་མཚམས་རེ་རང་ཉིད་ཀྱི་མི་ཚེའི་རྣམ་འགྱུར་ལ་ཤུགས་རྐྱེན་ཐེབས་ལ། རང་ཉིད་ཀྱིས་བྲིས་པའི་བརྩམས་ཆོས་ཀྱིས་མཚམས་རེ་དེ་ལྟར་རང་གི་མི་ཚེའི་རྣམ་འགྱུར་ལ་ཤུགས་རྐྱེན་ཐེབས་བཞིན་འདུག །འཚོ་གཞིས་ནང་གི་ཤུར་རྒོད་ཀྱི་འཚོ་བ་ནི་མི་སྣེར་སོ་སོའི་ཚོར་སྣང་ཙམ་ལས། མི་གཞན་སུ་ཞིག་གི་ཡང་ལྟ་སྣང་མཐོང་ཕྱོགས་མ་ཡིན་པར་ང་ཡིད་རྟོན་བྱེད་དུ་བཅུག །

ངའི་བསམ་པར་འདི་ནི་ཕལ་ཆེར་ལོ་ཉི་ཤུའི་གོང་གི་གསར་རྩོམ་གྱིས་ང་ལ་བྱིན་པའི་སྣ་ཚན་དེ་རེད་སྙམ།

༢༠༠༧ལོའི་ཟླ་བ་༥པའི་ཚེས་༡༥ལབོ། །

ང་ད་ལྷ་ལས་ལོ་བཅུ་ཡིས་གཞོན་སྐབས་སོས་དལ་འདུག་བདེའི་བྱ་བ་ཞིག་ཐོབ་པས། རི་གྲོང་དུ་དམངས་གཞས་བསྒྱུ་བར་ཕྱིན། དབྱར་ལོ་དེར་ང་ནི་ཅི་དགར་འཕུར་བའི་ཁང་བྱེའུ་ཞིག་དང་འདྲ་བར་ཉེ་འོད་འཕྱིལ་བའི་ཞིང་གྲོང་དུ་ལུས། ང་ནི་ཞིང་པའི་རོ་ཙུང་ཁ་བའི་ཇ་འཐུང་བར་དགའ། ཁོ་ཚོར་ཇ་དོང་ཞིང་ཚོགས་ཀྱི་ཤིང་སྡོང་འོག་ཏུ་འཇོག་སྲོལ་ཡོད། ངས་འཇོམ་འདོགས་མེད་པར་ཇ་དྲིག་གིས་འཚོས་པའི་ཇ་ཐོར་བླངས་ཏེ། ཇ་བཏུངས་པ་མ་ཟད། རང་གི་ཇ་སྣོད་ཀྱང་ཁེངས་པར་བླུགས་རྗེས། ཞིང་ཁར་སོ་ནམ་བྱེད་བཞིན་པའི་སྐྱེས་པ་དག་དང་གཏམ་གྱི་གླིང་མོ་རེ་བྱས། བུད་མེད་རྣམས་ནི་ངའི་རྐྱེན་ལས་ཁོང་དགོད་བྱེད་བཞིན་འགྲོ། ངས་སྔོན་ཚད་ཀུ་ཞིང་བཟུང་བའི་ཞིང་པ་རྒད་པོ་ཞིག་དང་ཕྱི་རྡོ་ཞིག་ལ་ཅི་གྲོས་མོལ་གྲོས་བྱས་ཤིང་། དེ་ནི་ངས་མི་ཚེ་འདིར་ཀུ་བ་བཟའ་མང་ཤོས་དེ་རེད། ང་ཡར་ལངས་ཏེ་གྱེས་མཇལ་ཞུ་སྐབས། རང་གི་རྐང་པ་གཉིས་ནི་སྨྱུམ་མ་དང་འདྲ་བར་གོམ་པ་སྤོ་དཀའ་བར་གྱུར་བས། ངས་ཨ་ཕྱིར་གྱུར་པའི་བུད་མེད་སྨོ་ཐེམ་ཐོག་འདུག་པ་ཞིག་དང་ལྷན་དུ་བསྡད། དེས་རྩྭ་ལྕམ་སྨ་བཞིན་ང་ལ་གཏད་དེ་ཟླ་དགུ་ངོ་བཅུ་ཞེས་སླུ་བླངས། ས་སྒྲོད་མ་ཟིན་ཙམ་ལ་ཁོ་ཚོས་ཁྲིན་ཚུ་ས་སྙིང་དུ་བཞོས་པས་ཐལ་རྟུལ་དེ་མར་འཛགས། ཡལ་འདབ་ཀྱི་གསེབ་ལས་བཞུད་ཁའི་ཉེ་ཟེར་འཕྲོས། ང་ཞིང་ཁྲིམ་གྱི་མདུན་དུ་ལངས། ངས་ཁོ་ཚོས་སྤྲད་པའི་རླུང་གཡབ་འཕྱིར་ཏེ་ལན་ཚྭ་ལྷ་བུའི་ཚོད་མའི་རོ་མྱངས། ད་དུང་

ང་དགའ་ཤོས་ནི་གཞོན་ནུ་མ་འགར་ལྟ་བཞིན་སྐྱེས་པ་དག་དང་གླིང་མོལ་བྱེད་པ་དེ་ཡིན།

ངའི་མགོ་ལ་རྩྭ་ཞྭ་འདབ་ཡངས་ཤིག་དང་། ཀང་པར་དྲུད་ལྷམ་ཞིག་གྱོན། ཀེད་པའི་སྐ་རགས་ལ་པགས་རས་གཅིག་འཛོར་བ་མཇུག་མ་བཞིན་འཕྱངས་ལ་རྡེབ་ཅིང་ཡོད། ངའི་དྲུད་ལྷམ་གྱི་རྡོག་སྦྲས་ལམ་ཆུང་རྡུལ་འཚུབ་བེར་བྱས་པ་ནི་འཁོར་ལོ་སྐྱུར་དུ་འཁོར་བའི་རྣམ་པ་དང་འདྲ།

ང་གང་དུ་ཡང་འཁྱམས་ཉུལ་བྱས་པས། གྲོང་སྡེ་ཅི་ཞིག་ལ་ཕྱིན་པ་དང་། ཅི་ཞིག་ལ་མ་ཕྱིན་པ་ཤོད་ཚོད་མི་ཐུབ། །ང་གྲོང་སྡེ་ཞིག་དང་ཉེ་བར་སླེབས་སྐབས་བྱིས་པ་ཚོས་ཧྲག་པར་མི་ཧབ་ཟྲིད་བྱེད་མཁན་དེ་སླེབས་བྱུང་ཟེར།

ཡུལ་མི་རྣམས་ཀྱིས་འདོད་པའི་སྐྱུང་གཏམ་ཤོད་ཤེས་ལ་མཛའ་སླུ་ལེན་ཤེས་པའི་མི་དེ་སླར་ཡང་སླེབས་པ་ཤེས། ངས་ཁོ་ཚོ་ཚང་མའི་སེམས་པ་གང་དུ་ཡོད་པ་ཤེས་སོང་། དེར་ང་ག་ལ་སོས། ངས་སྟོན་ཆད་སྣ་སྟོ་ཞིང་གདོང་སྐྲངས་པའི་རྒད་པོ་ཞིག་ཞིང་ཚོགས་ཐོག་ཏུ་བ་མཐོང་། སྐྱོ་གདུང་ཅུམ་གང་གིས་ཁོའི་སེམས་པ་དེ་བས་དྲག་ཏུ་གཡོས། ང་ཡོང་བ་མཐོང་བས་ཁོའི་ངུ་སྒྲ་ཇེ་ཆེར་སོང་། ངས་སུ་ཞིག་གིས་འདི་ལྟར་གཞུས་སམ་ཞེས་དྲིས་པ་ན། ཁོས་དོར་ཁའི་འདམ་བག་ལ་སེན་བརྟག་བྱེད་མུར་ཁོང་ཁྲོ་བྱེད་བཞིན་ང་ལ་སྨྲས་པར། དེ་ནི་ཁོའི་སྲི་ཞུ་མེད་པའི་བྱིས་པ་དེས་གཞུས་ཟེར། ངས་མུ་མཐུད་ཁོ་ལ་གཞུ་དོན་དྲིས་པ་ན། ཁོས་ཤབ་ཤུབ་ཅམ་ལས་གསལ་པོ་ཞིག་སྨྲ་མ་ཐུབ་པས། ངས་མྱུར་དུ་ཁོས་རང་གི་བུའི་མནའ་མར་ལོག་གཡེམ་བྱས་པ་ཤེས། ད་དུང་མཚན་མོ་ཞིག་ངས་ལག་སྒྲོན་ཐོགས་ཏེ་ལམ་དུ་འགྲོ་སྐབས་རྫིང་བུའི་

འགྲམ་ནས་མི་དམར་རྫེང་གཉིས་ཡོད་པ་གཅིག་འོག་གཅིག་གིས་མནན་པ་མཐོང་། ངས་ལག་སྒྲོན་བསྟན་པ་ན་མི་གཟུགས་གཉིས་ཀྱིས་འགུལ་ཙམ་ཡང་མི་བྱེད་མོད། ལག་པ་ཅིག་གིས་བཀྲ་ཤ་དལ་བུར་འཕུར་བ་མཐོང་བས། ངས་ལག་སྒྲོན་སྤུར་བར་བསད་དེ་ཕྱིན། ཞིང་ལས་བྲེལ་བ་ཆེ་སྐབས་ཤིག་ལ་ངས་རྒྱ་སྐོ་ཆེན་པོའི་ཁང་པའི་ནང་འཛུལ་ཏེ་ཆུ་བཙལ། དོར་ཐུང་གྱོན་པའི་སྐྱེས་པ་ཞིག་གིས་རྟབ་རྟོབ་པོར་ངའི་མདུན་བཀག་སྟེ། ཁྲོན་པའི་གཞོགས་སུ་འཁྲིད། སྤུར་བར་ང་ལ་ཆུ་ཟོམ་གང་བླངས་ཏེ། སླར་ཡང་བྱི་བ་བཞིན་ཁང་པའི་ནང་དུ་འཛུལ། དོན་འདི་དག་ནི་རྒྱུན་གཏན་ལྟར་ཡིན་པས། ངས་ཐོས་མྱོང་བའི་སླུ་དབྱངས་ལྟར་མང་། སྔོ་ལྗང་ཞིང་ཁ་མཐོང་འདོད་དུས་ངས་མྱུ་མཐུད་ལོ་ཏོག་འདི་ལྟར་སྐྱེ་འཚར་ལེགས་པ་ཤེས།

དབྱར་ལོ་དེར་ངའི་བཙོ་དུང་གི་སྨྱུ་གུ་འབུས་གྲབས་བྱས། ང་དང་ཡིད་དུ་འོང་ཞིང་ལྟ་ན་སྡུག་པའི་སྨན་ཤར་ཞིག་འཕྲད། མོའི་ཚུང་ནག་པའི་ངོ་གདོང་ད་ལྟ་ཡང་ངའི་མིག་མདུན་དུ་འོད་ལྟར་འཚེར། ངས་མོ་མཐོང་སྐབས་མོ་ནི་དོར་ཁ་ཡར་ལ་བརྫེས་ཏེ་གཙང་འགྲམ་གྱི་སྤང་སྟེང་དུ་སྨྱུག་མ་རྐང་གཅིག་གཡུག་བཞིན་ཤ་ཤེད་ལེགས་པའི་བྱ་གག་འཚོ་བཞིན་འདུག །ལོ་བཅུ་དྲུག་བཅུ་བདུན་ཙམ་ལ་སོན་པའི་སྨན་ཤར་དེས་འཚེར་སྣང་དང་ང་དང་མཉམ་དུ་ཚ་བ་ཆེ་བའི་དབྱར་ལོ་དེ་བསྐྱལ། མོས་གད་མོ་འཚེར་འཚེར་བྱེད་ཐེངས་རེར་མགོ་བོ་སྒྲུར་བཞིན་འདུག །མོས་དལ་བུར་དོར་ཁ་ཡར་བརྫེས་པ་མར་གློད་ཅིང་། རང་གི་རྐང་པ་རྗེན་མ་རྩྭ་གསེབ་ཏུ་ཇེ་ལྟ་བུས་སྦས་པར་ངས་ལྟ་བཞིན་ཡོད། དགོང་དྲོ་དེར་ངས་ཕོ་ཚོད་ཆེན་པོས་མོ་

ཕྱི་རོལ་དུ་ཇི་ལྟར་རྩེད་མོར་འཁྲིད་རྒྱུའི་འཆར་གཞི་ཡང་སྒྲིང་། མོ་ཡ་མཚན་ཞིང་དགའ་ཡང་དགའ། ང་ཐོག་མར་སེམས་ཚོར་ཆེ་བས་དེ་ལྟར་སྨྲས་པ་བདེན་པ་བདེན་ཐུབ་ཡིན། ང་མོ་དང་ལྷན་དུ་འདུག་དུས་ལུས་སེམས་བདེ་སྣང་འཆར་བས། རྗེས་སུ་ཅི་འདྲར་གྱུར་པར་བསམ་མནོ་མ་བཏང་། འོན་ཏེ་རྗེས་སུ། མོའི་གཅེན་པོ་ཤ་ཚུགས་སྤྱང་འདྲ་བ་གསུམ་འོང་བ་མཐོང་བས། ང་རབ་ཏུ་སྐྲག་སྟེ། རང་ཉིད་ཐག་རིང་པོ་ཞིག་ལ་མ་བྲོས་ན། ངས་མོ་ཆུང་མར་མི་ལེན་མཐུ་མེད་རེད་སྙམ།

ང་དང་མིང་ལ་ཕྱུར་ཀོད་ཟེར་བའི་ཀད་པོ་འཕྲད་སྐབས་ནི་དབྱར་ཚེས་མ་ཐག་པའི་དུས་ཤིག་ལ་རེད། ཉིན་དེའི་དགོང་དྲོ་ཕྱེད་ཡོལ་ཙམ་ལ་ང་ལོ་འདབ་ཤིན་ཏུ་རྒྱས་པའི་ཤིང་སྡོང་ཞིག་གི་འོག་ཏུ་སླེབས། ཞིང་ཁའི་ཤིང་བལ་བསྡུས་ཟིན། མགོ་རས་དཀྲིས་པའི་བུད་མེད་འགའ་ཡིས་བལ་སོག་འཐེན་བཞིན་འདུག །པོ་ཚོས་འཕོངས་གཡུག་སྟེ་སོག་རྩའི་སྟེང་གི་འདམ་བག་དཀྲུག་བཞིན་འདུག །ངས་རྩྭ་ཞྭ་ཕུད་དེ་རྐེད་རྒྱབ་ནས་པགས་རས་བླངས། གདོང་གི་རྔུལ་ཆུ་ཕྱིས། ངའི་གམ་དུ་ཉི་ཟེར་གྱིས་སེར་པོར་གྱུར་པའི་ཞིང་བུ་ཡོད། ངས་ལུས་ཤིང་སྡོང་ལ་བསྙེས། ཁ་ཞིང་བུར་གཏད་དེ་བསྡད། མྱུར་བར་ངས་རང་ཉིད་ཉལ་འདོད་པ་ཚོར་བས། རྩྭ་སྔོན་མོའི་ཐོག་ཏུ་ཉལ། རྩྭ་ཞྭས་ངོ་བཀབ། རྒྱབ་ཁུག་སྔས་སུ་བཙུག །བསིལ་གྲིབ་འོག་ཏུ་མིག་བཙུམས།

ད་ལྟ་ལས་ལོ་བཅུ་ཡིས་ཆུང་བའི་ང་ཤིང་ལོ་དང་རྩྭ་གསེབ་ཏུ་ཆུ་ཚོད་གཉིས་ཙམ་ཉལ། དེའི་རིང་ལ་གྲོག་མ་འགའ་ངའི་རྐང་ཐོག་ཏུ་ཡོང་། གཉིད་དུ་ཡུར་བའི་ངའི་མཛུབ་མོས་གྲོག་མ་དག་གཞན་ལ་ཞིལ་པོས་ཕར་ཕུད།

དེ་རྗེས་རྫིང་འགྲམ་དུ་སླེབས་པ་འདྲ། རྒད་པོ་ཞིག་གིས་སྨྱུག་ཡུ་ཁར་ལ་འཕེན་ཏེ་ཀི་རིང་འདེབས། ང་གཉིད་ཀྱི་ཞིང་ཁམས་ལས་ཐོན་དུས་སྔར་བཞིན་ཀི་རིང་ཐོས། ང་ཡར་ལངས་པ་ན། ཉེ་འགྲམ་གྱི་ཞིང་ཁར་རྒད་པོས་གླང་རྒན་ལ་ལེ་བདའ་བྱེད་པ་མཐོང་།

རྫོན་གླང་ཕལ་ཆེར་རབ་ཏུ་ངལ་བ་འདྲ། གླང་རྒན་གྱིས་མགོ་བོ་སྒྱུར་ཏེ་དེ་གར་ཀྲོང་ངེར་ལངས། རྒྱབ་ཏུ་ཡོད་པའི་ལུས་སྟོད་དམར་རྗེང་ཡིན་ཞིང་། ཐོང་གཤོལ་བཟུང་བའི་རྒད་པོ་ནི་གླང་རྒན་གྱི་ཚུགས་ཀ་དེར་མ་འདོད། ཁོས་སྐད་གསངས་བྱས་ཏེ་གླང་རྒན་ལ་འདི་ལྟར་བཤད་པ་ངས་ཐོས།

གླང་ཡིན་ན་ཞིང་རྨོ་དགོས། ཁྱི་ཡིན་ན་ཁྱིམ་བསྲུང་དགོས། དགེ་འདུན་ཡིན་ན་བསོད་སྙོམས་སློང་དགོས། ཁྱིམ་བྱ་ཡིན་ན་བྱ་སྐད་རྒྱག་དགོས། བུད་མེད་ཡིན་ན་སྣམ་བུ་འཐག་དགོས། ཞིང་ཁ་མི་རྨོ་བའི་གླང་ཞིག་ཅི་ལ་ཡོད། འདི་ནི་གནའ་ནས་དར་བའི་ལམ་དང་ལུགས་སྲོལ་རེད། རྒྱུག་ཅིག །འཐེན་ཅིག །

ངལ་ཞིང་དུབ་པའི་གླང་རྒན་གྱིས་རྒད་པོའི་ཀི་རིང་ཐོས་པ་ན་ནོར་འབྲུལ་སྔོག་ཤེས་ལྟ་བུས་གཉའ་འཐེན་ཏེ་མདུན་དུ་ཕྱིན།

ངས་རྒད་པོའི་སྐལ་གཞུང་གླང་རྒན་གྱི་སྐལ་གཞུང་འདྲ་བར་ནག་པོར་མཐོང་། གཟིམས་ལ་ཉེ་བའི་ཚེ་སྲོག་ཟུང་གི་གནའ་བོའི་དབྱངས་རྟས་ཞིང་ཁ་སག་སག་ཏུ་སློག་པ་ནི་ཆུ་ངོས་སུ་འཕྱོ་བའི་རླབས་རིས་དང་འདྲ། དེ་ནས་ངས་རྒད་པོའི་གཅེར་ཞིང་སེམས་འགུལ་ཐེབས་པའི་གྲེ་འགྱུར་ཐོས། ཁོས་སྔར་རྒྱུན་བཞིན་ལས་གཞས་བླངས། ཐོག་མར་ཨ་ལ་ལ་ཞེས་གདངས་རིང་པོ་ཞིག་འཐེན། དེ་ནས་གླུ་ཚིག་འདི་ལྟར་བླངས།

གོང་མའི་མག་པར་ང་བླངས་ཀྱང་། །ས་ཐག་རིང་བས་ང་མི་འགྲོ།

ས་ཐག་ཤིན་ཏུ་རིང་བས་གོང་མའི་མག་པ་བྱེད་མི་འདོད། རྒད་པོ་ཡིད་འཚེངས་བློ་ཆོམ་འདིར་ང་གད་མོ་དབང་མེད་དུ་ཤོར། སླང་རྒན་གྱི་གོམ་སྟབས་ཕལ་ཆེར་དལ་དུ་ཕྱིན་པ་འདྲ། རྒད་པོས་སླར་ཡང་གི་རིང་བཏབ།

ཨར་ཞི་དང་ཡའུ་ཆིང་སྐྱིད་ལུག་མ་བྱེད། ཙ་སྒྲོན་དང་འཇའ་ཚོན་གྱིས་རྩོས་ལེགས་པོ་བྱས་སོང་། ཁྱི་ལུས་ཀྱང་ཡག་པོ་འདུག །

སླང་གཅིག་ལ་མིང་འདི་ལྟར་མང་པོ་ཡོད་དམ། ང་ཡ་མཚན་བཞིན་ཞིང་འཁྲམ་དུ་ཕྱིན་ཏེ། ཉེ་བར་བཅར་བའི་རྒད་པོར་དྲིས།

སླང་རྒན་འདིར་མིང་ཅི་ཙམ་ཡོད་དམ།

རྒད་པོས་ཐོང་གཤོལ་བཟུང་སྟེ་ང་ལ་བལྟ་ཡག་ཅིག་བྱས་རྗེས། འདི་ལྟར་དྲིས།

ཁྱོད་གྲོང་ཁྱེར་ནས་ཡོང་ངམ།

ཡོང་བ་ཡིན། ངས་མགོ་བོ་ལྷུག་ལྷུག་བྱས།

རྒད་པོས་ཡིན་ཉམས་དང་བཅས། ངས་བལྟས་པ་ཙམ་གྱིས་ཤེས་ཟེར།

སླང་རྒན་ལ་ཡང་སླིང་མིང་ཅི་ཙམ་ཡོད་དམ། ངས་དྲིས།

སླང་རྒན་འདིར་ཕུར་རྒོད་ཟེར། མིང་གཅིག་ལས་མེད།

ཁྱོད་ཀྱི་ད་ལྟ་མིང་ཁ་ཤས་ཤིག་མ་ཐོས་སམ།

ཨོ། རྒད་པོ་དགའ་བཞིན་བགད། ཁོས་ང་ལ་ལག་པ་གཡུག་སྟེ་ང་དང་ཉེ་བར་སླེབས་སྐབས་ཅི་ཞིག་ཤོད་འདོད་མོད་སླར་ཤོད་འཕྲོ་བཅད། ཁོས་སླང་རྒན་གྱིས་མགོ་བོ་དགྱེ་བ་མཐོང་བས། འདི་ལྟར་གཤེ །

ཀློག་ཉན་མ་བྱེད། མགོ་བོ་སྐྱོད།

ཡ་མཚན་པ་ཞིག་ལ་གླང་ཆན་གྱིས་མགོ་བོ་སྐྱོད། སྐབས་དེར་ཆད་པོས་ཤུབ་བུར་ང་ལ་འདི་ལྟར་སྨྲས།

ངས་གླང་ཆན་གྱིས་ཞིང་ཁ་རྨོ་མཁན་གཅིག་ལས་མེད་པ་མ་ཤེས་ན་བསམ་སྟེ། མིང་འགའ་ཞིག་ཕོས་ཏེ་མགོ་སྐོར་བཏང་བ་ཡིན། གླང་ཆན་གྱིས་གླང་ཆན་གཞན་དག་ཞིང་ཁ་རྨོ་བའི་སྐོར་ཐོས་སྐབས་མི་དགའ་མི་སྐྱིད་པ་མི་བྱེད་ལ། ཞིང་རྨོ་དུས་ཀྱང་ཤུགས་ཆེ།

ཆད་པོའི་ངོ་ནག་པོས་ཉི་ཟེར་ཁྲོད་བགད་པ་དེ་བས་གསོན་ཉམས་ལྡན། གདོང་གི་གཉེར་མ་ཅི་དཀར་རྒྱུ་བཞིན། གཉེར་རིས་ཁྲོད་དུ་ཐལ་བས་ཁེངས་པ་ནི་རས་བཏིངས་པའི་ཞིང་ཁའི་ལམ་ཕྲང་འདྲ། དེ་རྗེས་ཆད་པོས་ང་དང་མཉམ་དུ་ཤིང་སྡོང་ལོ་འདབ་རྒྱས་པའི་འོག་ཏུ་བསྡད། ཉི་ཟེར་ལྷག་ཏུ་འཕྲོ་བའི་ཕྱི་དྲོ་དེར་ཁོང་གིས་ང་ལ་རང་ཉིད་ཀྱི་སྐོར་དག་བཤད།

ལོ་ངོ་བཞི་བཅུའི་གོང་དུ་ངའི་ཨ་ཕ་རྒྱུན་གཏན་འདིར་ཕར་འགྲོ་ཚུར་འོང་བྱེད། ཁོང་གིས་ལུས་ལ་གོས་ཆེན་ནག་པོ་ཞིག་གྱོན། ལག་ཐུང་རྒྱབ་ལག་བཅས། རྒྱུན་དུ་ཁྲིམ་སྲ་ཐོན་སྐབས་ཨ་མར་འདི་ལྟར་ཟེར།

ངས་རེད་ཚོའི་ཞིང་ཁར་བལྟ་ཙམ་བྱེད།

ངའི་ཨ་ཕ་རེད་ཚོའི་ཞིང་ཁར་སླེབས་པ་ཁྲལ་པ་ཚོས་མཐོང་འཕྲལ་ལག་གཉིས་ཀྱིས་ལྟགས་གཞབ་བཞུང་སྟེ། གུས་ཞབས་དང་འདི་ལྟར་འབོད།

སྐུ་ངོས།

ངའི་ཨ་ཕ་རྫོང་གྲོང་དུ་སོང་ཚེ་རྫོང་གྲོང་གི་མི་དག་གིས་སྐུ་ངོས་ཞེས་འབོད། ངའི་ཨ་ཕ་མི་ཆེན་ཡིན་མོད་བསྩོག་པ་གཏོང་སྐབས་དབུལ་ཕོངས་ཤིག་དང་འདྲ། ཁོང་རྒྱུན་དུ་ཁྲིམ་གྱི་མལ་ཁྲིའི་གམ་དུ་ཡོད་པའི་ཆབ་གཞོང་ནང་དུ་བསྩོག་པ་མི་གཏོང་བར། དུད་འགྲོ་བཞིན་ཕྱི་རོལ་དུ་གཏོང་བར་དགའ། ཉིན་ལྟར་ཕྱི་དྲོའི་དུས་ལ་ངའི་ཨ་ཕས་ལྟོ་བ་རྒྱགས་པའི་འགག་དྲི་བྱེད་པའི་སྐད་ནི་སྦྲུལ་པའི་སྐད་དང་དབྱེ་བ་ཆེར་མེད། ཁྲིམ་ལས་ཐོན་རྗེས་དལ་བུར་རྫབ་དོང་ངོས་སུ་འགྲོ།

རྫབ་དོང་གི་འཁྲིས་སུ་སླེབས་དུས་མི་གཙང་བར་བསམས་ནས་རྟིང་ཀ་ཙོག་སྟེ་ཙོག་པུར་སྡོད། ངའི་ཨ་ཕ་ལོ་ན་སོ་རྒས། བསྩོག་པ་ཡང་རྒས་པས་མར་བཤང་དཀའ། སྐབས་དེར་ང་ཚོ་ཁྲིམ་མི་ཚང་མས་ཁོང་གིས་སྐད་ངན་འདོན་པ་ཐོས།

ལོ་བཅུ་ཕྲག་འགའི་རིང་ལ་ངའི་ཨ་ཕས་བསྩོག་པ་དེ་ལྟར་བཏང་། ལོ་དྲུག་ཅུར་སླེབས་དུས་ད་དུང་རྫབ་དོང་ཐོག་ཙོག་པུར་བྱེད་ཡོལ་ཙམ་སྡོད།

 རྐང་པ་གཉིས་ཅེའུ་རྐང་ལྟར་ཤུགས་དང་ལྡན། ས་གཞི་མུན་པའི་ཡོལ་བས་ཡོངས་སུ་བསྒྲིབ་དུས་ངའི་ཨ་ཕ་ཁོང་གི་ཞིང་ཁར་བལྟ་བར་མཉེས། ངའི་བུ་མོ་འཇང་ཚོན་ལོ་གསུམ་བཞི་ལ་སོན་སྐབས་རྒྱུན་དུ་གྲོང་སྐོར་ཨ་མྱེས་བཙོག་པ་གཏོང་བར་བལྟ་བར་འགྲོ། ངའི་ཨ་ཕ་ལོ་ལོན་པས་རྫབ་དོང་ཐོག་ཞྭ་འདར་ཆེ། འཇང་ཚོན་གྱིས་ཁོང་ལ་འདི་ལྟར་འདྲི།

ཨ་མྱེས། ཁྱོད་ཀྱིས་འདར་འཕྲུག་བྱེད་དོན་ཅི་ཡིན་ནམ།

ངའི་ཨ་ཕས་རླུང་བུས་དེད་པས་ལན་ཟེར།

སྐབས་དེར་ངའི་ཁྱིམ་ཚང་རྒྱུད་མེད། ངེད་ཞུད་ཚང་ལ་ཞིང་ཁ་མུའུ་བརྒྱ་ལྷག་ཡོད། འདི་ནས་བཟོ་གྲྭའི་དུ་ཁུང་བར་ཚང་མ་ངེད་ཚང་གི་ཞིང་ཁ་རེད། ངའི་ཨ་ཕ་དང་ང་ནི་འདི་ཕྱོགས་ལ་རླུང་ལྟར་གྲགས་པའི་སྐུ་ངོས་དང་སྲས་སྐུ་ཞབས་རེད། ང་ཚོ་འགྲོ་སྐབས་ལྷམ་གྱི་སྒྲ་ཡང་དོང་ཙེ་ཤིག་ཤིག་བྱེད་པའི་སྒྲ་རེད། ངའི་ཆུང་མ་ཙ་སྒྲོན་ནི་འབྲས་ཚོང་སྤྱིན་བདག་གི་བུ་མོ་ཡིན་པས། མོ་ཡང་དངུལ་ཡོད་པའི་ཁྱིམ་ཚང་རེད། དངུལ་ཡོད་པས་དངུལ་ཡོད་པར་སྦྱིན་བྱེད་པ་ནི་དངུལ་གྱི་སྟེང་དུ་དངུལ་སྤུངས་ཏེ་དངུལ་ཤག་ཤག་ཏུ་བཞུར་བ་རང་རེད། ངས་དེ་ལྟའི་སྒྲ་མ་ཐོས་པར་ལོ་བཞི་བཅུ་ཙམ་སོང་།

ང་ནི་ཞུད་ཚང་རྒྱུད་པའི་བྱེད་གཏེ་རེད། ངའི་ཨ་ཕའི་གཏམ་ལྟར་ན་བསོད་ཟད་རེད།

ང་སློར་གྱི་སློབ་གྲྭར་བསྐྱོད་མྱོང་། ལྭ་རིང་གྱོན་པའི་དགེ་རྒན་གྱིས་ང་ལ་དཔེ་ཆ་དུམ་བུ་ཞིག་ཀློག་ཏུ་འཇུག་སྐབས་ང་དགའ་ཚོར་ཆེ་ཤོས་དེ་རེད། ང་ཡར་ལངས། གནའ་ལུགས་སྐུད་འཚེམ་གྱི་མདོ་ཡི་གེ་སྟོང་ལྡན་བཀླགས།

དགེ་རྒན་གྱིས་ང་ལ་འདི་ལྟར་བཤད།

ལེགས་པར་ཉོན་ཅིག །ང་ཡིས་ཁྱོད་ལ་དུམ་བུ་ཞིག་བསྒྲག །

དགུང་ལོ་དྲུག་ཅུ་ཡོལ་བའི་དགེ་རྒན་གྱིས་ངའི་ཨ་ཕར་འདི་ལྟར་སྨྲས།

ཁྱེད་ཀྱི་སྲས་སྐུ་ཞབས་ནར་སོན་ན་མི་མདོ་མེད་ཅིག་ཆགས་ངེས་ཟེར།

ང་ཆུང་དུས་ནས་སྐྱོབ་ཐབས་མེད། འདི་ནི་ངའི་ཨ་ཕས་བཤད་པའི་སྐད་ཆ་རེད། སློབ་གྲྭའི་དགེ་རྒན་གྱིས་ཤིང་ཏུལ་ལ་བཀོས་མི་ཡོང་ཟེར། ད་ལྟ་བསམ་ན་ཕོ་ཚོས་བཤད་པ་བདེན། ཐོག་མར་ངས་དེ་ལྟར་མི་བསམ། ང་ལ་དངུལ་ཡོད་སྙམ། ང་ནི་ཞུད་ཚང་གི་མི་རྒྱུད་གཅིག་པུ་དེ་ཡིན་སྙམ། ང་མེད་ན་མི་རབས་ཚ་རྒྱུད་ཆད་པ་རེད་སྙམ།

སློབ་གྲྭར་འགྲོ་སྐབས་ངས་རྐང་ཐང་དུ་གཏན་ནས་མི་འགྲོ། ཚང་མ་ངེད་ཚང་གི་གཡོག་པོ་དྲང་རྒན་གྱིས་སྐལ་པར་འཁྱེར་གྱི་ཡོད། སློབ་ཁྲིད་གྲོལ་དུས་ཁོས་རྐེད་པ་སྒུར་ཏེ་གུས་ཞབས་དང་སྒུག་བཞིན་ཡོད། ངས་ཁོའི་སྐལ་སྟེང་དུ་བཞོན་རྗེས། མགོ་བོར་ཐལ་ལྩག་གཞུ་ཙམ་བྱས་ཏེ་འདི་ལྟར་སྨྲ།

དྲང་རྒན། འདུར་རྒྱུག་གློད་དང་།

གཡོག་པོ་དྲང་རྒན་གྱིས་འདུར་རྒྱུག་བྱས་པ་ན་ང་སྐལ་སྟེང་དུ་ལྩོག་ཙམ་ལྩོག་ཙམ་བྱེད་པ་ནི་ལྷུང་སྟེང་གི་ཁང་བྱེའུ་འདྲ།

ངས་འཕུར་ཡ་ཞེས་སྨྲས།

དྲང་རྒན་གྱིས་མཆོང་ཙམ་མཆོང་ཙམ་བྱས་ཏེ་འཕུར་ཁྱུལ་བྱེད།

ང་ནར་སོན་རྗེས་ཇོང་གྲོང་དུ་འགྲོ་བར་དགའ། ཉིན་བཅུ་གྲངས་དང་ཐ་ན་ཟླ་ཕྱེད་ཙམ་ཡང་ཁྱིམ་དུ་མ་སླེབས་པ་ནི་རྒྱུན་གཏན་རེད། ངས་དར་

གོས་དཀར་པོའི་སྟོད་གོས་གྱོན། མགོ་སྐྲེས་འོད་འཚེར་བ་བཟོས་ཏེ། མེ་ལོང་གི་མདུན་དུ་ལངས་པ་ན། ངས་མགོ་སྐྲེས་ནག་ཐིང་ངེར་མཐོང་བས་དངུལ་ཡོད་པའི་ཉམས་ཤིག་ཀྱང་མངོན།

ང་གཞང་ཁང་དུ་འགྲོ་བར་དགའ། ང་མཚན་གང་འདོད་སྲིད་ལ་དགའ་བའི་བུད་མེད་ཚོའི་ཨིན་སྒྲ་ཨུམ་སྒྲ་ཉན་པར་དགའ། སྐད་དེ་དག་ཐོས་པས་ང་ནི་གཡན་པ་འབྲུག་པ་ལྟ་བུར་གྱུར། མི་ཟེར་བ་འདི་ལོག་གཡེམ་ལ་དགའ་ན་རྒྱལ་སྐྱུགས་ཀྱང་བྱེད་ངེས། གཡེམ་དང་སྐྱུགས་ནི་སྐྱེ་དང་མཛིང་པ་ཇི་བཞིན་མཉམ་དུ་སྦྲེལ་བས། ཇི་ལྟར་བྱས་ཅང་ཁ་བྲལ་མི་ཐུབ། ཇེས་སུ་ང་སྐྱུགས་ལ་ཤིན་ཏུ་དགའ་བར་གྱུར། ལོག་གཡེམ་ནི་ལྷོད་ཤིག་ཤིག་ཡོང་ཕྱིར་ཡིན་ཏེ་ཆུ་བཏུངས་པ་མང་དྲགས་ནས་ཆབ་གསང་བྱས་པ་འདྲ། སྐྱུགས་ནི་དེ་དང་གཏན་ནས་མི་འདྲ་སྐྱིད་ཀྱང་སྐྱིད་ལ་དངངས་སྐྲག་ཀྱང་ཆེ། དངངས་སྐྲག་དེ་ནི་ངས་ཤོད་མི་ཤེས་པའི་བདེ་སྣང་ཞིག་ཀྱང་རེད། སྔོན་ཆད་ངས་ཉིན་མ་གང་འཕྲོལ་བྱེད་ཀྱི་ཡོད་པས། ཉིན་གང་ལུས་ལ་ཤུགས་ཡོད་ཀྱང་ཐང་ཆད་པའི་ཉམས་ཤིག་ཐོན། ཉིན་ལྟར་ཞོགས་པ་སེམས་ཁྲལ་གཅིག་རང་ཡོད་པ་ནི་དེ་རིང་ཉི་མ་གང་འཕྲོལ་བྱེད་པ་དེ་རེད། ངའི་ཨ་ཕས་རྟག་ཏུ་འོ་དོད་འབོད་བཞིན་ང་མེས་པོའི་གཟི་བརྗིད་དུ་མ་གྱུར་པར་གཤེ །ངའི་སེམས་ནང་མེས་པོའི་གཟི་བརྗིད་དུ་གྱུར་མཁན་དེ་ང་ངེས་པར་དུ་ཡིན་ག་ལ་དགོས། ངས་རང་གིས་རང་ལ་འཚོ་བ་སྐྱིད་ཅིང་རྒྱགས་པ་ལོངས་སུ་མི་སྤྱོད་པར་མེས་པོའི་གཟི་བརྗིད་བསམ་པ་ནི་ངལ་བའི་རྒྱུ་ལས་མ་འདས། ཡར་ངའི་ཨ་ཕས་ཀྱང་གཞོན་དུས་ང་དང་འདྲ་བར་ངེད་ཚོའི་མེས་པོ་གོང་མས་བཞག་པའི་ཞིང་ཁ་མུའུ་ཉིས

བརྒྱ་ལྷག་ཡོད་པ་དག་ཁོང་གི་ལག་ཏུ་སུམ་བརྒྱ་ལས་མེད་པར་མ་གྱུར་རམ་ཞེས་སྨྲས་ཤིང་། ངས་ཕ་ལ།

ཁྱོད་སྐྱོ་མི་དགོས། ངའི་བུ་མེས་པོའི་གཟི་བརྗིད་དུ་གྱུར་པ་བྱེད་ཅེས་སྨྲས།

གང་ལྟར་ཡང་ཕྱི་རབས་པ་ལ་རྩུང་ཟད་ཅིག་འཇོག་མི་དགོས་སམ། ངའི་མས་ཐོས་ཏེ་དགོད་ཆུང་སིག་སིག་བྱེད། མས་ཀློག་ཏུ་ང་ལ་བཤད་པར། ངའི་ཨ་ཕས་ཀྱང་གཞོན་དུས་ཨ་མྱེས་ལ་འདི་ལྟར་སྨྲས་ཟེར། ངའི་སེམས་ནང་དེ་ལྟར་རེད། ཨ་ཕ་རང་གིས་མི་འཛོན་པའི་ལས་དེ་ངས་ལས་དགོས་ཟེར་ན་ངས་ཁས་ཇི་ལྟར་ལེན་སྙམ། དེ་དུས་ངའི་བུ་ཡའུ་ཆིང་སྐྱེས་མེད། བུ་མོ་འཇང་ཚོན་ལོ་བཞི་སོན་ཙམ་རེད། ཙ་སྒྲོན་ལ་བུ་སྦྲུམ་ནས་ཟླ་བ་དྲུག་ཙམ་རེད། ལྟ་སྣང་ལ་དོགས་མི་བདེ་ཞིང་། གོམ་པ་སྤོ་སྐབས་དོར་ཧྭའི་ནང་དུ་རྗེན་ཐོ་བརྒྱངས་པ་བཞིན་ལྷིར་ལྷིར་དུ་ཡོད་པས། ང་དོགས་མི་བདེ་བར་ངས་མོ་ལ་འདི་ལྟར་སྨྲས།

ཁྱོད་ཀྱི་ལྟོ་བར་ཆུང་བུ་ལྷང་ནས་སློར་མོ་ཛ་འདྲ་རེད།

ཙ་སྒྲོན་གྱིས་ང་ལ་ཁ་ལན་མི་བྱེད། མོས་དམའ་འབེབས་ཀྱི་སྐད་ཆ་འདི་ཐོས། ཁོག་ཏུ་མི་འབར་ཙང་ངག་འཛམ་པོས་འདི་ལྟར་སྨྲས།

ཆུང་བུས་ཆེན་པོར་གྱུར་པ་ག་ལ་ཡིན།

ང་སྐུགས་ལ་ཞུགས་རྗེས། ངས་མེས་པོའི་གཟི་བརྗིད་ལོན་ངེས་སྙམ། ངའི་ཨ་ཕས་ཤོར་བའི་ཞིང་ཁ་སུམ་བརྒྱ་ལྷག་ཚུར་ལེན་དགོས་སྙམ། ཉིན་དེ་དག་རིང་ཨ་ཕས་ང་ལ་རྫོང་གྲོང་དུ་སྤྲང་འཁྱམས་ཅི་ཞིག་བྱེད་དམ་ཟེར་བར་

ངས་ཨ་ཕར་འདི་ལྟར་བཤད།

ད་ལྟ་སྲུང་འཛམས་མི་བྱེད། ཉོ་རྩེད་བྱེད་བཞིན་ཡོད།

ཨ་ཕས། ཉོ་རྩེད་ཅི་ཞིག་བྱེད་དམ།

ཨ་ཕས་ཐོས་མ་ཐག་ཁོང་ཁྲོ་ལངས། ཨ་ཕ་གཞོན་དུས་ཀྱང་ཨ་མྱེས་ལ་ལན་འདི་ལྟར་བཏབ། ང་སྐུགས་བྱེད་པ་ཨ་ཕས་ཤེས་ཀྱི་ཡོད་པས། རས་ལྷམ་ཕུད་དེ་ངའི་ཕྱོགས་སུ་གཞུས། ངས་ཤར་གབ་ཐུབ་གཡོལ་བྱུས། སེམས་ནང་ཐེངས་འགའ་གཞུས་པས་ད་ནི་ཚོག་སྐམ་མོད། རྒྱུན་པར་སློ་ལངས་དུས་མ་གཏོགས་ནུས་ཤུགས་མེད་པའི་ཨ་ཕས་ཇི་ཙམ་གཞུས་པ་དེ་ལྟར་ཇེ་དྲག་ཏུ་འགྲོ། ང་ནི་ཤ་སྲུང་མ་ཡིན་པས་ཨ་ཕས་གཞུ་ག་ལ་ཉུང་། དེ་རྗེས་ངས་ཨ་ཕའི་ལག་ནས་བཟུང་སྟེ་འདི་ལྟར་བཤད།

ཨ་ཕ། ཁྱོད་ཀྱིས་མཚམས་ཞོག་དང་། ཁྱོད་ཀྱིས་ང་གསོས་པའི་ངོ་ལ་བལྟས་ཏེ་གཡུག་ཞོག་དང་། ད་ནི་མཚམས་ཞོག་དང་།

ངས་ཨ་ཕའི་ལག་གཡས་པ་བཟུང་བས། ཨ་ཕས་ལག་གཡོན་མས་རྐང་པ་གཡས་པའི་རས་ལྷམ་ཕུད་དེ་ང་ལ་གཞུ་རྩིས་བྱེད། ངས་ཨ་ཕའི་ལག་གཡོན་པ་བཟུང་བ་ན་ཨ་ཕ་འགུལ་མ་ཐུབ། སྙིང་རླུང་སྟོད་ལ་འཚངས། ཡུད་ཙམ་ཞིག་སྐད་ཆ་ཡང་ཤོད་མི་ཐུབ་པར་ལུས།

ལྟས་ངན་འདི།

ངས། ཕར་སོང་།

ལག་གཉིས་སློད་པས་ཨ་ཕ་རྩིགས་ཁུག་ཏུ་འགྱེལ།

ང་གཞོན་དུས་ཤ་ཆང་ལོག་གཡེམ་དང་རྒྱལ་སྐུགས་རྩོམ་འཛོག་ཁོ་ནར

གཡིངས། ང་རྒྱུན་པར་འགྲོ་སའི་གཞུང་ཁང་ནི་མིང་རྐྱང་ཡིན་ཞིང་། མིང་ལ་གཡུ་ཐོག་ཟེར། དེའི་ནང་དུ་འཕྱོན་མ་ཤ་རྒྱགས་ཤིག་ཡོད་པར་ང་དགའ། མོ་འགྲོ་སྐབས་འཕྱོངས་ཚོས་གཉིས་པོ་ནི་ཁང་མདུན་གྱི་ལྷང་ཞུ་ཧི་བཞིན་གཡས་གཡོན་དུ་གཡོ། མོ་མལ་ཁྲིའི་ཐོག་ཏུ་འགྲུལ་ཙམ་འགྲུལ་ཙམ་བྱེད་དུས་དེའི་སྟེང་དུ་མནན་བཞིན་པའི་ང་ནི་གྲུའི་ནང་དུ་གཉིད་ཡུར་བ་འདྲ་ལ། ཆུ་ནང་དུ་འཕྱོ་བ་དང་མཚུངས། ངས་རྟག་ཏུ་མོས་ང་སྐྱལ་པར་འཁྱེར་ཏེ་ཁྲིམ་དུ་འགྲོ་རུ་བཅུག །ངས་མོའི་ལུས་ཐོག་ཏུ་བཞོན་པ་ནི་རྟ་ཐོག་ཏུ་བཞོན་པ་འདྲ།

ངའི་སྨྱུག་པོ་ནི་འབྲས་ཚོང་ཁང་གི་སྦྱིན་བདག་གྲན་ལགས་རེད། ལུས་ལ་གོས་ཆེན་ནག་པོ་གྱོན་ཞིང་། ཚོང་སྒྲོམ་ནང་དུ་སྡོད་ཀྱི་ཡོད། ང་དེ་ནས་འགྲོ་ཐེངས་རེར་འཕྱོན་མའི་སྐྲ་ནས་བཟུང་། མོས་འགྲོ་མཚམས་བཞག་རྗེས་ངས་ཞྭ་ཕུད་དེ་སྨྱུག་པོར་ཕྱག་འབུལ་ཞུ།

ཉི་ཆར་སྐྱ་ཁམས་བདེའམ་ཞེས་སྨྲ།

ངའི་སྨྱུག་པོའི་གདོང་སྟོང་སྤྲུལ་དང་གཅིག་འདྲར་གྱུར། ང་ནི་གད་མོ་འཚེར་འཚེར་དང་འགྲོ་བཞིན་ཡོད། རྗེས་སུ་ངའི་ཨ་ཕས་སྨྲ་རྒྱུར་ངའི་སྨྱུག་པོ་ནི་རླུང་ནད་ཀྱིས་ཟིན་ཟེར། ངས་ཕ་ལ་འདི་ལྟར་སྨྲས།

ངའི་ངོ་བསུ་མི་དགོས། ངའི་ཨ་ཕ་ཁྱོད་ཡིན་རུང་ཁྱོད་ལ་རླུང་ནད་མེད། སྨྱུག་པོ་རང་གིས་རང་ལ་སྙིང་རླུང་བསླངས། ལེ་ཁག་ངའི་མགོ་ཐོག་ཏུ་གཡོག་དོན་མེད།

སྨྱུག་པོ་ང་ལ་སྐྲག་པ་ངས་ཤེས། ང་འཕྱོན་མའི་ལུས་ཐོག་ཏུ་བཞོན་ཏེ།

སྒྱུག་པོའི་ཚོང་ཁང་མདུན་དུ་འགྲོ་སྐབས་ཁོ་ནི་བདེ་ལྷུག་འཁྱུག་པའི་བྱི་བ་བཞིན་ནང་དུ་འཛུལ་བར་བྱེད། ཁོས་ང་ཐུག་མི་ཐོད་མོད། མག་པ་སྒྱུག་པོའི་སྒོ་འགྲམ་ནས་འགྲོ་སྐབས་གུས་ལུགས་ཤིག་མི་དགོས་སམ། ངས་སྐད་ཤུགས་ཆེན་པོས་འབྲོ་བཞིན་པའི་སྒྱུག་པོར་ཁམས་བདེ་ཞུ་བཞིན་ཡོད།

གཟི་བརྗིད་ཆེ་ཤོས་ནི་ཉི་ཧོང་བ་མགོ་བཏགས་རྗེས་རྒྱལ་དམག་རྫོང་གྲོང་དུ་མངའ་ཁོངས་ལེན་པར་ཡོང་དུས་རེད།

ཉིན་དེར་འཁྲུག་ཆ་ཧ་ཅང་དོད། རྫོང་གྲོང་གི་ཁྲིམ་གཞུང་གཡས་གཡོན་མི་ཡིས་ཁེངས། ལག་ཏུ་དར་ཆ་ཚོན་ཁྲ་ཅན་ཐོགས། ཚོང་ཁང་ཚང་མར་དགུང་སྟོན་ཉི་དཀར་དར་ཆ་①བཙུགས། ངའི་སྒྱུག་པོའི་འབྲས་ཚོང་ཁང་མདུན་དུ་བཅད་སྒོ་དང་མཚུངས་པའི་ཅང་ཅེ་ཧྲེའི་པར་ཆེན་པོ་གཉིས་བཀལ། འབྲས་ཚོང་ཁང་གི་རོགས་པ་གསུམ་པོ་ནི་ཅང་ཅེ་ཧྲེའི་སློ་ཁྲུག་གཡོན་པའི་ངོས་སུ་ལངས།

མདང་ནུབ་ངས་གཡུ་ཐོག་ཏུ་སྐུགས་མཚན་འཕྲོངས་བྱས་པས། རིག་པ་མི་གསལ་ཞིང་མུན་འཐིབས་པ་ནི་ཕྲག་རྒྱབ་ཏུ་འབྲས་སྒྱེ་མོ་གང་འཁྱེར་བ་འདྲ། ངས་འདང་རྒྱུག་དུས་ཁྱིམ་དུ་མ་སླེབས་པར་ཟླ་ཕྱེད་ཙམ་སོང་། ལུས་ཀྱི་གྱོན་པ་ལས་རྟུལ་དྲི་སྤྲུར་མོ་འཐུལ། ངས་འཕྱོན་མ་ཤ་རྒྱགས་མལ་ཁྲི་ལས་ཕུད། མོས་ང་སྐལ་རྒྱབ་ཏུ་འཁྱེར་དུ་བཙུག །ངས་འགྱོགས་བྱམས་པ་

① དགུང་སྟོན་ཉི་དཀར་དར་ཆ། མཚོན་དར་ཞིག་སྟེ། ༡༩༠༠ལོར་སུན་ཀྲུང་ཧྲན་གྱིས་ཏུད་ཀྲའུ་སན་ཀྲའུ་ཐན་འོས་ལངས་སྐབས་ཐོག་མར་མཚོན་དར་དུ་བྱས་པར་གྲགས་སོ། །བསྒྱུར་མཆན།

སྐད་བཏང་། དེ་ནི་ང་ཁྱིམ་དུ་སླེབས་རྗེས་མོ་ཕྱིར་ལོག་དུས་འགྲོགས་བྱམས་ནང་གཡུ་ཐོག་ཏུ་ལོག་ཆེད་རེད།

འཕྱོན་མས་ཅི་ཞིག་སྨྲ་བཞིན་ང་སྐལ་རྒྱབ་ཏུ་འཁྱེར་ཏེ་གྲོང་སྟོར་སོང་། མོས་ཐོག་རྗོད་རྒྱལ་པོས་ཉལ་བའི་གཉིད་མི་དགྲོག །ཉལ་མ་ཐག་ཏུ་ཁྱོད་ཀྱིས་རྨི་ལམ་དགྲོག །སེམས་པ་གནག་པ་སོལ་བ་འདྲ་ཟེར། ངས་དཔུལ་སྤྲང་ཞིག་མོའི་བྲང་ཁར་བཞག་པ་ན་མོའི་ཁ་ངང་གིས་འགག །གྲོང་སྟོར་སླེབས་སྐབས་གཞོགས་གཡས་གཡོན་དུ་མི་མང་པོ་མཐོང་། ངའི་རིག་པ་དྭངས་གསལ་དུ་གྱུར།

ངའི་སྨྱུག་པོ་ནི་རྫོང་གྲོང་གི་ཚོང་དོན་ཚོགས་པའི་ཚོགས་གཙོ་རེད། ངས་རྒྱང་རིང་ནས་ཁོས་ཁྲིམ་གཞུང་དུ་ལངས་ཏེ་འདི་སྐད་སྨྲས་པ་ཐོས།

ཚང་མ་ལེགས་པོ་བཞུགས་རོགས། ལེགས་པོ་བཞུགས་རོགས། རྒྱལ་དམག་སླེབས་མ་ཐག་ང་ཚོས་ཐལ་མོ་བརྡབས་ཏེ་དགའ་འབོད་གྱིས།

མི་འགའ་ཞིག་གིས་ང་མཐོང་མ་ཐག་སིག་སིག་ཏུ་དགོད་བཞིན།

སླེབས་སོང་། སླེབས་སོང་ཟེར།

ངའི་སྨྱུག་པོའི་བསམ་པར་རྒྱལ་དམག་སླེབས་སྙམ་སྟེ། མྱུར་བར་གཞོགས་ཤིག་ཏུ་ལངས། ངས་རྟ་ལ་བཞོན་པ་བཞིན་རྐང་པ་གཉིས་ཀྱིས་འཕྱོན་མར་ཡོབ་རྡེབ་བྱས་ཏེ་མོ་ལ་འདི་ལྟར་སྨྲས།

རྒྱུག་ཅིག །རྒྱུག་ཅིག །

ལམ་གཞོགས་གཉིས་ཀྱི་ཁྲིལ་དགོད་འོག་འཕྱོན་མས་ཏལ་སྨྲ་དང་བཅས་ང་སྐལ་པར་འཁྱེར་ཏེ་རྒྱུག་བཞིན་ཁ་ནས་འདི་ལྟར་བརྗོ།

མཚན་མོའི་དུས་སུ་ང་མནན། ཉིན་མོའི་སྐབས་ང་བཙོན། སྡུག་སེམས་གནག་པོ། ཁྱོད་ཀྱིས་ང་རྒྱུག་སྟེ་ཤི་ན་བསམ་མམ།

ངས་ཁ་ཆེག་ངོ་ཆེག་དང་གཞོགས་གཡས་གཡོན་གྱི་དགོད་བཞིན་པའི་མི་ལ་གྲུས་ལན་སློག །སྐྱུག་པོའི་མདུན་དུ་སླེབས་དུས་ངས་འཕྱོན་མའི་སྐྲ་ནས་བཟུང་སྟེ།

སྟོད་ཚུགས། སྟོད་ཚུགས་ཞེས་སྨྲས།

འཕྱོན་མས་ཨ་ཙ་ཟེར་བཞིན་རང་སར་བསྡད། ངས་སྐད་ཤུགས་ཆེན་པོས་སྐྱུག་པོར་འདི་ལྟར་སྨྲས།

སྐྱུག་པོ་ཆེན་མོ་ལགས། མག་པས་ཁྱོད་ལ་ཁམས་བདེ་ཞུ།

དེའི་ཚེ་དེའི་དུས་ན་དངོས་གནས་དྲང་གནས་ངས་སྐྱུག་པོའི་ངོ་ཡོངས་སུ་ཚུ་ལ་བསྐྱུར། ངའི་སྐྱུག་པོ་སྐབས་དེར་ཧོན་འཐོར་ཏེ་མཆུ་ཀྲབ་ཙམ་བྱེད་ཅིང་། གང་མཚམས་ནས་སྐད་བཙེར་ཏེ་འདི་ལྟར་ཟེར།

སེས་པོ་གོང་མ། ཁྱོད་མྱུར་བར་རྒྱུག་ཅིག་ཟེར།

སྐད་གདངས་དེ་ཐོས་སྐབས་ཁོའི་སྐད་གཏན་ནས་མི་འདྲ།

ངའི་ཆུང་མ་ཙ་སྒྲོན་གྱིས་ངས་ཇོང་གྲོང་ནང་འདྲ་མིན་སྣ་ཚོགས་བྱེད་པ་ལོས་ཤེས་མོད། ཙ་སྒྲོན་ནི་བུད་མེད་སེམས་བཟང་ཞིག་ཡིན་པས། ངས་ཚེ་འདིར་ཆུང་མ་འདི་འདྲ་ཞིག་འཇོར་བ་ནི་ཚེ་སྔོན་ངས་ཧ་ཟློག་སེམས་ཅན་ལྟ་བུའི་ལུས་བླངས་ཏེ་བསོད་ནམས་བསགས་པའི་འབྲས་བུ་རང་རེད། ཙ་སྒྲོན་གྱིས་ང་ལ་རྟག་ཏུ་འདོད་མེད་དང་ལེན་བྱེད་ཀྱི་ཡོད་ཅིང་། ངས་ཕྱི་རོལ་དུ་ཅི་ཞིག་བྱས་ཀྱང་སེམས་ནང་མི་སྐྱིད་པས་ལྟོ་བ་ཁེངས་མོད། ཁ་ནས་ཅི་ཡང་

མི་སྨྲ་བས་ངའི་ཨ་མ་དང་འདྲ།

ཪྫོང་གྲོང་དུ་ངའི་རྩིང་སྤྱོད་ཐལ་དྲགས་པས། ཅ་སྒྲོན་གྱི་སེམས་ནང་ཁུར་པོ་ལྗི་སྟབས། ཡིད་བདེ་བའི་སྐབས་མ་མཆིས། ཉིན་ཞིག་ང་ཪྫོང་གྲོང་ནས་ཁྱིམ་དུ་ལོག །འཕོངས་གདན་ལ་ཐུག་མ་ཐག་ཅ་སྒྲོན་གྱིས་དགའ་བཞིན་སྤྲོ་བཞིན་ཆོད་མ་བཞི་ངའི་མདུན་དུ་དྲངས། ད་དུང་ང་ལ་ཆང་བཏེགས། རང་ཉིད་ངའི་གམ་དུ་བསྡད་དེ་ང་ལ་ཞབས་ཞུ་བྱེད། མོའི་གད་མོ་འཚེར་འཚེར་གྱིས་ང་ཡ་མཚན་པར་གྱུར། མོ་ལ་བཀྲ་ཤིས་པའི་དོན་གང་ཞིག་བྱུང་བ་ངས་མ་ཤེས། བསམ་བློ་དྲུག་གསུམ་བཅོ་བརྒྱད་བཏང་ཙང་དེ་རིང་དུས་བཟང་ཡིན་པ་ནི་ངས་མ་དྲན། ངས་མོ་ལ་དྲིས་ཀྱང་མོས་གཏན་ནས་མ་སྨྲས་པར་འཛུམ་དམུལ་དམུལ་གྱིས་ང་ལ་བལྟས།

ཆོད་མ་བཞི་པོ་ལྷུམ་ཚལ་ཤ་སྟག་རེད། ཅ་སྒྲོན་གྱིས་ཆོད་མ་ཚང་མ་མི་གཅིག་པ་བཟོས། འོན་ཏེ་ཞབས་འོག་ཚང་མ་ཆེ་ཆུང་ཕལ་ཆེར་མཚུངས་པའི་ཕག་ཤ་ཁོ་ན་རེད། ང་རེ་ཞིག་ཧོན་ཐོར། དེ་རྗེས་ང་ཧ་ཧ་ཞེས་གད་མོ་ཤོར། ངས་ཅ་སྒྲོན་གྱི་བསམ་ཚོད་རྟོགས། མོས་གནས་ལུགས་ཤིག་ངོ་སྤྲོད་པ་ནི་བུད་མེད་ཀྱི་ཕྱི་ཚུལ་ངོ་གདོང་མི་འདྲ་བ་ཙམ་ལས་འོག་གི་འདོམས་ལ་ཁྱད་པར་མེད་ཅེས་པ་དེ་རེད། ངས་ཅ་སྒྲོན་ལ་འདི་ལྟར་སྨྲས།

གནས་ལུགས་འདི་ངས་ཀྱང་ཤེས།

གནས་ལུགས་འདི་ངས་ཤེས་ཏེ། ཁ་སྒོ་སྐྱེ་འབྲས་མི་འདྲ་བའི་བུད་མེད་མཐོང་ན། ངའི་སེམས་ཆོར་མི་འདྲ་སོ་སོར་རེད། འདི་ནི་ཐབས་མེད་པའི་ལས་རེད།

ཙ་སྒྲོན་ནི་བུད་མེད་འདི་འདྲ་ཞིག་རེད། སེམས་ནས་ང་ལ་མི་འདོད་ཀྱང་ངས་ཇོ་ཐོག་ཏུ་མི་མངོན་པ་བྱས་ཏེ། དཔེ་ཅི་ཞིག་བརྗོད་ནས་ང་ལ་གོ་བརྡ་སྤྲོད། ང་ལ་འཇམ་རྩུབ་གཉིས་ཀ་མི་འགྲོ། ཕའི་རས་ལྷམ་དང་ཙ་སྒྲོན་གྱི་ཚོད་མས་ངའི་རྐང་པའི་ཁ་ལོ་གཙུས་ག་ལ་ཐུབ། ང་རྫོང་གྲོང་དུ་འགྲོ་བར་དགའ་ལ། གཞང་ཁང་དུ་ཞུལ་བར་སྤྲོ། ངའི་ཨ་མ་ཕོ་ནས་སྐྱེས་པའི་བསམ་ཚུལ་རྟོགས། མས་ཙ་སྒྲོན་ལ་འདི་ལྟར་སྨྲས།

སྐྱེས་པ་ཐམས་ཅད་སྤྱང་ཀི་འདྲ། སྤྱང་ཀི་ཤ་ལ་མི་དགའ་བ་མེད་ཟེར།

ངའི་ཨ་མའི་གཏམ་འདིས་ང་བསྐྱབས་པ་མ་ཟད། ངའི་ཨ་ཕའི་རྐུབ་ཀྱང་བརྡོལ་བ་རེད། ངའི་ཨ་ཕ་འདུག་ཁྲིའུ་ཐོག་ཏུ་ཡོད། གཏམ་འདི་ཐོས་མ་ཐག་མིག་སེར་ཁ་ཙམ་གདངས་ཏེ་གད་མོ་ཙུང་ཙམ་དགོད། ངའི་ཨ་ཕ་ཡང་གཞོན་དུས་སུ་ཚུལ་ལྡན་ཞིག་མིན། ད་ལྟ་ལོ་ལོན་པས་གཞུང་དྲང་ཅན་དུ་གྱུར་པ་ཙམ་རེད།

ང་སྐུགས་ལ་ཞུགས་ཡུལ་ཡང་གཡུ་ཐོག་ཏུ་རེད། རྟག་ཏུ་རྩེད་པ་ནི་འཁྲིག་ཤོ་དང་། དགུ་ཤོ །ཤོ་རྩེད་རེད། ངས་སྐུགས་ཐེངས་རེ་ལ་ཕམ་ཐེངས་རེ། ཇེ་ཙམ་ཕམ་ན་ངས་ངའི་ཨ་ཕ་གཞོན་དུས་སྐབས་ཞིང་ཁ་སུའུ་བརྒྱ་ལྷག་ཤོར་བ་དེ་ལྟར་ཚུར་ལེན་འདོད་སྐྱེས། ཐོག་མར་ངས་དངུལ་སྤྲད། དངུལ་མེད་ན་ཙ་སྒྲོན་དང་ཨ་མའི་རྒྱན་ཆ་བརྐུས། ཐ་ན་ངས་བུ་མོ་འཛང་འ་ཚོན་གྱི་གསེར་གྱི་མགུལ་རྒྱན་ཡང་བརྐུས། རྗེས་སུ་ངས་དོམ་འཛོག་བྱས། བུན་བདག་གིས་ངའི་ཁྱིམ་ལ་བོས་ཤེས་ཏེ་དོམ་འཛོག་ཁས་ལེན་བྱེད། དོམ་འཛོག་བྱས་རྗེས་ངས་དངུལ་ཅི་ཙམ་ཤོར་བ་མི་ཤེས། བུན་བདག་གིས་མ་དེད་ཙང་སྐོག

ཏུ་ངའི་ཁྲིམ་གྱི་ཞིང་ཁ་མུའུ་བརྒྱ་ལྷག་ཙམ་ལ་སྡིག་བཞིན་ཡོད།

བཅིངས་བཀྲོལ་བྱས་རྗེས་ད་གཟོད་སྐུགས་ལས་རྒྱལ་བ་རྣམས་ཀྱིས་ཤོག་ཏུ་གཡོ་འཕྲུལ་བྱེད་པ་ངས་ཤེས། དེ་བས་ངའི་ཨ་ཕ་སྐུགས་ཤོར་བ་ལས་ཐོབ་པ་ཕལ་ཆེར་མེད། ཁོ་ཚོས་ང་ཚོ་རྫབ་དོང་དེར་མཚོངས་པར་འཁྲིད་ཀྱི་ཡོད། སྐབས་དེར་གཡུ་ཐོག་ཏུ་ཧྲན་ལགས་ཞུ་བ། ལོ་དྲུག་ཅུར་ཉེ་བ། མིག་ཟུང་ཁྲ་ལས་གྲུང་བ། ལྭ་རིང་སྔོན་པོ་བསྣུབས་པ། རྐེད་པ་དགྱེ་བ། རྐང་མཐིལ་བཏེགས་པ་དྲང་བ། རྒྱུན་པར་གྲུང་ཁྲུག་ཏུ་སྡོད་པ། མིག་ཟིམ་བུར་བྱེད་ཅིང་གཉིད་ཡུར་རམ་སྣམ་པ་ཞིག་ཡོད། རྒྱན་ཅོག་སྟེང་གི་སྐུགས་རྡེ་ཙམ་བཞག་པ་དེ་ཙམ་གྱིས་མང་དུ་ཕྱིན་ན། ཧྲན་ལགས་ཀྱིས་སློ་ཡུ་ལན་འགའ་བྱེད་ཅིང་། དལ་བུར་ཡོང་སྟེ་ཟུར་ངོས་ཤིག་ལས་བལྟ་ཙམ་བྱེད། བལྟས་མ་ཉིད་དུ་མི་ཞིག་གིས་ཡར་ལངས་ཏེ་འདུག་གནས་སྤྲོད།

ཧྲན་ལགས། འདིར་བཞུགས།

ཧྲན་ལགས་ཀྱིས་ཕུ་ཐུང་བརྫེས་ཙམ་བྱས་ཏེ། སྐུགས་རྒྱལ་བ་གཞན་གསུམ་ལ་འདི་ལྟར་སྨྲ།

ལྷན་རྒྱས། མུ་མཐུད་ཡིན།

གཡུ་ཐོག་གི་མི་རྣམས་ཀྱིས་ཧྲན་ལགས་སྐུགས་ཤོར་བ་མཐོང་མ་མྱོང་། ཁོང་གི་རྩ་སྔོན་པོ་འབུར་དུ་གསལ་བའི་ལག་ཟུང་གིས་ཤོ་དཀྲུག་སྐབས་ཐག་སྒྲ་ལས་གཞན་ཅི་ཡང་གོ་རྒྱུ་མེད། ཤོ་དེ་དག་ཁོང་གི་ལག་ནང་དུ་མཚམས་རེ་རིང་ལ་མཚམས་རེ་ཐུང་། ཐག་སྒྲ་དང་བཅས་ཤོ་རྣམས་ཡར་འཁྲོ་མར་འཁྲོ་བྱེད། ངའི་མིག་རབ་ཏུ་འཁྲུལ།

ཐེངས་ཤིག་ རྟ་ལགས་ར་བཟི་བས། ང་ལ་འདི་ལྟར་སྨྲས།

སྐུགས་ནི་མིག་ཟླུང་དང་ལག་ཟླུང་ཁོ་ནར་རགས་ལུས། མིག་ཟླུང་རྐོད་ཀྱི་ཤ་མིག་ལས་གྲུང་བ་དང་། ལག་ཟླུང་འདམ་ཉ་ལས་འཕྲུག་པ་དགོས་ཟེར།

ཉི་རྟིང་མགོ་བཏགས་ཞུ་བའི་ལོ་དེར་ལུང་ཨར་སླེབས། ལུང་ཨར་གྱི་སྐད་ལ་སྡོ་བྱུང་གཉིས་ཀའི་གདངས་འདྲེས་པས། སྐད་ཐོས་པ་ཙམ་གྱིས་མི་དེ་ནི་རང་ག་བ་ཞིག་མིན་པ་ཤེས། མི་དེ་ས་ཆ་མང་པོ་ཉུལ་ཞིང་། བྱ་བ་ཆེ་ཕྲ་གང་ཞིག་ཀྱང་ལས་སྦྱོང་མཁན་ཞིག་རེད། ལུང་ཨར་གྱིས་ལྭ་རིང་མི་གྱོན་པར་གོས་ཆེན་དཀར་པོའི་སྟོད་གོས་གྱོན། ཁོ་དང་མཉམ་དུ་ད་དུང་མི་གཉིས་ཡོད། དེ་གཉིས་ཀྱིས་ལྕུག་མའི་ཤིང་སྒམ་ཆེན་པོ་གཉིས་འཁྱེར་གྲོགས་བྱེད།

ལོ་དེའི་གྲན་ལགས་དང་ལུང་ཨར་གཉིས་ཀྱི་སྐུགས་འགྲན་དེ་དངོས་གནས་ལྟད་མོ་ཆེ། གཡུ་ཐོག་གི་སྐུགས་ཁང་མི་ཡིས་ཁེངས། རྟ་ལགས་དང་ཁོ་ཚོ་གསུམ་སྐུགས་འགྲན། ལུང་ཨར་གྱི་རྒྱབ་ཏུ་ཞབས་ཞུ་བ་ཞིག་ལངས། ལག་ཏུ་པགས་རས་སྒམ་པོ་སྤེར་མ་གང་བཟུང་། ལུང་ཨར་གྱིས་སྐབས་ངེས་མེད་དུ་པགས་རས་རེ་བླངས་ཏེ་ལག་པ་ཕྱིས། ཁོས་ལག་པ་པགས་རས་རླྀན་པས་མ་ཕྱིས་པར་སྐམ་པོས་ཕྱིས་པས། ང་ཚོ་ཡ་མཚན་པར་གྱུར། ལག་པ་འཕྱིད་སྐབས་ཀྱི་ཚུགས་ཀ་ནི་ཟས་ཟོས་མ་ཐག་པ་འདྲ། སྔོན་ལ་ལུང་ཨར་བསྟུད་མར་ཕམ། བལྟས་ཚོད་ལ་སྣང་མེད་ཀྱི་ཉམས་ཤིག་འཆར་མོད། ཁོས་འཁྲིད་པའི་མི་དེ་གཉིས་ནི་སྔོད་ཚུགས་མ་ཟིན་པར་ཚོ་ངེ་འདོན་བཞིན་དབུགས་རིང་གཏོང་། རྟ་ལགས་བསྟུད་མར་རྒྱལ་ཙང་ངོ་ནས་ཐོབ་པའི་ཉམས་གཏན་ནས་མ་འཆར། རྟ་ལགས་ཀྱིས་ཐོད་པའི་གཉེར་རིས་སྐྱུངས་

པར་བལྟས་ན་ད་དུང་མང་པོ་ཞིག་ཕམ་སྣང་འཆར། ཁོའི་མགོ་བོ་ཐུར་དུ་དཔྱངས་མོད། མིག་ཟུང་འཛོར་མ་གཟེར་བ་བཞིན་ལྕུང་ཨར་གྱི་ལག་ཟུང་ལ་བསྡིགས། རྟུན་ལགས་སྐུ་ན་བགྲེས་པས་མཚན་ཕྱེད་ཙམ་ནས་དབུགས་ཀྱི་རྒྱུ་བ་དྲག་ཏུ་སོང་། ཐོད་པའི་སྟེང་དུ་ཡང་རྔུལ་ཆུ་ཐོན། རྟུན་ལགས་ཀྱིས།

སྐུགས་ཐེངས་གཅིག་གིས་རྒྱལ་ཕམ་ཐག་གཅོད་བྱེད།

ལྕུང་ཨར་གྱིས་སྟེར་མ་ལས་པགས་རས་མཐའ་མ་དེ་བླངས་ཏེ་ལག་པ་ཕྱི་བཞིན།

ཡོས་འཁྲིག །

ཁོ་གཉིས་ཀྱིས་དངུལ་ཚང་མ་སྐུགས་ཅོག་ཏུ་སྤུངས། དཀྱིལ་དུ་སྟོང་པ་ཙུང་ཞིག་ལུས་པ་ཕུད། ཅོག་ངོས་ཕལ་ཆེར་དངུལ་གྱིས་ཁེངས། མི་རེར་ཤོ་ལྷ་རེ་སྤྲད། བཞི་རེ་ཁ་བསླངས་པས། ལྕུང་ཨར་གྱི་རོགས་པ་གཉིས་ཀྱིས་དབུགས་རིང་གཏོང་བཞིན་ཤོ་ཕར་ཕུད་དེ།

ཚར་སོང་། ཕམ་སོང་།

ལྕུང་ཨར་གྱིས་མྱུར་བར། ཕམ་མེད། ང་ཚོ་རྒྱལ་སོང་སྨྲ་བཞིན་ལྕུང་ཨར་གྱིས་ཤོ་མཐའ་མ་དེ་ཁ་བསླངས་པ་ནི་Aཁམ་ནག་རེད། ཁོང་གི་རོགས་པ་གཉིས་ཀྱིས་ཧ་ཧ་ཞེས་བགད། དོན་ལ་རྟུན་ལགས་ཀྱི་ཤོ་མཐའ་མ་དེ་ཡང་Aཁམ་ནག་རེད། ཁོང་ནི་Aགསུམ་ལ་Kགཉིས་རེད། ལྕུང་ཨར་ནི་Qགསུམ་ལ་Jགཉིས་རེད། ལྕུང་ཨར་གྱིས་སྔོན་ལ་Aཁམ་ནག་ཁ་བསླངས་པས། རྟུན་ལགས་ཡུད་ཙམ་ཧད་དེ་གཞི་ནས་ལག་ནང་གི་ཤོ་བརྩིས་ཏེ་འདི་ལྟར་སྨྲས།

ང་ཕམ་སོང་།

ལྱུང་ཨར་དང་ཧྲན་ལགས་གཉིས་ཀའི་Aཁམ་ནག་དོན་ལ་ཕུ་ཐུང་ལས་བླངས་པ་རེད། ཤོ་གཅིག་ལ་Aཁམ་ནག་གཉིས་ཅི་ལ་ཡོད་དེ་གཏན་ནས་མེད། ལྱུང་ཨར་གྱིས་སྔོན་ལ་ཤོ་བསླངས་པས། ཧྲན་ལགས་ཀྱི་སེམས་ནང་རང་ཉིད་སྐུགས་ཕམ་པ་ཤེས། དེ་ནི་ང་ཚོས་ཧྲན་ལགས་སྐུགས་ཕམ་པ་མཐོང་བ་ཐོག་མ་དེ་རེད། ཧྲན་ལགས་ཀྱིས་སྐུགས་ཅིག་ཕར་ཕུད་དེ་ཡར་ལངས། ལྱུང་ཨར་རོགས་པ་དང་བཅས་པར་གུས་བཟང་བྱས། ཁ་བསྐོར་ཏེ་ཕྱི་རོལ་དུ་སོང་། སྒོ་ཁར་སླེབས་སྐབས་འཛུམ་དམུལ་བཞིན།

ང་ལོ་ལོན་ན་རྒས་ཟེར།

དེ་རྗེས་སུས་ཀྱང་ཧྲན་ལགས་མ་མཐོང་། ཤོད་སྒྲོལ་ལ་ནམ་ལངས་མ་ཐག་འགྲོགས་བྱམས་ཤིག་ཏུ་འཛུལ་ཟེར།

ཧྲན་ལགས་ཕྱིན་པས། ལྱུང་ཨར་རྫོང་གྲོང་འདིའི་སྐུགས་དཔོན་དུ་གྱུར། ལྱུང་ཨར་ཧྲན་ལགས་དང་མི་འདྲ། ཧྲན་ལགས་སྐུགས་རྒྱལ་བ་ལས་ཕམ་མ་མྱོང་། ལྱུང་ཨར་སྐུགས་ཆུང་བ་རྟག་ཏུ་ཕམ་ངེས། ཁོ་སྐུགས་ཆེན་པོ་ཕམ་པ་ངས་མ་མཐོང་། ངས་གཡུ་ཐོག་ཏུ་ལྱུང་ཨར་ཁོ་ཚོ་དང་མཉམ་དུ་སྐུགས་འགྲན། རྒྱལ་བ་ཡོད་ལ་ཕམ་པ་ཡང་ཡོད། དེ་བས་ངའི་སྣང་ངོར་ང་ཕམ་སྣང་མ་འཆར། དོན་དུ་ང་རྒྱལ་བ་ནི་སྐུགས་ཆུང་ཡིན་ཞིང་། ཕམ་པ་ནི་སྐུགས་ཆེན་ཡིན་མོད། ངའི་མགོ་བོ་གདུགས་ལྟར་འཁོར་བཞིན་ད་དུང་རང་ཉིད་ཀྱིས་ཕ་མེས་ཀྱི་གཞི་བརྫེད་ལོན་ངེས་སྙམ་གྱི་ཡོད།

ང་སྐུགས་མཐའ་མ་འགྲན་པའི་ཉིན་མོར་ཙ་སྒྲོན་སླེབས། ཉིན་དེར་ས་ཐུབ་ལ་ཁད་རེད་ཙ་སྒྲོན་གྱིས་ཕྱིས་སུ་ང་ལ་སྨྲས། དེའི་ཚེ་ངས་ནམ་ལངས

པ་དང་ས་ཏུབ་པ་གང་ཡིན་མི་ཤེས། ཙ་སྒྲོན་ལྗོ་བ་ཆེན་པོ་ལྡིར་བཞིན་གཡུ་ཐོག་ཏུ་སླེབས། ངའི་བུ་སྦྲུམ་ནས་ཟླ་བ་བདུན་བརྒྱད་ཙམ་རེད། ཙ་སྒྲོན་ངའི་འགྲམ་དུ་སླེབས་རྗེས། ཅི་ཡང་མི་སྨྲ་བར་ངའི་མདུན་དུ་ཕུས་མོ་བཙུགས། ཐོག་མར་ངས་མ་མཐོང་། ཉིན་དེར་ང་ལག་བསོད་ཤིན་ཏུ་ཆེ། བརྒྱབ་པའི་ཤོ་ཕལ་ཆེར་ང་ལ་དགོས་པའི་ཤོ་མིག་རྐྱང་རྐྱང་རེད། ཁ་སྒྲོད་དུ་ཡོད་པའི་ལྕུང་ཨར་གྱིས་ཤོ་མིག་ལ་ལྟ་བཞིན་དགོད་བཞིན་འདི་ལྟར་ཟེར།

གྲོགས་པོས་ཡང་ང་བཙོམ་སོང་།

ལྕུང་ཨར་གྱིས་ཧྲུན་ལགས་དང་སྐུགས་འགྲན་པ་ནས་བཟུང་། གཡུ་ཐོག་ནང་དུ་ཁོ་ལ་ཤོ་འགྲན་ཐོད་མཁན་ཞིག་ག་ལ་ཡོད། ངས་ཀྱང་འགྲན་ག་ལ་ཐོད། ང་དང་ལྕུང་ཨར་ཤོ་མིག་བརྩུར་བཞིན་ཡོད། ཤོ་མིག་འགྲན་དུས་ལྕུང་ཨར་ཡང་བྱུང་ཆ་ཆེ། ཁོ་རྒྱལ་བ་མང་ཞིང་ཕམ་པ་ཉུང་མོད། ཉིན་དེར་ཁོ་ངའི་ལག་ཏུ་ཚུད་པས། སྤུ་མཐུད་ཕམ་བཞིན་འདུག །ཁོའི་མཆུ་ཟུར་གྱིས་ཐ་མག་བཟུང་། མིག་ཟིམ་བུར་བྱེད་པ་ལས་སྣང་མེད་ཀྱི་ཉམས་ཤིག་མངོན། ཕམ་ཐེངས་རེར་ཧ་ཧ་ཞེས་བགད་བཞིན་འདུག །ཤ་རིད་པའི་དཔུང་པ་གཉིས་ཀྱིས་དཔུལ་སྒྲོད་སྐབས་ཤིན་ཏུ་ཕངས་པའི་ཉམས་ཤིག་མངོན། ངའི་བསམ་པར་ལྕུང་ཨར་ཁྲོད་ཀྱང་ལན་གཅིག་ཕམ་དགོས། མི་ཟེར་བ་འདི་ལྟར་རེད། གཞན་གྱི་ཁུག་མར་ལག་པ་བརྐུས་ཏེ་དཔུལ་ལེན་སྐབས་ཁ་མི་དགོས་མིག་ཀྱང་བགད། རང་གི་སྐབས་ལ་སླེབས་དུས་ཚང་མ་དུ་ཤིག་ཤིག་བྱེད་སྙམ། ང་སྐྱིད་པའི་སྐབས་དེར་མི་ཞིག་གིས་ངའི་གོས་ལ་འཆང་ཙམ་བྱས། སྤྲུར་ཙམ་བྱས་པས་ངས་རང་གི་ཆུང་མ་མཐོང་། ཕུས་མོ་བཙུགས་པའི་ཙ་སྒྲོན་མཐོང་

བས་ང་རབ་ཏུ་ཁྲེལ། སེམས་ནང་ངའི་བུ་མ་སྐྱེས་གོང་ནས་ཕུས་མོ་བཙུགས་པ་འདི་ལྟས་ངན་རེད་སྙམ། ངས་ཙ་སྒྲོན་ལ་འདི་ལྟར་སྨྲས།

ཡར་ལོངས་དང་། ཡར་ལོངས་ཤིག །ཁྱོད་ཀྱིས་ཡར་ལོངས་ཤིག །

ཙ་སྒྲོན་དངོས་གནས་ཁ་ལ་ཉན་པས་དེ་འཕྲལ་ཡར་ལངས།

ཁྱོད་འདིར་ཅི་བྱེད་དུ་ཡོང་ངམ། ད་དུང་མི་འགྲོ་འམ། ངས་བཤད་རྗེས་མོ་ལ་ཁ་ཡ་མ་བྱས། ལྷུང་ཨར་གྱིས་ཤོ་སྦར་མཐིལ་དུ་ཉར་ཏེ་དཀོན་མཆོག་མཆོད་པ་བཞིན་ལན་འགའ་འཕུར་ཏེ། གདོང་ནས་བྱ་དཀའ་བྱེད་གཏད་ཀྱི་ཉམས་ཤིག་སྦྱངས།

ལག་པ་བུད་མེད་ཀྱི་འཕོངས་ལ་རེག་ན་ལག་བསོད་ཉམས་ངེས།

ངས་ཅིག་ཧླངས་པས་སླར་ཡང་རྒྱལ།

ལྷུང་ཨར། ཁྱོད་ལག་པ་འབྲུ་བར་རྒྱུགས། ངས་སྨྲས།

ལྷུང་ཨར་གྱིས་ཧ་ཧ་ཞེས་དགོད་བཞིན།

ཁྱོད་ཀྱིས་མཆུ་ཏོ་གཙང་མ་ཕྱིས་ཏེ་སྐད་ཆ་ཤོད།

ཙ་སྒྲོན་གྱིས་ངའི་གོས་ནས་སླར་ཡང་བཟུང་། ངས་ལྟ་དུས་ཙ་སྒྲོན་གྱིས་སླར་ཡང་ཕུས་མོ་བཙུགས་པ་མཐོང་། ཙ་སྒྲོན་གྱིས་འཛུམ་པོའི་ངང་འདི་ལྟར་སྨྲས།

ཁྱོད་ང་དང་མཉམ་དུ་འགྲོ།

ཚུང་མས་ལྷན་དུ་འགྲོ་བར་སྐུལ་བ་ནི་ཙ་སྒྲོན་གྱིས་ཆེད་དུ་ངའི་རྐང་པ་ནས་འཐེན་པ་མིན་ནམ། དེ་ལྟར་བསམ་བཞིན་ངའི་དབུགས་ཀྱི་རྒྱུ་བ་དྲག་ཏུ་སོང་། ངས་ལྷུང་ཨར་ཁོ་ཚོར་བལྟས། ཁོ་ཚོས་ང་ལ་དགོད་བཞིན་འདུག །

ངས་ཙ་སྔོན་ལ་འདི་ལྟར་གཤེ །

ཁྱོད་ཕར་སོང་།

ཙ་སྔོན་གྱིས་ད་དུང་། ཁྱོད་ང་དང་ལྷན་དུ་འགྲོ་ཟེར།

ངས་མོ་ལ་འཁྲམ་ལྕུག་ལན་གཉིས་གཞུས། ཙ་སྔོན་གྱི་མགོ་བོ་རྗེའུ་ཆུང་ལྟར་ལན་འགའ་གཡོ། ངས་གཞུས་ཅུང་མོས་ད་དུང་དེ་གར་ཕུས་མོ་བཙུགས།

ཁྱོད་མ་ཡོང་ན་ང་ཡར་མི་ལངས་ཟེར།

ད་ལྟ་མནོ་བསམ་གཏོང་དུས་ངའི་སྙིང་ལ་ན་ཟུག་གཏོང་། ང་འཕྲམས་པོ་ལོ་གཞོན་མདོ་མེད་ཅིག་རེད། ཆུང་མ་འདི་འདྲའི་བཟང་པོ་ཞིག་ལ་གཤེ་བ་མ་ཟད་གཞུས། མོས་ཕུས་མོ་བཙུགས་པ་ལས་ཡར་མ་ལངས། ངས་གཞུས་ཏེ་མཐར་རང་ཉིད་ཀྱང་གཞུ་མ་འདོད་པར་གྱུར། ཙ་སྔོན་གྱི་མགོ་སྐྱེས་ཟེར་ཞིང་། མཆི་མ་ཤ་ར་རར་གཏོང་སྟེང་དུ་བཞུར། ངས་ཐོབ་པའི་དངུལ་ལས་སྒར་མོ་གང་བླངས་ཏེ། གམ་དུ་ལངས་པའི་མི་གཉིས་ལ་སྤྲད་དེ། ཙ་སྔོན་ཕྱིར་བསྐྱོད་པར་སྐུལ།

ཇི་ཙམ་རྒྱང་རིང་བ་བསྐྱོད་ན་དེ་ཙམ་ལེགས། ངས་བཤད།

ཙ་སྔོན་ཕྱིར་སྐྱོད་སྐབས་ལྟོ་བ་ལྡིར་ལྡིར་དང་ལག་གཉིས་ཀྱིས་དམ་པོར་བཟུང་། དེའི་ནང་དུ་ངའི་བུ་ཡོད། ཙ་སྔོན་གྱིས་དུ་འབོད་མ་བྱས། མི་དེ་གཉིས་ཀྱིས་ཁྲིམ་ཐོག་ཏུ་བསྐྱད། ཙ་སྔོན་གྱིས་ཀྱང་ལ་བསླེས་ཏེ་ཡར་ལངས། སྐབས་དེར་མུན་ཙུབ་ཟིན། མོ་གཅིག་པུར་དལ་བུར་ཁྱིམ་དུ་ལོག །རྗེས་སུ་ངས་མོ་ལ་སྐབས་དེར་ཁྱོད་ཀྱིས་ང་སྟུག་ཤེ་བརྒྱབ་ན་ལྟམ་ངེས་སླས་པས། མོས་མགོ་བོ་གཡུག་སྟེ།

དེ་ལྟར་མ་བསམ་ཟེར།

ངའི་ཆུང་མས་མཆི་མ་འཁྱི་བཞིན་ཨ་ཕའི་འབྲས་ཚོང་ཁང་དུ་ཕྱིན་ཏེ། རྒྱུན་རིང་ཞིག་ལངས། མོས་སོལ་སྨུམ་གྱི་མདངས་ལས་པའི་མགོ་བོའི་གཟུགས་བརྙན་གྱང་སྟེང་དུ་འཕྱོས་པ་མཐོང་བས། ཨ་ཕ་རྩིས་ཁྲ་བཤེར་བ་ཤེས། མོས་དེར་ལངས་ནས་ཡུད་ཙམ་དུས་རྗེས་སླར་ཕྱིན།

ཙ་སྒྲོན་གྱིས་མཚན་མོ་དེར་ལེ་དབར་བཅུ་ལྷག་མཚན་བསྒྲོད་བྱས་ཏེ། ངའི་ཁྱིམ་དུ་ཡོག །བུད་མེད་གཅིག་པུ་ཞིག །བུ་སྦྲུམ་ནས་ཟླ་བ་བདུན་འཁོར་བ་ཞིག །ལམ་དུ་ཁྱི་ལྡོམ་གྱི་ཟུག་སྒྲས་ཁེངས། དྲག་ཆར་བབས་པའི་ལམ་ཕལ་ཆེར་ཆུ་དང་འདམ་རེད།

ལོ་འགའི་སྔོན་ལ་ཙ་སྒྲོན་ནི་སློབ་མ་ཞིག་རེད། སྐབས་དེར་རྫོང་གྲོང་ནང་མཚན་སློབ་ཡོད་པས། ཙ་སྒྲོན་གྱིས་མན་ཕྱུ་བསྣུབས། སོལ་སྒྲོན་ལག་ཏུ་ཐོགས། སློབ་གྲོགས་འགའ་དང་ལྷན་དུ་སློབ་གྲྭར་འགྲོ། དགྱིགས་ལམ་ཞིག་ཏུ་མོ་དང་ང་འཕྲད། ལུས་ལྡེམ་བཞིན་མོ་ཡོང་། ལྷམ་རྙིང་ཙོག་གྱོན་ཏེ་རྗེ་གཅལ་ཐོག་ཏུ་འགྲོ་སྐབས་ངའི་མིག་ཟུང་འགུལ་མ་ཐུབ། ཙ་སྒྲོན་དེ་དུས་ཁ་སྒོ་སྐྱེས་འབྲས་མཚར། མགོ་སྐྱེས་རྣ་རྒྱབ་ཏུ་ལྷུག་པོར་དཔྱངས། འགྲོ་དུས་མན་ཕྱུའི་རྐེད་པར་གཉེར་རིས་ཤིག་ཐོན། སྐབས་དེར་ངའི་སེམས་ནང་བུ་མོ་དེ་ངས་ཆུང་མར་ལེན་དགོས་སྙམ།

ཙ་སྒྲོན་དང་བཅས་པ་གད་མོ་ཤིག་ཤིག་ཏུ་གཏམ་སྨྲ་བཞིན་འོང་། ངས་སྒྲང་མདོའི་ལྷམ་བཟོ་བ་ཞིག་ལ་འདི་ལྟར་དྲིས།

བུ་མོ་དེ་སུ་ཚང་གི་ཡིན་ནམ།

ལྷམ་བཟོ་བས། གྲན་ཅི་འབྲས་ཚོང་བའི་སྲས་མོ་རེད།

ང་ཁྲིམ་དུ་སློབས་རྗེས་མྱུར་དུ་ཨ་མར།

མགྱོགས་པོ་སྨྲུན་ཞིག་གྱིས་དང་། ང་ལ་རྫོང་གྲོང་གི་འབྲས་ཚོང་བ་གྲན་ཅིས་ཀྱི་བུ་མོ་མནའ་མར་ལེན་དགོས་སྨྲས།

ཅ་སྒྲོན་ཕྱིར་བསྒྲད་རྗེས། ངའི་ཨ་བསོད་ཡལ། བསྟུད་མར་ལན་འགའ་པམ། ཅོག་ཅོའི་སྟེང་གི་རི་དེའུ་ལྷ་བུའི་དངུལ་དག་རྐང་པ་འབྲུ་བའི་ཚུ་བཞིན་འཕོ་བ་མཐོང་། ལུང་ཨར་གད་མོས་མི་ཚུགས་པར་གདོང་ཡོངས་དགོད་བཞིན་འདུག །སྐབས་དེར་ངས་ནམ་མ་ལངས་བར་དུ་སྐུགས་འགྲན་པས། རིག་པ་མི་གསལ་ཞིང་མིག་ཀྱང་རབ་རིབ་ཏུ་གྱུར། སྙོ་བ་ནས་མེད་པའི་བར་དུ་ཟུལ་ཟྲི་འཐུལ། མཐའ་མ་ངས་མི་ཚེའི་སྐུགས་ཆེ་ཤོས་དེ་བཞག །མཆིལ་མས་ལག་པ་བཀྲུས། སེམས་ནང་བསྐལ་པའི་བྱ་བཞག་ད་ཐེངས་ལ་ཐུག་སྙམ། ངས་ཤོ་གཡུག་གྲབས་བྱེད་སྐབས། ལུང་ཨར་གྱིས་བཀག་ཅམ་བྱས་ཏེ།

དལ་བུར་གྱིས་ཟེར།

ལུང་ཨར་གྱིས་ཞབས་ཞུ་བར་ལག་པ་གཡུག་ཅམ་བྱས་ཏེ་འདི་ལྟར་སྨྲས།

ཞུད་ཚང་གི་སྲས་ལ་པགས་རས་ཚ་པོ་ཞིག་འཁྱེར་ཤོག་ཟེར། སྐབས་དེར་སྐུགས་ལ་བལྟ་མཁན་གྱི་མི་ཚང་མ་ཉལ་བར་ལོག་སྟེ། ང་ཚོ་སྐུགས་འགྲན་པ་འགའ་དང་ལུང་ཨར་གྱི་རོགས་པ་གཉིས་ལས་མེད། ངས་ཕྱིས་སུ་ཞབས་ཞུ་བ་དེ་ལུང་ཨར་གྱིས་བསླུས་པ་ཤེས། ཞབས་ཞུ་བས་པགས་རས་ང་ལ་སྤྲད་དེ་གདོང་ཕྱིས་སྐབས་ལུང་ཨར་གྱིས་ཕྲག་ཏུ་ཤོ་མིག་བརྗེས། ཤོ་ལ་ལྷད་བཏང་། འདི་ངས་གཏན་ནས་མ་ཚོར། གདོང་ཕྱིས་ཏེ་པགས་རས་

སྐྱེར་མའི་ནང་བཞག །ཤོ་བསྣངས་ཏེ་ལན་གསུམ་ཤེད་ཀྱིས་དཀྲུགས་ཏེ། ཁ་བསྣངས་པ་ན། སྟབས་ལེགས་པ་ཞིག་ལ་ཤོ་མིག་ཏ་ཅང་ཆེ།

ལྕུང་ཨར་སླེབས་དུས་ལྕུང་ཨར་གྱིས་ཤོ་མིག་བདུན་ལ་བཀག །ཤུགས་ཆེན་པོས་ཤོ་རྒྱག་བཞིན་ཁ་ནས་འདི་ལྟར་སྨྲས།

ཤོ་བདུན།

དོན་ལ་ཤོ་མིག་གི་འོག་ཏུ་དངུལ་ཆུ་ཡོད། ལྕུང་ཨར་གྱིས་ཤོ་དཀྲུག་པ་ཙམ་གྱིས་ཤོ་གཞོགས་ལྗི་བའི་ངོས་སུ་ཡོང་བས། ཤོ་མིག་རང་བཞིན་གྱིས་བདུན་ལ་བབ་བཞིན་ཡོད།

ངས་ཤོ་མིག་བདུན་ཡིན་པ་ཤེས། ཀླད་ཁམས་སུ་སྟོང་སྒྲ་གྲག །ད་རེས་ཕམ་ཉེས་ཆེ། མུ་མཐུད་བསམ་ན་ད་དུང་དོམ་འཛོག་བྱེད་ཆོག་པས་རྗེས་སུ་རྒྱལ་བའི་གོ་སྐབས་ཡོད་སྙམ། སེམས་བག་ཡངས་པར་གྱུར་ཏེ། ཡར་ལངས་ཏེ་ལྕུང་ཨར་ལ་འདི་ལྟར་བཤད།

མུ་མཐུད་དོམ་འཛོག་བྱེད།

ལྕུང་ཨར་གྱི་ལག་པས་ང་སྟོད་དུ་བཙུག་སྟེ་འདི་ལྟར་སྨྲས།

ད་དུང་མུ་མཐུད་དོམ་འཛོག་བྱེད་མི་ཐུབ། ཁྱོད་ཚང་གི་ཞིང་ཁ་མུའུ་བརྒྱ་ལྷག་ཙམ་ཚང་མ་ཤོར་ཟིན། ད་དུང་དོམ་འཛོག་གང་གིས་བྱེད།

ངས་ཐོས་མ་ཐག་ཏབ་སྤྲིད་ཅིག་ལངས་ཀྱང་བསྐུམ་སྟེ། བསྟུད་མར་འདི་ལྟར་སྨྲས།

མི་སྲིད། ཡིན་མི་སྲིད།

ལྕུང་ཨར་དང་ཐུན་བདག་གཉིས་ཀྱིས་རྗེས་ཁྲ་བསྟན། གཅིག་དང་

གཉིས་ཞིས་རྩིས་བརྒྱབ། ལུང་ཨར་གྱིས་ངའི་མགོ་བོར་ལྕག་ཙམ་བྱས་ནས་ང་ལ་སྨྲས་པ།

སྲུས་སྐུ་ཞབས། ལེགས་པོ་གཟིགས་དང་། འདི་དག་ཚང་མ་ཁྱོད་ཀྱིས་མཚན་རྟགས་བཀོད་པ་ཤ་སྟག་རེད།

ངས་ད་གཟོད་ལོ་ཕྱེད་སྟོན་ལ་ཁོ་ཚོར་བུ་ལོན་གཡར་བ་ཤེས། ལོ་མཇུག་ཏུ་ངས་ཕ་མེས་ཀྱིས་བཞག་པའི་ནོར་ཡོད་རྒྱུ་ཤོར་བ་ཤེས། ཕྱེད་ཀ་བརྩིས་རྗེས་ངས་ལུང་ཨར་ལ་འདི་ལྟར་སྨྲས།

བརྩི་མི་དགོས། ངས་ཡང་བསྐྱར་ལངས་ཏེ་བྱ་ནད་ཐོག་པའི་བྱ་དེ་དང་མཚུངས་པར་གཡུ་ཐོག་ལས་ཐོན། སྐབས་དེར་ནམ་གསལ་ཐག་ཆོད། ང་ཁྲིམ་གཞུང་དུ་ལངས་ཏེ་གང་ཞིག་ཏུ་འགྲོ་དགོས་མིན་མ་ཤེས། སྲན་ཐུད་སྔོ་མ་གང་འཕྱིར་བའི་ངོ་ཤེས་ཤིག་གིས་ང་མཐོང་བ་དང་སྐད་གསངས་མཐོན་པོས།

ཞུད་ཚང་སྲུས། ཁམས་བཟང་ཟེར།

ཁོའི་ཁམས་བདེས་ང་སྔར་ཡང་སྐྲག །ངས་ཁོ་ལ་ཅེར་ནས་བསྡད། ཁོས་དགོད་ཚུང་སིག་སིག་ངང་།

ཁྱོད་ལ་གཟིགས་དང་། ཤ་རིད་པས་ཡལ་ལ་ཁད་ཅེས་བཤད།

ཁོས་འཕྱོན་མ་དེ་ཚོས་ངའི་མགོ་སྐོར་སྐམ་པ་ལས། ང་སྐུགས་ཕམ་པ་ཅི་ལ་ཤེས། ང་ནི་གཡོག་པོ་ཞིག་དང་འདྲ་བར་དབུལ་པོར་གྱུར། ངས་ཁོ་ལ་སྡུག་དགོད་བྱེད་ཞོར་སེམས་ནང་འདིར་ལངས་པ་ལས་ཕྱིན་ན་དགའ་སྙམ།

ང་སྡུག་པོའི་འབྲས་ཚོང་ཁང་གི་འགྲམ་དུ་སླེབས་སྐབས་མི་གཉིས་ཀྱིས་སྒོ་སྒྲིགས་འགྲོལ་བ་མཐོང་། ཁོ་ཚོས་ང་མཐོང་མ་ཐག་གད་མོ་དགོད་བཞིན་ང་

སྐྱུག་པོར་ཁམས་བདེ་ཞུ་སྐམ་མོད། ང་ལ་སྤྱོབས་པ་དེ་འདྲ་ག་ལ་ཡོད། ངས་མགོ་བོ་སྒྱུར་ཏེ་ཁང་པ་གཞན་ཞིག་གི་ཕྱོགས་སུ་ཕྱིན། ངས་ནང་ངོས་ནས་སྐྱུག་པོས་སྐྱོ་ཡུ་བ་ཐོས། ཐུའི་སྒྲ་དང་བཅས་ལུད་པ་ས་ཐོག་ཏུ་གཡུག །

ང་འདི་ལྟར་ཟར་ཟིར་ཐམ་ཐོམ་དང་རྫོང་གྲོང་གི་ཕྱི་རོལ་དུ་ཐོན། ཡུད་ཙམ་རིང་ལ་ངས་ཁྱིམ་ནོར་ཐམས་ཅད་སྐྱུགས་ལ་ཤོར་བ་བརྗེད་དེ། ཀློད་པ་སྟོང་རྐྱང་ཆགས་པ་ནི་བསྟོག་ཟིན་པའི་བུང་ཚང་འདྲ། རྫོང་གྲོང་གི་ཕྱི་རོལ་དུ་སླེབས་ཤིང་། འགྲོ་ལམ་ཕྲེད་བཅད་དེ་མཐོང་མ་ཐག་ང་རབ་ཏུ་སྐྲག །ངའི་བསམ་པར་ད་ནི་ཇི་ལྟར་བྱེད་སྙམ། ངས་ལམ་དུ་གོམ་པ་འགའ་སྤོས་རྗེས་སླར་འགྲོ་མ་ཐུབ་པར་གྱུར། ཕྱོགས་བཞིར་མི་ལྟ་ཞིག་གྲིབ་གཟུགས་ཙམ་ཡང་མེད་པས། ངས་སྐ་རགས་བཀྲོལ་ཏེ་རང་ཤི་བྱེད་སྙམ། དེ་ནས་སླར་ང་འགྲོ་ཐུབ་པར་གྱུར། ཡོ་འབོག་སྡོང་པོ་ཞིག་བརྒྱུད་རྗེས། ངས་བལྟ་ཙམ་བྱས་པ་ལས། སྐ་རགས་དཀྲོལ་རྩིས་མ་བྱས། དེ་ནི་དོན་ལ་ང་ཤི་མི་འདོད་པས། རང་གིས་རང་ལ་ཐབས་ཤིག་བཙལ་ཏེ་ལབང་ར་བྱས་པ་ཙམ་རེད། ངའི་བསམ་པར་བུ་ལོན་མང་པོ་འདི་དག་ང་དང་མཉམ་དུ་ཤི་མི་སྲིད་སྙམ་སྟེ་རང་གིས་རང་ལ་འདི་ལྟར་སྨྲས།

གཡུག་ཤོག །འཆི་མི་ཏུང་།

བུ་ལོན་འདི་དག་ཨ་ཕས་འཇལ་དགོས། ངས་ཨ་ཕ་དྲན་མ་ཐག་སེམས་པ་སྐྱུར་ཞིང་སྲིད། ད་ཐེངས་ཨ་ཕས་ང་བསད་མི་ཡོང་ངམ། འགྲོ་བཞིན་བསམ་བཞིན་གང་ལྟར་འཆི་བ་ལས་འོས་མེད། དེ་ལས་ཁྱིམ་དུ་འགྲོ་སྙམ། ཨ་ཕས་བསད་ན་ཁྱི་ལྟོམ་བཞིན་ཕྱི་རོལ་དུ་ཤི་བ་ལས་ཡག་སྙམ།

ཡུད་ཙམ་ཞིག་ལ་ང་རིད་དུ་སོང་། མིག་སྔོན་པོར་སོང་། ང་ཁྲིམ་དུ་སླེབས་མིན་མ་ཤེས། མས་ང་མཐོང་མ་ཐག་དངངས་བཞིན། ངའི་གདོང་ལ་བལྟས།

ཁྱོད་ཕུར་རྐོད་ཡིན་ནམ་ཟེར།

ངས་མའི་གདོང་ལ་ལྟ་བཞིན་སྨུག་དགོད་ཅིག་བྱས། ཨ་མས་ཅི་ཞིག་བཟློ་བ་ངས་མ་ཐོས། ངས་ཨུ་མཐུད་ཨ་མར་བལྟ་མ་ནུས། སྒོ་ཕྱི་སྐྱེ་རང་ཤག་ཏུ་ཕྱིན། མགོ་ཤད་བཞིན་པའི་ཙ་སྒྲོན་གྱིས་ང་མཐོང་མ་ཐག་ཡ་མཚར། མོས་ཁ་གདངས་ནས་ང་ལ་བལྟ། མོས་མདང་དགོང་ང་ཁྲིམ་དུ་ལོག་པར་སྐྱལ་མོད་ངས་མོ་ལ་གཤེ་ཞིང་གཞུས། ངས་སྡིག་སྦྲ་དང་བཅས་མོའི་མདུན་དུ་ཕུས་མོ་བཙུགས་ཏེ། འདི་ལྟར་སྨྲས།

ཙ་སྒྲོན། ང་ཚར་སོང་།

ངས་བཤད་ཟིན་དུ་བརྒྱངས་བྱས། ཙ་སྒྲོན་གྱིས་རྟབ་རྟོབ་པོར་ང་སྐྱོར། མོ་ལ་བུ་སྨྱུམ་ཅུང་ང་སྐྱོར། མོས་ཨ་མ་པོས། བུད་མེད་གཉིས་ཀྱིས་ང་མལ་ཁྲིའི་ཐོག་ཏུ་བཞག །ང་མལ་ཁྲིའི་ཐོག་ཉལ། ཁ་ནས་ལྦུ་བ་དཀར་པོ་འགའ་ཐོན། ཤེ་ལ་ཁད་དུ་གྱུར། ཁོ་གཉིས་སྐྲག །ངའི་དཔུང་པ་གཉིས་ནས་བཟུང་བའམ་མགོ་བོ་དཀྲུག་དཀྲུག་བྱེད། ངས་ཁོ་གཉིས་ཕར་ཕུད་དེ་འདི་ལྟར་སྨྲས།

ངས་ཁྲིམ་གྱི་ཡོད་ཚད་ཤོར་སོང་།

མས་གཏམ་འདི་ཐོས་པ་དང་ཧོན་ཐོར་ཞིང་སྣར་ང་ལ་ནན་ཏུར་བལྟས།

ཁྱོད་ཀྱིས་ཅི་ཟེར། མས་སྨྲས།

ངས་ཁྲིམ་གྱི་ཡོད་ཚད་ཤོར་སོང་། ངས་སྨྲས།

ངའི་རྩལ་མཐོང་བས་ཨ་མ་ཡིད་ཆེས། ཨ་མ་ས་སྙིང་དུ་བསྟོད། མིག་ནས་མཆི་མ་བཞུར་བཞིན།

གཡག་ཛང་མགོས་ཛང་ཚོད་མ་ཟིན་ན། ཛང་གཞུག་རྐེད་པ་འཁྱོག་ངེས་རེད།

མས་དེ་དུས་ཀྱང་ངའི་རྒྱབ་ཏུ་ལངས་ཏེ། ལེ་ལན་ཕ་ལ་དགྲིས།

ཙ་སྔོན་ཡང་དུས། མོས་ངའི་དཔུང་པར་རྡེབ་ཞོར་འདི་ལྟར་སྨྲས།

གལ་ཏེ་ཁྱོད་ཀྱིས་རྗེས་སུ་སྐུགས་མ་བྱས་ན་ལེགས།

ངའི་སྐུགས་ཚང་མ་ཤོར་བས། སྐུགས་ཡོན་སྐམ་བསམས་ཀྱང་ལག་པར་དངུལ་མེད། ངས་ཨ་ཕས་ཉལ་ཤག་ནས་གཤེ་བ་ཐོས། ཕོས་ད་དུང་རང་ཉིད་སྤྲང་པོར་གྱུར་པ་མ་ཤེས། ཕོས་བུད་མེད་གཉིས་ཀྱི་དུ་སྦྲས་ལྷིང་འཛགས་དཀྲོག་པར་གཤེ །ཨ་ཕའི་སྐད་ཐོས་པས་མས་དུ་མཚམས་བཞག །ཡར་ལངས་ཏེ་ཕྱིར་ཐོན། ཙ་སྔོན་ཡང་ཐོན། ངས་ཕོ་གཉིས་ཕའི་ཉལ་ཤག་ཏུ་འགྲོ་བ་ཤེས། ཡུད་ཙམ་ཞིག་ནས་ཨ་ཕས་འོ་དོད་བོས་པ་ངས་ཐོས།

བསོད་ནམ་འདི། སྐབས་དེར་ངའི་བུ་མོ་འཛའ་ཚོན་གྱིས་ངའི་ལག་ནས་བཟུང་། འཐེན་མ་ཐུབ་པས་མོ་དུ་ཤོར། འཛའ་ཚོན་མཐོང་བས་ངའི་སྙིང་ཁར་གྲི་བཙུགས་པ་བཞིན་ན་ཟུག་གཏོང་། འཛའ་ཚོན་ཆུང་དུ་འདི་ལྟ་བུས་ཀྱང་ཕ་ལ་རོགས་བྱེད་ཤེས། བྱིས་པར་ལྟ་བཞིན་ངའི་སྙིང་ཚལ་བུ་མང་པོར་གས།

ངའི་ཨ་ཕ་ཁྲོ་ཤིག་ཤིག་དང་ཡོང་བཞིན་འདུག །

བསོད་ནམ་ཁྱོད། ངས་ཁྱོད་གསོད། ཁྱོད་ཀྱི་བྱ་གཅོད། ངས་ཁྱོད་ཤ་ཕྱེ་རུས་ཕྱེ་བཟོ།

ངའི་བསམ་པར་ཨ་ཕས་ང་ཤ་ཕྱེ་རོ་ཕྱེ་བཟོས་ན་སྙམ། འོན་ཀྱང་ཨ་ཕ་ངའི་སྒོ་འགྲམ་དུ་སླེབས་སྐབས་ཁོང་ཁྲོས་བཟེར་ཏེ་བརྒྱལ། མ་དང་ཅ་སྒྲོན་གྱིས་ཅི་ཞིག་ཟློ་བཞིན་ཁོང་སྐྱོར་ཏེ། ཁོང་མལ་ཁྲིའི་ཐོག་ཏུ་བཞག །ཡུད་ཙམ་ཞིག་ནས་ངས་སུར་སྣ་འདྲ་བའི་དུ་སྐད་ཐོས།

ངའི་ཨ་ཕ་བསྟུད་མར་ཉིན་གསུམ་མལ་དུ་ལྷུང་། ཉིན་དང་པོར་དུ་སྐད་བྱེད། རྗེས་སུ་དུ་མཚམས་བཞག་སྟེ་དབུགས་རིང་གཏོང་། ཡན་རེ་རེར་ངའི་འཁྲིས་ནས་བརྒྱུད་སྐབས་ཨ་ཕས་འོ་དོད་འབོས་པ་ངས་ཐོས།

འདི་ལས་ལན་འཁོར་བ་རེད། འདི་ལས་ཀྱི་རྣམ་སྨིན་རེད།

ཉིན་གསུམ་པར་ངའི་ཨ་ཕས་ཞལ་ཤག་ཏུ་མགྲོན་པོ་བསྡུས། ཨ་ཕས་གློ་གསངས་བྱེད་མོད་གཏམ་སྒྲ་དུས་སྐད་གདངས་དམའ་བས་གསལ་པོ་མི་ཐོས། ཆུབ་མོ་མས་ང་ལ་ཨ་ཕས་ཤོག་ཟེར། ང་མལ་ཁྲི་ལས་ལངས་ཏེ་སེམས་ནང་ཡོད་ཚད་ཚར་སོང་སྙམ། ཨ་ཕ་ཉིན་གསུམ་མལ་ཁྲིར་ལུས། ད་ནི་ཁོང་ལ་ང་བཏུལ་བའི་ཤེད་དང་ཤུགས་ཡོད་པས། ང་ཤི་མ་རོ་ལྟ་བུ་ཞིག་བཟོ་ངེས་སྙམ། ངས་རང་གིས་རང་ལ་ཨ་ཕས་ཇི་ལྟར་གཞུས་ཀྱང་ངས་ལན་མི་བྱེད་སྙམས། ང་ཨ་ཕའི་ཞལ་ཤག་ཏུ་འགྲོ་སྐབས་ནུས་ཤུགས་གཏན་ནས་མེད་པར་གྱུར། ལུས་ཡོངས་སྦྲིད་པེར་པེར་བྱས་ཤིང་། རྐང་པ་གཉིས་རྫུན་མ་ཡིན་སྣང་འཆར། ང་ཨ་ཕའི་ཞལ་ཤག་ཏུ་སླེབས་རྗེས། ཨ་མའི་རྒྱབ་ངོས་ནས་མལ་ཁྲིའི་སྟེང་གི་རྣམ་པར་བལྟས། ཨ་ཕས་མིག་སྐོར་མོ་ང་ལ་ལྟ་བཞིན། སྨྲ་ར་དཀར་པོ་འདར་བཞིན་ངའི་མ་ལ་འདི་ལྟར་སྨྲས།

ཁྱོད་ཕྱིར་སོང་།

མ་ངའི་འཁྲུམ་ནས་ཕྱིར་ཐོན་པས། ངའི་སེམས་པ་དེ་བས་གྲང་བར་གྱུར། ཨ་ཕས་དེ་འཕྲུལ་མལ་ཁྲི་ལས་མཆོངས་ཏེ་ང་དང་ཤ་འཛིངས་བྱེད་ཟེར་བའི་ངེས་པ་མེད་སྙམ། འོན་ཏེ་ཨ་ཕ་ཉལ་ཏེ་འགུལ་ཙམ་ཡང་མི་བྱེད། བྲང་མདུན་གྱི་མལ་ཁེབས་ས་སྙིང་དུ་ལྷུང་།

ཕུར་ཆོད།

ཨ་ཕས་ང་འབོད། ཁོས་མལ་ཁྲིའི་གྲུ་ཟུར་ལ་ལྷུག་ཙམ་བྱས་ཏེ།

ཁྱོད་མར་སྡོད།

ངའི་སྙིང་ཁ་ལྡིག་ལྡིག་ཏུ་འཕགས་བཞིན་པའི་གམ་དུ་བསྡད། ཁོང་གིས་ངའི་ལག་ནས་འཇུས། ཁོང་གི་ལག་པ་འཁྱག་དར་ལྟར་གྲང་བས། ངའི་སེམས་པ་ལྷག་ཏུ་འཁྱགས། ཨ་ཕས་སྐད་ཤུགས་དམའ་པོས།

ཕུར་ཆོད། དོམ་འཛོག་ནི་བུ་ལོན་རེད། གནའ་ནས་ད་བར་བུ་ལོན་མི་འཇལ་བའི་སྲོལ་མེད། ངས་ཞིང་ཁ་མུའུ་བརྒྱ་དང་ཁང་པ་འདི་གཏའ་མར་བཞག་ཚར། སང་ཉིན་ཁོ་ཚོ་དངུལ་སྒྲིལ་བར་ཡོང་། ང་ན་སོ་རྒས་པས་ཕྲག་རྒྱུག་འཁྱེར་མི་ཐུབ། ཁྱོད་ཀྱིས་ཕྲག་རྒྱུག་འཁྱེར་ཏེ་བུ་ལོན་འཇལ་བར་རྒྱུག །

ཨ་ཕས་དེ་ལྟར་སྨྲས་རྗེས་སླར་ཡང་དབུགས་རིང་ཞིག་བཏང་། ཁོང་གི་སྐད་ཆ་ཉན་བཞིན་ངའི་མིག་ཟུང་སྐྱུར་མོ་ཆགས། ཨ་ཕས་ང་དང་ཤ་འཛིང་མི་བྱེད་པ་ངས་ཤེས། འོན་ཏེ་ཕའི་གཏམ་འདི་དག་རལ་གྲི་འདྲ་བར་ངའི་སེམས་ལ་ན་ཚ་བཏང་། ཨ་ཕས་ངའི་ལག་པར་ལྷུག་ཙམ་བྱས་ཏེ།

ཁྱོད་ཉལ་བར་རྒྱུག་ཅེས་གསུངས།

ཉིན་གཉིས་པར། ང་ཡར་ལངས་པ་དང་མི་བཞི་ངེད་ཚང་གི་སྒོ་རར་

སླེབས། མདུན་གྱི་གོས་ཆེན་གྱོན་པ་ནི་འཁོར་ལྷན་ཞིག་རེད། ཡོས་རྒྱབ་ཀྱི་རས་རྩུབ་མོ་གྱོན་པའི་སྣ་པ་གསུམ་ལ་ལག་གཡུག་ཙམ་བྱས་ཏེ་སྨྲས་པ།

འདིར་ཤོག །

སྣ་པ་གསུམ་གྱིས་ཕྲག་རྒྱུག་བཞག་སྟེ་གོས་སྔེས་གདོང་ཕྱིས་སྐབས་འཁོར་ལྷན་དེས་ང་ལ་ལྟ་བཞིན་འབོད་པ་ནི་ངའི་ཨ་ཕའི་མིང་རེད།

ཁྱུད་ཚང་ལགས། ཁྱོད་ཀྱི་དངོས་པོ་སླེབས་སོང་།

ངའི་ཨ་ཕས་ཞིང་འཛིན་དང་ཁང་འཛིན་འཕྲིར་ཡོང་། བསྡུད་མར་གློ་

ལངས། ཨ་ཕས་གན་རྒྱ་དེ་གཉིས་ཕར་སྤྲད། མི་དེར་རྐེད་པ་སྒུར་ཏེ།

དཀའ་ཐལ་ཞེས་སྨྲས།

མི་དེས་དོང་ཙེ་ཕྲག་རྒྱུག་གསུམ་ལ་གཏད་དེ། ངའི་ཨ་ཕ་ལ།

ཚང་མ་འདིར་ཡོད། ཁྱོད་ཀྱིས་རྩིས་དང་ཞེས་སྨྲས།

ངའི་ཨ་ཕར་འཁོར་ལྷན་གྱི་ཉམས་གཏན་ནས་མེད་པར། དབུལ་ཞིང་

ཕོངས་པའི་སྤྲང་པོ་བཞིན་གུས་ཞབས་ངང་།

བརྩི་མི་དགོས། ཡར་ཕེབས་ལ་གསོལ་ཇ་མཆོད་དང་།

མི་དེ་དག་གིས། མིན། ཐུགས་རྗེ་ཆེ།

དེ་སྐད་བཤད་རྗེས་མི་དེས་ང་ལ་ལྟ་བཞིན། ཨ་ཕར་དྲིས།

འདི་ཁྲིད་ཚང་གི་སྲས་ཡིན་ནམ།

ངའི་ཨ་ཕས་མགོ་ལྷུག་ལྷེམ་ལྷེམ་བྱས། མི་དེས་ང་ལ་གཏད་དེ་འཛུམ་

དམུལ་དམུལ་ངང་།

དངོས་པོ་སྐྱེལ་སྐབས་ལྷོ་ཀུབ་ཀྱི་འདབ་མ་བཙུས་ཏེ་ཁ་བཀབ་ན་ལེགས།

གཞན་གྱིས་འཕྲོག་ཏུ་འཇུག་མི་རུང་ཟེར།

ཉིན་འདི་ནས་བཟུང་ངས་ཉིན་ལྟར་དོང་ཙེ་འཁྱེར་ཏེ་ལེ་དབར་བཙུ་ཕྲག་བརྒྱུད་རྫོང་གྲོང་དུ་བུ་ལོན་འཇལ་བར་ཕྱིན། དོང་ཙེའི་སྟེང་གི་ལྕི་ཀུབ་འདབ་མ་ནི་ངའི་མ་དང་ཙ་སྒྲོན་གྱིས་བཏུས་པ་རེད། མོས་འདབ་མ་ཆེ་ཤོས་གཉིས་བདམས་ཏེ་དོང་ཙེའི་ཁ་བཀབ། ངས་ཕྲག་རྒྱུག་གིས་དོང་ཙེ་བཏེགས་ཁྲབས་བྱེད་སྐབས་འཇའ་ཚོན་གྱིས་ང་བུ་ལོན་འཇལ་བར་འགྲོ་མཁན་ཡིན་པ་མ་ཤེས་པར། མགོ་དགྲེ་སྟེ་འདི་ལྟར་དྲིས།

ཨ་ཕ། ཁྱོད་སྔར་ཡང་ཉིན་འགའ་ཁྱིམ་དུ་མི་ཡོང་བ་ཡིན་ནམ།

ངས་སྐད་ཆ་འདི་ཐོས་མ་ཐག་མིག་ནས་མཆི་མ་འཚོར་ཁྲབས་བྱས། ངས་ཕྲག་རྒྱུག་འཁྱེར་ཏེ་མྱུར་བར་རྫོང་གྲོང་དུ་ཕྱིན། རྫོང་གྲོང་དུ་སླེབས་རྗེས། ལྕུང་ཨར་གྱིས་ང་ཕྲག་རྒྱུག་འཁྱེར་ནས་སླེབས་པ་མཐོང་བས། སྙིང་ཉེ་བའི་ཚུལ་གྱིས་འདི་ལྟར་འབོད།

ཐེབས་སོང་། སྲས་སྐྱུ་ཞབས།

ངས་དོང་ཙེ་ཁོའི་མིག་མདུན་དུ་བཞག །ཁོས་ཀུ་བའི་འདབ་མ་བླངས་ཏེ་ཐོད་གཉེར་གཟིངས་ཞོར།

ཁྱོད་ཀྱིས་རང་སྡུག་རང་གིས་ཉོས་པ་རང་རེད། དངུལ་སྲང་འགའ་བརྗེ་ན་སྟབས་མི་བདེའམ་ཞེས་ང་ལ་སྨྲས།

ངས་དོང་ཙེ་མཐའ་མ་དེ་ཁོ་ལ་བསྐྱལ་རྗེས། ཁོས་ང་ལ་སྲས་སྐྱུ་ཞབས་ཞེས་མི་སླ་བར་མགོ་བོ་ལྷུག་ཙམ་བྱས་ཏེ།

ཕུར་རྐོད། འདིར་ཞོག་ཟེར།

ཁོ་ལས་བྱུན་བདག་གཞན་ཞིག་སེམས་རྩ་འཕོལ། ཁོས་ངའི་ཕྲག་པར་རྫེབ་ཙམ་བྱས་ཏེ།

ཕུར་རྒོད། ཇ་འཐུང་བར་འགྲོ་ཟེར།

ལུང་ཨར་གྱིས་ཐོས་རྗེས་སྨྱུར་དུ། རེད། རེད། ཇ་འཐུང་བར་འགྲོ། ངས་དངུལ་སྤྲོད་ཟེར།

ངས་མགོ་བོ་གཡུག་བཞིན་སེམས་ནང་ཁྱིམ་དུ་ལོག་སྙམ། དེ་ཉིན་ངའི་གོས་ཆེན་གྱི་སྟོད་གོས་ཀྱང་རལ། ཕྲག་པ་ནས་ཁྲག་ཚུ་ཐོན། ང་གཅིག་པུར་ཁྱིམ་དུ་ལོག །འགྲོ་བཞིན་དུ་བཞིན། དུ་བཞིན་འགྲོ་བཞིན། རང་གིས་ཉིན་གང་པོར་དོང་ཙེ་དཔོར་བས་ཉུས་སྒྲོམ་ཞིག་ལ་ཁད་བྱེད། མེས་པོ་རྣམས་ཀྱིས་དོང་ཙེ་འདི་དག་གསོག་པར་མི་ཚེ་ཙམ་ངལ་བས་ཤི་ཡོད་དམ། སྐབས་དེར་ངས་གཞི་ནས་ཨ་ཕས་དངུལ་སྒྲང་གི་ཚབ་ཏུ་དོང་ཙེ་བླངས་པའི་དགོས་པ་ཡང་ཤེས། ཨ་ཕས་གནས་ལུགས་འདི་ངས་ཤེས་ན་སྙམ་ངེས། ངས་དངུལ་རྣམས་ཁྲག་དང་རྔུལ་ཆུས་བསགས་པ་ཤེས་ན་སྙམ། འདི་ལྟར་བསམ་བཞིན་ང་འགྲོ་མི་ཐུབ་པར་གྱུར། ལམ་འགྲམ་དུ་ཅོག་པུར་སྐྱིད་པ་འདར་བཞིན་དུས། སྐབས་དེར་ངེད་ཚང་གི་གཡོག་རྣན་ང་ཆུང་དུས་སྐལ་རྒྱབ་ཏུ་འཕུར་མཁན་དྲང་རྣན་གྱིས་སྒྲི་མོ་རལ་པ་ཞིག་འཕུར་བཞིན་ཡོང་། ཁོ་ངེད་ཚང་དུ་སླེབས་ནས་ལོ་བཅུ་ཕྲག་ལྷག་ཕྱིན་མོད། ད་ལྟ་བྲལ་དགོས། ཁོའི་ཕ་མ་ཆུང་དུས་ནས་གྲོངས། ངའི་ཨ་མྱེས་ཀྱིས་ཁོ་ཁྱིམ་དུ་འཁྲིད་ཡོང་། རྗེས་སུ་ཁོས་ཁྱིམ་སོ་ཡང་མ་ཟིན། ཁོ་ང་དང་འདྲ་བར་མཆི་མ་ཤ་ར་རར་བཞུར། སེར་ཁ་གས་པའི་རྐང་པ་རྗེན་པོར་ཡོང་། ང་ཅོག་པུར་འདུག་པ་མཐོང་བས་ཁོས་འདི་ལྟར་ཟེར།

སྤྲུས་སྐུ་ཞབས།

ངས་ཁོ་ལ། སྤྲུས་སྐུ་ཞབས་ཟེར་མི་དགོས། ང་ལ་བྱོལ་སོང་འབོད་ཅིག

ཁོས་མགོ་བོ་འཕྲེད་དུ་གཡུག་བཞིན། ལྟོ་སློང་མཁན་གྱི་གོང་མ་ཡང་གོང་མ་རེད། ཁྱོད་ལ་དངུལ་སྲང་མེད་ཙང་སྤྲུས་སྐུ་ཞབས་རེད།

གཏམ་འདི་ཐོས་དུས་ངའི་སྙམ་མ་ཐག་པའི་མིག་ལས་སླར་ཡང་མཆི་མ་བཞུར། ཁོས་ངའི་གམ་དུ་ཅོག་པུར་བསྡད། ལག་གིས་གདོང་བཀབ་སྟེ་ངུ་འབོད་བྱས། ངེད་གཉིས་ལྷན་དུ་གང་ཙམ་ངུས་རྗེས། ངས་ཁོ་ལ་འདི་ལྟར་སྨྲས།

མུན་རུབ་ལ་ཉེ། དྲང་ཀན་ཁྱོད་ཁྱིམ་ལ་ལོག །

དྲང་ཀན་ཡར་ལངས། གོམ་པ་འགག་ཕྱིན་རྗེས། ཁོས་འདི་ལྟར་སྨྲ་བ་ངས་ཐོས།

ང་ལ་ཁྱིམ་ཞིག་གང་ན་ཡོད།

ངས་དྲང་ཀན་ཡང་ཐག་ཞོར་འཁྲིད་འདུད་དུ་བཏང་། ཁོ་གཅིག་པུར་གོམས་སྟབས་རེ་རེ་བཞིན་འགྲོ་དུས། ངའི་སེམས་པ་སྐྱུར་སིལ་སིལ་དུ་གྱུར། དྲང་ཀན་ཕྱིན་ཏེ་མིག་གི་མཐོང་ཚོས་སུ་མ་གྱུར་པས། ང་ད་གཟོད་ཁྱིམ་དུ་ལོག །ང་ཁྱིམ་དུ་སླེབས་དུས་མུན་རུབ། མ་དང་ཙ་སྒྲོན་ཐབ་མདུན་དུ་ཅིག་གིས་མེ་གཏོང་ཞིང་ཅིག་ཤོས་ཀྱིས་ལྟོ་སྐོལ། ངའི་ཨ་ཕ་མལ་ཁྲིའི་ཐོག་འདུག །འཇང་ཚོན་ཁོ་ན་སྔར་རྒྱུན་ལྟར་སྒྲོ་དགས་བཅིངས། མོས་ཕྱིས་འབྱུང་ཕྲུག་གི་འཕྲང་དུ་ལུས་ངེས་པ་མི་ཤེས། མོ་མཚོང་ལྡིང་བྱེད་བཞིན་ངའི་རྐང་པར་འཐམས་ཏེ་ང་ལ་དྲིས།

ཁོ་ཚོས་ང་ལ་ལྟུམ་སྐྱུ་ཞབས་མི་འབོད་པ་ཅི་རེད།

ངས་མོའི་གདོང་ལ་བྱིལ་བྱིལ་བྱེད་བཞིན་ཁ་ནས་གཏམ་ཚིག་གཅིག་ཀྱང་མ་ཐོན། སྐབས་ལེགས་པ་ཞིག་ལ་མོས་ཀྱང་སྨྲ་མཐུད་མ་དྲིས། མོས་ངའི་ངོར་མའི་སྙིང་གི་འདམ་བག་སེན་བརྟག་བྱེད། དགའ་བཞིན་སྡུ་བཞིན།

ངས་ཨ་ཕའི་ངོར་མ་བཀྱུ་ཟེར།

ལྟོ་དུས་ལ་སླེབས་སྐབས་ཨ་མས་ཨ་ཕའི་ཉལ་ཤག་གི་སྒོ་འཁྲམ་ནས་འདི་ལྟར་དྲིས།

ཁྱེད་ལ་ཟ་མ་སྐྱེལ་དགོས་སམ།

ང་ཡོང་ཚོག །ངས་སྨྲས།

ཨ་ཕ་མཛུབ་མོ་གསུམ་གྱིས་སོལ་སྒྲོན་བཏེགས་ཏེ་ཉལ་ཤག་ལས་ཐོན། སྒྲོན་འོད་ཨ་ཕའི་གདོང་སྟེང་དུ་ལྡེམ་ལྡེམ་བྱེད། གདོང་ཕྱེད་གསལ་ཞིང་ཕྱེད་མི་གསལ། ཚེད་པ་སྒྱུར་ཞིང་སྒྲོ་བསྟུད་མར་ལངས། ཨ་ཕ་བསྡད་རྗེས་ང་ལ་དྲིས།

བུ་ལོན་འཇལ་ཚར་རམ།

ངས་མགོ་བོ་སྒྲོད་བཞིན། འཇལ་ཚར།

ཡག་པོ་བྱུང་། འཇལ་ཚར་བ་ལེགས།

ཨ་ཕས་ངའི་དཔུང་པ་མཐོང་སྟེ། སྨྲར་ཡང་།

དཔུང་པ་རལ་ལམ།

ངས་ལན་མ་སྨྲས། ཀློག་ཁུ་མ་དང་ཅ་སྒྲོན་ལ་བལྟས། ཁོ་གཉིས་མཆི་མ་བཞུར་བཞིན་ངའི་དཔུང་པར་བལྟ། ངས་དལ་བུར་ཟས་ཟོས། ཟས་ཁམ་

འགའ་ཟོས་རྗེས་བཟའ་ཐུར་ཅིག་ངོས་སུ་བཞག །ཕོར་པ་ཕར་དེད། ཟས་མ་བཟས། ཡུད་ཙམ་ནས་ཨ་ཕས་འདི་ལྟར་ཟེར།

སྔོན་ཆད་ངེད་ཚོ་ཞུད་ཚང་གི་མེས་པོས་ཐོག་མར་ཁྱིམ་བྱ་གསོས། ཁྱིམ་བྱ་ཆེར་བསྐྱེད་དེ་བྱ་གག་ཏུ་སྒྱུར། བྱ་གག་ཆེར་བསྐྱེད་དེ་ལུག་ཏུ་སྒྱུར། ལུག་ཆེར་བསྐྱེད་དེ་སྒླང་དུ་སྒྱུར། ངེད་ཞུད་ཚང་འདི་ལྟར་འཕེལ་རྒྱས་བྱུང་།

ཨ་ཕའི་སྐད་ཤིན་ཏུ་གཅེར། ཡང་སྨུ་མཐུད།

ངའི་རབས་འདིར་ཞུད་ཚང་སྒླང་ནས་ལུག་ཏུ་སྒྱུར། ལུག་ནས་བྱ་གག་ཏུ་སྒྱུར། ཁྱོད་ཀྱི་རབས་འདིར་བྱ་གག་ཁྱིམ་བྱར་སྒྱུར། ད་ལྟ་ཁྱིམ་བྱ་ཡང་མེད་པར་སྒྱུར།

སྨྲ་མཚམས་འདིར་ཨ་ཕས་ཧ་ཧ་ཞེས་བགད། དགོད་བཞིན་དགོད་བཞིན་དུས། ཨ་ཕས་ང་ལ་མཇུབ་མོ་གཉིས་བསྟན་ཏེ།

ཞུད་ཚང་ལ་ཕུང་ཀན་བརླག་འདྲེ་གཉིས་བྱུང་ཟེར།

ཉིན་ཤས་མ་སོང་བར་ལུང་ཨར་སླེབས། ལུང་ཨར་གྱི་རྣམ་པ་འགྱུར་ཟིན། ཕོས་གསེར་སོ་གཉིས་བསྐྲར། ཁ་གདངས་ཏེ་དགོད་བཞིན་འདུག །ཕོས་ང་ཚོའི་ཞིང་ཁ་དང་ཁང་པ་ཉོས་པས། རང་གི་རྒྱུ་ནོར་ལ་བལྟ་བར་ཡོང་། ལུང་ཨར་གྱིས་རྐང་པས་གྱང་ལ་གཞུ་ཙམ་བྱས། སླར་ཡང་རྣ་བ་གྱང་ལ་གཏད་དེ་ཉན་ཙམ་བྱས། ལག་གིས་ཐལ་མོ་རྡེབ་ཙམ་བྱས་ཏེ།

ལེགས་པོ་འདུག །སྲ་བརྟན་ཨ་འཐས། ཞེས་ལན་འགའ་སྨྲས།

ལུང་ཨར་གྱིས་ཞིང་ཁའི་ཐོག་ཏུ་སྐོར་བ་ལན་གཅིག་བྱས། ཕྱིར་ཡོང་སྟེ་ང་དང་ཕ་ལ་གུས་འདུལ་བྱས།

སྔོ་ཞིང་གཤིན་པའི་ཞིང་ཁ་མཐོང་བས་བློ་བདེ་ཟེར།

ལུང་ཨར་སློབས་པས་ང་ཚོ་མི་རབས་འགའ་བསྟུད་པའི་ཁང་པ་ལས་འཇིག་སྐྱིལ་དུ་སྤོ་དགོས་བྱུང་། ཉིན་དེར་ངའི་ཨ་ཕ་རྒྱབ་ལག་བཅས་ཏེ། ཁང་པ་དེ་དག་ནང་ཕར་འགྲོ་ཚུར་འགྲོ་བྱས། ངའི་མ་ལ་འདི་ལྟར་སྨྲས།

ངའི་བསམ་པར་ང་ཁང་པ་འདིར་འཆི་ངེས་བསམ།

དེ་ནས་ཨ་ཕས་གོས་ཆེན་སྟོད་གོས་ཀྱི་ཐལ་རྡུལ་དཀྲུག་ཞོར། སྐེ་བསྒྲིངས་ཏེ་སྔོ་ཐེམ་བརྒལ། ངའི་ཨ་ཕ་སྔར་རྒྱུན་བཞིན་རྒྱབ་ལག་བཅས། དལ་བུར་གྲོང་སྡེའི་རྫབ་དོང་ཕྱོགས་སུ་སོང་། སྐབས་དེར་མུན་ཙུབ་བཞིན་འདུག །ཁྲལ་པ་འགའ་ཞིང་ཁར་སོ་ནམ་བྱེད། ཕོ་ཚོ་ཚང་མས་ངའི་ཨ་ཕ་བདག་པོ་མ་ཡིན་པ་ཤེས་ཙང་ལག་ཁུ་ལྷུགས་གཞབ་བཟུང་སྟེ།

སྐུ་ངོས། ཞེས་འབོད།

ངའི་ཨ་ཕས་དགོད་བཞིན་ཕོ་ཚོར་ལག་གཡུག་སྟེ།

དེ་ལྟར་འབོད་མི་ཙང་།

ངའི་ཨ་ཕ་རང་ཁྲིམ་གྱི་ཞིང་ཁའི་ཐོག་ཏུ་མི་འགྲོ། ཀང་ཟུང་འདར་བཞིན་གྲོང་སྡེའི་རྫབ་དོང་ངོས་སུ་འགྲོ་མཚམས་བཞག །ཕྱོགས་བཞིར་ལྟ་ཡག་བྱས་རྗེས། སྐ་རགས་བཀྲོལ། ཐོག་ཕུར་བསྟད།

ས་སྐྱིད་དེར་ངའི་ཨ་ཕས་བཙོག་པ་གཏོང་སྐབས་སྐད་ངན་མ་བཏོན། ཨ་ཕས་མིག་ཟིམ་བུར་རྒྱང་རིང་དུ་བལྟ། རྫོང་གྲོང་དུ་འགྲོ་བའི་ལམ་ཆུང་དེར་ལྟ་བཞིན་ལམ་ཆུང་རིམ་བཞིན་མི་སྣང་བར་གྱུར། ཁྲལ་པ་ཞིག་འཁྲམ་དུ་ཚལ་བསྡུ་བཞིན་འདུག །སྐྱིད་པ་དགུ་སྟེ་ཡར་ལངས་སྐབས་ལམ་ཆུང་མཐོང་

ཆོས་སུ་མ་གྱུར།

ངའི་ཨ་ཕ་རྫབ་དོང་ཐོག་ཏུ་འགྱེལ། ཁྲལ་པས་སྐད་སྒྲ་ཐོས་མ་ཐག་མྱུར་དུ་ལྟ་སྐབས་ངའི་ཨ་ཕ་ས་ཐོག་ཏུ་འགྱེལ། མགོ་བོ་རྫབ་དོང་ལ་ཟུག་ནི་ཏེ་འགུལ་ཙམ་ཡང་མི་བྱེད། ཁྲལ་པས་ལྷུགས་གཞབ་འཁྱེར་ཏེ་ངའི་འཁྲིས་སུ་རྒྱུག་ཡོང་།

སྐུ་ངོས་ལགས། སྐྱོན་མི་འདུག་གམ། ཁྲལ་པས་སྨྲས།

ངའི་ཨ་ཕས་མིག་ལྤགས་འགུལ་ཙམ་བྱས་ཏེ། ཁྲལ་པར་ལྟ་བཞིན་སྐད་གཅེར་ཏེ།

ཁྱོད་སུ་ཚང་གི་ཡིན་ནམ།

ཁྲལ་པས་སྨྲུར་ཙམ་བྱས་ཏེ།

སྐུ་ངོས། ང་ཕང་ཞི་ཡིན།

ངའི་ཨ་ཕས་མནོ་བསམ་བྱས་རྗེས།

འོ། ཕང་ཞི་རེད། ཕང་ཞི། འོག་ནས་རྗེ་ཞིག་གིས་བསྡད་འདུག །

ཕང་ཞི་ཡིས་ངའི་ཕའི་ལུས་པོ་འགྲེ་ལྡོག་བརྒྱབ་སྟེ། རྗེ་ཁུ་ཚུར་ཙམ་ཞིག་འཁྲིས་སུ་གཡུག །ངའི་ཨ་ཕས་དེ་གར་གསེག་ཉལ་བྱས། སྐད་ཕྲ་མོས།

ད་ལྟོད་ལ་བབས་སོང་།

བདག་གིས་སྐྱུར་ཏེ་བཞེངས་ན་མི་ལེགས་སམ། ཕང་ཞི་ཡིས་དྲིས།

ངའི་ཨ་ཕས་མགོ་བོ་གཡུག་གཡུག་བྱེད་བཞིན། དབུགས་རིང་གཏོང་གིན།

མི་དགོས།

དེ་རྗེས་ངའི་ཨ་ཕས་ཁོ་ལ་འདི་ལྟར་དྲིས།

ཁྱོད་ཀྱིས་སྔོན་ནས་ང་འགྲེལ་བ་མཐོང་ངམ།

ལྷང་ཞི་ཡིས་མགོ་བོ་གཡུག་སྟེ།

མཐོང་མ་བྱུང་། སྐུ་ངོས།

ངའི་ཨ་ཕ་ཅུང་དགའ་སྟེ་སླར་ཡང་།

འགྲེལ་ཐེངས་དང་པོ་ཨེ་རེད།

རེད་ལགས། སྐུ་ངོས། ལྷང་ཞི་ཡིས་སྨྲས།

ངའི་ཨ་ཕས་ཧ་ཧ་ཞེས་བགད། བགད་རྗེས་མིག་བཙུམས། སྐེ་གཙུས་མ་ཐག་མགོ་བོ་རྒྱབ་ངོང་བརྒྱུད་ས་སྟེང་དུ་འདྲེད།

ཉིན་དེར་ང་ཚོ་འཛག་སྒྲིལ་དུ་སྤྱོས་མ་ཐག་རེད། ང་དང་ཨ་མ་ཁྱིམ་དུ་བསྡུ་གསོག་བྱེད་བཞིན་ཡོད། འཇའ་ཚོན་ཡང་དགའ་དགའ་སྒྲོ་སྒྲོས་བསྡུ་གསོག་བྱེད་བཞིན་འདུག །མོས་རྗེས་སུ་དཀའ་སྡུག་གི་ཟོ་ཁྲུན་དུ་ཚུད་པ་ག་ལ་ཤེས། ཙ་སྔོན་གྱིས་སྟོད་གོས་གཞོང་པ་གང་འཁྱེར་ཏེ། རྫིང་བུའི་འཁྲིས་སུ་ཡོང་དུས་ལྷང་ཞི་འཕྲད།

ལྕམ་ལགས། སྐུ་ངོས་ཕལ་ཆེར་སྨིན་པ་འདྲ། ལྷང་ཞི་ཡིས་སྨྲས།

ཙ་སྔོན་གྱིས་ཁྱིམ་གྱི་ངོས་སུ་སྐད་ཤུགས་ཆེན་པོས་འབོད་པ་ང་ཚོས་ཐོས།

ཨ་མ། ཕུར་རྐོད། ཨ་མ།

ལན་འགའ་འབོད་མ་ཐུབ་པར་ཙ་སྔོན་གྱིས་དེ་གར་དུ་འབོད་བྱས། སྐབས་དེར་ངས་ཨ་ཕ་ཅི་ཞིག་བྱས་པ་ཤེས། ང་ཁྱིམ་ནས་རྒྱུག་སྟེ་ཕྱིན་པ་ན་ཙ་སྔོན་དེར་ལངས་ཏེ་གཞོང་པའི་ནང་སྟོད་གོས་ས་སྟེང་དུ་འཐོ། ཙ་སྔོན་

གྱིས་ང་མཐོང་མ་ཐག །

ཕུར་རྐོད། ཨ་ཕ།

ང་སྨྱུར་བར་གྲོང་སྡེའི་རྫབ་དོང་ཕྱོགས་སུ་ཕྱིན། ང་སླེབས་དུས་ཨ་ཕའི་དབུགས་ཀྱི་རྒྱུ་བ་ཆད་ཟིན། ངས་ཅི་ཙམ་འཕུར་ཏུང་ངས་ཇི་ལྟར་འབོད་ཀྱང་ཨ་ཕས་ང་ལ་ལན་མ་བཏབ། ང་ཅི་བྱེད་མ་ཤེས་པར་ཡར་ལངས་ཏེ་བལྟས། ཨ་མ་རྐང་རྒྱང་འཐེང་བཞིན་དུ་བཞིན་རྒྱུག་ཡོང་། ཙ་སྔོན་གྱིས་འཇང་ཆོན་པང་དུ་བཏབ་སྡེ་རྗེས་སུ་ཡོང་།

ངའི་ཨ་ཕ་གྲོངས་པས། ང་ནད་ཡམས་ཐོག་པ་ལྟར་ལུས་ཡོངས་ཟུངས་ཟད་པར་གྱུར། ང་ཉིན་ལྟར་འཇག་སྤྱིལ་མདུན་གྱི་ས་སྟེང་དུ་བསྡད། མཆི་མ་ལྷུང་ལྷུང་དུ་བཞུར་བ་མིན་ན། དབུགས་རིང་ལ་རྒྱུན་ཆད་རྒྱུ་མེད། འཇང་ཆོན་རྒྱུན་གཏན་ངའི་གམ་དུ་བསྡད་དེ། ངའི་ལག་པར་རྩེད་མོ་བྱེད་ཞོར།

ཨ་མྱེས་ཟགས་པ་རེད་དམ། འཇང་ཆོན་གྱིས་དྲིས།

ངས་མགོ་ལྷོག་ལྷིམ་པ་མཐོང་བ་དང་། མོས་སླར་དྲིས།

རླུང་བུས་དེད་དམ།

ངའི་མ་དང་ཙ་སྔོན་གྱིས་དུ་འབོད་ཆེན་པོ་མ་བྱས། ཕོ་གཉིས་ཀྱི་བསམ་པར་ངས་སེམས་སྡུག་དོག་པོ་བྱས་ཏེ་ཕ་དང་མཉམ་དུ་ཕྱིན་མི་ཡོང་ངམ་སྙམ། སྐབས་རེ་ངས་ཡིད་གཟབ་མ་བྱས་པར་ཅི་ཞིག་ལ་ཐུག་ན་ཕོ་གཉིས་སྐྲག་ཅིང་དངངས་པར་བྱེད། ང་ཕ་ལྟར་ས་སྟེང་དུ་མ་འགྱེལ་བས་ཕོ་གཉིས་ཅུང་བློ་སྣོད་ལ་བབ་སྟེ།

སྔོན་མི་འདུག་གམ་ཟེར།

ཉིན་འགའི་རིང་ལ་ངའི་མས་ང་ལ་རྟག་པར་འདི་ལྟར་ཟེར།

མིར་སྐྱེས་པ་ལ་དགའ་སྤྲོས་འཚོ་དགོས། དབུལ་ཞིང་ཕོངས་པར་ཅི་ལ་སྐྲག །

མས་ང་ལ་སེམས་གསོ་བཏང་། མའི་བསམ་པར་ང་ནི་དབུལ་ཞིང་ཕོངས་པའི་འཛིངས་སུ་ཚུད་སྙམ། དོན་དུ་ངའི་སེམས་ནང་བསམ་པ་ནི་གྲོངས་ཟིན་པའི་ངའི་ཨ་ཕ་རེད། ངའི་ཨ་ཕ་ངའི་ལག་ཏུ་གྲོངས། ངའི་མ་དང་ཅ་སྒྲོན། ད་དུང་འཇའ་ཚོན་ཡང་ང་དང་ལྷན་དུ་དགའ་སྤྱུག་སྐྱོང་དགོས་བྱུང་།

ངའི་ཨ་ཕ་གྲོངས་རྗེས་ཀྱི་ཉིན་བཅུ་པར་སྐྱུག་པོ་སླེབས། ཁོང་གི་ལག་གཡས་པར་ལྭ་རིང་ཐོགས། གདོང་སྟོ་ཤིག་གེར་ཡོད་། མཇུག་ཏུ་ཕེབས་བྱམས་ཚོན་ལྡན་ཞིག་དང་། གཡས་གཡོན་དུ་གཞོན་ནུ་བཅུ་གྲངས་འགའ་ཡིས་ཇ་རྫུང་དར་འཕྱུར་བྱེད་པར་འཁྲིད། མི་རྣམས་ཀྱིས་སུ་ཚང་གིས་མནའ་མ་ལེན་ནམ། སྔོན་ནས་གོ་རྒྱུ་མེད་པ་གང་ཡིན་ནམ་ཟེར། མི་ཞིག་གིས་སྐྱུག་པོར་གཏམ་དྲིས།

སུ་ཚང་གི་བཀྲ་ཤིས་པའི་དོན་ཡིན་ནམ།

སྐྱུག་པོས་གདོང་སྒྲོད་བཞིན་སྐད་ཤུགས་ཆེན་པོས།

ང་ཚོའི་བཀྲ་ཤིས་པའི་དོན་རེད།

སྐབས་དེར་ང་ཕའི་དུར་མདུན་དུ་ཡོད། ཇ་སྨྲ་ཐོས་པས་ཕྱིར་ལྟ་སྐབས་སྐྱུག་པོ་ཡུད་དང་བཅས་ངེད་ཚོའི་འཇག་སྤྱིལ་གྱི་གམ་དུ་སླེབས་པ་མཐོང་། ཁོང་གིས་ལག་པ་རྒྱབ་ཏུ་གཡུག་ཙམ་བྱས། ཕེབས་བྱམས་ས་སྟེང་དུ་བཞག །ཇ་སྨྲ་མཚམས་ཆད། དེ་དུས་ངས་སྐྱུག་པོ་ནི་ཅ་སྒྲོན་བསུ་བར་སླེབས་པ་ཤེས།

ངའི་སྙིང་ཁ་དྲག་ཏུ་ལྡིང་བཞིན་ཅི་བྱ་གཏོལ་བྲལ་དུ་གྱུར།

ངའི་མ་དང་ཙ་སྒྲོན་གྱིས་ཛ་སྒྲ་ཐོས་པས། ཁྱིམ་ནས་ཐོན།

ཨ་ཕ། ཙ་སྒྲོན་གྱིས་སྨྲས།

སྤྱུག་པོས་བུ་མོ་མཐོང་བ་དང་ངའི་མ་ལ་འདི་ལྟར་སྨྲས།

ཐུལ་སོང་དེ་གང་དུ་ཡོད་དམ།

ངའི་མས་འཛུམ་ཕྱུང་པའི་གདོང་གིས།

ཁྱོད་ཀྱིས་ཟེར་ན་ཕུར་ཚོད་ཨེ་རེད།

གཞན་ད་དུང་སུ་ཡོད།

ངའི་སྤྱུག་པོས་ཁ་བསྐོར་ཏེ་ང་མཐོང་། སྤྱུག་པོས་ངའི་མདུན་དུ་གོམ་པ་གཉིས་སྤོས།

ཐུལ་སོང་། ཁྱོད་འདིར་ཤོག །ཅེས་སྨྲས།

ང་ལངས་ཏེ་འགྲུལ་ཙམ་ཡང་མ་བྱུས། ང་ཇི་ལྟར་འགྲོ་ནུས་སམ། སྤྱུག་པོས་ལག་པ་བརྐྱངས་ཏེ།

ཁྱོད་འདིར་ཤོག །ཐུལ་སོང་ཁྱོད། ཚུར་ཡོང་སྐྱེ་ཁམས་བདེ་མི་ཞུ་བ་ཅི་ཡིན། ཐུལ་སོང་ཁྱོད་ཉོན་ཅིག །སྔོན་ཆད་ཁྱོད་ཀྱིས་ཙ་སྒྲོན་ཇི་ལྟར་མནའ་མར་བསྲུས་སམ། ངས་དེ་རིང་དེ་ལྟར་ཙ་སྒྲོན་འཕྲིད་ངེས་ཡིན། ཁྱོད་ཀྱིས་ལྟོས་ཤིག །འདི་ཕེབས་བྱམས་རེད། འདི་ཛ་རེད། ཁྱོད་ཀྱིས་སྟར་བསྲུ་དུས་ལས་མང་བ་མེད་ཅུང་ཙུང་བ་མེད།

དེ་སྐད་སྨྲས་རྗེས་ངའི་སྤྱུག་པོས་ཙ་སྒྲོན་ལ་ཁ་སྐོར་ནས།

ཁྱོད་ཡར་སོང་ལ་བརྟུ་གསོག་གྱིས།

ཅ་སྒྲོན་གྱིས་རང་སར་ལངས་ཏེ་འགྲུལ་ཙམ་ཡང་མ་བྱས།

ཨ་ཕ། ཅ་སྒྲོན་གྱིས་སྨྲས།

ངའི་སྨྱུག་པོས་ཀྲང་པ་ཤེད་ཀྱིས་བརྡབས་ཏེ།

ད་དུང་མི་འགྲོའམ།

ཅ་སྒྲོན་གྱི་རྒྱང་རིང་བའི་ས་ནས་ང་ལ་ལྟ་བཞིན་ཁྱིམ་དུ་འཛུལ། སྐབས་དེར་ངའི་མའི་གདོང་མཆི་མས་ཁེངས།

ཐུགས་རྗེས་གཟིགས། ཅ་སྒྲོན་འདིར་ཞོག་མཛོད།

ངའི་སྨྱུག་པོས་མའི་ཕྱོགས་ལ་ལག་པ་གཡུག །སླར་ང་ལ་ཁ་བསྐོར་ཏེ།

ཕྱོལ་སོང་ཁྱོད། དེ་རིང་ནས་བཟུང་ང་ཚོ་ཤ་ཁག་ཁག་དང་གྲི་སོ་སོ་ཡིན། ངེད་གྲུན་ཚང་དང་ཁྱོད་ཞུད་ཚང་ནམ་ཡང་འབྲེལ་བ་མེད།

ངའི་མས་ལུས་སྒུར་ཏེ་ཞུ་བ་ཕུལ།

ཕུར་རྐོད་ཀྱི་ཕའི་གདོང་ལ་བལྟས་ཏེ་ཅ་སྒྲོན་ཞོག་མཛོད།

ངའི་སྨྱུག་པོས་ངའི་མ་ལ་གཏད་དེ།

ཁོས་ཨ་ཕ་སྙིང་རླུང་གིས་བཀྲོངས་པ་རེད།

དེ་སྐད་སྨྲས་རྗེས་ངའི་སྨྱུག་པོས་རང་གི་གཏམ་ཐལ་ཆ་ཆེ་བ་ཤེས། ཁ་ཤུགས་ཇེ་ཆུང་དུ་བཏང་སྟེ།

ཁྱོད་ཀྱིས་ངའི་སེམས་གནག་མ་བསམ། འདི་ཚོ་ཚང་མ་ཕྱོལ་སོང་ཁོའི་བྱས་འབྲས་རེད།

སྨྱུག་པོས་སླར་ང་ལ་ཁ་སྐོར་ནས།

འཇང་ཚོན་ཁྱོད་ཞུད་ཚང་ལ་འཛོག །ཅ་སྒྲོན་གྱི་མངལ་ནང་གི་བྱིས་པ་

ཊེད་གྲུན་ཚང་གི་ཡིན།

ངའི་མས་གཞོགས་ཤིག་ཏུ་ལངས་ཏེ་ཏྭ་འབོད་བྱས། མས་མིག་ཆུ་ཕྱི་བཞིན།

འདི། ངས་ཞུད་ཚང་གི་མེས་པོར་རྩིས་སྤྲོད་ཇི་ལྟར་བྱེད་དམ།

ཅ་སྒྲོན་གྱིས་ཁུག་མ་འཁྱེར་ཏེ་ཐོན་ཡོང་། ངའི་སྨྱུག་པོས་ཅ་སྒྲོན་ལ།

ཕེབས་བྱམས་ནང་འགྲོ།

ཅ་སྒྲོན་གྱིས་མགོ་བོ་གཙུས་ཏེ་ང་ལ་བལྟས། ཕེབས་བྱམས་འཁྲིས་ནས་སླར་ཡང་ང་ལ་བལྟས། ཡང་ངའི་མ་ལ་བལྟས། ཕེབས་བྱམས་ནང་དུ་འཛུལ། སྐབས་དེར་གང་ནས་ཡོང་མིན་མ་ཤེས་པར་འཇའ་ཚོན་གྱིས་ཨ་མ་ཕེབས་བྱམས་ནང་འཛུལ་བ་མཐོང་། འཇའ་ཚོན་ཕེབས་བྱམས་ནང་དུ་འགྲོ་དགོས་སྐམ་སྐེ་ལུས་ཕྱིད་འཛུལ་སྐབས། ཅ་སྒྲོན་གྱིས་ཕར་ཕུད།

ངའི་སྨྱུག་པོས་ཕེབས་བྱམས་པར་ལག་གཡུག་བྱས་པས་ཕེབས་བྱམས་ཡར་བཏེགས། ཅ་སྒྲོན་གྱིས་ཏྭ་འབོད་བྱས། སྨྱུག་པོས་ཛ་སྒྲ་མ་འགག་བར་རྟུངས་ཤིག་ཅེས་སྨྲས།

གཞོན་ནུ་བཙུ་གྲངས་འགས་ཛ་ཤེད་ཀྱིས་བརྟུངས། ངས་ཅ་སྒྲོན་གྱི་ཏྭ་སྒྲ་མ་ཐོས། ཕེབས་བྱམས་ལམ་དུ་བཞུད། ངའི་སྨྱུག་པོ་ལྷ་རིང་ཐོགས་པའི་ཕེབས་བྱམས་པ་དང་འགྲོས་གཅིག་ཏུ་ཕེབས། ངའི་ཨ་མ་ཀང་ཆུང་འཐེང་བཞིན། ཡིད་རབ་ཏུ་གདུང་བཞིན་རྗེས་སུ་འབྲངས། གྲོང་སྒོ་མ་ཐོན་བར་རྗེས་སུ་འབྲངས།

སྐབས་དེར་འཇའ་ཚོན་རྒྱུག་ཡོང་། མིག་ཆེས་ཆེར་བགྲད་དེ་ང་ལ་འདི་

སྐར་སྨྲས།

ཨ་ཕ། ཨ་མ་ཕེབས་བྱམས་ནང་དུ་སོང་།

འཇའ་ཚོན་གྱི་དགའ་སྤྲོའི་རྣམ་པ་མཐོང་བས་ངའི་ཡིད་སློང་སློང་པོར་གྱུར།

འཇའ་ཚོན། ཁྱོད་འདིར་ཤོག །ངས་སྨྲས།

འཇའ་ཚོན་ངའི་མདུན་དུ་ཡོང་། ངས་འཇའ་ཚོན་གྱི་གདོང་ལ་བྱིལ་བྱིལ་བྱས་ཏེ།

འཇའ་ཚོན། ཁྱོད་ཀྱིས་ང་ཨ་ཕ་ཡིན་པ་མ་བརྗེད་པ་གྱིས་ཨང་།

འཇའ་ཚོན་གྱིས་ཐོས་མ་ཐག་ཏུ་དབང་མེད་དུ་བགད་དེ།

ཁྱོད་ཀྱིས་ང་འཇའ་ཚོན་ཡིན་པ་མ་བརྗེད་པ་གྱིས་ཨང་ཟེར།

ཕུར་རྐོད་ཀྱིས་ཤོད་མཚམས་འདིར་སླེབས་དུས་དགོད་བཞིན་པའི་ང་ལ་བལྟས། ལོ་ངོ་བཞི་བཅུའི་གོང་གི་སྤྲང་པོ་དེས་ད་ལྟ་སྟོད་དམར་ཕྱིང་ཏེར་སྤྱང་ཐོག་ཏུ་བསྟད། ཉི་ཟེར་ཤིང་ལོའི་གསེབ་ནས་ཁོའི་མིག་ཟེམ་བུར་འཁྲོས། ཁོའི་ལུས་ཡོངས་འདམ་གྱིས་ཚོས། སྤྱི་ཐེར་དུ་གྱུར་ལ་ཁད་པའི་མགོ་ཐོག་ཏུ་སྐྲ་དཀར་རེ་ཟུང་སྐྱེས། ཐང་མདུན་དུ་པགས་པའི་གཉེར་རིས་བརྩེགས། རྟུལ་ཚུ་དེ་དག་ལས་བཞུར་ཡོང་། རྫིང་བུ་ཆུ་སེར་དུ་ཞུགས་པའི་སྣང་བརྙན་གྱི་མགོ་དང་སྐལ་ཚོགས་རིང་པོ་ལས་མི་མཐོང་། རྫིང་ཆུའི་རླབས་རིས་ཁྲོད་དུ་ངས་སྐལ་ཚོགས་ནག་པོ་མཐོང་།

ང་ལ་རྐད་པོ་འདི་ཐོག་མར་འཕྲད། སྐབས་དེར་ངའི་སོས་དལ་གྱི་འཚོ་བ་མགོ་ཚུགས་ཙམ་རེད། ང་ལོ་གཞོན་ཞིང་སྤྲ་བལྟས་ཕྱི་བལྟས་བྱེད་ས་ཡང་མེད། ངོ་རིས་གསར་པ་རེ་རེས་ངའི་སེམས་དགའ་བར་བྱེད། ང་ཕུར་རྐོད་དང་འཕྲད། ཁོས་མངོན་སུམ་གསོན་རྗེན་དུ་རང་ཉིད་བཤད། མི་སུ་ཞིག་གིས་ཀྱང་ང་ལ་དེ་ལྟར་སྨྲ་མི་གཏུབ། གལ་ཏེ་ངས་གང་ཤེས་འདོད་ན་ཁོས་དེ་ལྟར་སྨྲ་འདོད།

ཕུར་རྐོད་འཕྲད་རྗེས་ངའི་དམངས་གཞས་བསྡུ་སྒྲིག་ལ་རེ་བས་ཁེངས། ངའི་བསམ་པར་ཞིང་ས་གཤིན་པོ་དེ་ནས་འཚར་བ་ནི་ཕུར་རྐོད་ལྟ་བུ་ཁོ་ན་ཡིན་ངེས་སྙམ། ཉིན་ཤས་རྗེས་སུ་ང་ལ་ཕུར་རྐོད་ལྟ་བུ་མང་པོ་ཞིག་འཕྲད། ཁོ་ཚོས་ཕུར་རྐོད་འདྲ་བའི་གོས་གྱོན། དོར་རྐ་ཕུས་མོའི་བར་བཞག །ཁོ་ཚོའི་ངོ་གདོང་གི་གཉེར་རིས་ཉི་ཟེར་དང་ཐལ་རྡུལ་གྱིས་ཁེངས། ཁོ་ཚོས་ང་ལ་གད་མོ་དགོད་དུས་ཁ་ནང་དུ་སོ་ཕལ་ཆེར་ལྷག་མེད། ཁོ་ཚོས་མཚམས་རེ་མིག

ཚུ་གར་པོ་ཞིག་གཏོང་། འདི་ནི་ཁོ་ཚོ་དཀའ་སྡུག་གིས་ནོན་པ་མ་ཡིན་པར། ཁོ་ཚོ་ཡིད་རབ་ཏུ་འཚེངས་པའི་དུས་སམ་ཡང་ན་དོན་ཅི་ཡང་མེད་པར་སེམས་ལྷོད་པའི་སྐབས་མིག་ཆུ་བཞུར་བ་རེད། དེ་ནས་ལམ་ཆུང་དང་མཚུངས་པའི་མཛུབ་མོ་རྒྱབ་རིག་ཅན་བརྒྱངས་ཏེ། མིག་ཆུ་ཕྱིས་པ་ནི་ལུས་སྐྱེང་གི་འབྲས་སོག་བརྟོགས་པ་འདྲ།

འོན་ཏེ་ང་ལ་ཕུར་རྐོད་ལྷ་བུའི་མི་ད་ལྟ་ཡང་བརྗེད་ཏུ་མི་གཏུབ་པ་ཞིག་མ་འཕྲད། རང་གི་སྒྱོང་བ་དེ་ལྟར་གསལ་ཞིང་། དེ་ལྟར་གསོན་ཉམས་དོད་པོས་རང་ཉིད་སྨྲ་མཁན་ཞིག་མ་འཕྲད། ཁོ་ནི་རང་གི་སྣང་སོང་གི་གཟུགས་བརྙན་མཐོང་མཁན་ཞིག་དང་། རང་གི་གཞོན་དུས་ཀྱི་གོམ་པའི་འདེགས་འཇོག་མཐོང་མཁན་ཞིག་དང་། ཐ་ན་རང་ཉིད་ཇི་ལྟར་རྒས་ཤིང་འཁོགས་པར་གྱུར་པ་མཐོང་མཁན་ཞིག་རེད། རྒད་པོ་འདི་འདྲ་ཞིག་ཞིང་ཁྲུལ་ནས་ངོ་མ་རྙེད་དཀའ། ཕལ་ཆེར་དཀའ་སྡུག་གི་འཚོ་བས་ཁོ་ཚོའི་དྲན་པ་སྟོར་བ་ཡིན་སྲིད། སྔོན་བྱུས་ཀྱི་བྱ་བར་ཁོ་ཚོས་མི་སྨྲ་བའི་བརྟུལ་ཞུགས་བཟུང་སྟེ། ཅི་བྱ་གཏོལ་བྲལ་གྱི་འཛུམ་ཞིག་གིས་གཡོལ་ཐབས་བྱེད། ཁོ་ཚོས་རང་གི་སྒྱོང་བ་སྣང་མེད་དུ་འཇོག་པས་འཆར་སྒོ་ཕལ་ཆེར་ནི་གང་དྲན་ཅི་དྲན་དང་སྣ་ཟིན་ཕྲུ་ཟིན་རེད། དེ་དག་ཀྱང་རང་ལུས་མ་ཡིན་པའི་དྲན་ཤེས་ཙམ་དུ་འདོད་པས། ཚིག་སྣ་རེ་ཟུང་གིས་ཁོ་ཚོའི་འདོད་པ་མཚོན་པར་བྱེད།

སྐབས་འདིར། ངས་རྒྱུན་དུ་ཕྱི་རབས་པས་ཁོ་ཚོར་འདི་ལྟར་གཤེ་བ་ཐོས།

ལོ་འདི་ལྟར་རྒས་ཀྱང་མི་ཚེ་ཁྲི་ལས་ལོད།

ཕུར་རྐོད་ནི་གཏན་ནས་མི་འདྲ། ཁོང་ནི་ཕྱིར་དྲན་ནང་འཚོ་བར་དགའ། ཁོང་ནི་རང་ཉིད་འཆད་ལ་དགའ། ཕལ་ཆེར་འདི་ལྟར་ཁོང་གིས་མི་ཚེ་བསྐྱུར་སྐྱེལ་བྱེད། བྱ་ཡི་སྡེར་མོས་ཡལ་ག་བཟུང་བ་དང་འདྲ་བར་ཁོང་གི་གཏམ་གྱིས་ང་དམ་དུ་བཟུང་།

ཙ་སྒྲོན་ཕྱིན་རྗེས། ངའི་མས་རྒྱུན་པར་ལྐོག་ཏུ་མིག་ཆུ་ཕོ་ན་གཏོང་། ངས་སེམས་གསོ་ཚིག་འགའ་བྱེད་བསམ་མོད། མའི་རྣམ་པ་མཐོང་བས་གཏམ་ཚིག་གཅིག་ཀྱང་ཁ་ནས་མ་ཐོན། དེ་ལས་ལྡོག་སྐྱེ་རྒྱུན་དུ་ང་ལ།

ཙ་སྒྲོན་ནི་ཁྱོད་ཀྱི་ཆུང་མ་རེད། གཞན་གྱི་མ་རེད། སུས་ཀྱང་འཕྲོག་ཐབས་མེད་ཟེར།

ངས་ཐོས་རྗེས་དབུགས་རིང་ཤོར། ད་དུང་ཅི་ཞིག་སྨྲ་དགོས་སམ། རང་ཁྱིམ་གྲུ་བཞི་ཤོ་འདྲ་བ་བོང་བུའི་རྣ་བ་ལྟ་བུར་རལ། མཚན་མོ་མལ་ཁྲིའི་ཐོག་ཏུ་གཉིད་གཏན་ནས་མི་ཡོང་། འདི་ལ་འཕོན་ཞིང་དེ་ལ་འཁྲུས། མཐའ་མ་རང་གིས་རང་ལ་ཞེ་སྡང་ལངས། མཚན་མོ་བསམ་རྒྱུ་མང་དྲགས་པས། ཉིན་མོ་མགོ་བོ་ན། ཉིན་གང་གཉའ་ཆགས་ཤིང་ཉམས་ཤོར། སྐབས་ལེགས་པ་ཞིག་ལ་འཇང་ཚོན་ཡོད་པས། འཇང་ཚོན་གྱིས་རྒྱུན་དུ་ངའི་ལག་པ་ནས་འཐེན་ཏེ་འདི་ལྟར་དྲིས།

ཨ་ཕ། སྒྲོག་ཅེ་ཞིག་ལ་ཟུར་བཞི་ཡོད། ཟུར་གཅིག་གཅག་ན་ད་དུང་ཅི་ཙམ་ཡོད་དམ།

འཇང་ཚོན་གྱིས་གང་ནས་ཐོས་པ་མི་ཤེས་མོད། ངས་ད་དུང་ཟུར་གསུམ་ལྷག་ཡོད་སྨྲ་སྐབས་འཇང་ཚོན་དགོད་མ་ཚུགས།

ནོར་སོང་། ཟུར་ལྔ་ཡོད་ཟེར།

འཇང་ཚོན་གྱི་སྐད་ཆ་ཐོས་སྐབས་ང་དགོད་འདོད་མོད་བགད་མ་ཐུབ། ལར་ཁྱིམ་དུ་མི་བཞི་ཡོད། ཙ་སྒྲོན་ཕྱིན་པས་ཟུར་གཉིས་མེད་པར་གྱུར། ལར་ཙ་སྒྲོན་གྱི་ལྟོ་བར་བྱིས་པ་སྦྲུམ་ཡོད། ངས་འཇང་ཚོན་ལ།

ཁྱོད་ཀྱི་མ་སླེབས་ན་ཟུར་ལྟ་ཡོད་ཅེས་སྨྲས།

ཁྱིམ་གྱི་དངོས་པོ་སྣ་རིང་བ་རྣམས་བཙོངས་རྗེས། མས་རྒྱུན་དུ་འཇའ་ཚོན་འཁྲིད་དེ་རི་ཚོད་འཕྱུ་བར་འགྲོ། ངའི་མས་སློ་མ་ཞིག་འཁྱེར་ཏེ་རྐང་ཆུང་འཐེང་བཞིན་འགྲོ། མའི་གོམ་པ་འཇའ་ཚོན་ལས་མགྱོགས་པ་མེད། མའི་མགོ་སྐྱེས་ཁ་བའི་མདོག་ལ་འགྱུར་ཙང་། སྔོན་ཆད་ལས་མ་སྨྱོང་བའི་ངལ་དུབ་གོམས་པར་བྱེད། ངའི་མས་འཇའ་ཚོན་འཁྲིད་དེ་གོམ་པ་རེ་རེ་བཞིན་འགྲོ་བའི་ཡང་གཟབ་སྒོས་གཟབ་ཀྱིས་ངའི་མིག་ཟུང་ལས་མཆི་མ་ཤོར།

ངས་ཨུ་མཐུད་འཚོ་བ་འདི་ལྟར་སྐྱེལ་མི་ཙང་། ངས་མ་དང་འཇའ་ཚོན་གསོ་དགོས། ངས་མ་ལ་གྲོས་བྱས། རྫོང་གྲོང་གི་དགའ་ཉེ་སློ་དཀར་ལས་དངུལ་གཡར། ཚོང་ཁང་ཞིག་འཛུགས་རྩིས་བྱས། མས་ཐོས་རྗེས་སྐད་ཆ་ཚིག་གཅིག་ཀྱང་མ་སྨྲས། མ་འདི་ནས་བྲལ་མི་འདོད། མི་རྣམས་ན་ཡུལ་དྲན། བྱ་རྣམས་ན་ཚང་དྲན།

ད་ལྟ་ས་ཁང་ས་ཞིང་ཚང་མ་ལུང་ཨར་ལ་བདག་པས། ཁྱིམ་འདི་ནས་སྤྲོས་པ་དང་གཞན་དུ་སྤྲོས་པར་ཁྱད་ཅི་ཡོད། ངས་མ་ལ་དེ་ལྟར་སྨྲས།

ངའི་མས་ཐོས་རྗེས། ཙུང་ཞིག་ནས།

ཁྱོད་ཀྱི་ཕའི་དུར་ད་དུང་འདིར་ཡོད།

མའི་གཏམ་ཚིག་གཅིག་གིས་ང་ཨུ་མཐུད་གཞན་ཞིག་བསམ་མ་ཐུབ་པར་གྱུར། ངས་ཇི་ལྟར་བསམ་ཙང་ལུང་ཨར་འཚོལ་འདོད།

ལུང་ཨར་ཡུལ་འདིའི་ས་བདག་ཆགས། ལུས་ལ་གོས་ཆེན་གྱོན། ལག་གཡས་སུ་ཛ་འཁྱུ་བསྣམས་ཏེ་ཞིང་ཚིགས་ཐོག་འགྲོ་ཞིང་ཉམས་དོད། གསེར་

སོ་གཉིས་བསྐྲར་ཡོད་པས་དགོད་སྐབས་ཁ་ཆོག་ངོ་ཆོག་ཁོ་ན་བྱེད། མཚམས་རེ་ཁོས་མིག་ནང་མཐོང་མི་བདེ་བའི་ཁྲལ་པ་འགའ་ལ་གཤེ་སྐབས་ཀྱང་ཁ་ཆོག་ཆོག་བྱེད། ངའི་བསམ་པར་ཁོ་གཞན་ལ་བྱམས་སེམས་ཆེ་བསམ་སོང་། རྗེས་སུ་དེ་ནི་གཞན་གྱིས་ཁོའི་གསེར་སོ་མཐོང་ན་སྙམ་པས་ཡིན་པ་ཤེས།

ལུང་ཨར་གྱིས་ང་མཐོང་མ་ཐག་གུས་པའི་ཚུལ་གྱིས། དགོད་བཞིན་དགོད་བཞིན།

ཕུར་ཀོད། ངའི་ཁྱིམ་དུ་ཇ་འཐུང་བར་ཤོག་ཟེར།

ངས་ཁོའི་ཁྱིམ་དུ་མི་འགྲོ་བ་ནི་རང་སེམས་སྐྱུར་མོར་མི་འགྱུར་རམ་སྙམ། ཁང་པ་དེ་ངའི་ལྟེ་ཁྲག་འཐོ་ས་རེད། ད་ལྟ་ལུང་ཨར་གྱི་ཁྱིམ་དུ་སྒྱུར། ཁྱོད་ཀྱིས་བྱས་ན་ང་ཇི་ལྟར་བསམ།

དོན་དུ་མི་ཞིག་འདི་ལྟར་ཆགས་དུས་མང་པོ་ཞིག་ལ་བསམ་བློ་མི་གཏོང་། ཁ་དཔེར་དབུལ་པོ་མིག་རྒྱང་ཐུང་ཞེས་མི་གྲགས་སམ། ཉིན་དེར་ངས་ལུང་ཨར་འཚོལ་སྐབས་ལུང་ཨར་ཚོམས་ཆེན་གྱི་གོར་ཁྲིའུ་ཐོག་འདུག །ང་ཡོང་བ་མཐོང་བས་བགད་བཞིན་འདུག །

ཕུར་ཀོད་ཡིན་ནམ། འདུག་སྟེགས་ཤིག་འཚོལ་ལ་སྡོད་དང་།

ཁོས་གོར་ཁྲིའུ་ལས་འགུལ་ཙམ་ཡང་མི་བྱེད། ཁོས་ང་ལ་ཇ་ལྡུད་པའི་རེ་བ་ངས་ཀྱང་མ་བྱས། ང་བསྡད་རྗེས་ལུང་ཨར་གྱིས་འདི་ལྟར་སྨྲས།

ཕུར་ཀོད། ཁྱོད་དངུལ་གཡར་བར་ཡོང་ངམ།

ངས་མིན་ཞེས་མ་སྨྲས་གོང་དུ་ཁོས་མུ་མཐུད་སྨྲས་དོན།

དངོས་གནས་བྱས་ན་ངས་ཁྱོད་ལ་དངུལ་གཡར་དགོས། ཁ་དཔེར་

འགག་ལ་ཐུག་དུས་སྐྱོབ་གྲོགས་དགོས། དབུལ་ཞིང་ཕོངས་པར་སྐྱོབ་རྒྱུ་མེད་ཅེས་གྲགས། ངས་ཁྱོད་ཀྱི་དཀའ་ངལ་སེལ་བ་ལས། དབུལ་པོ་ཨ་སྐྱོ་སྐྱོབ་མི་སྲིད།

ངས་མགོ་ལྡོག་ལྟེམ་བཞིན། ང་ཞིང་ཁ་མུའུ་འགའ་བོགས་མ་ལེན་འདོད།

ལུང་ཨར་གྱིས་ཉན་རྗེས་དགོད་ཚུང་བྱེད་བཞིན།

ཁྱོད་ལ་མུའུ་ཅི་ཙམ་དགོས་སམ།

མུའུ་ལྔ་དགོས། ངས་སྨྲས།

མུའུ་ལྔ། ལུང་ཨར་གྱིས་སྨིན་མ་གཟེངས་ཙམ་བྱས་ཏེ།

ཁྱོད་ཀྱི་ལུས་པོ་འདིས་ཡོང་ངམ།

སྦྱོང་བརྡར་བྱས་ན་ཡོང་འགྲིག །ངས་བཤད།

ང་ཚོ་རོ་ཤེས་རྙིང་པ་རེད། ངས་ཁྱོད་ལ་མུའུ་ལྔ་སྤྲོད། ཁོས་མནོ་བསམ་བྱས་ཏེ་བཤད།

ལུང་ཨར་ནི་ཚུང་ཟད་བསམ་ཤེས་མཁན་ཞིག་རེད། ཁོས་དངོས་གནས་ང་ལ་ཞིང་ཁ་མུའུ་ལྔ་སྤྲད། ང་མི་གཅིག་གིས་ཞིང་ཁ་མུའུ་ལྔ་བཏབ་པས། དཀའ་སྡུག་གིས་ཤི་ལ་ཁད་ཙམ་བྱས། ང་སྔོན་ཆད་ཞིང་ལས་བྱེད་མ་མྱོང་། ཡུལ་མི་རྣམས་ལ་ལྟ་བཞིན་སྦྱངས་པས། བུལ་པོ་འགོར་པོ་ཡོད་པ་སྨྲ་མི་དགོས། ཉིན་ལྟར་ནམ་ལངས་མ་ཐག་ན་ང་ཞིང་ཁར་འགྲོ། མཚན་མོ་དཀར་གསལ་ཟླ་བ་ཡོད་དུས་ཀྱང་ཞིང་ཁར་འགྲོ། ས་བོན་དུས་སུ་མ་བཏབ་ན། འབྲས་བུ་ས་ནས་ག་ལ་སྐྱེ། སྐབས་དེ་དུས་ཁྱིམ་མི་གསོ་རྒྱུ་ཕར་ཞོག །ལུང་ཨར་གྱི་བོགས་མ་ཡང་སྤྲོད་མི་ཐུབ། ཁ་དཔེར་བུལ་བ་འགོར་བ་སྔོན་དུ་འགྲོ་ཞེས་གྲགས་པས།

ང་བྲུལ་བས་མང་དུ་ལས་དགོས།

ངའི་མ་ནི་ང་ལ་སྙིང་རྗེ་བས་ང་དང་མཉམ་དུ་ལས། ཨ་མ་དགུང་ལོ་མཐོ་ཞིང་རྐང་པ་མི་བདེ། ལུས་སྟུར་ན་ཡུད་ཙམ་ཡར་འགྲེང་མི་ཐུབ་རུང་། ཨ་མ་རྟག་ཏུ་ཞིང་ཁར་ཡོང་།

ཨ་མ། ཁྱོད་ཁྱིམ་དུ་ལོག །ངས་ཨ་མར་སྨྲས།

ངའི་མས་མགོ་བོ་གཡུག་བཞིན། ལག་གཉིས་ལས་ལག་བཞི་ལེགས་ཟེར།

ཨ་མ་ངལ་བས་དུབ་སྟེ་ལུས་ན་ཚས་གཏུགས་ན། ལག་པ་གཅིག་ཀྱང་མེད། ངས་ཁྱོད་ལ་ལྟ་སྐྱོང་བྱེད་དགོས།

ངའི་གཏམ་ཐོས་པས་ཨ་མ་ཞིང་ཚོགས་ཐོག་ཕྱིན་ཏེ། འཇའ་ཚོན་དང་ལྷན་དུ་བསྡད། འཇའ་ཚོན་ཉིན་ལྟར་ཞིང་ཚོགས་ཐོག་ཏུ་ང་དང་འགྲོགས། སོས་མེ་ཏོག་མང་པོ་ཞིག་རྐང་འཁྲམ་དུ་བཞག་སྟེ། རེ་རེ་བཞིན་ང་ལ་བསྟན་ནས་མིང་དྲིས། ངས་མེ་ཏོག་གི་མིང་ཅི་ལ་ཤེས།

ཨ་ཕྱིར་དྲིས་དང་། ངས་བཤད།

ངའི་མ་ཞིང་ཚོགས་ཐོག་བསྡད་དེ། ངས་ལྟུགས་གཞབ་འཕྱེར་བ་མཐོང་བས།

སེམས་གཡེང་སྟེ་རྐང་པར་ཐོག་ཡོང་ཟེར།

ངས་ཟེར་བ་སྤྱོད་སྐབས་ངའི་མ་དེ་བས་བློ་མི་བདེ་བར།

ཕུར་རྡོད། ལག་པར་ཐོག་ཡོང་། མས་རྟག་ཏུ་དེ་ལྟར་སྨྲ།

མ་རྒན་གྱིས་འཕྲིས་སུ་དྲན་སྐུལ་བྱས་ཀྱང་ཐབས་ཅི་ཡོད། ལས་ཀ་ཤིན་ཏུ་མང་བས་ངས་མྱུར་བར་ལས་དགོས། མྱུར་པོ་བྱས་ན་རྐང་ལག་རྨས་པ་

རྒྱུན་གཏན་རེད། ཁང་ལག་ནས་ཁྲག་ཐོན་ན་ངའི་མ་སེམས་སྡུག་གིས་མི་བཟོད། ཁང་པ་འཕྱིང་བཞིན་ཡོང་། མྱུག་འདམ་ཡར་སླེབས་ཏེ་རྩ་ཁར་བྱུགས། ངག་ནས་ང་ལ་ཅི་ཞིག་བཟློ། གང་ཅམ་སྨྲས་ཀྱང་ངས་ལན་སློག་མི་ནུས། དེ་ལྟར་མིན་ན་ངའི་མའི་མིག་ནས་མཆི་མ་ལྷུང་།

ངའི་མས་རྟག་ཏུ་སའི་ནུས་པ་བསམ་གྱིས་མི་ཁྱབ་ཟེར། ས་ནས་ལོ་ཏོག་སྐྱེས། ས་ཡིས་སྨན་བཅོས་ཡོང་། ལོ་དེ་དག་ནང་ངའི་ལུས་ཐོག་གང་དུ་རྨས་ཀྱང་ས་འདམ་བྱུགས། ངའི་མས་ཟེར་བ་བདེན། མྱུག་འདམ་འདི་དག་ལ་སྣང་ཆུང་བྱེད་མི་རུང་། མྱུག་འདམ་རྩ་ལ་ཕན།

ཉིན་གང་ངལ་བས་དུབ་པའི་མི་ལ་གཞན་བསམ་རྒྱུ་ཅི་ལ་ཡོད། ལུང་ཨར་གྱི་ཞིང་ཁ་བོགས་མ་སླེབས་པ་ནས་བཟུང་། མགོ་སྨས་ཐོག་ཏུ་བཞག་མ་ཐག་ང་གཉིད་དུ་ཡུར་བས། གཞན་མང་པོ་ཞིག་བསམ་ཁོམ་ག་ལ་ཡོད། ད་ལྟ་བསམ་ན་དགའ་ཞིང་ངལ་མོད། སེམས་ནང་བློ་དེ་བས་བདེ། ངའི་བསམ་པར་ཁྱུད་ཚང་ལ་ཁྱིམ་བྱ་ཆུང་ཆུང་ཞིག་ཡོད། ངས་འདི་ལྟར་ལས་ན་ལོ་ཤས་མ་འགོར་བས་བྱ་གག་ཏུ་སྒྱུར་སྲིད། ཁྱུད་ཚང་ཉིན་ཞིག་འཕེལ་རྒྱས་ཡོང་ངེས་སྙམ།

དེ་རྗེས་ང་གོས་ཆེན་གྱི་སྟོད་གོས་གྱོན་མ་མྱོང་། ངའི་རས་རྐྱབ་མོའི་སྟོད་གོས་ནི་ངའི་མས་བཟོས་པ་ཤ་སྟག་རེད། ཐོག་མར་གྱོན་དུས་ཚུང་མི་བདེ་ཞིང་རེག་བྱ་རྩུབ་སྣང་ཞིག་སྐྱེར་མོད། ཉིན་ཤས་སོང་རྗེས་བདེ་སྣང་འཆར། ཉིན་ཤས་གོང་གྲོང་སྡེའི་ཕང་ཞི་གྲོངས། ཕང་ཞི་ནི་དེད་ཚང་གི་སྤར་གྱི་ཁྲལ་པ་རེད། ང་ལས་ལོ་གཉིས་ཀྱིས་ཆེ། ཁོ་མ་འཆི་གོང་དུ་རང་གི་བུ་ལ

གོས་ཆེན་གྱི་སྟོད་གོས་ང་ལ་སྤྲོད་དགོས་ཞེས་མངགས། ཁོས་ང་སྔོན་ཆད་སྨྲས་སྐུ་ཞབས་ཡིན་པ་བརྗེད་མེད། ཁོས་ང་མ་ཤི་གོང་ལ་གོས་ཆེན་གྱི་སྟོད་གོས་གྱོན་ནས་གཟི་ཉམས་ལན་ཅིག་མངོན་ན་བསམ། ངས་ཡང་ཞི་ཡི་ཀུན་སློང་བཟང་པོ་དང་ལེན་མ་ཐུབ། གོས་ཆེན་གྱི་སྟོད་གོས་ངས་གྱོན་ཙམ་བྱས་ཏེ་མྱུར་དུ་ཕུད། དེ་ནི་སྡུག་བསྔལ་རང་རེད། དེ་ནི་གྲང་ཐིང་ཐིང་སྣ་ཚུས་བཟོས་པའི་སྟོད་གོས་འདྲ།

ཟླ་བ་གསུམ་གྱི་རྗེས་སུ་དྲང་རྒན་སླེབས། ཁོ་དེད་ཚང་གི་གཡོག་པོ་རེད། ཉིན་དེར་ང་ཞིང་ཁར་ཡོད། ངའི་མ་དང་འཇང་ཚོན་ཞིང་ཚིགས་ཐོག་ཏུ་ཡོད། དྲང་རྒན་གྱིས་ཡལ་ག་སྐམ་པོ་ཞིག་ཁྱེར་བར་བརྟེན། གོས་རྒྱལ་རྒྱལ་དུ་ཡོང་བཞིན་འདུག །ལག་ཏུ་སྒྲོ་མོ་ཞིག་ཐོགས། ཁ་ཟུར་ཆག་པའི་ཕོར་པ་ཞིག་འཁྱེར། ཁོ་རྒས་ཤིང་འཁོགས་པར་གྱུར། འཇང་ཚོན་གྱིས་ཐོག་མར་ཁོ་མཐོང་། འཇང་ཚོན་ཡར་ལངས་ཏེ་བོས།

དྲང་རྒན། དྲང་རྒན།

ངའི་མས་ཆུང་དུས་ནས་དེད་ཚང་དུ་འཚར་བའི་དྲང་རྒན་མཐོང་བས། མྱུར་དུ་ཕྱིན། དྲང་རྒན་གྱིས་མཆི་མ་ཕྱི་བཞིན།

སྐུ་ཞུམ་ལགས། ངས་སྨྲས་སྐུ་ཞབས་དང་འཇང་ཚོན་དྲན་དྲགས་ཏེ། ལན་ཅིག་བལྟ་བར་ཡོང་ཟེར།

དྲང་རྒན་ཞིང་ཁར་ཡོང་། ངས་རས་རྐྱབ་པོའི་སྟོད་གོས་གྱོན་ཞིང་། ལུས་ཡོངས་འདམ་གྱིས་གཡོག་པ་མཐོང་བས་ཨིན་སྣྲ་དང་བཅས་དུས།

སྨྲས་སྐུ་ཞབས། ཁྱོད་འདི་ལྟར་ཆགས་དོན་ཅི་ཡིན་ནམ།

ངས་ཁྲིམ་དངོས་ཚང་མ་ཤོར་རྗེས་དཀའ་སྡུག་ཆེ་ཤོས་ནི་དྲང་རྒན་རེད། དྲང་རྒན་གྱིས་ངེད་ཚང་ལ་ཆེ་གང་ཞབས་ཕྱི་ཞུས། སྔོན་ཆད་ལྟར་ན་ཁོ་རྒས་དུས་ང་ཚོས་གསོ་དགོས་མོད། ངའི་ཁྲིམ་ཡང་རྒྱུད་པས་ཁོ་འདི་ནས་ཁ་མ་བྲལ་མཐུ་མེད་དུ་གྱུར། ལྟོ་སློང་བའི་སྤྲང་པོར་གྱུར།

དྲང་རྒན་ལོག་ཡོང་བའི་ཚུགས་ཀ་མཐོང་བས་ངའི་སེམས་སྐྱུར་མོ་ཆགས། ཆུང་དུས་ཁོས་ང་སྒལ་པར་འཁྱེར་ཏེ་ཤར་འགྲོ་ནུབ་བསྐྱོད་བྱེད། ནར་སོན་རྗེས་ད་དུང་སེམས་ནས་ང་བརྗེད་མ་ཐོད། ཁོ་ཅི་ཕྱིར་ལོག་ཡོང་སྙམ།

ཁྱོད་ཅི་འདྲ་ཡོད། ངས་དྲིས།

འཕྲིག་ཙམ་ཡོད། དྲང་རྒན་གྱིས་མཆི་མ་ཕྱི་བཞིན་སྨྲས།

ཁྱོད་གཡོག་པོར་ཉར་མཁན་མ་བྱུང་ངམ།

ང་འདི་ལྟར་རྒས་པས་སུ་ཞིག་ལ་མཁོ། དྲང་རྒན་གྱིས་མགོ་བོ་འཕྲེད་དུ་གཡུག །

གཏམ་འདི་ཐོས་རྗེས་ང་མཆི་མ་ཤོར་གྲབས་བྱས། དྲང་རྒན་གྱིས་རང་ཉིད་ཀྱི་དཀའ་སྡུག་ལ་མ་ལྟོས་པར་ངའི་དོན་དུ་དྲིས།

སྲས་སྐུ་ཞབས། ཁྱོད་ཀྱིས་དཀའ་སྡུག་འདི་འདྲ་ཇི་ལྟར་བཟོད་དམ། གྲང་རྒན་གྱིས་སྨྲས།

དགོང་མོ་དེར་དྲང་རྒན་ངེད་ཀྱི་འཛག་སྒྲིལ་དུ་ཉལ། ང་དང་མས་དྲང་རྒན་ཁྲིམ་དུ་ཉར་བའི་གྲོས་བྱས། འདི་ལྟར་བྱས་ན་ལྟོ་ཆེ་དེ་བས་འཕྱིད་དཀའ། ངས་མ་ལ་འདི་ལྟར་བཤད།

ལྟོ་ཆེ་འཕྱིད་དཀའ་ཙང་ཁོ་ཉར་ན་ལེགས། ང་ཚོ་མི་རེས་ལྟོ་ཧུབ་གང་

བསྡི་ན་ཁོ་གསོ་ཐུབ།

མས་མགོ་བོ་ལྷོག་ལྷོག་བྱས། དྲང་རྒན་སེམས་རྒྱུད་འདི་ལྟར་བཟང་ཟེར།

ཉིན་གཉིས་པའི་ཞོགས་པ། ངས་དྲང་རྒན་ལ་འདི་ལྟར་བཤད། དྲང་རྒན་ཁྱོད་ཡོང་བ་ལེགས། ང་ཚོར་ལག་རོགས་ཤིག་མཁོ། ད་ཕྱིན་ཆད་ཁྱོད་འདིར་སྡོད།

དྲང་རྒན་གྱིས་ཐོས་རྗེས་ང་ལ་བལྟས་ཏེ་བགད། དགོད་བཞིན་དགོད་བཞིན་མིག་ཆུའི་ཕྲེང་ཐག་ཆད།

སྨྲས་སྐུ་ཞབས། ངས་ཁྱོད་ཀྱི་ལག་རོགས་ཅི་ལ་ཡོང་། ཁྱོད་ཀྱིས་དེ་ལྟར་བསམ་པ་ཙམ་གྱིས་བློ་ཡིད་ཚིམ། དྲང་རྒན་གྱིས་བཤད་རྗེས་འགྲོ་རྩིས་བྱས། ང་དང་མས་ཇི་ལྟར་བཀག་ཀྱང་མ་ཁེགས།

ཁྱོད་གཉིས་ཀྱིས་ང་སྐྱོད་དང་། རྗེས་སུ་ང་ཁྱོད་གཉིས་ལ་བལྟ་བར་ཡོང་ཟེར།

དྲང་རྒན་ཐོན་རྗེས། ཐེངས་གཅིག་སླེབས། དེ་དུས་ཁོས་འཛའ་ཚོན་ལ་སྐྲ་སྡོམ་བྱེད་ཀྱི་གྲུ་ཅོ་དམར་པོ་ཞིག་འཁྱེར་བ་ནི་ཅི་ཞིག་ནས་བསྒྲུགས་ཏེ། གཙང་མར་བཀྲུས་རྗེས་ཆེད་དུ་འཛའ་ཚོན་ལ་སྐྱེལ་བར་ཡོང་། དྲང་རྒན་ཕྱིན་རྗེས་ང་དང་སླར་ཡང་མ་འཕྲད།

ངས་ལྕུང་ཨར་གྱི་ཞིང་ཁ་བོགས་མ་བླངས་རྗེས། ང་ཁོའི་ཁྲལ་པར་གྱུར། སྔོན་ཆད་བཞིན་ཁོ་ལ་ལྕུང་ཨར་ཞེས་འབོད་སྐབས་མི་བདེ་བས། སྐུ་ངོས་ལྕུང་ལགས་ཞེས་འབོད། ཐོག་མར་ངས་དེ་ལྟར་སྨྲས་པར་ཁོས་ལག་པ་གཡུག་བཞིན། ཕུར་རྒོད། ངེད་གཉིས་དབར་ལ་དེ་ལྟར་འབོད་མི་དགོས་ཟེར།

དུས་ཡུན་གང་འཚམས་ཀྱི་རྗེས་སུ་ཁོ་ཡང་གོམས། ང་ཞིང་ཁར་ཡོད་སྐབས་ཁོ་ཡོང་སྟེ་གཏམ་ཚིག་འགའ་སྨྲ། ཐེངས་ཤིག་ང་འབྲས་སོག་བརྡ་སྐབས་འཇའ་ཚོན་རྒྱབ་ཏུ་འབྲས་སྙེ་བརྡུ་བཞིན་ཡོད། ལྕུང་ཨར་ཇམ་ཐེལ་ཆེན་པོས་ཡོང་།

ཕུར་རྒོད། ངའི་ལག་པ་གཙང་མ་ཡིན། ད་ནི་ང་སྐུགས་བྱེད་པར་མི་འགྲོ། སྐུགས་ར་ན་རྒྱལ་བ་ཞིག་མེད། རྒྱལ་དུས་མཚམས་མ་བཞག་ན་ཕོ་རྒོད་པོ་མིན། རྗེས་སུ་ཁྱོད་ལྟ་བུ་མི་ཆགས་པའི་ངེས་པ་མེད་ཟེར།

ངས་ལྕུང་ཨར་ལ་ཧེད་པ་སྨྲུར་བཞིན།

དེ་ལྟར་རེད། སྐུ་ངོས།

ལྕུང་ཨར་གྱིས་འཇའ་ཚོན་ལ་གཏད་དེ།

འདི་ཁྱོད་ཀྱི་བུ་མོ་ཡིན་ནམ།

ངས་སླར་ཡང་ཧེད་པ་སྨྲུར།

ཡིན་ལགས། སྐུ་ངོས།

ངས་འཇའ་ཚོན་གྱིས་ལག་ཏུ་འབྲས་སྙེ་ཐོགས། ཧོན་འཐོར་བཞིན་ལྕུང་ཨར་ལ་བལྟ་བ་མཐོང་།

འཇའ་ཚོན། མགྱོགས་པོ་སྐུ་ངོས་ལ་གུས་འབུལ་ཞུས། ངས་སྨྲས།

འཇའ་ཚོན་གྱིས་ང་ལ་ལད་མོ་བྱས་ཏེ། ལྕུང་ཨར་ལ་ཧེད་པ་སྨྲུར་ནས།

ལགས་སོ། སྐུ་ངོས།

ངས་རྒྱུན་དུ་སེམས་ནང་བརྗེད་མི་ཐུབ་པ་ནི་ཙ་སྒྲོན་དང་། ཁོག་ནང་གི་བྱིས་པ་རེད། ཙ་སྒྲོན་ཕྱིན་ཏེ་ཟླ་བ་གཉིས་ཀྱི་རྗེས་སུ་ངག་འཕྲིན་ཞིག་བསྐུར་

པ་ནི་བུ་བཙས་ཤིང་། ངའི་སྨྱུག་པོས་མིང་ཡའུ་ཆིང་ཞེས་བཏགས། ངའི་མས་འཕྲིན་སྐྱེལ་མཁན་དེར་འདི་ལྟར་དྲིས།

ཡའུ་ཆིང་གི་རུས་ཅི་རེད།

རུས་ཞུད་རེད། མི་དེས་ལན་བཏབ།

སྐབས་དེར་ང་ཞིང་ཁར་ཡོད། ངའི་མ་ཀང་ཚུང་འཕེང་བཞིན་བྲེལ་འཚུབ་འཚུབ་ངང་དོན་འདི་ང་ལ་ཤོད་པར་ཡོང་། མས་གཏམ་སྨྲས་མ་ཚར་བར་མིག་ནས་མཆི་མ་བཏང་། ངས་ཅ་སྒྲོན་གྱིས་ང་ལ་བུ་བཙས་པ་ཐོས་འཕྲལ་ལག་གི་ལྕུགས་གཞབ་བསྒྱུར། རྫོང་གྲོང་གི་ཕྱོགས་སུ་རྒྱུག །སྐྱི་བཙུ་ཙམ་རྒྱུག་རྗེས་ང་རྒྱུག་མ་ཐོད། ངས་འདི་ལྟར་རྫོང་གྲོང་དུ་ཅ་སྒྲོན་མ་སྨད་གཉིས་ལ་བལྟ་བར་ཕྱིན་ན། ངའི་སྨྱུག་པོས་ང་སྔོའི་ཐེམ་པ་ཡང་བརྒལ་དུ་འཇུག་མི་སྲིད་སྙམ།

ཨ་མ། ཁྱོད་ཀྱིས་མགྱོགས་པོ་བཙུ་གསོག་གྱིས་དང་། ང་ཅ་སྒྲོན་མ་སྨད་གཉིས་ལ་བལྟ་བར་འགྲོ། ངས་ངའི་མ་ལ་བཤད།

ངའི་མས་ཀྱང་ལན་དུ་མར་རྫོང་གྲོང་དུ་ཚ་བོར་བལྟ་བར་འགྲོ་ཟེར། འོན་ཏེ་ཉིན་ཤས་སོང་རུང་གྲག་འགྱུལ་ཅི་ཡང་མེད། ངས་མ་ལ་སྐུལ་ལྕག་བྱེད་མ་ཤེས། ང་ཚོའི་གོམས་སྲོལ་ལྟར་ན་ཅ་སྒྲོན་ནི་ཕ་ཁྱིམ་གྱིས་འཁྲིད་པས། ཕ་ཁྱིམ་གྱིས་ངེས་པར་སྐྱེལ་དགོས།

ཡའུ་ཆིང་། རུས་ཞུད་ཡིན་པས་ཅ་སྒྲོན་མྱུར་དུ་ལོག་ངེས། ངས་ངའི་མ་ལ་སྨྲས།

ཅ་སྒྲོན་གྱི་ལུས་པོ་ད་དུང་སོས་མེད། རྫོང་གྲོང་དུ་བསྡད་ན་ལེགས།

ལུས་པོར་སོས་གང་ཞིགས་བཏང་ན་བཟང་། ངའི་མས་ལན་བཏབ།

ཡཙུ་ཆིང་ལོ་ཕྱེད་སོན་སྐབས་ཅ་སྒྲོན་སླེབས། ཅ་སྒྲོན་ཡོང་དུས་ཕེབས་ཐྲམས་མེད། སྐལ་རྒྱབ་ཀྱི་ཐུམ་སྒྲིལ་ནང་བུ་འཁྱེར་ཏེ། ལེ་དབར་བཙུ་ཡི་རྐང་ལམ་བརྒྱུད་དེ་ཡོང་། ཡཙུ་ཆིང་ནི་མིག་བཙུམས། མགོ་བོ་ཆུང་ཆུང་ཨ་མའི་ཕྲག་པར་བསྙེས་ཏེ་ཨ་ཕ་ང་ངོས་ལེན་པར་ཡོང་།

ཅ་སྒྲོན་གྱིས་མན་ཕྲུ་དམར་སྐྱ་གྱོན། གཞི་མཐིང་མདོག་ལ་མེ་ཏོག་དཀར་པོ་བརྒྱན་པའི་ཐུམ་སྒྲིལ་ལག་ཏུ་བཟུང་། མཛེས་པའི་ཉམས་ཀྱིས་ཕྱུག་སྟེ་ལོག་ཡོང་། ལམ་གཡས་གཡོན་གྱི་པད་ཁའི་མེ་ཏོག་སེར་པོ་གསེར་ལ་འགྲན། བུང་བ་གཞོན་ནུས་སྨྲ་དབྱངས་དར་དིར་ལེན་བཞིན་འཕུར་ལྡིང་བྱེད། ཅ་སྒྲོན་ངེད་ཚང་གི་འཇག་སྤྱིལ་གྱི་སྒོ་འགྲམ་དུ་སླེབས། མྱུར་དུ་ཁྱིམ་ནང་མ་འཛུལ་བར་སྒོ་རྩར་ལངས། གདོང་འཛུམ་གྱིས་ཁིངས་བཞིན་ང་དང་མ་ལ་བལྟས།

ངའི་མ་ཁྱིམ་ནང་ནཱ་ལྷམ་སླ་བཞིན་ཡོད། མས་མགོ་བོ་བཏེགས་དུས་བུད་མེད་མཛེས་མ་ཞིག་སྒོ་འགྲམ་དུ་སླེབས་པ་མཐོང་། ཅ་སྒྲོན་གྱི་ལུས་པོས་ཉི་མའི་མདངས་བཀག་པས་ལུས་ལས་ཉི་ཟེར་འཕྲོས། ངའི་མས་ཅ་སྒྲོན་གཏན་ནས་ངོ་མ་ཤེས་ལ། ཅ་སྒྲོན་གྱི་སྐལ་རྒྱབ་ཏུ་ཡོད་པའི་བུ་ཡང་མ་མཐོང་།

ཁྱོད་སུ་ཚང་གི་སྲུས་མོ་ཡིན་ནམ། སུ་འཚོལ་མཁན་ཡིན་ནམ། མས་དྲིས།

ང་ཡིན། ཅ་སྒྲོན་ཡིན། ཅ་སྒྲོན་གྱིས་ཐོས་རྗེས་དགོད་བཞིན་སྨྲས།

སྐབས་དེར་ང་དང་འཇའ་ཚོན་ཞིང་ཁར་ཡོད། འཇའ་ཚོན་གྱིས་ཞིང་ཚིགས་ཐོག་ཏུ་ང་ལ་བལྟ། ངས་ང་སྐད་བཏང་བ་ཐོས། སྐད་དེ་ངའི་མ་ཡི་

སྐད་འདྲ་ལ་ཅུང་ཙམ་མི་འདྲ། ངས་འཇའ་ཚོན་ལ་དྲིས།

སུས་འབོད་ཀྱི་འདུག་གམ།

འཇའ་ཚོན་གྱིས་ཁ་བསྒོར་ཏེ་ལྟ་ཙམ་བྱས་རྗེས།

ཨ་ཕྱི་རེད།

ང་ཡར་ལངས། ངའི་མས་འཇལ་སྒྱིལ་གྱི་སྒོ་འགྲམ་དུ་ལངས་ཏེ་ཀེད་པ་སྒྲུར་བཞིན་ང་འབོད་པ་མཐོང་། མན་ཕྱུ་དམར་སྐྱ་གྱོན་པའི་ཙ་སྒྲོན་གྱིས་བུ་པང་དུ་བཏབ་སྟེ་འཁྲིས་སུ་ལངས། འཇའ་ཚོན་གྱིས་རང་གི་ཨ་མ་མཐོང་བས་ཐད་དུ་རྒྱུག །ང་རྒྱ་ཞིང་ནང་ལངས་ཡོད་པས་ངའི་མས་ཀེད་པ་སྒྲུར་ཏེ་ང་འབོད་པའི་ཚུགས་ཀ་མཐོང་། ཨ་མས་འབོད་པ་ཤུགས་ཆེ་བས་ལག་གཉིས་པུས་མོའི་ཐོག་ཏུ་བཞག་སྟེ། རང་ལུས་ས་ཐོག་ཏུ་མ་འགྱེལ་བ་བྱས། འཇའ་ཚོན་ཞིང་ཚིགས་ཐོག་ཏུ་བྱ་འཕུར་བ་ལྟར་ཤར་རེར་བསྐྱོད། ད་གཟོད་ཙ་སྒྲོན་གྱི་ཀང་པར་དམ་དུ་འཐམས། བུ་པང་དུ་བཏབ་པའི་ཙ་སྒྲོན་གྱིས་ཙོག་པུར་བསྡད་དེ་འཇའ་ཚོན་ལ་དམ་དུ་འཁྱུད། དེ་དུས་ང་ཞིང་ཚིགས་ཐོག་ཏུ་ཕྱིན། ངའི་མས་ད་དུང་འབོད་བཞིན་འདུག །ཕོ་ཚོ་དང་རྗེ་ཉེར་གྱུར་སྐབས་ངའི་སེམས་ཁྱིངས་ཤིང་མི་གསལ་བར་གྱུར། ང་ཙ་སྒྲོན་གྱི་མདུན་དུ་ཕྱིན་ཏེ་དགོད་ཙམ་བྱས། ཙ་སྒྲོན་ཡར་ལངས། མིག་གིས་ནན་དུ་ང་ལ་ཡུད་ཙམ་བལྟས། ངའི་དབུལ་ཞིང་ཕོངས་པའི་ཚུགས་ཀ་མཐོང་བས། ཙ་སྒྲོན་གྱིས་མགོ་བོ་སྒྱིད་དེ་དུ་བཤུམས་བྱས།

ངའི་མས་གཞོགས་སུ་ཏུས། མས་ང་ལ་འདི་ལྟར་ཟེར།

ངས་ཙ་སྒྲོན་ནི་ཁྱོད་ཀྱི་ཆུང་མ་རེད། སུས་ཀྱང་འཕྲོག་མི་ཐུབ་ཟེར།

ཙ་སྒྲོན་སླེབས་པས། ཁྱིམ་མི་ལྷན་དུ་འཛོམས། ང་ལ་ལག་རོགས་ཤིག་ཀྱང་བྱུང་། ངས་ཐོག་མར་རང་གི་ཆུང་མར་ཤ་ཚ་ཞིང་སྙིང་རྗེ། འདི་ནི་ཙ་སྒྲོན་གྱི་གཏམ་རེད། ང་རང་ཉིད་ཀྱི་དྲན་ཡུལ་དུ་ནི་མ་གྱུར། ངས་རྟག་ཏུ་ཙ་སྒྲོན་ལ།

ཁྱོད་ཞིང་ཚིགས་ཐོག་ཏུ་སོང་ལ་ངལ་གསོས་ཞེས་སྨྲས།

ཙ་སྒྲོན་ནི་རྫོང་གྲོང་དུ་སྐྱེས་ཤིང་སྲུས་མོ་ཡིན་པས། ཤ་འཇམ་ཞིང་པགས་པ་སྲབ། ཙ་སྒྲོན་གྱིས་སོ་ནམ་བྱས་ན་ངའི་སེམས་ཀྱིས་མི་བཟོད། ཙ་སྒྲོན་གྱིས་ངས་ངལ་གསོ་བར་ཀྱུག་ཅེས་པའི་གཏམ་ཐོས་པ་མ་ཐག་དགའ་བཞིན་སྤྲོ་བཞིན།

ང་སྐྱོན་མེད་ཟེར།

ངའི་མས་རྟག་ཏུ་མིར་སྐྱེས་པ་ལ་དགའ་སྤྲོས་འཚོ་དགོས། དབུལ་ཞིང་ཕོངས་པར་ཅི་ལ་སྐྲག་ཟེར། ཙ་སྒྲོན་གྱིས་མན་ཕྱུ་ཕུད་དེ། ང་འདྲ་བར་རས་རྩུབ་པོའི་གོས་གྱོན། ཉིན་གང་ངལ་ཞིང་དུབ་ཀྱང་ངོ་ནས་རྟག་ཏུ་འཛུམ་ཕྱུང་། འཇང་འ་ཚོན་ནི་བྱིས་པ་ལེགས་པོ་ཞིག་རེད། ང་ཚོ་གྲོ་ཕག་གི་ཁང་པ་ལས་འཇག་སྤྱིལ་དུ་སྤོས་ཀྱང་སྔར་བཞིན་དགའ་སྣང་ཆེ། ལྟོ་སྐྱ་ཡང་སྐྱུག་ལྟད་སོགས་མི་བྱེད། གཙུང་པོ་སླེབས་པས་འཇང་འ་ཚོན་དེ་བས་སྤྲོ་བར་གྱུར་ཞིང་། རྒྱུན་པར་གཙུང་པོ་པང་དུ་ལེན་རྩེས་བྱེད། ཡཙུ་ཆེང་ལ་བསོད་ནམས་མེད། གཅེན་མོ་ལོ་བཞི་ལྔ་མ་སོན་བར་དུ་འཚོ་བ་སྐྱིད་པོ་བྱུང་། བུ་རྫོང་གྲོང་དུ་ལོ་ཕྱེད་བསྡད་རྗེས་ངའི་འཁྲིས་སུ་སླེབས་པས་དཀའ་སྡུག་མྱོང་དགོས་བྱུང་། ངའི་ཡི་ཆད་ཀྱི་སྟོན་པ་བུ་འདིར་ལྷག་ཏུ་ཆེ།

འདི་ལྟའི་འཚོ་བར་རོལ་ནས་ལོ་གཅིག་སོང་རྗེས། ངའི་མ་ན། ཐོག་མར་མགོ་ཡོམ་འཁོར། མས་གསུངས་པར་ང་ཚོར་ལྟ་སྐབས་གསལ་པོ་མི་མཐོང་ཟེར། ངས་ཀྱང་སྣང་མེད་དུ་བཞག །ལོ་ན་རྒས་ན་མིག་ཀྱང་སྒྲིབ་འགྲོ་བསམས། ཉིན་ཞིག །ངའི་མས་མེ་གཏོང་སྐབས་མགོ་བོ་སློ་བུར་དུ་གཙུས་པས། མགོ་བོ་ཀྱང་ལ་བསྙེས་པ་ནི་གཉིད་ཡུར་བ་འདྲ། ང་དང་ཙ་སྒྲོན་ཁྱིམ་དུ་སླེབས་དུས་ངའི་མ་དེ་ལྟར་ལུས། ཙ་སྒྲོན་གྱིས་མ་འབོད་དུས་ངའི་མས་གཏམ་ལན་མ་བྱས་སྐབས། ལག་པས་མ་ལ་ཐུག་ཙམ་བྱས་པས། ངའི་ཨ་མ་ཀྱང་ངོས་འཛིན། ཙ་སྒྲོན་སྐྲག་སྟེ་ང་བོས། ང་ཐབ་མདུན་དུ་སླེབས་སྐབས་ངའི་མ་དྲན་པ་གསོས། ནན་ཏུར་ང་ཚོར་ཡུད་ཙམ་བལྟས། ང་ཚོས་མ་བོས། མས་ལན་མ་བཏབ། ཡང་ཡུད་ཙམ་སོང་རྗེས། མས་འཚིག་དྲི་བྲོ་བས། ཟས་མེས་འཚིགས་པ་ཤེས་ཏེ་གཏམ་སྨྲས།

ཨ་ཙི། ང་གཉིད་དུ་ཡུར་བ་རེད་དམ།

མས་རྟབ་རྟོབ་པོར་ལངས་རྩིས་བྱས། ཡར་ལངས་ཏེ་རྐྱེད་པ་དགྱེ་མ་ཐག་ལུས་པོ་ས་སྟེང་དུ་འགྱེལ། ངས་མྱུར་བར་མ་པང་དུ་བཏབ་སྟེ་མལ་ཁྲིའི་ཐོག་ཏུ་བཞག །མས་རང་ཉིད་གཉིད་དུ་ཡུར་ཞེས་ནན་ཏུ་ཤོད་དོན་ཡང་ང་ཚོ་ཡིད་ཆེས་ཕྱིར་རེད། ཙ་སྒྲོན་གྱིས་ང་ཟུར་ཞིག་ཏུ་འཁྲིད་དེ།

ཁྱོད་རྫོང་གྲོང་དུ་ཕྱིན་ཏེ་སྨན་པ་བོས་ཟེར།

སྨན་པ་བསྟེན་པར་དངུལ་དགོས། ངས་འགུལ་ཙམ་ཡང་མ་བྱས། ཙ་སྒྲོན་གྱིས་མལ་གདན་འོག་ནས་སྣ་ཕྱིས་ཀྱིས་བསྒྲིལ་བའི་དངུལ་སྒྲང་གཉིས་བཏོན། ངས་དངུལ་སྒྲང་ལ་ལྟ་བཞིན་སེར་སྣ་སྐྱེས། འདི་དག་ཙ་སྒྲོན་གྱིས་

ཇོང་གྲོང་ནས་འཁྱེར་ཡོང་ཞིང་། ད་ལྟ་འདི་གཉིས་ལས་ལྷག་མེད། འོན་ཏེ་ང་མའི་ལུས་པོར་སེམས་ཁྲལ་དེ་བས་ཆེ། ངས་དངུལ་སྲང་བླངས། ཅ་སྒྲོན་གྱིས་སྣ་ཕྱིས་ལྟེབ་རྩིགས་ལེགས་པོ་བྱས་ཏེ་གདན་འོག་ཏུ་བཙུག །ང་ལ་གོས་གཙང་མ་བརྟན་ཏེ་ལུས་གོས་བརྗེས།

ང་འགྲོ། ངས་ཅ་སྒྲོན་ལ་སྨྲས།

ཅ་སྒྲོན་གྱིས་གཏམ་མ་སྨྲས་པར་ང་དང་མཉམ་དུ་སྒོ་འགྲམ་དུ་ཡོང་། ངས་གོམ་པ་འགའ་ཕྱིན་རྗེས་ཕྱིར་མིག་བལྟས། ཅ་སྒྲོན་གྱིས་མགོ་སྐྲ་བཟོ་བཞིན་མགོ་བོ་ལྷུག་ལྷུག་བྱས། ཅ་སྒྲོན་སླེབས་རྗེས་ང་ཐེངས་དང་པོར་ཁ་བྲལ། ངའི་གྱོན་པ་རྒྱལ་རུང་ཕྱི་ནང་གཙང་། རྐང་པར་ངའི་མས་བསླས་པའི་ཟྭ་ལྷམ་སོ་མ་གྱོན། འཇའ་ཚོན་གྱིས་སྒོ་འགྲམ་དུ་གཉིད་དུ་ཡུར་བའི་ཡའུ་ཆིང་པང་དུ་བཏབ། མོས་ངའི་གྱོན་གཙང་མ་གྱོན་པ་མཐོང་བས།

ཨ་ཕ། ཁྱོད་ཞིང་ཁར་ཅི་ལ་འགྲོ་ཟེར།

ངས་མྱུར་བར་ཕྱིན། དུས་ཚོད་གཅིག་ཙམ་ལ་ཇོང་གྲོང་དུ་སླེབས། ང་ཇོང་གྲོང་དུ་མ་སླེབས་པར་ལོ་གཅིག་ལྷག་སོང་། ཇོང་གྲོང་དུ་སླེབས་པས་སེམས་ནང་སྟོང་ལྷང་ལྷང་དུ་གྱུར། ང་སྔོན་གྱི་ངོ་ཤེས་དང་འཕྲད་པར་སྐྲག །ངའི་གོས་རྒྱལ་ཁོ་ཚོས་མཐོང་ན་ཁོ་ཚོས་ཅི་ཞིག་སྨྲ་བ་སུས་ཤེས། ང་སྐྲག་ཤོས་ནི་ངའི་སྒྱུག་པོ་འཕྲད་མི་ཡོང་ངམ་སྙམ། ངས་སྐོར་ལམ་འགའ་ཞིག་བརྒྱུད་དེ་འབྲས་ཚོང་ཁང་གི་སྒོ་མདུན་དུ་འགྲོ་མ་ནུས། ཇོང་གྲོང་གི་སྨན་པའི་ལག་རྩལ་ངས་ཤེས། སུས་དངུལ་ཏམ་ཟོས་བྱེད་པ་དང་། སུས་གོང་དྲང་པོ་ལེན་པ་ཤེས། ངས་བསམ་བློ་ལྔ་གསུམ་བཙོ་ལྔ་བཏང་རྗེས། དར་གོས་ཚོང་ཁང་

གི་འཁྲིས་སུ་ཡོད་པའི་སྨན་པའི་གམ་དུ་འགྲོ་དགོས་སྙམ། སྨན་པ་དེ་དང་ངའི་སྐྱུག་པོ་ཡང་གྲོགས་པོ་རེད། ཙ་སྦྲོན་གྱི་ངོ་ལས་སྨན་པས་དཔྱལ་ཁུང་ཙམ་ལེན་ངེས་སྙམ།

ང་རྫོང་དཔོན་གྱི་ཁྱིམ་གྱི་སྒོ་འགྲམ་དུ་འགྲོ་སྐབས་ལུས་ལ་གོས་ཆེན་གྱོན་པའི་བྱིས་པ་ཞིག་རྟེང་ཀ་བརྟེགས་ཏེ། སྒོ་མོའི་ཨ་ལོང་ཨེ་སྙོབ་བྱེད། བྱིས་པའི་ན་ཚོད་འཇའ་ཚོན་འདྲ་བས། ངའི་བསམ་པར་རྫོང་དཔོན་གྱི་བྱིས་པ་ཡིན་ལས་ཆེ་སྙམ། ང་དེར་ཕྱིན་ཏེ་བྱིས་པར།

ངས་སྒོ་བརྟུང་ཚོག་སྨྲས།

བྱིས་པ་ཤིན་ཏུ་དགའ་སྟེ་མགོ་བོ་ལྕུག་ལྕུག་བྱེད། ངས་སྒོ་མོའི་ཨ་ལོང་ཤུགས་ཀྱིས་དཀྲོགས། སྒོ་མོའི་ནང་ནས།

ཡོང་གི་ཡོད་ཟེར།

སྐབས་དེར་བྱིས་པས།

ངེད་གཉིས་བྲོས་འགྲོ་ཟེར།

ངས་ཅི་ཡིན་མ་ཤེས་གོང་ནས་བྱིས་པ་མཐོང་ཡུལ་དུ་མ་གྱུར། སྒོ་ཕྱི་སྟེ་གཡོག་པོ་ཡིན་སྙམ་པ་ཞིག་གིས་ངའི་གྱོན་པ་མཐོང་མ་ཐག་གཏམ་ཅི་ཞིག་ཀྱང་མ་སྨྲས་པར་ང་ཕྱིར་ཕུད། ངས་དེ་ལྟར་བྱེད་མི་སྲིད་སྙམ་མུར་ང་ཐེམ་སྐས་ལས་འདྲེད་བརྡར་ཤོར། ང་ཡར་ལངས། ཐོག་མར་གཡུག་ཞོག་སྙམ་ཡང་། མི་དེས་ང་ལ་སླར་ཡང་རྫོག་ཐོ་གཞུས།

ལྟོ་སློང་དགོས་ཅུང་གནས་འདིར་མ་རེད་ཟེར།

ངའི་ཁོང་ཡུད་ཀྱིས་བརྟགས་ཏེ། ཕར་ལ་འདི་ལྟར་གཤེ།

ངས་ཁྱོད་ཚང་གི་དུར་ས་བསྐོགས་ཏེ་ཉུས་པ་སྐམ་པོ་བཟའ་དགོས་བྱུང་ཉུང་། ཁྱོད་ལ་ལྟོ་སྐོང་བར་མི་ཡོང་ཁོ་ཐབ་རེད།

ཁོས་མཆོངས་ཡོང་། འཁྲམ་ལྕུག་གཅིག་དང་། རྗོག་ཐོ་གཅིག་གཞུས། ངེད་གཉིས་ཁྲིམ་ཐོག་ཏུ་འཛིངས། མི་དེ་སེམས་གནག་པ་ལ། ཁོས་ང་ལས་མི་རྒྱལ་བ་ཤེས་ཏེ་ངའི་དོར་རྟར་བཤིགས་ཏེ་རྐང་པས་གཞུས། ངས་ཁོའི་འཕོངས་ལ་ལན་འགའ་གཞུས། ངེད་གཉིས་ཀས་འཛིང་མོ་མ་ཤེས་པས། རྒྱབ་ནས་མི་འགའ་ཡིས་འབོད་བཞིན་འདུག

མདོག་ཉེས་པ་ལ། བྱོལ་སོང་གཞུ་རིས་བྱེད་པའི་མདོག་ཉེས་པ་ལ་ཟེར།

ངེད་གཉིས་ཀྱིས་མཚམས་བཞག་སྟེ་ཕར་བལྟས་པས། གོས་སེར་གྱོན་པའི་གོ་མིན་ཏང་གི་ཉུ་ཆེན་དེར་སླེབས། མེ་སྒྲོགས་བཅུ་གྲངས་ཤིག་ཤིང་རྟ་འཁོར་ལོས་དྲངས། ད་ལྟ་འབོད་མཁན་གྱི་མི་དེའི་ཞེད་པར་དཀྲུམ་མདའ་ཞིག་བཏགས་པ་ནི་དམག་དཔོན་རེད། གཡོག་པོ་དེ་སྦྱང་བ་ལ་ནི་དཔོན་པོ་དེ་མཐོང་བས། མགོ་དང་ཞེད་པ་མཉམ་དུ་སྒུར།

དམག་དཔོན་ལགས། དམག་དཔོན་ལགས།

དམག་དཔོན་གྱིས་ངེད་གཉིས་ལ་ལག་པ་གཡུག་སྟེ།

བོང་བུ་འདི་གཉིས་སྐྱིན་པ་ལ། འཛིང་མོ་ཡང་གཏུགས་མི་ཤེས། ཕར་སོང་། མེ་སྒྲོགས་དབོར་བར་རྒྱུག །

ངས་གཏམ་འདི་ཐོས་དུས་མགོ་བོ་འཚིག་ཙིང་ཟ་བར་གྱུར། ཁོས་ང་དམག་མིར་ཞོག་ཅེས་བྱེད། གཡོག་པོ་དེ་ཡང་འཚབ་སྟེ་མདུན་དུ་ཕྱིན།

དམག་དཔོན་ལགས། ང་རྫོང་དཔོན་ཚང་གི་ཡིན་ཟེར།

རྫོང་དཔོན་ཚང་གི་ཡིན་ན་རྒྱལ་ཁབ་ཀྱི་དོན་དུ་ནུས་པ་འདོན་ངེས། དམག་དཔོན་གྱིས་སྨྲས།

མ་རེད། མ་རེད། གཡོག་པོ་སྐྲག་སྙེ་མྱུ་མཐུད། ང་རྫོང་དཔོན་གྱི་སྲས་མིན། འཚི་སྲོག་ལ་ཐུག་ཀྱང་བྱེད་ག་ལ་ནུས། ལྷིང་དཔོན་ལགས། ང་ནི་རྫོང་དཔོན་ཚང་གི་གཡོག་པོ་ཡིན།

མ་རོ་བཟའ་རྒྱུ། དམག་དཔོན་གྱིས་སྐད་ཤུགས་ཆེན་པོས། ང་བརྒྱ་དཔོན་ཡིན།

ལགས་སོ། རེད་ལགས། བརྒྱ་དཔོན་ལགས། ང་ནི་རྫོང་དཔོན་ཚང་གི་གཡོག་པོ་ཡིན།

གཡོག་པོས་ཇི་ལྟར་བཤད་ཀྱང་རྗེ་མ་ཐོགས། དེ་ལས་ལྷོག་སྙེ་བརྒྱ་དཔོན་ཁོང་ཁྲོ་ཐོས་ཏེ། གཡོག་པོར་འཕྲམ་ལྷག་གཅིག་གཞུས།

ཁ་ཚུམས། མ་རོ་བཟའ་རྒྱུ་འདི། མི་སྒྲོགས་དཔོར་བར་རྒྱུག །བརྒྱ་དཔོན་གྱིས་ང་ལ་བལྟས་ཏེ། ད་དུང་ཁྱོད་ཟེར།

ང་འགྲོ་བ་ལས་ཐབས་མེད། ངས་རྟ་ཞིག་གི་མཐུར་མདའ་བཟུང་། ཁོ་ཚོ་དང་ལྷན་དུ་བསྐྱོད། ངའི་བསམ་པར་ཁོ་སྐབས་ཤིག་བཙལ་ཏེ་བྲོས་ཆོག་སྙམ། གཡོག་པོ་དེས་ད་དུང་བརྒྱ་དཔོན་ལ་ཞུ་བ་བྱེད། ཡུད་ཙམ་ནས་བརྒྱ་དཔོན་གྱིས་ཁས་བླངས།

འཁྲིག །ལོས་འཁྲིག །ཁྱོད་ཕར་རྒྱུག །ཁྱོད་དེ་འདྲའི་སྲུན་པ་ལ་ཟེར།

གཡོག་པོ་ཤིན་ཏུ་དགའ། བརྒྱ་དཔོན་གྱི་མདུན་དུ་ཕྱག་འཚལ་གྲབས་བྱས་མོད། ཕྱག་ནི་མ་འཚལ། ཁོས་བརྒྱ་དཔོན་གྱི་མདུན་དུ་ལག་གཉིས་འཕྱུར།

ཁྱོད་ད་དུང་མི་འགྲོ་འམ། བརྒྱ་དཔོན་གྱིས་སྨྲས།

འགྲོ། མགྱོགས་མྱུར་འགྲོ། གཡོག་པོས་སྨྲས།

གཡོག་པོ་ཁ་བསྐོར་ཏེ་འགྲོ་སྐབས། བརྒྱ་དཔོན་གྱིས་རྐེད་པ་ནས་མེ་མདའ་བཏོན། དཔུང་པ་སྙོམས་པོར་བསྒྲིགས། མིག་ཡ་གཅིག་བཙུམས་ཏེ་གཡོག་པོར་བསྐྱིགས། གཡོག་པོས་གོམ་པ་བཅུ་གྲངས་སྤོས་རྗེས་ཕྱི་མིག་ལྟ་སྐབས། ཁོ་སྐྲག་ཅིང་དངངས་ཏེ་ཙུང་ཟད་ཀྱང་འགུལ་མ་ཐུབ་པར་མཚན་མོའི་ཁང་བྱེའུ་བཞིན་བརྒྱ་དཔོན་གྱི་ཟན་དུ་གྱུར།

རྒྱུག །རྒྱུག་ཅིག །བརྒྱ་དཔོན་གྱིས་གཡོག་པོར་སྨྲས།

བརྒྱ་དཔོན་ལགས། བརྒྱ་དཔོན་ལགས། བརྒྱ་དཔོན་ལགས།

བརྒྱ་དཔོན་གྱིས་ཁོ་ལ་གཏད་དེ་མེ་མདའ་བརྒྱབ། མདེའུ་ཁོ་ལ་མ་ཕོག་པར་གམ་དེར་འཕེན། དེ་ནས་འཁོར་བའི་རྗེ་ཕྱུག་གིས་ཁོའི་ལག་པར་རྨ་བཟོས་ཏེ་ཁྲག་ཐོན། བརྒྱ་དཔོན་གྱིས་མེ་མདའ་བཟུང་སྟེ་ཁོ་ལ་བསྐྱིགས་བཞིན།

ཡར་ལོངས། ཡར་ལོངས་ཤིག །

ཁོ་ཡར་ལངས། རྒྱུག །རྒྱུག་ཅིག །བརྒྱ་དཔོན་གྱིས་སྨྲས།

ཁོ་སྐྱོ་ཉམས་ཀྱིས་ངུས། ལྟེ་དག་དིག་ངང་།

བརྒྱ་དཔོན་ལགས། ང་མེ་སྒྱོགས་དཔོར་བར་འགྲོ་ཟེར།

བརྒྱ་དཔོན་གྱིས་སླར་ཡང་དཔུང་པ་གཟེངས་ཙམ་བྱས་ཏེ། སླར་ཡང་ཁོ་ལ་བསྐྱིགས།

རྒྱུག །རྒྱུག་ཅིག །

གཡོག་པོས་གཞི་ནས་དྲན་པ་གསོས་པ་བཞིན། ཁ་བསྐོར་ཏེ་སྦྱོ་བ་ལྟར་

བྲོས། བརྒྱ་དཔོན་གྱིས་མེ་མདའ་གཉིས་པ་རྒྱག་དུས་ཁོ་འབྲོ་ས་མེད་པའི་སྲང་ལམ་ཞིག་ཏུ་སླེབས། བརྒྱ་དཔོན་གྱིས་རང་གི་མེ་མདའ་ལ་ལྟ་བཞིན།

ཕ་རོ། མིག་བཙུམ་སྡངས་ནོར་སོང་ཟེར།

བརྒྱ་དཔོན་གྱིས་ཁ་བསྐོར་ཏེ་རྒྱབ་ཏུ་ལངས་པའི་ང་ལ་བལྟས། མེ་མདའ་འཕྱེར་ཏེ་ངའི་བྲང་ཁར་མདའ་ཁ་བཙུགས།

ཁྱོད་ཀྱང་ལོག་ཆག །བརྒྱ་དཔོན་གྱིས་སྒྲས།

ངའི་སྙིང་རྩ་ཤིན་ཏུ་འདར། སེམས་ནང་དུ་རེས་མིག་གཉིས་ཀ་བཙུམས་སྡངས་མ་ནོར་ན་འཆི་བ་ལས་ཐབས་མེད་སྙམ།

ང་མི་སྐྱོགས་དཔོར་གྱི་ཡིན། ང་མི་སྐྱོགས་དཔོར་བར་འགྲོ་ཞེས་བསྟུད་མར་བཤད།

ངའི་ལག་གཡས་པས་མཐུར་ཐག་བཟུང་། ལག་གཡོན་མས་ཙ་སྒྲོན་གྱིས་སྦྲིད་པའི་ཁུག་མའི་ནང་གི་དངུལ་སྲང་གཉིས་མནན་ཏེ་ཕྱིན། ཞིང་ཁའི་ནང་གི་འཇག་སྤྱིལ་རེད་ཚང་འདྲ་བ་རྣམས་མཐོང་བས་ངས་མགོ་བོ་སྒུར་ཏེ་དུས།

ང་བྱང་ཕྱོགས་སུ་བསྐྱོད་པའི་མི་སྐྱོགས་ཙ་ཁག་དང་ལྷན་དུ་ཕྱིན། ཇི་ལྟར་ཕྱིན་ན་དེ་བས་ཐག་ཇེ་རིང་དུ་འགྲོ། ཟླ་བ་གཅིག་གི་རྗེས་སུ་ང་ཚོ་ཨན་ཏུང་དུ་སླེབས། ཐོག་མའི་ཉིན་འགར་ང་ཇི་ལྟར་འབྲོ་སྙམ། འབྲོ་སྙམ་པ་ནི་ང་གཅིག་པུ་ག་ལ་ཡིན། ཉིན་གཉིས་ཙམ་ཕྱིན་ན་ཙ་ཁག་ནས་འདྲིས་ཟིན་པའི་ངོ་གདོང་རེ་མེད་པར་འགྲོ། ངའི་སེམས་ནང་ཁོ་ཚོ་བྲོས་སྙམ་སྟེ། དམག་མི་ཉིང་པ་ལའོ་ཇོན་ལ་གཏམ་དྲིས།

བྲོས་ཏེ་སུ་ཡང་མི་ཐར། ལའོ་ཇོན་གྱིས་སྒྲས།

ལའོ་རྫོན་གྱིས་མཚན་མོ་གཉིད་ལ་རོལ་སྐབས་མི་མདའི་སྐད་ཐོས་སམ་ཟེར། ངས་ཐོས་ཞེས་སྨྲས།

དེ་ནི་བྲོས་མཁན་ལ་མི་མདའ་བརྒྱབ་པའི་སྒྲ་རེད། ཨ་བསོད་ཡོད་ན་མི་ཤི་རུང་། དམག་དཔུང་གཞན་གྱིས་འཕྲིད་ངེས།

ལའོ་རྫོན་གྱིས་དེ་ལྟར་སྨྲས་པས་ང་ཤིན་ཏུ་སྐྲག །ལའོ་རྫོན་གྱིས་སྨྲས་པར་ཁོ་རི་འགོག་དམག་འཁྲུག་སྐབས་དམག་ཏུ་འཕྲིད། ཅང་ཤིས་ནས་བྲོས་ཐར། ཉིན་ཤས་ལས་མ་སོང་བར་སྡུ་ཅན་དུ་འགྲོ་བའི་དམག་དཔུང་གིས་འཕྲིད། དམག་མི་ལོ་དྲུག་ཙམ་བྱས། ཉི་ཧོང་བར་དམག་བྱེད་མ་སྨྱོང་། གུང་ཁྲན་ཏང་གི་ངེས་མེད་རྒོལ་རྒྱལ་རུ་ཁག་ལ་ཡང་དམག་བྱས། སྐབས་འདི་དག་རིང་ཁོ་ཐེངས་བདུན་བྲོས། སླར་ཡང་དམག་དཔུང་གཞན་ཞིག་གིས་འཕྲིད། མཐའ་མ་རང་གི་ཁྱིམ་དང་ལེ་དབར་བརྒྱ་ཙམ་ཡོད་དུས་སླར་དམག་དཔུང་འདིས་འཕྲིད། ལའོ་རྫོན་གྱིས་ད་ནི་འབྲོ་མི་འདོད།

བྲོས་ཏེ་བྲོས་མི་ཚར་ཟེར།

ང་ཚོ་འབྲི་ཆུ་བརྒལ་རྗེས་ཤིང་བལ་གྱི་གོས་གྱོན། འབྲི་ཆུ་བརྒལ་བས་ངའི་འབྲོ་སྙམ་པའི་བསམ་པ་ཡལ། ཁྱིམ་དང་ཐག་ཇེ་རིང་དུ་འགྲོ་བས་ང་ལ་འབྲོ་བའི་སྤོབས་པ་མ་སྐྱེད། ང་ཚོའི་རུ་ཁག་ནང་བྱིས་པ་ལོ་བཅོ་ལྔ་བཅུ་དྲུག་ལོན་པ་བཅུ་གྲངས་ཡོད། ཅིག་གི་མིང་ལ་ཁྲུན་ཧྲང་ཟེར། ཅང་སུའུ་ནས་རེད། ཁོས་རྒྱུན་པར་ང་ལ་བྱང་དུ་འགྲོ་བ་དམག་གི་ཆེད་དུ་ཡིན་ནམ་ཟེར། ངས་རེད་ཅེས་སྨྲས། དོན་ལ་ངས་ཀྱང་མི་ཤེས། ངའི་བསམ་པར་དམག་མི་བྱས་ན་དམག་ལས་གཡོལ་ཐབས་མེད་སྙམ། ཁྲུན་ཧྲང་ངེད་གཉིས་ཕྱུན་ལྟར་

བཅེ། ཁོས་རྒྱུན་པར་ང་དང་མི་བྲལ་ཞིང་། ངའི་དཔུང་པར་ལྷུག་ཙམ་རྗེབ་ཙམ་བྱས།

ང་ཚོ་ཤིའམ་མི་ཤི །

ངས་མི་ཤེས། ངས་ལན་བཏབ།

གཏམ་འདི་ཁ་ནས་ཐོན་སྐབས་ངའི་སེམས་ཀྱང་མི་བདེ་བར་གྱུར། འཁྲི་ལྕུ་བཀལ་རྗེས་ང་ཚོས་མེ་སྒྱོགས་ཀྱི་སྒྲ་ཐོས། ཐོག་མར་རྒྱང་རིང་ནས་གྲག །ང་ཚོ་ཉིན་གཉིས་ཕྱིན་རྗེས་སྒྱོགས་སྒྲ་ཇེ་ཉེར་སོང་། དེའི་ཚེ་དེའི་དུས་ན་ང་ཚོ་གྲོང་སྡེ་ཞིག་ཏུ་སླེབས། གྲོང་སྡེར་མི་ལྟ་ཞོག་དུད་འགྲོ་ཡང་མིག་ཡུལ་དུ་མེད། བརྒྱ་དཔོན་གྱིས་མེ་སྒྱོགས་བསྒྲིག་དགོས་པའི་བཀའ་བཏང་། ངས་འདི་དུས་དམག་རྒྱག་དགོས་པ་ཤེས། མི་འགའ་ཞིག་བརྒྱ་དཔོན་གྱི་དྲུང་དུ་ཕྱིན་ཏེ་འདི་ལྟར་དྲིས།

བརྒྱ་དཔོན་ལགས། ས་ཆ་འདི་གང་དུ་རེད་དམ།

ཁྱོད་ཀྱིས་ང་ལ་དྲིས། ང་སུ་ལ་འདྲི་བར་འགྲོ་དགོས་སམ། བརྒྱ་དཔོན་གྱིས་ལན་བཏབ།

བརྒྱ་དཔོན་གྱིས་གནས་འདིའི་མིང་མི་ཤེས། ཡུལ་མི་གཅིག་ཀྱང་མེད། ངས་ཕྱོགས་བཞིར་ལྟ་སྐབས་ལོ་མ་མེད་པའི་ཤིང་དང་འཇག་སྤྱིལ་འགའ་ལས་གཞན་ཅི་ཡང་མ་མཐོང་། ཉིན་གཉིས་སོང་རྗེས་སྟོད་གོས་སེར་པོ་གྱོན་པའི་དམག་མི་ཇེ་མང་དུ་སོང་། ཁོ་ཚོ་རེ་རེ་བཞིན་ཕྱོགས་བཞིར་འགྲོ། སྐར་ཅུ་ཁག་འགའ་སླེབས། འགའ་ཞིག་ང་ཚོའི་འཁྲིས་སུ་བསྡད། ཉིན་གཉིས་ཕྱིན། ང་ཚོས་མེ་སྒྱོགས་གཅིག་ཀྱང་མ་འཕེན།

ང་ཚོའི་མཐའ་བསྐོར་འདུག །བརྒྱ་དཔོན་གྱིས་སྨྲས།

མཐའ་བསྐོར་བ་ང་ཚོ་ཙམ་ག་ལ་ཡིན། ག་མིན་ཏང་གི་དམག་མི་ཚང་མ་རྒྱ་ཁྲོན་ལ་ལེ་དབར་བཙུ་ཙམ་ལས་མེད་པའི་གནས་འདིར་བཀག་བསྐྱིལ་བྱས། ས་གཞི་ཐམས་ཅད་གོས་སེར་པོས་ཁེངས་པ་ནི་དགོན་པའི་ཚོགས་ཆེན་འདྲ། སྐབས་དེར་ལའོ་ཇོན་དེ་བས་ལྷིང་བར་གྱུར། ཕོས་དོང་ལམ་འཁྲིས་ཀྱི་ས་འབོག་ཁུ་དུ་བ་འཛིན་བཞིན་ཕར་འགྲོ་ཚུར་འོང་བྱེད་པའི་གོས་སེར་དམག་མིར་བལྟས། མཚམས་རེ་དེའི་ཁྲོད་ཀྱི་མི་འགའ་ཞིག་ལ་ཁམས་བདེ་བྱས། ཕོས་ཇོ་ཤེས་པའི་མི་མང་། ལའོ་ཇོན་ཤར་ནུབ་ཚང་མར་འགྲོ་སྐྱོང་། དམག་དཔུང་བདུན་ལ་འགྲོ་སྐྱོང་། གད་མོ་དང་བཅས་ཇོ་ཤེས་སྙིང་པར་བསྟོག་གཏམ་ཕོ་ན་སྨྲ། མི་འགའ་ཞིག་གི་སྐོར་དྲིས། ངས་ཐོས་སྐབས་ཤེ་བ་མིན་ན་ཉིན་གཉིས་གོང་ནས་མ་མཐོང་ཟེར། ལའོ་ཇོན་གྱིས་ང་དང་ཁྲུན་རྟང་ལ་མི་དེ་དག་ཕོ་དང་མཉམ་དུ་ཐོས་སྐྱོང་ཟེར། ལའོ་ཇོན་གྱིས་དེ་ལྟར་སྨྲ་སྐབས།

ལའོ་ཇོན། ཁྱོད་ཤེ་མེད་དམ། མི་ཞིག་གིས་འདི་ཕྱོགས་སུ་འབོད།

ལའོ་ཇོན་ལ་སླར་ཡང་ཇོ་ཤེས་ཤིག་ཐུག །ཏ་ཏ་ཞེས་དགོད་བཞིན།

ཁྱོད་ནམ་ཙམ་ལ་འདིར་ཞུགས་སམ།

མི་དེས་ལན་མ་བཏབ་གོང་། མི་གཞན་ཞིག་གིས་ལའོ་ཇོན་ཞེས་པོས། ལའོ་ཇོན་གྱི་ཁ་བསྐོར་ཏེ། མྱུར་བར་ཡར་ལངས།

ཨ་ཡེ། ཁྱོད་ཀྱིས་ལའོ་ལེང་གང་དུ་ཡོད་མིན་ཤེས་སམ།

གྲོངས་སོང་། མི་དེས་དགོད་བཞིན་ལན་བཏབ།

ལའོ་ཇོན་ཡི་ཆད་དེ་མར་བསྡད།

མ་རོ་བཟའ་རྒྱུ། ཁོས་ད་དུང་ང་ལ་དངུལ་སྲང་གཅིག་ཆད། ལའོ་ཇོན་གྱིས་དེ་ལྟར་གཤེ །

དེ་རྗེས་ལའོ་ཇོན་གྱིས་ཡིད་ཆོམ་བཞིན་ང་དང་ཁྲུན་ཧྲང་ལ་འདི་སྐད་སྨྲས།

ཁྱོད་གཉིས་ཀྱིས་ལྟོས་དང་། སུ་ཡང་བྲོས་ཧེ་མི་ཐར།

ཐོག་མར་ང་ཚོའི་མཐའ་བསྐོར་བ་ལས། བཙིངས་བཀྱོལ་དམག་གིས་དེ་འཕྲལ་ང་ཚོར་དམག་མ་བརྒྱབ། ང་ཚོ་ཡང་སྐྲག་སྣང་མ་འཆར། བརྒྱ་དཔོན་ཡང་མི་སྐྲག །ཁོས་ཤུ་ཡོན་འཛང་ལགས་ཀྱིས་འཐབ་འཁོར་བཏང་སྟེ་ང་ཚོ་སྐྱོབ་ངེས་ཟེར། རྗེས་སུ་མདུན་གྱི་སྐྱོགས་སྒྲ་ཇེ་ཉེར་ཕྱིན། ང་ཚོ་ཉུང་ཙམ་ཡང་མི་སྐྲག་མོད། མི་ཚང་མར་ལས་རྒྱུ་ཅི་ཡང་མེད། བརྒྱ་དཔོན་གྱིས་ང་ཚོར་མེ་སྒྱོགས་འཕེན་དགོས་པའི་བཀའ་ཡང་མ་བཏང་། དམག་མི་རྙིང་པ་ཞིག་གིས་མདུན་དུ་རང་གི་འཐབ་གྲོགས་རྣམས་ཤིང་འཆི་བར་མ་བཟོད་པར། ཅི་ཡང་མ་ལས་ན་མི་འགྲིག་སྙམ་སྟེ། བརྒྱ་དཔོན་ལ་འདི་ལྟར་དྲིས།

ང་ཚོས་མེ་སྒྱོགས་འཕེན་མི་དགོས་སམ།

བརྒྱ་དཔོན་སྐབས་དེར་གབ་ཁུང་དུ་སྨུགས་བྱེད་བཞིན་འདུག །ཁོས་ཁྲོ་ཤིག་ཤིག་ངང་།

མེ་སྒྱོགས། གང་དུ་འཕེན་དགོས་སམ་ཟེར།

བརྒྱ་དཔོན་གྱིས་སྨྲས་པ་བདེན། མེ་སྒྱོགས་འཕངས་ཉེས་ཧེ་གོ་མིན་ཏང་རྒྱལ་དམག་གི་སྤུན་གྲོགས་ཐོག་ཏུ་ཕོག་ན། རྒྱལ་དམག་གིས་ཁྲོས་ཐེངས་

གཅིག་ལ་ང་ཚོ་མེད་པར་བཟོ་ངེས། འདི་ནི་རྩེད་མོ་ག་ལ་ཡིན་ཏེ་མ་ཡིན། བརྒྱ་དཔོན་གྱིས་ང་ཚོ་གབ་ཁུང་དུ་བསྡད་དེ། གང་འདོད་པ་དེ་ལྟར་བྱེད་ཆོག་ཀྱང་། མེ་སྒྱོགས་འཕངས་མི་ཆོག་པའི་བཀའ་བཏང་།

མཐའ་བསྐོར་རྗེས་ང་ཚོའི་འབྲུ་རིགས་དང་རྫས་མདེལ་ཚང་མ་གནམ་གྲུ་ལས་འཕེན་པ་ཁོ་ནར་བརྟེན། གནམ་གྲུ་ནམ་མཁར་འཕུར་བ་མཐོང་མ་ཐག་འོག་གི་རྒྱལ་དམག་གྲོག་མ་ཇི་བཞིན་འབུངས། འབར་རྫས་སྐམ་ཆུང་འཕངས་ན་ལེན་མཁན་མེད། ཚང་མ་འབྲས་ཀྱི་ཐོག་ཏུ་མཚོངས། གནམ་གྲུ་ཕྱིན་རྗེས་འབྲས་ཐོབ་པའི་རྒྱལ་དམག་གཉིས་ཀྱིས་འབྲས་དོ་པོ་རེ་འཁྱེར། གཞོགས་ཀྱི་མིས་མེ་མདའ་འཁྱེར་ཏེ་བསྲུངས། རྒྱལ་དམག་རེ་རེ་བཞིན་རང་རང་གི་གབ་ཁུང་དུ་ཕྱིན།

མི་རིང་བར། རྒྱལ་དམག་ཚོ་པ་དང་ཚོ་པ་བྱས་ཏེ་ཁང་པ་དང་ཤིང་སྐམ་ཕྱོགས་སུ་བསྐྱོད། ཉེ་རྒྱུད་གང་དུ་ཡང་ཡོད་པའི་འཇག་སྤྱིལ་ཐོག་མི་འཛོགས། འཇག་སྤྱིལ་བཤིགས། བུད་ཤིང་བཅད། དམག་མི་གཏན་ནས་མི་འདྲ། སྐད་སྒྲ་སྣ་མིན་སྣ་ཚོགས་ཀྱིས་མདུན་གྱི་ཕྱོགས་སྒྲ་ཡང་གཞོམ་ལ་ཉེ། ཉིན་ཕྱེད་ལས་མ་སོང་བར་ཁང་པ་དང་ལྕམ་ཤིང་གཅིག་ཀྱང་མེད་པར་གྱུར། ས་སྟོང་ཐོག་ཏུ་གདུང་མ་དང་། ལྕམ་ཤིང་། པང་ལེབ། རྐུབ་སྟེགས་འཁྱེར་བའི་དམག་མི་ཤ་སྟག་རེད། ཁོ་ཚོ་རང་རང་གི་གབ་ཁུང་དུ་སླེབས་རྗེས་འབྲས་བཙོས་པའི་དུ་བ་ནམ་མཁར་ལྡོག་ལྡོག་ཏུ་འཕྱུར།

སྐབས་དེར་མང་ཧྲོས་ནི་མདེའུ་རེད། གང་དུ་ཉལ་ཡང་དེ་ནས་ཐུག་པར་བྱེད། ཕྱོགས་བཞིའི་ཁང་པ་བཤིགས་ཚར། ལྕམ་ཤིང་བཅད་ཚར་རྗེས་རྒྱལ་

དམག་གིས་རྩེ་གྲི་འཁྱེར་ཏེ་རྩ་བརྟ་བར་འགྲོ། འདི་ནི་སྔོན་ལས་ལངས་པ་འདྲ། མི་འགའ་ཞིག་གིས་རྟུལ་ཆུ་ཁྲུམ་ཁྲུམ་དུ་ཤིང་གི་རྩ་བ་བསྐོགས། འགའ་ཞིག་གིས་དུར་བསྐོགས་ཏེ། དུར་ཤིང་གིས་མེ་བཏང་། རོ་སྐམ་རྙེད་ན་མི་ཉུས་ཕར་གཡུག་པ་ཙམ་ལས་བསྐྱུར་དུ་ས་སྦས་མི་བྱེད། དེའི་ཚེ་དེའི་དུས་ན་སུ་ཡང་མི་ཤི་བའི་ཉུས་པར་མི་སྐྲག །མཚན་མོ་མཉམ་དུ་གཉིད་དུ་ཡུར་བས་རྨི་ལམ་ངན་པ་ཡང་མི་གཏོང་། འབྲས་བཙོ་བྱེད་ཀྱི་བུད་ཤིང་ཇི་ཙམ་ཡོད་ཀྱང་ཇི་ཙམ་བྱུང་། མི་རྣམས་ཀྱིས་འབྲས་ལ་ཏབ་ཤ་མི་བྱེད། ངེད་ཚོ་གསུམ་གྱིས་འབྲས་དོ་པོ་འགའ་ཞིག་དགོས། གབ་ཁུང་དུ་བཞག་སྟེ་མལ་ཁྲིའི་ཚབ་བྱས། འདི་ལྟར་ཉལ་ན་མདེའུ་ཡིས་ཟུག་པའི་ངལ་བ་མེད།

འབྲས་བཙོ་བར་བུད་ཤིང་གཏན་ནས་མེད་སྐབས་ཀྱང་ཨུ་ཡོན་འཛིང་ལག་ས་ཀྱིས་ང་ཚོ་སྐྱོབ་མཁན་ནི་མ་གཏང་། སྐབས་དེར་གནམ་གྲུ་ལས་འབྲས་མི་འཕེན་པར་གོ་རེ་འཕེན། གོ་རེ་ཐུམ་སྒྲིལ་ས་ལ་ཟགས་མ་ཐག་མི་རྣམས་ཀྱིས་སྐྱོ་བ་བཞིན་ཏབ་ཤ་བྱེད། ངའི་མས་བཟོས་པའི་ལྷམ་ཚངས་ཇི་བཞིན་གཅིག་ཐོག་གཅིག་གིས་མཚོངས་ཏེ་གོ་སྒྲ་བྱེད་པ་ནི་སྤྲང་རྐུན་དང་འདྲ།

ང་ཚོ་སོ་སོར་ཏབ་ཤ་བྱེད་དུ་འགྲོ། ལའོ་ཇོན་གྱིས་སྨྲས།

སྐབས་འདིར་ང་ཚོ་སོ་སོར་གྱིས་ཏེ་ཏབ་ཤ་བྱས་ན། གོ་རེ་ཆེན་པོ་འགའ་ལག་ཏུ་འོང་། ང་ཚོ་གབ་ཁུང་ལས་ཐོན་ཏེ། རང་གིས་བདམས་པའི་ཁ་ཕྱོགས་སུ་བསྐྱོད། མདེའུ་ཤིན་ཏུ་ཉེ་སར་ཕར་འགྲོ་ཚུར་ཡོང་བྱེད། མཚམས་རེ་འཕར་མདེལ་ཡང་འཕུར་འགྲོ། ཐེངས་ཤིག་ང་རྐྱག་བཞིན་རྐྱག་བཞིན་གཞོགས་ཀྱི་མི་ཞིག་གློ་བུར་དུ་འགྱེལ། ངའི་བསམ་པར་ལྟོགས་གྱིར་འགྱེལ་ངེས་སྙམ་

མོད། ཁ་བསྐོར་ཏེ་ལྷ་སྐབས་ཁོའི་མགོ་བོའི་ཕྱེད་ཀ་ལས་མེད་པ་མཐོང་བས། ངའི་བླ་རྩ་འདར་ཏེ་བླ་ཆད་གྲབས་བྱས། གོ་རེ་ཧབ་ཤ་བྱེད་པ་ནི་འཕྲས་ཧབ་ཤ་བྱེད་པ་ལས་ཀྱང་དཀའ། དངོས་གནས་བྱས་ན་ཉིན་ལྟར་རྒྱལ་དམག་མང་པོ་ཞིག་འཆི་བཞིན་ཡོད་མོད། གནམ་གྲུ་ཡོང་བའི་ཚེ་མི་ཚང་མ་བདེ་མོའི་ཐང་ལ་སྐྱེས་པའི་རྩྭ་ལྟར་ཐོན་ཏེ། གནམ་གྲུའི་རྗེས་སུ་བསྙེགས། གོ་རེ་འཕེན་མ་ཐག་མི་རྣམས་ཕྱོགས་བཞིར་འཐོར། ཚང་མ་རང་གིས་འདོད་པའི་མཆོངས་གདུགས་ཕྱོགས་སུ་རྒྱུག །གོ་རེ་ལེགས་པོ་བསྒྲིལ་མེད་པས། ས་ཐོག་ཏུ་སླེབས་མ་ཐག་བྲུལ་ཞིང་ཞིག །མི་བཅུ་གྲངས་འགའ་དང་ཐ་ན་བརྒྱ་གྲངས་ཙམ་གྱིས་ས་ཆ་གཅིག་ལ་དུས་གཅིག་ལ་མཆོངས། འགའ་ཞིག་གོ་རེ་མ་ཐོབ་གོང་དུ་འགྲེལ་བཞིན་འདུག །ངས་ཧབ་ཤ་བྱེད་ཐེངས་གཅིག་ལ་གནམ་བཏགས་བྱས། སྐ་རགས་ཀྱིས་གཞུས་པ་བཞིན་ལུས་ཡོངས་ནས་ན་ཟུག་གཏོང་། མཐའ་མ་གོ་རེ་འགའ་ཞིག་ཐོབ། གབ་ཁུང་དུ་སླེབས་དུས་ལའོ་རྟོན་སླེབས་ཟིན། ཁོའི་ངོ་གདོང་སྔོ་ཤིག་ཤིག་ཏུ་གྱུར་ཞིང་། གོ་རེ་ང་ལས་མང་བ་ཐོབ་མེད། ལའོ་རྟོན་དམག་ལ་ལོ་བརྒྱད་ཞུགས། སེམས་པ་བཟང་། ཁོས་རང་ལ་ཐོབ་པའི་གོ་རེ་ངའི་གོ་རེའི་ནང་དུ་བཞག་སྟེ། ཁྲུན་ཧྲང་སླེབས་ན་མཉམ་དུ་བཟའ་དགོས་ཟེར། ངེད་གཉིས་ཀྱིས་གབ་ཁུང་དུ་ཙོག་པུར་བསྡད་དེ། ཁྲུན་ཧྲང་ཡོང་བར་སྒུག །

ཡུད་ཙམ་གྱི་རྗེས་སུ་ཁྲུན་ཧྲང་པང་དུ་འཁྱིག་ལྷམ་འགའ་བཏབ་སྟེ་ཞེད་པ་སྒྲུར་བཞིན་ཡོང་བ་ངེད་གཉིས་ཀྱིས་མཐོང་། བྱིས་པ་འདིའི་གདོང་ཡོངས་དམར་ཞིང་། འགྲོ་སྟོག་བྱེད་བཞིན་འཛུལ་ཡོང་། ས་སྟེང་གི་འཁྱིམ་ལྷམ་ལ་ལྟ་བཞིན་ངེད་གཉིས་ལ་འདི་ལྟར་དྲིས།

མང་པོ་ཇི་འདྲ་འདུག་གམ།

ལའོ་ཪོན་གྱིས་ང་ལ་ལྟ་བཞིན་ཁྲུན་ཧྲང་ལ་དྲིས།

འདི་བཟའ་ཙང་ངམ།

འདྲིས་འབྲས་བཙོ་ཚོག །ཁྲུན་ཧྲང་གིས་སྨྲས།

ངེད་གཉིས་ཀྱིས་དེ་ལྟར་ཡོས་བསམ་ཚོག་སྐམ། ཁྲུན་ཧྲང་གི་གདོང་ལ་རྒྱ་ཙམ་ཡང་མེད་པ་མཐོང་བས། ལའོ་ཪོན་གྱིས་ང་ལ་འདི་ལྟར་ཟེར།

ཁྱིས་པ་འདི་ལས་རྐོད་པ་ཞིག་གང་དུ་ཡོད་དམ།

མདུན་ཕྱོགས་ཀྱི་སྒྲོགས་སྒྲ་ཇེ་ཉེར་འགྲོ། ཉེན་མཚན་གྱི་དབྱེ་བ་མི་ཆོད། ང་ཚོ་གབ་ཁུང་དུ་བསྡད་དྲགས་པས་གོམས་པར་གྱུར། འཁྲིས་སུ་རྟག་ཏུ་མེ་སྒྲོགས་འབར་གས་བྱེད། ང་ཚོའི་ཙ་ཆེན་གྱི་མེ་སྒྲོགས་འཕངས་ཟིན། མ་འཕངས་པའི་མེ་སྒྲོགས་ནི་ལྕགས་རོ་ཁྲུ་གཅིག་འདྲ་བས། ང་ཚོར་ལས་རྒྱུ་ཅི་ཡང་མེད། སྐབས་ཤིག་ཁྲུན་ཧྲང་སྐྲག་པར་གྱུར་མོད། ད་ལྟ་སྣང་བ་དེ་ཙམ་མེད། སྐབས་དེར་ཇི་ལྟར་སྐྲག་ཙང་ཅི་ལ་ཕན། མི་མདའི་སྐད་སྒྲ་ཇེ་ཉེར་འགྲོ་མོད། ངེད་ཚོའི་བསམ་པར་རིང་སྣང་འཆར། བསྲན་མི་ཐུབ་པ་ནི་ནམ་ཟླ་ཇེ་གྲང་དུ་འགྲོ། གཉིད་དུ་ཙུང་ཞིག་ཡུར་ཙམ་གྲང་ངར་གྱིས་གཉིད་ལས་སད། སྒྲོགས་མདེལ་འབར་གས་ཀྱི་སྐད་སྒྲས་ན་བ་འགག་ལ་ཉེ། ཇི་ལྟར་བྱས་ཙང་ཁྲུན་ཧྲང་ཁྱིས་པ་ཡིན་པས། གཉིད་དུ་ཡུར་སྐབས་ཉེ་འཁྲམ་དུ་སྒྲོགས་མདེལ་འགག་ཚེ། ཁོའི་ལུས་པོ་འཕར་ཙམ་བྱེད། ཁོ་གཉིད་ལས་སད་ཙམ་ཁྲོ་ཤིག་ཤིག་དང་གབ་ཁུང་ཐོག་ལངས་ཏེ། ཁ་སྦྱོད་ཀྱི་སྒྲོགས་སྒྲར་གཏད་དེ།

མ་རོ་བཟའ་རྒྱུ། དེ་འདྲའི་སྐད་ཆེ་བ་ལ། གཉིད་ཀྱང་ཁུག་ཏུ་མི་འཇུག

ཟེར།

ངས་སྨྱུར་བར་ཁོ་མར་འཐེན། མདིའུ་གབ་ཁྲུང་གི་ཐོག་ཏུ་ཕར་འགྲོ་ཚུར་འགྲོ་བྱེད།

རྒྱལ་དམག་གི་གཡུལ་ས་ཉིན་རེ་བཞིན་ཇེ་ཆུང་དུ་འགྲོ། ལྟོགས་གྲིར་ཉེ་སྐབས་མ་གཏོགས་ང་ཚོ་གབ་ཁྲུང་ལས་ཐོན་མ་ནུས་པར་གྱུར། ཉིན་ལྟར་རྨས་མ་སྟོང་ཕྲག་འཁྱོགས་བཞིན་འདུག །ང་ཚོའི་རྒྱབ་ཕྱོགས་ནི་རྨས་མའི་གཞིས་ཁོངས་སུ་གྱུར། ཉིན་ཤས་རིང་ང་དང་ལའོ་རྫོན་ཁྲིན་ཧྲང་གསུམ་གྱིས་གབ་ཁྲུང་ལས་མགོ་བོ་བཏོན་ཏེ་བལྟས་པ་ན། འཁྱོགས་བྱམས་ཐོག་གི་རྨས་མ་དཔུང་མེད་ཀང་རྨས་དག་མཐོང་། ཡུད་ཙམ་ནས་འཁྱོགས་བྱམས་རིང་པོ་ཞིག་མཐོང་། འཁྱོགས་བྱམས་པ་རྣམས་ཀེད་པ་སྒྲུར་བཞིན་ང་ཚོའི་མདུན་གྱི་ས་སྟོང་དུ་སླེབས། གཅིག་གཉིས་གསུམ་ཞེས་སྐད་རྫེས་གསུམ་པའི་ཐོག་ལ་འཁྱོགས་བྱམས་དཀྱིལ་ཙམ་བྱས། གད་སྙིགས་འཕོ་བ་བཞིན་རྨས་མ་རྣམས་ས་སྟེང་དུ་བསྒྱུར། རྨས་མས་ངུ་བརྒྱངས་བྱེད་བཞིན་འོ་དོད་འབོད། ས་འབོད་གནམ་འབོད་བྱེད། ལའོ་རྫོན་གྱིས་འཁྱོགས་བྱམས་པ་དེ་དག་ལ་ལྟ་བཞིན་འདི་ལྟར་གཤེ །

ཕྱོལ་སོང་ཁྱོད་ཚོ།

རྨས་མ་ཇེ་མང་དུ་སོང་། མདུན་དུ་སྒྲིགས་སྒྲ་གྲག་ན་འཁྱོགས་བྱམས་པ་འདིར་ཡོང་། གཅིག་གཉིས་གསུམ་ཞེས་སྐད་རྫེས་བསྒྱུར་བཞིན་འདུག། མདུན་གྱི་རྨས་མ་ཐོག་མར་ཚོ་དང་ཚོ། མི་རིང་བར་རྨས་མ་ཡུག་གཅིག་ཏུ་འཐྲིས། གནས་དེའི་ངུ་བརྒྱངས་འོ་དོད་ནི་ངས་མི་ཚེ་འདིར་ཅི་ལ་བརྗེད་སྲིད།

ང་དང་ཁྲུན་ཧྲང་གི་སེམས་པ་གྲང་ཤུར་ཤུར་བྱེད་པ་མ་ཟད། ལའོ་ཇོན་ཡང་ཐོད་གཉེར་བསྒྲིལ། ངའི་བསམ་པར་དམག་ཇི་ལྟར་རྒྱག་དགོས་སྙམ།

མུན་ཙུབ་མ་ཐག་ཁ་བ་བབས། སྐབས་ཤིག་རིང་སྤྲིགས་མདེལ་གྱི་སྒྲ་མེད་པར་གྱུར། ང་ཚོས་ད་དུང་གབ་ཁུང་ཕྱི་རོལ་གྱི་རྨས་མ་འཆི་མེད་པ་དག་གིས་འོ་དོད་འབོད་པ་ཐོས། ཧུ་བ་འདྲ་ལ་འབོད་པ་འདྲ། དེ་ནི་ཟུག་རྔུས་མི་བཟོད་པའི་སྐད་རེད། ངས་མི་ཚེ་འདིར་འཇིགས་སུ་རུང་བའི་སྐད་དེ་འདྲ་བ་མ་ཐོས། ཁ་བ་ལྷབ་ལྷུབ་ཏུ་ང་ཚོའི་ལུས་ཐོག་ཏུ་བབས། མུན་གནག་པས་ང་ཚོས་ཁ་བའི་འདབ་མ་མི་མཐོང་མོད། ལུས་དེ་བས་གྲང་ཞིང་གཤེར་བ་ཚོར། ལག་ནང་གི་འཛམ་མཉེན་ཅན་དག་རིམ་བཞིན་བཞུར། སྙིང་ཡང་བང་རིམ་སྡུག་པོར་གྱུར།

ངེད་གསུམ་པོས་གཅིག་ལུས་ལ་གཅིག་བསྙེས་ཏེ་ཉལ། ཤིན་ཏུ་ལྟོགས་ཤིང་རབ་ཏུ་གྲང་། སྐབས་དེར་གནམ་གྲུ་ཡོང་བ་ཙུང་། བཟའ་རྒྱུའི་ཟས་ཤིག་རྙེད་པར་དཀའ། སུས་ཀྱང་ཨུ་ཡོན་འཛང་ལགས་ཀྱིས་སྐྱོབ་པར་རེ་བ་མི་བྱེད། གསོན་དང་འཆི་བ་སུས་ཀྱང་མི་རྟོགས། ཁྲུན་ཧྲང་གི་ང་ལ་ཐུག་ཙམ་བྱས་ཏེ།

ཕུར་རྐོད། གཉིད་དུ་ཡུར་རམ་ཟེར།

མེད། ངས་ལན་བཏབ།

ཁོས་ལའོ་ཇོན་ལ་ཐུག་ཙམ་བྱས། ལའོ་ཇོན་གྱིས་ལན་མ་བཏབ། ཁྲུན་ཧྲང་གིས་སྣ་ཕྱིས་ཙམ་ཕྱིས་ཙམ་བྱས་ཏེ། ང་ལ་འདི་ལྟར་སྨྲས།

ད་ནི་གསོན་རེ་བྲལ།

གཏམ་འདི་ཐོས་དུས་ངའི་སྣ་ཁུང་སྐྱུར་མོ་ཆགས། ལའོ་ཇོན་གྱིས་

མཚམས་འདིར་དཔྱུང་པ་གཟེངས་ཙམ་བྱས།

སྤུག་གཏམ་མི་ཤོད།

ལའོ་ཇོན་ཙོག་པུར་བྱས་ཏེ་སྨུ་མཐུད།

ངས་དམག་ཞུང་མཐར་ཡང་ཐེངས་བཅུ་ཙམ་བརྒྱབ། ཐེངས་རེར་ང་འཆི་ཐུང་ཡར་ལངས་ཞེས་རང་གིས་རང་ལ་གདམས། མདེའུ་ངའི་གཞོགས་གཡས་གཡོན་ནས་ཕྱིན་ཐུང་། ང་ལ་གནོད་མ་ཐུབ། ཁྲུན་ཧྲང་རང་གིས་མི་འཆི་བསམ་ན་འཆི་མི་སྲིད་ཟེར།

དེ་ནས་ང་ཚོ་སུས་ཀྱང་གཏམ་མ་སྨྲས། ཚང་མས་རང་གི་བྱ་བར་མནོ་བསམ་བྱས། ངའི་བློ་ངོར་རང་ཁྱིམ་ལན་དུ་མ་འཆར། འཇའ་ཚོན་གྱིས་སྒོ་འགྲམ་དུ་ཡའུ་ཆིང་པང་དུ་བཏབ་པ་དྲན། ངའི་ཨ་མ་དང་ཙ་སྒྲོན་དྲན། བསམ་བཞིན་བསམ་བཞིན་སེམས་ཁེངས་ཏེ་དབུགས་ཀྱང་གཏོང་མི་ཐུབ་པར་གྱུར་པ་ནི་གཞན་གྱིས་རང་གི་ཁ་སྣ་གཉིས་ཀ་བཀག་པ་འདྲ།

མཚན་ཕྱེད་སྐབས་དུས་གབ་ཁྲུང་ཕྱི་རོལ་གྱི་ཇྲས་མའི་འོ་དོད་ཇེ་ཆུང་དུ་སོང་། ངའི་བསམ་པར་ཁོ་ཚོ་གཉིད་དུ་ཡུར་སྙམ། མི་འགའ་ཞིག་གིས་འོ་དོད་འབོད། སྐད་དེ་དུམ་བུ་དུམ་བུར་གྲག་བཞིན་འདུག །ཞིབ་ཉན་བྱས་ན་གཅིག་གིས་བཤད། གཅིག་གིས་ཉན་པ་འདྲ་སྟེ། ཡིད་སྐྱོ་བ་ལ་མི་གསོན་མ་ཞིག་གི་སྐད་དང་གཏན་ནས་མི་འདྲ། ཡུད་ཙམ་ཞིག་ནས། སྐད་ཅིག་ལས་ཐོས་རྒྱུ་མེད། སྐད་གདངས་དམའ་བ་དུག་སྦྲང་ལྟར་ངའི་ངོ་ཐོག་ཏུ་འཁྱོ་བཞིན་འདུག །སྨུ་མཐུད་ཉན་ན་འོ་དོད་མི་འདྲ་བར་གླུ་ཆུང་ལེན་པ་འདྲ། སྐྱོགས་བཞིར་དབེན་ཞིང་འཇམ་པས་སྐད་དེ་ལས་ཐོས་རྒྱུ་མེད། གནས་དེར་སྐད་དེ་

བསྐོར་ཞིང་འཕོར་བས་ངའི་མིག་ནས་མཆི་མ་ཤོར། གདོང་གི་གངས་བཞུར་ཏེ་སྐེ་འོག་བརྒྱུད་གྲང་རླུང་དང་ལྷན་དུ་བཞུར།

ནམ་ལངས་དུས་སྐད་སྒྲ་ཅི་ཡང་ཐོས་རྒྱུ་མེད། ང་ཚོས་མགོ་བོ་བཏེན་ཏེ་ལྟ་སྐབས་མདང་ནུབ་འོ་དོད་འབོད་པའི་རྣམ་མ་སྟོང་ཕྲག་འགའ་ཡོད་པ་ཐམས་ཅད་ཤི་བས། གཅིག་མཚུག་གཉིས་མཐུད་དུ་འགྲུལ་ཙམ་ཡང་མི་བྱེད། ཤི་བོའི་ཤོག་ཧྲུ་ཁ་བ་སྲབ་མོ་བབས་འདུག །གབ་ཁྲུང་དུ་ཡིབས་པའི་ང་ཚོས་ལྟ་བཞིན་ཏད་དེ་ལུས། སུས་ཀྱང་གཏམ་ཚིག་གཅིག་མ་ཤོར། ཤི་བོ་མང་པོ་མཐོང་སྐྱོང་བའི་ལའོ་ཛོན་ཡང་ཏད་དེ་དར་ཅིག་ལུས།

དམྱལ་བ་རང་རེད། སྙིང་རྗེ། ལའོ་ཛོན་གྱིས་ཅུང་ཞིག་ནས་མགོ་བོ་གཡུག་བཞིན་དེ་ལྟར་སྨྲ་བཞིན་གབ་ཁྲུང་ལས་ཐོན། མི་རོའི་དཀྱིལ་དུ་ཕྱིན་ཏེ། འདི་ལ་བལྟས། ཕ་གིར་བལྟས། ལའོ་ཛོན་གྱིས་ལུས་པོ་སྒྲུར་བཞིན་མི་རོའི་དཀྱིལ་དུ་ཕར་འགྲོ་ཚུར་འགྲོ་བྱས། མཚམས་རེ་ཙོག་པུར་བྱས་ཏེ། ཁ་བས་མི་ཞིག་གི་གདོང་ཕྱིས། སྐབས་དེར་མེ་མདའི་སྐད་སྒྲ་གྲག །མདེའུ་འདི་ཕྱོགས་སུ་འཕུར་བཞིན་འདུག །ང་དང་ཁྲུན་ཧྲང་གིས་དྲན་པ་གསོས་པ་ལྟར་ལའོ་ཛོན་བོས།

ཁྱོད་ཚུར་ཤོག །

ལའོ་ཛོན་གྱིས་ངེད་གཉིས་ལ་གཏམ་ལན་མ་བྱས་པར་མུ་མཐུད་ཕར་བལྟ་ཚུར་བལྟ་བྱས།

ཡུད་ཙམ་ཞིག་ནས་ཁོ་ཅེ་རེར་ལངས། ཕར་ཚུར་ཞིབ་བལྟ་བྱས་ཏེ། ངེད་གཉིས་ཀྱི་ཕྱོགས་སུ་ཡོང་། ངེད་གཉིས་དང་ཉེ་བར་བཅར་སྐབས་ལའོ་ཛོན་

གྱིས་མཇུབ་མོ་བཞི་བརྐྱངས་ཏེ་འདི་ལྟར་སྨྲས།

མི་བཞི་ངས་ངོ་ཤེས་ཟེར།

དེ་སྐད་སྨྲས་རྗེས་ལའོ་ཇོན་གྱིས་མིག་ཧྲིག་ཧྲིག་ངང་ང་ཚོར་བལྟས། ཁོའི་རྐང་པ་རེངས་པ་ལྟར་གནས་དེར་ལངས། དེ་རྗེས་ལུས་ཀྱི་ཕུས་མོ་བཙུགས། ཁོ་ལ་ཅི་ཞིག་བྱུང་བ་ང་ཚོས་མ་ཤེས། ང་ཚོས་མདེའུ་འཕུར་བ་བཞིན་འགྲོ་བ་མཐོང་།

ཨ་ཡེ། ལའོ་ཇོན། མགྱོགས་པོ་གྱིས། ངེད་གཉིས་ཀྱིས་སྐད་ཤུགས་ཅི་ཡོད་ཀྱིས་བོས། ཇི་ལྟར་བོས་ཀྱང་ལའོ་ཇོན་གནས་དེར་ཚུགས་ཀ་དེ་ལྟར་ལུས། ངའི་བསམ་པར་ལའོ་ཇོན་མི་བྱུང་མ་སོང་བསམ། ངས་མྱུར་བར་གབ་ཁུང་ལས་ཐོན་ཏེ་ལའོ་ཇོན་གྱི་ཕྱོགས་སུ་བོས། མདུན་དུ་སླེབས་སྐབས་ལའོ་ཇོན་གྱི་སྐལ་རྒྱབ་ནི་ཁྲག་རེད། ངའི་མིག་ནག་ཐོམ་མེར་ཁྲུན་ཧྲང་བོས། ཁྲུན་ཧྲང་སླེབས་རྗེས་ངེད་གཉིས་ཀྱིས་ལའོ་ཇོན་གབ་ཁུང་ནས་འཁྱུར་ཏེ་ཡོང་། མདེའུ་ང་ཚོའི་གཡས་གཡོན་དུ་འཕུར་བཞིན་འདུག །

ངེད་གཉིས་ཀྱིས་ལའོ་ཇོན་བསྒལ། ངས་ཁོའི་སྐལ་རྒྱབ་ཀྱི་ཁྲག་འགོག་ཐབས་བྱས། ཁྲག་སླ་ཞིང་ཚ་ལ། སྨུ་མཐུད་ངའི་མཛུབ་གསེང་ནས་བཞུར། ལའོ་ཇོན་གྱིས་དལ་བུར་མིག་གདངས་པ་ནི་ང་ཚོར་བལྟས་པ་འདྲ། དེ་རྗེས་མཆུ་ཏོ་ཀྲབ་ཙམ་བྱས་ཏེ་སྐད་འཛེར། ང་ཚོར་དྲིས།

ས་འདི་ས་ངོ་མི་ཤེས་སམ།

ང་དང་ཁྲུན་ཧྲང་གིས་མགོ་བོ་གཡུག་བཞིན་མཐའ་འཁོར་དུ་བལྟས། ང་ཚོས་ཀྱང་ས་འདི་ས་ངོ་ཅི་ལ་ཤེས། སླར་ལའོ་ཇོན་ལ་བལྟས། ལའོ་ཇོན་

གྱིས་མིག་ཟུང་དམ་དུ་བཙུམས། སྣར་དལ་མོར་གདངས་པ་ཇི་ཚེར་སོང་། ཁོའི་མཆུ་དཀྱུགས་པ་ནི་སྨུག་དགོད་བྱེད་པ་འདྲ། ང་ཚོས་སྐད་འཇོར་བའི་གཏམ་འདི་ཐོས།

མི་རྒན་ངས་ཤེ་སའི་ཤེ་ཡུལ་ཡང་མ་ཤེས།

དེ་སྐད་སྨྲས་རྗེས་ཡུད་ཙམ་ནས་ལའོ་ཇོན་གྲོངས། ལའོ་ཇོན་གྲོངས་སྐབས་མགོ་བོ་གཡོགས་ཅིག་ལ་ཡོ་བས་ང་དང་ཁྲིན་ཧྲང་གིས་ཁོ་གྲོངས་པ་ཤེས། ཕར་བལྟ་ཚུར་བལྟ་བྱས་རྗེས་ཁྲིན་ཧྲང་ངུས། ཁྲིན་ཧྲང་ངུ་ཤོར་བས་ང་ཡང་དབང་མེད་དུ་ངུ་ཤོར།

རྗེས་སུ་ང་ཚོས་བརྒྱ་དཔོན་མཐོང་། ཁོས་ལུས་ལ་དཀྱུས་གོས་གྱོན། རྐེད་པར་དངུལ་ལོར་གཟེར། ཐུམ་སྒྲིལ་ཞིག་འཁྱེར་ཏེ་ནུབ་ཕྱོགས་སུ་ཕྱིན། ང་ཚོས་ཁོ་བྲོས་པ་ཤེས། རྐེད་པར་གཟེར་བའི་དངུལ་ལོར་གྱིས་ཁོ་འགྲོ་སྐབས་འཐེང་བཞིན་འགྲོ་བའི་རྒན་མོ་དང་འདྲ། དམག་མི་ཕྱིས་པ་ཞིག་གིས་ཁོ་ལ་འདི་ལྟར་དྲིས།

བརྒྱ་དཔོན་ལགས། ཨུ་ཡོན་འཛང་ལགས་ཀྱིས་ང་ཚོ་སྐྱོབ་པར་མི་ཡོང་ངམ།

སྙིན་པ། ལྐུགས་པ། དུས་ཚོད་འདི་འདྲ་ཞིག་ལ་ཁྱོད་ཀྱི་ཨ་མ་ཡང་ཁྱོད་སྐྱོབ་པར་མི་ཡོང་། དེ་ལས་བདག་གི་མགོན་ནི་བདག་གྱིས་དང་། བརྒྱ་དཔོན་གྱིས་ཁ་ཕྱིར་སྐོར་ཏེ་ལན་བཏབ།

དམག་མི་རྙིང་པ་ཞིག་གིས་ཁོ་ལ་མི་མདའ་བརྒྱབ་ཀྱང་མ་ཕོག །བརྒྱ་དཔོན་གྱིས་མདེའུ་རང་གི་ཕྱོགས་སུ་ཡོང་བ་མཐོང་བས། སྤར་གྱི་རྫམ་ཟེལ་

འཛར་ལྟར་ཡལ། ཀང་པ་བགྲད་དེ་སྨྱོ་བ་ལྟར་བྲོས། མི་མང་པོ་ཞིག་གིས་མེ་མདའ་བཟུང་སྟེ་ཚོའི་ཕྱོགས་སུ་བརྒྱབ། ལྡིང་དཔོན་གྱིས་ཨག་སྐད་འདོན་བཞིན་གངས་ཁྲོད་ཀྱི་རྒྱུད་རིང་སར་བྲོས།

མེ་མདའི་སྐད་ང་ཚོའི་རྣ་འགྲམ་དུ་གྲག །ང་ཚོས་མདུན་གྱི་མེ་མདའ་འཕྱིར་བའི་མི་དེའི་གཟུགས་བརྙན་ནི་མེ་ཇུས་ཀྱི་དུ་ཞགས་ཁྲོད་ཐང་ཤིང་འཁྱིལ་བ་ལྟར་མཐོང་། ངས་རང་ཉིད་ཀྱང་ཉེན་གྲུང་བར་དུ་འཚོ་མི་སྲིད་སྙམ། ཉེན་གྲུང་ཙམ་ལ་ང་འཆི་བར་གྱུར་སྙམ། ཟླ་ངོ་གཅིག་ལྷག་མེ་ཇུས་ཀྱི་ཁྲོད་དུ་གནས་པས་ང་འཆི་བར་དེ་ཙམ་མི་སྐྲག །རང་ཉིད་ཅི་ཡིན་འདི་ཡིན་མེད་པར་འཆི་བ་ནི་ལྷང་ཀྱོད་རང་རེད། ངའི་མ་དང་ཙ་སྒྲོན་གྱིས་ང་གང་དུ་ཤི་མིན་ཡང་མི་ཤེས།

ངས་ཁྲུན་རྫང་ལ་བལྟས། ཚོའི་ལག་པ་ད་དུང་ཡང་ལའོ་ཛོན་གྱི་ཐོག་ཏུ་བཞག །དཀའ་སྡུག་གིས་མནར་བའི་གདོང་གིས་ང་ལ་བལྟ། ང་ཚོས་ཉེན་འགའི་རིང་ལ་འཕྲས་ཇེན་ཟློས་པས། ཁྲུན་རྫང་གི་ངོ་གདོང་སྐྲངས། ཚོས་ལྟེ་བསྐར་ཙམ་བྱས་ཏེ་ང་ལ་འདི་ལྟར་ཟེར།

ང་གོ་རེ་བཟའ་འདོད་ཆེ།

འདི་དུས་འཆི་གསོན་ལ་ཁྱད་མེད། མ་འཆི་གོང་དུ་གོ་རེ་ཞིག་བཟའ་ཐུབ་ན་འདོད་པ་ཚིམ་ངེས། ཁྲུན་རྫང་ཡར་ལངས། ངས་ཚོ་ལ་མདེའུར་བག་ཟོན་གྱིས་མ་སྐྲས། ཚོས་བལྟ་ཙམ་བྱས་ཏེ།

ཅིག་བྱས་ན་ཕྱི་རོལ་དུ་གོ་རེ་ཡོད་སྲིད། ང་འཚོལ་བར་འགྲོ་ཟེར།

ཁྲུན་རྫང་གབ་ཁྲུང་ལས་ཐོན། ངས་ཚོ་མ་བཀག །གང་ལྟར་ཡང་ཉེན་

གུང་ཙམ་ལ་ང་ཚོ་ཤི་རྒྱུ་རེད་སྙམ། ཁོས་གོ་རེ་ཡོད་ན་ལེགས་ཤོས་རེད་ཟེར། ངས་ཁོ་མི་རོའི་ཁྲོད་ནས་ནུས་ཡོད་ཤུགས་མེད་ངང་འགྲོ་བ་མཐོང་། ཕྱིས་པ་འདིས་ཕར་ཙུང་ཙམ་ཕྱིན་རྗེས་ང་ལ་འདི་ལྟར་སྨྲས།

ཁྲིད་འདི་ནས་མ་འགྲོ་ངས་གོ་རེ་རྙེད་ན་སླེབས་ཡོང་ཟེར།

ཁོས་ལག་གཉིས་གཡུག་བཞིན་མགོ་བོ་སྒུར་ཏེ་མེ་རྫས་ཀྱི་དུ་ཞགས་ཁྲོད་དུ་སོང་། དེའི་ཚེ་དེའི་དུས་ན་གནམ་སའི་བར་དུ་རྫས་དྲི་དང་གར་དྲི་འབབ་ཞིག་རེད། དབུགས་རྟབ་སྐབས་རྗོ་ཕྱི་མགྱིན་པར་འཛུལ་སྣང་འཆར།

ཉིན་གུང་སླེབས་དུས་གབ་ཁུང་ནང་གི་མི་རྣམས་གསོན་བཟུང་བྱས། མེ་མདའ་འཕྲེར་བའི་བཙིངས་བཀྲོལ་དམག་མི་ཡོང་སྐབས་དམག་མི་རྒན་པ་ཞིག་གིས་ང་ཚོའི་ལག་གཉིས་བཀྱག་ཏུ་བཅུག །ཁོ་སྐྲག་སྟེ་གདོང་སྔོན་པོར་གྱུར། ང་ཚོར་རང་ལུས་ཀྱི་མེ་མདར་ལག་འཆང་མི་ཆོག་ཟེར། དེ་ལྟར་མིན་ན་ཁོ་ཡང་ཞོར་དུ་དམིགས་མེད་རྒྱུས་འདེབས་བྱས་ན་སྙམ། ཁྲུན་ཧྲང་ལས་ལོ་ཙུང་རྒན་པའི་བཙིངས་བཀྲོལ་དམག་མི་ཞིག་གིས་ནག་ཁྱུར་རེར་ཡོད་པའི་མདའ་ཁ་ང་ལ་བསྐྱིགས། ངའི་བསམ་པར་ད་ནི་དངོས་སུ་འཆི་ངེས་སྙམ། འོན་ཏེ་ཁོས་སྐམ་པ་མ་མནན་པར་ང་ལ་ཅི་ཞིག་སྨྲས། ངས་ཉན་དུས་ང་ལ་ཡར་འཛོགས་ཤོག་ཟེར། ངའི་སྙིང་ཆུང་ལྡིང་བཞིན་ད་ནི་གསོན་རེ་ཡོད་སྙམ། ང་གབ་ཁུང་ལས་ཐོན། ཁོས་ང་ལ་འདི་ལྟར་ཟེར།

ལག་པ་མར་ཞོག །

ངས་ལག་པ་མར་བཞག །ལྡིང་བཞིན་པའི་སྙིང་ཁ་ཙུང་ལྷོད་དུ་སོང་། ངའི་སྟར་ཕྲེང་འདིར་བཟུང་དམག་ཉི་ཤུ་ཙམ་འདུག་པ་ཁོ་མི་གཅིག་གིས

འཁྲིད། ཅུང་ཙམ་ཞིག་ནས་བཟུང་དམག་དེ་ལས་མང་བ་ཞིག་དང་འཕྲད། ཕྱོགས་གང་སར་མེ་རྫས་ཀྱི་དུ་བ་ཤ་གདུགས་བཞིན་འཕྱུར། དུ་བའི་ཁ་ཕྱོགས་ནི་ཕྱོགས་གཅིག་ལ་དཀྱིག །ས་གཞི་ངོས་མི་སློམས་པ་དག་ནི་མི་རོ་སྒྲོགས་རོ་མདེལ་རོ་དག་གིས་ཁེངས། སྒྲོགས་དང་མེ་ཡིས་འཚོགས་ཏེ་ནག་པོར་གྱུར་པའི་དམག་འཁོར་གྱིས་རྫིར་སྒྲ་སྒྲོག །ང་ཚོ་གང་ཙམ་ཕྱིན་རྗེས་རྗེན་ཐོ་དཀར་པོ་བསྐམས་པའི་བཙིངས་བཀྲོལ་དམག་མི་ཉི་ཤུ་ལྷག་ཙམ་ངེད་ཚོའི་ཕྱོགས་སུ་ཡོང་། རྗེན་ཐོ་ཧྲངས་པ་འཚུབ་འཚུབ་མཐོང་བས། ང་འགྲམ་ཆུ་དབང་མེད་དུ་ཤོར། དམག་སྣ་འཁྲིད་མཁན་གྱིས་དམག་མི་དེ་ན་རེ།

ཁྱོད་ཀྱིས་སྨར་ཕྲེང་ལེགས་པོ་བསྒྲིག་དགོས།

བསམ་ཡུལ་ལས་འདས་པ་ཞིག་ལ་ཁོ་ཚོ་ནི་ང་ཚོར་ལྟོ་སྐྱེལ་བར་ཡོང་། ད་ལྟ་ཁྲུན་ཧྲང་ཡོད་ན་ཤིན་ཏུ་ལེགས། ངས་རྒྱང་རིང་དུ་བལྟས། ཁྱིས་པ་དེའི་འཆི་གསོན་མ་ཤེས། ང་ཚོས་རང་འགུལ་དང་སྨར་ཕྲེང་ཉི་ཤུ་ལྷག་ཙམ་བསྒྲིགས། གཅིག་མཇུག་གཉིས་མཐུད་དུ་རྗེན་ཐོ་གཉིས་རེ་བླངས། ངས་མི་འདི་ལྟར་མང་པོས་ཟས་ཟ་བའི་སྒྲ་ཐོས་མ་མྱོང་། ཕག་པ་བརྒྱ་ལྷག་གིས་ཟས་ཟ་བ་ལས་ཀྱང་སྐད་ཆེ། ཚང་མས་ཇམ་ཟ་བྱས་པས། འགའ་ཞིག་གློ་བར་མེད་དུ་ལངས། གློ་ལངས་པའི་སྐད་ནི་གཅིག་ལས་གཅིག་ཆེ། ངའི་འགྲམ་གྱི་མི་ཞིག་གིས་གློ་སྐད་གཞན་ལས་ཆེ། ཁོས་རྐེད་པ་དགྱེ་བཞིན་ཟུག་རྔུས་མིག་ཆུ་ཡང་ཤོར། མི་དེ་ལས་མང་བ་མེད་པ་འགག །མགོ་བོ་གནམ་ལ་གཏད་དེ་མིག་གཉིས་ཆེས་ཆེར་བགྲད། ལུས་འགུལ་ཙམ་ཡང་མི་བྱེད།

ཉིན་གཉིས་པའི་ཚོགས་པར། ང་ཚོ་ས་སྟོང་ཞིག་ཏུ་བསྐོངས་ཏེ། གྲལ་

སྒྲིག་པོར་སྟོད་དུ་བཙུག །མདུན་དུ་ཅོག་ཙེ་གཉིས་བསྒྲིགས། འགོ་ཁྲིད་འདྲ་བའི་མི་ཞིག་གིས་ང་ཚོར་གཏམ་སླས། ཕོས་སྔོན་ལ་ཀྲུང་གོ་བཙེངས་བསྐྱལ་ཇི་ལྟར་བཏང་བའི་སྐོར་བཤད། མཇུག་ཏུ་སུ་མཐུད་བཙེངས་བཀྱལ་དམག་མིར་ཞུགས་འདོད་པ་རྣམས་སྟོད་དགོས་པ་དང་། རང་ཁྲིམ་དུ་ལོག་པ་རྣམས་ལམ་གྲོན་བླངས་ཏེ་ལོག་ཆོག་ཅེས་སླས།

ཁྲིམ་དུ་ལོག་ཆོག་པའི་གཏམ་ཐོས་མ་ཐག་ངའི་སྙིང་ཆུང་ཡུ་གུ་བཞིན་ལྡིང་། འོན་ཏེ་མི་དེས་རྐེད་པར་མེ་མདའ་གཟེར་བ་ངས་མཐོང་བས་ང་སྐྲག །སྙིས་དབང་དེ་ལྟ་བུ་ཨེ་ཡོད་སྙམ། མི་མང་པོ་ཞིག་རང་སོར་བསྡད། ཁོ་ཚོ་འགའ་ཞིག་ཡར་ལངས་ཏེ་ལམ་གྲོན་ལེན་པར་སོང་། མི་དེས་ཁོ་ཚོར་ཐད་དུ་ལྟ་བཞིན་དངུལ་སྤྲད། འགྲོ་བསྐྱོད་ཆོག་ཡིག་ཀྱང་བྱིན་པས། ཁོ་ཚོ་ལམ་དུ་བསྐྱོད། ངའི་སྙིང་མེད་པར་ཐོན་གྲབས་བྱས། མི་དེས་ང་ཚོའི་བརྒྱ་དཔོན་དེ་བཞིན་མེ་དམའ་བརྒྱབ་སྟེ་ཁོ་ཚོ་གསོད་ངེས་སྙམ། འོན་ཏེ་ཁོ་ཚོ་རྒྱང་རིང་པོར་ཕྱིན་ཟུང་མི་དེས་ལག་གི་མེ་མདའ་མ་འཆང་། སྐབས་དེར་ངའི་བསམ་པར་བཙེངས་འགྲོལ་དམག་གིས་དངོས་སུ་ང་ཚོ་ཁྲིམ་དུ་ལོག་ཏུ་འཇུག་ངེས་སྙམ། དམག་འཐབ་འདི་བརྒྱུད་ངས་དམག་ཟེར་བ་འདི་ཇི་འདྲ་ཞིག་ཡིན་པ་ཤེས། ངས་དམག་འཐབ་བྱེད་པའི་དམ་བཅའ་རང་གིས་རང་ལ་བཅས། ང་ཁྲིམ་དུ་ལོག་དགོས་སྙམ། ང་ཡར་ལངས་ཏེ་མི་དེའི་མདུན་དུ་ཕྱིན། ཕུས་མོའི་ལྷ་ང་ས་ལ་བཙུགས་ཏེ་ངུས། ང་ཁྲིམ་དུ་ལོག་འདོད་ཅེས་སྨྲ་འདོད་མོད། ཚིག་ཁ་སྐོར་སླེབས་དུས།

ལྡིང་དཔོན་ལགས། ལྡིང་དཔོན་ལགས། ལྡིང་དཔོན་ལགས། ངས་ལན་

ཏུ་མར་བོས།

གཏམ་གཞན་ཞིག་གཏན་ནས་ཤོད་མི་ཐུབ་པར་གྱུར། ལྕིང་དཔོན་གྱིས་ང་ཡར་སྐྱོར། ང་ལ་ཅི་ཞིག་སྨྲས་སམ་ཞེས་དྲིས། ངས་སླར་ཡང་ལྕིང་དཔོན་ལགས་ཞེས་ཏུ་བཞིན་བོས། འཁྲིས་ཀྱི་བཅིངས་བཀྲོལ་དམག་མི་ཞིག་གིས་ང་ལ།

ཁོང་ནི་མདའ་དཔོན་རེད་གསུངས།

གཏམ་འདིས་ང་དེ་བས་སྐྲག་པར་གྱུར། ངས་བཟུང་དམག་རྣམས་ཀྱི་དགོད་སྒྲ་ཐོས། མདའ་དཔོན་གྱིས་གད་མོ་འཚོར་བཞིན་ང་ལ་འདི་ལྟར་དྲིས།

ཁྱོད་ཀྱིས་ཅི་ཞིག་སྨྲ་འདོད་དམ་ཟེར།

ང་གཞི་ནས་ལྐོད་ལ་བབས་ཏེ།

ང་ཁྲིམ་ཏུ་ལོག་འདོད། ངས་མདའ་དཔོན་ལ་སྨྲས།

བཅིངས་བཀྲོལ་དམག་མིས་ང་ཁྲིམ་ཏུ་བསྐྱོགས། ལམ་གྲོན་ཡང་བྱིན། ང་བྲེལ་འཚུབ་འཚུབ་ངང་ལྷོ་ཕྱོགས་སུ་ཕྱིན། ལྟོགས་ན་བཅིངས་བཀྲོལ་དམག་གིས་བྱིན་པའི་ལམ་གྲོན་ལས་གོ་རེ་ཉོས། ལུས་ངལ་ན་ས་ཁོད་སྐྱོམས་ཤིག་བཙལ་ཏེ་མཚན་ཉལ་བྱས། ང་ཁྲིམ་དྲན་དྲགས། མི་ཚེ་འདིར་ངའི་མ་དང་ཅ་སྒྲོན། ཁྱིས་པ་གཉིས་བཅས་དང་ལྷན་འཛོམས་ཨེ་ཡོང་སྙམ་སྟེ། དགའ་ཡང་དགའ། ཏུ་ཡང་ཤོར། ངས་སྐྱོ་བ་བཞིན་ལྷོ་ཕྱོགས་སུ་རྒྱུག །

ང་འབྲི་ཆུའི་འཁྲིས་སུ་སླེབས་སྐབས་ལྷོ་ཕྱོགས་སུ་ད་དུང་བཅིངས་འགྲོལ་བྱས་མེད། བཅིངས་བཀྲོལ་དམག་མི་འབྲི་ཆུ་བརྒལ་རྩིས་བྱེད། ང་གནས་དེར་ཟླ་ཤས་ལུས། ལས་རྒྱུ་ཅི་རྙེད་བལྟས་པས་ལྟོགས་གྲིར་མ་འཆི་

ཙམ་བྱུང་། ངས་བཙིངས་འགྲོལ་དམག་མིར་ཤན་སྐྱ་འདེགས་མཁན་མཁོ་བ་མཐོང་། སྔོན་ཆད་དཔུལ་ཡོད་དུས་ཤན་སྐྱ་འདེགས་པ་ཡ་མཚན་ཆེ་བར་མཐོང་བས་ཤན་སྐྱ་འདེགས་ཤེས། ང་ལན་དུ་མར་བཙིངས་བཀྲོལ་དམག་ལ་ཞུགས་འདོད་སྐྱེས། ཤན་སྐྱ་བཏེགས་ཏེ་འཁྲི་ཚུ་བརྒྱལ་རོགས་བྱེད་སྙམ། བཙིངས་བཀྲོལ་དམག་གི་དྲིན་དྲན་ཞིང་དྲིན་གཟོ་འདོད། འོན་ཏེ་ང་དམག་ལ་འཛིགས་ཤིང་སྐྲག །ཁྱིམ་མི་དང་ཐུག་མི་སྲིད་སྙམ། ཁྱིམ་མི་ཚོའི་ཆེད་དུ་ངས་རང་གིས་རང་ལ་འདི་ལྟར་སྨྲས།

ངས་བཙིངས་བཀྲོལ་དམག་གི་དྲིན་ལན་འཇལ་མ་ཐུབ་ཀྱང་། བཀའ་དྲིན་ཡིད་ལ་བརྟན་པོར་བཅང་དགོས།

ང་ལྷོ་ཕྱོགས་སུ་དཔུང་འཇུག་བྱེད་པའི་བཙིངས་བཀྲོལ་དམག་གི་རྗེས་སུ་འབྲངས་ཏེ་རང་ཁྱིམ་དུ་སླེབས། རྩིས་ཤིག་བརྒྱབ་ན་ཁྱིམ་ནས་ཐོན་ཏེ་ལོ་གཉིས་འགྲོ་གྲབས་འདུག །འགྲོ་དུས་སྟོན་མཇུག་ཡིན། སླེབས་དུས་སྟོན་ཚུགས་མ་ཐག་རེད། ངའི་ལུས་ཐལ་བས་གཡོགས་ཏེ་ཕ་ཡུལ་དུ་སླེབས། ཕ་ཡུལ་མིག་ལམ་དུ་འཆར་མ་ཐག་ངས་དེ་བས་མྱུར་བར་ཕྱིན། ངའི་ཕ་ཡུལ་ལ་འགྱུར་ལྡོག་ཅི་ཡང་བྱུང་མེད། ངས་སྔོན་ཆད་ཀྱི་གཞིས་ཀ་དང་། ད་ལྟའི་འཇག་སྤྱིལ་མཐོང་། ངས་འཇག་སྤྱིལ་མཐོང་མ་ཐག་མྱུར་བར་རྒྱུག །

གྲོང་སྡེའི་ཉེ་འགྲམ་དུ་བུ་མོ་ལོ་བདུན་བརྒྱད་ལ་སོན་པ་ཞིག་གིས་བྱིས་པ་ལོ་གསུམ་ལ་སླེབས་པ་ཞིག་འཁྲིད་དེ་རྩ་བཏང་བཞིན་འདུག །ངས་གོས་རྡུལ་བའི་བུ་མོ་དེ་མཐོང་བས་མྱུར་དུ་ངོ་ཤེས། དེ་ནི་འཇའ་ཚོན་རེད། འཇའ་ཚོན་གྱིས་བུའི་ལག་ནས་བཟུང་། ཡའུ་ཆེང་གིས་གོམ་པ་ལེགས་པོ་སྤོ་མི་ཤེས།

ངས་འཇའ་ཚོན་དང་ཡའུ་ཆིང་ཐོས།

འཇའ་ཚོན། ཡའུ་ཆིང་།

འཇའ་ཚོན་གྱིས་ཐོས་མེད་པ་འདྲ། བུས་ཁ་བསྐོར་ཏེ་ང་ལ་བལྟས། འཇའ་ཚོན་གྱིས་བུ་འཁྲིད་དེ། ཁ་ང་ལ་ལྟ་བཞིན་འདུག །ངས་སྐྱར་ཡང་ཐོས།

འཇའ་ཚོན། ཡའུ་ཆིང་།

སྐབས་དེར་ཡའུ་ཆིང་གིས་འཇའ་ཚོན་བཟུང་། འཇའ་ཚོན་གྱིས་ཁ་བསྐོར་ཏེ་ང་ལ་བལྟས། ང་མདུན་དུ་རྒྱུག་སྟེ་ཕུས་མོ་བཙུགས་ནས་འཇའ་ཚོན་ལ་གཏམ་དྲིས།

འཇའ་ཚོན། ཁྱོད་ཀྱིས་ང་ངོ་ཤེས་སམ།

འཇའ་ཚོན་གྱིས་མིག་ཆེར་བགྲད་དེ་ང་ལ་ཡུད་ཙམ་བལྟས། མཆུ་འགུལ་ཙམ་བྱས་ཀྱང་གཏམ་མ་ཐོན། ངས་འཇའ་ཚོན་ལ་འདི་ལྟར་སྨྲས།

ང་ཨ་ཕ་ཡིན།

འཇའ་ཚོན་གྱིས་དགོད་བཞིན་མཆུ་འགུལ་ཙམ་འགུལ་ཙམ་བྱས་ཀྱང་སྐད་ཆ་མ་ཐོན། ངས་འཇའ་ཚོན་ལ།

ང་ཁྱོད་ཀྱི་ཨ་ཕ་ཡིན།

འཇའ་ཚོན་བགད། བུ་མོས་ཁ་གདངས་ཙམ་གདངས་ཙམ་བྱས་མོད་སྐད་ཆ་མ་ཐོན། སྐབས་དེར་ངའི་བསམ་པར་སྟབས་མ་ལེགས་སྙམ་སོང་། མཚོ་བསམ་ཞིབ་པར་བཏང་མེད། ངས་འཇའ་ཚོན་གྱིས་ང་ངོ་ཤེས་པ་རྟོགས། བུ་མོས་ཁ་གདངས་ཏེ་ང་ལ་གཏད་དེ་བགད། བུ་མོའི་མདུན་སོ་གཉིས་ཀ་བུད། ངས་ལག་པ་བརྐྱངས་ཏེ་བུ་མོའི་གདོང་ལ་བྱིལ་བྱིལ་བྱེད་

སྐབས་བུ་མོའི་མིག་ཟུང་ལས་འོད་ཟེར་འཕྲོས། བུ་མོས་གདོང་ངའི་ལག་པར་སྦྱར། ང་སླར་ཡང་བུ་ལ་བལྟ་བར་ཕྱིན། བུས་ང་ངོ་མ་ཤེས་པས། གཅེན་མོའི་རྒྱབ་ཏུ་གབ། ངས་འཇུ་བར་འགྲོ་དུས་བུས་ང་ལ་གཡོལ། ངས་ཡཱུ་ཆིང་ལ་འདི་ལྟར་བཤད།

བུ། ང་ཁྱོད་ཀྱི་ཨ་ཕ་ཡིན།

བུས་འཇའ་ཚོན་གྱི་རྒྱབ་ཏུ་གབ་སྟེ། འཇའ་ཚོན་འབུད་ཙམ་བྱས།

ང་ཚོ་མགྱོགས་པོ་འགྲོ་ཟེར།

དེའི་དུས་སུ་བུད་མེད་ཅིག་ང་ཚོའི་ཕྱོགས་སུ་རྒྱུག་ཡོང་། ཨིན་ཧྲ་དང་བཅས་ངའི་མིང་ནས་འབོད། ངས་དེ་ནི་ཙ་སྒྲོན་ཡིན་པ་ཤེས། ཙ་སྒྲོན་འཁྱོར་བཞིན་བརྡབ་བཞིན་ངའི་གམ་དུ་རྒྱུག་ཡོང་སྟེ།

ཕུར་རྒོད་ཟེར།

དེ་ནས་ས་ཐོག་ཏུ་དུ་བརྒྱངས་བྱས། ངས་ཙ་སྒྲོན་ལ།

ངུ་རྒྱུ་ཅི་ཡོད། ངུས་ནས་ཅི་བྱེད་ཅེས་བཤད་རྗེས། ངས་ཀྱང་ཨིན་ཧྲ་དང་བཅས་ངུས།

ང་གཞི་ནས་ཁྱིམ་དུ་སླེབས། ཙ་སྒྲོན་དང་བྱིས་པ་གཉིས་བདེ་ཐང་ཡིན་པས་ངའི་བློ་བདེ། ཁོང་ཚོས་ང་ལ་འཐམས་ཏེ་ང་ཁྱིམ་གྱི་ཕྱོགས་སུ་འཁྲིད། འཇག་སྒྲིལ་དུ་སླེབས་མ་ཐག་ངས་ཨ་མ་ཨ་མ་ཞེས་བོས།

ངས་འབོད་བཞིན་རྒྱུག་བཞིན་འཇག་སྒྲིལ་ནང་དུ་བཙལ་མོད། ངའི་ཨ་མ་མཐོང་ཡུལ་དུ་མེད། སྐབས་དེར་ངའི་མིག་ཀྱང་ནག་པོར་གྱུར། ཁ་བསྐོར་ཏེ་ཙ་སྒྲོན་ལ་དྲིས།

ངའི་ཨ་མ་གང་དུ་ཡོད་དམ།

ཙ་སྒྲོན་གྱིས་ཅི་ཡང་མ་སྨྲས་པར། མིག་མཆི་མས་ཁེངས་ཏེ་ང་ལ་བལྟས། ངས་ཨ་མ་གང་དུ་ཡོད་མེད་ཤེས། ང་སྒོ་ཁར་ལངས་ཏེ་མགོ་བོ་སྒྱིད་མ་ཐག་མཆི་མ་ཤ་ར་རར་བཞུར།

ང་ཁྲིམ་ནས་ཐལ་ཏེ་ཟླ་བ་གཉིས་ཙམ་ན་ངའི་ཨ་མ་གྲོངས། ཙ་སྒྲོན་གྱིས་ང་ལ་བཤད་དོན། ངའི་མ་གྲོངས་སྐབས་འདི་ལྟར་ལབ་མང་པོ་སྨྲས།

ཕུར་ཆོད་སྐུགས་འཛོག་པར་ཕྱིན་མེད་དམ།

ཙ་སྒྲོན་གྱིས་ཛོང་གྲོང་དུ་རྩད་གཅོད་ཐེངས་ཅི་ཙམ་བྱས་ཀྱང་ང་ནི་དམག་མིར་བསྡུས་པའི་སྐོར་སྨྲ་མཁན་མ་བྱུང་བས་ངའི་ཨ་མས་དེ་ལྟར་བཤད།

ཨ་མ་འཆི་དུས་ཀྱང་ང་གང་དུ་ཡོད་མིན་མ་ཤེས་པས་ངོ་མ་སྙིང་རྗེ། ངའི་འཇང་ཚོན་ཡང་སྙིང་རྗེ། ལོ་གཅིག་གི་སྔོན་ལ་བུ་མོ་འཇང་ཚོན་ཚ་བ་རྒྱས་རྗེས་སྐད་ཆ་ཤོད་མ་ཐུབ་པར་གྱུར། ཙ་སྒྲོན་དུ་བཞིན་འདི་ལྟར་སྨྲ་སྐབས་བུ་མོ་ངའི་ཁ་སྒྲིད་དུ་ཡོད། བུ་མོས་ང་ཚོས་རང་གི་སྐོར་གླེང་བ་ཤེས་པས། ང་ལ་འཛུམ་ཆུང་ཞིག་ཕྱུང་། བུ་མོ་བགད་པ་མཐོང་བས། ངའི་སྙིང་ལ་གྲི་བཙུགས་པ་ལྟར་ན་ཟུག་བཏང་། ཡའུ་ཆེང་གིས་ཨ་ཕའི་ངོ་ཧླངས་མེད། ད་དུང་ང་ལ་སྨྲག་སྟང་བྱེད། ངས་བུ་པང་དུ་བཏབ་པ་ན་བུས་ཨུ་ཚུགས་དང་ཙ་སྒྲོན་དང་འཇང་ཚོན་གྱི་གམ་དུ་འགྲོ་ཟེར། ཇི་ལྟར་བཤད་ཀྱང་ང་དེ་ལྟར་ཁྲིམ་དུ་སླེབས། ཇི་ལྟར་བྱས་ཀྱང་དགོང་མོ་དེར་ང་གཉིད་མ་ཁུག །ང་དང་ཙ་སྒྲོན། ད་དུང་བྱིས་པ་གཉིས་མཉམ་དུ་ཉལ། ལྷགས་པ་འཛག་སྤྲིལ་ལ་ལྷང་བའི་སྒྲ་ཉན། ཟླ་ཟེར་དཀར་པོ་སྒོ་སྤུབས་ལས་སྐྱ་ཐིང་ངེར་འཕྲོས་པར་བལྟས།

ངའི་སེམས་བདེ་བར་གྱུར་ཞིང་། རྡོ་སོབ་སོབ་ཀྱི་སྣང་བ་འཆར། ངས་ཙ་སྒྲོན་ལ་བྱམས་སྐྱོང་བྱེད་ངེས། ངས་བྱིས་པ་གཉིས་ལ་བྱམས་སྐྱོང་བྱེད་ངེས། ངས་སླར་ཡང་རང་གིས་རང་ལ།

ང་ཁྱིམ་དུ་སླེབས་ཞེས་བཤད།

ང་ཁྱིམ་དུ་སླེབས་དུས་གྲོང་སྡེར་ཞིང་ཁ་བསྒྱུར་བཙོས་བྱས། ང་ལ་ཞིང་ཁ་སྨྱུའུ་ལྔ་བགོ་བཤའ་བྱུང་བ་ནི་སྔོན་ཚད་ས་བདག་ལུང་ཨར་ལས་ཐོབ་གས་མ་བླངས་པ་དེ་རེད། ལུང་ཨར་རྐུབ་བརྡེབས། ཁོ་ས་བདག་ཏུ་གྱུར་ཏེ་རྫམ་ཟླིལ་ལོ་བཞི་ལས་བྱེད་རྒྱ་མ་བྱུང་བར་བཙིངས་བཀྲོལ་བཏང་། གུང་ཁྲན་ཏང་གིས་ཁོའི་ཞིང་ཁ་བསྡུས་ཏེ་ཁྲལ་པ་རྣམས་ལ་སྤྲད། ཁོས་ད་དུང་བཀའ་སློག་གྱེན་འཛིངས་ཁོ་ན་བྱས། ཁྲལ་པར་འཇིགས་སྣང་སྐུལ། ཁ་ལན་ཚིག་ལན་བྱས་ན་ཉེས་རྡུང་འབབ་ཞིག་བྱེད། ལུང་ཨར་ནི་རང་སྡུག་རང་གིས་ཉོས་པ་རེད། མི་དམངས་སྲིད་གཞུང་གིས་ཁོ་ས་བདག་གདུམ་སྤྱོད་ཅན་རེད་ཅེས་འཇུ་བཟུང་བྱས། ཁོ་རྫོང་གྲོང་གི་བཙོན་དུ་བཙུག །ལུང་ཨར་གྱིས་ད་དུང་ཀླད་སྙིང་མཁྲིགས་བཟུང་བྱས་པས་མཐའ་མར་ཁོ་བསད།

ལུང་ཨར་བོའུ་གསོད་བྱེད་པའི་ཉིན་དེར་ང་ཡང་བལྟ་བར་ཕྱིན། ལུང་ཨར་འཆི་ཁར་དཔའ་ཞུམ་པར་གྱུར། ཟེར་སྒྲོས་ལ་ཁོ་རྫོང་གྲོང་ནས་འཁྲིད་ཡོང་བའི་ལམ་བར་དུ་གདོང་མཆི་མས་ཁེངས། ཁ་མཚུ་སློད་བཞིན་ངོ་ཤེས་ཤིག་ལ།

ང་བོའུ་གསོད་བྱེད་བསམ་པ་ནི་ཉལ་བའི་རྨི་ལམ་དུ་ཡང་མ་འཁོར་ཟེར།

ལུང་ཨར་གླེན་པ་རང་རེད། ཁོའི་བསམ་པར་རང་ཉིད་ཉིན་ཁ་ཤས་

ནས་གློད་སྙམ་པ་ལས། བོའུ་གསོད་བྱེད་པར་ཡིད་ཆེས་གཏན་ནས་མེད། དགོང་དྲོ་དེར་ང་ཚོའི་འཁྲིས་ཀྱི་གྲོང་སྡེར་ལུང་ཨར་བོའུ་གསོད་བྱས། སྔོན་ནས་ས་དོང་བྲུས། དེ་ཉིན་གྲོང་སྡེ་གཡས་གཡོན་གྱི་མི་མང་པོ་ཞིག་བལྟ་བར་ཡོང་། ལུང་ཨར་ནི་རྒྱབ་ལག་བཅིངས་ཏེ་འཁྲིད་ཡོང་། འཁྲིད་ཟེར་ལས་དྲུད་ཅེས་སྨྲས་ན་འཚམ། ཁ་རུང་ཟད་གདངས་པ་ལས་ཧུར་ཧུར་ཞེས་དབུགས་གཏོང་། ལུང་ཨར་ངའི་མདུན་དུ་ཡོང་སྐབས་མིག་ང་ལ་བལྟས་མོད། ངའི་བསམ་པར་ཁོས་ང་ཅི་ལ་མཐོང་སྙམ། འོན་ཏེ་གོམ་པ་འགའ་སྤོས་རྗེས་ཁ་བསྒོར་ཏེ་ང་ལ་སྣ་སྐད་གྲག་བཞིན་འདི་ལྟར་སྨྲས།

ཕུར་རྐྱེད་ང་ནི་ཁྱོད་ཀྱི་ཚབ་ཏུ་ཤི་བར་འགྲོ།

ཁོས་དེ་ལྟར་སྨྲས་པས་ང་སྐྲག་སྟེ་འདི་ནས་ཕྱིན་ན་ལེགས། ཁོ་འཆི་བར་བལྟ་རྒྱུ་ཅི་ཡོད་སྙམ། ང་མི་ཚོགས་ཁྲོད་ལས་ཐོན་ཏེ། མི་གཅིག་ཁེར་ཕྱུར་ཕྱིན། གོམ་པ་བཅུ་ཙམ་སྤོས་པ་ན་རྡང་ཞེས་པའི་སྒྲ་ཐོས། ངའི་བསམ་པར་ལུང་ཨར་འཆི་སོང་བསམ། དེ་རྗེས་སླར་ཡང་རྡང་ཞེས་པའི་སྒྲ་ཐོས། རྡང་རྡང་རྡང་། རྗེས་སུ་སླར་སྒྲ་གསུམ་ཐོས། ཁྱོན་རྡང་སྒྲ་ལྔ་རེད། ངའི་བསམ་པར་ད་དུང་མི་གཞན་བོའུ་གསོད་ཨེ་བྱེད་སྙམ་སྟེ། ལམ་བར་དུ་གྲོང་སྡེ་གཅིག་པའི་མི་ཞིག་ལ་དྲིས།

མི་ཅི་ཙམ་བསད་དམ།

ཁོས་ལུང་ཨར་བསད་སོང་ཟེར།

ལུང་ཨར་བསོད་ཟད་ཁོ་ལ་མདེའུ་ལྔ་ཕོག་པས། སྲོག་ལྔ་ཡོད་ཀྱང་འཆི་རྒྱུ་ལས་གཞན་ཅི་ཡོད།

ལུང་ཨར་བསད་རྗེས་ང་ཁྲིམ་དུ་འཁྲོ་སྐབས་མཇིང་པ་གྲང་ཤུར་ཤུར་བྱེད། ངས་ཇི་ལྟར་བསམ་ན་དེ་ལྟར་སྨྲག །གལ་ཏེ་ངའི་ཨ་ཕ་དང་ང་ནི་ཁྲིམ་གྱི་བློ་འཚོང་མཁན་ཞིག་མིན་ན། ད་ལྟ་ཤི་མཁན་དེ་ང་ཡིན་སྲིད་སྙམ། ངས་རང་གི་གདོང་ལ་བྱིལ་བྱིལ་བྱས། ཡང་རང་གི་དཔུང་པར་བྱིལ་བྱིལ་བྱས། གང་ལ་ཡང་སྐྱོན་གྱི་གཡའ་མེད། ངའི་བསམ་པར་ཤི་དགོས་པ་དེ་ང་ཡིན་ཙང་ད་དུང་མ་ཤི་སྙམ། དམག་ས་ནས་ང་ལ་ཆེ་སྤྲོག་ལན་གཅིག་རྙེད་ཙང་། ཁྲིམ་དུ་སླེབས་དུས་ལུང་ཨར་ངའི་འདྲེ་སྒྲུད་དུ་གྱུར། དེད་ཚང་གི་མེས་དུར་འཛོག་ཡུལ་འཁྲིག་སྙམ། ངས་རང་གིས་རང་ལ།

ད་ནི་ལེགས་པོར་འཚོ་དགོས་སྙམ།

ང་ཁྲིམ་དུ་སླེབས་དུས་ཙ་སྤྲོན་ནི་ང་ལ་ལྷམ་ཚངས་འཚེམ་བཞིན་འདུག །ཙ་སྤྲོན་གྱིས་ངའི་ངོ་མདོག་མཐོང་བས་ང་ན་བ་རེད་སྙམ་སྟེ་རབ་ཏུ་སྐྲག །ངས་རང་གི་བསམ་ཚུལ་སྨྲ་སྐབས་ཙ་སྤྲོན་ཡང་སྐྲག་སྟེ་གདོང་ཐལ་མདོག་ཏུ་གྱུར། ཁ་ནས།

དེ་འདྲའི་འཇིགས་སྐྲག་ཆེ་ཟེར།

རྗེས་སུ་ངས་བསམ་མནོ་ཐོངས་ཏེ། འདི་ལྟར་རང་གིས་རང་ལ་འཇིགས་སྣང་སྐྱེལ་དོན་མེད་སྙམ། འདི་ནི་ལས་རེད། ཁ་དཔེར་བར་ཆད་ཆེན་པོ་ལས་རྣམ་པར་རྒྱལ་ན་དངོས་གྲུབ་ཆེན་པོ་ཡོང་ངེས་ཞེས་ཐོས། ངའི་བསམ་པར་ངའི་ཚེ་མཇུག་ཇེ་ལེགས་ཇེ་ཡག་ཏུ་འགྲོ་སྙམ། ངས་དེ་ལྟར་བཤད་པས་ཙ་སྤྲོན་གྱིས་སྐད་པ་སོས་བཅད་རྗེས། ང་ལ་ལྟ་བཞིན་འདི་ལྟར་སྨྲས།

ང་ལ་དངོས་གྲུབ་གང་ཡང་མི་དགོས། པོ་ལྟར་ཁྱོད་ལ་ལྷམ་གསར་པ་

ཚ་རེ་བཟོ་ཐུབ་ན་དེས་ཆོག །

ངས་ཙ་སྒྲོན་གྱི་གཏམ་དོན་ཤེས། ངའི་ཆུང་མས་ད་ཕྱིན་ཚད་མ་ཤི་གསོལ་བྲལ་མི་བྱེད་པར་རེ་ལྟོས་འཆའ། ཙ་སྒྲོན་གྱི་རྐས་བཞིན་པའི་གདོང་ལ་ལྟ་བཞིན་ངའི་སེམས་ལ་ན་ཟུག་སྐྱེ། ཙ་སྒྲོན་གྱིས་བཤད་པ་བདེན། ཁྲིམ་མི་རྣམས་ཉིན་ལྟར་ལྷན་འཛོམས་བྱུང་ན་དངོས་གྲུབ་གཞན་ཞིག་ཅི་ལ་དགོས།

ཕུར་རྒོད་ཀྱིས་ཤོད་མཚམས་འདིར་འཇོག་སྐབས་ངས་ང་ཚོ་ཉི་འོད་འོག་ཏུ་བསྡད་ཡོད་པ་ཚོར། ཤེས་མེད་ཚོར་མེད་ངང་ཉི་ཟེར་ལྷུང་མའི་གྲིབ་བསིལ་དང་བྲལ་ཏེ་ཕར་ཙམ་ཕྱིན་པ་མཐོང་། ཕུར་རྒོད་ཀྱིས་ལུས་འགུལ་ཙམ་བྱས། ཕྱུས་མོར་གཞུ་ཙམ་བྱས་ཏེ་ང་ལ་འདི་ལྟར་སྨྲས།

ངའི་ལུས་ཡོངས་ལྷུགས་ལྟར་སླ་བར་གྱུར། གནས་གཅིག་སྙི་བས་ཀྱང་སྙི་བར་གྱུར།

ངས་ཐོས་རྗེས་དབང་མེད་དུ་དགོད་བཞིན། ཁོའི་རྩྭ་སྔོན་པོ་ཕྲན་ཙམ་འགོས་པའི་དོར་ཧ་ལུག་པ་དེ་མཐོང་། ངས་ཁོའི་གཏམ་ལ་གོ་བ་ལོན་པས་ཁོ་ཡང་བགད།

དེ་རྗེས་ཁ་བསྐོར་ཏེ་སྣང་ཀན་པོས།

ཕུར་རྒོད།

སྣང་ཀན་ཆུ་རྫིང་ནས་ཐོན་ཏེ་རྫིང་བུའི་འཁྲིས་ཀྱི་རྩྭ་སྔོན་བཟས། སྣང་ཀན་ལྷུང་སྟོང་གཉིས་ཀྱི་སྦུབས་ན་ཡོད། ལྷུང་མའི་འདབ་མ་སྣང་ཀན་གྱི་སྐལ་ཐོག་ཐད་དུ་མ་དཔྱང་པར་བསྐོལ་ཞིང་འཛིངས་ཏེ། སྐལ་ཐོག་ཏུ་བརྡར་བ་ལས་ལྷུང་ལོ་ཟགས་བཞིན་འདུག །

ཀད་པོས་སྐར་ཡང་བོས།

ཕུར་རྒོད།

སྣང་ཀན་གྱི་འཕོངས་ནི་ཕ་བོང་ཞིག་དང་འདྲ་བར་ཆུ་ལས་རིམ་བཞིན་ཐོན། དེ་རྗེས་སྣང་ཀན་གྱིས་མགོ་བོ་ལྷུང་མའི་འོག་ནས་བཏོན། མིག་ཟླུང་སྔོར་མོ་ང་ཚོར་ལྟ་བཞིན་ཡོང་། ཀད་པོས་སྣང་ཀན་ལ་འདི་ལྟར་སྨྲས།

ཅ་སྒྲོན་པོ་ཚོ་སྤྲ་ས་ནས་སོ་ནམ་བྱེད་བཞིན་འདུག །ཁྱོད་ཀྱིས་ངལ་གསོ་མཚམས་ཞོག །ངས་ཁྱོད་ད་དུང་རྒྱུགས་མེད་པ་ཤེས། སུས་ཁྱོད་ལ་ཆུ་ནང་དུ་དེ་ལྟར་ཡུན་རིང་སྡོད་ཟེར།

ཕུར་ཀོད་ཀྱིས་སྐྱང་ཀན་འཁྲིད་དེ་ཆུ་ཞིང་དུ་སོང་། སྐྱང་ཀན་གྱི་ཐོང་གཞོལ་སྦྲེལ་བའི་ཡུན་ལ་ང་ལ་འདི་ལྟར་ཟེར།

སྐྱང་ཀས་ཤིང་འཕོགས་ལ་མི་ཡང་ཀས་ཤིང་འཕོགས། ཕོ་བ་ལྟོགས་ན་སྡོན་ལ་ངལ་གསོས་ན་མ་གཏོགས་ཟས་ཀྱང་བཟའ་མི་ཐུབ།

ང་སྐར་ཡང་གྲིབ་བསིལ་འོག་ཏུ་བསྡད། རྒྱབ་ཁུག་སྐལ་འོག་ཏུ་བཙུག་སྐེ་ལུས་ལྷུང་སྡོང་ལ་བསྙེས། རྩྭ་ཞྭས་རླུང་གཡབ་བྱས། སྐྱང་ཀན་གྱི་ལྟོ་བ་ལྷུག་ལྷུག་ཏུ་དཔྱངས། རྨོན་པ་རྨོ་སྐབས་ལྟོ་བ་ནི་དང་ཆུ་སྒྲི་འདྲ་བར་ལྷབ་ལྷུབ་ཏུ་གཡོ། ངས་ཕུར་ཀོད་ཀྱི་དོར་རྟ་ལུག་པ་མཐོང་། ཁོའི་དོར་རྟ་ཡང་ལྷབ་ལྷུབ་བྱེད་པ་ནི་སྐྱང་ཀན་གྱི་ལྟོ་བ་དང་འདྲ།

ཉིན་དེར་ང་གྲིབ་བསིལ་འོག་ཏུ་ཉི་མ་མ་བཞུད་བར་བསྡད། ང་དེ་བར་དུ་སྡོད་དོན་ནི་ཕུར་ཀོད་ཀྱི་གཏམ་སྙིང་མཇུག་མ་བསྒྲིལ་བས་རེད།

ஃ ஃ ஃ ஃ ஃ ஃ ஃ

ང་ཁྲིམ་དུ་ལོག་རྗེས་ཀྱི་མི་ཚེ་དཀའ་སྡུག་གི་སྡོན་པ་རེད། འཇའ་ཚོན་དང་ཡའུ་ཆིང་ཉིན་རེ་བཞིན་འཚར། ང་ཉིན་རེ་བཞིན་རྒས། ང་རང་གིས་མ་ཚོར་ཞིང་། ཅ་སྒྲོན་གྱིས་ཀྱང་མ་ཤེས། ངའི་སྣང་ངོར་སེམས་ཀྱིས་ལྩོགས་སར་ཡུས་ཀྱིས་མི་ལྩོགས་པར་གྱུར། ཉིན་ཞིག་ངས་སྦོ་ཚལ་འཁྱེར་ཏེ་རྫོང་གྲོང་དུ་ཕྱིན། སྔར་གྱི་དར་གོས་ཚོང་ཁང་བརྒྱུད་སྐབས་ངོ་ཤེས་ཤིག་གིས་ང་མཐོང་མ་ཐག་ཏོས།

ཕུར་རྩོད། ཁྱོད་ཀྱི་སྐྲ་དཀར་པོར་གྱུར་ཟེར།

སྐབས་དེར་ང་དང་ཁོ་ལོ་ཕྱེད་ཙམ་མ་འཕྲད། ཁོས་འདི་ལྟར་འབོད་དུས་ངས་ཀྱང་རང་ཉིད་རྒས་སྙམ། ཁྲིམ་དུ་སླེབས་རྗེས། ངས་ཅ་སྒྲོན་ལ་བལྟས། ལྟ་བཞིན་ཅ་སྒྲོན་གྱིས་ཀྱང་དོན་ཅི་ཞིག་བྱུང་བ་མ་ཤེས། ཅ་སྒྲོན་གྱིས་མགོ་བོ་སྒྱུར་ཏེ་རང་གི་མདུན་དང་རྒྱབ་ལ་བལྟས་རྗེས་གཞི་ནས་དྲིས།

ཁྱོད་ཅི་ཞིག་ལ་བལྟའམ།

ཁྱོད་ཀྱི་སྐྲ་ཡང་དཀར་པོར་གྱུར། ང་དགོད་བཞིན་ཅ་སྒྲོན་ལ་སྨྲས།

ལོ་དེར་བུ་མོ་ལོ་བཅུ་བདུན་ལ་སླེབས། འཇའ་ཚོན་ལ་བུད་མེད་ཀྱི་ཉམས་ཐོན། གལ་སྲིད་བུ་མོ་ལྐུགས་མ་མིན་ན་མནའ་མར་སློང་མཁན་ཡོང་སྲིད། ཡུལ་མི་རྣམས་ཀྱིས་འཇའ་ཚོན་ཁ་སྣོ་སྐྱེ་འབྲས་ལེགས། བུ་མོའི་སྐྱེ་གཟུགས་ཆུང་དུས་ཀྱི་ཅ་སྒྲོན་དང་འདྲ་ཟེར། བུ་ཡའུ་ཆིང་ཡང་ལོ་བཅུ་གཉིས་སླེབས་པས། གྲོང་དུ་སློབ་གྲྭར་འགྲོ་བཞིན་ཡོད།

ཡའུ་ཆིང་སློབ་གྲྭར་གཏོང་མི་གཏོང་སྐོར་ལ་ང་དང་ཅ་སྒྲོན་ཐེ་ཚོམ་ཅུང་ཟད་སྐྱེ། གང་ལགས་ཤེ་ན་དངུལ་མེད་པས་སོ། །འཇའ་ཚོན་ལོ་བཅུ་

གཉིས་བཅུ་གསུམ་སླེབས་དུས་ཞིང་ལས་བྱེད་པར་ཕན་ཐོགས་ཤིང་། ཙ་སྒྲོན་ལ་ཁྲིམ་ལས་བྱེད་པར་རོགས་བྱེད་མོད། ད་དུང་རང་སྐྱ་མི་འཕེར་བས། ང་དང་ཙ་སྒྲོན་གྱིས་བུ་མོ་མི་གཞན་ལ་བུ་ཚབ་ཏུ་སྟེར་བའི་གྲོས་བྱས། དེ་ལྟར་བྱས་ན་བུ་སློབ་གྲྭར་འགྲོ་དུས་དངུལ་ཙུང་ཟད་མང་སྙམ། འཇའ་ཚོན་གྱིས་གཏམ་མི་ཐོས་ཤིང་ཤོད་མི་ཤེས་ཀྱང་། རྣམ་རིག་བཀྲ་བས། ངེད་གཉིས་ཀྱིས་འཇའ་ཚོན་བུ་རྫིར་སྟེར་བའི་སྐོར་གླེང་སྐབས་བུ་མོས་མགོ་བོ་གཙུས་ཏེ་ངེད་གཉིས་ལ་བལྟ། མིག་ཟུང་ཀེམ་ཀེམ་དུ་གཡོ། ཚུལ་འདི་མཐོང་བས་ང་དང་ཙ་སྒྲོན་སེམས་ཀྱིས་མ་བཟོད་པར་དོན་འདི་མ་གླེང་།

བུ་སློབ་གྲྭར་འགྲོ་དུས་སླེབས་ལ་ཉེ་བས། དོན་འདི་ཐག་གཅོད་མ་བྱས་ཐབས་མེད་རེད། ངས་ཡུལ་མི་རྣམས་ཕྱི་རོལ་དུ་འགྲོ་སྐབས་ཁ་ཞོར་ལག་ཞོར་དུ་ལོ་བཅུ་གཉིས་ལ་སོན་པའི་བུ་མོ་ཞིག་བུ་རྫིར་ཉར་འདོད་ཡོད་མེད་རྩད་གཅོད་བྱེད་པར་སྐུལ། ངས་ཙ་སྒྲོན་ལ་འདི་ལྟར་སྨྲས།

གལ་ཏེ་ཁྲིམ་འཁོས་ལེགས་པ་ཞིག་བྱུང་ན། འཇའ་ཚོན་ད་ལྟ་ལས་ཡག་པ་ཡོང་ངེས།

ཙ་སྒྲོན་གྱིས་མགོ་བོ་ལྷུག་ལྷུག་བྱེད་མོད། མིག་ནས་མཆི་མ་བཞུར། ཨ་མའི་སེམས་ལ་ངར་མི་འཁྱོག །ངས་ཙ་སྒྲོན་ལ་བསམ་བློ་རྒྱ་ཆེ་ཙམ་དགོས་པའི་སྐོར་བཤད། འཇའ་ཚོན་བསོད་ནམས་ཆུང་བས་མི་ཚེ་འདིར་སྡུག་གི་འཕྲང་དུ་ལུས། ཡའུ་ཆེང་མི་ཚེ་གཅིག་སྐྱོ་པོ་ཡོང་མི་སྲིད། བུ་སློབ་གྲྭར་ཕྱིན་ན་ཉིན་ཞིག་གཏམ་ངོ་ཐོན་པའི་དུས་འཆར་ངེས། བྱིས་པ་གཉིས་ཀ་སྡུག་གི་ཐག་པས་བསྡམ་ག་ལ་རུང་། རྗེས་སུ་བདེ་སྐྱིད་ཀྱི་ཉི་མ་འཆར་ངེས།

ཡུལ་མི་ཕྱི་རོལ་དུ་རྒྱད་གཅོད་པར་འཁྲོ་མཁན་དེས་འཇའ་ཚོན་ལོ་གཅིག་གམ་ལོ་ཕྱེད་ཀྱིས་ཆེ་དྲགས་འདུག །དགོས་མཁོ་ཅན་མང་པོ་འདུག་ཟེར། གཏམ་འདིས་ང་ཚོ་ཡང་རེ་ཐག་ཆད། འོན་ཏེ་ཟླ་བ་གཅིག་ཙམ་སོང་རྗེས་ཁྱིམ་ཚང་གཉིས་ནས་ཡི་གེ་བསྐུར་ཏེ། འཇའ་ཚོན་དགོས་ཟེར། གཅིག་གིས་འཇའ་ཚོན་བུ་ཚབ་བྱེད་ཟེར། གཅིག་གིས་འཇའ་ཚོན་རྐྱས་འཕོགས་ཀྱི་འཚོ་བའི་ལྷ་སྐྱོང་པ་ཡིན་ཟེར། ང་དང་ཙ་སྒྲོན་གྱི་བསམ་པར་བུ་ཚབ་དགོས་ཟེར་བ་དེ་ལེགས་སྙམ། འཇའ་ཚོན་བུ་ཚར་བསྐྱེས་ན། བསྐྱེ་བ་མང་བ་བཙངས་ངེས་སྙམ་སྟེ། ཁོ་ཚོ་བལྟ་བར་ཡོང་དགོས་པའི་འཕྲིན་བསྐུར། ཁོ་ཚོ་སླེབས། འཇའ་ཚོན་མཐོང་བས་བཟའ་ཚོ་གཉིས་ཀ་དགའ་བར་གྱུར་མོད། འཇའ་ཚོན་སྐྱུགས་མ་ཡིན་པས་ཁོ་ཚོའི་བསམ་བློར་འགྱུར་བ་བྱུང་སྟེ། སྐྱེས་པ་དེས།

སྐྱེ་འབྲས་ལེགས་མོད། འོན་ཏེ།

ཁོས་མུ་མཐུད་མ་བཤད་པར་གུས་གུས་ཞུམ་ཞུམ་གྱིས་ལོག །ང་དང་ཙ་སྒྲོན་གྱི་ཁྱིམ་གཞན་དེ་བོས། དེས་འཇའ་ཚོན་སྐྱུགས་མ་ཡིན་ཀྱང་སྐྱོན་མེད་ལག་ལས་འབྲས་ཐོན་ན་ཆོག་ཟེར།

འཇའ་ཚོན་ཐོན་པའི་ཉིན་དེར་ངས་ལྕགས་གཞབ་བླངས་ཏེ་འཁྲོ་སྐབས་བུ་མོས་སློ་མ་དང་ཟོར་བ་བླངས་རྗེས་ངའི་རྗེས་སུ་ཡོང་། ལོ་འདི་དག་རིང་ང་ཞིང་ཁར་ཡོད་ན། བུ་མོས་འཕྲིས་སུ་རྩ་བཟ་བ་གོམས་ལོབས་སུ་གྱུར། ཉིན་དེར་རྒྱུན་གཏན་བཞིན་ངའི་རྗེས་སུ་ཡོང་བ་མཐོང་བས། འབྱུད་ཙམ་བྱས་ཏེ་བུ་མོ་ལོག་ཏུ་བཙུག །མོས་ང་ལ་མིག་ཧྲིག་ཧྲིག་གིས་ལྟ། ངས་ཟོར་བ་བཞག་སྟེ་བུ་མོ་ཁྲིམ་དུ་འཁྲིད། བུ་མོའི་ལག་གི་ཟོར་བ་དང་ལྕགས་གཞབ་བླངས་ཏེ་

ཟུར་གཅིག་ཏུ་བཞག །བུ་མོས་ད་དུང་མིག་སྒོར་མོས་ང་ལ་ལྟ་བཞིན་འདུག །ང་ཚོས་བུ་མོ་གཞན་ལ་བྱིན་པ་འཇའ་ཚོན་གྱིས་ཅི་ལ་ཤེས། ཅ་སྒྲོན་གྱིས་བུ་མོར་སྟོད་གོས་དམར་པོ་ཞིག་གཡོག་པའི་ཚེ། བུ་མོས་གདོང་ང་ལ་མི་བལྟ་བར་མགོ་བོ་སྒུར་ཏེ་སྟོད་གོས་གྱོན། དེ་ནི་ཅ་སྒྲོན་གྱི་མན་ཕྱུ་དེ་ལས་བཟོས་པ་ཞིག་རེད། ཅ་སྒྲོན་གྱིས་སྒྲ་གུ་རེ་རེ་བཞིན་སྒྲིག་སྐབས་བུ་མོའི་མིག་ཆུའི་ཐིགས་ཕྲེང་རིམ་བཞིན་རང་གི་བརྡ་ཤའི་ཐོག་ཏུ་བཞུར། འཇའ་ཚོན་གྱིས་རང་ཉིད་འགྲོ་དགོས་པ་ཤེས། ངས་ཟོར་བ་འཕྱེར་ཏེ་ཐོན། སྒོ་ཁར་སླེབས་སྐབས་ཅ་སྒྲོན་ལ་འདི་ལྟར་སྨྲས།

ང་ཞིང་ཁར་བལྟ་བར་འགྲོ། འཇའ་ཚོན་འཕྲིད་མཁན་སླེབས་ན། འཕྲིད་དུ་བཅུག །ང་འཚོལ་དུ་ཡོང་མི་དགོས།

ང་ཞིང་ཁར་སླེབས་ཏེ་ཟོར་བས་སོ་ནམ་བྱེད་སྐབས་ཇི་ལྟར་བྱས་ཀྱང་ཟོར་བ་གནད་དུ་མི་འགྲོ། སེམས་ཀྱང་ཅང་ཅང་དུ་ཕྱོགས་བཞིར་བལྟས། འཇའ་ཚོན་རྩྭ་བཛ་བ་ཡང་མ་མཐོང་། སྐབས་དེར་ངས་ཞིང་ཚིགས་ཐོག་ཏུ་ལངས་པའི་འཇའ་ཚོན་མཐོང་། འཕྲིས་ཀྱི་ལོ་ལྔ་བཅུ་ཙམ་ལ་སོན་པའི་མི་དེས་བུ་མོའི་ལག་ནས་བཟུང་སྟེ་འཕྲིད་པ་མཐོང་། འཇའ་ཚོན་གྱི་གདོང་ནས་མཆི་མ་ཤ་རར་བབས། བུ་མོ་དུས་ཏེ་ལུས་ཀྱང་འདར། འཇའ་ཚོན་གྱིས་དུས་ན་དུ་སྒྲ་ཐོས་རྒྱུ་མེད། བུ་མོས་དཔུང་མགོ་གཟེངས་ཏེ་མིག་ཆུ་ཕྱིས། དེ་ལྟར་བྱེད་དོན་ནི་བུ་མོས་རང་གི་ཕ་ལ་ཡག་པོ་ཞིག་བལྟ་ཆེད་ཡིན་པ་ངས་ཤེས། སྐྱེས་པ་དེས་ང་ལ་གཏད་དེ་དགོད་བཞིན།

ཁྱོད་ཐུགས་ཁྲལ་མི་དགོས། ངས་བུ་མོར་བྱམས་པོ་བྱེད་ཟེར།

དེ་སྐད་སྨྲས་རྗེས་སྐྱེས་པ་དེས་འཇའ་ཚོན་འཕྲིད། འཇའ་ཚོན་མི་དེའི་རྗེས་སུ་ཕྱིན། འཇའ་ཚོན་གྱི་ལག་པ་ནས་འཕྲིད་སྐབས་ལུས་པོ་ང་ཡི་ཕྱོགས་སུ་ཡོ། བུ་མོས་ང་ལ་ཅེ་རེར་བལྟ། འཇའ་ཚོན་འགྲོ་བཞིན་བུ་མོའི་མིག་ངའི་མཐོང་ཡུལ་དུ་མ་གྱུར། ཡུད་ཙམ་གྱི་རྗེས་སུ་མིག་ཆུ་ཕྱིས་པའི་དཔུང་པ་གཟིངས་པ་ཡང་མ་མཐོང་བར་གྱུར། སྐབས་དེར་ངས་མགོ་བོ་སྒྱུར་ཏེ་དབང་མེད་དུ་ཏུ་ཤོར། ཙ་སྒྲོན་ཡོང་སྐབས་ངས་ལེ་ལན་བདས།

ངས་ཁྱོད་ལ་ཁོ་ཚོ་ཡོང་མི་དགོས་སྨྲས་ཅང་། ཁོ་ཚོས་ཆེད་དུ་ང་ཐུག་པར་ཡོང་།

ཙ་སྒྲོན་གྱིས་ང་མིན། འཇའ་ཚོན་གྱིས་འགྲོ་དགོས་ཟེར།

འཇའ་ཚོན་ཕྱིན་རྗེས་བུས་ལས་ཀ་མི་བྱེད། འཇའ་ཚོན་ལེན་མཁན་ཡོང་སྐབས་བུས་མིག་ཅེར་བ་ཙམ་ལས་ཅི་ཡིན་མ་ཤེས། འཇའ་ཚོན་ཐག་རིང་པོ་ཕྱིན་རྗེས་བུས་མགོ་བོ་གཡུག་བཞིན་གོམ་པ་རེ་རེ་སྤོ་བཞིན་ཁྱིམ་དུ་ཡོང་། བུས་ང་ལ་རྒྱང་ལྟ་ཐེངས་འགའ་བྱས་སོང་། ངའི་འགྲམ་དུ་མ་ཡོང་། བུ་ཙ་སྒྲོན་གྱི་ལྟོ་བར་ཡོད་དུས་ངས་གཞུ་སྦྱོང་བས། ཡའུ་ཆིང་སྐྲག །

གུང་ཟས་བཟའ་སྐབས་ཅོག་ཙེའི་འགྲམ་དུ་འཇའ་ཚོན་མེད་པས། བུས་ཟས་ཁམ་གཉིས་ལས་མ་བཟས། མིག་གཉིས་ང་དང་ཙ་སྒྲོན་ལ་བལྟས། ཙ་སྒྲོན་གྱིས་བུ་ལ་སྨྲས་དོན།

མགྱོགས་པོ་ཟོ་དང་།

བུས་མགོ་བོ་གཡུག་བཞིན་ཨ་མར་དྲིས།

གཅེན་མོ་གང་དུ་ཡོད་དམ།

གཏམ་འདིས་ཙ་སྒྲོན་གྱི་མགོ་བོ་དུད་པར་བྱས།

མགྱོགས་པོ་ཟོ་ཟེར། ཙ་སྒྲོན་གྱིས་སྨྲས།

བུས་བཟའ་ཕྱུར་ཕར་བཞག་སྟེ། ཁ་ཨ་མར་གཏད་ནས།

གཅེན་མོ་ག་དུས་ཡོག་ཡོང་ངམ།

འཇའ་ཚོན་ཕྱིན་པས་ངའི་ཡིད་ཀྱང་སློང་སློང་པོར་གྱུར་ཞིང་། ཡའུ་ཆིང་གི་ཚུགས་ཀ་འདི་མཐོང་བས། ཅོག་ཙེ་བརྡབས་ཏེ།

འཇའ་ཚོན་ཡོག་མི་ཡོང་། བུ་སྨྲག་སྟེ་ལུས་ཀྱང་འདར་བཞིན་ང་ངུ་མཐུད་ཁོང་ཁྲོ་མ་ལངས་པ་ཤེས། བུས་མ་ནེ་གཙུས་ཏེ་མགོ་བོ་སྒྱུར་ནས།

ང་ལ་གཅེན་མོ་དགོས།

ཙ་སྒྲོན་གྱིས་ང་ཚོས་གཅེན་མོ་གཞན་ལ་བྱིན་དོན་ཡང་དངུལ་ཕྲན་ཙམ་བསགས་ཏེ་ཁྱོད་སློབ་གྲྭར་གཏོང་ཆེད་ཡིན་ཟེར། འཇའ་ཚོན་མི་གཞན་ལ་སྟེར་བ་ཤེས་རྗེས་བུས་ཨིན་སྒྲ་དང་བཅས་ངུས། ངུ་བཞིན་དགོད་བཞིན།

ང་སློབ་གྲྭར་མི་འགྲོ། ང་ལ་གཅེན་མོ་དགོས།

ངས་བུ་ལ་ཁ་ཡ་མ་བྱས། སེམས་ནང་བྱིས་པ་ངུ་འདོད་ན་ཙུང་ཟད་ངུས་ཆོག་སྙམ། འོན་ཏེ་བུས།

ང་སློབ་གྲྭར་མི་འགྲོ། ངའི་སེམས་འཁྲུག །ངས་བུ་ལ།

ཁྱོད་ངུ་གྱིས་དང་།

བུ་སྨྲག་སྟེ་རང་ལུས་བསྐུམ་ཙམ་བྱས། ང་སླར་མགོ་བོ་བསྒྱུར་ཏེ་ཟས་བཟའ་བ་བུས་མཐོང་རྗེས་འདུག་སྟེགས་ལས་བྲལ་ནས་རྒྱུགས་ཁྱུག་ཏུ་ཕྱིན། སྒོ་ཕྱིར་དུ་སླར་ཡང་ངུས།

ང་ལ་གཅེན་མོ་དགོས།

ད་ཐེངས་ཡའུ་ཆིང་ལ་མ་གཞུས་ན་མི་འགྲིག་སྙམ། ངས་ཕྱུགས་མ་བླངས་ཏེ་ཕྱིན།

ཕར་རྒྱུག །ངས་བུ་ལ་བཤད།

བུས་ཙ་སྒྲོན་ལ་ལྟ་བཞིན་ཕར་ཕྱིན། དོར་མ་ཕུད་དེ་གདོང་ཙ་སྒྲོན་ལ་བལྟས། བུའི་མས་ང་འགོག་རྩིས་མ་བྱས་པས། བུ་དངངས་འཚབ་ལངས། ངས་ཕྱུགས་མ་འཕྱིར་བའི་རྣམ་པ་མཐོང་རྗེས་ཡའུ་ཆིང་སྐྲག་བཞིན་དངངས་བཞིན།

ཨ་ཕ། ང་ལ་མ་གཞུས་ན་ཆོག་གམ་ཟེར།

བུས་དེ་ལྟར་བཤད་པས་ངའི་སེམས་ཀྱང་ཤི །བུས་དོར་མེད། བུ་ནི་འཇའ་ཚོན་དང་ལྷན་དུ་འཚར་བས་འཇའ་ཚོན་ལ་བརྩེ་ཞིང་དུང་། བུས་འཇའ་ཚོན་དྲན། ངས་རང་གི་མགོ་བོར་གཞུ་ཙམ་བྱས་ཏེ།

མགྱོགས་པོ་ཟས་ཟོ། ཞེས་བཤད།

ཟླ་བ་གཉིས་ཀྱི་རྗེས་སུ་བུ་སློབ་གྲྭར་འགྲོ་དུས་སླེབས། འཇའ་ཚོན་འགྲོ་དུས་སྟོད་གོས་གསར་པ་ཞིག་གྱོན་རྒྱུ་ཡོད་ཀྱང་། བུ་སློབ་གྲྭར་འགྲོ་དུས་གྱོན་པ་ཧྲལ་ཧྲུལ་ལས་མེད། ཨ་མ་ཙ་སྒྲོན་གྱི་སེམས་ནང་བཟོད་མི་ཐུབ་མོད། ཙ་སྒྲོན་གྱིས་བུའི་མདུན་དུ་ཕུས་མོ་བཙུགས་ཏེ། འདི་ནས་འཐེན་ཙམ་དང་། དེ་ནས་འཕུར་ཙམ་འཕུར་ཙམ་བྱས།

སྟོད་གོས་ལེགས་པོ་ཞིག་ཀྱང་མེད། ཙ་སྒྲོན་གྱིས་ང་ལ་སྨྲས།

ཤུས་ཀྱང་དེ་ལྟར་མི་དྲན་མོད། དེའི་ཚེ་བུས།

ང་སློབ་གྲྭར་འགྲོ་ཟེར།

ཟླ་བ་གཉིས་ཕྱིན་རྗེས་ངའི་བསམ་པར་བུས་འཇའ་ཚོན་གྱི་སྐོར་དག་བརྗེད་ངེས་སྙམ་མོད། སློབ་གྲྭར་འགྲོ་བའི་ཉིན་དང་པོར་བུས་སླར་ཡང་དེ་ལྟར་ཟེར། བུས་དེ་ལྟར་སྨྲས་མོད། ང་ཁོང་ཁྲོ་མ་ལངས་བར་ཁ་ཡག་ངོ་ཡག་བྱས་ཏེ། འཇའ་ཚོན་གཞན་ལ་ཕྱིན་དོན་ཡང་ཁྱོད་སློབ་གྲྭར་འགྲོ་ཕྱིར་རེད། ཁྱོད་ཀྱིས་སློབ་སྦྱོང་མ་བྱས་ན་གཅེན་མོ་སྙིང་རྗེ་ཞེས་ཡའུ་ཆིང་ལ་བཤད། བུས་ཨུ་ཚུགས་ཀྱིས་མགོ་བོ་བཏེགས་ཏེ་ང་ལ་འདི་ལྟར་ཟེར།

ང་སློབ་གྲྭར་མི་འགྲོ།

ཁྱོད་ཀྱི་རྐུབ་ལ་ཟ་འབྲུག་ལངས་ཀྱི་འདུག་གམ།

ཡའུ་ཆིང་གིས་དེ་འཕྲལ་ཁ་བསྐོར་ཏེ། གོམ་པ་ཕྱིག་སྒྲ་དང་བཅས་སྒོ་བཞིན་ནང་དུ་འཛུལ། ནང་དུ་འཛུལ་རྗེས།

ཁྱོད་ཀྱིས་ང་བསད་ཀྱང་སློབ་གྲྭར་མི་འགྲོ།

ངའི་བསམ་པར་བྱིས་པ་འདི་གཙུན་དགོས་སྙམ་སྟེ་ཕྱུགས་མ་བླངས། ཙ་སྦྲོན་གྱིས་ངའི་གདོང་བཀག །སྐད་ཤུགས་ཆུང་ངུས།

ཁྱོད་ཀྱིས་ཤུགས་ཆུང་ཙམ་གྱིས། འཛིགས་སྣང་སྐྱུལ་ན་འགྲིག །བུ་ལ་མ་གཞུ་ཟེར།

ང་ནང་དུ་འཛུལ་དུས་བུ་མལ་ཁྲིའི་ཐོག་ཉལ། དོར་མ་རང་གི་རྐང་ཙྭ་བར་ཕུད། འཕོངས་ཚོས་གཉིས་མཐོང་། ངས་གཞུ་བར་སྨུག་བཞིན་ཡོད། བུས་དེ་ལྟར་བྱས་པས་ང་དེ་བས་ཡའུ་ཆིང་ལ་གཞུ་མི་འདོད་པར་གྱུར། ངས་སྟོན་ལ་གཏམ་གྱིས་སྐྲག་སྣང་སྐྱུལ།

ད་ལྟ་སློབ་གྲྭར་སོང་ཙང་ཕྱིས་མེད།

བུས་སྐད་བཙོར་ཏེ།

ང་ལ་གཅེན་མོ་དགོས།

ངས་བུའི་འཕོངས་ལ་གཞུ་ཙམ་བྱས། བུས་མགོ་བོ་བཏུམས་ཏེ།

ན་རྒྱུ་མི་འདུག །

ངས་སླར་ཡང་གཞུས། བུས་ད་དུང་།

ན་རྒྱུ་ཅི་ཡོད།

བྱིས་པ་འདིས་ང་ཤེད་ཀྱིས་གཞུ་རུ་བཅུག་པས། ང་རབ་ཏུ་ཁྲོས། ངས་ཤེད་ཆེན་པོས་བུའི་འཕོངས་ལ་གཞུས། ད་ཐེངས་བུས་བཟོད་བསྲན་མ་ཐུབ་པར། ཨིན་ཨིན་ཞེས་ངུས། ངས་སྙིང་རྗེ་མེད་པར་ལུ་མཐུད་གཞུས། ཡའུ་ཆིང་ལོ་ཆུང་བས། ཡུད་ཙམ་ནས་སྡུག་བསྲན་མ་ཐུབ་པས་ང་བསྐྱུབས།

ཨ་ཕ། ང་ལ་མ་གཞུ་དང་། ང་སློབ་གྲྭར་འགྲོ།

ཡའུ་ཆིང་ནི་བྱིས་པ་བཟང་པོ་ཞིག་རེད། བུ་སློབ་གྲྭར་ཕྱིན་པའི་ཉིན་ཐོག་མའི་ཉིན་གུང་ཁྱིམ་དུ་སླེབས། ང་མཐོང་མ་ཐག་ཀྲོང་ཙམ་བྱས་པས། ངའི་བསམ་པར་སུ་དྲོ་བུ་ལ་གཞུས་པས་སྐྲག་སྣམ་སྟེ། ཁ་ཆེམ་ངེ་ཡག་དང་སློབ་གྲྭར་ཅི་འདྲ་ཡོད་མེད་དྲིས། བུས་མགོ་བོ་ལྡོག་ཙམ་བྱས། ཟས་བཟའ་སྐབས་བུས་མགོ་བོ་སྒྲུར་བཞིན་ང་ལ་ཡང་ཡང་ལྟ། འཇིགས་སྣང་གི་ཚུགས་ཀ་འདིས་ངའི་སེམས་མི་སྐྱིད་པར་བྱས། ད་ལྟ་བསམ་ན་སུ་དྲོ་གཞུ་ཉེས་ཤོར་བ་འདྲ། ཕྱི་བཟས་ཚར་གྲབས་ཡོད་དུས་བུས་ང་ལ་འདི་ལྟར་སྨྲས།

ཨ་ཕ།

རྒན་ལགས་ཀྱིས་ངས་ཕ་མ་གཉིས་ལ་ཤོད་དགོས་གསུངས། རྒན་ལགས་

ཀྱིས་ང་ལ་སྐྱོན་བརྗོད་བྱས། ངས་འདུག་སྟེགས་ཐོག་ཏུ་སྡོད་ཚུགས་མི་ཟིན། དེབ་ཡག་པོ་མི་བལྟ་ཟེར།

ངས་ཐོས་མ་ཐག་ཁོང་ཁྲོ་ལངས། འཇའ་ཚོན་གཞན་ལ་བྱིན་རུང་། ཁྱོད་ཀྱིས་སློབ་སྦྱོང་མ་བྱས། ངས་ཕོར་པ་ཅོག་ཙེའི་ཐོག་ཏུ་བཞག་པ་དང་། བུས་སྔོན་ལ་ངུས། ངུ་བཞིན་ང་ལ་འདི་ལྟར་ཟེར།

ཨ་ཕ། ཁྱོད་ཀྱིས་ང་ལ་མ་གཞུ་རོགས། ང་ནི་འཕོངས་ན་ནས་སྡོད་ཚུགས་མི་ཟིན།

ངས་མྱུར་དུ་བུའི་དོར་མ་ཕུད་དེ་བལྟས་པས། རྐུབ་སྔོན་པོ་དང་ནག་པོར་གྱུར་བ་མཐོང་། དེ་ནི་སྟ་རྡོ་གཞུས་པས་ལན། འདི་ལྟར་བུ་འདུག་སྟེགས་ཐོག་ཞིག་ཅི་ལ་རུང་། བྱིས་པའི་དངངས་སྐྲག་གི་ཚུགས་ཀ་མཐོང་མ་ཐག་ངའི་སྣ་ཁུང་སྐྱུར་མོ་ཆགས་ཤིང་། མིག་ཀྱང་བརླན།

བུ་མོ་མི་གཞན་གྱིས་འཁྲིད་དེ་ཟླ་བ་འགའ་ཤས་ལས་མ་འགོར་བར་འཇའ་ཚོན་ཁྱིམ་དུ་སླེབས།

བུ་མོ་སླེབས་དུས་མཚན་གུང་རེད། ང་དང་ཙ་སྒྲོན་མལ་ཁྲིའི་ཐོག་ཏུ་ཡོད། ཕྱི་རོལ་ནས་སྒོ་བརྡུང་བའི་སྒྲ་ཐོས། སྔོན་ལ་དལ་བུར་སྒོ་བརྡུངས། དེ་ནས་སླར་ཡང་ལན་གཉིས་བརྡུངས། ངའི་ བསམ་པར་འཕྱི་པོ་འདི་ལྟ་བུ་སུ་ཡིན་ནམ་སྙམ། ཡར་ལངས་ཏེ་སྒོ་ཕྱེ། སྒོ་ཕྱེ་མ་ཐག་འཇའ་ཚོན་མཐོང་བས་བུ་མོའི་རྣ་བས་མི་ཐོས་པ་ཡང་བརྗེད་དེ།

འཇའ་ཚོན། མགྱོགས་པོ་ཡར་ཤོག །

ངས་འདི་ལྟར་བོས་མ་ཐག་ཙ་སྒྲོན་མྱུར་བར་མལ་ཁྲི་ལས་བབས། ལྷམ་

ཡང་མ་གྲོན་པར་སྣོ་འགྲམ་དུ་ཡོང་། ངས་འཇའ་ཚོན་ཡར་འཕྲིད་ཡོང་བས་ཙ་སྔོན་གྱིས་བུ་མོར་འཐམས་ཏེ་ཨིན་ཨིན་ཞེས་དུས། ངས་ཙ་སྔོན་འབུད་ཙམ་བྱས་ཏེ། དེ་ལྟར་བྱེད་མི་ཉུང་ཞེས་བཤད།

འཇའ་ཚོན་གྱི་སྨྲ་དང་སྟོད་གོས་ཟིལ་པས་ཡོངས་སུ་བངས། ང་ཚོས་བུ་མོ་མལ་ཁྲིའི་ཐོག་སྟོད་དུ་བཅུག །བུ་མོས་ལག་གཅིག་གིས་ངའི་ཕུ་ཐུང་ནས་བཟུང་། ཅིག་ཤོས་ཀྱིས་ཙ་སྔོན་གྱི་སྟོད་གོས་བཟུང་སྟེ། ལུས་འདར་བཞིན་དུ་བའི་སྐད་ཀྱང་འགགས། ཙ་སྔོན་གྱིས་པགས་རས་བླངས་ཏེ་བུ་མོའི་མགོ་བོ་ཕྱིས། བུ་མོས་ཙ་སྔོན་གྱི་སྟོད་གོས་ནས་བཟུང་སྟེ་གཏན་ནས་མ་གློད། ཙ་སྔོན་གྱི་ལག་པས་བུ་མོའི་མགོ་བོ་ཕྱིས། རྒྱུན་རིང་སོང་རྗེས་བུ་མོས་དུ་མཚམས་བཞག་ཅིང་། ང་ཚོ་ཟིན་པའི་ལག་ཀྱང་གློད། ངས་བུ་མོར་ལག་གཉིས་སྟོན་དུ་བཅུག་སྟེ། ཁྲིམ་དེས་བུ་མོར་ཧ་བོང་ལྟ་བུའི་ལས་བསྐུལ་ཡོད་མེད་ཡང་ཡང་བརྟག་མོད། རྟགས་གཞན་ནི་མ་མཐོང་། འཇའ་ཚོན་གྱི་ལག་པའི་ཤ་རོ་ནི་སྤར་ནས་ཡོད། ངས་སླར་ཡང་བུ་མོའི་གདོང་ལ་བལྟས། གདོང་ལ་ཡང་རྨ་སོགས་མེད་པས་ཅུང་ལྷོད་པར་གྱུར།

འཇའ་ཚོན་གྱི་སྨྲ་ལོ་སྐམ་རྗེས། ཙ་སྔོན་གྱིས་བུ་མོའི་གོས་ཕུད་དེ། ཡའུ་ཆིང་དང་ལྷན་དུ་ཉལ་དུ་བཅུག །འཇའ་ཚོན་མལ་དུ་ཉལ་ཏེ་གཉིད་དུ་ཡུར་བའི་གཙུང་པོའི་གདོང་ལ་དུས་ཡུན་གང་ཙམ་བལྟས། སྐོག་ཀུ་གད་མོ་བགད་རྗེས་ད་གཟོད་མིག་ཟུང་བཙུམས། ཡའུ་ཆིང་གིས་ལུས་པོ་འགྲེ་ལྡོག་བྱེད་ཞོར། རང་གི་ལག་པ་གཅེན་མོའི་འགྲམ་ཟུར་དུ་བཞག་པ་ནི་འཇའ་ཚོན་ལ་འགྲམ་ལྟག་གཞུ་བ་ལྟར་སྣང་། འཇའ་ཚོན་གཉིད་དུ་ཡུར་བའི་ཚུགས་

ཀ་ནི་བྱི་ལ་དང་འདྲ་བར་སྙིང་རྗེ་ལ་ཁྲུ་སིམ།

ཚོགས་པ་ཡའུ་ཆིང་གཉིད་ལས་སད་དུས་རང་གི་གཅེན་མོ་མཐོང་། བུས་མིག་ཤེད་ཀྱིས་འཕྱུར། མིག་འཕྱུར་ཙུང་ང་དུང་གཅེན་མོ་ཡིན་པ་ཤེས་སྐབས། གྱོན་པ་ཡང་མ་གྱོན་པར་མལ་ཁྲི་ལས་མཆོངས་ཏེ།

གཅེན་མོ། གཅེན་མོ་ཞེས་ལན་དུ་མར་འབོད།

བྱིས་པ་འདི་ཚོགས་པ་དགའ་སྤྲོས་མིག་ཀྱང་བགད། ཙ་སྒྲོན་གྱིས་བུ་ལ་ཟ་མ་མགྱོགས་པོ་ཟོས། ད་དུང་སློབ་གྲྭར་འགྲོ་དགོས་ཟེར། འདི་དུས་བུའི་དགོད་སྒྲ་འཇའ་ལྟར་ཡལ། སྐྱིག་ནས་ང་ལ་ལྟ་བཞིན་སྐད་ཤུགས་ཆུང་དུས་ཙ་སྒྲོན་ལ་དྲིས།

དེ་རིང་སློབ་གྲྭར་མ་ཕྱིན་ན་མི་འགྲིག་གམ།

ངས་མི་འགྲིག་ཅེས་བཤད།

བུས་སྨུ་མཐུད་སྒྲ་མ་ནུས། བུས་དཔེ་ཁུག་འཁྱེར་ཏེ་ཕྱི་སྒོ་ཐོན་རྗེས། ཁང་པས་ཟིག་སྒྲ་ལན་འགའ་བྱས་ཤིང་། སླར་ང་ཁྲིས་མི་ཡོང་ངམ་སྙམ་སྟེ་བྱི་འཕྱུར་བ་ལྟར་ཕྱིན། ཡའུ་ཆིང་ཕྱིན་རྗེས་ངས་ཙ་སྒྲོན་ལ་གོས་གཙང་མ་འཁྱེར་བར་བསྐུལ་ནས། ང་འཇའ་ཚོན་སྐྱེལ་བར་འགྲོ་རྩིས་བྱས། ཁ་སྐོར་ནས་གཅིག་ལྟ་སྐབས་འཇའ་ཚོན་ནི་སླེ་པོ་དང་ཟོར་བ་བཟུང་སྟེ་ང་སྒུག་པ་མཐོང་། འཇའ་ཚོན་གྱིས་ཞུ་བའི་མིག་གིས་ང་ལ་བལྟ། ངས་ཇི་ལྟར་བྱས་ཀྱང་བུ་མོ་སྐྱེལ་བར་མ་བཟོད། ངས་ཙ་སྒྲོན་ལ་བལྟས། ཙ་སྒྲོན་གྱིས་ང་ལ་བལྟ་བའི་མིག་ཀྱང་རེ་བའི་མིག་དང་འདྲ། ངས་བུ་མོར་འདི་ལྟར་བཤད།

འཇའ་ཚོན་ཉིན་གཅིག་བསྡད་ན་ཆོག་ཅེས་བཤད།

ནུབ་ཟས་ཚར་རྗེས་ངས་འཇའ་ཚོན་བསྐྱལ། འཇའ་ཚོན་མ་ཏུས། ཡིད་སྐྱོ་བའི་མིག་གིས་རང་གི་ཨ་མའི་གདོང་ལ་བལྟས། གཙང་པོར་བལྟས། དེ་རྗེས་ཕུ་ཐུང་བཟུང་སྟེ་ངའི་རྗེས་སུ་ཡོང་། ཡཱུ་ཆེང་ཏུ་ཞིང་ཏུ་བརྒྱངས་བྱས། འཇའ་ཚོན་གྱིས་ཐོས་མི་ཐུབ་པས། ངས་ལེ་བདའ་མ་བྱས།

ལམ་འདི་ནི་དངོས་གནས་ངའི་སེམས་ཀྱིས་མི་བཟོད་པར་གྱུར། ངས་འཇའ་ཚོན་ལ་མི་བལྟ་བའི་མདངས་བྱ་རང་གིས་རང་ལ་བྱས། མུ་མཐུད་ལམ་དུ་ཕྱིན། འགྲོ་བཞིན་འགྲོ་བཞིན་མུན་ནུབ། རླུང་བུ་འཕྱགས་སིབ་སིབ་ཏུ་ངའི་ངོ་ཐོག་ཏུ་ལྷུང་བས། སྐྲ་ནས་བྲང་གཞུང་དུ་ཡོང་། འཇའ་ཚོན་གྱི་ལག་གཉིས་ཀྱིས་ངའི་ཕུ་ཐུང་ནས་བཟུང་། གཏམ་ཚིག་གཅིག་ཀྱང་མེད། མུན་ནུབ་རྗེས་འཇའ་ཚོན་ལམ་གྱི་རྡོ་ཧྲུག་ཐོག་ཏུ་ཕྱིན། ཡུད་ཙམ་ནས་འཇའ་ཚོན་གྱི་ལུས་གཞོགས་ཅིག་ལ་འཁོར་བས་ངས་པུས་མོ་བཙུགས་ཏེ་བུ་མོའི་རྐང་ཐུང་འཕུར། འཇའ་ཚོན་གྱིས་ལག་ཆུང་གཉིས་ངའི་སྐྲ་ལ་འཐྲུར། བུ་མོའི་ལག་པ་ཧ་ཅང་གྲང་བས། འགུལ་ཙམ་ཡང་མི་བྱེད། ལམ་གྱི་འཕྲོ་དག་ནི་ངས་འཇའ་ཚོན་སྒལ་པར་འཁྱེར་ཏེ་ཡོང་། རྗོང་གྲོང་དུ་སླེབས་ཏེ་དུད་ཁྱིམ་དེ་དང་ཉེ་བར་སླེབས་སྐབས་ལམ་སྒྲོན་འོག་ཏུ་ངས་འཇའ་ཚོན་བཞག་སྟེ་བུ་མོར་བལྟས། འཇའ་ཚོན་ནི་བྱིས་པ་ལེགས་པོ་ཞིག་ཡིན་པས། དེ་དུས་ཀྱང་བུ་མོས་མ་ཏུས་པར། མིག་ཆེར་བགྲད་དེ་ང་ལ་བལྟས། ངས་ལག་ཐུང་བརྐྱངས་ཏེ་བུ་མོའི་གདོང་ལ་བྱིལ་བྱིལ་བྱས། བུ་མོས་ཀྱང་ངའི་ལག་ཐུང་བརྐྱངས་ཏེ་ངའི་གདོང་ལ་བྱིལ་བྱིལ་བྱས། བུ་མོའི་ལག་པས་ངའི་གདོང་ལ་བྱིལ་བྱིལ་བྱས་པས་ངའི་བསམ་པར་བུ་མོ་མུ་མཐུད་ཁྱིམ་ཚང་དེར་སྐྱོལ་འདོད་མ་བྱུང་བས། འཇའ་ཚོན་སྒལ་རྒྱབ་ཏུ

འཁྱེར་ཏེ་རང་ཁྱིམ་གྱི་ཕྱོགས་སུ་ཡོག །འཇའ་ཚོན་གྱི་དཔུང་པ་ཆུང་དུ་ངའི་སྐེ་ལ་འཐམས། གང་འཚམས་སོང་རྗེས་བུ་མོས་སླར་ཡང་ང་ལ་དམ་དུ་འཐམས། བུ་མོས་ངས་རང་ཉིད་ཁྱིམ་དུ་འཁྲིད་པ་ཤེས།

ཁྱིམ་དུ་སླེབས་རྗེས། ཅ་སྒྲོན་གྱིས་ངེད་གཉིས་མཐོང་བ་དང་ཧང་སངས་ཏེ། ང་ལ་འདི་ལྟར་ཟེར།

ད་ནི་ཁྱིམ་མི་ཚང་མ་ལྟོགས་ཤི་ཐེབས་ངེས། འཇའ་ཚོན་ཡང་བསྐྱལ་མི་འདུག །

ཅ་སྒྲོན་གྱིས་དལ་བུར་བགད། དགོད་བཞིན་དགོད་བཞིན་མིག་ནས་མཆི་མ་བཏང་།

ཡའུ་ཆིང་ལོ་གཉིས་སོན་དུས་སློབ་གྲྭར་ཕྱིན། ལོ་བཅུ་སོན་དུས་ཁྱིམ་གྱི་འཕོས་ཀ་ཙུང་ལེགས་སུ་སོང་། དེ་དུས་འཇའ་ཚོན་ཡང་ང་ཚོ་དང་མཉམ་དུ་ཞིང་ཁར་སོ་ནམ་བྱེད་པར་འགྲོ་བཞིན་ཡོད་པས། རང་ཁ་རང་གིས་གསོ་ཐུབ། ཁྱིམ་དུ་ལུག་གཉིས་གསོས་ཡོད་པའི་གཟན་རྩྭའི་ལྟ་སྐྱོང་བུས་བྱེད། ནམ་ལངས་མ་ཐག་ཅ་སྒྲོན་གྱིས་ཡའུ་ཆིང་བོས། བྱིས་པ་འདིས་ལག་གཅིག་གིས་ཟྭར་བ་སློ་པོའི་ནང་བཞག །ལག་ཅིག་ཤོས་ཀྱིས་མིག་འཕྱུར་བཞིན་འཁྱར་འཁྱོར་ངང་ཁྱིམ་ལས་ཐོན་ཏེ་རྩྭ་བྲེག་པར་འགྲོ་བའི་ཚུགས་ཀ་དངོས་གནས་སྙིང་རྗེ། བྱིས་པ་འདི་ལོ་འདི་འདྲ་ཙམ་ནས་སྡུ་པོ་འདི་འདྲ་ལངས་དགོས་མོད། ཐབས་ཤེས་ཅི་ལ་ཡོད། ཡའུ་ཆིང་གིས་རྩྭ་བྲེག་པར་མ་ཕྱིན་ན་ལུག་གཉིས་པོ་ལྟོགས་ཤི་ཐེབས་པ་ལས་འོས་མེད། བུས་རྩྭ་སློ་པོ་གང་འཁྱེར་ཏེ་ཡོང་དུས་སློབ་གྲྭ་ཚུགས་ལ་ཉེ་བས། མྱུར་བར་ཟས་ཁམ་འགའ་ཁ་ནང་བླུགས་ཏེ་ལྡང་བཞིན་

ཟ་བཞིན་རྫོང་གྲོང་དུ་སློབ་གྲྭར་འགྲོ། ཉིན་གུང་ཡང་ཁྱིམ་དུ་རྩ་བཛ་བར་ཡོང་སྐྱེ་ལུག་གཉིས་པོ་ལ་རྩ་སྐྱེར་རྗེས་གཞི་ནས་རང་ཉིད་ལྟོ་བཟའ་བཞིན་ཡོད་པས་སློབ་གྲྭར་འགྲོ་དུས་ཕྱིས་དྲགས་ཀྱི་ཡོད། ཡུའ་ཆིང་ལོ་བཅུ་སླེབས་དུས་ཉིན་གཅིག་ལ་ཕར་འགྲོ་ཚུར་འགྲོ་ལན་གཉིས་བྱས་པར་ལི་དབར་ལྔ་བཅུ་ལྷག་ཙམ་ཡོད།

ཡའུ་ཆིང་འདི་ལྟར་འགྲོ་དགོས་སྐབས་ལྷམ་ཤིན་ཏུ་གཟན། ཙ་སྒྲོན་ནི་རྫོང་གྲོང་གི་རྒྱུ་ནོར་ཡོད་ཅན་གྱི་བུ་མོ་ཡིན་པས། བུ་སློབ་གྲྭར་འགྲོ་སྐབས་རྐང་རྗེན་པར་གཏོང་མི་ཐུང་སྙམ་སྟེ་རས་ལྷམ་ཞིག་བཟོས། ངའི་བསམ་པར་བུས་སློབ་གྲྭའི་ནང་དུ་སློབ་སྦྱོང་ལེགས་པོ་བྱས་ན་དེས་འཐུས། ལྷམ་གྱོན་དང་མི་གྱོན་ལ་འབྲེལ་བ་ཅི་ཡོད་སྙམ། བུས་རས་ལྷམ་སོ་མ་གྱོན་ཏེ་ཟླ་བ་གཉིས་ལས་མ་ཕྱིན་པར་ཙ་སྒྲོན་གྱིས་ལྷམ་མཐིལ་འཚེམས་པ་ངས་མཐོང་བས། སུ་ཞིག་ལ་ལྷམ་མཐིལ་འཚེམས་ཀྱི་ཡོད་མེད་དྲིས་པ་ན། ཡའུ་ཆིང་ལ་འཚེམ་གྱི་ཡོད་ཟེར།

ཞིང་ལས་ཀྱིས་ཙ་སྒྲོན་ཤིན་ཏུ་ངལ་བས། ལུས་ཟུངས་ལྷག་ཏུ་ཟད། བུས་ད་དུང་རང་གི་ཨ་མ་ངལ་བས་གསོད་འདོད་དམ། བུས་ཟླ་བ་གཉིས་གྱོན་པའི་ལྷམ་ལ་ངས་བལྟས། འདི་ནི་ལྷམ་ག་ལ་ཡིན། ལྷམ་མཐིལ་བརྗོལ་བ་མ་ཟད་ལྷམ་ངོས་ཀྱང་རལ། བུས་རྩ་སྙི་པོ་གང་འཁྱེར་ཏེ་ཡོང་སྐབས་ངས་ལྷམ་བསྐྱར། བུའི་རྣ་བ་བཟུང་སྟེ་བསྡིགས།

འདི་ཁྱོད་ཀྱིས་ལྷམ་གྱོན་པ་ཡིན་ནམ། ཡང་ན་བཟས་པ་ཡིན།

བུས་སྐྱོད་མ་ཐག་པའི་རྣ་བ་འཕུར་བཞིན་ཁ་གཉེར། ངུ་འདོད་ཐུང

ཏུ་མ་ནུས། ངས་བུ་ལ་གཞི །

ཁྱོད་ཀྱིས་ལྷམ་འདི་ལྟར་གྱོན་ན་ངས་ཁྱོད་ཀྱི་རྐང་པ་དེ་གཉིས་གཅོད།

དོན་ལ་ངའི་སྐད་ཆར་གནས་ལུགས་ཅི་ཡང་མེད། ཁྲིམ་གྱི་ལུག་གཉིས་པོ་ཡའུ་ཆིང་ལ་བརྟེན་དགོས། ཁྲིས་པ་འདིས་ཁྲིམ་དུ་ལས་འདི་འདྲ་བྱེད་དགོས་པས། སློབ་གྲྭར་འགྲོ་དུས་རྟག་པར་ཕྱིས་འཁོར་ལུས་སླམ་རྒྱུག་བཞིན་ཡོད། ཉིན་གུང་སྒོ་ཙམ་རྩ་བྲེག་སླམ་སླར་རྒྱུག་བཞིན་ཡོད། ལུག་གཉིས་ཀྱི་ཞིང་ལུད་ཙམ་མ་ཟད། ལོ་ལྟར་བལ་བྲེག་པའི་དངུལ་གྱིས་ཀྱང་བུ་ལ་ལྷམ་ཅི་ཙམ་ཉོ་ཐུབ་བམ། ངས་དེ་ལྟར་སྨྲས་རྗེས། ཡའུ་ཆིང་སློབ་གྲྭར་འགྲོ་དུས་རྐང་རྗེན་མར་འགྲོ། སློབ་གྲྭར་སླེབས་རྗེས་ལྷམ་གྱོན་གྱི་ཡོད། ཐེངས་ཤིག་གངས་བབས་དུས་སུ་ཡང་བུས་རྐང་རྗེན་མར་གངས་ཁྲོད་དུ་སློབ་གྲྭར་ཕྱིན་པས། ཨ་ཕ་ང་སེམས་ཀྱིས་མ་བཟོད་པར་བུའི་མིང་ནས་བོས།

ཁྱོད་ཀྱི་ལག་པར་ཅི་ཞིག་འཁྱེར་ཡོད་དམ།

ཁྲིས་པ་འདི་གངས་ཁྲོད་དུ་ལངས་ཏེ་ལག་གི་ལྷམ་ལ་ལྟ་བཞིན་ཅི་ཤོད་འདི་ཤོད་མེད་པར་གྱུར།

འདི་ལྷམ་རེད། ལག་ཤུབས་མ་རེད། ཁྱོད་ཀྱིས་འདི་གྱོན་དགོས། ངས་བཤད།

བུས་ད་གཟོད་ལྷམ་གྱོན། མགོ་བོ་སྒུར་བཞིན་ངའི་གཏམ་གྱི་མཇུག་མ་སྒྲུག །ངས་བུ་ལ་ལག་པ་གཡུག །

ཁྱོད་ཕྱིན་ན་འགྲིག །

བུས་ཁ་བསྐོར་ཏེ་ཇོང་གྲོང་དུ་རྒྱུག །ཅུང་ཙམ་རྒྱུག་རྗེས་བུས་ལྷམ་ཕུད་

པ་ངས་མཐོང་། ཁྱེས་པ་འདིས་ང་ལ་ཐབས་ཤེས་ཅི་ཡང་མེད་པ་བཟོས།

སྤྱི་ལོ་ཆིག་དགུ་ང་བརྒྱད་ལོར་མི་དམངས་ཀུང་ཧེ་བཙུགས། ངེད་ཚང་གི་ཞིང་ཁ་སྨུའུ་ལྷཱ་པོ་ཡང་མི་དམངས་སྤྱི་ཁང་གི་མིང་འོག་ཏུ་བཞག་ཅིང་། ཁྱིམ་མདུན་དུ་རང་སྐལ་ཆུང་ངུ་ཞིག་ལས་ལུས་མེད། གྲོང་དཔོན་ལ་གྲོང་དཔོན་མི་ཟེར་བར་རུ་དཔོན་ཞེས་འབོད། རུ་དཔོན་གྱིས་ཉིན་ལྟར་ཞོགས་པ་གྲོང་སྡོའི་ཡོ་འབོག་འོག་ཏུ་ཤུ་སྦྲ་ལེན། གྲོང་སྡེའི་སྐྱེས་ཕོ་མོ་ཚང་མ་གནས་དེར་གཅིག་ཏུ་བསྡུས་པ་ནི་དམག་མི་དང་འདྲ། རུ་དཔོན་གྱིས་ཉིན་གཅིག་གི་ལས་ཀ་བཀོད་སྒྲིག་བྱས་རྗེས་མི་རྣམས་རང་རང་གི་ལས་ཀ་བྱེད་པར་འགྲོ། མི་རྣམས་ཀྱིས་འདི་ཡ་མཚན་ཆེ་བར་མཐོང་ཞིང་། གྲལ་སྟར་བསྒྲིག་ནས་སོ་ནམ་བྱེད་པར་འགྲོ། དགའ་དགའ་སྤྲོ་སྤྲོའི་ཁྲོད་དུ་གཞན་གྱི་རྣམ་པར་བལྟས་ཏེ་བགད། ང་དང་ཙ་སྔོན། འཇའ་ཚོན་གསུམ་ཕྲེང་བསྟར་བསྒྲིག་ན་མིག་ལ་མི་མཛེས་པ་མེད་ཀྱང་། འགའ་ཞིག་གི་བགྲེས་སོང་དང་བྱིས་པ། ད་དུང་རྐང་ཆུང་འཐེང་བཞིན་པའི་ནད་མོ་བཅས་ཕྲེང་བསྟར་བསྒྲིག་ན་མིག་ལམ་དུ་མི་མཛེས་པས། རུ་དཔོན་གྱིས་འདི་ལྟར་ཟེར།

ཁྱོད་ཚང་ནི་ཅི་རེད། འཕྲེད་གཞུང་གང་ནས་བལྟས་ཀྱང་མི་མཛེས་ཟེར།

ངེད་ཚང་གི་ཞིང་ཁ་སྨུའུ་ལྷཱ་པོ་མི་དམངས་ཀུང་ཧེ་ལ་དབང་བས། ཙ་སྔོན་གྱི་སྣོས་ག་ལ་བཟོད། སྔོན་ཆད་ཀྱི་ལོ་བཅུ་ལྷག་གི་རིང་ང་ཚོ་ནི་ཞིང་ཁ་སྨུའུ་ལྷཱ་པོ་འདི་ལ་བརྟེན་ནས་འཚོ་བ་བསྐྱལ། མིག་བཙུམས་ཐེངས་གཅིག་ལ་སྨུའུ་ལྷཱ་པོ་དེ་སྤྱི་ལ་བདག །

རྗེས་སུ་གལ་ཏེ་ཞིང་ཁ་བགོས་ན། ང་ཚོར་སྨུའུ་ལྷཱ་པོ་དེ་རང་དགོས།

ཅ་སྒྲོན་གྱིས་རྟག་ཏུ་དེ་ལྟར་སྨྲ།

ཉིན་ཤས་ལས་མ་སོང་བར་ཁྱིམ་གྱི་ལྟོ་སྟོད་སླ་ང་དག་ཀྱང་མི་དམངས་ཀུང་ཧྲེར་བདག །དེ་ནི་རྫོ་ལྷུགས་ལས་སྟོན་བྱེད་ཆེད་རེད་ཟེར། ཉིན་དེར་ཅུ་དཔོན་གྱིས་མི་འགའ་འཁྲིད་དེ་ཐེམ་པ་རེ་རེ་བཞིན་སླ་ང་བསྡུ་བར་ཡོང་། ངའི་ཁྱིམ་དུ་སླེབས་རྗེས་དགའ་བཞིན་སྤྲོ་བཞིན་འདི་ལྟར་ཟེར།

ཕུར་རྐོད། ཁྱོད་ཀྱིས་འཁྱེར་ཡོང་ངམ། ང་ཚོས་ལེན་དགོས་སམ་ཟེར།

ངའི་སེམས་ནང་གང་ལྟར་དུད་ཁྱིམ་ཚང་མས་སླ་ང་བསྡུ་དགོས་པས། ལུང་པ་ཆུས་ཁེངས་ན་རྫོ་ལེབ་སྐམ་པོ་སྤོད་མི་སྲིད་སྙམ་སྟེ།

ང་ལེན་དུ་འགྲོ། ང་ལེན་དུ་འགྲོ་ཞེས་སྨྲས།

ངས་སླ་ང་ས་ཐོག་ཏུ་བཞག །གཞོན་ནུ་གཉིས་ཀྱིས་ཐོ་བ་འཕྱར་ཏེ་བརྡུངས། ལན་བཞི་ལྔ་ཙམ་གྱིས་སླ་ང་ལེགས་པོ་ཞིག་འཐོར་བརླག་ཏུ་ཕྱིན། ཅ་སྒྲོན་ནི་གཞོགས་ཤིག་ཏུ་ལངས་ཏེ་ལྟ་བཞིན་སེམས་ཀྱིས་མ་བཟོད་པར་མིག་ཆུ་བཏང་། ཅ་སྒྲོན་གྱིས་ཅུ་དཔོན་ལ་འདི་ལྟར་དྲིས།

སླ་ང་བཅགས་ཏེ་རྗེས་སུ་ཟས་གང་དུ་བཟའ་འམ།

ཟ་ཁང་དུ་བཟའ། ཅུ་དཔོན་གྱིས་ལག་པ་གཡུག་སྟེ། གྲོང་སྡེར་ཟ་ཁང་གཉེར་ཡོད་པས། སུ་ཞིག་གིས་ཁྱིམ་གྱི་སླ་ངའི་ནང་དུ་ལྟོ་བཟོའམ། སྟོབས་ཤུགས་བསྲི་སྟེ་གྲུང་ཁྲན་རིང་ལུགས་ཕྱོགས་སུ་བསྒྱིགས། ལྟོགས་ན་ཀང་པ་ཟ་ཁང་གི་ཐེམ་པ་བརྒལ། ཉ་ཤ་ཟོག་ཤས་རྒྱུགས་ཏེ་འཆི་ལ་ཉེ།

གྲོང་སྡེར་ཟ་ཁང་གཉེར། ཁྱིམ་གྱི་འབྲས་ཚྭ་མེ་ཤིང་དང་བཅས་པ་ཚང་མ་གྲོང་སྡེས་གཞུང་བཞེས་བཏང་། ཕངས་སེམས་ནི་ལུག་གཉིས་པོ་དེ་རེད།

བུས་ལུག་དེ་གཉིས་མཆོག་པོ་རྒྱགས་པོ་གསོས་ཙང་ད་ལྟ་སྤྱི་ལ་བདག །ཉིན་དེར་ངེད་ཚང་གི་འབྲས་དང་ནྭ་སོགས་ཟ་ཁང་དུ་སྐྱེལ་སྐབས་བུས་མགོ་བོ་སྒྲོད་བཞིན་ལུག་དེ་གཉིས་གཡུལ་ཁར་འཁྲིད། བུའི་སེམས་ནང་མི་འདོད་པ་བརྒྱ་དང་མི་དགའ་བ་སྟོང་གིས་ཁེངས། ལུག་དེ་གཉིས་བུས་དེ་ལྟར་འཚར་བ་བྱུས། ཉིན་ལྟར་སློབ་གྲྭར་འདུར་རྒྱུག་སྒྲོད་དེ་ཕྱིན། ཡང་ཚུར་ལ་འདུར་རྒྱུག་སྒྲོད་དེ་ཡོང་། འདི་དག་ཐམས་ཅད་ལུག་གི་དོན་དུ་རེད། བུས་ལུག་གཡུལ་ཁར་འཁྲིད་དུས་གྲོང་སྡེའི་ལུག་གཞན་རྣམས་ཀྱང་འདིར་འཁྲིད་དེ་གསོ་ཚགས་པ་ཕྱང་ཞི་ལ་རྩིས་སྤྲོད་བྱེད། སེམས་ནས་མ་འདོད་པ་ཡོད་པ་སྨྲས་ཅི་དགོས། བུས་ལུག་ཕྱང་ཞི་ལ་སྤྲད་རྗེས། གཞན་ཚང་མ་ལོག་སོང་། བུ་ད་དུང་དེར་ལངས། མཚུ་བཙུམ་ཙམ་བྱེད་པ་ལས་ལུས་འགུལ་ཙམ་ཡང་མི་བྱེད། མཐར་གློ་ཕམ་ཡིད་སྐྱོའི་ངང་ཕྱང་ཞི་ལ་འདི་ལྟར་སྨྲས།

ང་ཉིན་ལྟར་ལུག་ལ་བལྟ་ཙམ་བྱེད་པར་ཡོང་ཆོག་གམ་ཟེར།

གྲོང་སྡེའི་ཟ་ཁང་གཉེར་མགོ་ཚུགས་རྗེས། ལྟོ་བཟའ་དུས་འཕྲུག་ཆ་དོད། དུད་ཁྱིམ་རེ་ནས་མི་གཉིས་རེ་འབྲས་ཚོད་ལེན་དུ་འགྲོ། ཕྲེང་བསྐོར་རིང་མོ་ཞིག་འཁྲིག །བལྟས་ཚོད་ལ་ང་སྔོན་ཆད་བཟུང་དམག་ཏུ་གྱུར་རྗེས་རྗེན་ཐོ་ལེན་སྐབས་ཕྲེང་བསྐོར་འཁྲིག་པ་དང་འདྲ། དུད་ཁྱིམ་ཚང་མའི་ཆུང་མ་རྣམས་ལྟོ་ལེན་པར་ཕྱིན། ཙ་ཙོ་ཝུར་ཟིང་ཆེ་བ་པད་བྱེཝུ་ཁྲུ་དང་ཁྲུ་ཝུང་སྙིང་ཐོག་ཏུ་བབས་པ་འདྲ། ཙུ་དཔོན་གྱིས་སྨྲས་པ་བདེན། ཟ་ཁང་ཡོད་པས་དོན་མང་པོ་ཞིག་བྱེད་མི་དགོས་པར་གྱུར། ལྟོགས་ན་གྲལ་འཁྲིག་རྗེས་བཟའ་བཅུང་གཉིས་ཡོད་དུ་གྱུར། འབྲས་ཚོད་ཅི་འདོད་དུ་ལོངས་སྤྱོད་བྱས། ཅི་

ཙམ་བཟའ་འདོད་ན་དེ་ལྟར་བཟའ། ཉིན་མ་རྟག་པར་ཤ་བཟའ་རྒྱུ་ཡོད། ཐོག་མའི་ཉིན་ཤས་རིང་ཉ་དཔོན་གྱིས་དུད་ཁྱིམ་རེ་རེའི་སར་ཕྱིན་ཏེ།

དོན་ཙུང་ཞིང་སྐབས་བདེ། འདི་མི་དམངས་ཀུན་ཕྱི་རེད་ཟེར།

ཚང་མས་ཀྱང་དགའ་སྒྲོའི་ངང་། འདི་ལེགས་འདི་ཡག་ཟེར།

མི་ཚེ་སྐྱིད་ཅིང་རྒྱགས་པ་འདི་རེད། ཉ་དཔོན་གྱིས་སྨྲས།

ཙ་སྒྲོན་ཡང་དགའ། འཇའ་ཚོན་དང་ལྷན་དུ་ལྟོ་འཁྱེར་དུས་ཐེངས་རེར་འདི་ལྟར་སྨྲ།

ཡང་ཤ་ཡིན་ཟེར།

ཙ་སྒྲོན་གྱིས་འབྲས་ཚོད་ཅིག་ཅིའི་ཐོག་བཞག་མ་ཐག་སྒོ་ཕྱིར་ཡའུ་ཆིང་འབོད་པར་ཐོན། ཡའུ་ཆིང་། ཡའུ་ཆིང་ཞེས་ལན་འགའ་བོས་ན་རྩྭ་སླེ་པོ་བྱུར་བུར་ཁེངས་པ་ཞིག་འཁྱེར་བཞིན་ཞིང་ཚོགས་སུ་འགྲོ་བ་མཐོང་། ཁྱིས་པ་འདི་ལུག་ལ་རྩྭ་སྟེར་བར་འགྲོ། གྲོང་སྡེའི་བ་སླང་གསུམ་དང་། ལུག་ཉི་ཤུ་ལྷག་ཙམ་ཡོད་པ་ལྷས་གཅིག་ཏུ་བཅུག་ཡོད། དུད་འགྲོ་འདི་དག་མི་དམངས་ཀུན་ཕྱིར་བདག་པས་ཨ་བསོད་མེད། རྒྱུན་པར་ལྟོགས་བཞིན་ཡོད། ཡའུ་ཆིང་ཡོང་ན་ཚང་མ་གཅིག་ཏུ་འབྱུངས། བུས་ཁོ་ཚོར་འདི་ལྟར་སྨྲ།

ཤོག་ཤོག །ཁྱོད་ཚོ་གང་དུ་ཡོད་དམ།

བུས་རང་གི་ལུག་གཉིས་པོ་ལུག་ཁྲུ་ལས་བསྐྲངས་ཏེ་གཞི་ནས་རྩྭ་སྟེར། ཚུར་ཡོང་བའི་ལུག་གཞན་རྣམས་འཕུད་དེ། རང་གི་ལུག་གཉིས་ཀྱིས་བཟས་ཚར་ན་ད་གཟོད་ཡའུ་ཆིང་དབུགས་ཏལ་བཞིན་རྡུལ་ཚ་ཁྲུམ་མེར་ཁྱིམ་དུ་ལོག་གི་ཡོད། སློབ་གྲྭར་འགྲོ་དུས་ཀྱང་རྗེས་ལུས་ཤོར། ཁྱིས་པ་འདིས་ལྟོ་ཆུ

བཏུངས་པ་བཞིན་བཟས་རྗེས་དཔེ་ཁྲུག་འཁྱེར་ཏེ་སློབ་གྲྭར་འགྲོ།

བུས་ཉིན་ལྟར་འདི་ལྟར་ཕར་རྒྱུག་ཚུར་རྒྱུག་བྱེད་པ་ངས་མཐོང་རུང་། སྙིང་རླུང་ཁ་ནས་མ་ཐོན་པ་བྱས། སྙིང་རླུང་ཁ་ནས་ཐོན་ན་གཞན་གྱིས་འཕྱ་མི་ཡོང་ངམ་སྙམ། ཐེངས་ཤིག་ངས་ཇི་ལྟར་བྱས་ཀྱང་བཟོད་མ་ཐུབ་པར།

གཞན་གྱིས་བཙོག་པ་བཏང་བར་ཁྱོད་ཀྱིས་འཕོངས་འཕྲི་རྒྱུ་ཅི་ཡོད་སྨྲས།

བུས་གཏམ་འདི་ཐོས་མོད་དོན་ཐ་མ་རྟོགས་པར་ང་ལ་ཡུད་ཙམ་བལྟས་རྗེས་ཏ་ཏ་ཞེས་དགོད། ང་རབ་ཏུ་ཁྲོས་ཏེ་ཡའུ་ཆིང་ལ་འཁྲམ་ལྷུག་ཅིག་གཏོང་གྲབས་བྱས།

ལུག་ཀྱང་ཧྲེར་བདག་པས། ཁྱོད་ལ་ཇུས་གཏོགས་ཅི་ཡོད་སྨྲས།

བུས་ཉིན་ལྟར་ལུག་ལ་རྩྭ་ཐེངས་གསུམ་ཙམ་ལ་སྐྱེར་བར་འགྲོ། ས་རུབ་ཙམ་ལ་ད་དུང་ལུག་ལ་ཐེངས་རེ་བལྟ་བར་འགྲོ། ཕྱུགས་རྫི་ཕྲང་ཞེས་ཡའུ་ཆིང་དེ་ལྟར་རང་གི་ལུག་ལ་དགའ་བ་མཐོང་ནས་འདི་ལྟར་སྨྲས།

ཡའུ་ཆིང་། ཁྱོད་ཀྱིས་དོ་ནུབ་ལུག་ཁྱིམ་དུ་འཁྲིད་ན་ཆོག །སང་ཉིན་ཞོགས་པ་བསྐྱལ་ན་འགྲིག །

ངས་འདི་ལྟར་བྱེད་དུ་མི་འཇུག་པ་བུས་ཤེས་ནས། མགོ་བོ་གཡུག་བཞིན་ཕྲང་ཞི་ལ་ལན་བཏབ།

ངའི་ཨ་ཕས་ང་ལ་གཤེ་དེས། ངས་འདི་ལྟར་བལྟས་ན་འགྲིག །

ཉིན་མ་གཅིག་སོང་གཉིས་སོང་། ལྷས་རའི་ལུག་ཇེ་ཉུང་དུ་འགྲོ། ཉིན་འདི་དག་ལ་ཉིན་རེར་ལུག་རེ་བཤའ་བཞིན་ཡོད། རྗེས་སུ་ཡའུ་ཆིང་མི་གཅིག

མ་གཏོགས་གཞན་རྟ་སྐྱིལ་མཁན་མེད། ཡང་ཞི་ཡིས་ང་མཐོང་ན་ཏག་ཏུ་འདི་ལྟར་ཟེར།

བུས་ཉིན་ལྟར་ལུག་འདི་དག་བསམ་བཞིན་ཡོད། གཞན་དག་གིས་ལུག་ཤ་བཟའ་དུས་མ་གཏོགས་ལུག་བསམ་རྒྱུ་མེད།

གྲོང་སྡེའི་ཟ་ཁང་སྒོ་གཉེར་རྗེས་ཀྱི་ཉིན་གཉིས་པར་ཉ་དཔོན་གྱིས་གཞོན་ནུ་གཉིས་རྫོང་གྲོང་དུ་རྟ་སྣང་ཉོ་བར་མངགས། སྣ་ང་ཆག་རོ་སྙིང་པ་དག་གཡུལ་ཐང་དུ་བཀྲམས། ཉ་དཔོན་གྱིས་དེ་དག་ལ་གཏད་དེ།

སྨུར་བར་འདི་དག་བཙོས་ཚོག །འདི་དག་བེད་མེད་དུ་འཛོག་མི་ཉུང་ཟེར།

གཞོན་ནུ་གཉིས་ཀྱིས་རྟ་ཐག་དང་སྲག་རྒྱུག་འཁྱེར་ཏེ་རྫོང་གྲོང་དུ་ཕྱིན། ཉ་དཔོན་གྱིས་རྫོང་གྲོང་ནས་གདན་དྲངས་པའི་མོ་པ་དང་ལྷན་དུ་གྲོང་སྡེའི་ནང་ས་དཔྱད་བརྟག་པར་ཕྱིན་ཏེ། ས་བཀྲ་ལེགས་ས་ཞིག་ཏུ་ཚྭགས་རིགས་བཙོ་སྦྱོང་བྱེད་ཟེར། ལྷ་རིང་གྲོན་པའི་མོ་པ་འཇུམ་དམུལ་དམུལ་གྱིས་ཕར་འགྲོ་ཚུར་འགྲོ་བྱེད། ཁྱིམ་ཚང་ཞིག་གི་མདུན་དུ་སླེབས། ཁྱིམ་ཚང་དེའི་མི་དག་སློ་སྙིང་ཁ་ནས་དོན་སྨམ་སྒྲག །སྟོད་ཅུང་སྒུར་བའི་མོ་པ་འདིས་མགོ་བོ་ལྕོག་ཙམ་བྱས་ན་ཁྱིམ་ཚང་དེར་ཆག་སྒོ་མགོ་ཐོག་ཏུ་ལྷུང་ངེས།

ཉ་དཔོན་དང་མོ་པ་ངའི་ཁྱིམ་གྱི་སྒོ་མདུན་དུ་སླེབས། ང་སྒོ་འགྲམ་དུ་ལངས་དུས་སྙིང་ཆུང་ལུ་གུ་ལྡིང་ལྡིང་བྱེད།

ཕུར་རྒོད། མོ་པ་ཡང་ལགས། ཁྱོད་ཀྱི་འདིར་བལྟ་ཙམ་བྱེད། ཉ་དཔོན་གྱིས་ང་ལ་སྨྲས།

རེད། ལགས་སོ། ངས་མགོ་བོ་ལྷོག་ལྷོག་བྱས།

མོ་པས་ལག་གཉིས་རྐྱབ་ལག་བཅས། གཡས་གཡོན་རྐྱབ་མདུན་ལ་ཙུང་ཙམ་བལྟས་རྗེས། ངག་ནས།

ས་ཆ་ལེགས་པོ། ས་བཀྲ་ཡག་པོ་ཞེས་གསུངས།

གཏམ་འདི་ངས་ཐོས་མ་ཐག་ནག་འཐོམ་མེར་གྱུར། སེམས་ནང་དུ་ནི་ཡོད་ཚད་ཚར་སོང་སྙམ། སྟབས་ལེགས་པ་ཞིག་ལ་སྐབས་དེར་ཙ་སྟོན་ཡོང་། ཙ་སྟོན་གྱིས་ངོ་ཤེས་སུ་གྱུར་པའི་མོ་པ་ལྷང་ལགས་མཐོང་མ་ཐག་ལན་ཅིག་བོས།

འདི་ཙ་སྟོན་རེད་དམ། མོ་པ་ལྷང་ལགས་ཀྱིས་གསུངས།

ཡར་ཕེབས་ལ་གསོལ་ཇ་མཆོད། ཙ་སྟོན་གྱིས་ལན་བཏབ།

མོ་པ་ལྷང་ལགས་ཀྱིས་ལག་པ་གཡུག་བཞིན། རྗེས་སུ་ཡིན། རྗེས་མ་ཡིན་གསུངས།

ངའི་ཨ་ཕས་ཟེར་ན་དེང་དུས་ཁྱོད་ལས་བྲེལ་ཆེ་ཟེར། ཙ་སྟོན་གྱིས་སྨྲས།

བྲེལ་བ་ཆེ། བྲེལ་བ་ལོས་ཆེ། མོ་པ་ལྷང་ལགས་ཀྱིས་མགོ་བོ་ལྷོག་ལྷོག་བྱས། ས་དཔྱད་ལྟ་མཁན་ཕྲེང་བསྟར་བསྒྲིགས་པ་ལྟར་མང་པོ་ཡོད། དེ་སྐད་སྨྲ་བཞིན་ང་ལ་གཏད་དེ་ཙ་སྟོན་ལ་འདི་ལྟར་དྲིས།

འདི་སུ་རེད་དམ།

ཙ་སྟོན་གྱིས་ཕུར་རྒོད་རེད།

མོ་པ་ལྷང་ལགས་ཀྱིས་མིག་ཀྱང་དགོད་བཞིན་མགོ་ལྷོག་ལྷེམ་ལྷེམ་ངང་།

ཏ་གོ་སོང་། ངས་ཤེས་སོང་གསུངས།

མོ་པ་ལྷང་ལགས་ཀྱིས་ངའི་ཚུགས་ཀར་ལྟ་བཞིན་སྔོན་ཆད་ངས་ཇི་ལྟར་ཁྲིམ་འགོས་ཡོངས་རྫོགས་ཆུ་ལ་བསྐྱུར་ཚུལ་ཁོའི་བློ་ཡུལ་དུ་འཆར་བ་ངས་ཤེས། ངས་མོ་པ་ལྷང་ལགས་ལ་གཏད་དེ་དགོད་ཙམ་བྱས། མོ་པ་ལྷང་ལགས་ཀྱིས་ཕྱག་འབུལ་ཞུ་བཞིན་འདི་སྐད་ཟེར།

རྗེས་སུ་མཇལ་ཡོང་།

དེ་རྗེས་ཁོས་ངོ་ཏུ་དཔོན་ལ་བསྐོར་ཏེ།

ས་ཆ་གཞན་ཞིག་ཏུ་བལྟ་བར་འགྲོ་གསུངས།

ཏུ་དཔོན་དང་མོ་པ་ཕྱིན་རྗེས། ངས་གཞི་ནས་དབུགས་རྔུབ་ཐུབ་པར་གྱུར། ངའི་འཇིག་སྐྱིལ་འདི་བར་ཆད་ལས་བཟློག །འོན་ཏེ་སྲུན་ཚང་ལྷུང་རྟ་ཆག །མོ་པ་ནི་ཁོ་ཚང་ཡིད་ལ་འཐད་པས། ཏུ་དཔོན་གྱིས་ཁོ་ཚང་གི་ཁང་པ་སྟོང་པ་བཟོ་ཏུ་བཅུག །སྲུན་ཚང་ཨིན་སྦྲ་དང་བཅས་དུས། ཁང་ཟུར་དུ་ཉལ་ཏེ་གཏན་ནས་མ་ལངས། ཏུ་དཔོན་གྱིས་ཁོ་ལ་འདི་ལྟར་ཟེར།

ད་རྒྱུ་ཅི་ཡོད། མི་དམངས་ཀུང་ཧྲེས་ཁྱོད་ལ་ཁང་པ་གསར་པ་ཞིག་སྤྲོད།

སྲུན་ཚང་གི་ལག་གཉིས་ཀྱིས་མགོ་བོ་བཀབ་སྟེ་ཅི་ཡང་མ་བཤད་པར་དུས། ས་སྤྲོད་ཙམ་ལ་ཏུ་དཔོན་ལ་ཐབས་གཞན་མ་རྙེད་པས། གྲོང་སྡེའི་གཞོན་ནུ་འགའ་བོས་ཏེ་སྲུན་ཚང་ཁྲིམ་ནས་ཕྱིར་བཏོན། ནང་གི་དངོས་པོ་ཕྱི་རོལ་དུ་དབོར། སྲུན་ཚང་ཕྱིར་བཏོན་རྗེས་ལག་པ་གཉིས་ཀྱིས་ཤིང་སྟོང་ལ་འཁྱུད་དེ་ཅི་ལ་ཐུག་ཀྱང་ལག་པ་མ་གློད། ཁོ་འཛིན་མཁན་གྱི་གཞོན་ནུ་གཉིས་ཀྱིས་ཏུ་དཔོན་ལ་ལྟ་བཞིན་འདི་ལྟར་ཟེར།

ཏུ་དཔོན་ལགས། ད་ནི་འཛིན་མི་ཐུབ།

འཁྲིག་སོང་། ཁྱོད་ཀྱིས་མི་སྤྱོར་ཅིག །ཙུ་དཔོན་གྱིས་མགོ་བོ་སྐྱོག་ཙམ་བྱས་ཏེ་བལྟས།

གཞོན་ནུ་གཉིས་ཀྱིས་བུད་ཤིང་བླངས། རྐུབ་སྙེགས་ཐོག་འཛོགས་ཏེ་ཁང་ཐོག་གི་འཛག་རྫར་མེ་སྤར། ཁང་ཐོག་གི་འཛག་རྫར་དྲི་འཕྱུལ་ཞིང་ཁ་སང་ཆར་པ་བབས་པས་པོ་ཚོས་ཇི་ལྟར་བྱས་ཀྱང་མེ་མ་འབར།

མ་རོ་བཟའ་རྒྱུ། མི་དམངས་ཀུང་ཧྲེའི་མེས་ཁང་རྩུལ་འདི་བསྲེགས་མི་ཐུབ་པར་ང་ཡིད་ཆེས་མེད། ཙུ་དཔོན་གྱིས་སྨྲ་བཞིན་ཕུ་ཐུང་བསྒྲིལ་ཏེ་རང་གིས་ལག་པ་འགྲུལ་རྩིས་བྱེད།

སྨུམ་བཤོས་མ་ཐག་མེ་འབར་ངེས། མི་ཞིག་གིས་སྨྲས།

ཙུ་དཔོན་གྱིས་བསམ་བློ་བཏང་རྗེས། འོ་རེད། ངས་འདི་ཡང་མ་དྲན། མགྱོགས་པོ་ཟ་ཁང་དུ་སྨུམ་ལེན་པར་ཤོག །

སྔོན་ཆད་ང་མ་གཏོགས་ཁྱིམ་ཚང་སྟོངས་པར་བྱེད་མཁན་ཞིག་མེད་སྙམ་མོད། བསམ་ཡུལ་ལས་འདས་པ་ཞིག་ནི་ཙུ་དཔོན་ཡང་ཁྱིམ་ཚང་སྟོངས་པར་བྱེད་མཁན་ཞིག་རེད། ང་གོམ་པ་བརྒྱ་ལྷག་ཙམ་གྱི་སར་ལངས། ཙུ་དཔོན་དང་པོ་ཚོས་བཟའ་སྨུམ་ལེགས་པོ་འཛག་སྐྱའི་ཐོག་བཤོ་བར་བལྟས། སྨུམ་འདི་དག་ནི་ང་ཚོའི་ཁ་ནང་ནས་བསྡུ་བ་རེད། པོ་ཚོའི་མེ་དེས་སྨུམ་དག་མེད་པར་བྱས། འཛག་སྐྱའི་ཐོག་ཏུ་ང་ཚོའི་བཟའ་སྨུམ་བཤོས། མེ་ཙུར་སྦྲ་དང་བཅས་འབར། ཁང་ཐོག་ཏུ་དུ་ནག་ལང་ལོང་དུ་འཕྱུར། ངས་སུན་ཚང་གིས་ད་དུང་ཤིང་སྡོང་ལ་འཐམས་པ་མཐོང་། པོའི་མིག་གི་མཐོང་སར་རང་ཁྱིམ་མེད་པར་གྱུར། སུན་ཚང་ཡ་ང་ཞིང་སྙིང་རྗེ། ཁང་ཐོག་ཐལ་བར་

གྱུར། གཞོགས་བཞིའི་གྱང་ཡང་ནག་པོར་གྱུར། ཁོ་ད་གཟོད་མིག་ཆུ་འཁྱིད་བཞིན་ཕྱིན།

ཁོས་ལྷོ་ཁྲི་ནི་བཅགས། ཁང་པ་ནི་བསྒྲིགས། ད་ནི་ང་ཤི་ན་དགའ་ཟེར་བ་ཡུལ་མི་རྣམས་ཀྱིས་ཐོས།

དེ་ནུབ་ང་དང་ཅ་སྒྲོན་གཉིད་ལྷོད་པོ་ཞིག་མ་ཁུག །གལ་ཏེ་ཅ་སྒྲོན་གྱིས་རྗོང་གྲོང་གི་མོ་པ་ཕང་ལགས་ངོ་མ་ཤེས་ན། ངའི་ཁྱིམ་མི་རྣམས་གང་དུ་སོྡད་དགོས་མིན་མི་ཤེས། ཇི་ལྟར་བྱས་ཀྱང་འདི་དག་ཐམས་ཅད་ལས་རེད། སྲུན་ཚང་གིས་དཀའ་སྡུག་མཐོང་སོང་། ཅ་སྒྲོན་གྱི་བསམ་པར་བར་ཆད་འདི་ནི་ང་ཚོས་ཁོའི་ལུས་ཐོག་ཏུ་ཕར་འགེལ་བྱས་པ་རེད་སྙམ། ངས་ཀྱང་དེ་ལྟར་བསམ་མོད། ཁ་ནས་དེ་ལྟར་མ་སྨྲས།

བར་ཆད་ཀྱིས་ཁོ་བཙལ་བ་ཡིན་པས། ང་ཚོས་ཁོ་ལ་ཕར་འགེལ་བྱས་ཞེས་སྨྲ་མི་ཀྱང་། ངས་དེ་ལྟར་བཤད།

ད་ནི་རྡོ་ལྷུགས་བཞུ་སའི་གནས་རྐྱེན། རྗོང་གྲོང་དུ་ཕྱིན་པའི་སླ་ང་ཉོ་མཁན་ཡང་སླེབས། ཁོ་ཚོས་རླངས་སྣུམ་གྱི་སྣུམ་ཟོམ་ཞིག་ཉོས་འདུག །ཡུལ་མི་རྣམས་ཀྱིས་སྔོན་ཆད་སྣུམ་ཟོམ་འདི་འདྲ་མཐོང་མ་མྱོང་བས། ལྟ་དུས་ཡ་མཚར། འདི་ཅི་རེད་ཟེར། ང་དམག་ལ་འགྲོ་སྐབས་མཐོང་མྱོང་བས་ཁོ་ཚོར་འདི་ལྟར་བཤད།

འདི་སྣུམ་ཟོམ་རེད། རླངས་འཁོར་ལྷོ་བཟའ་དུས་ཀྱི་ལྷོ་ཕོར་རེད།

ཏུ་དཔོན་གྱིས་རྐང་པ་རླངས་འཁོར་གྱི་ལྷོ་ཕོར་ལ་གཞུ་བཞིན། འདི་ཆུང་དྲགས་ཟེར།

ཧོ་མཁན་གྱིས་འདི་ལས་ཆེ་བ་མི་འདུག །སླ་ང་རེ་རེ་བཞིན་བཙོས་ན་འགྲིག་ཟེར།

ཉུ་དཔོན་ནི་གནས་ལུགས་ཉན་རྒྱུར་དགའ་པོ་ཡོད། སུས་ཇི་ལྟར་སྨྲས་ཀྱང་ཁོས་ཉན་དུས་གནས་ལུགས་ཡོད་ན་ཡིད་ཆེས་བྱེད་ཀྱི་ཡོད།

ཉུ་དཔོན་གྱིས་དེ་ལྟར་རེད། བཟའ་ཐེངས་གཅིག་ལ་རྒྱུགས་པ་ཆགས་མི་སྲིད། སླ་ང་རེ་རེ་བཞིན་བཙོ་དགོས་ཟེར།

ངའི་བུས་ང་ཚོའི་འདིར་མི་མང་པོས་སྐུམ་ཟོམ་ལ་ལྟ་ཉུབ་བྱེད་པ་མཐོང་ནས། རྩ་སླིལ་པོ་གང་འཁྱེར་ཏེ་ལྐས་རར་མ་ཕྱིན་པར་སྔོན་ལ་ང་ཚོའི་འདིར་ཡོང་། ཁོས་མགོ་བོ་ངའི་རྐེད་པ་ནས་བཏོན། ངའི་བསམ་པར་སུ་ཡིན་སྙམ་སྟེ། མགོ་སྒྱུར་ཏེ་བལྟས་པས་རང་གི་བུ་ཡིན་པ་ཤེས། བུས་ཉུ་དཔོན་ལ་གཏད་དེ་བོས།

རྡོ་ལྕགས་བཙོ་བར་སྔོན་ལ་ཚུ་བླུགས་དགོས།

མི་ཚང་མས་ཏབ་ཆ་དིར་དིར་དུ་བགད།

ཚུ་བླུགས་དགོས་ཨེ། ཁྱོད་ཀྱི་བསམ་པར་ཕག་ཤ་བཙོ་བསམ་མམ། ཉུ་དཔོན་གྱིས་བཤད།

བུས་གཏམ་འདི་ཐོས་རྗེས་བགད། བུས།

རྡོ་ལྕགས་མ་བཞུ་གོང་ལ་ཟོམ་བརྡོལ་ཡང་སྲིད་ཅེས་བཤད།

བསམ་ཡུལ་ལས་འདས་པ་ཞིག་ལ་ཉུ་དཔོན་གྱིས་གཏམ་འདི་ཐོས་རྗེས། སྨིན་མ་གཟིངས་ཙམ་བྱས་ཏེ་ང་ལ་ལྟ་བཞིན་འདི་སྐད་ཟེར།

ཕུར་རྐོད། བུ་འདིས་བཤད་པ་བདེན། ཁྱོད་ཚང་ནས་ཚན་རིག་པ་

ཞིག་སྐྱེས།

ཏུ་དཔོན་གྱིས་ཡའུ་ཆིང་ལ་བསྙོད་བསྔགས་བྱས་པས། ངའི་སེམས་ནང་ཧ་ཅང་དགའ། དོན་ལ་བུས་ངན་རྟུས་ཤིག་བརྗོད། སྔོན་ཆད་སུན་ཚང་དུ་ཕྲངས་སྐྱུམ་གྱི་སྐྱུམ་ཟྲོམ་ནང་སླ་ང་རྙིང་པ་དང་ཁྲོ་རྙིང་པ་བཞག་རྗེས་ད་དུང་དེའི་ནང་དུ་ཆུ་བླུགས། ཤིང་གི་ཁ་གཙོད་བཀབ་སྟེ་རྡོ་ལྷུགས་བཞུ་བ་རེད། ནང་གི་ཆུ་འཕོལ་མ་ཐག་ཤིང་གི་ཁ་གཙོད་ཡར་འཕག །ནང་ནས་ཕྲངས་པ་ཆིལ་ཆིལ་དུ་ཐོན། དངོས་གནས་རྡོ་ལྷུགས་བཞུ་བ་དང་ཕག་ཤ་བཙོས་པ་འདྲ།

ཏུ་དཔོན་ཉིན་ལྷར་ཐེངས་འགའ་བལྟ་བར་འགྲོ། འགྲོ་ཐེངས་རེར་ཁ་གཙོད་ཕྱེ་དུས་ནང་ལས་ཆུ་ཆེན་ཡོང་བ་ལྟ་བུའི་ཕྲངས་པ་ཐོན་པས་སྐྲག་སྟེ་གོམ་པ་འགའ་ཞིག་ཕྱིར་ནུར་བྱེད་བཞིན། ཁ་ནས་ང་འཚོག་ནས་ཤི་སོང་ཟེར།

ཕྲངས་པ་ཉུང་དུ་སོང་བ་དང་། ཁོས་ཕྲག་རྒྱུག་ཅིག་བླངས་ནས་ཟྲོམ་ནང་དཀྲུག་དཀྲུག་བྱས། དཀྲུགས་ཚར་རྗེས།

མ་རོ་བཟའ་རྒྱུ། ད་དུང་མཁྲིགས་པ་རེད་ཅེས་གཤེ །

གྲོང་སྡེའི་ནང་རྣོ་ལྷུགས་བཞུ་དུས་ཙ་སྒྲོན་ལུས་ན་ཚས་གདུང་བར་གྱུར། ཙ་སྒྲོན་ལ་ཤུགས་ཟད་པའི་ནད་ཕོག །དེ་སྔོན་ངའི་བསམ་པར་ཙ་སྒྲོན་ལོ་ལོན་པས་ལན་བསམ། ཉིན་དེར་ང་གྲོང་སྡེའི་ནང་ཕྱུགས་ལུད་ཞིང་ལ་སྐྱེལ་བར་ཕྱིན། དེ་དུས་ཞིང་ཁར་སྨྱུག་མ་མང་པོ་བཙུགས། དེ་སྔོན་གྱི་སྨྱུག་མ་དེ་དག་དར་དམར་ཆུང་ཆུང་ཡིན་མོད། ཆར་པ་ཐེངས་འགའ་བབས་པས་དར་དམར་མེད་པར་གྱུར། སྨྱུག་མའི་ཐོག་ཏུ་ཤོག་འཇར་དམར་པོ་རེ་བསྐོན། ཙ་

སྒྲོན་གྱིས་ཕྱུགས་ལུད་འཁྱེར། འགྲོ་བཞིན་འགྲོ་བཞིན་ས་ཐོག་ཏུ་ལྷེམ་མེར་བསྟད། ཡུལ་མིས་མཐོང་སྟེ་འཕྱ་སྨོད་བྱས། ཕུར་ཏོག་གིས་མཚན་མོ་སྤྱུག་སྟེར་ཟེར།

ཅ་སྒྲོན་ཡང་བགད། ཅ་སྒྲོན་ཡར་ལངས་ཏེ་འཁྱེར་རྩིས་བྱས། རྐང་པ་གཉིས་སིག་སིག་ཏུ་འདར་བས། དོར་མ་ནི་རླུང་གིས་གཡོ་བ་བཞིན་ལྷེབ་ལྷེབ་བྱེད། ངའི་བསམ་པར་ཅ་སྒྲོན་དཀའ་སྡུག་ཆེ་དྲགས་སྙམ་སྟེ།

ཁྱོད་ཡུད་ཙམ་ངལ་གསོ་བར་རྒྱུག

འདི་སྐད་བཤད་མ་ཐག་ཅ་སྒྲོན་སླར་ཡང་ས་ཐོག་ཏུ་ལུས། ཁུར་པོའི་ནང་ཡོད་པའི་ལུད་ཀྱིས་རྐང་པ་ཡོངས་སུ་བཀབ། དེ་མྱུར་ཅ་སྒྲོན་གྱི་གདོང་དམར་པོར་གྱུར།

ང་ཅི་བྱས་པ་ཡིན་ནམ། ཅ་སྒྲོན་གྱིས་ང་ལ་བཤད།

ངའི་བསམ་པར་ཅ་སྒྲོན་གཉིད་ཐུན་ཞིག་ཉལ་ན་ཉིན་གཉིས་པར་ཤུགས་དང་ལྡན་ངེས་སྙམ། བསམ་ཡུལ་ལས་འདས་པ་ཞིག་ལ་དེ་རྗེས་ཀྱི་ཐེངས་འགར་ཅ་སྒྲོན་གྱིས་ཁུར་པོ་འཁྱེར་མ་ཐུབ། ཅ་སྒྲོན་གྱིས་ལས་ཡང་མོ་བྱ་རྒྱུ་ལས་མ་འདས། སྐབས་ལེགས་པ་ཞིག་ལ་དེ་དུས་མི་དམངས་ཀུང་ཧྲེ་རེད། དེ་ལྟར་མིན་ན་འཚོ་བ་ཅི་ལ་འགྱོལ། ཅ་སྒྲོན་ན་བས་སེམས་ཀྱང་མི་སྐྱིད། མཚན་མོ་རྟག་པར་ཅ་སྒྲོན་གྱིས་ཕྱོག་ཏུ་ང་ལ་དྲིས།

ཕུར་ཏོག ངས་ཁྱོད་ཚོ་ཐག་ཞོར་འཁྲིད་འདྲུད་བྱས་ཟེར།

ངས་ཁྱོད་ཀྱིས་འདི་ལྟར་བསམ་མི་རུང་། ལོ་རྒྱས་ན་ཚང་མ་འདི་ལྟར་རེད་ཅེས་བཤད།

དེ་དུས་ངས་ཙ་སྒྲོན་གྱི་ནད་ལ་སྣང་འཛོག་དེ་ཙམ་མ་བྱས། ངའི་བསམ་པར་ཙ་སྒྲོན་ངའི་བག་མར་སླེབས་པ་ནས་བཟུང་འཚོ་བ་ཡག་པོ་ཞིག་མ་བྱུང་། ད་ལྟ་ལོ་རྒྱས་པས་ཙ་སྒྲོན་ངལ་གསོ་དགོས་བསམ། བསམ་ཡུལ་ལས་འདས་པ་ཞིག་ལ་ཟླ་བ་གཅིག་གི་རྗེས་སུ་ཙ་སྒྲོན་གྱི་ནད་ཚབས་དེ་བས་ལྷི་རུ་ཕྱིན། མཚན་མོ་དེར་ང་ཚོ་ཚང་མས་རྡོ་ལྕགས་བཞུ་སའི་རྨུམ་ཐྲོམ་སྲུང་བཞིན་བསྡད། ཙ་སྒྲོན་ན་སྟེ་འགྲེལ། ང་སྐྲག་ཐག་ཆོད་དེ་གཞི་ནས་ཙ་སྒྲོན་རྫོང་གྲོང་སྨན་ཁང་དུ་སྐྱེལ་རྒྱུ་དྲན།

དེ་དུས་རྡོ་ལྕགས་ཟླ་བ་གཉིས་ལྷག་བཙོས་ཀྱང་ད་དུང་མཁྲེགས་པོ་རེད། རུ་དཔོན་གྱི་བསམ་པར་སྐུག་ཤར་གཞོན་པ་དེ་དག་གིས་ཉིན་མཚན་ཀུན་ཏུ་རྨུམ་ཐྲོམ་བསྲུང་མི་དགོས་སྙམ་སྟེ།

རྗེས་སུ་ཁྲིམ་ཚང་སྐོར་རེས་བྱས་ཏེ་བསྲུང་རྒྱུ་བྱས།

སྐོར་རེས་ང་སླེབས་དུས་རུ་དཔོན་གྱིས།

ཕུར་ཐོད། སང་ཉིན་ནི་རྒྱལ་སྟོན་དུས་ཆེན་རེད། མི་ཆེ་ཙམ་མི་ཚ་ཙམ་དགོས། ཇི་ལྟར་བྱས་རུང་རྡོ་ལྕགས་བཞུ་དགོས་ཟེར།

ངས་ཙ་སྒྲོན་དང་འཇའ་ཚོན་གྱིས་སྟོན་ལ་ཟ་ཁང་དུ་སྒུག་པར་བསྐུལ། ལྟོ་སྡུ་ཙམ་བཟས་རྗེས་ཕྱིར་ཡོང་སྟེ་བརྗེ་ལེན་བྱེད་དགོས་སྙམ། ཕྱིས་དྲགས་ན་མིས་གཏམ་ཡན་ཤོད་པར་ང་སྐྲག །འོན་ཏེ་ཙ་སྒྲོན་དང་འཇའ་ཚོན་ལྟོ་འཁྱེར་ནས་ཕྱིར་སླེབས་མེད། ཡའུ་ཆིང་ཅི་ཙམ་བསྒུགས་ཀྱང་མ་སླེབས། ཙ་སྒྲོན་སྒོ་འགྲམ་དུ་ལངས་ཏེ་ཡའུ་ཆིང་ཞེས་འབོད་སྐབས་དཔྲལ་བ་ནས་རྔུལ་ཆུ་ཐོན། བུས་རྩ་བཟུང་སྟེ་ལྷས་རང་སྐྱེལ་བར་ཕྱིན་པ་ངས་ཤེས། ངས་ཙ་སྒྲོན་ལ།

ཁྱོད་གཉིས་སྔོན་ལ་ཟོས་དང་ཞེས་བཤད།

དེ་མ་ཐག་ང་སྒོ་ལས་ཐོན་ཏེ་ལྷས་རའི་ཕྱོགས་སུ་ཕྱིན། སེམས་ནང་བུ་འདིས་བསམ་བློ་གཏོང་མི་ཤེས། ཅ་སྒྲོན་ལ་ཁྱིམ་ལས་བྱེད་རོགས་མ་བྱས་པར་ཉིན་ལྟར་ལུག་ལ་རྩ་སྟེར་རྒྱུ་ལས་མི་དྲན། ལྟོ་ནང་དུ་བཟས། སྒོ་ང་ཕྱི་ལ་བཏང་། ལྷས་འགྲམ་དུ་སླེབས་སྐབས་བུས་རྩ་ས་ཐོག་ཏུ་བཞག་པ་མཐོང་། ལྷས་རར་ལུག་དྲུག་ལས་མེད། ཚང་མ་ཡོངས་ཏེ་རྩ་ཧབ་བཟའ་བྱེད། བུས་སློ་པོ་འཁྱེར་ཏེ་ཕང་ཞི་ལ་དྲིས།

ཁྱོད་ཚོས་ངའི་ལུག་བཤའ་འམ།

ཕང་ཞིས། བཤའ་མི་སྲིད། ལུག་མེད་ན་ལུད་གང་ནས་ཡོང་། ལུད་མེད་ན་ཞིང་ཁར་ལོ་ཏོག་ལེགས་པོ་མི་ཡོང་ཟེར།

ཕང་ཞི་ཡིས་ང་ཡོང་བ་མཐོང་རྗེས་བུ་ལ་འདི་ལྟར་སྨྲས།

ཁྱོད་ཀྱི་ཕ་སླེབས་སོང་། ཁྱོད་མགྱོགས་པོ་ལོག །

ཡའུ་ཆིང་གིས་ཁ་བསྒོར། ངས་བུའི་མགོ་བོར་བྱིལ་བྱིལ་བྱས། བུ་འདིས་ད་ལྟ་ཕང་ཞི་ལ་དྲིས་པའི་སྐད་གདངས་ཀྱིས་ང་ཁོང་ཁྲོ་ཞི་བར་བྱས། ང་ཚོ་ཁྱིམ་གྱི་ཕྱོགས་སུ་ཕྱིན། བུས་ང་མ་ཁྲོས་པ་ཤེས་ཏེ་དགའ་བཞིན་ང་ལ་འདི་ལྟར་ཟེར།

ཁོ་ཚོས་ངའི་ལུག་བཤའ་མི་སྲིད།

བཤས་ཀྱང་ཅུང་། ངས་བཤད།

མཚན་མོ་ང་ཚོས་སྒམ་ཟོམ་སྲུང་བཞིན་རྫ་ལྕགས་བཙོ་བར་བལྟས། ངས་ཟོམ་ནང་དུ་ཆུ་བླུགས། འཇའ་ཚོན་གྱིས་ རླུང་གཡབ་འཕྱུར། ཅ་སྒྲོན་

དང་བྲུས་ཤིང་གི་ཡལ་ག་བཅལ། མཚན་གུང་སླེབས་དུས་ཡུལ་མི་རྣམས་གཉིད་དུ་ཡུར། ངས་ཆུ་ཐེངས་གསུམ་བླུགས། ལྷང་རྒྱུག་ཅིག་གིས་དཀྲུག་དཀྲུག་བྱས་མོད་ད་དུང་མཁྲེགས་པོ་རེད། ཅ་སྦྲོན་ངལ་བས་དུབ་སྟེ་གདོང་ཡོངས་རྟུལ་ཆུ་རེད། ཅ་སྦྲོན་གྱིས་ཅེད་པ་སྦྱར་ཏེ་ཕྱུས་མོ་ས་ཐོག་ཏུ་བཙུགས། ངས་ཁ་གཅོད་བཀབ་སྟེ་ཅ་སྦྲོན་ལ་འདི་ལྟར་བཤད།

ཁྱོད་ན་བ་མིན་ནམ།

དེ་དུས་ཡའུ་ཆིང་ཤིང་སྡོང་ལ་བསྙེས་ཏེ་གཉིད་དུ་ཡུར། འཇའ་ཚོན་གྱིས་ལག་གཉིས་བརྗེ་བཞིན་རླུང་གཡབ་འཕྱུར་བར་བལྟས་ན་བུ་མོའི་དཔྱང་པ་ན་བ་འདྲ། ངས་བུ་མོ་འབུད་ཙམ་བྱས། བུ་མོའི་བསམ་པར་ངས་བུ་མོའི་ཚབ་བྱེད་སྙམ་སྟེ། གདོང་གཙུས་ཏེ་མགོ་བོ་གཡུག །ངས་བུ་ལ་གཏད་དེ་བུ་མོས་བུ་འཁྲིད་དེ་ཁྱིམ་དུ་ལོག་པར་སྐུལ། བུ་མོས་གཞི་ནས་མོས་པའི་བརྡ་ལ་མགོ་བོ་ལྟོག་ལྟོག་བྱས། གྲོང་སྡེའི་ལྟས་ར་ནས་གྲག་པའི་ལུག་གི་འབབ་སྒྲ་གཉིད་དུ་ཡུར་བའི་བྲུས་ཐོས་པས་ཏ་ཏ་ཞེས་བགད། འཇའ་ཚོན་གྱིས་བུ་པང་དུ་ལེན་སྐབས་བྲུས་སློ་བུར་དུ་མིག་གདངས་ཏེ།

ངའི་ལུག་གི་འབབ་སྒྲ་རེད་ཟེར།

ངའི་བསམ་པར་བུ་གཉིད་དུ་ཡུར་སྙམ། བྲུས་མིག་གདངས་པ་མཐོང་། ད་དུང་ངའི་ལུག་ཟེར་བས་ང་ཁྲོས་ཏེ། བུ་ལ་འདི་ལྟར་བཤད།

ལུག་མི་དམངས་ཀུང་ཧྲེའི་རེད། ཁྱོད་ཀྱི་མ་རེད།

བུ་རབ་ཏུ་སྐྲག །གཉིད་འཇའ་ལྟར་ཡལ། མིག་ཅེ་རེར་ང་ལ་བལྟ། ཅ་སྦྲོན་གྱིས་ཐུག་ཙམ་གཞུས་ཏེ།

ཁྱོད་ཀྱིས་སྐྲག་སྣང་མ་སྐྱོང་དང་། ཞེས་སྨྲ་བཞིན་ཙོག་པུར་བུ་ལ་གཏད་དེ།

ཡའུ་ཆིང་། ཁྱོད་གཉིད་ཉོལ། གཉིད་ཉོལ་ཟེར།

བུས་ཅ་སྒྲོན་ལ་ལྟ་བཞིན་དལ་བུར་མིག་བཙུམས། རྒྱང་ཙམ་ནས་གཉིད་ཡུར། ངས་བུ་པང་དུ་བཏབ་སྟེ། བུ་མོའི་སྒལ་པར་བཞག །བུ་མོར་ལག་བརྡ་བྱེད་བཞིན་བུ་མོ་དང་བུ་ཁྱིམ་དུ་ཉལ་བར་སྐུལ།

འཇའ་ཚོན་གྱིས་ཡའུ་ཆིང་སྒལ་པར་འཁུར་རྗེས་ང་དང་ཅ་སྒྲོན་མི་འགྲམ་དུ་བསྡད། དེ་དུས་གནམ་ཤིན་ཏུ་གྲང་། མི་འགྲམ་དུ་དྲོད་ཆེ། ཅ་སྒྲོན་ངལ་བས་དུབ་སྟེ་ཤུགས་གཏན་ནས་མེད་པར་གྱུར། དཔུང་པ་བཏེགས་ཙམ་ཡང་བྱེད་མི་ཐུབ། ངས་ཅ་སྒྲོན་ང་ལ་བརྙེས་སུ་བཅུག་སྟེ།

ཁྱོད་ཀྱི་གཉིད་ཞྭ་ཕུད་ཙམ་བྱས་ཏེ་ངལ་གསོས་ན་ལེགས་ཞེས་བཤད།

ཅ་སྒྲོན་གྱི་མགོ་བོ་ངའི་དཔུང་ཐོག་ཏུ་བཞག་མ་ཐག་ང་ཡང་གཉིད་འདོད། མགོ་བོ་རང་བཞིན་གྱིས་སྒུར། ངས་ཤུགས་ཀྱིས་དགུ་ཙམ་བྱས་ཀྱང་ཤེས་མེད་ཚོར་མེད་དུ་སླར་ཡང་སྒུར། ངས་བུད་ཤིང་མཐའ་མ་དེ་བསྣན་རྗེས། སླར་ཡང་མགོ་བོ་དགྱེ་མ་ཐུབ།

ངས་དུས་ཡུན་ཅི་ཙམ་གཉིད་པ་མ་ཤེས། ཅུང་སྨྲ་ཆེན་པོ་ཞིག་གིས་ང་ཧད་ཀྱིས་ཡར་བསླངས། དེ་དུས་ནམ་གསལ་ལ་ཉེ། ངས་སྣུམ་ཟློམ་ས་ཐོག་ཏུ་འགྱེལ་བ་མཐོང་། མེ་ཆུ་བཞིན་འབར། ངའི་ལུས་ཐོག་ཏུ་ཅ་སྒྲོན་གྱི་གྱོན་པ་བཀབ། ངས་མྱུར་བར་མཆོངས་ཏེ་སྣུམ་ཟློམ་ལ་རྐྱར་བ་ལན་གཉིས་བྱས། ཅ་སྒྲོན་མཐོང་རྒྱུ་མེད་པས་ངས་སྐད་འབོད་བྱས།

ཙ་སྒྲོན། ཙ་སྒྲོན།

ཙ་སྒྲོན་གྱིས་རྫིང་བུའི་འགྲམ་ནས་ལན་བྱེད་པ་ངས་ཐོས། ཙ་སྒྲོན་ས་ཐོག་ནས་ཤུགས་གང་ཡོད་ཀྱིས་ལངས་ཐབས་བྱེད་པ་ངས་མཐོང་། ངས་ཙ་སྒྲོན་སྐྱོར་བས། ཙ་སྒྲོན་གྱི་ལུས་ཐོག་གི་རྒྱན་པ་རྣོན་པར་གྱུར་པ་ཤེས།

ང་གཉིད་རྗེས་ཙ་སྒྲོན་གྱིས་གཉིད་དུ་མ་ཡུར་བར། མི་ལ་བུད་ཤིང་བར་མེད་དུ་བསྟན། སྣུམ་ཟྡོམ་གྱི་ཆུ་སྐམ་ལ་ཉེ་བ་མཐོང་། ཙ་སྒྲོན་གྱིས་ཆུ་ཟྡོམ་འཁྱེར་ཏེ་རྫིང་འགྲམ་དུ་ཆུ་ལེན་པར་ཕྱིན། ཙ་སྒྲོན་གྱི་ལུས་པོར་ཤུགས་མེད། ཆུ་ཟྡོམ་སྟོང་པ་འཁྱེར་རྒྱུང་དཀའ་ལས་ཆེ་བས། ཆུ་ཟྡོམ་ཁེངས་པ་ནི་སྒྲུས་ཐལ་རེད། ཆུ་བླུགས་རྗེས་གོམ་པ་དྲུག་བདུན་ཞིག་ནས་འགྱེལ། ཙ་སྒྲོན་གྱིས་ངལ་རྒྱུང་ཙམ་གསོས་རྗེས་སླར་ཡང་ཆུ་བླུགས། ད་ཐེངས་ཙ་སྒྲོན་གྱིས་ཆུ་བླུགས་ཏེ་གོམ་པ་རེ་ལ་ངལ་གསོ་ཐེངས་རེ་བྱེད་བསམ། འོན་ཏེ་རྫིང་ཁར་སླེབས་མ་ཐག་སླར་ཡང་འདྲེད། ཨུང་སྦྲ་ཆེན་མོ་ཞིག་གིས་ང་ཧར་སད་མ་བྱུས་བར་དུ་ལུས།

ཙ་སྒྲོན་རྒྱས་མེད་པ་མཐོང་བས་ངའི་བློ་རྒྱུང་ལྡོད་པར་གྱུར། ངས་ཙ་སྒྲོན་སྣུམ་ཟྡོམ་མདུན་དུ་སྐྱོར་ཏེ་འཁྲིད། མི་ད་དུང་འབར་བཞིན་འདུག །ངས་བལྟས་པས་ཟྡོམ་མཐིལ་བརྗོལ་བ་མཐོང་། སེམས་ནང་ད་ནི་ཚར་སོང་སྙམ། ཙ་སྒྲོན་གྱིས་ཚུལ་འདི་མཐོང་བས་ཧད་དེ་ལུས། རྒྱུང་ཞིག་ནས་རང་གིས་རང་ལ་གཤེ །

ཚང་མ་ངས་ལན། ཚང་མ་ངས་ལན་ཟེར།

ངས་ལན། ང་གཉིད་མ་ཉལ་ན་ཆོག །ངས་བཤད།

ངའི་བསམ་པར་མྱུར་དུ་ཙ་དཔོན་ལ་སྙན་སེང་ཞུ་དགོས་སྙམ། ཙ་སྒྲོན་ཤིང་སྡོང་འོག་ཏུ་སྐྱོར་ཏེ། ཙ་སྒྲོན་སྡོང་འོག་ཏུ་བཞག །རང་ཉིད་ངའི་སྟོན་ཆད་ཀྱི་ཁྲིམ་སྡེ་ཕྱིས་སུ་ལུང་ཨར་གྱི་གཞིས་ག །ད་ལྟ་ཙ་དཔོན་གྱི་ཁང་པ་ཡིན་པའི་ཕྱོགས་སུ་རྒྱུག །ཙ་དཔོན་གྱི་སྒོ་འགྲམ་དུ་ངས་སྐད་ཅི་ཡོད་ཀྱིས་བོས།

ཙ་དཔོན་ལགས། ཙ་དཔོན་ལགས།

སུ་ཡིན། ཙ་དཔོན་གྱིས་ནང་ནས་ལན་བྱས།

ང་ཡིན། ཕུར་ཆོད་ཡིན། ཐོམ་མཐིལ་བཞུར་སོང་། ངས་བཤད།

རྡོ་ལྷུགས་བཞུ་བ་རེད་དམ། ཙ་དཔོན་གྱིས་དྲིས།

བཞུ་མ་སོང་། ངས་སྨྲས།

འོ་ན་སྐད་གཏོང་རྒྱུ་ཅི་ཡོད། ཙ་དཔོན་གྱིས་གཤེ །

ངས་མུ་མཐུད་སྐད་གཏོང་མ་ནུས། དེར་ལངས་ཏེ་ཅི་བྱེད་མ་ཤེས། ནམ་གསལ་ཐག་ཆོད། ངའི་བསམ་པར་སྟོན་ལ་ཙ་སྒྲོན་སྨན་ཁང་དུ་སྐྱེལ་དགོས་བསམ། ཙ་སྒྲོན་ལ་བལྟས་ན་ནད་གཞི་ལྷི། ཐོམ་མཐིལ་བཞུར་བའི་སྐོར་ང་སྨན་ཁང་ནས་ཕྱིར་འཁོར་ན་ཙ་དཔོན་ལ་གསལ་བཤད་བྱེད་སྙམ། ངས་སྟོན་ལ་ཁྲིམ་དུ་ལོག་ཏེ་འཇའ་ཚོན་གཉིད་སད། ཙ་སྒྲོན་ཡང་འགྲོ་བར་བསྐུལ། ཙ་སྒྲོན་འགྲོ་མི་ཐུབ། ང་ཡང་ལོ་ན་རྒས་གཤིས་ཙ་སྒྲོན་ལེ་དབར་ཉེ་ཤུ་ཙམ་སྐྱལ་པར་འཁྱེར་མི་ཐུབ་པས། ང་དང་འཇའ་ཚོན་རེས་མོས་ཀྱིས་ཙ་སྒྲོན་འཁྱེར་རྒྱུ་ལས་མ་འདས།

ངས་ཙ་སྒྲོན་འཁྱེར་ཏེ་རྫོང་གྲོང་དུ་ཕྱིན། འཇའ་ཚོན་གཞོགས་སུ་ཡོད།

ང་ལ་ནད་མེད། ཕུར་ཆོད། ང་ལ་ནད་མེད། ཙ་སྒྲོན་གྱིས་ངའི་སྐལ་

ཐོག་ནས་བཤད།

ངས་ཙ་སྒྲོན་གྱིས་སྨན་བསྟེན་པར་དཔྱལ་ཐངས་པ་ཤེས་ཏེ།

ནད་ཡོད་མེད། སྨན་ཁང་དུ་སླེབས་ན་ཤེས། ངས་བཤད།

ཙ་སྒྲོན་སྨན་ཁང་དུ་འགྲོ་འདོད་མེད་པས་ལམ་ཐོག་ཏུ་ཅི་ཞིག་སྨྲ། གང་ཅམ་ཕྱིན་རྗེས་ངའི་ཤུགས་ཟད། འཇང་ཚོན་གྱིས་ངའི་ཚབ་ཏུ་འཁྱེར། ང་ལས་བུ་མོ་ཤུགས་ཆེ། བུ་མོས་ཨ་མ་སྒལ་ཐོག་ཏུ་འཁྱེར་ནས་ཐིག་སྒྲ་དང་བཅས་ཕྱིན། ཙ་སྒྲོན་གྱིས་འཇང་ཚོན་གྱི་སྒལ་ཐོག་ཏུ་ཅི་ཡང་མ་སྨྲས། སློ་བུར་དུ་བགད་དེ་སེམས་གསོའི་ཚུལ་དུ།

འཇང་ཚོན་ཆེན་པོ་ཆགས་ཟེར།

ཙ་སྒྲོན་གྱིས་གཏམ་འདི་བཤད་རྗེས་མིག་དམར་པོར་གྱུར། ཡང་།

འཇང་ཚོན་ལ་ན་ཚ་དེ་མ་བྱུང་ན་ཅི་འདྲའི་ཡག་པ་ལ་ཟེར།

ལོ་མང་པོ་དེ་འདྲ་ཕྱིན། ཁྱོད་ཀྱིས་དེ་བཤད་ནས་ཅི་བྱེད། ངས་སྨྲས།

རྫོང་གྲོང་གི་སྨན་པས་ཙ་སྒྲོན་ལ་རུས་སྙིའི་ནད་ཡོག །ནད་འདི་རིགས་སུས་ཀྱང་བཅོས་ཐབས་མེད་ཟེར། ང་ཚོས་ཙ་སྒྲོན་ཁྱིམ་དུ་འཁྱེར་ཡོང་། ལྟོ་བཅུད་ལེགས་པ་རེ་བྱུང་ན་དེ་སྟེར་མོད། ཙ་སྒྲོན་གྱི་ནད་ཇེ་སྡུག་ཏུ་ཕྱིན། དེ་ལྟར་ལས་བྱ་རྒྱུ་གཞན་ནི་མེད། ཕྱིར་ཡོང་བའི་ལམ་དུ་འཇང་ཚོན་གྱིས་ཙ་སྒྲོན་འཁྱེར། ངའི་འཁྲིས་སུ་ཡོང་དུས་སེམས་ནང་ཅི་ཡང་འཆར། ཙ་སྒྲོན་ལ་སུས་ཀྱང་བཅོས་མི་ཐུབ་པའི་ནད་ཡོག །ངས་ཇི་ལྟར་བསམ་བློ་བཏང་ན་དེ་ལྟར་སྐྲག །མི་ཚེ་འདི་ལྟར་ཟད། མཁུར་རུས་པགས་གཡོགས་ཀྱི་གདོང་ལ་ལྟ་བཞིན་ཙ་སྒྲོན་ངའི་ཚུང་མར་གྱུར་པ་ནས་བཟུང་ཉིན་གཅིག་ཀྱང་སྐྱིད་

པོ་བྱེད་སྙིང་མེད་སླམ།

ཅ་སྒྲོན་ནི་དེ་ལས་ལྡོག་སྟེ་དགའ་སྣང་བྱེད་བཞིན་འཇའ་ཚོན་གྱི་སྐལ་ཐོག་ནས།

བཙོས་ཐབས་མེད་ན་ལེགས། སྨན་བཙོས་ཀྱི་དངུལ་ཞིག་གང་ན་ཡོད་ཟེར།

གྲོང་མགོ་སླེབས་ལ་ཉེ་དུས་ཅ་སྒྲོན་རྩུང་བདེ་ཏུ་སོང་། མར་ཞོག་དང་རང་གིས་འགྲོ།

ཡཁུ་ཆིང་ལ་འཇིགས་སྣང་མ་སྐྱུལ་ཟེར།

ཅ་སྒྲོན་གྱི་བསམ་པར་ཚུལ་འདི་ཡཁུ་ཆིང་གིས་མཐོང་ན་སེམས་ཁྲལ་བྱེད་ངེས་སླམ་སྟེ། འཇའ་ཚོན་གྱི་ལུས་ཐོག་ལས་མར་བབས། ཨ་མ་ཟེར་བ་འདིའི་སེམས་པ་ཞིབ་ཚགས། ང་ཚོས་ཅ་སྒྲོན་སྐྱུར།

ཅ་སྒྲོན་གྱིས་དོན་ལ་ན་རྒྱུ་ཞིག་ཅི་ལ་ཡོད། ངས་འགྲོ་ཐུབ་ཟེར།

དེའི་ཚེ་གྲོང་སྟེར་ཇ་སྦྲ་གྲག །ཏུ་དཔོན་གྱིས་མི་ཏུ་བསྐུར་གཅིག་འཁྲིད་དེ་གྲོང་མགོར་ཡོང་། ཏུ་དཔོན་གྱིས་ང་ཚོ་མཐོང་མ་ཐག་ལག་པ་གཡུག་བཞིན་སྐད་འབོད་བྱས།

ཕུར་རྒོད། ཁྱོད་ཚང་གིས་བྱས་རྗེས་བཞག་ཟེར།

ང་གླེན་པ་གཏི་ཐུག་གིས་ཅི་ཡིན་མ་ཤེས། བྱས་རྗེས་གང་བཞག་མིན་ཅི་ལ་ཤེས། ཁོ་ཚོ་ཉེ་སར་སླེབས། ངས་གྲོང་སྟེའི་གཞོན་ནུ་གཉིས་ཀྱིས་ལྕགས་འཁྱེར་བའི་ཐོག་ཏུ་སླ་ང་ཕྱེད་དུམ་ཞིག་བཞག །ད་དུང་ལྕགས་ལྕེབ་འགའ་བསྣངས་པ་ལ་དར་དམར་པོ་བཏགས། ཏུ་དཔོན་གྱིས་ལྕགས་རྟུག་ལ་གཏད་དེ།

ཁྱོད་ཚང་གིས་རྡོ་ལྷུགས་བཞུ་བཏུལ་བྱས། རྒྱལ་སྟོན་དུས་ཆེན་དང་སྐབས་འགྲིག །ང་ཚོ་རྗོང་དུ་གཏམ་བཟང་སྙན་ཞུ་བྱེད་པར་འགྲོ་ཟེར།

གཏམ་འདི་ཐོས་པས་ང་ཧད་དེ་ལུས། ང་ནི་ད་དུང་རྨུམ་ཟོམ་གྱི་མཐིལ་བརྡོལ་རྐྱེན་ཙུ་དཔོན་ལ་ཇི་ལྟར་བྱས་ཏེ་ཡར་ཞུ་བྱེད་སྙམ་སེམས་ཁྲལ་བྱེད་བཞིན་ཡོད། སུས་ཀྱང་རྡོ་ལྷུགས་བཞུ་བཏུལ་ཅི་ལ་བསམ། ཙུ་དཔོན་གྱིས་ངའི་དཔུང་པར་ལྷུག་ལྷུག་བྱས་ཏེ།

རྡོ་ལྷུགས་འདིས་མེ་སྒྱོགས་གསུམ་བཟོ་ཐུབ། ཚང་མ་ཐའི་ཕན་དུ་འཕེན། གཅིག་ནི་ཅང་ཅེ་ཧྲེའི་མལ་ཁྲི་དང་། གཅིག་ཅང་ཅེ་ཧྲེའི་སྒྲོག་ཅོ། གཅིག་ཅང་ཅེ་ཧྲེའི་ལུག་ལྐས་ལ་འཕེན་ཟེར།

དེ་མ་ཐག་ཙུ་དཔོན་གྱིས་ལག་པ་གཡུག །ཇ་རྟུང་པ་བཅུ་གྲངས་ཤིག་གིས་ཤུགས་ཅི་ཡོད་ཀྱིས་བྲོ་ཇ་དང་འཕར་ཇ་བརྡུངས། ཁོ་ཚོ་ཕྱིན་རྗེས་ཙུ་དཔོན་གྱིས་ཇ་སྦྲའི་ཁྲོད་ཁ་ཕྱིར་སྐོར་ཏེ།

དེ་རིང་ཟ་ཁང་དུ་ཕོ་ལོག་ཡོད། ཕོ་ལོག་རེ་ལ་ལུག་རེ་ཡོད། ཚང་མ་ཤ་རེད་ཟེར།

ཁོ་ཚོ་རྒྱང་རིང་དུ་ཕྱིན་རྗེས་ངས་ཙ་སྒྲོན་ལ་དྲིས།

རྡོ་ལྷུགས་དངོས་གནས་བཞུ་ཡོད་དམ།

ཙ་སྒྲོན་གྱིས་མགོ་བོ་གཡུག །ཙ་སྒྲོན་གྱིས་ཀྱང་ཇི་ལྟར་བཞུ་བ་མི་ཤེས། ངའི་བསམ་པར་རྨུམ་ཟོམ་གྱི་མཐིལ་བརྡོལ་དུས་རྡོ་ལྷུགས་བཞུ་བ་རེད་སྙམ། ང་ཚོ་ཁྱིམ་དུ་སླེབས་དུས་བུ་ནི་ཁྱིམ་མདུན་དུ་དཔུང་པ་སིག་སིག་ཏུ་ཊུ་བཞིན་འདུག །

ཁོ་ཚོས་ངའི་ལུག་བཤས། ལུག་གཉིས་ཀ་བཤས་སོང་། ཁོས་བཤད།

ཡའུ་ཆིང་ནི་ཉིན་འགའ་རིང་ལ་སེམས་སྐྱོ། བུ་རྟག་པར་ཞོགས་པ་སྔ་མོ་ལངས་ཏེ་སློབ་གྲྭར་རྒྱུག་མི་དགོས། ངས་བུ་ཁང་མདུན་དུ་ཕར་འགྲོ་ཚུར་འགྲོ་བྱེད་པར་བལྟ་བ་ལས། ཅི་ཞིག་བྱེད་དགོས་མིན་མ་ཤེས། རྒྱུན་གཏན་འདི་དུས་བུས་རྟག་པར་སླེལ་པོ་འཕྱེར་ཏེ་རྩ་བརྡ་བར་འགྲོ། ཅ་སྒྲོན་གྱིས་བུ་ལྟོ་བཟའ་བར་བོས། བོས་མ་ཐག་བུ་ཅོག་ཙེའི་མདུན་དུ་སླེབས། ལྟོ་བཟས་རྗེས་དཔེ་ཁྲུག་འཕྱེར་ནས་ལྟས་རར་བལྟ་ཙམ་བྱས། དེ་ནས་སློང་སློང་པོར་སློབ་གྲྭར་ཕྱིན།

གྲོང་སྡེའི་ལུག་ཚང་མ་བཟས་ཚར། སླང་ཀན་གསུམ་པོ་ཞིང་ཁ་རྨོ་དགོས་པས་ཚེ་ཐར་ལ་སོང་། འབྲུ་རིགས་ཀྱང་ཟད་ལ་ཉེ། ཏུ་དཔོན་གྱིས་ཀྱང་ཧྲེར་བཟའ་རྒྱུ་དགོས་ཟེར་ནས་ཐེངས་རེར་གཞོན་ནུ་བཅུ་གྲངས་རེ་འཕྲིད། ཕྲག་རྒྱུག་བཅུ་གྲངས་རེ་འཕྱེར། ཕྱི་ཚུལ་དུ་གསེར་རི་བོ་ཙམ་ཞིག་འཕྱེར་མི་ཡོང་ངམ་སྙམ་མོད། ཡོག་ཐེངས་རེར་སྔར་བཞིན་མི་བཅུ་གྲངས་དང་ཕྲག་རྒྱུག་བཅུ་གྲངས་ལས་མེད། འབྲས་འབྲུ་རྡོག་གཅིག་ཀྱང་མེད། མཐར་ཏུ་དཔོན་ཐེངས་མཇུག་མ་ཡོག་ཡོང་སྟེ།

སང་ཉིན་ནས་ཟ་ཁང་གཏོར་རྒྱུ་རེད། ཚང་མ་རྫོང་གྲོང་དུ་ཁྲོ་སླང་ཉོ་བར་རྒྱུག །སྔར་རྒྱུན་ལྟར་རེད། རང་ལྟོ་རང་ཁྱིམ་དུ་བཟའ་དགོས་ཟེར།

སྔོན་ཆད་ཁྲོ་སླང་གཅིག་དགོས་དུས་ཏུ་དཔོན་གྱི་སྒྲ་བ་ལན་གཅིག་རེད། ད་ལྟ་ཁྲོ་སླང་ཉོ་དགོས་ཟེར་དུས་ཀྱང་ཏུ་དཔོན་གྱི་སྒྲ་བ་ལན་གཅིག་རེད། ཟ་ཁང་གི་འབྲུ་རིགས་ལྷག་མ་རྣམས་མི་གྲངས་ལ་བརྟེན་ནས་ཁྱིམ་སོ་སོར་

བགོས། ཐེད་ཚང་ལ་བགོས་པས་ཉིན་གསུམ་ལས་མི་འཁྱོལ། སྐབས་ལེགས་པ་ཞིག་ལ་ཟླ་བ་གཅིག་ཙམ་ནས་སྟོན་ཐོག་ལེན་རྒྱུ་ཡོད། ཇི་ལྟར་བྱས་ཀྱང་ཟླ་བ་གཅིག་འཁྱོལ་ཐབས་མེད།

གྲོང་སྡེའི་ནང་ཐོག་མར་སྐར་ཐོ་བླངས། ང་ནི་རབ་གྲས་རེད། སྐར་མ་བཅུ་ཡོད། ཅ་སྒྲོན་ལ་ན་ཚ་མེད་ན་སྐར་མ་བརྒྱད་ཡོད། ཅ་སྒྲོན་ན་དུས་ཡང་ལས་མ་གཏོགས་བྱེད་མི་ཐུབ་པས་སྐར་མ་བཞི་ལས་མི་སྤྲོད། སྐབས་ལེགས་པ་ཞིག་ལ་འཇའ་ཚོན་ནར་སོན་པས་བུད་མེད་ནང་དུ་ཤུགས་ཆེ་གྲས་ཡིན་པས། ཅ་སྒྲོན་ལ་ཉིན་ལྟར་སྐར་མ་བདུན་ཐོབ་ཀྱི་ཡོད།

ཅ་སྒྲོན་གྱི་སེམས་མི་བདེ་བར་གྱུར། ཅ་སྒྲོན་གྱི་ལས་སྐར་ཕྱེད་ཀ་ཟགས་པས་བསམ་བློ་གྲུ་དོག་པར་གྱུར། ཅ་སྒྲོན་གྱི་བསམ་པར་རང་གིས་ངལ་ནུས་ལྷི་མོ་བྱེད་ཐུབ་སྙམ་སྟེ། རྟ་དཔོན་ཐེངས་འགའ་བཙལ་བར་ཕྱིན།

ངས་དངོས་གནས་ལས་ཀ་མ་ཐུབ་ན་ང་ལ་སྐར་མ་བཞི་སྤྲད་ན་འགྲིག་ཅེས་ཞུས།

རྟ་དཔོན་གྱི་བསམ་པར་རེད་སྙམ། ཅ་སྒྲོན་ལ་གཏད་དེ།

འོ་ན་ཁྱོད་འབྲས་བཇ་བར་རྒྱུག་ཟེར།

ཅ་སྒྲོན་གྱིས་ཟོར་བ་འཁྱེར་ནས་འབྲས་ཞིང་ཐོག་ཕྱིན། ཐོག་མར་བཇ་དུས་མགྱོགས་པས། ངའི་བསམ་པར་སླན་པས་ཀྱང་ནོར་བ་རེད་སྙམ། འོན་ཏེ་གོ་གཅིག་བསྐྱལ་རྗེས་ཅ་སྒྲོན་གྱི་ལུས་པོ་རིམ་བཞིན་འཁྱོར། གོ་གཉིས་པའི་སྐབས་སུ་མངོན་གསལ་དོད་པོས་དལ་དུ་ཕྱིན། ང་ཕྱིན་ཏེ་ཅ་སྒྲོན་ལ་དྲིས།

ཁྱོད་ཀྱིས་ཐུབ་བམ།

དེ་དུས་ཙ་སྒྲོན་གྱི་གདོང་ཡོངས་རྫུལ་རྒྱས་ཁེངས། ཀེད་པ་དགྱེ་སྟེ་ང་ལ་ལེ་བདའ་བྱེད།

ཁྱོད། ཁྱོད་ཀྱིས་ལས་ཀ་གྱིས། ངའི་འདིར་ཡོང་སྐྱེ་ཅི་བྱེད་ཟེར།

ཙ་སྒྲོན་གྱི་བསམ་པར་ང་འདི་ལྟར་རྟག་ཏུ་ཡོང་ན་མི་གཞན་གྱིས་ཅི་ཞིག་སྨྲ་ངེས་སྙམ།

ཁྱོད་ཀྱིས་རང་གི་ལུས་པོར་བསམ་བློ་གཏོང་དགོས། ངས་བཤད།

ཙ་སྒྲོན་བྲེལ་བ་ལངས་ཏེ། ཁྱོད་མགྱོགས་པོ་ཕར་སོང་ཟེར།

ངས་མགོ་བོ་ཙྩུག་ཙྩུག་བྱེད་བཞིན་འགྲོ་རྒྱུ་ལས་གཞན་ཐབས་ཟད། ང་ཕྱིན་ཏེ་ཡུན་རིང་མ་སོང་བར་དེ་ནས་ཕྱིག་ཟེར་བའི་སྒྲ་ཐོས། ངའི་བསམ་པར་མི་ལེགས་སྙམ་ནས་ཁ་ཕྱིར་སྐོར་ཏེ་བལྟ་དུས་ཙ་སྒྲོན་ས་ཐོག་ཏུ་འགྱེལ། ང་མདུན་དུ་སླེབས་དུས་ཙ་སྒྲོན་གྱིས་ལངས་ཚར་ཞེས་སྨྲས་མོད། ཀང་པ་གཉིས་འདར་བཞིན་འདུག །ཙ་སྒྲོན་འགྱེལ་དུས་མགོ་ཟྀར་བར་ཕྲུག་པས་དཔྲལ་བ་ནས་ཁྲག་ཐོན། ཁྲག་བཞུར་བཞིན་འདུག །ཙ་སྒྲོན་གྱིས་ང་ལ་རྟུག་དགོད་བྱས། ངས་གཏམ་ཚིག་གཅིག་ཀྱང་མ་བཤད་པར་ཙ་སྒྲོན་སྒལ་པར་འཁུར་ཏེ་ཁྱིམ་དུ་ཕྱིན། ཙ་སྒྲོན་གྱིས་འགོག་རྐྱལ་མ་བྱས། ཆུང་ཙམ་སོང་རྗེས་ཙ་སྒྲོན་དུ་བཞིན།

ཕུར་རྐོད། ངས་ད་དུང་རང་ཉིད་གསོ་ཐུབ་བམ་ཟེར།

གསོ་ཐུབ། ངས་བཤད།

དེ་རྗེས་ཙ་སྒྲོན་ཡང་སེམས་ཐག་ཆོད། སྐར་མ་བཞི་བཅུག་པར་སྙིང་མི་བདེ་མོད། རང་གིས་རང་ཉིད་གསོ་ཐུབ་པས། ཙ་སྒྲོན་གྱིས་རྟག་ཏུ་རང་

ལ་སེམས་གསོ་བཏང་།

ཅ་སྒྲོན་ནད་ཀྱིས་མནར་རྗེས་འཇའ་ཚོན་དེ་བས་དཀའ་སྡུག་ཇེ་ཆེར་ཕྱིན། ཞིང་ཁར་སྔར་བཞིན་སོ་ནམ་བྱེད་དགོས་པ་མ་ཟད་ཁྱིམ་ལས་དེ་བས་མང་དུ་ཕྱིན། སྐབས་ལེགས་པ་ཞིག་ལ་འཇའ་ཚོན་ལོ་གཞོན་པས། ཉིན་གང་དཀའ་ལས་ཆེ་ཡང་གཉིད་ཉལ་ན་སླར་ཡང་སྟོབས་དང་ཤུགས་ཡོད། བུས་ཞིང་ཁའི་ཐོག་ཏུ་ལས་ཀ་ཅག་ཅིག་རེ་བྱེད། ཉིན་ཞིག་ས་སྲོད་ཙམ་ལ་ང་ལས་ཐག་བཅད་དེ་ལོག་ཡོང་དུས་ཞིང་ཁའི་ཐོག་ཏུ་རྩ་བཟ་བཞིན་པའི་བུས་ངའི་མིང་ནས་བོས། ང་འགྲོ་དུས་བུས་ཟོར་ཡུ་འཆང་བཞིན།

ངས་ཡི་གེ་མང་པོ་ཤེས་ཟེར།

ཡག་པོ་རེད། ངས་བཤད།

བུས་མགོ་བོ་སྒུར་ཏེ་ང་ལ་ལན་ཅིག་བཏྲས། ཡང་།

ཡི་གེ་འདི་དག་གིས་ངའི་མི་ཚེ་གཅིག་ལ་འགྲིག་ཟེར།

ངའི་བསམ་པར་བུ་འདིའི་ རྣམ་པ་ཆེ་བ་ལ་སླམ་ཞིང་། བུའི་སྐད་ཆར་སྣང་མེད་བཏང་། ངས་ཚིག་ཞོར་དུ།

ཁྱོད་ཀྱིས་ཡག་པོ་སྦྱོང་དགོས།

བུས་གཞི་ནས་དྲང་གཏམ་བཤད།

ང་སློབ་སྦྱོང་བྱེད་མི་འདོད།

ངས་གོ་མ་ཐག་ངོ་སློད་དེ།

མི་འགྲིག་ཅེས་བཤད།

དོན་དུ་ཡའུ་ཆིང་སློབ་གྲྭ་བྱེད་དགོས་ངས་ཀྱང་བསམ། ངས་འདི་ལྟར་

བསམ་དོན་ནི་ཙ་སྒྲོན་གྱི་ཆེད་དུ་རེད། བུས་སློབ་སྦྱོང་མ་བྱས་ན་ཙ་སྒྲོན་གྱི་བསམ་པར་རང་གི་ན་ཚས་བུ་ཐག་ཞོར་འཁྱེར་འདྲུད་བྱས་སྙམ་ངེས། ངས་བུ་ལ་འདི་ལྟར་བཤད།

ཁྱོད་ཀྱིས་སློབ་སྦྱོང་མ་བྱས་ན། ངས་ཁྱོད་གསོད་ངེས།

སྐད་ཆ་འདི་བཤད་རྗེས་ང་འཁྱོད་པ་ཙུང་ཙམ་སྐྱེས། བུ་སློབ་སྦྱོང་བྱེད་མི་འདོད་པ་ཡང་ཁྲིམ་གྱི་ཆེད་དུ་རེད། བུ་འདི་ལོ་བཅུ་གཉིས་ཙམ་ནས་བསམ་ཤེས་ཆེ། འདིས་ང་དགའ་ཡང་དགའ་ལ་སྐྱོ་ཡང་སྐྱོ། བསམས་ཤིང་བསམས་ན་བུ་ལ་གང་བྱུང་གཤི་མི་ཉུང་སྙམ། ཉིན་དེར་ང་རྫོང་གྲོང་དུ་བུད་ཤིང་འཚོང་བར་ཕྱིན། བུད་ཤིང་བྲིན་རྗེས་ངས་དངུལ་སྐར་མ་ལྔ་ལ་སྦྲང་རིལ་ལྔ་ཉོས། འདི་ནི་ངས་ཨ་ཕ་བྱས་ཏེ་བུ་ལ་དངོས་པོ་ཉོ་བ་ཐོག་མ་དེ་རེད། ངའི་བསམ་པར་བུ་ལ་བྱམས་པོ་བྱེད་སྙམ།

ངས་ཕྲུག་རྒྱུག་སྟོང་པ་འཁྱེར་ཏེ་སློབ་གྲྭར་ཕྱིན། སློབ་གྲྭར་ཁང་པ་སྔར་ཕྲེང་གཉིས་ཡོད་པ་ལས། སློབ་མ་རྣམས་ཀྱིས་དཔེ་ཆ་ཀློག་པའི་སྒྲ་གསལ་བར་ཐོས། ངས་འཛིན་གྲྭ་རེ་རེ་བཞིན་ཡའུ་ཆེང་འཚོལ་བར་ཕྱིན། ཡའུ་ཆེང་ནི་འཛིན་གྲྭ་མཐའ་མ་དེར་འདུག །དགེ་རྒན་བུད་མེད་ཅིག་གིས་ནག་པང་གི་འགྲམ་དུ་ལངས་ཏེ་ཅི་ཞིག་བཤད་བཞིན་འདུག །ང་སྒེའུ་ཁུང་གི་འགྲམ་དུ་ལངས་ཏེ། ཡའུ་ཆེང་མཐོང་མ་ཐག་ང་ཁོང་ཁྲོ་ལངས། བྱིས་པ་འདིས་སློབ་ཚན་ཡག་པོ་མ་ཉན་པར་མདུན་གྱི་བྱིས་པ་དེའི་མགོ་ཐོག་ཏུ་ཅི་ཞིག་འཕངས་པ་མཐོང་། ངས་ཡའུ་ཆེང་སློབ་གྲྭར་གཏོང་ཆེད་འཇའ་ཚོན་མི་གཞན་ལ་སྐྱེར། ཙ་སྒྲོན་འདི་ལྟར་ལུས་ན་ཚས་ལྷི་ཉུང་ཡའུ་ཆེང་སློབ་གྲྭ་ནས་མ་འཐེན།

ཁ་དཔེར་ཨ་མའི་བསམ་པར་བུ་ཆུང་ཚོས་ལ་བཏང་ཡོད་སྙམ། བུ་ཆུང་ང་ནི་སྐྱིད་སྐྱིད་ན་ཁའི་ཐོག་སྐྱིད་ཉལ་བྱེད་བཞིན་ཡོད་ཅེས་གྲགས་པ་ཅིས་མ་བདེན། དཔེ་མེད་ན་དོན་ཅི་ལ་ཡོང་སྙམ་སྟེ། ཁོང་ཁྲོས་གཞན་ཅི་ལ་ཡང་བསམ་བློ་གཏོང་ཁོམ་མེད་པར། ངས་ཕྲག་རྒྱུག་བཞག་སྟེ་འཛིན་གྲྭའི་ནང་འཛུལ། ཡའུ་ཆིང་གི་འགྲམ་པར་བསྡིགས་ནས་འགྲམ་ལྕག་མི་འབར་བ་ཞིག་གཞུས། ཡའུ་ཆིང་གིས་འགྲམ་ལྕག་གཟིད་རྗེས་ང་མཐོང་། ཁོ་སྐྲག་སྟེ་གདོང་ཡང་ཐལ་མདོག་ཏུ་གྱུར།

ང་ཁོང་ཁྲོས་གསོད་མཁན་ཡིན་ནམ། ངས་སྐད་ཤུགས་ཆེན་པོས་སྨྲས།

ཡའུ་ཆིང་གི་ལུས་འདར་སིག་སིག་ཏུ་གྱུར། ངས་སླར་ཡང་འགྲམ་ལྕག་གཅིག་གཞུས། ཡའུ་ཆིང་གི་ལུས་འདར་བཞིན་འཁྱུམས་བཞིན་ཏད་དེ་ལུས། དགེ་རྒན་བུད་མེད་དེ་ཁྲོ་བཞིན་ངའི་ཕྱོགས་སུ་ཡོང་།

ཁྱོད་སུ་ཡིན་ནམ། འདི་སློབ་གྲྭ་རེད། འདི་གྲོང་གསེབ་ཏུ་མ་རེད། དགེ་རྒན་བུད་མེད་དེས་ང་ལ་སྨྲས།

ང་ཕྲུ་གུ་འདིའི་ཨ་ཕ་ཡིན། ངས་བཤད།

ང་དེ་དུས་ཁོང་ཁྲོས་བརྒྱལ་ལ་ཉེ་བས། སྐད་ཤུགས་ཆེན་པོས་དེ་ལྟར་བཤད།

ཁྱོད་ཕར་སོང་། ཁྱོད་ཨ་ཕ་ཞིག་ཅི་ལ་འདྲ། ངས་བལྟས་ན་ཁྱོད་ཧྥ་ཤི་སི་དང་འདྲ། ཁྱོད་གོ་མིན་ཏང་དང་འདྲ་ཟེར། དགེ་རྒན་བུད་མེད་དེས་ཀྱང་ང་རོ་དྲག་པོས་སྨྲས།

ཧྥ་ཤི་སི་ནི་ཅི་ཞིག་ཡིན་པ་ངས་མི་ཤེས། གོ་མིན་ཏང་ཅི་ཞིག་ཡིན་པ་

ངས་ཤེས། ངས་དགེ་རྒན་གྱིས་ང་ལ་བསྡིག་དམོད་བྱས་པ་ཤེས། ཡའུ་ཆེང་གིས་སློབ་སྦྱོང་མི་བྱེད་པར་ཁག་ཅི་ཡོད། ཁོའི་བསམ་པར་དགེ་རྒན་བསྡིག་དམོད་ཅན་ཞིག་བསྟེན་པས་ལན་སླམ།

ཁྱོད་གོ་མིན་ཏང་དང་འདྲ། ངས་གོ་མིན་ཏང་མཐོང་མྱོང་། ཁྱོད་ལྟར་མི་ལ་བསྡིག་དམོད་ཁོ་ན་བྱེད། ངས་བཤད།

དགེ་རྒན་བུད་མེད་དེས་ཁ་གདངས་མོད་སྐད་ཆ་མ་བཤད་པར་དུས། སློབ་ཁང་གཞན་གྱི་དགེ་རྒན་དག་གིས་ང་ཕྱི་རོལ་དུ་འཁྲིད། ཁོ་ཚོས་ཕྱི་རོལ་དུ་ངའི་མཐའ་བསྐོར། ཁ་མང་པོ་ཞིག་གིས་ཕྱོགས་གཅིག་དུ་ང་ལ་བཤད། ངས་གཏམ་ཚིག་གཅིག་ཀྱང་མ་ཐོས། རྗེས་སུ་ཡང་དགེ་རྒན་བུད་མེད་ཅིག་ཡོང་། ངས་ཁོ་ཚོས་སློབ་གསོ་ཟེར་བ་ཐོས། སློབ་གསོས་ངས་ཡའུ་ཆེང་ལ་གཞུ་རོན་དྲིས། ངས་འཇའ་ཚོན་མི་ལ་སྟེར་ཚུལ་སོགས་ཇི་མ་ཇི་བཞིན་བཤད། ཙ་སྒྲོན་ལུས་ན་ཚ་ཟླི་ཧྲང་ཡའུ་ཆེང་སློབ་བྱོལ་མ་བྱས་པའི་སྐོར་དག་བཤད། དགེ་རྒན་བུད་མེད་དེས་དགེ་རྒན་གཞན་རྣམས་ལ།

ཁོ་ཁྱིམ་དུ་ལོག་པར་སྐུལ་ཟེར།

ངས་ཕྲག་རྒྱུག་འཕྱིར་ཏེ་འགྲོ་དུས་སློབ་ཁང་གི་སྒེའུ་ཁུང་ཐོག་མགོ་བོ་ཆུང་ཆུང་གིས་ཁེངས་པ་མཐོང་། ཚང་མས་ང་ལ་ལྟ་བཞིན་འདུག །ད་ཐེངས་ངས་བྱིས་པའི་ཞབས་འདྲེན་ཞུས། ཡའུ་ཆེང་སེམས་སྐྱོ་དོན་ནི་ངས་ཁོ་ལ་གཞུས་པ་ཙམ་མ་ཡིན་པར། ངས་བུའི་གདོང་ཆུ་ལ་བསྒྱུར་བས་ཡིན། ང་ཁྱིམ་དུ་སླེབས་རྗེས་ད་དུང་ཁོང་ཁྲོ་མ་ཞི་བས་དོན་འདི་ཙ་སྒྲོན་ལ་བཤད། ཙ་སྒྲོན་གྱིས་ཉན་རྗེས་ང་ལ་འཁང་ར་བྱས།

ཁྱོད་ཡིན་ན། ཁྱོད་ཀྱིས་འདི་ལྟར་བྱས་ན་ཡའུ་ཅིང་སློབ་གྲྭར་ཇི་ལྟར་བྱེད་དམ། ཙ་སྒྲོན་གྱིས་སྨྲས།

ངས་ཉན་རྗེས་བསམ་བློ་གཏོང་དུས་རང་གིས་དངོས་གནས་ཙུང་ཟད་ཐལ་དྲགས་པ་ཤེས། རང་གིས་ཞབས་འདྲེན་ཞུས་པ་ཕར་ཤོག །ད་དུང་བྱིས་པའི་ཞབས་འདྲེན་ཡང་ཞུས། ཉིན་དེའི་ཉིན་གུང་ཡའུ་ཅིང་སློབ་གྲྭ་གྲོལ་ཏེ་ཁྱིམ་དུ་སླེབས། ངས་བུའི་མིང་ནས་བོས་ཀྱང་བུས་ང་ལ་ལན་མི་སྟེར། དཔེ་ཁུག་བསྐུར་ཏེ་ཕྱི་རོལ་དུ་ཕྱིན། ཙ་སྒྲོན་གྱིས་བོས་པས་བུ་དེ་གར་ལངས། ཙ་སྒྲོན་གྱིས་བུ་ཤོག་ཟེར། ཡའུ་ཅིང་མའི་འགྲམ་དུ་ཕྱིན་ཏེ། མགོ་བོ་གཡུག་བཞིན་སེམས་སྐྱོ་གདུང་ཆེན་པོས་དུས།

རྗེས་ཀྱི་ཟླ་བ་གཅིག་ཙམ་གྱི་རིང་ཡའུ་ཅིང་གིས་ང་ལ་ལན་མི་སྟེར། ངས་ཁོ་ལ་ཅི་ཞིག་སྐྱོལ་ན་འཕྲལ་མར་དེ་བྱེད་པ་ལས་ང་ལ་སྐད་ཆ་མི་ཤོད། བུས་ནོར་འཁྲུལ་ཤོར་མེད་པས་ང་ཁོང་ཁྲོ་ལངས་འདོད་ཀྱང་ཐབས་མ་རྙེད།

བསམ་བློ་བཏང་ན་ང་རང་གི་སྤྱོད་པ་ཡང་ཐལ་དྲགས་པས། བུའི་སེམས་འཁྲུགས་པ་རེད་སྙམ། སྟབས་ལེགས་པ་ཞིག་ལ་ཡའུ་ཅིང་ད་ལྟ་ཡོ་ཆུང་། སྐབས་ཤིག་ནས་བུས་ཁྱིམ་དུ་སྐྱེ་གཅུས་མི་བྱེད། ངས་བུ་ལ་སྐད་ཆ་བཤད་ཀྱང་བུས་ད་དུང་ལན་མི་བྱེད། གདོང་གི་རྣམ་འགྱུར་ལས་བུ་ང་ལ་དེ་ཙམ་ཁྲོས་མེད་པ་ངས་ཤེས། བུས་འཁོན་འཛིན་དེ་ཙམ་མི་བྱེད་པར་ད་དུང་ང་ལ་སྙིག་ལྟ་བྱེད། ང་ལ་ཡུན་རིང་སྐད་ཆ་བཤད་མེད་པས་བློ་བུར་དུ་སྐད་ཆ་ཤོད་དགའ་བ་ངས་ཀྱང་ཤེས། ང་ནི་སྐྱོན་མེད། ངའི་བུས་ཉིན་གཅིག་ང་ལ་སྐད་ཆ་ཤོད་སྲིད།

ཟ་ཁང་འཐོར་རྗེས་གྲོང་སྡེའི་དུད་ཚང་ཐམས་ཅད་ལ་འཕོས་ཀ་ཞན་པས། འཚོ་བ་རྗེ་ཁག་ཏུ་གྱུར། ངའི་བསམ་པར་ཁྱིམ་གྱི་བཅོལ་དངུལ་ཐ་མ་དེ་བླངས་ནས་ལུ་གུ་ཞིག་ཉོ་དགོས་བསམ། ལུག་ནི་མི་ལ་ཤིན་ཏུ་འཕྲོད། ཞིང་ཁར་ལུད་དང་། དཔྱིད་དུས་བལ་བྲེག་ན་དངུལ་ཡོང་། ལྷག་པར་དུ་ད་ལྟ་ཡའུ་ཆིང་ལ་བལྟས་ཏེ་བུ་འདིར་ལུ་གུ་ཞིག་ཉོས་ན་པོ་དགའ་སྤྲོ་བརྗོད་ཀྱིས་མི་ལང་བ་ཡོང་ངེས་སྙམ།

ང་དང་ཙ་སྒྲོན་གྲོས་བསྡུར་བྱས།

ཁྱོད་ཀྱིས་གང་མགྱོགས་རྒྱུག །ཙ་སྒྲོན་གྱིས་དགའ་བཞིན་སྨྲས།

ཉིན་དེའི་དགོང་དྲོ། ངས་དངུལ་ཨམ་ཕྲག་ཏུ་བླུགས་ཏེ་རྫོང་གྲོང་དུ་ཕྱིན། ངས་གྲོང་ནུབ་ཀྱི་ཀོང་ཧྲུ་ཟམ་པའི་ཟུར་ནས་ལུ་གུ་ཞིག་ཉོས། ལོག་ཡོང་སྐབས་ཡའུ་ཆིང་གི་སློབ་གྲྭ་ལམ་ཞོར་ཡིན་པས། ང་སློབ་གྲྭར་ཕྱིན་ཏེ་ཡའུ་ཆིང་དགའ་བར་བྱེད་སྙམ་སོང་། སྔོན་ཚད་སློབ་གྲྭར་ཞབས་འདྲེན་ཞུས། བུའི་ངོ་གདོང་ཆུ་ལ་བསྒྱུར། ངས་ཡང་བསྐྱར་ཕྱིན་ན་ཡའུ་ཆིང་མི་དགའ་བར་གྱུར་ངེས་སྙམ།

ངས་ལུ་གུ་འཁྲིད་དེ་རྫོང་གྲོང་ལས་ཐོན། སྒྱུར་བར་རང་ཁྱིམ་གྱི་མཐོང་ས་ཞིག་ཏུ་སླེབས་སྐབས་རྗེས་ནས་མི་ཞིག་རྒྱུག་ཡོང་། ང་ཕྱི་བལྟས་མ་སློག་གོང་ཡའུ་ཆིང་གིས་རྗེས་ཚོད་དེ་བོས།

ཨ་ཕ། ཨ་ཕ།

ངས་འགྲོ་མཚམས་བཞག །ཡའུ་ཆིང་གདོང་དམར་རྒྱང་ཆགས་ཏེ་རྒྱུག་ཡོང་བ་མཐོང་། བྱ་འདིས་ངས་འཁྲིད་པའི་ལུ་གུ་དེ་མཐོང་མ་ཐག་རྒྱུན་

གཏན་ང་ལ་སྐད་ཆ་མི་ཤོད་པ་ཡོངས་སུ་བརྗེད། དབུགས་ཧལ་བཞིན་ངའི་མདུན་དུ་ཡོང་སྟེ།

ཨ་ཕ། ལུ་གུ་འདི་ང་ལ་ཉོས་པ་ཡིན་ནམ་ཟེར།

ངས་དགོད་བཞིན་མགོ་བོ་ལྕོག་ལྕོག་བྱས། ཐག་པ་བུ་ལ་སྤྲད་དེ།

འདི་ལེན་དང་ཞེས་སྨྲས།

ཡའུ་ཆིང་གིས་ཐག་པ་བླངས། ལུ་གུ་པང་དུ་བཏབ་ནས་གོམ་པ་འགའ་ཕྱིན། ཡང་ལུ་གུ་མར་བཞག །ལག་སུག་གཉིས་ནས་འཇུས་ཏེ་ཙོག་པུར་ལྟ་ཡག་བྱས་རྗེས།

ཨ་ཕ། འདི་ཆེན་པོ་ཆགས་ན་མ་མོ་ཞིག་ཡོང་ངེས་ཟེར།

ངས་འཚེར་སྣྲ་དང་བཅས་བཀད། བུའི་དཔུང་པར་ལྕུག་ཙམ་བྱས། ཡའུ་ཆིང་གི་དཔུང་པ་སྐམ་ལ་རིད། ངས་འཇུས་མ་ཐག་ཅི་ཡིན་མ་ཤེས་པར་སེམས་སྐྱོ། ང་ཚོ་མཉམ་དུ་ཁྱིམ་དུ་འགྲོ་དུས་ངས་འདི་ལྟར་སྨྲས།

ཡའུ་ཆིང་། ཁྱོད་ཆེན་པོ་འཚར་འདུག །ཨ་ཕས་རྗེས་སུ་ཁྱོད་ལ་ཉེས་ཧུང་མི་གཏོང་། གལ་ཏེ་ཉེས་ཧུང་བཏང་རུང་མི་གཞན་གྱིས་མ་མཐོང་བ་བྱེད།

དེ་སྐད་སྨྲས་རྗེས་ངས་མགོ་བོ་སྒྲུར་བཞིན་ཡའུ་ཆིང་ལ་བལྟས། བུས་ངའི་གཏམ་ཐོས་པས་རང་ཉིད་དེ་བས་ངོ་གནོང་བ་ལྟ་བུར་གྱུར།

ཁྱིམ་དུ་ལུག་ཡོད་པ་ནས་བཟུང་། ཡའུ་ཆིང་ཉིན་ལྟར་སློབ་གྲྭར་རྒྱུག་བཞིན་འགྲོ། ལུག་ལ་རྩྭ་བཟ་བ་ཙམ་མ་ཟད། རང་ཁྱིམ་གྱི་ཞིང་ཁར་ཡང་ལས་ཀ་དེ་བས་མང་བ་བྱེད། བསམ་ཡུལ་ལས་འདས་པ་ཞིག་ལ་ཡའུ་ཆིང་འདི་ལྟར་ཡར་རྒྱུག་མར་རྒྱུག་བྱས་པས། སྐད་གྲགས་ཆོད། རྫོང་གྲོང་དུ་ལུས་རྩལ་

འགྲན་ཚོགས་འཚོགས་པའི་ཉིན་དེར། ང་རྫོང་གྲོང་དུ་ཚལ་འཚོང་བར་ཕྱིན། ཚལ་བཙོངས་ཏེ་ལོག་ཡོང་དུས་ལམ་འགྲམ་དུ་སློབ་ཕྲུག་མང་པོ་ཞིག་ལངས། ཅི་ཞིག་ཡིན་མིན་རྩད་གཅོད་བྱེད་སྐབས་ཕོ་ཚོ་ནི་རྒྱུག་འགྲན་ལྟ་བཞིན་ཡོད་པ་ཤེས། རྫོང་གྲོང་ལ་སྐོར་བ་བཅུ་བསྐོར་དགོས་ཟེར།

སྐབས་དེར་སློབ་འབྲིང་རྫོང་གྲོང་དུ་ཡོད། ལོ་དེར་ཡའུ་ཆིང་ལོ་རིམ་བཞི་པར་སླེབས། དེ་ནི་རྫོང་གྲོང་གི་ལུས་རྩལ་འགྲན་ཚོགས་ཐོག་མ་དེ་རེད། སློབ་འབྲིང་དང་སློབ་ཆུང་གི་སློབ་མ་གཉིས་ཀ་རྒྱུག་འགྲན་ལ་ཞུགས་ཡོད། ངས་ཕྲག་རྒྱུག་སྟོང་པ་ཁྲིམ་གྱི་གཞོགས་ཤིག་ལ་བཞག །ཡའུ་ཆིང་རྒྱུག་འགྲན་ལ་ཡོད་མེད་བལྟས། ཕྱུད་ཙམ་ནས་ངས་ཡའུ་ཆིང་དང་ལོ་ན་མཉམ་པའི་བྱིས་པ་ཕྲུ་ཞིག་མགོ་ལྗོག་ལྷེམ་བཞིན་རྒྱུག་ཡོང་བ་མཐོང་། བྱིས་པ་གཉིས་ནི་མགོ་བོ་སྒྱུར་བཞིན་མགོ་བོ་སྒྲོད་བཞིན་པར་བལྟས་ན་ཕལ་ཆེར་མུ་མཐུད་རྒྱུག་མ་ཐུབ་པ་འདྲ།

ཁོ་ཚོ་རྒྱུག་རྗེས་ངས་ད་གཟོད་ཡའུ་ཆིང་མཐོང་། བུ་འདིས་ཧང་རྗེན་མར་ལག་གཡས་གཡོན་དུ་ལྷམ་རེ་འཁྱེར་ཏེ། ཧལ་སྒྲ་དང་བཅས་རྒྱུག་ཡོང་། བུ་གཅིག་པུ་ལས་མཉམ་དུ་རྒྱུག་མཁན་གཞན་མེད། བུ་རྒྱུག་འགྲན་རྗེས་སུ་ལུས་པ་མཐོང་རྗེས། ངའི་བསམ་པར་བུ་འདི་ལ་འཛོན་ཐང་ཧིལ་འབྱུ་ཙམ་ཡང་མེད། ངའི་གདོང་ཆུ་ལ་བསྒྱུར་སོང་སྙམ། འོན་ཏེ་འཁྲིས་ཀྱི་མི་དག་གིས་བུ་ལ་གཏད་དེ་འབོད་སྒྲ་སྒྲོག །ངས་ཅི་ཡིན་མ་ཤེས་པའི་སྐབས་དེར་སློབ་འབྲིང་སློབ་མ་འགའ་རྒྱུག་ཡོང་བས། ང་དེ་བས་ཐེ་ཚོམ་གྱི་དྲ་བར་ཚུད། སེམས་ནང་ཡང་སྙིང་རྒྱུག་འགྲན་ཇི་ལྟར་བྱེད་སྐབས་ནས། འཁྲིས་ཀྱི་མི་

ཞིག་ལ་དྲིས།

ཡོ་ན་ནག་པས་ཆུང་བར་འཁྲུན་མི་ཐུབ་པ་འདི་ཅི་ཡིན་ནམ།

ད་ལྟ་རྒྱུག་མཁན་གྱི་བུ་དེས་མི་གཞན་ཚང་མ་བཞག་སྟེ་སྐོར་བ་ཁ་ཤས་སོང་། མི་དེས་སྨྲས།

ངས་ཐོས་མ་ཐག་ཁོས་ཟེར་བ་ནི་ཡའུ་ཆིང་མ་ཡིན་ནམ། སྐབས་དེའི་དགའ་བ་དང་སྤྲོ་བ་ནི་དངོས་གནས་ཤོད་ཐབས་བྲལ། ཡའུ་ཆིང་ལས་ལོ་བཞི་ལྷག་ཙམ་གྱིས་ནག་པའི་སློབ་མ་དེ་ཚོ་ཡང་ཡའུ་ཆིང་གི་རྗེས་སུ་ལུས། ངས་རང་གི་བུ་ལ་མངོན་རྗེན་དུ་བལྟས། ཁང་རྗེན་མར། ལྟམ་ལག་ཏུ་བཟུང་། གདོང་དམར་ཐིང་ངེར་ཐེངས་དང་པོར་སྐོར་བ་བཅུ་བྱས། བུས་རྒྱུག་འཁྲུན་ཚར་རྗེས་ད་དུང་ཧལ་ཆད་དང་བྲལ། དོན་ཅི་ཡང་མ་བྱུང་བའི་ཉམས་ཤིག་མངོན། ཁང་པ་ཡ་གཅིག་བཏེགས་ཙམ་བྱས་ཏེ་དོར་མ་འཁྱིད་ཙམ་བྱས། རས་ལྟམ་གྱོན་རྗེས་སླར་ཡང་ཁང་པ་ཡ་གཅིག་བཏེགས། དེ་ནས་ལག་ཟུང་རྒྱབ་ལག་བཅས་ཏེ་རྣམ་འགྱུར་སྐམ་བརླིང་ངང་གནས་དེར་ལངས། ཡོ་ན་རང་ལས་ནག་པའི་སློབ་མ་གཞན་དག་རྒྱུག་ཡོང་བར་བལྟས།

ངའི་སེམས་ཤིན་ཏུ་དགའ། བུ་ལ་མྱོགས་ཏེ་ལན་ཅིག་བོས།

ཡའུ་ཆིང་།

ཕྲག་རྒྱུག་སྟོང་པ་འཁྱེར་བའི་ང་འགྲོ་སྐབས་གཟི་བརྗིད་ཆེ། ངའི་བསམ་པར་མི་གཞན་གྱིས་ང་ཡའུ་ཆིང་གི་ཨ་ཕ་ཡིན་པ་ཤེས་ན་བསམ། ཡའུ་ཆིང་གིས་ང་མཐོང་བས། དེ་མ་ཐག་ལངས་བཟོད་མི་བདེ་བར་གྱུར། མྱུར་དུ་རྒྱབ་ལག་བཅས་པའི་ལག་གཉིས་མདུན་དུ་བཞག །ངས་བུའི་མགོ་བོར་བྱིལ་བྱིལ་

བྱེད་བཞིན།

བུ་བཟང་པོ། ཁྱོད་ཀྱི་རུས་པ་གསེར་ཡིན། ངས་སྐད་ཤུགས་ཆེན་པོས་བཤད།

ཡའུ་ཆིང་གིས་ངའི་སྐད་དེ་ལྟར་ཆེ་བ་ཐོས་ཏེ། མྱུར་དུ་ཕྱོགས་བཞིར་བལྟས། བུས་སློབ་མ་གཞན་གྱིས་ང་མ་མཐོང་ན་སྙམ། སྐབས་དེར་མི་ཚོན་པོ་ཞིག་གིས།

ཤུད་ཡའུ་ཆིང་། ཞེས་ཟེར།

ཡའུ་ཆིང་གིས་ཁ་བསྒྲར་ཏེ་ཕྱོགས་དེར་རྒྱུག །བུ་འདི་དངོས་གནས་རང་གི་ཕ་ལ་མི་དགའ། བུས་གོམ་པ་འགའ་ཕྱིན་ཏེ་ཁ་ང་ལ་བསྒྲར་ཏེ།

རྐན་ལགས་ཀྱིས་ང་འགོད་ཀྱི་འདུག་ཟེར།

ཁྱིམ་དུ་སླེབས་ན་ངས་རྩིས་རྒྱག་པར་བུ་སྐྲག་པ་ངས་ཤེས་ཏེ། བུ་ལ་ལག་པ་གཡུག་བཞིན།

རྒྱུག །ཕར་རྒྱུག་ཅེས་བཤད།

མི་ཚོན་པོ་དེའི་ལག་པ་ཤིན་ཏུ་ཆེ། ཁོས་ལག་པ་ཡའུ་ཆིང་གི་མགོ་ཐོག་ཏུ་བཞག་པས་ངས་བུའི་མགོ་བོ་མཐོང་རྒྱུ་མེད་པར་གྱུར་པ་ནི། བུའི་ཕྲག་སྟེང་དུ་ལག་པ་ཞིག་སྐྱེས་པ་འདྲ། ཁོ་གཉིས་དགའ་བཞིན་སྤྲོ་བཞིན་ཚོང་ཁང་ཆུང་ངུ་ཞིག་གི་འགྲམ་དུ་ཕྱིན། ངས་མི་ཚོན་པོ་ཆེན་པོ་དེས་ཡའུ་ཆིང་ལ་ཀ་ར་ཉོས་ཏེ་སྒོ་ཁུག་ཏུ་བླུགས་ཤིང་། ལག་པ་གཅིག་སྒོ་ཁུག་ནས་མ་བཏོན་པ་མཐོང་། ཚུར་ལོག་ཡོང་སྐབས་ཡའུ་ཆིང་གི་གདོང་དམར་རྐྱང་ཆགས། དེ་ནི་མཚོན་མི་ཐུབ་པའི་དགའ་སྤྲོས་ལོས་ཡིན།

དེ་ནུབ་ངས་མི་ཚོན་པོ་ཆེན་པོ་དེ་སུ་ཡིན་མིན་དྲིས།

ལུས་རྩལ་དགེ་རྒན་རེད། བུས་སྨྲས།

ཁོ་ཁྱོད་ཀྱི་ཨ་ཕ་འདྲ། ངས་བུ་ལ་བཤད།

ཡའུ་ཆིང་གིས་མི་ཚོན་པོ་དེའི་ཀ་ར་ཚང་མ་མལ་ཁྲིའི་ཐོག་བཞག །སྔོན་ལ་དུམ་བུ་གསུམ་དུ་བགོས། དེ་ནས་བལྟ་ཙམ་བྱས་ཏེ་དུམ་བུ་གཞན་གཉིས་ལས་གཉིས་རེ་བླངས་ཏེ་རང་གི་ཕྱོགས་སུ་བཞག །ཡང་བལྟ་ཙམ་བྱས་ཏེ་རང་གི་ཕྱོགས་ནས་ཀ་ར་གཉིས་རེ་བླངས་ཏེ་དུམ་བུ་གཞན་དེ་གཉིས་ཐོག་ཏུ་བཞག །བུས་དུམ་བུ་གཅིག་ནི་འཇའ་ཚོན་དང་། གཅིག་ནི་ཙ་སྔོན། གཅིག་ནི་རང་། ང་ལ་སྐལ་བ་མེད་པ་ངས་ཤེས། བསམ་ཡུལ་ལས་འདས་པ་ཞིག་ལ་ཀ་ར་དུམ་བུ་གསུམ་གཅིག་ཏུ་སྦྲུངས་ཏེ། དུམ་བུ་བཞིར་བགོས། བུས་དེ་ལྟར་བགོ་བཞིན་བགོ་བཞིན་མཐའ་མ་དུམ་བུ་གསུམ་དུ་བགོས།

ཉིན་འགའ་སོང་རྗེས་ཡའུ་ཆིང་གིས་ལུས་རྩལ་དགེ་རྒན་དེ་ཁྱིམ་དུ་འཁྲིད། ཚོན་པོ་ཆེན་པོ་དེས་ཡའུ་ཆིང་ལ་བསྟོད་པའི་མཐེ་བོང་བསྒྲེང་བཞིན། བུ་ཆེན་པོ་འཚར་ན་ལུས་རྩལ་པ་ཞིག་ཡོང་ངེས། ཕྱི་རྒྱལ་དུ་ཕྱིན་ཏེ་རྒྱུག་འགྲན་བྱེད་ཐུབ་ཟེར། ཡའུ་ཆིང་སྒོ་ཐེམ་ཐོག་བསྡད་དེ་དགའ་སྤྲོས་རྟལ་ཆུ་ཡང་ཐོན། ལུས་རྩལ་དགེ་རྒན་གྱི་མདུན་དུ་ངས་ཀྱང་ཅི་ཞིག་ཤོད་མ་ཤེས། རྒན་ལགས་ཕེབས་རྗེས། ངས་ཡའུ་ཆིང་བོས། ཡའུ་ཆིང་གི་བསམ་པར་ངས་བུ་ལ་བསྟོད་བསྔགས་བྱེད་ངེས་སྙམ། བུས་འོད་འཚེར་བའི་མིག་ང་ལ་ལྟ་བཞིན་འདུག །ངས་བུ་ལ་འདི་ལྟར་བཤད།

ཁྱོད་ཀྱིས་ང་དང་ཁྱོད་ཀྱི་ཨ་མ། ད་དུང་ཁྱོད་ཀྱི་གཅེན་མོ་བཅས་ལ་ངོ་

སོ་བསྟོད་པ་ལེགས། ང་ཡང་ཤིན་ཏུ་དགའ། འོན་ཏེ་ངས་རྒྱུག་འགྲན་བྱས་ཏེ་ལྟོ་གོས་ཡོང་བ་ནི་གཏན་ནས་གོ་སྐྱོང་མེད། ཁྱོད་ཀྱིས་སློབ་གྲྭར་ཕྱིན་ཏེ། སློབ་སྦྱོང་ལེགས་པོ་བྱེད་པ་ལས། རྒྱུག་འགྲན་སྦྱོང་མི་དགོས། ཡར་རྒྱུག་འགྲན་ལ་སྦྱོང་བརྡར་ཞིག་ཅི་ལ་དགོས། ཁྱིམ་བྱ་དེ་ཕོས་ཀྱང་རྒྱུག་མི་ཤེས་སམ།

དེ་མ་ཐག་ཡའུ་ཆིང་གིས་མགོ་བོ་སྒྲོད། བུས་རྩིགས་ཟུར་ལས་སླེ་པོ་དང་ཟོར་བ་བླངས།

ངས་བཤད་པ་ཐོས་བྱུང་ངམ། ངས་བུ་ལ་དྲིས།

བུས་སློ་འགྲམ་དུ་ཕྱིན་ཏེ་རྒྱབ་ང་ལ་གཏད། མགོ་བོ་ལྡུག་ཙམ་བྱས་ནས་སློ་ཕྱིར་ཐོན།

ལོ་དེར་ལོ་ཏོག་སེར་པོ་མ་ཆགས་གོང་དུ་གྲོ་སྙེ་གསར་པ་སྐྱེས། དེ་ནས་ཆར་འོད་ཆེ། ཆར་པ་ཕལ་ཆེར་ཟླ་བ་གཅིག་ཙམ་བབས། དཀྱིལ་དུ་གནམ་ངོ་ཙུང་དྭངས་སོང་། སླར་ཡང་སྤྲིན་འཁྲིགས། ཆར་བབས། ང་ཚོས་ཆུ་ཞིང་ཁར་འཕྱོ་བར་བལྟས། ཆུ་རྒྱས་ན་འབྲས་སྙེ་མར་ལ་དུད། དེ་བས་འབྲས་ཞིང་ཕལ་ཆེར་ཆུ་ཡིས་བསྣུབས། གྲོང་སྡེའི་མི་རྣམས་དུ་བཞིན།

ད་ནི་རྗེས་སུ་འཚོ་བ་ཇི་ལྟར་སྐྱེལ་ཟེར།

ལོ་ན་གཞོན་པ་རྣམས་ནི་ཡོག་རྒྱ་ཙུང་ཆེ། གང་ལྟར་ཡང་རྒྱལ་ཁབ་ཀྱིས་ང་ཚོར་རོགས་སྐྱོར་བྱེད་སྙམ་སྟེ།

སེམས་ཅི་ལ་སྐྱོ། དཀའ་ངལ་ལས་དེ་ཐག་གཅོད་ཀྱི་ཐབས་ཤེས་མང་། ཅུ་དཔོན་རྫོང་གྲོང་དུ་འབྲུ་རིགས་ལེན་པར་སོང་ཟེར།

ཅུ་དཔོན་ཀུང་རྫེར་ལན་གསུམ་ཕྱིན། ཐེངས་ཤིག་རྫོང་གྲོང་ནས་གཞན་

ཅི་ཡང་མ་ཐོབ་པར། གཏམ་ཚིག་འགའ་ཐོབ།

ཚང་མ་སེམས་ཁྲལ་མ་བྱེད། ཇོན་དཔོན་གྱིས་རང་ཉིད་ལྟོགས་གྲིར་མ་ཤི་ན། མི་དམངས་ཀྱང་ལྟོགས་གྲིར་མི་ཤི་ཟེར།

ཟླ་བ་གཅིག་གི་ཆར་དུས་དེ་ཡོལ་རྗེས། ཉིན་འགའ་བསྟུད་མར་གནམ་གཤིས་ཤིན་ཏུ་ཚ་བ་ཆེ། ཞིང་ཁའི་འབྲས་སོག་ཕལ་ཆེར་ཏུལ། མཚན་མོ་ཐུང་བུ་ལྟང་ན་ཏུལ་དྲི་འཕྱུལ་བ་ནི་མིའི་རོ་དྲི་དང་ཁྱད་པར་ཆེར་མེད། ཇོན་ཆད་ཚང་མས་འབྲས་སོག་གིས་ཅི་ཞིག་བྱེད་སྙམ་སོང་། ད་ལྟ་ནི་འབྲས་མེད་ལ་འབྲས་སོག་ཀྱང་མེད། ཏུ་དཔོན་གྱིས་ཇོང་གྲོང་ནས་འབྲུ་རིགས་སྤྲོད་ངེས་སྨྲས་ཏུང་། སུས་ཀྱང་འབྲུ་རིགས་སླེབས་པ་མ་མཐོང་། ཁ་ནས་བཤད་པའི་གཏམ་ལ་མི་རྣམས་ཡིད་ཆེས་བྱེད་མ་ནུས། འཚོ་བ་འདི་ལྟར་སྐྱོལ་བར་ཡིད་ཆེས་མེད།

ཚང་མས་ལྟོ་སྣོད་ཀྱི་འབྲས་ལ་གྲངས་ག་བརྒྱབ། གསོག་ཉར་བྱས་པའི་འབྲས་ནི་མང་པོ་མེད། སུས་ཀྱང་འབྲས་བཅོ་མ་ནུས། ཚང་མས་འབྲས་ཐུག་སྐོལ། འབྲས་ཐུག་ཀྱང་ཇི་སྲིད་འགྲོ། འདི་ལྟར་ཟླ་བ་གསུམ་བཞི་ཙམ་གྱི་རྗེས་སུ་ཡོད་པོ་ཚང་མ་མེད་པོར་གྱུར། ང་དང་ཅ་སྒྲོན་གྱིས་ལུག་ཇོང་གྲོང་དུ་ཚོང་བའི་གྲོས་བྱས། ལུག་འདིར་འབྲས་རྒྱ་མ་བརྒྱ་གྲངས་ཁ་ཤས་ཤིག་ཁྱུག་ན་སང་ལོའི་སྟོན་ཀ་བར་དུ་འཁྱོལ་ངེས།

ཁྲིམ་མི་རྣམས་ཟླ་བ་གཅིག་གཉིས་ཤིག་ལ་ལྟོ་བ་མ་ལྟོགས་ཙམ་རེད། ལུག་དེ་རྒྱགས་པ་ཚོན་པོ་ཞིག་ཏུ་གྱུར། ཉིན་ལྟར་ལྷས་ར་ནས་གྲག་པའི་འབའ་སྒྲ་ཆེ་ལ་གསལ། དེ་ནི་ཡཙུ་ཆིང་གི་བཀའ་དྲིན་རེད། བུ་འདི་ཉིན་ལྟར་ཟས་

ཀྱིས་ལྟོ་བ་མ་རྒྱགས་པར་མགོ་ཡོམ་འཁོར་ན་ཡང་ལུག་ལ་རྩྭ་སྔེར་རྒྱུ་ཐེངས་གཅིག་ཀྱང་ཆད་མེད། བུ་ནི་ལུག་དེ་ལ་ཤིན་ཏུ་དགའ། དེ་ནི་ཅ་སྒྲོན་བུ་ལ་དགའ་བ་འདྲ།

ང་དང་ཅ་སྒྲོན་གྲོས་བྱས་རྗེས། དོན་འདི་ཡའུ་ཆིང་ལ་ཤོད་རྩིས་བྱས། སྐབས་དེར་ཡའུ་ཆིང་གིས་རྩྭ་སླི་པོ་གང་ལྷས་རར་བསྐྱལ། ལུག་གིས་ཚོབ་སྒྲ་དང་བཅས་རྩྭ་བཟའ་བའི་སྒྲ་ནི་ཆར་པ་བབས་པའི་སྒྲ་འདྲ། བུས་སླི་པོ་བཟུང་སྟེ་གཞོགས་སུ་ལངས། དགོད་བཞིན་ལུག་གིས་རྩྭ་བཟའ་བར་བལྟས།

ང་སླེབས་ཙང་བུས་ད་དུང་མ་ཚོར། ངས་ལག་པ་ཕྲག་སྟེང་དུ་བཞག །བུས་གཞི་ནས་ཁ་བསྐོར་ཏེ་ང་ལ་བལྟས།

ལུག་ལྟོགས་འདུག་ཟེར།

ཡའུ་ཆིང་། ངས་ཁྱོད་ལ་དོན་ཞིག་ཤོད་རྒྱུ་ཡོད། ངས་བཤད།

ཡའུ་ཆིང་གིས་གདོང་ང་ལ་གཏད།

ཁྲིམ་གྱི་འབྲུ་རིགས་ཕལ་ཆེར་ཟོགས། ང་དང་ཨ་མ་གྲོས་བྱས་ཏེ། ལུག་འདི་བཙོངས་ནས་འབྲུ་རིགས་ཉོས་ན་བསམ། དེ་ལྟར་མ་བྱས་ན་ཁྲིམ་མི་ཚང་མ་ལྟོགས་པར་ལུས་ངེས། ངས་ཕྱུ་མཐུད་བཤད།

ཡའུ་ཆིང་གིས་མགོ་བོ་སྒྱུར་ཏེ་ཅི་ཡང་མ་བཤད། བུས་ལུག་འདི་གློས་གཏོང་བྱེད་མ་ཐུབ། ངས་བུའི་ཕྲག་པར་གཞུ་བཞིན།

འཚོ་བ་ལེགས་སུ་ཕྱིན་ན། ང་ཚོས་སླར་ཡང་ལུག་ཉོས་ཚོག་ཅེས་བཤད།

ཡའུ་ཆིང་གིས་མགོ་བོ་ལྷུག་ཙམ་བྱས། ཡའུ་ཆིང་འཚར་འདུག །བུ་སྟོན་ཆད་ལས་བསམ་ཤེས་ཆེ་རུ་ཕྱིན། སྟོན་ཆད་ཡིན་ཚེ་དུ་བརྒྱངས་མ་བྱས་ན་རྩོད་

རྙོག་ཁོ་ན་སློང་། ང་ཚོ་ལྷས་ར་ནས་ཡོང་སྐབས་ཡའུ་ཆིང་གིས་ངའི་སྟོད་གོས་ནས་བཟུང་སྟེ། ཡ་ངའི་ཉམས་དང་བཅས།

ཨ་ཕ། ལུག་འདི་བཤན་པར་མ་བཙོང་ན་འགྲིག་གམ་ཟེར།

ངའི་སེམས་ནང་དུས་ཚོད་འདི་འདྲ་ལ་སུ་ཞིག་གིས་ཁྲིམ་དུ་ལུག་ཉར་རམ། ལུག་བཤན་པར་མི་འཚོང་ན་སུ་ལ་འཚོང་སྙམ། འོན་ཏེ་ཡའུ་ཆིང་གི་གདོང་གཤིས་ལ་ལྟ་བཞིན། ངས་མགོ་བོ་ལྡུག་ལྡུག་བྱས།

ཉིན་གཉིས་པར་ངས་འབྲས་སྐྱི་ཕྲག་པར་འཁྱེར། ལྷས་ར་ནས་ལུག་འཁྲིད། གྲོང་སྡེར་སླེབས་དུས་ཙ་སྒྲོན་གྱིས་ངའི་རྒྱབ་ནས་འབོད་པ་ཐོས། ཁ་ཕྱིར་སྐོར་དུས་ཙ་སྒྲོན་དང་ཡའུ་ཆིང་ངའི་རྗེས་སུ་ཡོང་བ་མཐོང་།

ཡའུ་ཆིང་འགྲོ་ཟེར། ཙ་སྒྲོན་གྱིས་སྨྲས།

གཟའ་ཉི་མར་སློབ་གྲྭར་འགྲོ་མི་དགོས་ཙང་། ཡའུ་ཆིང་ཁྱིན་ནས་ཅི་བྱེད། ངས་བཤད།

ཁྱོད་ཀྱིས་བུ་འཁྲིད་དང་། ཙ་སྒྲོན་གྱིས་སྨྲས།

ངས་ཡའུ་ཆིང་ནི་ལུག་དང་ཚུང་ཙམ་མཉམ་དུ་གཤིབ་འདོད་ཡོད་པ་ཤེས། བུ་ནི་ངས་ཁས་ལེན་མི་བྱེད་སྙམ་ནས་རང་གི་ཨ་མ་འཁྲིད་ཡོང་། ངའི་སེམས་ནང་བུ་འཁྲིད་ཀྱང་ཆོག་སྙམ་སྟེ། བུ་ལ་ལག་པ་གཡུག །ཡའུ་ཆིང་རྒྱུག་ཡོང་སྟེ་ངའི་ལག་གི་ཐག་པ་བླངས། མགོ་བོ་སྒྲུར་བཞིན་ང་དང་མཉམ་དུ་ཡོང་།

བུས་ལམ་བར་དུ་གཏམ་ཚིག་གཅིག་ཀྱང་མ་བཤད། ལུག་དེ་ནི་སྨུག་སྐད་ལྷང་ལྷང་བྱེད། ཡའུ་ཆིང་གིས་ལུག་འཁྲིད། མཚམས་རེ་ལུག་གིས་ཡའུ་ཆིང་གི་འཕྲོངས་ལ་བརྡུངས། ལུག་སེམས་ཅན་ཡིན་པས། ལུག་གིས་ཉིན་

ལྟར་རྫ་སྤྱིར་མཁན་ཡའུ་ཆིང་ཡིན་པ་ཤེས་ལ། བུ་དང་བརྩེ་བ་དེ་བས་ཟབ། ལུག་གིས་དེ་ལྟར་བྱས་པས་ཡའུ་ཆིང་ནི་བཟོད་མ་ཐུབ་པར་གྱུར་ཏེ། མཆུ་གཉིས་བཙུམ་ཙམ་བཙུམ་ཙམ་བྱས་ཏེ་ངུ་གྲབས་བྱེད།

ཡའུ་ཆིང་གིས་མགོ་བོ་སྒྲུར་བཞིན་ཤུགས་ཆེན་པོས་མདུན་དུ་བསྐྱོད། ངའི་སེམས་ཀྱང་མི་སྐྱིད་པར་གྱུར། བུ་ལ་སེམས་གསོ་གཏོང་དགོས་སྙམ་སྟེ།

ལུག་བཙོངས་པ་ནི་ལུག་བཤས་པ་ལས་ལེགས། ལུག་ནི་སེམས་ཅན་རེད། སྐྱེས་དུས་ནས་སྲོག་ཡོད་ཅེས་བཤད།

རྫོང་གྲོང་དུ་སླེབས། དཀྱུགས་ལམ་ཞིག་ཏུ་སླེབས་ལ་ཉེ་དུས་ཡའུ་ཆིང་གིས་འགྲོ་མཚམས་བཞག་སྟེ། ལུག་ལ་བལྟས་ནས་འདི་ལྟར་བཤད།

ཨ་ཕ། ངས་འདིར་ཁྱོད་སྒུག །

བུ་ལུག་བཙོངས་པར་བལྟར་མི་བཟོད་པ་ངས་ཤེས་ཏེ། ལག་གི་ཐག་པ་བླངས། ལུག་འཁྲིད་དེ་ཕྱིན། གོམ་པ་འགའ་ཕྱིན་རྗེས་ཡའུ་ཆིང་གིས་རྒྱབ་ནས་བོས།

ཨ་ཕ། ཁྱོད་ཀྱིས་ཁས་ལེན་བྱས་པ་རེད།

ངས་ཁས་ལེན་ཅི་བྱས། ངས་ཁ་བསྒྱིར་ཏེ་བཤད།

ཁྱོད་ཀྱིས་ལུག་བཤས་པར་མི་འཚོང་བའི་ཁས་ལེན་བྱས། ཡའུ་ཆིང་གིས་དངངས་འཚབ་དང་བཅས་སྨྲས།

ངས་ཁ་སང་སྨྲས་པའི་གཏམ་དེ་གཏིང་བརྗེད་དུ་ཕྱིན། སྐབས་ལེགས་པ་ཞིག་ལ་ཡའུ་ཆིང་རྗེས་སུ་མ་ཡོང་། དེ་ལྟར་མིན་ན་བུས་གང་འཚམ་ཞིག་ཏུ་ངེས།

ཞེས་སོང་། ངས་བཤད།

ངས་ལུག་འཁྲིད་དེ་དགྱོགས་ལམ་ཞིག་བརྒྱུད་ཤ་ཁྲོམ་གྱི་ཕྱོགས་སུ་ཕྱིན། སྔོན་ཆད་ཤ་ཡིས་ཁེངས་པའི་ཤ་ཁྲོམ་དུ་མུ་གེའི་ལོ་རྒྱ་འདིར་ཤའི་གྲིབ་མ་ཙམ་ཡང་མེད། ནང་དུ་མི་ཉོབ་མདངས་ཅན་ཞིག་འདུག །ངས་ཕོ་ལ་ལུག་བསྟན་མོད། ཕོས་དེ་ཙམ་དགའ་སྣང་མ་བྱུས། ང་ཚོས་མཉམ་དུ་ལུག་རྒྱ་མར་འདེགས་དུས། ཕོའི་ལག་པ་འདར་བཞིན།

བཟའ་རྒྱུ་མེད་པས། ལུས་ལ་ཤུགས་མེད། ཕོས་བཤད།

རྫོང་གྲོང་ནང་གི་མི་ལ་ཡང་བཟའ་རྒྱུ་མེད། ཕོས་ཕོའི་ཤ་ཚོང་ཁང་དུ་ཤ་མ་བཀལ་བར་ཉིན་བཅུ་གྲངས་ཕྱིན་སོང་ཟེར། ཕོས་མདུན་གྱི་སྒོ་ཉེ་ཤུ་ལྷག་ཙམ་ཡོད་པའི་སློག་ཤིང་ལ་མཛུབ་མོ་བཙུགས་ཏེ།

ཁྱོད་ཅུང་སྒུག་དང་། ཆུ་ཚོད་གཅིག་མ་ཕྱིན་པར་ཤ་ཉོ་མཁན་གྱི་སྣར་ཕྲེང་ཕ་གིར་སླེབས་ངེས་ཟེར།

ཕོས་བཤད་པ་བདེན། ང་མ་ཕྱིན་པར་དུ་ཤ་ཉོ་མཁན་སྒོ་བཅུ་གྲངས་ཤིག་བར་སླེབས། འབྲས་ཚོང་ཁང་དུ་སྣར་ཕྲེང་རེད། དེ་སྔོན་ངའི་བསམ་པར་ལུག་གཅིག་ལ་འབྲས་རྒྱ་མ་བརྒྱ་ཕྲག་འགའ་ཁུག་ཀླམ་མོད། དོན་དུ་ལུག་གཅིག་གིས་ང་ལ་འབྲས་རྒྱ་མ་བཞི་བཅུ་ལས་མ་ཁུག །ང་ཚོང་ཁང་ཞིག་བརྒྱུད་སྐབས་དངུལ་སྐར་གཉིས་བཏོན་ཏེ་ཡའུ་ཆིང་ལ་སྤྲང་རིལ་གཉིས་ཉོས། ངའི་བསམ་པར་ཡའུ་ཆིང་གིས་དགའ་བ་མང་པོ་དེ་ལྟར་སྤྱོད། ད་ནི་སྤྲང་བཟའ་བའི་དུས་ལ་བབས་ཀླམ།

ངས་འབྲས་རྒྱ་མ་བཞི་བཅུ་འཁྱེར་ཏེ་ལོག །ཡའུ་ཆིང་ནི་གནས་དེར་པར་

འགྲོ་ཚུར་འགྲོ་བྱེད་བཞིན་རང་གི་རྐང་པ་རྗེ་ཧྲུག་ལ་གཞུ་བཞིན་འདུག །ངས་སྤྲང་རིལ་དེ་གཉིས་བུ་ལ་སྤྲད། བུས་གཅིག་ཁུག་མར་བླུགས། གཅིག་ཁ་ནང་དུ་སྨུར། ང་ཚོ་ལམ་དུ་བསྐྱོད། ཡའུ་ཆིང་གིས་སྤྲང་སྐོགས་ལྷེབས་བརྩེགས་ཞིགས་པར་བྱས་ཏེ། ལག་ནང་དུ་བཞག །མགོ་བོ་བཏེགས་ནས་ང་ལ་དྲིས།

ཨ་ཕ། ཁྱོད་བཟའ་འདོད་དམ།

ཁྱོད་ཀྱིས་ཟོས་དང་། ངས་མགོ་བོ་འཕྲེད་དུ་གཡུག །

ངས་འབྲས་རྒྱ་མ་བཞི་བཅུ་ཁྱིམ་དུ་འཁྱེར། ཙ་སྒྲོན་གྱིས་འབྲས་སྒྱི་མཐོང་བ་ཙམ་གྱིས་འབྲས་ཅི་ཙམ་ཡོད་མེད་ཤེས་པས། དབུགས་རིང་གཏོང་བཞིན་གཏམ་ཅི་ཡང་མ་བཤད། དཀའ་ངལ་ཆེ་ཤོས་ནི་ཙ་སྒྲོན་རེད། ཉིན་ལྟར་ཁ་བཞི་ལ་ཅི་ཞིག་སྟེར་དགོས། དེ་ལྟར་བསམ་བཞིན་ཙ་སྒྲོན་མཆན་མོ་གཉིད་མ་ཁུག །འཚོ་བ་ཇི་ལྟར་དཀའ་རུང་མི་ཚེ་བསྐྱལ་དགོས། ཙ་སྒྲོན་ཉིན་ལྟར་རི་ཚོད་འཐུ་བར་འགྲོ། ལུས་ལ་ན་ཚ་ཡོད་པའི་ཐོག་ཉིན་ལྟར་ལྟོ་སྟོང་ཡིན་པས། སྐྱི་ཉི་ཤུ་ཙམ་ཕྱིན་ན་ལུས་ནས་རྔུལ་ཆུ་ཁྲུམ་ཁྲུམ་དུ་ཐོན། མི་གཞན་གྱིས་རི་ཚོད་བཏུས་ན་ཙོག་པར་བཏུ། ཙ་སྒྲོན་ནི་པུས་མོ་བཙུགས་ཏེ་བཏུ། ཡར་ལངས་དུས་ལུས་པོ་འཁྱོར། ངས་འདི་དག་མཐོང་བས་སེམས་ནང་ན་ཚ་བཏང་།

ཁྱོད་ཕྱི་རོལ་དུ་འགྲོ་མི་དགོས། ངས་བཤད།

ཙ་སྒྲོན་གྱིས་ཁས་ལེན་མ་བྱས། ཙ་སྒྲོན་གྱིས་ལྡང་རྒྱུག་གིས་འཕར་བ་བྱས་ཏེ་ཁང་པའི་ཕྱི་རོལ་དུ་འགྲོ། ངས་ཙ་སྒྲོན་གྱི་དཔུང་པ་ནས་བཟུང་བ་

ཙམ་གྱིས་ཙ་སྒྲོན་གྱི་ལུས་པོ་ས་ཐོག་ཏུ་འགྱེལ། ཙ་སྒྲོན་ས་ཐོག་ཏུ་བསྡད་དེ་ཨིན་སྤྲ་དང་བཅས་ངུས།

ང་ད་ལྟ་ཤི་མེད། ཁྱོད་ཀྱིས་ང་ཤི་མིར་བརྩི་བཞིན་གདའ། ཙ་སྒྲོན་གྱིས་བཤད།

ང་ལ་ཐབས་ཤེས་ཅི་ཡང་མེད། བུད་མེད་ཟེར་བ་འདི་ཁོང་ཁྲོ་ལངས་ན་ཅི་ཞིག་ཀྱང་ལས་སྲིད། ཅི་ཞིག་ཀྱང་ཤོད་སྲིད། ངས་ཙ་སྒྲོན་ལས་ཀ་བྱེད་དུ་མ་བཅུག་ན། ཙ་སྒྲོན་གྱི་བསམ་པར་ངས་མོ་ལ་སྣང་མེད་བྱེད་བསམ་ངེས།

ཟླ་བ་གསུམ་ལས་མ་ཕྱིན་པར་འབྲས་རྒྱ་མ་བཞི་བཅུ་ཡོངས་སུ་ཇོགས། གལ་ཏེ་ཙ་སྒྲོན་གྱིས་རྩིས་ཞིབ་ཚགས་ཀྱིས་འཚོ་བ་སྐྱེལ་ཐབས་མ་བྱས་ན། ལྟོ་ཀུབ་ཀྱི་ལོ་མ་དང་། ཤིང་པགས་སོགས་འབྲས་དང་ལྷན་དུ་མ་བཟས་ན། འབྲས་འདི་ཙམ་གྱིས་ཟླ་ཕྱེད་ཅི་ལ་འཁྱོལ། སྐབས་དེར་གྲོང་སྡེའི་དུད་ཁྱིམ་སུ་ལ་ཡང་འབྲུ་རིགས་མེད། རི་ཚོད་ཀྱང་བཟས་ཚར། ཁྱིམ་ཚང་ཁ་ཤས་ཀྱིས་ཐོག་མར་ཤིང་གི་རྩ་བ་བཟའ་བཞིན་འདུག །གྲོང་སྡེར་མི་ཇེ་ཉུང་དུ་འགྲོ། ཉིན་ལྟར་ཕོར་པ་འཁྱེར་ཏེ་སྤྲང་ལ་འཁྱམས་མཁན་ཇེ་མང་དུ་འགྲོ། ཙ་དཔོན་ཇོང་གྲོང་དུ་ཐེངས་འགའ་ཕྱིན་ཙང་། ཕྱིར་ལོག་དུས་གྲོང་སྒོ་མ་སླེབས་པར་རྐུབ་ས་ལ་བཙུགས་ཏེ་དབུགས་ཧལ་ཧལ་བྱེད། ཞིང་ཁའི་ནང་བཟའ་རྒྱུ་འཚོལ་མཁན་གྱི་མི་འགའ་ཕྱིན་ཏེ་ཁོང་ལ་དྲིས།

ཙ་དཔོན། ཇོང་གྲོང་ནས་འབྲུ་རིགས་ནམ་ཙམ་ལ་སྦྱོད་དམ།

ང་འགྲོ་མི་ཐུབ། ཙ་དཔོན་གྱིས་མགོ་བོ་དཀྱུག་བཞིན་སྨྲས།

ཕྱི་རོལ་དུ་ལྟོ་སློང་བར་འགྲོ་མཁན་རྣམས་ལ་ཙ་དཔོན་གྱིས།

ཁྱོད་ཚོ་ཕར་མ་འགྲོ། རྫོང་གྲོང་དུ་ཡང་བཟའ་རྒྱུ་ཞིག་མི་འདུག་ཟེར།

རི་ཚོད་མེད་པ་ཤེས་བཞིན་དུ་ཙ་སྒྲོན་ནི་ཉིན་ལྟར་ལྟུང་རྒྱུག་གིས་འཕར་བ་བྱས་ཏེ་རི་ཚོད་འཚོལ་བར་འགྲོ། ཡའུ་ཆིང་མོའི་རྗེས་སུ་འགྲོ། ཡའུ་ཆིང་ནི་ལུས་པོ་འཚར་སྐྱང་ཡིན་པས་འབྲུ་རིགས་མེད་སྐབས། ཤ་རིད་པ་སྨྱུག་མ་ལྟར་རེད། ཡའུ་ཆིང་ནི་བྱིས་པ་བསམ་མེད་ཅིག་རེད། ཙ་སྒྲོན་ནི་ན་ཚས་ལུས་པོ་སྐྱུལ་མ་ཐུབ་ཀྱང་། ད་དུང་གང་སར་ཕྱིན་ཏེ་རི་ཚོད་འཚོལ་གྱི་ཡོད། ཡའུ་ཆིང་ནི་ཨ་མའི་རྗེས་སུ་ཕྱིན། རྟག་པར་ཙ་སྒྲོན་གྱི་རྒྱབ་ནས།

ཨ་མ། ད་ནི་ང་ལྟོགས་ནས་འགུལ་མི་ཐུབ་ཟེར།

ད་ནི་གང་ཞིག་ཏུ་བཟའ་རྒྱུ་འཚོལ་བར་འགྲོའམ། ཙ་སྒྲོན་ཐབས་ཟད་དེ།

ཡའུ་ཆིང་། ཁྱོད་ཕྱིན་ཏེ་ཆུ་བཏུངས་ནས་ལྟོ་བ་རྒྱགས་ཐབས་གྱིས་ཟེར།

ཡའུ་ཆིང་ཆུ་འགྲམ་དུ་ཕྱིན། ཆུ་ཧམ་འཐུང་བྱས་ཏེ། ཆུས་ལྟོ་བ་རྒྱགས་ཐབས་བྱས།

འཇང་ཚོན་ངའི་རྗེས་སུ་ཡོང་། རྐོ་མ་འཁྱེར་ཏེ་ཞིང་ཁར་ཞོག་ཁོག་འཚོལ་བཞིན་ཡོད། ཞིང་ཁ་དེ་དག་ཡང་སྔོན་ལན་ཅི་ཙམ་བསྐོགས་པ་མི་ཤེས་སོང་། ད་དུང་གྲོང་སྡེའི་མི་དག་གིས་ཞིང་ཁ་རྐོ་མས་སྐོག་བཞིན་ཡོད། མཚམས་རེ་ཉིན་གཅིག་ལ་ཞོག་ཁོག་གི་ལོ་མ་རུལ་པ་གཅིག་ལས་མི་རྙེད། འཇང་ཚོན་ཤིན་ཏུ་ལྟོགས། ངོ་གདོང་ཡང་སྔོན་པོར་གྱུར། བུ་མོས་རྐོ་མ་འཁྱེར་ལུགས་ལ་བལྟས་ན་མགོ་བོ་ཡང་མཉམ་དུ་གཡུག་ཉེན་ཆེ། བུ་མོས་ལས་ཀ་ཁོ་ན་བྱེད་པ་ལས་སྐད་ཆ་ཤོད་མི་ཤེས། ང་གང་དུ་ཕྱིན་ན་བུ་མོ་དེར་ཡོང་། ངས་དེ་ལྟར་བྱས་ན་མི་ཡོང་སྙམ། ང་དང་འཇང་ཚོན་ཁག་སོ་སོར་ཞོག་ཁོག་བསྐོག་པར་འགྲོ

དགོས། རྟག་པར་མཉམ་དུ་འགྲོ་བ་ནི་ཐབས་ཤེས་ལེགས་པོ་ཞིག་མ་རེད་སྙམ། ངས་འཛའ་ཚོན་གནས་གཞན་ཞིག་ཏུ་འགྲོ་དགོས་པའི་ལག་བཟ་བྱས། འོན་ཏེ་འཛའ་ཚོན་ང་དང་ བྲལ་རྗེས་བར་ཆད་ཡོང་བ་ཅི་ལ་ཤེས།

འཛའ་ཚོན་དང་ཕང་སི་ཞིང་ཁ་ཞིག་གི་ཐོག་ཏུ་ཞོག་པོག་སྡོག་བཞིན་ཡོད། ཕང་སི་ནི་མི་ཐ་ཤལ་ཞིག་མ་རེད། ང་དམག་མིར་བཙན་འཁྲིད་བྱེད་སྐབས་ཕང་སི་དང་པོའི་ཨ་ཕས་རྒྱུན་དུ་ངན་ལས་རྣམས་བྱེད་ཀྱི་ཡོད། མི་ཟེར་བ་འདི་བཀྲེས་ལྟོགས་ཀྱིས་མནར་ན་ཁྲིལ་དང་ངོ་ཚ་ཟེར་བ་ཞིག་ཅི་ལ་ཡོད། འཛའ་ཚོན་གྱིས་ཞོག་མངར་བསྡོགས་པ་ཤེས་བཞིན་དུ་ཕང་སི་ཡིས་འཛའ་ཚོན་གླེན་མ་ཡིན་སྙབས། འཛའ་ཚོན་གྱིས་གོས་ཟུར་ལས་ཞོག་མངར་གྱི་འདམ་བག་འཕྱིད་སྐབས་དང་བསྟུན་ནས་ཕང་སི་ཡིས་ཞོག་མངར་འཕྲོག །འཛའ་ཚོན་རྒྱུན་དུ་དྲང་པོ་སྙིམས་ཆུང་ཞིག་ཡིན། སྐབས་དེར་འཛའ་ཚོན་གྱིས་གཉའ་མི་ཐུབ་པར་ཞོག་མངར་སླར་ལེན་རྩིས་བྱས། ཕང་སི་ཡིས་ཨིན་དང་བཅས་ཏུས་པས་འཁྲིས་ཀྱི་མི་དག་གིས་འཛའ་ཚོན་གྱིས་ཞོག་མངར་འཕྲོག་པ་མཐོང་། ཕང་སི་ཡིས་ང་ལ་གཏད་དེ་བོས།

ཕུར་རྐོད། མི་ཟེར་བ་འདི་དྲང་པོ་དགོས། ལྟོ་བ་ཇི་ལྟར་ལྟོགས་ཀྱང་རྐམ་འཕྲོག་བྱེད་མི་ཉན།

ངས་འཛའ་ཚོན་གྱིས་ཤུགས་ཆེན་པོས་ཁོས་བཟུང་བའི་ཞོག་མངར་འཕྲོག་པ་མཐོང་། མྱུར་དུ་ཕྱིན་ཏེ་འཛའ་ཚོན་ཚུར་འཐེན། འཛའ་ཚོན་ཁོང་ཁྲོས་མིག་ནས་མཆི་མ་ཡང་ཐོན། ཕང་སི་ཡིས་རང་གི་ཞོག་མངར་འཕྲོག་པའི་ལག་བཟ་བྱས། གྲོང་སྡེའི་མི་གཞན་གྱིས་ཀྱང་ལག་བཟའི་དོན་ཤེས་ཏེ་

ཕང་སི་ལ་དྲིས།

ཁྱོད་ཀྱིས་མོའི་དེ་འཕྲོག་གམ། མོས་ཁྱོད་ཀྱི་དེ་འཕྲོག་གམ།

ཕང་སི་ཡིས་ཡི་ཆད་ཀྱི་ཉམས་ལས། ཁྱོད་ཚོས་མཐོང་གི་མི་འདུག་གམ། མོས་ངའི་ས་ནས་འཕྲོག །

འཇང་ཚོན་གྱིས་དེ་ལྟར་བྱེད་མི་སྲིད། འདི་གྲོང་སྡེའི་མི་ཚང་མས་ཤེས། ཕང་སི། ཞོག་མདར་འདི་དངོས་གནས་ཁྱོད་ཀྱི་ཡིན་ན་ཁྱོད་ཀྱིས་འཁྱེར། གལ་སྲིད་ཁྱོད་ཀྱི་མིན་ན་འདི་བཟས་ཙང་ཁྱོད་ཀྱི་ལྟོ་བ་ན་ངེས། ངས་བཤད།

ཁྱོད་ཀྱིས་མོ་སྨྲ་ཙ་ཆུགས་དང་། འདི་སུའི་རེད། ཕང་སི་ཡིས་འཇང་ཚོན་ལ་ལག་མཛུབ་བྱས་ཏེ་བཤད།

ཁོས་འཇང་ཚོན་གྱིས་སྐད་ཆ་ཤོད་མི་ཤེས་པ་ཤེས་བཞིན་དུ་ད་དུང་འདི་ལྟར་སྨྲས། ང་ཁོང་ཁྲོས་ལུས་པོ་འདར་སིག་སིག་བྱེད། འཇང་ཚོན་གྱིས་གཞོགས་སུ་ཁ་གྲབ་གྲབ་བྱས་མོད། གཏམ་ཚིག་གཅིག་ཐོས་རྒྱུ་མེད་པར། མིག་ཆུ་ཤ་ར་རར་བཏང་།

ཁྱོད་གནམ་ལྕགས་ཐོག་ལ་མ་སྒྲག་ན། འདི་འཁྱེར་ཆོག །ངས་ཕང་སི་ལ་ལག་པ་གཡུགས་ཏེ་བཤད།

ཕང་སི་ཡི་སེམས་ལ་གནོང་ཡོད་ཀྱང་ཕྱི་ཚུལ་དུ་ངོ་ཚ་མེད་པར་མཇིང་པ་གེར་གེར་བྱེད་བཞིན། འདི་ངའི་ཡིན་པས་ངས་ལོས་འཁྱེར་ཟེར།

དེ་སྐད་སྨྲས་རྗེས་ཁོ་ཁ་བསྐོར་ཏེ་འགྲོ་སྐབས་བསམ་ཡུལ་ལས་འདས་པ་ཞིག་ལ་འཇང་ཚོན་གྱིས་རྡོ་མ་ཁོའི་ཕྱོགས་སུ་འཕངས། གལ་སྲིད་མི་རྣམས་ཀྱིས་དངངས་འབོད་མ་བྱས་ན། ཕང་སི་ཡིས་གཡོལ་མ་ཐུབ་པར་འཆི་ངེས།

ཕང་སི་ཡིས་འཇའ་ཚོན་གྱིས་རང་ལ་གཞུས་པ་མཐོང་བས། འཇའ་ཚོན་ལ་འགྲམ་ལྕག་མི་འབར་བ་ཞིག་གཞུས། འཇའ་ཚོན་ལ་ཤུགས་མེད་པས་དལ་བུར་ས་ཐོག་ཏུ་འགྱེལ། འགྲམ་ལྕག་འདི་མི་ཞིག་ཐིང་བུའི་ནང་མཆོངས་པ་ལྟར་སྐད་ཆེ་བས་ངའི་སེམས་ལ་ཕོག །ང་མདུན་དུ་ཕྱིན། ཕང་སི་ཡི་མགོ་བོར་བསྡིགས་ཏེ་ཁུ་ཚུར་ཞིག་གཞུས། ཕང་སི་ཟ་ཟེར་ཐམ་ཐོམ་དུ་གྱུར། ངའི་ལག་པར་ཡང་ན་ཟུག་སྐྱེ། ཕང་སི་དྲན་པ་ཉེད་ཇེས་རྐོ་མ་འཕྱུར་བཞིན་ངའི་ཕྱོགས་སུ་ཡོང་། ངས་གཡོལ་ཇེས་རྐོ་མ་འཕྱུར།

གལ་ཏེ་ཡུལ་མི་རྣམས་ཀྱིས་བཀག་འགོག་མ་བྱས་ན། མི་སྲོག་ཅིག་ཤོར་ངེས། རྗེས་སུ་ཅུ་དཔོན་ཡོང་། ཅུ་དཔོན་གྱིས་ངེད་གཉིས་ཀྱིས་བཤད་པར་ཉན་རྗེས་འདི་ལྟར་གཤེ །

མ་རྫོ་བཟའ་རྒྱུ། གལ་ཏེ་ཁྱོད་གཉིས་ཤི་ན་ངས་གོང་རིམ་ལ་ཇི་ལྟར་རྩིས་སྤྲོད་བྱེད་དམ།

དེ་ནས་ཅུ་དཔོན་གྱིས། འཇའ་ཚོན་ནི་མི་དྲང་པོ་ཞིག་རེད། ཕང་སི་ཁྱོད་ཀྱིས་བསྙོག་པ་ནི་སུས་ཀྱང་མ་མཐོང་། འདི་ལྟར་བྱེད། ཁྱོད་གཉིས་ཀྱིས་ཕྱིད་ཀ་རེ་བྱེད།

དེ་སྐད་སྨྲས་རྗེས་ཅུ་དཔོན་གྱིས་ཕང་སི་ལ་ལག་པ་བརྐྱངས་ཏེ། ཕང་སི་ཡིས་ཞོག་མངར་སྤྲོད་པར་སྐུལ། ཕང་སི་ཡིས་ལག་གཉིས་ཀྱིས་ཞོག་མངར་བཟུང་སྟེ་ཞོག་མངར་སྤྲོད་པར་ཕངས་སེམས་སྐྱེས།

འཁྱེར་ཤོག །ཅུ་དཔོན་གྱིས་བཤད།

ཕང་སི་ཐབས་ཟད་དེ་ཊ་བཞིན་ཞོག་མངར་ཅུ་དཔོན་ལ་སྤྲད། ཅུ་

དཔོན་གྱིས་ཉེ་འཁྲམ་ལས་ཟྟོར་བ་ཞིག་བླངས། ཞོག་མདར་ཞིང་ཚོགས་ཐོག་བཞག་སྟེ་ཞོག་མདར་ཕྱིད་གཏུབས་བྱས། ཧུ་དཔོན་ལག་ཉེས་ཤོར་བས། གཞོགས་གཅིག་ཤིན་ཏུ་ཆེ་ཞིང་། ཅིག་ཤོས་ཏ་ཅང་ཆུང་།

ཧུ་དཔོན། འདི་ཇི་ལྟར་བགོའམ། ངས་ཧུ་དཔོན་ལ་དྲིས།

འདི་སྐབས་བདེ་པོ་རེད། ཧུ་དཔོན་གྱིས་སྨྲས།

ཁ་ཚག་ཅེས་ཞོག་མདར་ཆེ་བ་དེ་ལ་ཕྲན་ཙམ་གཏུབས། རང་གི་ཁུག་མར་བཞག །དེ་ནི་ཁོ་རང་ལ་བདག །ཁོས་ཞོག་མདར་ལྷག་མ་དེ་ང་དང་ཤང་སི་ལ་སྤྲད་དེ།

ད་ནི་ཆེ་ཆུང་འདྲའམ་ཟེར།

དོན་ལ་ཞོག་མདར་ཙུང་ཙམ་ཞིག་གིས་དུད་ཁྱིམ་གཅིག་གི་ལྟོ་བ་མི་ཀྱགས་མོད། སེམས་ནང་བསམ་པ་དང་དངོས་ཡོད་གཉིས་མི་འདྲ། སྐབས་དེར་དེ་ནི་སྲོག་མཐུད་ཀ་བ་རེད། ཁྱིམ་དུ་འབྲུ་རིགས་ཟད་དེ་ཟླ་བ་གཅིག་ལྷག་སོང་། ཞིང་ཁའི་ཐོག་གི་བཟའ་ཏུང་བ་ཕལ་ཆེར་བཟས་ཚར། ལོ་དེ་དག་ཏུ་ལྟོ་ཕོར་པ་གང་གི་ཆེད་དུ་རང་སྲོག་བློས་གཏོང་བྱེད་མཁན་ཡང་ཡོད།

ཤང་སི་དང་ཞོག་མདར་ཟོད་པའི་ཉིན་གཉིས་པར་ཙ་སྦྲོན་གྱིས་ལཔར་བ་འཁེན་ཏེ་གྲོང་སྐོར་ཡོང་། ངས་ཞིང་ཁའི་ནང་ནས་གང་དུ་འགྲོ་དོན་དྲིས།

ང་ཛོང་གྲོང་དུ་ཨ་ཕར་བལྟ་བར་འགྲོ། ཙ་སྦྲོན་གྱིས་སྨྲས།

བུ་མོས་ཕ་མ་དྲན་ན། ངས་བཀག་ཀྱང་མི་ཐོགས། ཤིན་ཏུ་འགྲོ་དགའ་བའི་ཙ་སྦྲོན་གྱི་ཚུགས་ཀར་ལྟ་བཞིན་ངས་འདི་ལྟར་སྨྲས།

འཇའ་ཚོན་མཉམ་དུ་འཁྲིད་ན་ལམ་བར་དུ་རོགས་རམ་ཡོང་།

འཇའ་ཚོན་འཁྲིད་ཀྱི་མིན། ཙ་སྒྲོན་གྱིས་ཁ་ཡང་མ་བསྐོར་བར་ལན་བཏབ།

ཉིན་དེ་དག་གི་རིང་ཙ་སྒྲོན་གྱི་རླུང་ཁ་ཇེ་མཐོར་ཕྱིན། ངས་ཤུ་མཐུད་མ་བཤད། ཙ་སྒྲོན་དལ་བུར་འགྲོ་བར་བལྟས། སྐམ་ཞིང་ཤ་རིད་པས་ལུས་ཐོག་ཏུ་ཤ་མེད། སྔོན་ཚད་ལྟོ་བ་ལྷིར་བའི་གྲོན་པ་ད་ལྟ་རླུང་བུའི་ཁྲིད་ལྡོབ་ལྡོབ་ཏུ་གཡོ།

ཙ་སྒྲོན་ཛོང་གྲོང་དུ་ཟས་སློང་བར་ཕྱིན་པ་ངས་མ་ཤེས། ཙ་སྒྲོན་ཉིན་གང་ཕྱིན། ས་སྲོད་ཙམ་ལ་སླེབས། སླེབས་དུས་ལམ་དུ་འགྲོ་མི་ཐུབ། འཇའ་ཚོན་གྱིས་སྔོན་ལ་ཙ་སྒྲོན་མཐོང་སྟེ། ངའི་གོས་ནས་འཐེན། ངས་ཁ་སྐོར་དུས་ད་གཟོད་ཙ་སྒྲོན་ལམ་དེར་ལངས་ཡོད་པ་མཐོང་། ཙ་སྒྲོན་གྱིས་ལུས་པོ་འཁར་བར་བརྟེན་ཏེ་ང་ཚོར་ལག་པ་གཡུགས། ལག་པ་གཡུག་དུས་མགོ་བོ་ཁྲག་པ་ལས་ཟགས་གྲབས་བྱེད།

ང་མྱུར་བར་ཕྱིན། ང་སླེབས་ལ་ཉེ་སྐབས་ཙ་སྒྲོན་གྱིས་དལ་བུར་ས་ཐོག་ཏུ་པུས་མོ་བཙུགས། ལག་གཉིས་ཀྱིས་འཁར་བ་བཟུང་། སྐད་ཤུགས་ཆུང་ངུས་འདི་ལྟར་ཟེར།

ཕུར་ཚོད། ཁྱོད་ཤོག །ཁྱོད་འདིར་ཤོག །

ངས་ཙ་སྒྲོན་ཡར་བསླངས། ཙ་སྒྲོན་གྱིས་ངའི་བྲང་ནས་འཐེན། དབུགས་ཧལ་བཞིན།

ཁྱོད་ཀྱིས་འདིར་མནན་དང་ཟེར།

ངས་ཙ་སྒྲོན་གྱི་བྲང་ཁར་མནན་ཙམ་བྱས། བསམ་ཡུལ་ལས་འདས་པ་

ཞིག་ལ་ངས་འབྲས་ཁུག་ཆུང་ཆུང་ཞིག་ཡོད་པ་ཤེས།

འབྲས་རེད་དམ། ངས་དྲིས།

ཨ་ཕས་བྱིན་བྱུང་། ཙ་སྟོན་གྱིས་ད་བཞིན་སྨྲས།

སྐབས་དེར་འབྲས་ཁུག་མ་གང་ནི་རྒྱ་ཟས་ལེའུ་བཅོ་བརྒྱད་ལས་ཀྱང་ལྷག །ཁྱིམ་མི་རྣམས་ལ་འབྲས་མེད་པར་ཟླ་བ་གཅིག་གཉིས་ཙམ་ཕྱིན། དགའ་བ་དང་སྐྱོ་བ་འདི་དངོས་གནས་ཤོད་མི་ཤེས། ངས་འཇའ་ཚོན་གྱིས་ཙ་སྟོན་ཁྱིམ་དུ་འཁྱིད་པར་སྐུལ། ང་རང་ནི་ཡའུ་ཆིང་འཚོལ་བར་ཕྱིན། ཡའུ་ཆིང་ནི་རྫིང་བུའི་འགྲམ་དུ་ཉལ་བ་མཐོང་། དེ་དུས་བུས་ཆུ་རྒྱུགས་ཚད་བཏུངས་མ་ཐག་རེད།

ཡའུ་ཆིང་། ཡའུ་ཆིང་། ངས་བུའི་མིང་ནས་བོས།

བུས་མགོ་བོ་དཀྱུག་ཙམ་བྱས། ཤུགས་ཡོད་ཀྱང་ཟུངས་མེད་པའི་ལན་བཏབ། ངས་ཤུབ་བུར་ཁོ་ལ་འདི་ལྟར་སྨྲས།

མགྱོགས་པོ་ཁྱིམ་དུ་འབྲས་ཐུག་འཐུང་བར་འགྲོ།

ཡའུ་ཆིང་གིས་འབྲས་ཐུག་ཅེས་ཐོས་མ་ཐག་གང་ནས་བྱུང་མིན་མི་ཤེས་པའི་སྟོབས་ཤུགས་ཤིག་གིས་མྱུར་བར་ལངས་ཏེ།

འབྲས་ཐུག་ཨེ་ཟེར།

སྐད་ཆེན་པོ་མ་བྱེད། ང་སྐྲག་སྟེ་དེ་ལྟར་བཤད།

དུད་ཁྱིམ་གཞན་གྱིས་མ་ཤེས་པ་བྱེད་དགོས། ཙ་སྟོན་གྱིས་འབྲས་དེ་དག་བྲང་ཁར་སྦས་ཏེ་འཁྱེར་ཡོང་། ཁྱིམ་མི་ཚང་མ་འཛོམས་རྗེས་ངས་ཕྱི་སྒོའི་ཨ་ཤིང་མནན། ཙ་སྟོན་གྱིས་ད་གཟོད་འབྲས་ཁུག་ཆུང་ཆུང་དེ་བྲང་ནས་བཏོན།

ཕྱིད་ཀ་ཁོག་མར་བླུགས། ཆུ་བསྣུན། འཇའ་ཚོན་གྱིས་མེ་གཏོང་བར་ཕྱིན་ན་འབྲས་ཐུག་བཏུང་རྒྱུ་ཡོད། ངས་ཡའུ་ཆིང་སྒོ་འགྲམ་དུ་ལངས་ཏེ་སྒོ་སྲུབས་ནས་མི་ཡོང་གི་ཡོད་མེད་བྱ་ར་བྱེད་པར་མངགས། ཆུ་འཁོལ་མ་ཐག་ཁྲིམ་ཡོངས་སུ་འབྲས་ཀྱི་དྲི་ཞིམ་འཕྱུལ། ཡའུ་ཆིང་ནི་སྒོ་འགྲམ་དུ་སྡོད་ཚུགས་མི་ཐེན་པར་གྱུར། ཐབ་མདུན་དུ་ཕྱིན་ཏེ་དྲི་སྣོམ་ལན་འགའ་བྱས་རྗེས་འདི་ལྟར་སྨྲས།

དེ་འདྲའི་དྲི་མ་ཞིམ་པ་ལ།

སྒོ་བསྲུང་བར་རྒྱུག །ངས་ཡའུ་ཆིང་ཚུར་འཐེན་ཏེ་སྨྲས།

བུས་རླངས་པ་ངོམས་པར་ལན་གཉིས་འཐེན་རྗེས་ད་གཟོད་སྒོ་འགྲམ་དུ་ཕྱིན།

ད་གཟོད་ཁྱོད་ཚོས་ཟས་ལྟོ་བར་རྒྱུགས་པ་ཞིག་བཟའ་ཐུབ། ཙ་སྒྲོན་གྱིས་བགད་དེ་བཤད།

འབྲས་འདི་དག་ནི་ངའི་ཨ་ཕ་ཡིས་སོ་བསྲུབས་ནས་བཏོན་པ་རེད། ཙ་སྒྲོན་གྱིས་སྨྲ་བཞིན་མིག་ཆུ་བཏང་།

སྐབས་འདིར་ཕྱི་རོལ་ནས་མི་ཡོང་། སྒོ་འགྲམ་ནས་འདི་ལྟར་བོས།

ཕུར་རྟོད།

ང་ཚོ་སྐྲག་སྟེ་དབུགས་ཀྱང་གཏོང་མ་ནུས། ཡའུ་ཆིང་དེར་ཧེད་པ་སྐྱུར་ཙམ་བྱས་ནས་འགུལ་ཙམ་ཡང་མི་བྱེད། འཇའ་ཚོན་གྱིས་འཛུམ་དམུལ་དམུལ་ངང་ཐབ་ནང་དུ་མེ་ཤིང་འབུད། བུ་མོས་ཐོས་མི་ཐུབ་པས། ངས་བུ་མོའི་ཕྲག་པར་ལྕག་ཙམ་བྱས་ཏེ་སྐད་སྒྲ་མི་འདོན་པར་མངགས། ཕྱི་རོལ་གྱི་མིས

ཤིན་ཏུ་མ་དགའ་བའི་ངང་ནས།

ཁྱིམ་གྱི་དུ་ཁུང་ནས་དུ་བ་ཐོན་ཙང་། ནང་གི་མིས་ལན་མི་སྟེར་ཟེར།

ཡུད་ཙམ་ནས་མི་དེ་ཕྱིན་པ་འདྲ། ཡའུ་ཆིང་གིས་སྒོ་བརྒྱབ་ནས་བལྟ་ཙམ་བྱས་ཏེ། ཤུབ་ཐུར་འདི་ལྟར་སྨྲས།

ཕྱིན་སོང་།

ང་དང་ཙ་སྒྲོན་གྱིས་དབུགས་རིང་ཞིག་བཏང་། འབྲས་ཐུག་བསྐོལ་རྗེས་ང་ཚོ་ཁྱིམ་མི་བཞི་པོས་ཅོག་ཙེའི་མདུན་དུ་འབྲས་ཐུག་ཧླངས་པ་འཇུབ་འཇུབ་ཅིག་བཏུངས། ངས་མི་ཚེ་འདིར་འབྲས་ཐུག་དེ་ལས་ཞིམ་པ་འཐུང་མ་མྱོང་། འབྲས་ཐུག་འདི་དྲན་ཐེངས་རེར་ང་ནི་དབང་མེད་དུ་འཁྲམ་ཆུ་ཤོར་གྱི་ཡོད། ཡའུ་ཆིང་གིས་འབྲས་ཐུག་མགྱོགས་པོ་བཏུངས་པས་ཐོག་མར་བཏུངས་ཚར། ཁ་སྐྱལ་བཞིན་དབུགས་རིང་ཞིག་བཏང་། བུའི་མཆུ་མཉེན་པས་ཆུ་ལྷང་མང་པོ་ཞིག་ཐོན་ཏེ་ཉིན་འགའ་ན་ཚ་བཏང་། ང་ཚོས་འབྲས་ཐུག་བཏུངས་རྗེས་ཙ་དཔོན་སླེབས།

གྲོང་སྡེའི་མི་རྣམས་ཟླ་བ་གཅིག་གཉིས་རིང་ལ་འབྲས་བཟས་མེད། ང་ཚོས་སྒོ་བརྒྱབ་སྟེ་མེ་བཏང་བའི་དུ་བ་སྔོ་འཁྱུར་འཁྱུར་ཚང་མས་མཐོང་། ད་ལྟ་མི་ཡོང་སྙེ་སྐད་འབོད་བྱས་ཀྱང་ལན་འདེབས་མཁན་མེད་པས་ཕར་ཕྱིན་ཏེ། མི་ཁྱུ་ཞིག་འཁྲིད། ཙ་དཔོན་མདུན་དུ་ཡོང་། ཁོ་ཚོས་ཀྱང་ང་ཚོས་ཞིམ་ཟས་ཤིག་ཡོད་པ་ཚོད་དཔག་བྱས་ཏེ། ཁམ་གང་རེ་བཟའ་འདོད་ནས་ཡོང་།

ཙ་དཔོན་ཁྱིམ་དུ་འཛུལ་མ་ཐག་སྣ་གཟེངས་ཙམ་བྱས་ཏེ་འདི་ལྟར་དྲིས།

ཅི་ཞིག་བཙོས་སམ། དེ་འདྲའི་དྲི་མ་ཞིམ་པ་ལ།

ངས་དགོད་བཞིན་གཏམ་ལན་མ་བྱས་སྐབས། ཙུ་དཔོན་གྱིས་མུ་མཐུད་འདྲི་མ་ཤེས། ཙ་སྒྲོན་གྱིས་ཁོ་ཚོ་སྔོད་པར་སྐུལ། མི་འགའ་ཞིག་གིས་མ་རབས་ཀྱིས་ཐབ་ཁ་ཕྱི་ཞིང་ཉལ་ཁེབས་བཏིགས། སྐབས་ལེགས་པ་ཞིག་ལ་ཙ་སྒྲོན་གྱིས་འབྲས་ལྷག་མ་དག་བྲང་ཁར་བླུགས་ཡོད་པས། ཁོ་ཚོས་ཅི་ལྟར་བསྔོག་ཙང་སྐྲག་སྣང་མེད། ཙུ་དཔོན་དོགས་མི་བདེ་བར་གྱུར་ཏེ།

ཁྱོད་ཚོ་ཅི་བྱེད་འདོད་དམ། འདི་གཞན་གྱི་ཁྱིམ་ཚང་རེད། ཕར་སོང་། ཕྱིར་སོང་། མ་རོ་བཟའ་རྒྱུ་ཁྱོད་ཚོ་ཕྱིར་སོང་ཟེར།

ཙུ་དཔོན་གྱིས་ཁོ་ཚོ་ཕྱིར་བསྐྲད་རྗེས་སྒོ་བརྒྱབ། སྙིང་ཉེ་བའི་རྣམ་འགྱུར་ལས།

ཕུར་ཏོད། ཙ་སྒྲོན། བཟའ་རྒྱུ་ཡོད་ན་ང་ལ་ཁམ་གང་སྟེར་དང་ཞེས་སྨྲས།

ངས་ཙ་སྒྲོན་ལ་བལྟས། ཙ་སྒྲོན་གྱིས་ང་ལ་བལྟས། རྒྱུན་དུ་ཙུ་དཔོན་དང་ང་ཚོ་མཐུན་ལམ་ལེགས། ད་ལྟ་མིག་མདུན་དུ་ང་ཚོར་ཞུ་བ་བྱེད་དུས་ཁས་ལེན་མ་བྱས་ན་མི་འགྲིག །ཙ་སྒྲོན་གྱིས་བྲང་ཁ་ནས་འབྲས་ཁུག་ཆུང་ཆུང་དེ་བཏོན། འབྲས་ཕྲན་བུ་ཞིག་བཟུང་སྟེ་འདི་ལྟར་བཤད།

ཙུ་དཔོན། འདི་ལས་མེད། ཁྱོད་ཀྱིས་འདི་འཁྱེར་ནས་འབྲས་ཁུ་ཞིག་བསྐོལ་ཆོག །

འགྲིག་སོང་། འགྲིག་སོང་། ཙུ་དཔོན་གྱིས་བསྟུད་མར་བཤད།

ཙ་སྒྲོན་གྱིས་འབྲས་ཙུ་དཔོན་གྱི་ཁུག་མར་བླུགས། ཙུ་དཔོན་གྱིས་ལག་གཉིས་ཐལ་མོ་སྦྱོར་བཞིན་དགོད་བཞིན་ལོག །ཙུ་དཔོན་ཕྱིན་མ་ཐག་ཙ་སྒྲོན་

གྱིས་དེ་འཕྲུལ་མིག་ཆུ་བཏང་། ཙ་སྔོན་ནི་འབྲས་ལ་ཕངས་སེམས་ཆེན་པོ་སྐྱེས། ང་ཙ་སྔོན་གྱི་གདོང་ལ་ལྟ་བཞིན་དབུགས་རིང་ཡང་ཡང་ཤོར།

འདི་ལྟ་བུའི་འཚོ་བ་སྟོན་ཐོག་མ་སླེབ་བར་དུ་བསྐྱལ། ལོ་ཉེས་བྱུང་ཡང་འབྲུ་རིགས་གང་ཙམ་ཡོད་པས་འཚོ་བ་སྐྱོ་བུར་དུ་ཇེ་ལེགས་སུ་ཕྱིན། འོན་ཏེ་ཙ་སྔོན་གྱི་ནད་ཇེ་ཞིར་འགྲོ་བ་སུས་ཤེས། རྗེས་སུ་ཙ་སྔོན་ནི་གོམ་པ་འགག་ཡང་སྤོ་མ་ཐུབ་པར་གྱུར། འདི་དག་ནི་ལྷུ་གེའི་ལོ་ཟླས་ལན་པ་རེད། ཙ་སྔོན་གྱིས་ཞིང་ལས་མ་ཐུབ་ཀྱང་ཁྱིམ་ལས་བྱེད། ཙ་སྔོན་གྱིས་ཀྱང་ལ་བསྙེས་ཏེ་འདིར་འཕྱིད་ཙམ་འཕྱིད་ཙམ་དང་། དེར་ཕྱུགས་ཙམ་ཕྱུགས་ཙམ་བྱེད། ཉིན་ཞིག་ཙ་སྔོན་འཁྱེལ་ཏེ་ཇི་ལྟར་བྱས་ཀྱང་ལངས་མ་ཐུབ། ང་དང་འཛའ་ཚོན་ལས་ཐག་བཅད་དེ་ཁྱིམ་དུ་སླེབས་དུས་ཙ་སྔོན་ད་དུང་ས་ཐོག་ཏུ་ལུས། ངོ་གདོང་ལ་ཡང་རྨ་བཟོས་འདུག །ངས་ཙ་སྔོན་མལ་ཁྲིའི་ཐོག་བསྐྱལ། འཛའ་ཚོན་གྱིས་པགས་རས་གླངས་ཏེ་གདོང་གི་ཁྲག་རྗེས་འཕྱིས།

རྗེས་སུ་ཁྱོད་མལ་ཁྲིའི་ཐོག་སྡོད་དང་། ངས་བཤད།

ང་ག་དུས་ཡར་ལངས་ཐུབ་བམ། ཙ་སྔོན་གྱིས་མགོ་སྒྲུར་བཞིན་འཛམ་པོར་བཤད།

ཙ་སྔོན་ནི་སྡུག་ཅུས་ཆེ་བས་སྐབས་དེ་དུས་ཀྱང་སྡུག་ཡུས་གཏན་ནས་མི་བྱེད། ཙ་སྔོན་མལ་ཁྲིའི་ཐོག་བསྡད་པའི་ཉིན་དེ་དག་རིང་ངས་གོས་ཧྲུལ་ཧྲུལ་ཐམས་ཅད་མལ་ཁྲིའི་འགྲམ་དུ་བཞག །

ལས་ཀ་བྱས་ན་སེམས་པ་སྐྱིད། ཙ་སྔོན་གྱིས་སྨྲས།

ཙ་སྔོན་གྱིས་བཞིག་བཙེམས་མང་པོ་བྱས་ཏེ་འཛའ་ཚོན་དང་ཡའུ་ཆེང་

ལ་སྟོད་གོས་རེ་བཟོས། ཁྱིས་པ་གཉིས་ཀྱིས་གྱོན་དུས་ཤིན་ཏུ་གསར་སྣང་སྐྱེར། རྗེས་སུ་ངས་གཞི་ནས་ཅ་སྒྲོན་གྱིས་རང་གིས་སྟོད་ཐུང་བཤིགས་ཏེ་བཟོས་པ་ཤེས་པས། ང་ཁོང་ཁྲོ་ལངས། དེ་དུས་ཅ་སྒྲོན་གྱིས་དགོད་བཞིན།

སྟོད་གོས་མ་གྱོན་ན་མགྱོགས་པོ་འཕྲོ་བརླག་འགྲོ། ངས་འདི་ཚོ་གྱོན་མི་སྲིད་པས། འདིར་ཚགས་ནས་ཅི་བྱེད།

ཅ་སྒྲོན་གྱིས་ད་དུང་ང་ལ་སྟོད་གོས་ཤིག་བཟོས། འོན་ཏེ་ངའི་སྟོད་གོས་བཟོས་མ་ཚར་གོང་ཅ་སྒྲོན་ཁབ་སྐུད་ཀྱང་བཟུང་མི་ཐུབ་པའི་ཚད་དུ་སླེབས། སྐབས་དེར་འཇའ་ཚོན་དང་ཡའུ་ཆིང་གཉིད་དུ་ཡུར། ཅ་སྒྲོན་གྱིས་སྨུམ་བཞུའི་འོག་ཏུ་སྟོད་གོས་འཚེམ་གྱི་ཡོད། ཅ་སྒྲོན་དཀའ་ལས་ཆེ་དྲགས་པས་གདོང་ནས་རྔུལ་ཆུ་ཁྲུམ་ཁྲུམ་དུ་ཐོན། ངས་ལན་འགའ་གཉིད་ཉལ་བར་སྐུལ་ཡང་སློ་ཡུ་བྱེད་བཞིན་མགོ་བོ་གཡུགས་ཏེ་ཚར་གྲབས་ཡོད་ཟེར། དེ་ནས་ཁབ་ས་ལ་ཟགས་པ་ན། ལག་པ་འདར་བཞིན་ལན་འགའ་བསྐྱུགས་ཀྱང་བསྐྱུག་མ་ཐུབ། ངས་ཁབ་བསྐྱུགས་ཏེ་སྤྲད་ཀྱང་འཛིན་མ་ཐུབ་པར་སླར་ཡང་ས་སྟེང་དུ་ཟགས། ཅ་སྒྲོན་གྱིས་མིག་ཆུ་བཏང་། འདི་ནི་ཅ་སྒྲོན་ན་རྗེས་དུ་བའི་ཐོག་མ་དེ་རེད། ཅ་སྒྲོན་གྱིས་ད་ནི་རང་གིས་ལས་ཀ་མི་ཐུབ་པ་ཤེས།

ང་མི་ཕན་མེད་ཅིག་འདི་ལྟར་བཤད་ནས་སྙིང་པོ་ཅི་ཡོད། ཅ་སྒྲོན་གྱིས་སྨྲས།

ངས་ཕུ་ཐུང་གིས་ཅ་སྒྲོན་གྱི་མིག་ཆུ་ཕྱིས། ཤ་སྐམ་པགས་སྐམ་དུ་གྱུར་ཏེ་རུས་པ་ཡང་ཐོན་ལ་ཉེ། ངས་ཁྱོད་དཀའ་ལས་ཆེ་དྲགས། འདི་ལྟར་ཀུ་ཚུགས་བྱས་ན་མི་བདེ་ཐང་ཅན་ཡིན་རུང་བཟོད་མི་ཐུབ། འཇའ་ཚོན་ད

ལྷ་ནར་སོན་པས། ངལ་རྩོལ་གྱི་སྐར་གྲངས་སྔོན་ཆད་ལས་ཀྱང་མང་། ད་ནི་དངུལ་མེད་པའི་བསམ་བློ་གཏོང་མི་དགོས་ཞེས་ངས་སེམས་གསོ་བཏང་།

ཡའུ་ཆིང་ད་ལྷ་ཆུང་ཆུང་རེད། ཅ་སྒྲོན་གྱིས་བཤད།

མཚན་མོ་དེར་ཅ་སྒྲོན་གྱི་མིག་ཆུ་མཚམས་མི་ཆད། བསྟུད་མར་ང་ལ་མངག་བྱ་འདི་ལྟར་བྱས།

ང་ཤི་ན་གསོ་སྐྱེའི་ནང་ང་ཐུགས་མི་དགོས། གསོ་སྐྱེའི་མདུད་པ་ཚང་མ་སེན་མདུད་རེད། ང་བར་དོར་སླེབས་ན་མདུད་པ་གྲོལ་མི་སྲིད། རས་གཙང་མ་ཞིག་ལ་བསྒྲིལ་ན་ཆོག །མ་སྦས་གོང་ལ་ངའི་ལུས་འདི་གཙང་མ་བཀྲུ་རོགས།

འཇང་ཚོན་ལོ་ཆེན་པོ་རེད། མོ་གནས་ལ་ཅིན་ས་ཞིག་བྱུང་ན་ང་ཤི་ཡང་འགྱོད་པ་མེད། ཡའུ་ཆིང་ལོ་ཆུང་བས། ནོར་འཁྲུལ་བྱུང་ན་ཁྱོད་ཀྱིས་རྟག་པར་གཞུ་མི་རུང་། སྐྲག་སྣང་སྐྱུལ་ན་ལེགས།

ཅ་སྒྲོན་གྱིས་འདས་མཇུག་གླིང་བས་ངའི་སེམས་པ་ཤིན་ཏུ་སྐྱོ།

དྲང་པོ་བཤད་ན་སྔོན་ལ་ཤི་དགོས་པ་ནི་ང་རེད། དམག་ལ་འགྲོ་དུས་མི་དེ་ལྟར་མང་པོ་ཤི་ཡང་ང་མ་ཤི ཉིན་ལྟར་གསོན་པོར་བསྡད་དེ་ཁྱོད་ཚོ་དང་ལན་ཅིག་འཕྲད་ན་བསམ། ད་ནི་ཁྱོད་ཀྱིས་ང་ཚོ་བསྐྱུར་མཁན་ཡིན་ནམ། ངས་བཤད།

ངའི་གཏམ་གྱིས་ནུས་པ་ཐུང་ཞིག་ཐོན། ཉིན་གཉིས་པའི་ཞོགས་པ་ང་གཉིད་ལས་སད་སྐབས་ཅ་སྒྲོན་གྱིས་ངས་བལྟ་བ་མཐོང་ནས་འཇམ་པོར་འདི་ལྟར་བཤད།

ཕྱུར་རྐོད། ང་ཤི་མི་འདོད། ངའི་བསམ་པར་ཉིན་ལྟར་ངས་ཁྱོད་ཚོ་མཐོང་རྒྱུ་ཡོད་སྙམ།

ཅ་སྒྲོན་མལ་ཁྲིའི་ཐོག་ཉིན་འགའ་ཉལ། ལས་ཀ་གཏན་ནས་མ་བྱས་པས་ལུས་ཙུང་ཙམ་གསོས། ད་ལྟ་རང་ཉིད་ཡར་ལངས་ཐུབ་པས། དྲག་སྐྱིད་ལེགས་པོ་བྱུང་སྣང་སྟེར། ཅ་སྒྲོན་རབ་ཏུ་དགའ་ནས་ཞིང་ཁར་འགྲོ་རྩིས་བྱེད། ངས་བཀག་སྟེ་འདི་ལྟར་སྨྲས།

ད་ཕྱིན་ཆད་དཀའ་ལས་ཆེན་པོ་མི་བྱེད། ལུས་པོར་ཤུགས་ཡོད་ན་ལེགས། ད་དུང་འཚོ་བ་སྐྱེལ་དགོས།

ལོ་དེར་ཡའུ་ཆིང་ལོ་རིམ་ལྔ་པར་སླེབས། ཁ་དཔེར་བྱུར་ཞིག་ཡོང་ན་སྤྱངས་ནས་ཡོང་ཞེས་པ་ཅིས་མ་བདེན། ཅ་སྒྲོན་ནད་གཞི་ལྡི་དུས་འདིར་ངའི་བསམ་པར་བུ་སློབ་སྦྱོང་མི་ལེགས་པས། ཨ་མཐུད་སློབ་འབྲིང་དུ་ཞུ་ཚུགས་མ་བྱས་པར། སློབ་ཆུང་ཐོན་མ་ཐག་ཞིང་ཁར་འཁྲིད་དེ་ལས་སྐར་ཐོབ་པ་བྱེད་སྙམ། བསམ་ཡུལ་ལས་འདས་པ་ཞིག་ལ་ཡའུ་ཆིང་ལ་བར་ཆད་བྱུང་།

ཉིན་དེའི་དགོང་དྲོར། ཡའུ་ཆིང་གི་སློབ་གྲྭའི་སློབ་གཙོ་སླེབས། སློབ་གཙོ་ནི་རྫོང་དཔོན་གྱི་ཆུང་མ་ཡིན་ཞིང་། སྨན་ཁང་དུ་བྱིས་པ་བཙའ་སྐབས་ཁྲག་མང་པོ་ཐོན་པས། ཧང་པ་ཡ་གཅིག་དུར་ཁྲིད་དུ་སླེབས། སློབ་གྲྭའི་དགེ་རྒན་གྱིས་ལོ་རིམ་ལྔ་པའི་སློབ་མ་རྩལ་སྦྱོང་ར་བར་སྒྲིག་འཛུགས་བྱས་ཏེ། ཁོ་ཚོ་སྨན་ཁང་དུ་ཁྲག་འབུལ་བར་སྐུལ། བྱིས་པ་དག་གིས་སློབ་གཙོར་ཁྲག་འབུལ་དགོས་པ་ཤེས་འཕྲལ། ཚང་མ་དགའ་ནས་སྨྲ་ལ་ཁད་ཙམ་བྱས། བུ་འགའ་ཞིག་གིས་ཕུ་ཐུང་ཡར་ལ་བརྫེས། སློབ་གྲྭའི་རྒྱ་སྒོ་ཐོན་མ་ཐག་ཁོ་

ཚོ་སློབ་ཁང་གི་ཕྱོགས་སུ་རྒྱུག །ངའི་བུ་ཡའུ་ཆིང་གིས་ཀྱང་བྱིས་པ་བཞི་ལྔ་ཞིག་དང་ལྷན་དུ་རྒྱུག །ངའི་བུ་རྒྱུག་རྩལ་ལེགས་པས་སློབ་མ་གཞན་གྱི་སྔོན་ལ་སློབ་ཁང་དུ་སླེབས། ཡའུ་ཆིང་སྐར་ཕྲེང་དང་པོ་རེད། བུས་སློ་ཡིད་ཆོམ་པོའི་ངང་དགེ་རྒན་ལ་འདི་ལྟར་བཤད།

ང་སླེབས་པའི་ཐོག་མ་ཡིན།

དེ་བས་དགེ་རྒན་གྱིས་བུ་འཁྲིད་དེ་གཤེ་གཤེ་བཏང་། སྒྲིག་ཁྲིམས་ལ་སྲུང་བརྩི་མེད་ཅེས་གཤེ །ཡའུ་ཆིང་གཞོགས་སུ་ལངས་ཏེ་བྱིས་པ་རྣམས་རིམ་བཞིན་ཁྲག་བརྟག་པར་ཕྱིན། ཁྲག་བརྟག་དུས་སློབ་མ་བཅུ་གྲངས་ཤིག་ལས་སློབ་གཙོའི་ཁྲག་རིགས་དང་མཐུན་པ་མ་རྙེད། ཡའུ་ཆིང་གིས་ལྟ་བཞིན་ལྟ་བཞིན་དངངས་སྐྲག་ལངས། རང་ཉིད་གཅིག་པུ་རྗེས་ལུས་ཤོར་ན་ཁྲག་ཀྱང་བརྟག་མི་སྲིད་སྙམ་སྟེ་སྐྲག །བུས་དགེ་རྒན་གྱི་གམ་དུ་སོང་སྟེ། སྐྲག་ཞུམ་ཞུམ་གྱིས་འདི་ལྟར་སྨྲས།

རྒན་ལགས། ངས་ནོར་བ་ཤེས་སོང་།

དགེ་རྒན་གྱིས་འོ་ཡ་ཞེས་སྨྲས་པ་ལས་བུ་ལ་ཁ་ཡ་མ་བྱས། བུས་སླར་ཡང་སློབ་མ་གཉིས་ཁྲག་བརྟག་པར་བསྒུག །སྐབས་དེར་བཙའ་ཁང་ནས་ཁ་ཐུམ་བརྒྱབ་པའི་སྨན་པ་ཞིག་གིས་ཁྲག་བརྟག་མཁན་གྱི་སྨན་པར་ཁྲག་གང་དུ་ཡོད་དམ་ཞེས་དྲིས།

ཁྲག་རིགས་མཐུན་པ་གཅིག་ཀྱང་མི་འདུག །ཁྲག་བརྟག་མཁན་གྱིས་བཤད།

མགྱོགས་པོ་གྱིས། ནད་པའི་སྙིང་ཁར་འཕར་ལྡིང་མེད་པར་གྱུར་ལ་ཉེ།

ཡའུ་ཆེང་གིས་སླར་ཡང་དགེ་རྒན་གྱི་འགྲམ་དུ་ཕྱིན་ཏེ།

ད་ང་ཕྱིན་ན་འགྲིག་གམ་ཞེས་དྲིས།

དགེ་རྒན་གྱིས་ཡའུ་ཆེང་ལ་བལྟས་ཏེ་ལག་བརྡ་བྱས་རྗེས།

ཕྱིན་ན་འགྲིག་ཅེས་སྨྲས།

ཁྲག་བརྟག་སྐབས་ཡའུ་ཆེང་གི་ཁྲག་དང་མཐུན། ངའི་བུ་ཤིན་ཏུ་དགའ་སྟེ་གདོང་ཡོངས་སུ་དམར་པོར་གྱུར། བུས་སློ་འགྲམ་གྱི་སློབ་མ་དག་ལ་འདི་ལྟར་སྨྲས།

ངའི་ཁྲག་འབུལ་གྱི་ཡིན།

ཁྲག་ཙུང་ཟད་འབུལ་བ་ལ་ཅི་ཡོད། སྨན་ཁང་གིས་རྗོང་དཔོན་གྱི་ཆུང་མའི་སྲོག་སྐྱོབ་ཆེད། ངའི་བུའི་ལུས་ཐོག་ནས་ཁྲག་རྒྱུན་ཆད་མེད་པར་འཐེན། ཁྲག་འཐེན་བཞིན་འཐེན་བཞིན་ཡའུ་ཆེང་གི་གདོང་ཐལ་སྐྱར་གྱུར། བུས་ད་དུང་བཟོད་བསྲན་བྱས། དེ་ནས་མཆུ་ཡང་དཀར་པོར་གྱུར།

ང་མགོ་ཡོམ་འཁོར་གྱི་འདུག །བུས་གཞི་ནས་སྨྲས།

སྐབས་དེ་དུས་ཡའུ་ཆེང་ཕལ་ཆེར་འཆི་ལ་ཉེ་མོད། སྨན་པ་ཞིག་ཡོང་སྟེ་ད་དུང་ཁྲག་འདང་གི་མི་འདུག་ཟེར། ཁྲག་འཐེན་མཁན་གཟའ་འདྲེ་དེས་ངའི་བུའི་ཁྲག་ཕལ་ཆེར་འཐེན། ཡའུ་ཆེང་གི་མཆུ་ཡང་སྔོན་པོར་གྱུར་མོད། ཁོས་ད་དུང་ཁྲག་འཐེན་མཚམས་མ་བཞག །ཡའུ་ཆེང་གི་མགོ་བོ་ས་ལ་ཟགས་མ་ཐག་ཁོ་རབ་ཏུ་སྐྲག་སྟེ་སྨན་པ་བོས། སྨན་པས་ཕུས་མོ་བཙུགས་ཏེ་ཉན་བརྟག་གིས་ཉན་ཙམ་བྱས་ཏེ།

སྙིང་ལ་འཕར་ལྡིང་མི་འདུག་ཟེར།

སྨན་པས་སྨང་བ་དེ་ཙམ་མེད་པར་ཁྲག་འཛིན་མཁན་ལ་གཤེ།

ཁྱོད་དེ་འདྲའི་སླུགས་པ་ལ།

དེ་སྐད་སྨྲས་རྗེས་བཙའ་ཁང་ནང་དུ་རྫོང་དཔོན་གྱི་ཆུང་མ་སྐྱོབ་པར་ཕྱིན།

ཉིན་དེའི་ས་སྲོད་ལས་ཐག་མ་བཅད་གོང་ཙམ་ལ། འཁྲིས་ཀྱི་གྲོང་སྡེའི་སློབ་མ་ཡའུ་ཆིང་གི་སློབ་གྲོགས་ཞིག་བྲེལ་འཚུབ་འཚུབ་ངང་ང་ཚོའི་མདུན་དུ་རྒྱུག་ཡོང་། སྐད་འཇོར་ཏེ་འདི་ལྟར་ཟེར།

ཡའུ་ཆིང་གི་ཨ་ཕ་སུ་རེད་དམ།

ངས་ཐོས་མ་ཐག་སྙིང་ལྡིག་ལྡིག་ཏུ་འཕར། སེམས་ནང་ཡའུ་ཆིང་ལ་བར་ཆད་ཅིག་བྱུང་བ་མིན་ནམ་སྙམ།

ཡའུ་ཆིང་གི་ཨ་མ་སུ་རེད་དམ། སློབ་མ་དེས་སྐྱར་ཡང་དྲིས།

ང་ཡའུ་ཆིང་གི་ཨ་ཕ་ཡིན། ངས་མྱུར་བར་ལན་བཏབ།

སློབ་མ་དེས་ང་ལ་ལྟ་བཞིན་སྣ་འཕྱིས་ཙམ་བྱས་ཏེ།

རེད། ཁྱོད་རེད། ཁྱོད་ང་ཚོའི་འཛིན་གྲྭར་འགྲོ་ཟེར།

ངའི་སྙིང་ཁ་ནས་ཐོན་གྲབས་བྱས། སློབ་མ་དེས་ད་གཟོད།

ཞུད་ཡའུ་ཆིང་འཆི་ལ་ཁད་དུ་གྱུར། སྨན་ཁང་དུ་འགྲོ་ཟེར།

ངའི་མིག་མདུན་ཐམས་ཅད་ནག་རོག་གེར་གྱུར།

ཁྱོད་ཀྱིས་ཅི་ཞིག་སྨྲ་བཞིན་ཡོད་དམ། ངས་སློབ་མ་དེར་དྲིས།

ཁྱོད་མགྱོགས་པོ་སྨན་ཁང་དུ་རྒྱུག །ཞུད་ཡའུ་ཆིང་འཆི་ལ་ཁད་རེད་ཟེར།

ངས་ཁོ་མ་བསྐྱུར་ཏེ་རྫོང་གྲོང་དུ་རྒྱུག །སེམས་པ་རབ་ཏུ་འཁྲུག །ཉིན་

གུང་སློབ་གྲྭར་འགྲོ་དུས་ཡའུ་ཆིང་བདེ་ཐང་ཡིན་བཞིན་དུ་ད་ལྟ་འཆི་ལ་ཉེ་ཟེར། ང་རབ་ཏུ་ཟོངས་ཏེ་ཛོང་གྲོང་སྨན་ཁང་དུ་ཕྱིན། སྨན་པ་དང་པོ་དེ་མཐོང་མ་ཐག་ངས་སྨན་པ་བཟུང་སྟེ།

ངའི་བུ་གང་དུ་ཡོད་ཅེས་དྲིས།

སྨན་པས་ང་ལ་བལྟས་ཏེ་དགོད་བཞིན།

ངས་ཁྱོད་ཀྱི་བུ་ཚོ་ཅི་ལ་ཤེས་ཟེར།

ངས་ཐོས་རྗེས་ཧང་སངས་ཏེ་སེམས་ནང་ནོར་བ་རེད་སྙམ། འདི་ལྟར་ཡིན་ན་དེ་འདྲའི་ལེགས་པ་ལ་སྙམ།

ཁོ་ཚོས་ངའི་བུ་འཆི་ལ་ཉེ་བས། ང་སྨན་ཁང་དུ་སྐད་བཏང་།

འགྲོ་རྩིས་བྱེད་བཞིན་སྨན་པས་འགྲོ་མཚམས་བཞག་སྟེ་ང་ལ་དྲིས།

ཁྱོད་ཀྱི་བུའི་མིང་ལ་ཅི་ཟེར་རམ།

ཡའུ་ཆིང་ཟེར། ངས་བཤད།

ཁོས་མཛུབ་མོ་ཁྲམས་ལམ་སྦུག་གི་ཁང་པ་དེར་བཙུགས་ཏེ།

ཁྱོད་ཕ་གིར་ཕྱིན་ཏེ་དྲིས་ཟེར།

ང་ཁང་པ་དེར་ཕྱིན། སྨན་པ་ཞིག་གིས་དེར་ཅི་ཞིག་བྲི་བཞིན་འདུག །ངའི་སྙིང་ཁ་ལྡིག་ལྡིག་ཏུ་འཕགས་བཞིན་ཕར་ཕྱིན་ཏེ་དྲིས།

སྨན་པ། ངའི་བུ་གང་དུ་ཡོད་དམ།

སྨན་པས་མགོ་བོ་ཡར་བཏེགས་ནས་ང་ལ་རྒྱུན་རིང་བལྟས་ཏེ་དྲིས།

ཁྱོད་ཀྱིས་ཞུད་ཡའུ་ཆིང་ཟེར་རམ།

ངས་མྱུར་བར་མགོ་བོ་ལྡུག་ལྡུག་བྱས། སྨན་པས་དྲིས།

ཁྱོད་ལ་བྱིས་པ་ཅི་ཙམ་ཡོད་དམ།

ངའི་སྙིད་པ་རབ་ཏུ་འདར།

ང་ལ་བུ་གཅིག་ལས་མེད། སྐུ་མཁྱེན། ངའི་བུ་སྐྱོབས་རོགས། ངས་བཤད།

སྨན་པས་མགོ་བོ་ལྷུག་ལྷུག་བྱས། འོན་ཏེ་སྐར་འདི་སྐད་སྨྲས།

ཁྱོད་ཀྱིས་བུ་གཅིག་ལས་མ་སྐྱེས་པའི་རྒྱུ་མཚན་གང་ཡིན་ནམ།

ངས་ལན་ཅི་ཞིག་འདེབས་དགོས་སམ། ད་དངངས་སྐྲག་ལངས་ཏེ།

ངའི་བུ་གསོན་པོ་ཡིན་ནམ།

བུ་གྲོངས་སོང་། སྨན་པས་མགོ་བོ་འཕྲེད་དུ་གཡུགས།

དེ་འཕྲལ་ངས་སྨན་པ་ཡང་མཐོང་། ཁོར་ཡུག་ཐམས་ཅད་ནག་རོག་གེར་གྱུར། མིག་ཆུ་ལྷུང་ལྷུང་དུ་བཞུར། གང་འཚམས་ནས་ངས་སྨན་པར་དྲིས།

ངའི་བུ་གང་དུ་ཡོད་དམ།

ཡའུ་ཆིང་གཅིག་ཕྱུར་ཤག་ཅིག་ཏུ་ཉལ་འདུག །མལ་ཁྲི་དེ་ནི་ཤྱོ་ཕག་ལས་བསྐྲུན་པ་ཞིག་རེད། ང་ཡར་འགྲོ་དུས་མྱུར་ཙུབ་མེད་པས། ཡའུ་ཆིང་གི་ལུས་པོ་མཐོང་། སྐམ་ཞིང་རིད་ལ་གཟུགས་པོང་ཆུང་། ལུས་ཐོག་ཏུ་ཙ་སྦྲོན་ཀྱིས་བཟོས་པའི་སྟོད་གོས་མཐའ་མ་དེ་གྱོན། བུས་མིག་གཉིས་བཙུམས། མཆུ་གཉིས་ཀྱང་དམ་པོར་བཙུམས། ངས་ཡའུ་ཆིང་ཡའུ་ཆིང་ཞེས་ལན་འགའ་བོས་ཀྱང་བུས་ལན་མ་བཏབ། ངས་དངོས་གནས་བུ་གྲོངས་པ་ཤེས། ངས་ཡའུ་ཆིང་གི་པང་ཁར་འཁྱུད་པ་ན་བུའི་ལུས་རེངས་ཚར། ཉིན་གུང་སློབ་གྲྭར་འགྲོ་དུས་བདེ་བདེ་ཐང་ཐང་ཡིན་ཙང་མཚན་མོ་འཆར་དུས་ལུས་པོ་

རེངས། ངས་བསམ་བློ་དྲུག་གསུམ་བཅོ་བརྒྱད་བཏང་ཡང་དྲན་རྒྱུ་ཞིག་མ་རྙེད། ཇི་ལྟར་བྱས་ཀྱང་མི་གཉིས་རེད། ངས་ཡའུ་ཆིང་ལ་ལྟ་བཞིན་བུའི་ཕྲག་པ་འཕྱུར་འཕྱུར་བྱེད་དུས་དངོས་གནས་ངའི་བུ་རེད། ང་སླར་ཡང་དུ་ཨོར། ངས་ཡའུ་ཆིང་གི་ལུས་རྩལ་དགེ་རྒན་རྒྱབ་ཏུ་སླེབས་པ་མ་ཤེས། ཁོང་གིས་ང་དུ་བ་མཐོང་ནས་འདི་ལྟར་ཟེར།

བསམ་ཡུལ་ལས་འདས། ངོ་མ་བསམ་ཡུལ་ལས་འདས།

ལུས་རྩལ་དགེ་རྒན་ངའི་འགྲམ་དུ་བསྡད། ངེད་གཉིས་མཉམ་དུ་ངུས། ངས་ཡའུ་ཆིང་གི་གདོང་ལ་བྱིལ་བྱིལ་བྱས། ཁོང་གིས་ཀྱང་བྱིལ་བྱིལ་བྱས། ཡུན་རིང་སོང་རྗེས་ངས་བློ་བུར་དུ་རང་ཉིད་ཀྱི་བུ་ཇི་ལྟར་གྲོངས་པ་མ་ཤེས། དེ་དུས་ངས་མི་དེ་གསོད་འདོད། ངས་བུ་བཞག་སྐེ་ཕྲིར་ཐོན། ནད་ཁང་དུ་ཕྱིན་ཏེ་སྨན་པ་ཞིག་མཐོང་མ་ཐག་དེ་བཟུང་སྐེ་སུ་ཡིན་མ་ལྟོས་པར་དེར་འགྲམ་ལྕག་གཞུས། སྨན་པ་ས་ཐོག་ཏུ་འགྱེལ། ངས་འོ་དོད་བོ་བཞིན་ང་རོ་བསྒྲགས།

ཁྱོད་ཀྱིས་ངའི་བུ་བསད་དམ།

དེ་སྐད་སྒྲ་བཞིན་ཇོག་བརྗིས་བཏང་། མི་གཞན་གྱིས་ང་བཟུང་། ཁ་བསྐོར་ནས་ལྟ་དུས་ལུས་རྩལ་དགེ་རྒན་རེད།

ཁྱོད་ཀྱིས་ང་གློད་དང་། ངས་བཤད།

ཁྱོད་ཀྱིས་གང་བྱུང་བྱེད་མི་རུང་། ལུས་རྩལ་དགེ་རྒན་གྱིས་སྨྲས།

ངས་ཁོ་གསོད་ངེས་ཡིན། ངས་བཤད།

ལུས་རྩལ་དགེ་རྒན་གྱིས་ང་དམ་པོར་བཟུང་། དུ་བཞིན་ང་ལ་ཞུ་འབོད་བྱས།

ངས་ཁྱོད་ཀྱིས་ཡའུ་ཆིང་ལ་ལེགས་པོ་བྱེད་པ་ཤེས། ཁྱོད་ཀྱིས་ང་སློད་དང་།

ལུས་རྒྱལ་དགེ་རྒན་གྱིས་མུ་མཐུད་ང་དམ་དུ་བཟུང་། ངས་ཤུགས་གང་ཡོད་ཀྱིས་དཔུང་དཀྲུགས་བྱེད་པ་ལས་ཐབས་གཞན་མ་རྙེད། ཁོང་གིས་ང་མ་སློད་པས་སྨན་པ་དེ་བྲོས། མི་མང་པོ་ཞིག་དེར་འཛོམས། ངས་དེར་སྨན་པ་གཉིས་མཐོང་། ངས་ལུས་རྒྱལ་དགེ་རྒན་ལ་འདི་ལྟར་བཤད།

སྨུ་མཁྱེན། ཁྱོད་ཀྱིས་ང་སློད་དང་།

ལུས་རྒྱལ་དགེ་རྒན་ཤེད་ཤུགས་ཆེ་བས་ངས་འགྲུལ་མ་ཐུབ། ངས་དཔུང་དཀྲུག་བྱས་ཀྱང་ཁོང་གིས་ང་མ་སློད་པར་འདི་ལྟར་ཟེར།

ཁྱོད་ཀྱིས་དངངས་སྐྲག་མ་བྱེད་ཟེར།

སྐབས་དེར་གོས་ཚུགས་ཀྲུང་ཧྲན་ཅན་གྱི་སྐྱེས་པ་ཞིག་ཡོང་། སྐྱེས་པ་དེས་ལུས་རྒྱལ་དགེ་རྒན་ལ་ང་སློད་དུ་བཅུག་ས། ང་ལ་འདི་ལྟར་དྲིས།

ཁྱོད་ཞུད་ཡའུ་ཆིང་གི་ཕ་ཡིན་ནམ།

ངས་སྐྱེས་པ་དེར་ཁ་ཡ་མ་བྱས། ལུས་རྒྱལ་དགེ་རྒན་གྱིས་ང་སློད་མ་ཐག་ངས་སྨན་པའི་ཐོག་ཏུ་མཆོངས། སྨན་པས་མྱུར་བར་བྲོས། ངས་གོས་ཚུགས་ཀྲུང་ཧྲན་ཅན་གྱི་སྐྱེས་པ་དེར་མི་ཞིག་གིས་རྫོང་དཔོན་ཞེས་འབོད་པ་ཐོས་པས། སྐྱེས་པ་དེ་རྫོང་དཔོན་ཡིན་པ་ཤེས། སྐྱེས་པ་དེའི་ཆུང་མའི་ཆེད་དུ་ངའི་བུའི་སྲོག་ཤོར། ངས་ཀང་པ་བརྟེགས་ཏེ་རྫོང་དཔོན་གྱི་ལྟོ་བར་རྡོག་ཐོ་གཞུས། རྫོང་དཔོན་ཧུང་སྒྲ་དང་བཅས་ས་ཐོག་ཏུ་འགྱེལ། ལུས་རྒྱལ་དགེ་རྒན་གྱིས་སླར་ཡང་ང་བཟུང་། ང་ལ་གཏད་དེ།

འདི་རྫོང་དཔོན་ཞིའུ་ལགས་རེད་ཟེར།

དེ་རིང་ངས་རྫོང་དཔོན་གསོད་ငེས་ཡིན། ངས་བཤད།

སྐར་ཡང་རྫོག་ཐོ་གཞུ་སྐབས་རྫོང་དཔོན་གྱིས་སྒོ་ཁུར་དུ་ང་ལ་དྲིས།

ཁྱོད་ཕུར་ཆོད་ཡིན་ནམ།

ངས་ཉིན་དེ་རིང་ཁྱོད་མ་གསད་ན་མི་འགྲིག །

རྫོང་དཔོན་གྱིས་ཡར་ལངས་ཏེ་ང་ལ་འདི་ལྟར་བཤད།

ཕུར་ཆོད། ང་ཁྲུན་ཧྲང་ཡིན།

དེ་སྐད་ཐོས་མ་ཐག་ང་ཧད་དེ་དར་ཅིག་ལུས། ངས་ཞིབ་པར་ལྟ་དུས་ལྟ་བཞིན་ལྟ་བཞིན་ཇེ་འདྲར་འགྲོ།

ཁྱོད་དངོས་གནས་ཁྲུན་ཧྲང་ཡིན་ནམ།

ཁྲུན་ཧྲང་ངའི་མདུན་དུ་ཡོང་སྟེ་ང་ལ་ལྟ་བཞིན་ལྟ་བཞིན།

ཁྱོད་ཕུར་ཆོད་རེད་ཟེར།

ཁྲུན་ཧྲང་མཐོང་བས་ངའི་སྙིང་ཁྲུང་ཇེ་ཆུང་དུ་སོང་། ངས་ཏུ་བཞིན་འདི་ལྟར་བཤད།

ཁྲུན་ཧྲང་། ཁྱོད་ལུས་པོ་འཚར་ཞིང་ཇེ་རྒྱགས་སུ་ཕྱིན་འདུག །

ཁྲུན་ཧྲང་གི་མིག་཯ང་དམར་པོར་གྱུར་ཏེ།

ཕུར་ཆོད། ངའི་བསམ་པར་ཁྱོད་ཤི་བ་རེད་སྙམ་ཞེས་སྨྲས།

ངས་མགོ་བོ་གཡུག་སྟེ། ང་མ་ཤི་ཙམ་བྱུང་ཞེས་བཤད།

ངའི་བསམ་པར་ཁྱོད་དང་ལའོ་ཧྲོན་ཚང་མ་ཤི་བ་རེད་བསམ་བྱུང་།

ཁྲུན་ཧྲང་གིས་སྐར་ཡང་བཤད།

ལའོ་ཇོན་དྲན་མ་ཐག་ངེད་གཉིས་ཀྱིས་ཨིན་སྐྲ་དང་བཅས་ངུས། ཡུད་ཙམ་ངུས་རྗེས། ངས་ཁྲུན་ཧྲང་ལ་དྲིས།

ཁྱོད་ཀྱིས་གོ་རེ་ཆེན་པོ་ཐོབ་བམ།

ཅི་ལ་ཐོབ། ཁྱོད་ཀྱིས་དྲན་ནམ། ང་ཕྱིན་ཏེ་བཟུང་དམག་ཏུ་ཞུགས། ཁྲུན་ཧྲང་གིས་མཆི་མ་འཁྱི་བཞིན་བཤད།

ཁྱོད་ལ་རྗེན་ཐོ་ཐོབ་བྱུང་ངམ། ངས་དྲིས།

ཐོབ་བྱུང་།

ང་ལ་ཡང་ཐོབ་བྱུང་།

ཤོད་བཞིན་ཤོད་བཞིན་ངེད་གཉིས་ཀ་བགད། དགོད་བཞིན་ངས་ངའི་འདས་ཟིན་པའི་བུ་དྲན། ང་སླར་ཡང་ངུ་ཤོར། ཁྲུན་ཧྲང་གི་ལག་པ་ངའི་དཔུང་པར་བཞག །

ཁྲུན་ཧྲང་། ངའི་བུ་གྲོངས། ང་ལ་བུ་གཅིག་ལས་མེད། ངས་བཤད།

ཁྱོད་ཀྱི་བུ་ཡིན་དོན་ཅི་རེད། ཁྲུན་ཧྲང་གིས་དབུགས་རིང་གཏོང་བཞིན་བཤད།

ངས་ད་དུང་ཡའུ་ཆིང་གཅིག་ཕྱུར་ཤག་ཏུ་ལུས་པ་དྲན་ཏེ་སྡུག་བསྔལ་བཟོད་སྐབས་མེད་པར་ཁྲུན་ཧྲང་ལ་འདི་ལྟར་སྨྲས།

ང་བུ་ལ་བལྟ་བར་འགྲོ།

ངས་ད་དུང་མི་གསོད་མི་བསམ། སྔོ་བུར་དུ་ཁྲུན་ཧྲང་ཐོན་པ་ངོ་མ་བསམ་ཡུལ་ལས་འདས། ངས་གོམ་པ་འགག་ཕྱིན་ཏེ་ཁྲུན་ཧྲང་ལ་འདི་ལྟར་སྨྲས།

ཁྲུན་ཧྲང་། ཁྱོད་ཀྱིས་ང་ལ་རིན་ཆེན་སྲོག་གཅིག་ཆད། ཁྱོད་ཀྱིས་ཚེ་ཕྱི་མར་སྲོག་ལན་འཇལ་དགོས།

དེ་ནུབ་ངས་ཡའུ་ཆིང་པང་དུ་བཏབ་སྟེ་ཁྲིམ་དུ་ཕྱིན། ཡུད་ཙམ་ཕྱིན་ཏེ་ཡུད་ཙམ་ངལ་གསོ་བྱས། ངལ་བས་དུབ་ན་བུ་སྐྱལ་པར་འཁྱེར། སྐྱལ་པར་འཁྱེར་ན་བློས་མི་བཟོད་པས་སླར་ཡང་པང་དུ་བཏབ། ང་བུ་ལ་མ་བལྟས་ན་བློ་མ་བདེ། གྲོང་སྡོ་སླེབས་ལ་ཉེ་བས་ངའི་སེམས་ལ་སྡུག་བསྔལ་དེ་ལས་ཆེ། དོན་འདི་ཇི་ལྟར་ཅ་སྒྲོན་ལ་ཤོད་དགོས་སམ། ཡའུ་ཆིང་གྲོངས་པས་ཅ་སྒྲོན་ཡང་མགྱོགས་པོ་འགྲོ་ངེས། ཅ་སྒྲོན་གྱི་ནད་ད་ལྟ་འདི་ལྟར་ལྡི། ངས་གྲོང་སྡོའི་ཞིང་ཚིགས་ཐོག་ཏུ་བསྡད། ཡའུ་ཆིང་པང་དུ་བཞག །བུ་མཐོང་མ་ཐག་ང་དུ་ཤོར། གང་འཚམས་དུས་རྗེས་ཅ་སྒྲོན་ཇི་ལྟར་བྱེད་སྙམ། ཇི་ལྟར་བསམས་ཀྱང་ལན་ཅིག་ཅ་སྒྲོན་ལ་གསང་དགོས་སྙམ། ངས་ཡའུ་ཆིང་ཞིང་ཚིགས་ཐོག་བཞག་སྟེ་ཁྲིམ་ནས་ཀློག་ཏུ་ཕོ་མ་ཞིག་བླངས། དེ་ནས་ཡའུ་ཆིང་པང་དུ་བཏབ་སྟེ་ངའི་ཨ་ཕ་དང་ངའི་ཨ་མའི་དུར་གྱི་འགྲམ་དུ་ཕྱིན། དོང་ཞིག་བྲུས།

ངས་ཡའུ་ཆིང་སྦས་བསམས་ཀྱང་སྦ་མ་ནུས། ངས་ཕ་མའི་དུར་འགྲམ་དུ་བསྡད། བུ་པང་དུ་བཏབ་སྟེ་འཇོག་མ་ཕོད། ངས་བུའི་གདོང་ངའི་སྙེ་ལ་འབྱར་ཙམ་བྱས། ཡའུ་ཆིང་གི་གདོང་ཤིན་ཏུ་འཁྱགས། འཁྱགས་སིལ་སིལ་དུ་ངའི་སྙེ་ལ་འབྱར།

མཚན་མོའི་ལྷགས་རླུང་གིས་མགོ་ཐོག་གི་ཤིང་ལོ་གང་སར་འཕུར། ཡའུ་ཆིང་གི་ལུས་པོ་བ་མོས་རློན་པར་གྱུར། ངས་བུ་ཉིན་གུང་སློབ་གྲྭར་འགྲོ་བའི་རྣམ་པ་ལན་དུ་མར་དྲན། སྐྱལ་སྟེང་དུ་དཔེ་ཁུག་ཕར་བསྐྱོད་ཚུར་གཡོ་བྱེད།

ཡའུ་ཆིང་གིས་གཏམ་མི་ཤོད་ཅིང་། ལྷམ་ཕུད་ནས་རྒྱུག་མི་སྲིད་པ་དྲན་བཞིན་ངའི་སེམས་པ་ལྷག་ཏུ་སྐྱོ། སེམས་པ་ཤིན་ཏུ་སྐྱོ་བས་མིག་ནང་མཆི་མ་ཡང་མེད། ངས་བུ་ལ་ལྟ་བཞིན་བསྡད། ནམ་ལངས་ལ་ཁད་དུ་སྟོད་གོས་ཕུད་དེ། ཕུ་ཐུང་དབྲལ་ནས་བུའི་མིག་བཀབ། སྟོད་གོས་ཀྱིས་བུའི་ལུས་པོ་བསྒྲིལ་ཏེ། ས་རྡོང་དུ་བཞག །

ངས་ཕ་མའི་དུར་ལ་གཏད་དེ་འདི་ལྟར་བཤད། ཡའུ་ཆིང་སླེབས་སོང་། ཁྱོད་ཚོས་བུ་ལ་ཡག་པོ་གྱིས། བུ་གསོན་དུས་ངས་བྱམས་པོ་མ་བྱས། ཁྱོད་ཚོས་ངའི་ཚབ་ཏུ་བུ་ལ་བྱམས་པོ་གནང་རོགས།

དོང་ནང་གི་ཡའུ་ཆིང་ལྟ་བཞིན་ཆུང་དུ་འགྲོ། ལོ་བཅུ་གསུམ་གྱི་བྱིས་པ་མི་འདྲ་བར། ཅ་སྒྲོན་གྱིས་སྐྱེས་མ་ཐག་པ་དང་འདྲ། ངས་ལག་པས་ས་བཀབ། རྡོ་རྡུག་ཚང་མ་རྩུར་བརྟོན། རྡོ་རྡུག་གིས་ཡའུ་ཆིང་ལ་ན་ཚ་བཏང་མི་ཡོང་ངམ་སྙམ། ཡའུ་ཆིང་སྤུས་ཚར་རྗེས་ནམ་ལངས། ང་དལ་བུར་ཁྱིམ་དུ་ཕྱིན། གོམ་པ་འགའ་ཕྱིན་ཏེ་ཕྱིར་མིག་རེ་བལྟས། ཁྱིམ་གྱི་སྒོ་འགྲམ་དུ་སླེབས་དུས་ད་ནི་བུའི་གདོང་པ་མཐོང་མི་སྲིད་སྙམ་སྟེ། དབང་མེད་དུ་ངུ་ཤོར། ཡང་ཅ་སྒྲོན་གྱིས་ཐོས་ངེས་སྙམ་སྟེ། ལག་པས་ཁ་བཀབ་སྟེ་ཅོག་པུར་ཡུན་རིང་བསྡད། ལས་ཀར་ཐོན་པའི་སི་སླུ་ཐོས་མཚམས་ཡར་ལངས་ཏེ་ཁྱིམ་དུ་འཛུལ། འཇའ་ཚོན་གྱིས་སྒོ་འགྲམ་དུ་ང་ལ་མིག་ཅེ་རེར་བལྟ། བུ་མོས་ད་དུང་གཉུང་པོ་གྲོངས་པ་ཤེས་མེད། གྲོང་སྡེའི་བྱིས་པ་དེས་ངག་འཕྲིན་སྤྲོད་སྐབས་བུ་མོ་ཡོད་ཀྱང་ཐོས་མི་སྲིད། ཅ་སྒྲོན་གྱིས་མལ་ཁྲིའི་ཐོག་ནས་ང་བོས།

ཡའུ་ཆིང་ལ་བར་ཆད་བྱུང་འདུག །ད་ལྟ་སྨན་ཁང་དུ་ཡོད། ངས་ཅ་

སྒྲོན་གྱི་གམ་དུ་ཕྱིན་ཏེ་སྨྲས།

བར་ཆད་ཅི་བྱུང་། ཅ་སྒྲོན་ནི་ངའི་གཏམ་ལ་ཡིད་ཆེས་པ་འདྲ།

གསལ་པོ་མ་ཤེས། ཡའུ་ཆིང་སློབ་ཚན་འཚོགས་སྐབས་སློ་བུར་དུ་འགྱེལ་བས། སྨན་ཁང་དུ་བསྐྱལ། སྨན་པས་བཤད་པ་ལྟར་ན་སངས་དྲག་ཡོང་བར་ཉིན་འགའ་དགོས་ཟེར། ངས་བཤད།

དཀའ་ལས་ཆེ་དྲགས་པས་ལན། ངས་ཡའུ་ཆིང་ཡང་ཐག་ཞོར་འབྲེང་འདུད་བྱས། ཅ་སྒྲོན་གྱི་གདོང་ལས་སྐྱོ་ཉམས་ཕྱུངས། མཆི་མ་གཏོང་བཞིན་སྨྲས།

ཁྱོད་ཀྱི་མིག་ཀྱང་སྡོས་འདུག །ཅ་སྒྲོན་གྱིས་ང་ལ་བལྟས་ཏེ་བཤད།

མདང་ནུབ་མཚན་གང་གཉིད་མེད། ངས་མགོ་བོ་ལྷོག་ལྷོག་བྱེད་བཞིན་སྨྲས།

དེ་ནས་ང་མགྱོགས་མྱུར་སློ་ཕྱིར་ཐོན། ཡའུ་ཆིང་ད་ལྟ་དུར་དུ་ཐོས་མ་ཐག་རེད། རྣམ་ཤེས་འབྲལ་མི་སྲིད། ལར་ང་དང་ཅ་སྒྲོན་མུ་མཐུད་གླིང་མོ་བྱས་ན་ངས་རང་ཚུགས་ཅི་ལ་བཟུང་ཐུབ།

དེ་རྗེས་ཀྱི་འཚོ་བའི་ཁྲོད། ངས་ཉིན་མོ་ཞིང་ཁར་སོ་ནམ་བྱེད་པར་ཕྱིན། མཚན་མོ་ཅ་སྒྲོན་ལ་ང་རྫོང་གྲོང་དུ་ཡའུ་ཆིང་ལ་བལྟ་བར་འགྲོ་ཞེས་སྨྲས། ངས་དལ་བུར་རྫོང་གྲོང་གི་ཕྱོགས་སུ་ཕྱིན། མུན་རུབ་ན་གཞི་ནས་ཁྱིམ་དུ་ལོག །ཡའུ་ཆིང་གི་དུར་འགྲམ་དུ་སླེབས། མཚན་མོ་ཁོར་ཡུག་ཐམས་ཅད་ནག་རོག་གེར་གྱུར། རླུང་བུ་ངའི་གདོང་ལ་ལྡང་། ང་དང་བུས་གཏམ་གླེང་བྱས། སྐད་སྒྲ་རླུང་བུས་འཁྱེར་བས་ངའི་སྐད་མིན་པ་ལྟར་སྣང་། མཚན་གུང་

བར་དུར་འགྲམ་དུ་བསྡད་རྗེས་ང་ཁྱིམ་དུ་ལོག །སྔོན་གྱི་ཉིན་འགའི་ནང་ཙ་སྒྲོན་གྱིས་ང་མ་སླེབས་བར་སྒུག །ཡའུ་ཆིང་ཙུང་དྲག་སྐྱིད་བྱུང་ཡོད་མེད་དྲིས། ངས་གཏམ་ལན་རྫུན་སྒྲིག་བྱས། ཉིན་ཤས་ཀྱི་རྗེས་སུ་ང་ལོག་དུས་ཙ་སྒྲོན་གཉིད་དུ་ཡུར། མིག་བཙུམས་ནས་དེར་ཉལ་བ་མཐོང་། ངས་ཀྱང་འདི་ལྟར་རྫུན་སྒྲིག་བྱས་ན་མི་ལེགས་བསམ་མོད། ང་ལ་ཐབས་ཤེས་འདི་ལས་མེད། ཉིན་གཅིག་མགོ་བསྐོར་ཡང་ཉིན་གཅིག་རེད། ཙ་སྒྲོན་གྱི་བསམ་པར་ཡའུ་ཆིང་བདེ་བར་འཚོ་བཞིན་ཡོད་སྙམ་ན་ལེགས།

ཉིན་ཞིག་ང་ཡའུ་ཆིང་གི་དུར་ལས་ཐལ་ཏེ་ཁྱིམ་དུ་སླེབས། ཙ་སྒྲོན་གྱི་གམ་དུ་ཉལ་བའི་ཚེ་ན།

ཕུར་རྒོད། ང་ཤི་ལ་ཉེ། ཙ་སྒྲོན་གྱིས་སྨྲས།

ངའི་སེམས་སྐྱོ། ངས་ཙ་སྒྲོན་གྱི་གདོང་ལ་བྱིལ་བྱིལ་བྱེད་དུས་གདོང་ཡོངས་མཆི་མ་རེད།

ཁྱོད་ཀྱིས་འཇའ་ཚོན་ལ་བྱམས་པོ་གྱིས། ང་སེམས་ཁྲལ་ཆེ་ཤོས་ནི་འཇའ་ཚོན་རེད། ཙ་སྒྲོན་གྱིས་ངུ་མཐུད་སྨྲས།

ཙ་སྒྲོན་གྱིས་ཡའུ་ཆིང་གླེང་ཙམ་ཡང་མ་བྱས། ངའི་སེམས་པ་རབ་ཏུ་འཁྲུག །སེམས་གསོའི་གཏམ་ཚིག་གཅིག་ཀྱང་མ་དྲན།

ཉིན་གཉིས་ཀྱི་ས་སྔོད་ཙམ་ལ་ངས་སྔར་རྒྱུན་བཞིན་ཙ་སྒྲོན་ལ་ང་རྫོང་གྲོང་དུ་ཡའུ་ཆིང་ལ་བལྟ་བར་འགྲོ་སྨྲས། ཙ་སྒྲོན་གྱིས་ང་ལ་ང་ཁྱོད་ཀྱིས་སྐྱལ་པར་འཁྱེར་དང་། གྲོང་སྡེའི་ནང་བལྟ་ཙམ་བྱེད་པར་འགྲོ་ཟེར། འཇའ་ཚོན་གྱིས་ཙ་སྒྲོན་པང་དུ་བཏབ་སྟེ་ངའི་སྐལ་པའི་ཐོག་བསྐྱལ། ཙ་སྒྲོན་གྱི་ལུས་པོ་

དེ་བས་ཡང་དུ་འགྲོ། ཤ་རིད་པ་ལས་ཉུས་ཀྱང་ཙམ་ལས་ལྷག་མེད། སྔོ་ཕྱིར་ཐོན་མ་ཐག་ཙ་སྒྲོན་གྱིས་ང་གྲོང་ནུབ་ཏུ་འགྲོ་འདོད་ཟེར།

ཕྱོགས་དེར་ཡའུ་ཆིང་ཡོད་པས། ངས་ཁ་ནས་ཕྱོགས་དེར་འགྲོ་སྨྲས་ཀྱང་ཆང་པའི་འདེགས་འཛོག་གནས་དེར་མ་བསྒྱུར། འགྲོ་བཞིན་འགྲོ་བཞིན་གྲོང་ཤར་དུ་སླེབས།

ཕུར་ཚོད། ཁྱོད་ཀྱིས་མགོ་བསྐོར་གཏོང་མི་དགོས། ངས་ཡའུ་ཆིང་གྲོངས་པ་ཤེས། ཙ་སྒྲོན་གྱིས་འཛམ་པོར་སྨྲས།

ངས་དེ་སྐད་ཐོས་མ་ཐག་རང་སོར་དེ་གར་ལངས། སྐྱིད་པ་ཡང་འདྲ། ངའི་མཇིང་པ་གྲང་ཐིང་ཐིང་བྱེད། ངས་དེ་ནི་ཙ་སྒྲོན་གྱིས་ངུས་པའི་མིག་ཆུ་ཡིན་པ་ཤེས།

ང་ཡའུ་ཆིང་ལ་བལྟ་ཙམ་བྱེད་པར་འགྲོ། ཙ་སྒྲོན་གྱིས་སྨྲས།

ངས་རྫུན་རྐྱབ་བཪོལ་བ་ཤེས་པས། ཙ་སྒྲོན་སྐལ་པར་འཁྱེར་ཏེ་གྲོང་ནུབ་ཏུ་ཕྱིན།

ངས་མཚན་མོ་རྟག་པར་ཁྱོད་གྲོང་ནུབ་ནས་ཡོང་བ་ཐོས་པས། ངས་ཡའུ་ཆིང་གྲོངས་པ་ཤེས། ཙ་སྒྲོན་གྱིས་འཛམ་པོར་ང་ལ་གསལ་བཤད་བྱས།

ཡའུ་ཆིང་གི་དུར་འགྲམ་དུ་སླེབས་དུས་ཙ་སྒྲོན་གྱིས་ང་ལ་ས་ཐོག་ཏུ་འདུག་དགོས་ཟེར། ཙ་སྒྲོན་གྱིས་ཡའུ་ཆིང་གི་དུར་ལ་མགོ་བོ་གཏུགས་ཏེ། མིག་ཆུ་ལྷུང་ལྷུང་དུ་བཏང་། ལག་པ་གཉིས་ཀྱིས་དུར་ལ་བྲད་བྲད་བྱེད་པ་ནི་ཡའུ་ཆིང་ལ་བྱིལ་བྱིལ་བྱེད་པ་འདྲ། འོན་ཏེ་ལུས་ལ་ཤུགས་གཏན་ནས་མེད་པས། མཛུབ་མོ་འགའ་དལ་བུར་འགུལ་ཙམ་བྱེད། ངས་ཙ་སྒྲོན་གྱི་རྣམ

པ་འདི་མཐོང་བས་སེམས་ཀྱིས་ག་ལ་བཟོད། དོན་དུ་ངས་ཡའུ་ཆིང་དུར་དུ་མ་སླེབས་ཀྱང་འགྲིག །ཅ་སྒྲོན་གྱིས་ཡའུ་ཆིང་གི་གདོང་མཐའ་མ་དེ་མཐོང་ཚོག་སྙམ།

ཅ་སྒྲོན་མུན་མ་རུབ་བར་དུ་དུས། ང་ནི་མཚན་མོའི་བ་མོས་ཅ་སྒྲོན་འཁྱགས་པར་སྐྲག་སྟེ། སྒལ་ཐོག་ཏུ་ཡོང་དགོས་པའི་ཨུ་ཚུགས་བྱས། ཅ་སྒྲོན་གྱིས་ང་སླར་ཡང་གྲོང་སྡོར་འགྲོ་བར་སྐུལ། གྲོང་སྡོར་སླེབས་དུས་ངའི་གོང་པ་རྙོན་པ་ཆགས།

ད་ནི་ཡའུ་ཆིང་གིས་ལམ་འདིར་རྒྱུག་མི་སྲིད། ཅ་སྒྲོན་གྱིས་དུ་བཞིན་སྨྲས།

ངས་འགྲོ་ལམ་གྱི་གྱུ་ཅན་རྫོང་གྲོང་དུ་འཁྱོས་པ་དེར་བལྟས། ངའི་ཕུས་ཁང་རྟེན་མར་རྒྱུག་ཡོང་བའི་སྐད་མ་ཐོས། ལམ་དུ་བླ་འོད་འཁྱོས་པ་ནི་ས་སྟེང་དུ་ཙྭ་སྡོར་བ་འདྲ།

ஃ ஃ ஃ ஃ ஃ ஃ ஃ

ཉིན་དེའི་ཕྱི་དྲོ་ང་དང་རྒད་པོ་མཉམ་དུ་བསྡད། ཁོང་དང་གླང་རྒན་ངལ་གསོ་བྱས་ཏེ། ཞིང་རྨོ་བར་འགྲོ་སྐབས་ང་འདི་ནས་བྲལ་བསམ་གཏན་ནས་མེད། ངས་སོ་པ་ཞིག་དང་འདྲ་བར་ཤིང་སྡོང་འོག་ཏུ་ཁོང་བསྒུང་།

སྐབས་དེར་ཕྱོགས་བཞི་ནས་སོ་ནམ་པའི་གཏམ་ཀླུང་ཐུས་འཕྱིར། འཁྲུག་ཆ་དོད་ཤོས་ནི་ཞིང་ཚིགས་ཐོག་མ་ཡིན་པར། སྟག་ཤར་གཞོན་པ་གཉིས་ཀྱིས་ཇ་དོང་འཕྱེར་ཏེ་ཇ་ཤོང་འགྲན་བཞིན་འདུག །འཁྲིས་ཀྱི་གཞོན་ནུ་ཚོས་ངར་སློང་ཙུར་སྒྲ་སྒྲོག །ཁོ་ཚོའི་དགའ་སྤྲོ་ནི་ཁོ་ཚོ་ཇ་ཤོང་འགྲན་མི་དགོས་པས་ཡིན་ངེས། ཕུར་རྒོད་ཀྱི་འགྲམ་འདིར་དེ་བས་དབེན་ཞིང་འཇམ། ཁོང་གི་འགྲམ་གྱི་ཆུ་ཞིང་ཐོག་ཏུ་བུད་མེད་གཉིས་སྨྱུག་སོན་འཛུགས་བཞིན་འདུག །ཁོ་ཚོས་ངས་གཏན་ནས་རྒྱུས་མངའ་མེད་པའི་སྐྱེས་པ་ཞིག་གི་སྐོར་གླེང་། སྐྱེས་པ་དེ་ནི་ཕལ་ཆེར་སྟོབས་རྩལ་རྫོགས་པ་ཞིག་ཡིན་པ་འདྲ་ལ། གྲོང་སྡེར་དངུལ་མང་ཤོས་ཤིག་ཀྱང་ཡོད་པ་འདྲ། ཁོ་ཚོའི་གཏམ་གླེང་གི་ཁྲོད་ངས་སྐྱེས་པ་དེ་ནི་གྲོང་ཁྱེར་དུ་དངོས་པོ་དཔོར་སྐྱེལ་བྱེད་མཁན་ཞིག་ཡིན་པ་ཤེས། བུད་མེད་ཅིག་གིས་མགོ་བོ་དགུ་བཞིན། ལག་པ་རྐེད་པར་གཞུ་ཅམ་བྱས།

ཁོའི་དངུལ་ཕྱེད་ཀ་རང་གི་ཆུང་མའི་དོན་དུ་སྤྱད། ཕྱེད་ཀ་གཞན་གྱི་ཆུང་མའི་དོན་དུ་སྤྱད་ཅེས་སྨྲས་པ་ངས་ཐོས།

སྐབས་དེར་ཕུར་རྒོད་ཀྱིས་ཐོང་གཤོལ་བཟུང་སྟེ་ཁོ་ཚོའི་འགྲམ་དུ་སླེབས། ཁོང་གིས་ཚིག་ཇ་འཁྲོག་སྟེ།

མི་ཞིག་བྱེད་པར་ནོར་མི་ཉུང་བ་བཞི་ཡོད། བཤད་པའི་སྐད་ཆ་ནོར་

མི་ཉུང་། ཉལ་སའི་མལ་ཁྲི་ནོར་མི་ཉུང་། འཛུལ་སའི་སྒོ་ཐེམ་ནོར་མི་ཉུང་། བརྫོག་བྱའི་སྒྱོ་ཁུག་ནོར་མི་ཉུང་ཟེར།

ཕུར་ཆོད་ཀྱིས་ཐོང་གཞོལ་བཟུང་སྟེ་ཕྱིན། སྐར་ཡང་ཁ་བསྐོར་ཏེ་འདི་ལྟར་སྨྲས།

ཁོས་གཉིས་པ་དེ་ནོར། ཉལ་སའི་མལ་ཁྲི་ནོར་བ་རེད།

བུད་མེད་དེ་གཉིས་ཀྱིས་ཧ་ཧ་ཞེས་བགད། ངས་ཕུར་ཆོད་ཀྱི་བློ་ཡིད་ཆེམ་པའི་ངོ་གདོང་མཐོང་། ཁོང་གིས་སྐྱང་རྐན་ལ་གཏད་དེ་ང་ཡང་བགད་པ་མཐོང་བས། ང་ལ་འདི་ནི་མིའི་ཚུལ་ལུགས་རེད་ཟེར།

རྗེས་སུ་ང་ཚོ་སྐར་ཡང་ལྷུང་མའི་བསིལ་གྲིབ་འོག་ཏུ་བསྡད། ངས་ཁོང་གི་གཏམ་རྒྱུད་མུ་མཐུད་གླེང་བར་སྐུལ། ཁོང་གིས་ལེགས་གསོའི་ཚུལ་དུ་ང་ལ་བལྟ་བ་ནི་ངས་ཁོང་ལ་གྲོགས་དན་ཅི་ཞིག་བྱས་པ་འདྲ། གང་ལགས་ཤེ་ན་གཞན་གྱིས་རང་གི་སྐྱེ་རྒྱུད་ལ་བརྩི་མཐོང་བྱས་པས་ཁོང་ནི་དགའ་སྤྲོའི་ཉམས་ཀྱིས་ཁྱུག །

ངའི་བསམ་པར་ཡའུ་ཆེང་གྲོངས་རྗེས་ཙ་སྒྲོན་ཡང་མི་རིང་བར་འདས་ངེས་སྙམ། སྐབས་ཤིག་རིང་བལྟས་ཚོད་ལ་ཙ་སྒྲོན་གྱི་ལུས་པོ་དངོས་གནས་ཞན། མལ་ཁྲིའི་ཐོག་ཏུ་ཉལ་སྐབས་ཀྱང་དབུགས་ཏལ་ཏལ་བྱེད། ཉིན་གང་མིག་ཕྱེད་ཙམ་གདངས། ཟས་ཀྱང་མི་བཟའ། ཉིན་ལྟར་ང་དང་འཇའ་ཚོན་གྱིས་ཡར་སློང་དགོས། ཆེད་དུ་ཁ་ནང་དུ་འཕྲས་སྐྱོ་ལྟུག་དགོས། ཙ་སྒྲོན་གྱི་ལུས་ཐོག་ཏུ་ཤ་ཅི་ཡང་མེད་པར་གྱུར། ཙ་སྒྲོན་སྐྱུར་བ་ནི་བྱུད་ཤིང་སྐམ་པོ་དང་སྐྱུར་བ་འདྲ།

ཀུ་དཔོན་ངེད་ཚང་དུ་ཐེངས་གཉིས་སླེབས། ཁོས་ཙ་སྒྲོན་གྱི་རྣམ་པ་མཐོང་བས་མགོ་བོ་འཕྱེད་དུ་གཡུགས། ང་ཟུར་ཞིག་ཏུ་འཁྲིད་དེ། སྐད་ཤུགས་ཆུང་ངུས་འདི་ལྟར་སྨྲས།

ཕལ་ཆེར་མི་ཡོང་བ་མི་འདུག །

ངས་གཏམ་འདི་ཐོས་པས་སྙིང་ལ་ན་ཚ་བཏང་། ཡའུ་ཆེང་གྲོངས་ཏེ་ཟླ་ཕྱེད་མ་སོང་བར་ཙ་སྒྲོན་འགྲོ་བ་མིན་ནམ་སྙམ། ཁྱིམ་འདིར་ཡུད་ཙམ་ཞིག་ལ་མི་གཉིས་མེད་པར་གྱུར་ན། རྗེས་ཀྱི་འཚོ་བ་དེ་བས་དཀའ་སྡུག་ཆེ། དེ་ནི་ལྟོ་སྟོད་ཕྱེད་བཤགས་འདྲ། ལྟོ་སྟོད་ཕྱེད་བཤགས་ནི་ལྟོ་སྟོད་མིན། ཁྱིམ་མི་མ་འཛོམས་ན་ཁྱིམ་ཚང་མིན།

ཀུ་དཔོན་གྱིས་ཀུང་ཧྲེའི་སྨན་ཁང་ལས་སྨན་པ་ཞིག་མངག་ཡོང་ཟེར། ཀུ་དཔོན་གྱིས་ཁ་བཤད་ལག་བསྟར་བྱས། ཁོ་ཀུང་ཧྲེར་ཚོགས་འདུར་ཕྱིན་ཏེ་ལོག་ཡོང་སྐབས་དངོས་གནས་སྨན་པ་ཞིག་འཁྲིད། སྨན་པ་ཤ་རིད་ཅན། མིག་ཤེལ་བཏགས་པ་དེས་ངའི་ཙ་སྒྲོན་ལ་ནད་ཅི་ཞིག་མནར་བ་དྲིས།

ཏུས་སློའི་ནད། ངས་བཤད།

སྨན་པས་མགོ་བོ་ཙྷོག་ཙྷོག་བྱས། མལ་ཁྲིའི་གམ་དུ་བསྡད་དེ་ཙ་སྦྲོན་གྱི་རྩ་བརྟག །ངས་སྨན་པས་རྩ་བརྟག་པར་ལྟ་བཞིན་ཙ་སྦྲོན་ལ་གཏམ་སྨྲས། ཙ་སྦྲོན་གྱིས་རང་ལ་གཏམ་གླེང་བ་ཐོས་པས་མིག་གདངས་ཙམ་བྱས་པ་ལས། གཏམ་ལན་མ་བྱས། སྨན་པས་ཇི་ལྟར་བྱས་ཏུང་ཙ་སྦྲོན་གྱི་རྩ་མ་རྙེད། ཁོ་སྐྲག་པ་བཞིན་ཙ་སྦྲོན་གྱི་མིག་པགས་སློག་ཙམ་བྱས། དེ་ནས་ལག་གཅིག་གིས་ཙ་སྦྲོན་གྱི་མཁྲིག་མ་ནས་བཟུང་། ལག་གཅིག་གིས་ཙ་སྦྲོན་གྱི་འཕར་རྩ་མནན། མགོ་བོས་ཉན་པ་བཞིན་དགུག་ཙམ་བྱས། ཡུད་ཙམ་ནས་ཡར་ལངས་ཏེ་སྨན་པས་ང་ལ་འདི་ལྟར་སྨྲས།

འཕར་རྩ་ལྡིང་ཤུགས་ཆུང་བས་རྩ་ཏ་ལམ་འཕར་མི་ཐུབ།

ཁྱོད་ཀྱིས་འདས་མཇུག་གྲ་སྒྲིག་གྱིས། སྨན་པས་བཤད།

སྨན་པའི་གཏམ་ཚིག་གཅིག་གིས་ང་ལྷ་ཚད་གྲབས་བྱས། ཙུང་ཙམ་མིན་ན་ང་ས་ཐོག་ཏུ་འགྱེལ། ང་དང་སྨན་པ་མཉམ་དུ་སྒོར་ཐོན།

ངའི་ཆུང་མ་ད་དུང་ཉིན་ཅི་ཙམ་སྡོད། ངས་དྲིས།

ཟླ་བ་གཅིག་འགོར་མི་སྲིད། ནད་འདི་རིགས་ཀྱིས་ལུས་ཡོངས་ཞ་བོར་གྱུར་ན་མགྱོགས་པོ་ཡོད། སྨན་པས་སྨྲས།

དེ་ཉུབ་ཙ་སྦྲོན་དང་འཇའ་ཚོན་ཉལ་རྗེས། ང་གཅིག་པུར་ཁང་པའི་ཕྱི་རོལ་དུ་ནམ་མ་ལངས་བར་བསྡད། ཐོག་མར་ངས་ཨིན་སྦྲ་དང་བཅས་ཏུས། ཙུང་ཙམ་ཞིག་ནས་ངས་སྔོན་གྱི་དོན་དག་དྲན། དྲན་བཞིན་དྲན་བཞིན་མིག་ཆུ་ཤོར། ཏུས་ཚོད་དེ་འདྲའི་འགྲོ་མགྱོགས་པ་ལ། ཙ་སྦྲོན་ངའི་ཆུང་མ་

བྱས་རྗེས་སྐྱིད་པ་ཉིན་གཅིག་ཀྱང་བྱེད་མ་མྱོང་། མིག་བཙུམ་ཙམ་ཞིག་ལ་སླར་ཡང་འགྲོ་དགོས་པར་གྱུར། རྗེས་སུ་ངའི་བསམ་པར་ཏུ་དོན་ཅི་ཡོད། དེ་ལས་ཙ་སྒྲོན་གྱི་འདས་འཇུག་ལེགས་པོ་བྱེད་དགོས་སྙམ།

ཏུ་དཔོན་བྱམས་སེམས་ཆེ། ངའི་རྣམ་པ་འདི་མཐོང་བས།

ཕུར་རྐོད། ཕོག་རྒྱ་ཡངས་ཙམ་གྱིས། སྐྱེས་ནས་མ་ཤི་བའི་མི་ཞིག་སྲིད་ན་མེད། གཞན་བསམ་མི་དགོས། ཙ་སྒྲོན་ཤི་དུས་བློ་བཟོད་བདེ་ན་དེ་ལས་ལེགས་པ་མེད། གྲོང་སྡེའི་ས་གང་ནས་དགོས་ཏུང་ཁྱོད་ཀྱིས་ཙ་སྒྲོན་གྱི་དུར་ལ་གདམ་ཆོག །

དོན་ལ་དེ་དུས་ངས་མནོ་བསམ་ཐོངས་ཟིན། ངས་ཏུ་དཔོན་ལ་འདི་ལྟར་བཤད།

ཙ་སྒྲོན་ནི་ཡའུ་ཆིང་དང་མཉམ་དུ་སྡོད་འདོད་ཆེ། ཁོ་གཉིས་ཀྱི་དུར་མཉམ་དུ་དགོས།

ཡའུ་ཆིང་སྙིང་རྗེ། སྡོད་སོས་ཀྱིས་བཏུམས་ཏེ་དུར་དུ་བཙུག །ཙ་སྒྲོན་འདི་ལྟར་བྱེད་མི་ཏུང་། ཁྱིམ་ལོས་ཇི་ལྟར་ཞན་ཡང་ད་ཐེངས་རོ་སྒམ་ཞིག་བཟོ་དགོས། དེ་ལྟར་མ་བྱས་ན་ང་ལ་ལས་རྒྱུ་འབྲས་མེད་པའི་རྟགས་རེད། ཙ་སྒྲོན་གལ་ཏེ་གཞན་གྱི་ཆུང་མར་ཕྱིན་ཡོད་ན། ང་དང་ལྷན་དུ་སྡུག་བསྔལ་མྱོང་མི་དགོས། དཀའ་སྡུག་འདི་འདྲ་སྤྱོད་མི་དགོས། ད་ཏུང་ནད་འདི་འདྲ་ཞིག་མནར། ངས་གྲོང་སྡེའི་ཁྱིམ་རེ་མི་རེ་ལ་དཏུལ་གཡར། ངས་ཀྱང་ཅི་ཡིན་མ་ཤེས། ཙ་སྒྲོན་གྱི་རོ་སྒམ་སླིང་མ་ཐག་དབང་མེད་དུ་མིག་ཆུ་ཤོར། ཚང་མ་སྐྱོ་པོ་ཡོད་པས། གཡར་བའི་དཏུལ་གྱིས་རོ་སྒམ་བཟོ་མི་ཐུབ། རྗེས་

སུ་རུ་དཔོན་གྱིས་ང་ལ་གྲོང་སྡེའི་སྤྱི་དངུལ་གཡར་བས། གྲོང་སྡེའི་འགྲམ་ནས་ཤིང་བཟོ་བ་ཞིག་སླས།

འཇའ་ཚོན་གྱིས་ཐོག་མར་རང་གི་ཨ་མ་མགྱོགས་པོ་འགྲོ་བའི་སྐོར་མ་ཤེས། འཇའ་ཚོན་གྱིས་ང་རྟག་པར་དུས་ཚོད་ཡོད་ན་གྲོང་སྡེའི་སྔོན་ཚད་ཀྱི་ལུག་ལྟས་ནང་དུ་འགྲོ་བ་མཐོང་། དེར་ཤིང་བཟོ་བ་ཡོད། དེར་སླེབས་ན་ཡུན་རིང་འགོར་ཞིང་ཟས་ཀྱང་བཟེད། འཇའ་ཚོན་གྱིས་ང་འདོད་པར་ཡོང་། ཐེངས་འགའི་རྗེས་སུ་རོ་སྐམ་གྱི་གཟུགས་མཐོང་བས་ཅི་ཡིན་ཤེས། མིག་ཟུང་སྡིག་བཞིན་ལག་བརྡ་བྱས་ཏེ་ང་ལ་དྲིས། ངའི་བསམ་པར་འཇའ་ཚོན་གྱིས་དོན་དེ་ཤེས་འདུག་སྙམ་སྙེ་སྤྲོད་པོར་བཤད།

བུ་མོ་འདིས་མགོ་བོ་འཕྲེད་དུ་གཡུགས། ངས་བུ་མོའི་དོན་གོ་བས་ལག་བརྡས་གསལ་བཤད་བྱས། འདི་ཅ་སྒྲོན་གྱི་རེད། རྗེས་སུ་ཅ་སྒྲོན་ལ་མགོ། འཇའ་ཚོན་གྱིས་ད་དུང་མགོ་བོ་གཡུགས། ངའི་ལག་ནས་བཟུང་སྟེ་ཁྱིམ་གྱི་ཕྱོགས་སུ་འཁྲིད། ཁྱིམ་དུ་སླེབས་དུས་འཇའ་ཚོན་གྱིས་ངའི་ཕུ་ཐུང་ནས་བཟུང་། ཅ་སྒྲོན་ལ་ཐུག་ཙམ་ཐུག་ཙམ་གཞུས། ཅ་སྒྲོན་གྱིས་མིག་གདངས། འཇའ་ཚོན་གྱིས་ཤུགས་གང་ཡོད་ཀྱིས་ངའི་དཔུང་པ་དཀྲུགས། ཅ་སྒྲོན་བདེ་བར་འཚོ་བ་ང་ལ་བསྟན། དེ་ནས་ལག་གཡས་པ་བརྐྱངས་ཏེ་གཡོན་པས་གཤམ་ནས་གཅོད་ཐབས་བྱས། དེ་ནི་འཇའ་ཚོན་གྱིས་རོ་སྐམ་བྲིག་དགོས་པའི་བརྡ་རེད།

འཇའ་ཚོན་གྱིས་སེམས་ནང་ཨ་མ་ཤི་བསམ་གཏན་ནས་མེད། འཇའ་ཚོན་ལ་གསལ་བཤད་བྱས་ཀྱང་ཡིད་ཆེས་གཏན་ནས་མི་བྱེད། འཇའ་ཚོན་གྱི་ཚུགས་ཀར་ལྷ་བཞིན་ངས་མགོ་སྒྱུར་བ་ལས་ལག་བརྡ་གང་ཡང་མ་བྱས།

ཙ་སྒྲོན་མལ་ཁྲིར་ཉལ་ཐེངས་གཅིག་ལ་ཉིན་ཉི་ཤུ་ལྷག་ཙམ་ཉལ། མཚམས་རེ་ཙུང་དྲག་སྐྱིད་ཀྱི་ངོ་ཡོང་། མཚམས་རེ་མགྱོགས་པོ་འགྲོ་བའི་ངོ་འཆར། དེ་རྗེས་ཀྱི་མཚན་མོ་ཞིག་ལ་ང་ཙ་སྒྲོན་གྱི་འཁྲིས་སུ་ཉལ་ཏེ། སྒྲོན་མེར་ཕུ་འདེབས་རྩིས་བྱེད་དུས། ཙ་སྒྲོན་གྱིས་སྒོ་བུར་དུ་དཔུང་པ་བཏེགས་ཏེ་ང་འཐེན། སྒྲོན་མེར་ཕུ་འདེབས་པར་བཀག །ཙ་སྒྲོན་གྱི་སྐད་བུང་བ་ལས་ཀྱང་ཆུང་ཞིང་། ངས་ཙ་སྒྲོན་གྱི་ལུས་པོ་གཟུར་ཙམ་བྱེད་པར་སྐུལ། ངའི་ཆུང་མས་དེ་ནུབ་ང་ལ་ཡང་ནས་ཡང་དུ་བལྟས།

ཕུར་རྒོད། ཕུར་རྒོད་ཅེས་ལན་འགའ་བོས།

དེ་ནས་དགོད་ཙམ་བྱས། མིག་གཉིས་བཙུམས། ཡུད་ཙམ་ནས་མིག་གཉིས་སླར་ཡང་གདངས།

འཇང་ཚོན་ཉལ་ཟིན་ནམ། ང་ལ་དྲིས།

དེ་ནུབ་ཙ་སྒྲོན་གྱིས་ཚད་མ་མཐུད་དུ་གཏམ་འགའ་ཞིག་བཤད། དེ་ནས་དཀའ་ལས་ཁག་སྟེ་གཉིད་དུ་ཡུར། ཇི་ལྟར་བྱས་ཀྱང་ང་གཉིད་མ་ཁུག །ཡིད་སློང་སློང་པོར་གྱུར། ཙ་སྒྲོན་ཙུང་ཞིག་དྲག་སྐྱིད་བྱུང་བ་འདྲ་ཡང་དེ་ནི་དམྱལ་བའི་ངལ་གསོ་མིན་ནམ་སྙམ་སྟེ་ང་སྐྲག །ངས་ལག་པ་ཙ་སྒྲོན་གྱི་ལུས་ཐོག་ཏུ་བསྙབས་ཙམ་བྱས་པས། དྲོད་ཡོད་སྟབས་སེམས་ཙུང་ལྷོད་པར་གྱུར།

ཉིན་གཉིས་པར་ང་ལངས་སྐབས་ཙ་སྒྲོན་གཉིད་དུ་ཡུར། ངའི་བསམ་པར་ཙ་སྒྲོན་མདང་ནུབ་ཉལ་བ་འཕྱི་བས་ལན་སྙམ་སྟེ། གཉིད་མ་དཀྲོག །འཇང་ཚོན་དང་ལྷན་དུ་འབྲས་ཐུག་བཙུངས་རྗེས་སོ་ནམ་བྱ་བར་ཐོན། ཉིན་དེར་ལས་ཐག་བཞག་པ་སྔ། ང་དང་འཇང་ཚོན་ཁྱིམ་དུ་སླེབས་སྐབས་སྣ་ཆད

གྲབས་བྱས། ཙ་སྒྲོན་མལ་ཁྲིའི་ཐོག་བསྡད། དེ་ནི་ཙ་སྒྲོན་རང་གིས་བསྡད་པ་རེད། ཙ་སྒྲོན་གྱིས་ངེད་གཉིས་མཐོང་།

ཕུར་རྒོད། ང་ལྟོགས་བྱུང་། ང་ལ་འབྲས་ཐུག་སྐྱེར་དང་། ཙ་སྒྲོན་གྱིས་འཇམ་པོར་བཤད།

དེ་དུས་ང་དར་ཅིག་ཧད་དེ་ལུས། ངས་ཇི་ལྟར་བསམ་རུང་ཙ་སྒྲོན་ནད་འདིས་ཐར་པར་མི་གཏོང་སྙམ། ཙ་སྒྲོན་གྱིས་སླར་ཡང་ངའི་མིང་ནས་ཐོས། ད་གཟོད་ངའི་སེམས་ཁ་འཁོར་ཏེ་མིག་ཆུ་ཁྲུམ་ཁྲུམ་དུ་བཤུར། ངས་འཇའ་ཚོན་གྱིས་གཏམ་མི་ཐོས་པ་ཡང་བརྗེད་དེ། འཇའ་ཚོན་ལ་འདི་ལྟར་བཤད།

འདི་དག་ཁྱོད་ཀྱིས་ལན། ཁྱོད་ཀྱི་སེམས་ནང་ཨ་མ་ཤི་མི་སྲིད་སྙམ་པས་ལན།

མིས་ཟས་བཟའ་ཐུབ་ན་སྐྱོན་ཅི་ཡང་མེད། དུས་ཡུན་གང་ཙམ་གྱི་རྗེས་སུ་ཙ་སྒྲོན་གྱིས་མལ་ཁྲིའི་ཐོག་འཚོམ་ལས་བྱས། འདི་ལྟར་དྲག་སྐྱིད་བྱུང་ན་ཙ་སྒྲོན་མལ་ཁྲི་ལས་བབས་ཏེ་མི་འགྲོ་བའི་ངེས་པ་མེད། ངའི་སེམས་པ་ལྷོད་ལ་བབས། བློ་བདེ་བས་རང་ལུས་ལ་ནད་བྱུང་། དོན་དུ་ང་སྡ་ས་ནས་ཀྲུང་ཙམ་ན་མོད། ཡའུ་ཆིང་གྲོངས་ཤིང་། ཙ་སྒྲོན་ཡང་འགྲོ་ལ་ཉེ་བས། ངས་རང་ཉིད་ན་བ་མ་ཚོར་ཞིང་ཚ་བ་ཡང་མ་ཤེས། ཙ་སྒྲོན་ནི་སྨན་པའི་ངག་བཞིན་མ་ཡིན་པར། ལུས་པོ་ཉིན་རེ་བཞིན་ཇེ་ལེགས་སུ་ཕྱིན། འོན་ཏེ་ངའི་མགོ་བོ་ཇེ་ལྕིར་གྱུར། ཉིན་ཞིག་སྨྱུ་གུ་འཛུགས་སྐབས་ནག་འཐོམ་མེར་འཁྱིལ། མི་གཞན་གྱིས་ང་ཁྱིམ་ལ་སྐྱེལ་དུས་ངས་ད་གཟོད་རང་ཉིད་ན་བ་ཚོར།

ང་ན་བས་འཇའ་ཚོན་དེ་བས་དཀའ་ངལ་ཆེ་བར་གྱུར། མལ་ཁྲིའི་ཐོག་

ཏུ་ཉལ་བའི་མི་གཉིས་ལ་སྲི་ཞུ་བྱེད་དགོས་ལ། ཞིང་ཁར་ལས་སྐར་གསོག་པར་འགྲོ་དགོས། ཉིན་འགའི་རྗེས་སུ་འཇའ་ཚོན་ངལ་དུབ་ཆེ་བར་ང་མ་བཟོད་པར། ངས་ཙ་སྔོན་ལ་ང་དྲག་སྐྱིད་བྱུང་ཞེས་སྨྲས་ཏེ་ལུས་ནད་ཀྱིས་མནར་ཉུང་ཞིང་ཐོག་ཏུ་ཕྱིན། གྲོང་སྡེའི་མི་རྣམས་ཀྱིས་མཐོང་བས་ཡ་མཚན་ཏེ།

ཕུར་རྒོད། ཁྱོད་ཀྱི་སྐྲ་དཀར་པོ་རེད་ཟེར།

སྔོན་ཆད་ནས་སྐྲ་དཀར་རེད། ངས་དགོད་བཞིན་སྨྲས།

སྔོན་ཆད་སྐྲ་ཕྱེད་སྔོ་ཕྱེད་རེད། ད་ནི་ཉིན་འགའི་རིང་ལ་མགོ་བོ་དུང་ལྟར་གྱུར། ཁོ་ཚོས་སྨྲས།

དེ་ལྟར་ཉིན་འགའ་ཞིག་ལ་ང་མྱུར་དུ་རྒས། ངའི་སྔོན་ཆད་ཀྱི་སྟོབས་ཤུགས་སླར་ཡང་སོར་མ་ཆུད། ལས་ཀའི་སྐབས་སུ་ཐེད་པ་ན་ཞིང་སྐལ་པ་ཡང་ཚོ། ལས་ཤུགས་ཆེ་དྲགས་ན་རྔུལ་ཆུ་ཁྲུམ་ཁྲུམ་དུ་ཐོན།

ཡའུ་ཆིང་གྲོངས་ཏེ་ཟླ་བ་གཅིག་གི་རྗེས་སུ་ཁྲུན་ཧྲང་ཡོང་། ཁྲུན་ཧྲང་གི་མིང་ལ་ཁྲུན་ཧྲང་མི་འབོད་པར་ཞིའུ་བཙིངས་འགྲོལ་ཟེར། མི་རྣམས་ཀྱིས་ཁྲུན་ཧྲང་མཐོང་ན་ཞིའུ་རྫོང་དཔོན་ཞེས་འབོད། ངས་ད་དུང་ཡང་ཁྲུན་ཧྲང་ཞེས་འབོད། ཁྲུན་ཧྲང་གིས་ང་ལ་འདི་ལྟར་སྨྲས། ཁོ་བཟུང་དམག་ཏུ་གྱུར་རྗེས་བཙིངས་འགྲོལ་དམག་མི་བྱས། དམག་ནང་ཞུགས། ད་དུང་ཨ་འགོག་ཁྲ་རོགས་དམག་འཁྲུག་ལ་ཞུགས། ཁྲུན་ཧྲང་བསོད་ནམས་ཆེ་བས་དམག་ཅི་ཙམ་བྱས་ཀྱང་སྲོག་མ་ཤོར། ཨ་འགོག་ཁྲ་རོགས་ཀྱི་རྗེས་སུ་ལས་བསྒྱུར་བྱས་ཏེ། ཉེ་འགྲམ་གྱི་རྫོང་ཞིག་ཏུ་ལས་ཀར་ཞུགས། ཡའུ་ཆིང་གྲོངས

པའི་ལོ་དེར་ཁོ་རེད་ཚོའི་རྫོང་དཔོན་དུ་ཡོང་།

ཁྲུན་ཧྲང་སླེབས་དུས་ང་ཚོ་ཚང་མ་ཁྱིམ་དུ་ཡོད། ཉེ་དཔོན་གྱིས་སྒོ་འགྲམ་དུ་མ་སླེབས་གོང་ནས་བོས།

ཕུར་རྒོད། ལེའུ་རྫོང་དཔོན་ཁྱོད་ཚང་ལ་གཟིགས་པར་ཕེབས།

ཁྲུན་ཧྲང་དང་ཉེ་དཔོན་ཁྱིམ་དུ་འཛུལ་མ་ཐག་ངས་ཅ་སྒྲོན་ལ་འདི་ལྟར་སྨྲས།

རེད། ཁྲུན་ཧྲང་སླེབས་སོང་། ཁྲུན་ཧྲང་སླེབས་སོང་།

བསམ་ཡུལ་ལས་འདས་པ་ཞིག་ལ་ཅ་སྒྲོན་གྱིས་ཁྲུན་ཧྲང་ཞེས་ཐོས་མ་ཐག་མཆི་མ་གཏོང་བཞིན། ཁྲུན་ཧྲང་ལ་ཕྱོགས་ཏེ།

ཁྱོད་ཕར་རྒྱུག་ཅེས་སྨྲས།

ང་རེ་ཞིག་ཧང་སངས་ཏེ་ལུས། ཉེ་དཔོན་དངངས་སྐྲག་ལངས་ཏེ་ཅ་སྒྲོན་ལ་འདི་ལྟར་སྨྲས།

ཁྱོད་ཀྱིས་ལེའུ་རྫོང་དཔོན་ལ་འདི་ལྟར་སྨྲ་ག་ལ་རུང་།

ཅ་སྒྲོན་གྱིས་སྣང་མེད་དང་། ད་བཞིན་འདི་ལྟར་གཤེ །

ཁྱོད་ཀྱིས་ངའི་བུ་འཁྲིད་ཤོག །

ཁྲུན་ཧྲང་གིས་མགོ་བོ་གཡུགས། ཅ་སྒྲོན་ལ་གཏད་དེ།

འདི་ངའི་སེམས་པའི་མཚོན་བྱེད་ཡིན།

ཁྲུན་ཧྲང་གིས་དངུལ་ཅ་སྒྲོན་གྱི་ལག་པར་སྤྲད། ཅ་སྒྲོན་གྱིས་བལྟ་ཙམ་ཡང་མ་བྱས་པར། ཁོ་ལ་གཏད་དེ་གཤེ །

ཁྱོད་ཕར་སོང་། ཁྱོད་འདིར་མ་འདུག །

ཏུ་དཔོན་ཙ་སྒྲོན་གྱི་མདུན་དུ་རྒྱུག །ཁྲུན་ཧྲང་བཀག་སྟེ།

ཙ་སྒྲོན། ཁྱོད་ལྐུགས་པ་ལ། ཡའུ་ཆིང་ལ་འཕྲལ་རྐྱེན་བྱུང་། ཞིའུ་རྫོང་དཔོན་གྱིས་ཡའུ་ཆིང་བསད་པ་ནི་མ་རེད།

ཙ་སྒྲོན་གྱིས་དངུལ་མ་བླངས་པས་ཁྲུན་ཧྲང་གིས་དངུལ་ང་ལ་སྤྲད།

ཕུར་ཐོད། འདི་ཉོར་དང་། སྐུ་མཁྱེན།

ཙ་སྒྲོན་གྱི་ཚུགས་ཀ་མཐོང་བས་ངས་དངུལ་ལེན་ཅི་ལ་ནུས། ཁྲུན་ཧྲང་གིས་ངའི་ལག་པར་དངུལ་སྤྲད་མ་ཐག་ཙ་སྒྲོན་ཁོང་ཁྲོ་མེ་ལྟར་འབར་ཏེ། ང་ལ་ཕྱོགས་ནས་བསྡིགས་དམོད་བྱས།

ཁྱོད་ཀྱི་བུ་ལ་སྐོར་ཉིས་བརྒྱ་ལས་མི་རིའམ།

ངས་སྒྱུར་བར་དངུལ་ཁྲུན་ཧྲང་གི་ལག་ཏུ་བཞག །ཁྲུན་ཧྲང་ཐེངས་དེར་ཙ་སྒྲོན་གྱིས་ཕྱིར་བསྐྲད་རྗེས། སྔར་ཡང་ཐེངས་གཉིས་ཡོང་མོད། ཙ་སྒྲོན་གྱིས་ཅི་ལ་ཐུག་ཀྱང་ཁོ་ཚོ་ཁྱིམ་དུ་གཏན་ནས་མ་བཅུག །བུད་མེད་ཟེར་བ་འདི་གཅིག་འདྲ་རེད། རང་གིས་ཐག་བཅད་པའི་དོན་ལ་སུས་ཀྱང་འགྱུར་བ་གཏོང་མི་ཐུབ། ངས་ཁྲུན་ཧྲང་གྲོང་སྒོ་བར་དུ་བསྐྱལ།

ཁྲུན་ཧྲང་། ཁྱོད་རྗེས་སུ་ཡོང་མི་དགོས། ངས་བཤད།

ཁྲུན་ཧྲང་གིས་མགོ་བོ་ལྷོག་ལྷོག་བྱས་ཏེ་ཕྱིན། ཁྲུན་ཧྲང་དེ་ནས་ལོ་ཤས་མ་སླེབས། རིག་གནས་གསར་བརྗེའི་སྐབས་སུ་ཁོ་སྔར་ཡང་ཐེངས་གཅིག་སླེབས།

རྫོང་གྲོང་དུ་རིག་གསར་མགོ་ཚུགས། ཁྲིམ་གཞུང་ཚང་མ་མི་ཡིས་ཁེངས། ཉིན་ལྟར་འཁྲུག་རྩོད་བྱས་པས་མི་ཤི་ཡང་བྱུང་། གྲོང་སྡེའི་མི་རྣམས་

ཛོང་གྲོང་དུ་འགྲོ་མ་ཕོད། གྲོང་སྡེ་ནི་ཛོང་གྲོང་དང་བསྡུར་ན་ལྷིང་ཞིང་འཇགས། སྔོན་ཆད་ལྟར་མཚན་མོ་གཉིད་མི་སྐྱིད། མའོ་ཀྲུའུ་ཞིའི་ཆེས་གསར་ཞིང་ཆེས་མཐོ་བའི་མཛུབ་སྟོན་རྟག་པར་མཚན་གུང་དུ་སླེབས། ཧྲུ་དཔོན་གྱིས་གཡུལ་ཐང་ཐོག་ཏུ་ཤུ་སྦྲ་བར་མེད་སྒྲོག །ཚང་མས་ཤུ་སྦྲ་ཐོས་མ་ཐག་ཡར་ལངས་ཏེ། གཡུལ་ཐང་དུ་རྒྱུང་སྒྲོག་ཉན་པར་འགྲོ།

ཚང་མ་གཡུལ་ཐང་དུ་ཤོག །མའོ་ཀྲུའུ་ཞིའི་མཛུབ་སྟོན་ཉན་པར་ཤོག །

ང་ཚོ་དཔལ་རྫོལ་མི་དམངས་ཀྱིས་རྒྱལ་ཁབ་ཀྱི་དོན་ཆེན་ལ་དོ་འཁུར་མི་བྱེད་པ་མི་སྲིད་ཀྱང་། དོན་ཅི་ཡིན་ང་ཚོས་གསལ་པོ་མི་ཤེས། ང་ཚོས་ཧྲུ་དཔོན་གྱི་བཀའ་བཞིན་བྱེད། ཧྲུ་དཔོན་གྱིས་གོང་རིམ་གྱི་བཀའ་བཞིན་བྱེད། གོང་རིམ་གྱིས་ཅི་ཞིག་དགོངས་ན། ང་ཚོས་དེ་ལྟར་བསམ་བཞིན་དེ་ལྟར་ལས། ང་དང་ཙ་སྒྲོན་གྱི་སེམས་ཁྲལ་ཆེ་ཤོས་ནི་འཇའ་ཚོན་ད་ལྟ་ཡོ་ཆུང་ཆུང་མིན། གནས་ལ་ཕྱིན་སའི་ཡུལ་ཞིག་དགོས། འཇའ་ཚོན་གྱི་སྐྱེ་འབྲས་ཙ་སྒྲོན་འདྲ་བས། ཆུང་དུས་ནད་ཀྱིས་མནར་མེད་ན་བག་མ་སློང་མཁན་སྤྱ་ས་ནས་ང་ཚོའི་སྒོ་ཐེམ་དུ་ཡོང་ངེས། ང་ནི་ལུས་ཟུངས་ཇེ་ཞན་དུ་འགྲོ། ཙ་སྒྲོན་ནི་ནད་འདྲིས་བདེ་ཐང་ཞིག་ཆགས་པ་དཀའ། ང་ཚོའི་མི་ཚེ་འདིར་སྐྱིད་སྡུག་སྣ་ཚོགས་ཤིག་བརྒྱུད་པས། མི་ཡང་སྨིན་པ་རེད། ཤིང་འབྲས་སྡོང་ཐོག་ནས་སྨིན་པ་ལྟ་བུ་རེད། འོན་ཏེ་འཇའ་ཚོན་ནི་སེམས་པའི་ལྷག་མ་ལྟ་བུར་གྱུར། འཇའ་ཚོན་གཞན་དང་མི་འདྲ་བས་རྒས་ན་སྲུས་ལྟ་སྐྱོང་བྱེད་དམ།

འཇའ་ཚོན་ཕྱི་ཚུལ་དུ་སྨིན་མ་ཡིན་མོད། བུད་མེད་ཡིན་པས་ཕོ་མག་པར་འགྲོ་བ་དང་མོ་མནའ་མར་འགྲོ་བ་མི་ཤེས་པ་ཅི་ལ་སྲིད། གྲོང་སྡེའི་

ནང་ལོ་ལྷར་འཛིག་རྟེན་མཐུན་འཇུག་བྱེད་ཅིང་། ཇ་བརྟུང་དར་འཕྱུར་བྱེད་དུས་འཇང་ཚོན་གྱིས་ལག་ཏུ་ཀོ་མ་བཟུང་སྟེ་རྟག་པར་ཏོན་ཅེར་དུ་ལུས། གྲོང་སྡེའི་གཞོན་ནུ་འགའ་ཡིས་འཇང་ཚོན་ལ་མཛུབ་མོ་བཙུགས་ཏེ་ཁྲེལ་དགོད་བྱེད།

གྲོང་སྡེའི་ཕང་ཚང་གི་བུ་ཆུང་བར་མནའ་མ་ལེན་དུས་ཚང་མས་མནའ་མའི་སྐྱེ་འབྲས་ལེགས་ཟེར། ཉིན་དེར་མནའ་མ་གྲོང་སྡེར་སླེབས་དུས་ཤིང་བལ་གྱི་སྟོད་གོས་དམར་ཆེན་གྱོན། ངོ་བགད་ཀྱིས་མ་ཚུགས། ངས་ཞིང་ཁ་ནས་ལྟ་སྐབས་བག་མ་ནི་མི་དམར་པོ་ཞིག་འདྲ། ངོ་གདོང་དམར་ཞིང་མཐོང་སྣང་ལེགས།

ཞིང་ཁར་སོ་ནམ་བྱེད་མཁན་མང་པོ་ཞིག་རྒྱུག་སྟེ་བལྟ་བར་ཕྱིན། མཛའ་བོས་སློ་ཁྲུག་ལས་རྟ་མཆོག་རྟགས་ཅན་གྱི་ཐ་མག་ཕྱིན། ལོ་རྒན་པ་འགའ་ཞིག་ལ་ཐ་མག་སྤྲད་པས། གཞོན་ནུ་འགའ་ཞིག་གིས་གཞོགས་ཤིག་ཏུ།

ད་དུང་ང་ཚོ་ཡོད། ད་དུང་ང་ཚོ་ཡོད་ཟེར།

མཛའ་བོས་དགོད་བཞིན་ཐ་མག་སློ་ཁྲུག་ཏུ་བཞག །གཞོན་ནུ་འགའ་ཡིས་འཚང་ག་ཤིག་ཤིག་ངང་ཧབ་ཐོབ་བྱས།

བག་མ་སྤུས་མགོར་སླེབས་དུས་ཀྱང་ཐ་མག་ལ་སེར་སྣ་བྱེད།

མཛའ་བོས་ཅི་ནུས་ཀྱིས་ལག་པས་སློ་ཁྲུག་བཀབ། ཁོ་ཚོས་ཆེད་དུ་ལག་པ་ནས་འཐེན། སློ་ཁྲུག་ནས་ཐ་མག་ཐོབ་རྗེས་མི་ཞིག་གིས་འཕྲོག་ས། གཞན་རྣམས་མི་དེའི་རྗེས་སུ་ཞིང་ཚོགས་ཐོག་ཕྱིན།

གཞོན་ནུ་ལྷག་མ་རྣམས་ཀྱིས་བག་མར་སྐོར་བ་བྱས། ཁྲེལ་དགོད་བྱེད་

བཞིན་རྣར་གཟན་པའི་གཏམ་འགའ་ཡང་བཤད། བག་མ་ནི་མགོ་བོ་སྒུར་ཏེ་དགོད། བུ་མོ་བག་མར་འགྲོ་སྐབས་གང་ནས་བལྟས་ཀྱང་དགའ་སྣང་ཆེ་ཞིང་། ཅི་ཞིག་ཐོས་ཀྱང་སྤྲོ་སྣང་ཆེ།

འཇའ་ཚོན་གྱིས་ཞིང་ཚིགས་ནས་འདི་དག་མཐོང་བས། རེ་ཞིག་ཧོན་ཅེར་དུ་ལུས། མིག་གཉིས་ཅེ་རེར་གདངས། ཁ་མ་ལག་ཏུ་བཟུང་། འགུལ་ཙམ་ཡང་མི་བྱེད། ང་གཞོགས་སུ་ཡོད་པས་སེམས་པ་ཤིན་ཏུ་སྐྱོ། སེམས་ནང་བུ་མོ་བལྟ་འདོད་ན་མུ་མཐུད་བལྟ་རུ་འཇུག་སྙམ། འཇའ་ཚོན་ལས་སྐལ་དམན་པས་གཞན་གྱི་བག་མར་བལྟ་བའི་བསོད་ནམས་ལས་མེད། བསམ་ཡུལ་ལས་འདས་པ་ཞིག་ལ་འཇའ་ཚོན་གྱིས་ལྟ་བཞིན་ལྟ་བཞིན་དེར་ཕྱིན། བག་མའི་འགྲམ་དུ་ཕྱིན་ཏེ་འདོད་པའི་མིག་གིས་ལྟ་བཞིན་བག་མ་དང་མཉམ་དུ་ཕྱིན། ཚུལ་འདིས་གཞོན་ནུ་རྣམས་དགོད་ཀྱིས་མ་ཚུགས་པར་གྱུར། འཇའ་ཚོན་གྱིས་ངའི་སྟོད་གོས་ལྷན་པས་ཁེབས་པ་དེ་གྱོན་ཏེ། བག་མ་དང་མཉམ་དུ་ཕྱིན། བག་མའི་གྱོན་པ་གསར་ལ་གྲལ་བསྒྲིག །སྐྱེ་འབྲས་ཀྱང་ལེགས། ངའི་འཇའ་ཚོན་དང་བསྡུར་ན་འཇའ་ཚོན་ནི་དངོས་གནས་ཡིད་སྐྱོ་དགོས་པ་ཞིག་རེད། འཇའ་ཚོན་གྱི་ངོ་ལ་དམར་ཕྱེ་བྱུགས་མེད་ཀྱང་ངོ་དམར་པོ་བག་མ་དང་འདྲ། འཇའ་ཚོན་གྱིས་མགོ་བོ་དཀྱུགས་ཏེ་བག་མར་ཡང་ནས་བསྐྱར་དུ་བལྟས།

གྲོང་སྡེའི་གཞོན་ནུ་དག་གིས་དགོད་བཞིན་འདི་ལྟར་ཟེར།

འཇའ་ཚོན་ལ་མག་པ་ཞིག་དགོས་པ་འདྲ།

དེ་སྐད་སྨྲས་པ་ངས་ཐོས་ཀྱང་སྣང་མེད་དུ་བཞག །འོན་ཏེ་ཡུད་ཙམ་ནས་སླར་ཡང་རྣར་གཟན་པའི་གཏམ་ཐོས། མི་ཞིག་གིས་འདི་ལྟར་ཟེར།

འཇའ་ཚོན་ཁྱོད་ཀྱི་མལ་ཁྲིར་སེམས་ཤོར།

འཇའ་ཚོན་གྱིས་འགྲམ་དུ་ཕྱིན་པས། བག་མའི་དགོད་འཛུམ་འཇའ་ལྟར་ཡལ། བག་མས་འཇའ་ཚོན་མཐོང་མི་འདོད། དེའི་ཚེ་མི་ཞིག་གིས་མཛའ་བོར་འདི་སྐད་སྨྲས།

མི་ཁྱོད་ཀྱི་བློ་གྲོས་ཆེ་བ་ལ། བག་མ་ཉིས་བརྩེགས་ལེན། གཅིག་གདན་དུ་བཏིངས། ཅིག་ཐོག་ལ་བཀལ།

མཛའ་བོས་ཐོས་རྗེས་ཧ་ཧ་ཞེས་བགད། བག་མ་བཟོད་བསྲན་མ་ཐུབ། རང་ཉིད་བག་མ་ཡིན་པའི་ངོ་ཚ་ཐམས་ཅད་དབྲལ་ཏེ་སྐེ་བསྒྲིངས་ནས་མཛའ་བོར་ཐེངས་འགའ་འདི་ལྟར་བཤད།

ཁྱོད་བགད་རྒྱུ་ཅི་ཡོད།

ང་ནི་མུ་མཐུད་བཟོད་བསྲན་མ་ཐུབ་པར་ཞིང་ཚིགས་ཐོག་ཏུ་ཕྱིན།

མི་ལ་མཐོང་ཆུང་བྱེད་མི་རུང་། གཞན་ལ་མཐོང་ཆུང་བྱས་ཀྱང་འཇའ་ཚོན་ལ་མཐོང་ཆུང་བྱེད་རིན་ཅི་ཡོད། འོ་ན་ཁྱོད་ཚོས་ང་ལ་མཐོང་ཆུང་གྱིས་དང་།

ངས་ཁོ་ཚོར་དེ་སྐད་སྨྲས་རྗེས་འཇའ་ཚོན་འཁྲིད་དེ་ཁྱིམ་དུ་ལོག །འཇའ་ཚོན་སྤྱང་གྲུང་ལྡན་པས་ངའི་གདོང་གཤིས་ལས་ད་ལྟ་དོན་ཅི་ཞིག་ལྷགས་པ་ཤེས། འཇའ་ཚོན་གྱིས་མགོ་བོ་སྒྲུར་བཞིན་ཁྱིམ་དུ་ཡོང་། སྒོ་འགྲམ་དུ་སླེབས་དུས་མིག་ཆུ་བཏང་།

རྗེས་སུ་ང་དང་ཙ་སྒྲོན་གྲོས་བསྡུར་བྱས་ཏེ། ཇི་ལྟར་བྱས་རུང་འཇའ་ཚོན་ལ་མག་པ་ཞིག་ལེན་དགོས་སྙམ། ངེད་གཉིས་འཇའ་ཚོན་གྱི་སྔོན་ལ་

ཤི་ངེས། ང་ཚོ་ཤི་ན་འཇའ་ཚོན་གྱིས་རོ་ལ་བདག་པོ་བྱེད། འཇའ་ཚོན་ཤི་དུས་རོ་ལ་བདག་པོ་བྱེད་མཁན་ཡང་མེད། འོན་ཏེ་སུ་ཞིག་གིས་འཇའ་ཚོན་མནའ་མར་ལེན་འདོད་དམ།

ཅ་སྒྲོན་གྱིས་ཏུ་དཔོན་ལ་ཞུ་བ་བྱས་ན་བཟང་། ཏུ་དཔོན་ལ་ཕྱི་རོལ་དུ་ངོ་ཤེས་མང་། རྩད་གཅོད་བྱས་ན་ང་ཚོའི་འཇའ་ཚོན་མནའ་མར་ལེན་མཁན་ཞིག་ཡོང་སྲིད་ཟེར། ང་ཏུ་དཔོན་གྱི་གམ་དུ་ཕྱིན་རེ་ཡོང་དོན་གླེང་། ཏུ་དཔོན་གྱིས་ཉན་རྗེས་འདི་ལྟར་སྨྲས།

རེད། འཇའ་ཚོན་བག་མར་འགྲོ་རན། འོན་ཏེ་ཁྱིམ་ཚང་ལེགས་པོ་ཞིག་རྙེད་དཀའ།

སྐྱེས་པ་རྐང་རྟུམ་ལག་རྟུམ་ཞིག་ཡིན་ཏང་ཅི་སྐྱོན། ཁོས་འཇའ་ཚོན་ལ་བྱམས་པོ་བྱས་ན་བུ་མོ་སྐྱིར་ངེས། ངས་བཤད།

གཏམ་འདི་སྨྲས་རྗེས་ངའི་སྙིང་གས་པ་ལྟ་བུ་གྱུར། འཇའ་ཚོན་གྱི་གཞན་ལ་མི་ངོ་བ་ཅི་ཡང་མེད། གཏམ་སྨྲ་མི་ཤེས་པ་ཙམ་རེད། ཁྱིམ་དུ་སླེབས་རྗེས་ཅ་སྒྲོན་ལ་དེ་ལྟར་བཤད་པས། ཅ་སྒྲོན་གྱི་སྙིང་ཡང་གས་པ་ལྟ་བུར་གྱུར། ཅ་སྒྲོན་མལ་ཁྲིར་བསྡད་དེ་ཡུན་རིང་སྐད་ཆ་མ་བཤད། དེ་ནས་དབུགས་རིང་ཞིག་བཏང་རྗེས།

ད་ནི་དེ་ལྟར་བྱེད་པ་ལས་ཐབས་མེད་ཟེར།

ཡུན་རིང་མ་སོང་བར་ཏུ་དཔོན་གྱིས་འཇའ་ཚོན་ལ་མག་པ་ཞིག་བཙལ། ཉིན་དེར་ང་ཞིང་ཐོག་ཏུ་ལུད་སྐོར་བཞིན་ཡོད། ཏུ་དཔོན་ཡོང་སྟེ་འདི་ལྟར་སྨྲས།

ཕུར་རྒོད། ངས་འཇའ་ཚོན་ལ་མག་པ་ཞིག་བཙལ་ཡོད། རྫོང་གྲོང་གི་དོས་སྐྱེལ་པ་རེད། དངུལ་མང་པོ་ཡོད།

ངས་ཚ་རྒྱན་དེ་ལྟར་ལེགས་པ་ཐོས་རྗེས་ཡིད་མ་ཆེས། ངའི་བསམ་པར་ཀྱ་དཔོན་གྱིས་ང་ལ་རྩེད་མཚར་བྱེད་སྙམ།

ཀྱ་དཔོན། ཁྱོད་ཀྱིས་ང་ལ་རྩེད་མཚར་བྱས་ཧ་ཅི་བྱེད། ངས་བཤད།

རྩེད་མཚར་ལ་སྙིང་པོ་ཅི་ཡོད། ཕོའི་མིང་ལ་ཨར་ཞི་ཟེར། མགོ་དཀྱོག་པ་ཞིག་རེད། མགོ་བོ་དཔྱང་པར་འཁྱོག་སྟེ་ཇི་ལྟར་བྱས་ཀྱང་སྲོང་མི་ཐུབ། ཀྱ་དཔོན་གྱིས་སྨྲས།

ཀྱ་དཔོན་གྱིས་མགོ་དཀྱོག་རེད་ཅེས་སྨྲས་པས་ང་ད་གཟོད་ཡིད་ཆེས་ཏེ། སྤྱུར་བར་འདི་ལྟར་སྨྲས།

ཁྱོད་ཀྱིས་གང་མགྱོགས་ཕོ་འཁྲིད་དེ་འཇའ་ཚོན་ཐུག་པར་ཤོག །

ཀྱ་དཔོན་ཕྱིན་རྗེས་ངས་ལུད་སྟོར་འཁྲོ་བཞག་སྟེ། སྤྱུར་བར་རང་ཁྱིམ་དུ་ལོག །སྒོ་མ་འཇུལ་གོང་ནས།

ཙ་སྒྲོན། ཙ་སྒྲོན་ཞེས་བོས།

ཙ་སྒྲོན་གྱིས་མལ་ཁྲིའི་ཐོག་དོན་ཅི་ཞིག་བྱུང་སྙམ་སྟེ་མིག་ཅེ་རེར་ང་ལ་བལྟས།

འཇའ་ཚོན་ལ་མག་པ་ཞིག་རྙེད། ངས་བཤད།

ཙ་སྒྲོན་གྱི་དབུགས་རིང་ཞིག་བཏང་སྟེ།

ཁྱོད་ཀྱིས་ངའི་སྣ་ཆད་གྲབས་ཆད་བྱས་ཟེར།

རྐང་ལག་གཉིས་ཀར་སྐྱོན་མེད། ད་དུང་རྫོང་གྲོང་ནས་རེད། ངས་བཤད།

དེ་ནས་ཨིན་སྒྲ་དང་བཅས་ཏུས། ཅ་སྒྲོན་སྔོན་ལ་བཀག། དེ་ནས་ང་ཏུ་བ་མཐོང་བས་མིག་ཆུ་བཏང་། སྤྲོ་སྣང་ཅུང་ཞིག་གི་རྗེས་སུ་སླར་ང་ལ་དྲིས།

ཆ་རྐྱེན་ལེགས་པོ་དེ་འདྲ་ཡོད་ན། འཇང་ཚོན་མཐའ་མར་ལེན་སྲིད་དམ།

སྐྱེས་པ་དེ་མགོ་དཀྲུག་ཅིག་རེད། ངས་ལན་བཏབ།

ཅ་སྒྲོན་གཞི་ནས་བློ་བདེ་བར་གྱུར། དེ་ནུབ་ཅ་སྒྲོན་གྱིས་ང་ལ་འཇང་ཚོན་གྱི་གྱོན་གོས་རྙིང་རྒྱལ་དག་ལེན་དུ་བཅུག་སྟེ་འཇང་ཚོན་ལ་སྟོད་གོས་ཤིག་བཟོས།

འཇང་ཚོན་ལ་མཚར་ཆས་དགོས། ད་ནི་བུ་མོ་མཐའ་མར་འགྲོ་མཁན་རེད། ཅ་སྒྲོན་གྱིས་སྨྲས།

ཉིན་གསུམ་ལས་མ་ཕྱིན་པར་ཨར་ཞི་སླེབས། དངོས་གནས་མགོ་དཀྲུག་ཅིག་རེད། ཁོས་ང་ལ་ལྟ་སྐབས་ཕྲག་པ་གཡོན་མ་བཏེགས་ནས་བལྟས། འཇང་ཚོན་གྱིས་ཚུལ་འདི་མཐོང་བས་གད་མོ་ཤོར།

ཨར་ཞི་ཡིས་གོས་ཚུགས་ཀྱང་རྡུབ་ཅན་གཙང་མ་ཞིག་གྱོན། གལ་ཏེ་མགོ་བོ་དཔྱང་པར་དཀྲུག་པ་མིན་ན་དངོས་གནས་རྗོང་གྲོང་ནས་ཡོང་བའི་ལས་བྱེད་པ་ཞིག་དང་འདྲ། ཨར་ཞི་ཡིས་ཆང་དང་རས་ཁྲ་ཁྲ་ཞིག་འཁྱེར་ཏེ། ཏ་དཔོན་དང་ལྷན་དུ་ཡོང་། ཅ་སྒྲོན་གྱིས་མལ་ཁྲིའི་ཐོག་སྒྲ་གཙང་མར་བསླས། གོས་ཅུང་རྒྱལ་མོད་ཤིན་ཏུ་གཙང་། ངས་ཆེད་དུ་མལ་ཁྲིའི་གཤམ་དུ་ཅ་སྒྲོན་ལ་རས་ལྷམ་སོ་མ་ཞིག་བཞག །འཇང་ཚོན་གྱིས་སྟོད་གོས་དམར་པོ་གྱོན། མགོ་སྐྲར་ནས་ཨ་མའི་གཞོགས་སུ་བསྡད། ཅ་སྒྲོན་གྱིས་འཛུམ་དམུལ་དམུལ་ངང་ཁྱིམ་སྒོ་མ་འཛུལ་བའི་མག་པར་བལྟས། སེམས་སྤྲོ་བས་ཁེངས།

ཨར་ཞི་ཡིས་ཆང་དང་རས་ཁྲ་ཅོག་ཙེའི་ཐོག་བཞག །དཔྱད་པ་བརྟེགས་ཏེ་ཁང་པར་སྐོར་བ་ཞིག་བྱས། ཨར་ཞི་ཡིས་ང་ཚོའི་ཁང་པར་བལྟས།

ཧྲུ་དཔོན། ཨར་ཞི། མར་སྡོད་དང་། ངས་བཤད།

ཨར་ཞི་ཡིས་མགོ་བོ་ལྷུག་ཙམ་བྱས་ཏེ་རྐུབ་སྟེགས་ཐོག་བསྡད། ཧྲུ་དཔོན་གྱིས་ལག་པ་གཡུག་སྟེ།

ང་མི་སྡོད། ཨར་ཞི། འདི་འཇའ་ཚོན་རེད། འདི་ནི་འཇའ་ཚོན་གྱི་ཕ་དང་མ་རེད་ཟེར།

འཇའ་ཚོན་གྱིས་ལག་པ་གཉིས་ཕྱུས་མོའི་ཐོག་བཞག །ཧྲུ་དཔོན་གྱིས་རང་ལ་མཛུབ་མོ་བཙུགས་པ་མཐོང་རྗེས། ཧྲུ་དཔོན་ལ་བགད་ཙམ་བྱས། ཧྲུ་དཔོན་གྱིས་ཅ་སྒྲོན་ལ་མཛུབ་མོ་འཛུགས་སྐབས། འཇའ་ཚོན་གྱིས་ཨ་མར་གཏད་དེ་བགད་ཙམ་བྱས།

ཧྲུ་དཔོན། ཁྱོད་བཞུགས་དང་། ཅ་སྒྲོན་གྱིས་སྨྲས།

མིན། ང་ལ་དོན་གཞན་ཡོད། ཁྱོད་ཚོ་གྲོས་བསྡུར་གྱིས།

ཧྲུ་དཔོན་གྱིས་སྨྲས་ཏེ་ཕྱིན། འགྲོ་བའི་མི་ལ་སྡོད་པའི་སེམས་མེད་པས། ངས་ཧྲུ་དཔོན་ཕར་བསྐྱལ། ཁྱིམ་དུ་སླེབས་རྗེས། ངས་ཅོག་ཙེའི་ཐོག་གི་ཆང་ལ་གཏད་དེ།

ཁྱོད་སུན་པོ་བཟོས་སོང་། ང་ཚོས་ཆང་མ་བཏུངས་པར་ལོ་བཅུ་ཕྲག་སོང་། ངས་བཤད།

ཨར་ཞི་ཡིས་མགོ་བོ་ལྷུག་ཙམ་བྱས་པ་ལས། གཏམ་མ་སྨྲས། དཔྱད་པ་བརྟེགས་ཏེ་ཁྱིམ་ལ་མིག་སྐོར་བྱས་པས། ང་ནི་རྗེ་ལེབ་ཚ་པོའི་སྟེང་གི་གྲོག

མ་ལྷ་བུར་གྱུར།

ང་ཚོའི་ཁྱིམ་དབུལ་པོ་ཡིན། ཅ་སྒྲོན་དགོད་བཞིན་ཨར་ཞི་ལ་གཏད་དེ་བཤད།

ཨར་ཞི་ཡིས་སླར་ཡང་མགོ་བོ་ལྷུག་ཙམ་བྱས། དཔྱང་པ་བཏེགས་ནས་ཅ་སྒྲོན་ལ་བལྟས།

སྐབས་ལེགས་པ་ཞིག་ལ་ང་ཚོའི་ཁྱིམ་དུ་ལུག་གཅིག་དང་ཁྱིམ་བྱ་འགའ་ཡོད། འཇའ་ཚོན་བག་མར་འགྲོ་དུས་ང་དང་ཕུར་ཆོད་ཀྱིས་ལུག་དང་ཁྱིམ་བྱ་བཙོངས་ཏེ་གཉེན་རྫོངས་བསྒྲིགས་པར་གྲོས་ཐག་ཆོད། ཅ་སྒྲོན་གྱིས་ཨུ་མཐུད་བཤད།

ཨར་ཞི་ཡིས་ཉན་རྗེས་སླར་ཡང་མགོ་བོ་ལྷུག་ཙམ་བྱས། ཨར་ཞི་ཡིས་ཅི་ཞིག་བསམ་པ་ནི་ངས་མ་ཤེས། ཉུང་ཙམ་སོང་རྗེས་ཨར་ཞི་ཡིས་ཡར་ལངས་ཏེ་འགྲོ་ཐེར། ངའི་བསམ་པར་གཉེན་དོན་འདི་ལམ་དུ་མ་ལྷོང་སྙམ། ཨར་ཞི་ཡིས་འཇའ་ཚོན་ལ་ནན་ཏན་གྱིས་མ་བལྟས་པར་ཁང་རྒྱལ་འདི་ཁོ་ནར་བལྟས། ངས་ཅ་སྒྲོན་ལ་བལྟས། ཅ་སྒྲོན་གྱིས་སྨུག་དགོད་ཅིག་བྱས།

ང་རྐང་པ་ན་བས་ས་ལ་བབས་མི་ཐུབ། ཅ་སྒྲོན་གྱིས་ཨར་ཞི་ལ་བཤད།

ཨར་ཞིས་མགོ་བོ་ལྷུག་ཙམ་བྱས་ཏེ་སྒོ་ཕྱིར་ཐོན།

སློང་ཚང་མི་འཁྱེར་རམ། ངས་དྲིས།

ཨར་ཞི་ཡིས་མགོ་བོ་ལྷུག་ཙམ་བྱས། དཔྱང་པ་བཏེགས་ཏེ་འཇག་སྤྱིལ་གྱི་འཇག་སྐྱུར་བལྟས་རྗེས་ཕྱིན།

ང་ཁྱིམ་དུ་ལོག་རྗེས་རྐུབ་སྐྱེགས་ཐོག་བསྡད། མདོ་བསམ་བྱེད་བཞིན་

ཁོང་ཁྲོ་ལངས།

རང་གི་མགོ་བོ་བཏེགས་མི་ཐུབ་ཙང་། ད་དུང་གདམ་གདམ་བསྒུག་བསྒུག་ཨེ། ངས་སྨྲས།

མི་ལ་ལེ་ལན་བདའ་མི་ཙང་། ཅ་སྦྲོན་གྱིས་དབུགས་རིང་བཏང་སྟེ་བཤད།

འཇའ་ཚོན་སློ་རིག་བཀྲ་བས། ང་ཚོའི་རྣམ་པ་མཐོང་མ་ཐག་གཞན་ནི་རང་ལ་སློ་འདོད་མེད་པ་ཤེས། འཇའ་ཚོན་ཡར་ལངས་ཏེ་ནང་དུ་ཕྱིན། གོས་རྙིང་པར་བརྗེས་ཏེ་ཀོ་མ་ལྷམ་ནས་ཞིང་ཁར་སོང་།

དེ་ནུབ། ཙ་དཔོན་ང་ལ་འདྲི་བར་ཡོང་།

འཁྲིག་སོང་ངམ།

ང་ཚོ་ཆ་རྐྱེན་སྐྱོ་བས་ལན། ཁྱིམ་འཕོས་ཞན་པས་ལན། ངས་མགོ་བོ་གཡུགས་ཏེ་བཤད།

ཉིན་གཉིས་པའི་སྔ་དྲོ་ང་ཞིང་རྨོ་དུས་མི་ཞིག་གིས་ངའི་མིང་ནས་བོས།

ཕུར་རྒོད། ཁྱོད་ཀྱིས་ལམ་ཕ་གིར་ལྟོས་དང་། ཁྱོད་ཚང་དུ་སློང་ཆང་གཏོང་མཁན་གྱི་མགོ་དཀྱུག་དེ་ཡོང་གི་འདུག་ཟེར།

ངས་མགོ་བོ་བཏེགས་ཏེ་ཕར་བལྟས། མི་ལྔ་དྲུག་ཅིག་ལམ་དུ་ལང་ངེ་ལིང་ངེར་ཡོང་། འཕོར་ཆུང་ཞིག་ཀྱང་འཁྲིད། མདུན་དུ་ཡོང་མཁན་དེས་ལང་ལིང་མི་བྱེད། དེས་མགོ་བོ་དཀྱོགས་ཏེ་བྱ་འཕུར་བ་ལྟར་ཡོང་། ངས་རྒྱང་ནས་བལྟས་ཀྱང་ཨར་ཞི་ཡོང་བ་ཤེས། འདི་དངོས་གནས་ངའི་བསམ་ཡུལ་ལས་འདས།

ང་དང་ཨར་ཞི་འཕྲད།

ཁང་ཐོག་གི་འཛག་སྐྱ་བཙེ་རན། ངས་རྗེ་ཞོ་ཕྱེ་མ་འཕོར་ཆུང་གང་འཁྱེར་ཡོད། ཨར་ཞི་ཡིས་ང་ལ་བཤད།

ངས་འཕོར་ཆུང་དེར་བལྟས། ངས་རྗེ་ཞོ་དང་། གྱང་ལ་བྱུག་བྱེད་ཀྱི་ཕག་ཟེ་གཉིས། ཅོག་ཙེ་གྲུ་བཞི་ཆུང་ངུ་ཞིག །ཅོག་ཙེའི་ཐོག་ཏུ་ཕག་མགོ་གཅིག་བཅས་མཐོང་། ཨར་ཞི་ཡི་ལག་ཏུ་ཆང་དམ་གཉིས་བཟུང་།

དེ་དུས་ངས་གཞི་ནས་ཨར་ཞི་ཡིས་ཤར་ལྷ་ནུབ་ལྷ་བྱེད་དོན་ཤེས། ཁོས་ངའི་ཁྱིམ་གྱི་འཛག་སྐྱ་ཡང་མིག་འོག་ཏུ་བཙུག །ཁང་སྟེང་གི་འཛག་སྐྱ་ངས་སྔོན་ནས་བཙེ་བསམ་མེད། ལས་དུས་ཡོལ་ན་གྲོང་སྡེའི་མི་དག་སྟ་ལག་གླ་བདེ་སྙམ།

ཨར་ཞི་ཡིས་མི་ལྷ་འཁྲིད། ཤ་ཉོས། ཆང་ཉོས། ཁོག་རྒྱ་ཆེ། ཁོ་ཚོ་ང་ཚོའི་འཛག་སྤྱིལ་འགྲམ་དུ་སླེབས་པ་ན་འཕོར་ཆུང་བཞག །ཨར་ཞི་ཡིས་རང་ཁྱིམ་དུ་སླེབས་པ་བཞིན་ལག་གཅིག་གིས་ཕག་མགོ་བཟུང་། ཅིག་ཤོས་ཀྱིས་ཅོག་ཙེ་འཁྱེར་ཏེ་ནང་དུ་འཛུལ། ཨར་ཞི་ཡིས་ཕག་མགོ་ཅོག་ཙེའི་ཐོག་བཞག་རྗེས། ཅོག་ཙེ་ཙ་སྔོན་གྱི་རྐང་པའི་འཁྲིས་སུ་བཞག །

ལྟོ་བཟའ་དུས་དེ་བས་སྐབས་བདེ། ཨར་ཞི་ཡིས་བཤད།

ཙ་སྔོན་གྱི་མིག་ནང་མཆི་ཞགས་འཁོར། ཙ་སྔོན་སེམས་འགུལ་ཐེབས། ཙ་སྔོན་གྱི་བསམ་པར་ཨར་ཞི་ཡིས་མི་ཡོང་པོ་ཐག་རེད་སྙམ། མི་འཁྲིད་དེ་འཛག་སྐྱ་བཙེ་བར་ག་ལ་ཡོང་། ཉིན་མཚན་བསྟུད་མར་ད་དུང་རང་ལ་ཅོག་ཙེ་ཅི་ལ་བཟོ།

ཨར་ཞི། ཁྱོད་བསམ་རྒྱ་ཆེ། ཙ་སྒྲོན་གྱིས་སྨྲས།

ཨར་ཞི་དང་བཅས་པས་ཅོག་ཙེ། རྐུབ་སྟེགས་སོགས་ཁྱིམ་གྱི་ཕྱི་རོལ་དུ་ཕྱིས། ཤིང་སྡོང་འོག་ཏུ་སོག་རྫ་བཏིངས། དེ་ནས་ཨར་ཞི་ཡིས་ཙ་སྒྲོན་གྱི་མལ་ཁྲིའི་མདུན་དུ་ཁྱེར་ཏེ་ཙ་སྒྲོན་སྐལ་པར་འཕུར། ཙ་སྒྲོན་དགོད་བཞིན་ལག་པ་གཡུགས་ཏེ་ང་བོས།

ཕུར་རྐོད། ཁྱོད་ཅི་བྱེད་དམ།

ངས་མྱུར་བར་ཙ་སྒྲོན་སྐལ་པར་འཁྱེར་རྩིས་བྱས། ངས་དགོད་བཞིན་ཨར་ཞི་ལ་འདི་ལྟར་སྨྲས།

ད་ནི་ངའི་ཆུང་མ་ངས་འཕུར། རྗེས་མ་ཁྱོད་ཀྱིས་འཛའ་ཚོན་འཕུར་དགོས།

ཙ་སྒྲོན་གྱིས་ང་ལ་གཞུ་ཙམ་བྱས། ཨར་ཞི་ཡིས་ཐོས་རྗེས་དགོད་ཙམ་བྱས། ངས་ཙ་སྒྲོན་སྐལ་པར་འཁྱེར་ཏེ། སོག་རྫའི་ཐོག་ཤིང་སྡོང་ལ་བསྙེས་ནས་བཞག །ཨར་ཞི་སོགས་ཀྱིས་འཇག་སྙྲ་ཕབ་པར་བལྟས། ཨར་ཞི་དང་མི་ཞིག་ཁང་ཐོག་ཏུ་འཛེགས། གཤམ་དུ་མི་བཞི་བསྡད་དེ། ང་ཚོའི་ཁྱིམ་གྱི་འཇག་སྙྲ་བརྗེས། ངས་བལྟས་པ་ཙམ་གྱིས་ཨར་ཞི་ཡིས་འཁྲིད་པའི་མི་དེ་དག་ནི་ལས་དེ་དག་ལ་བྱང་གོམས་ཆེ་བ་ཤེས། ཕོ་ཚོ་བདེ་ལྷུག་མྱུར། གཤམ་ནས་སྟེང་དུ་འཕངས། ཨར་ཞི་དང་མི་དེས་སྟེང་དུ་བཀབ། ཨར་ཞི་མགོ་དཀྱིལ་ཡིན་ཙང་། ལས་ཀར་ཅི་ཡང་མི་སྐྱོན། འཇག་སྙྲ་ཡར་འཕངས་ན་ཕོས་སྟོན་ལ་རྐང་པས་གཞུ་ཙམ་བྱས། དེ་ནས་ལག་པས་བཟུང་། སྦྱོང་བྱང་འདི་འདྲ་ལྡན་པ་ངེད་ཚོའི་གྲོང་སྡེར་བཙལ་དུ་མེད།

ཉིན་གུང་མ་སླེབས་པར་འཇག་སྐྱ་བརྗེས་ཚར། ངས་ཁོ་ཚོར་ཇ་བསྐོལ། འཇའ་ཚོན་གྱིས་ཁོ་ཚོར་ཇ་ལྟུད་བཞིན། ཡར་རྒྱུག་མར་རྒྱུག་བྱེད། འཇའ་ཚོན་ཡང་དགའ། སློ་བུར་དུ་ཁྱིམ་དུ་ལས་ཀ་བྱེད་མཁན་མང་པོ་ཞིག་སླེབས་པས། འཇའ་ཚོན་དགའ་ནས་ཁ་ཡང་ཟུམ་མི་ཐུབ།

གྲོང་སྡེའི་མི་མང་པོ་ཞིག་ལྟད་མོར་ཡོང་། བུད་མེད་ཅིག་གིས་ཅ་སྒྲོན་ལ་འདི་སྐད་ཟེར།

མག་པ་སྔོར་མ་འཇུལ་བར་ལས་ཀ་བྱེད་པ་འདི་ལེགས། ཁྱོད་ཀྱི་བསོད་ནམས་ཆེ་བ་ལ།

འཇའ་ཚོན་བསོད་ནམས་ཆེ་བས་རེད། ཅ་སྒྲོན་གྱིས་སྨྲས།

ཨར་ཞི་ཁང་ཐོག་ནས་མར་བབས། ངས་ཨར་ཞི་ལ་འདི་ལྟར་བཤད།

ཨར་ཞི། ཐུང་ཞིག་ངལ་གསོས་དང་།

སྐྱོན་མེད། ཨར་ཞི་ཡིས་ཕུ་ཐུང་གིས་རྡུལ་རྒྱ་འཕྱིད་ཙམ་བྱས།

དེ་ནས་དཔུང་པ་བརྟེགས་ཏེ་ཕྱོགས་བཞིར་བལྟས། གཡོན་ཕྱོགས་ཀྱི་ཚལ་ཞིང་མཐོང་བས་ང་ལ་དྲིས།

འདི་ང་ཚོའི་རེད་དམ།

རེད། ངས་ལན་བཏབ།

ཨར་ཞི་ཡིས་ནང་དུ་ཕྱིན་ཏེ་ཚལ་གྲི་ཞིག་འཁྱེར། ཚལ་ཞིང་ལས་ཚལ་སོས་པ་འགའ་བཏུས་ཏེ་ནང་དུ་འཇུལ། ཕྱུད་ཙམ་ནས་ཕག་མགོ་གཏུབས་པས། ངས་བཀག་སྟེ་འདི་འཇའ་ཚོན་གྱིས་ལས་དགོས་སྨས་མོད། ཨར་ཞི་ཡིས་ཕུ་ཐུང་གིས་རྡུལ་རྒྱ་འཕྱིད་བཞིན།

སྐྱོན་མེད་ཟེར།

ངས་ཚུར་ཡོང་སྐབས་འཇའ་ཚོན་འགྲོ་བར་སྐྱུལ། འཇའ་ཚོན་ནི་ཅ་སྒྲོན་གྱི་འཁྲམ་དུ་ལངས། ངས་འཇའ་ཚོན་ནང་དུ་འགྲོ་བར་སྐུལ་དུས། འཇའ་ཚོན་གྱིས་དོགས་མི་བདེ་བའི་ངང་ཁ་བསྐོར་ཏེ་ཅ་སྒྲོན་ལ་བལྟས། ཅ་སྒྲོན་གྱིས་ལག་པ་གཡུགས་ཏེ་ནང་དུ་འགྲོ་བར་སྐུལ་བས། འཇའ་ཚོན་གྱིས་ད་གཟོད་ནང་དུ་འཛུལ།

ང་དང་ཅ་སྒྲོན་གྱིས་ཨར་ཞི་ཡིས་འཁྲིད་པའི་མི་དང་ལྷན་དུ་ཇ་བཏུངས་ཤིང་གཏམ་གླེང་བྱས། བར་དུ་ང་ནང་དུ་འགྲོ་སྐབས་ཨར་ཞི་དང་འཇའ་ཚོན་ནི་བཟའ་ཚོ་ཇི་བཞིན་གཅིག་གིས་མི་བཏང་། ཅིག་ཤོས་ཀྱིས་ཚལ་ཇ་བཞིན་འདུག །ཁོ་གཉིས་ཀྱིས་ང་ལ་བལྟས། ངས་ཁོ་གཉིས་ལ་བལྟས། ཚང་མའི་གདོང་ནས་བདེ་སྐྱིད་ཀྱི་འཛུམ་ཕྱུངས།

ང་ཕྱིར་ཐོན་རྗེས་ཅ་སྒྲོན་ལ་དོན་དེ་གླེང་། ཅ་སྒྲོན་ཡང་བགད། ཡུད་ཙམ་ནས་ང་དབང་མེད་དུ་བལྟ་བར་འགྲོ་འདོད། ཡར་ལངས་མ་ཐག་ཅ་སྒྲོན་གྱིས་ཤུབ་བྱུར།

ཁྱོད་ཕྱིན་ཏེ་ཅི་བྱེད་ཟེར།

གུང་ཟས་བཟས་རྗེས། ཨར་ཞི་དང་བཅས་པས་གུང་ལ་ཇོ་ཞོའི་དཀར་ཅི་བྱུགས། ངའི་ཁྱིམ་གྱི་ལྕུགས་རི་ཉིན་གཉིས་པར་སྐམ་དུས་དཀར་ཐིང་ཐིང་རྫོང་གྲོང་གི་ཛ་གྲོའི་ཁང་པ་ལྟ་བུར་གྱུར།

དཀར་ཅི་བྱུགས་རྗེས་ད་དུང་སྟ་པོ་ཡིན་པས། ངས་ཨར་ཞི་ལ་འདི་ལྟར་སྨྲས།

ཉུབ་ཟས་བཟས་ཏེ་ཕྱིན་ཆོག །

མི་བཟའ། ཨར་ཞི་ཡིས་ལན་བཏབ།

དཔྱང་པ་བཏེགས་ཙམ་བྱས། ངས་ཨར་ཞི་ཡིས་འཇའ་ཚོན་འཚོལ་བ་ཤེས།

ཨ་ཕ། ཨ་མ། ང་ག་དུས་འཇའ་ཚོན་མནའ་མར་ལེན་པར་ཡོང་དགོས་སམ། ཨར་ཞི་ཡིས་ཤུབ་བུར་སྨྲས།

གཏམ་འདི་ཐོས། ཨར་ཞི་ཡིས་ཕ་དང་མ་ཞེས་འབོད་པ་ཐོས་པས། ངེད་གཉིས་ཤིན་ཏུ་དགའ།

ཁྱོད་དུས་ནམ་ཞིག་ལེན་འདོད་ན་དེ་དུས་བླངས་ཆོག །ངས་ཙ་སྒྲོན་ལ་བལྟས་རྗེས་བཤད།

ཨར་ཞི། ང་ཚོས་ཁྱོད་སུན་པོ་བཟོ་མི་འདོད། འོན་ཏེ་འཇའ་ཚོན་ལས་སླ་དམན་པས། ཁྱོད་ཀྱིས་འཇའ་ཚོན་མནའ་མར་བསུ་སྐབས་མི་མང་ཙམ་འཁྲིད་ཤོག །ཚ་ཚ་ཨུར་ཨུར་བྱུང་ན་ཡུལ་མི་རྣམས་ལ་ལྟད་མོ་བསྟན་ཆོག

ཨ་ཕ། ཤེས་སོང་། ཨར་ཞི་ཡིས་སྨྲས།

དེ་ཉུབ་འཇའ་ཚོན་གྱིས་ཨར་ཞི་ཡིས་སྤྲད་པའི་རས་ཁྲ་དེ་བཟུང་། ལྟ་བཞིན་དགོད་ལ་དགོད་བཞིན་བལྟས། མཚམས་རེ་མགོ་བོ་བཏེགས་ཏེ་ང་དང་ཙ་སྒྲོན་ལ་བལྟས་ཏེ་བགད། ངོ་ཚ་བས་གདོང་དམར་པོར་གྱུར། ངས་འཇའ་ཚོན་ནི་ཨར་ཞི་ལ་དགའ་ཞིང་མཛའ་བ་ཤེས། ང་དང་ཙ་སྒྲོན་ཡང་དགའ།

ཨར་ཞི་ནི་མི་བཟང་པོ་ཞིག་རེད། སེམས་ཀྱང་བཟང་། འཇའ་ཚོན་

རྟིས་སྒྲིད་དགོས་ཀྱང་ངའི་བློ་བདེ་སོང་། ཅ་སྒྲོན་གྱིས་སྨྲས།

ང་ཚོས་ཁྲིམས་ཀྱི་ལུགས་དང་ཁྲིམས་བྱ་བཙོངས། ངས་འཇའ་ཚོན་ཇོང་གྲོང་དུ་འཁྲིད་དེ་སྟོད་གོས་སོ་མ་གཉིས་བཟོས་ཤིང་། མལ་ཆས་གསར་པ་ཞིག་ཉོས། ད་དུང་ཇོ་གཞོང་སོགས་ཀྱང་ཉོས། མདོར་ན་གྲོང་སྡེའི་བུ་མོར་ཡོད་པ་མཐའ་དག་འཇའ་ཚོན་ལ་ཡོད། ཅ་སྒྲོན་གྱི་སྐད་ཆ་ལྟར་བཤད་ན་ད་ཐེངས་འཇའ་ཚོན་ལ་སྡུག་སྐྱོང་གཏོང་མི་ཉན་ཟེར།

ཨར་ཞི་ཡོང་བའི་ཉིན་དེར། ཇ་སྨྲ་རྒྱང་རིང་ནས་གྲག །གྲོང་སྡེའི་མི་རྣམས་འཚང་ཁ་ཤིག་ཤིག་དང་གྲོང་སྒོར་ལྟད་མོ་བལྟ་བར་ཕྱིན། ཨར་ཞི་ཡིས་མི་ཉི་ཤུ་ལྷག་ཙམ་འཁྲིད། ཚང་མས་གོས་ཚུགས་ཀྱང་རྒྱན་ཅན་གྱོན། གལ་ཏེ་ཨར་ཞི་ཡིས་བྲང་ཁར་མེ་ཏོག་དམར་པོ་བཏགས་མེད་ན། ལས་བྱེད་མཐོ་པོ་ཞིག་ཡིན་སྣང་འཆར། ལཕར་ཇ་བཅུ་གྲངས་ཤིག་དུས་གཅིག་ལ་བརྡུངས། ཇ་ཆེན་པོ་གཉིས་ལས་སྐད་སྒྲ་འབྲུག་ལྟར་ལྡིར། གྲོང་སྡེའི་མི་རྣམས་ཀྱི་རྣ་བ་འོན་ལ་ཉེ། མཛོན་གསལ་དོད་ཤོས་ནི་དཀྱིལ་གྱི་འཁོར་ཆུང་ཚོན་ཁྲ་ཅན་དེ་རེད། འཁོར་ཆུང་ཐོག་གི་རྐུབ་སྟེགས་ལ་ཡང་མཛེས་རྒྱན་སྤྲས། གྲོང་སྒོ་འཇུལ་མ་ཐག །ཨར་ཞི་ཡིས་མདུན་སྒོ་ཆེན་པོ་རྟགས་ཅན་གྱི་ཐ་མག་ཚན་བསྟར་གཉིས་ཁ་ཕྱེ། སྐྱེས་པ་འཕྲད་ཚད་ལ་ཐ་མག་སྤྲད།

ཐུགས་རྗེ་ཆེ། ཐུགས་རྗེ་ཆེ། ཨར་ཞི་ཡིས་བསྟུད་མར་དེ་ལྟར་སྨྲས།

གྲོང་སྡེའི་དུད་ཁྲིམ་གཞན་པས་མནའ་མ་ལེན་སྐབས་འཐེན་བྱེད་ཀྱི་ཐ་མག་ལེགས་ཤོས་ནི་ཧ་མཆོག་ཡིན། ཨར་ཞི་ཡིས་དེ་ལས་ལེགས་པའི་མདུན་སྒོ་ཆེན་མོ་སྨམ་ཆུང་རེ་སྤྲད། སྤྲོས་ཉམས་འདི་ནི་སུས་ཀྱང་འགྲན་མི་ནུས་པ་

ཞིག་རེད། ཐ་མག་ཐོབ་པའི་གཞོན་ནུ་དེ་དག་གིས་མྱུར་བར་རང་གི་ལག་པས་སྒྲོ་ཁུག་བཀབ་པ་ནི་གཞན་གྱིས་འཕྲོག་པར་དོགས་པ་ལྟར་སྣང་།

ཨར་ཞི་ཡི་རྒྱབ་ཏུ་ཡོད་པའི་མི་ཉི་ཤུ་ལྷག་ཡོད་པ་ཚང་མ་སེམས་རྩ་འཕོལ་ཞིང་། ཧ་སྒྲས་ས་གས་གནམ་གས་བྱེད། ཕོ་ཚོའི་གྲེ་བ་འཛེར་རུང་དརུང་ཧམ་འབོད་བྱེད། ཕོ་ཚོའི་སྒྲོ་ཁུག་ཁེངས་པ་ཡིན་པས། གྲོང་སྡེའི་བུད་མེད་དམ་བྱིས་པ་འཕྲད་ཚད་ལ་ཀ་ར་སྟེར། འདི་ལྟ་བུའི་གཏོང་ཕོད་ཆེན་པོར་ང་རང་སངས། སེམས་ནང་འདི་དག་ཚང་མ་དཔུལ་རེད་སྙམ།

ཕོ་ཚོ་ངའི་འཇིག་སྤྱིལ་གྱི་འགྲམ་དུ་སླེབས། ཚང་མ་འཇའ་ཚོན་ལ་བལྟ་བར་ཕྱིན། ཡབ་ཧ་ཕྱི་རོལ་དུ་བཞག །གྲོང་སྡེའི་གཞོན་ནུ་རྣམས་ཀྱིས་ཡབ་ཧ་བརྡུངས། ཉིན་དེར་འཇའ་ཚོན་ནི་ཟབ་མཚར་སྤྲས་པས་དངོས་གནས་ལྟ་ན་སྡུག །ཕ་རྒན་ངའི་སེམས་ལ་འཇའ་ཚོན་མཛེས་པོ་དེ་འདྲ་ཞིག་ཆགས་རྒྱུ་ཨེ་ཡོད་བསམས། འཇའ་ཚོན་གྱིས་ཙ་སྔོན་གྱི་གམ་དུ་བསྡད་དེ། ཡར་འཛུལ་ཡོང་མཁན་གྱི་ཁྲིད་ལས་ཨར་ཞི་གང་དུ་ཡོད་མེད་བཙལ། ཨར་ཞི་མཐོང་མ་ཐག་རང་གི་མགོ་བོ་སྒྲུར།

ཨར་ཞི་ཡིས་འཁྲིད་པའི་རྫོང་གྲོང་གི་མི་རྣམས་ཀྱིས་འཇའ་ཚོན་མཐོང་མ་ཐག་འདི་ལྟར་སྨྲས།

མགོ་ལེབ་འདིའི་བསོད་ནམས་ཆེ་བ་ལ།

ལོ་མང་ཕྱིན་པའི་རྗེས་སུ། གྲོང་སྡེའི་བུ་མོ་མནའ་མར་འགྲོ་སྐབས་ཕོ་ཚོས་ད་དུང་ཡང་འཇའ་ཚོན་མནའ་མར་འགྲོ་དུས་དངོས་གནས་སྨྲས་ཉམས་དོད་ཟེར།

ཉིན་དེར་འཛའ་ཚོན་ཁྲིམ་ནས་བསུ་སྐབས་ངོ་གདོང་ལྷམ་སྐྱོང་ལྟར་དམར་པོར་གྱུར། སྔོན་ཆད་མི་མང་པོ་འདི་འདྲ་ཞིག་གིས་མཉམ་དུ་འཛའ་ཚོན་ལ་བལྟ་མྱོང་མེད། འཛའ་ཚོན་གྱིས་མགོ་བོ་བྲང་ཁར་སྒྲས་པ་ལས་ཐབས་གཞན་མ་རྙེད། ཨར་ཞི་ཡིས་འཛའ་ཚོན་གྱི་ལག་ནས་བཟུང་སྟེ་འཁོར་ཚུང་གི་འགྲམ་དུ་འཁྲིད། འཛའ་ཚོན་ནི་འཁོར་ཚུང་ཐོག་གི་རྐུབ་སྟེགས་ལ་བལྟ་བ་ལས་ཅི་ཡིན་མ་ཤེས་པར་ལུས། གཟུགས་འཛའ་ཚོན་ལས་ཆུང་བའི་ཨར་ཞི་ཡིས་འཛའ་ཚོན་པང་དུ་བཏབ་སྟེ་རྐུབ་སྟེགས་ཐོག་བསྐྱལ། ལྟད་མོ་བ་ཚོས་ཧབ་དགོད་དི་རིར་བྱས། འཛའ་ཚོན་ཡང་བགད། ཨར་ཞི་ཡིས་ང་དང་ཙ་སྒྲོན་ལ་གཏད་དེ།

ཨ་ཕ། ཨ་མ། ངས་འཛའ་ཚོན་མནའ་མར་འཁྲིད་རྒྱུ་ཡིན།

དེ་ལྟར་སྨྲས་རྗེས་ཨར་ཞི་རང་ཉིད་ཀྱིས་འཁོར་ཚུང་དྲུད་དེ་ཐོན། འཁོར་ཚུང་འགུལ་མ་ཐག་མགོ་བོ་སྒྱུར་ཏེ་དགོད་བཞིན་པའི་འཛའ་ཚོན་གྱིས་ཁ་བསྐོར་ཏེ། དངངས་སྐྲག་དང་ཕར་བལྟ་ཚུར་བལྟ་བྱས། འཛའ་ཚོན་གྱིས་ང་དང་ཙ་སྒྲོན་ལ་བལྟ་བཞིན་ཡོད་པ་ངས་ཤེས། དོན་ལ་ངས་ཙ་སྒྲོན་སྐལ་པར་འཕུར་ཏེ་འཛའ་ཚོན་གྱི་འགྲམ་དུ་ཡོད། འཛའ་ཚོན་གྱིས་དེད་གཉིས་མཐོང་མ་ཐག་མིག་ནས་མཆི་མ་ལྷུང་ལྷུང་དུ་བཞུར། འཛའ་ཚོན་གྱིས་ལུས་དགྱེ་བཞིན་ང་ཚོར་ལྟ་བཞིན་འདུས། ངས་དེ་འཕྲལ་འཛའ་ཚོན་ལོ་བཅུ་གསུམ་སོན་སྐབས་མི་གཞན་ལ་སྤྲེར་འདུས་ཀྱང་འདི་ལྟར་འདུས་པ་དྲན། ངའི་སེམས་ཤིན་ཏུ་སྐྱོ་སྟེ་མིག་ཆུ་ཤོར། སྐབས་དེར་ངའི་མཛེང་པ་ཡང་གྲང་མོར་གྱུར། ངས་ཙ་སྒྲོན་དུ་ཤོར་བ་ཤེས། ངའི་བསམ་པར་ད་ཐེངས་ནི་སྔོན་མ་དང་

མི་འདྲ། ད་ཐེངས་འཇའ་ཚོན་མཐའ་མར་ཕྱིན་པས་ཡིན་སྙམ་སྟེ། དགོད་བཞིན་ཅ་སྒྲོན་ལ་འདི་ལྟར་བཤད།

ཅ་སྒྲོན། དེ་རིང་བཀྲ་ཤིས་རྟེན་འབྲེལ་ཉིན་མོ་རེད། ཁྱོད་ད་དོན་ཅི་ཡོད།

ཨར་ཞི་ནི་མི་དྭང་བཞག་ཚུལ་མཐུན་ཞིག་རེད། ཨར་ཞི་ཡིས་འཁོར་ཚུང་འདུད་སྐབས་ཀྱང་རང་གི་མཐའ་མར་ལྟ། ལྟ་བཞིན་ལྟ་བཞིན་འཇའ་ཚོན་གྱིས་ལུས་དགྱེ་སྟེ་ང་ཚོར་ཕྱོགས་ནས་ད་བ་མཐོང་བས། སུ་མཐུད་མ་ཕྱིན་པར་རང་ཉིད་ཀྱིས་ཀྱང་ལུས་དགྱེ་བཞིན་བསྡད། འཇའ་ཚོན་ནི་ད་བཞིན་དུ་བཞིན་སེམས་དེ་བས་སྐྱོ་བར་གྱུར། དཔྱང་པ་ཡང་འདར་འཁྲུག་འཁྲུག་བྱེད། ཕ་རྒན་ངའི་སེམས་སྐྱོ་ལྷང་ལྷང་དུ་གྱུར། ངས་ཨར་ཞི་ལ་འདི་ལྟར་སྨྲས།

ཨར་ཞི། འཇའ་ཚོན་ནི་ཁྱོད་ཀྱི་ཚུང་མ་རེད། ཁྱོད་ཀྱིས་ད་དུང་མི་འཁྲིད་དམ།

འཇའ་ཚོན་རྫོང་གྲོང་དུ་མཐའ་མར་སྟེར་བས། ང་དང་ཅ་སྒྲོན་གྱི་སེམས་སྟོང་ལྷང་ལྷང་དུ་གྱུར་ཏེ། ཅི་ཞིག་ཆད་སྣང་སྟེར། འཇའ་ཚོན་གྱིས་རྒྱུན་གཏན་ཁྱིམ་དུ་ཡར་འཛུལ་མར་འགྲོ་བྱས་ཀྱང་སྣང་བ་དེ་ཙམ་མེད་མོད། ད་ལྟ་འཇའ་ཚོན་མེད་པས་ཁྱིམ་དུ་ང་དང་ཅ་སྒྲོན་ལས་མ་ལུས། ང་ཞིང་ཁར་སོ་ནམ་ལ་ཕྱིན་ན་ལས་ཀར་སྣང་བ་ཡིངས་པས། འཇའ་ཚོན་བརྗེད་པ་ཙུང་སྣ། འོན་ཏེ་ཅ་སྒྲོན་ནི་ཉིན་ལྟར་མལ་ཁྲིའི་ཐོག་སྡོད་རྒྱུ་ལས་མེད་སྐབས། འཇའ་ཚོན་མེད་པ་འདིས་ཨ་མའི་སེམས་སྟོང་པར་མི་འགྱུར་བ་ཅི

ལ་སྲིད། སྟོན་ཚད་ཙ་སྒྲོན་མལ་ཁྲིའི་ཐོག་བསྡད་དེ་ཅི་ཡང་མི་སྨྲ་མོད། ད་ནི་སྡོད་ཚུགས་མ་ཟིན་པར་ཐེད་པ་ན་བར་གྱུར། ཇི་ལྟར་བྱས་རུང་སྡོད་བཟོད་མི་བདེ་བར་གྱུར། ཚོར་སྣང་འདི་ཅི་ཡིན་མི་ཤེས། ཉིན་ལྟར་མལ་ཁྲིའི་ཐོག་སྡོད་པ་ནི་ཞིང་ཁར་སོ་ནམ་བྱེད་པ་ལས་ཀྱང་དཀའ་ཚེགས་ཆེ་བས། ལུས་ཀྱང་འགྱུལ་མ་ཐུབ་པར་གྱུར། ངས་ས་སྒྲིད་ཙམ་ལ་ཙ་སྒྲོན་སྐྱལ་པར་འགྱུར་ཏེ་གྲོང་སྐོར་ཞིག་བྱས། གྲོང་སྡེའི་མི་རྣམས་ཀྱིས་ཙ་སྒྲོན་མཐོང་བས། སྙིང་ཉེ་བའི་ཁམས་བདེ་ཡང་བྱས། ཙ་སྒྲོན་གྱི་སེམས་དེ་བས་བག་ཡངས་པར་གྱུར། ཙ་སྒྲོན་གྱིས་ངའི་རྣ་རྩར་འདི་ལྟར་བཤད།

ཁོ་ཚོས་ང་ལ་ཁྲེལ་དགོད་བྱེད་ཀྱི་ཡོད་པ་མ་ཡིན་ནམ།

ངས་རང་གི་ཆུང་མ་སྐྱལ་པར་འགྱུར་བར་ཁྲེལ་དགོད་བྱ་རྒྱུ་ཅི་ཡོད། ངས་བཤད།

ཙ་སྒྲོན་རིམ་བཞིན་འདུས་དོན་གླེང་བར་སྤྲོ་བར་གྱུར། གནས་གང་ཞིག་ཏུ་སླེབས་ན་འཛའ་ཚོན་དང་ཡའུ་ཆིང་གི་སྐོར་ཡང་ཡང་གླེང་། འདུས་དོན་གླེང་བཞིན་གླེང་བཞིན་དགོད། གྲོང་སྐོར་སླེབས་དུས་ཙ་སྒྲོན་གྱིས་ང་ཉིན་དེར་དམག་ས་ནས་ལོག་ཡོང་བའི་སྐོར་གླེང་། ཙ་སྒྲོན་གྱིས་ཞིང་ཁར་སོ་ནམ་བྱེད་སྐབས་མི་ཞིག་གིས་སྐད་ཤུགས་ཆེན་པོས་འཛའ་ཚོན་དང་ཡའུ་ཆིང་ཞེས་འབོད་པ་ཐོས། མགོ་བོ་དགྱེ་དུས་ང་ཡོང་བ་མཐོང་མོད། ཐོག་མར་ངོ་ལེན་བྱེད་མ་ཕོད་ཟེར། ཤོད་མཚམས་འདིར་སླེབས་དུས་ཙ་སྒྲོན་དགོད་བཞིན་དུས། མིག་ཆུའི་ཐིགས་པ་ངའི་མཛིང་པར་ལྷུངས།

ཁྱོད་ལོག་ཡོང་བས། རྟེན་འབྲེལ་ཐམས་ཅད་འགྲིག །ཙ་སྒྲོན་གྱིས་བཤད།

ལུགས་སྲོལ་ལྟར་ན་འཇང་ཚོན་ཟླ་བ་གཅིག་གི་རྗེས་སུ་ཚུར་གཉེན་འཕྲད་ལ་ལོག་སྲོལ་ཡོད་ཅིང་། ཟླ་བ་གཅིག་གི་རྗེས་སུ་ང་ཚོ་ཡང་འཇང་ཚོན་ལ་ཕར་བལྟ་བར་འགྲོ་སྲོལ་ཡོད། འོན་ཏེ་འཇང་ཚོན་ཉིན་བཅུ་མ་ཟིན་གོང་དུ་ལོག་ཡོང་། ཉིན་དེའི་ས་སྲོད་ཙམ་ལ་ང་ཚོ་ནུབ་ལྟོ་བཟས་ཚར།

ཕུར་རྐོད། ཁྱོད་གྲོང་སྐོར་བལྟ་བར་རྒྱུག །ཁྱོད་ཚང་གི་མག་པ་མགོ་དཀྱིག་འདྲ་བ་ཞིག་ཡོང་གི་འདུག །ཕྱི་རོལ་ནས་དེ་ལྟར་ཟེར།

ང་གཏན་ནས་ཡིད་མ་ཆེས། གྲོང་སྡེའི་མི་རྣམས་ཀྱིས་ང་དང་ཅ་སྒྲོན་གྱིས་འཇང་ཚོན་དྲན་དྲགས་པ་ཤེས་པས། གྲོང་མི་རྣམས་ཀྱིས་ང་ཚོར་ཁྲེད་གསོད་བྱེད་སྐམ།

ཡིན་མི་སྲིད། ངས་ཅ་སྒྲོན་ལ་སྨྲས།

ཁྱོད་བལྟ་བར་རྒྱུག །ཅ་སྒྲོན་བྲེལ་འཚུབ་ལངས།

ངས་གྲོང་སྐོར་རྒྱུག །དངོས་གནས་ཨར་ཞི་རེད། དཔུང་པ་གཡོན་མ་འཁྱིལ །ལག་ཏུ་ཁྱིའུ་ཟས་བཟུང་། འཇང་ཚོན་གཞོགས་སུ་འདུག །མི་གཉིས་ཀྱིས་གཅིག་གི་ལག་པ་ཅིག་ཤོས་ཀྱིས་བཟུང་། འཛུམ་དམུལ་དམུལ་ངང་ཡོང་བཞིན་འདུག །གྲོང་མི་རྣམས་ཀྱིས་མཐོང་མ་ཐག་བགད། སྐབས་དེར་སྐྱེས་པ་དང་ཆུང་མ་ལག་ཐང་འབྲེལ་མཁན་ཞིག་ཅི་ལ་ཡོད།

ཨར་ཞི་རྫོང་གྲོང་ནས་རེད། འདི་ནི་རྫོང་གྲོང་གི་སྦྲོས་ཉམས་རེད། ངས་གཞོགས་ཀྱི་མི་དག་ལ་བཤད།

འཇང་ཚོན་དང་ཨར་ཞི་སླེབས་པས་ཅ་སྒྲོན་རབ་ཏུ་དགའ། འཇང་ཚོན་མལ་ཁྲིའི་འགྲམ་དུ་བསྡད་མ་ཐག་ཅ་སྒྲོན་གྱིས་བྱིལ་བྱིལ་ཚར་དུ་མེད་

པ་ཞིག་བྱས། འཇའ་ཚོན་ཤ་རྒྱུགས་པ་ཆགས་ཞེས་ཡང་ཡང་སློང་། དོན་དུ་ཉིན་བཅུ་ཙམ་ལ་ཤ་ཚོན་པོ་ཆགས་ཅི་ལ་སྲིད།

ཁྱོད་གཉིས་ཡོང་བསམ་མ་བྱུང་། ང་ཚོར་གྲ་སྒྲིག་ཅི་ཡང་མེད། ངས་ཨར་ཞི་ལ་སྨྲས།

ངས་ཀྱང་ལོག་དགོས་པ་མ་དྲན། འཇའ་ཚོན་གྱིས་འཕྲིད་པས། ཅི་ཡིན་འདི་ཡིན་མེད་པར་ཡོང་། ཨར་ཞི་ཡིས་དགོད་བཞིན་ཟེར།

འཇའ་ཚོན་མཐའ་མར་ཕྱིན་ཏེ་ཉིན་བཅུ་ལས་མ་ཕྱིན་པར་ལོག་ཡོང་བས། ང་ཚོས་ཀྱང་ལུགས་སྲོལ་རྙིང་པ་བརྗེད་དེ། ཉིན་གཉིས་གསུམ་ནས་རྫོང་གྲོང་དུ་ཕྱིན། དེ་ཡང་ཅ་སྒྲོན་གྱིས་ང་ལ་འགྲོ་དགོས་སྨྲས་ལ། ངས་ཀྱང་རྟག་པར་ཁོ་གཉིས་ལ་བལྟ་འདོད། ང་རྫོང་གྲོང་ལ་འགྲོ་བར་ཤིན་ཏུ་བརྩོན་པ་ནི་གཞོན་དུས་དང་འདྲ་མོད། འགྲོ་ཡུལ་གཏན་ནས་མི་འདྲ།

རྫོང་གྲོང་དུ་འགྲོ་སྐབས་ངས་རང་ཞིང་ལས་སྔོ་ཚལ་ཅུང་ཙམ་བཏུས། སློ་པོའི་ནང་བཞག །ཅ་སྒྲོན་གྱིས་བཙེམས་པའི་རས་ལྷམ་སོ་མ་གྱོན། སྔོ་ཚལ་འཐུ་སྐབས་ངའི་རས་ལྷམ་ལ་འདམ་ཅུང་ཟད་འདྲེས་ན། ཅ་སྒྲོན་གྱིས་སྐད་བཏང་སྟེ་གཙང་མ་འཕྱུ་བར་སྐུལ།

མི་རྣམས་པས་རས་ལྷམ་གྱི་འདམ་ལ་སྣང་བ་གཏོང་རྒྱུ་ཅི་ལ་ཡོད། ངས་བཤད།

དེ་ཡང་ཡིན། ཅ་སྒྲོན་ན་སྐྱེ་ལོ་མང་པོ་ལུས། མལ་ཁྲི་ལས་བབས་མི་ཐུབ་རུང་། ཉིན་ལྟར་སྐྲ་ཤད་པ་གཙང་ལ་གྲལ་སྒྲིག །ངས་གོས་གཙང་མར་གྱོན་ཏེ་གྲོང་སྐོར་ཕྱིན། གྲོང་མི་རྣམས་ཀྱིས་ངས་སྔོ་ཚལ་འཁྱེར་བ་མཐོང་ན་

འདི་ལྟར་འདྲི།

ཡང་འཇང་ཆོན་ལ་བལྟ་བར་འགྲོ་མཁན་ཡིན་ནམ།

ཡིན། ངས་མགོ་བོ་ལྟོག་ལྟོག་བྱས།

ཁྱོད་ཀྱིས་ནག་པར་འདི་ལྟར་བྱིན་ན། མག་པ་མགོ་དཀྱུག་དེ་སུན་སྲིད། ཁོ་ཆོས་ཟེར།

ཨར་ཞི་ཡིས་དེ་འདྲ་བསམ་མི་སྲིད། ངས་སྨྲས།

ཨར་ཞི་ཡི་ཁྲིམ་མཆོས་རྣམས་ཀྱང་འཇང་ཆོན་ལ་ཧ་ཅང་དགའ། ང་ཕྱིན་མ་ཐག་ཁོ་ཚོ་ཚང་མས་འཇང་ཆོན་ལ་བསྟོད་བསྔགས་བྱེད། འཇང་ཆོན་ལས་ལ་བརྩོན་ཞིང་བློ་རིག་བཀྲ་ཟེར། གཙང་སྦྲ་བྱེད་དུས་རང་ཁྲིམ་གྱི་སྒོ་མདུན་ཙམ་མ་ཟད། གཞན་གྱི་སྒོ་མདུན་དང་ཐ་ན་ཁྲོམ་ལམ་ཕྱེད་ཙམ་གཙང་མྱུགས་བྱས། ཁྲིམ་མཆོས་རྣམས་ཀྱིས་འཇང་ཆོན་གྱི་ལུས་ནས་རྩལ་རྒྱུ་ཐོན་པ་མཐོང་བས་འཇང་ཆོན་གྱི་ཕྲག་པར་རྗེས་ཞོར་དུ་ནི་གཙང་མྱུགས་བྱེད་མི་དགོས་པར་སྨྲས་རྗེས་གཞི་ནས་རང་ཁྲིམ་དུ་འགྲོ་ཟེར།

འཇང་ཆོན་གྱིས་སྔོན་ཆད་བལ་གོས་བསླ་མི་ཤེས། ང་ཚོ་ཁྲིམ་འཁོས་ཞན་པས་སུས་ཀྱང་བལ་གོས་གྱོན་མྱོང་མེད། འཇང་ཆོན་གྱིས་ཁྲིམ་མཆོས་ཀྱི་བུད་མེད་དག་གིས་སྒོ་འགྲམ་དུ་བསྡད་དེ་བལ་གོས་སླ་བཞིན་ཡར་འགྲོ་མར་འོང་བྱེད་པ་མཐོང་བས། རྒྱབ་སྐྱེགས་འཁྱེར་ཏེ་བུད་མེད་ལྟ་སྣང་དོད་པ་ཞིག་གི་འགྲམ་དུ་ཉེན་ཕྱེད་ཙམ་བལྟས་པས། མི་གཞན་ཡང་མཚར་སྣང་བྱེད། ཁྲིམ་མཆོས་བུད་མེད་དག་གིས་འཇང་ཆོན་བློ་རིག་བཀྲ་བར་མཐོང་བས། བལ་གོས་བསླ་སྟངས་རེ་རེ་ནས་བསླབ་པ་བཞིན་འཇང་ཆོན་གྱིས་མྱུར་

བར་དེ་ལྟར་ཡོབས་པས་པོ་ཚོ་ཡང་ཏ་ལས་ཤིང་ཏང་སངས། ཉིན་གསུམ་བཞི་ཙམ་ལས་མ་ཕྱིན་པར་འཇའ་ཚོན་གྱིས་བལ་གོས་ཇི་ལྟར་བསླ་ཚུལ་ཚང་མ་ཤེས། འཇའ་ཚོན་གྱི་བལ་གོས་བསླ་བའི་བྱེད་ཆ་ཡང་པོ་ཚོ་དང་མཚུངས་པར་གྱུར།

འཇའ་ཚོན་གླིན་མ་མིན་ན་ཅི་འདྲའི་དགའ་བ་ལ། པོ་ཚོས་ང་ལ་སྨྲས།

པོ་ཚོས་སེམས་གཏིང་ནས་འཇའ་ཚོན་ལ་སྙིང་རྗེ་བྱེད། ཁྲིམ་གཞུང་འདིའི་བུད་མེད་དག་ལས་བལ་གོས་ཚགས་དམ་ཤོས་དང་བཟོ་ལྟ་ལེགས་ཤོས་ནི་འཇའ་ཚོན་རེད། ད་ལྟ་པོ་ཚོས་བལ་གོས་བསླ་རྒྱུ་ཚང་མ་འཇའ་ཚོན་ལ་བསྐྱལ་ཏེ། འཇའ་ཚོན་གྱིས་པོ་ཚོའི་ཚབ་ཏུ་སླ་བཞིན་ཡོད། འཇའ་ཚོན་གྱིས་བལ་གོས་སླ་དུས་ཙུང་དགའ་མོད། སེམས་ནང་ཡིད་ཆེས་ཀྱིས་ཁེངས། བལ་གོས་བསླས་ཚར་ན་ཁྲིམ་ཚང་དེར་སྤྲད། པོ་ཚོས་འཇའ་ཚོན་ལ་བསྟོད་པའི་མཐེ་བོང་བསྒྲེངས། འཇའ་ཚོན་གྱིས་ཁ་གདངས་ཏེ་ཡུན་རིང་བགད།

ང་རྫོང་གྲོང་དུ་ཕྱིན་མ་ཐག་ཁྲིམ་མཚེས་ཀྱི་བུད་མེད་དེ་དག་གིས་ང་ལ་འཇའ་ཚོན་གྱི་འདི་ལེགས། འཇའ་ཚོན་གྱི་དེ་ལེགས་ཟེར། ངས་གོ་བ་ཚང་མ་གཏམ་སྙན་པོ་ན་ཡིན་པས། རང་གི་གདོང་ཡང་ཚ་བེར་བེར་བྱེད།

རྫོང་གྲོང་གི་མི་རྣམས་ལེགས། གྲོང་སྟེར་འཇའ་ཚོན་གྱི་སྙན་པ་དང་ལེགས་པ་ཕལ་ཆེར་ཐོས་རྒྱུ་མེད། ངས་བཤད།

ཚང་མས་འཇའ་ཚོན་ལ་འདི་ལྟར་ཡག་པོ་བྱེད་པ་དང་། ཨར་ཞི་ཡིས་བྱམས་པོ་བྱེད་པ་མཐོང་དུས་ང་རབ་ཏུ་དགའ། ཁྲིམ་དུ་སླེབས་དུས་རྟག་པར་ཙ་སྒྲོན་གྱིས་སྡོད་ཡུན་རིང་དྲགས་ཞེས་གཤེ་དེ་ཡང་ཡིན་ཏེ་ཙ་སྒྲོན་མི་གཅིག་

གིས་སྐེ་བསྒྲིངས་ནས། ངས་འཇའ་ཚོན་གྱི་གསར་འགྱུར་ཤོད་རྒྱུར་སྒུག་ཡུན་རིང་དྲགས་པས་རེད། སྔ་སྒུག་ཕྱི་སྒུག་བྱས་ཀྱང་ང་ད་དུང་མ་སླེབས་པས། ཅ་སྒྲོན་གྱི་སེམས་ནང་དངངས་སྐྲག་མི་ལང་བ་ཅི་ལ་སྲིད།

འཇའ་ཚོན་མཐོང་བས་དུས་ཚོད་ཀྱང་བརྗེད། ངས་བཤད།

ཁྱིམ་དུ་སླེབས་ཐེངས་རེར་ངས་མལ་ཁྲིའི་འགྲམ་དུ་ཅ་སྒྲོན་ལ་འཇའ་ཚོན་གྱི་ཕྱི་ནང་གསང་གསུམ་བཤད། འཇའ་ཚོན་གྱིས་གྱོན་གོས་ཁ་དོག་ཅི་ཞིག་གྱོན་པ། ཅ་སྒྲོན་གྱིས་བཟོས་པའི་ལྷམ་བཟོལ་མིན་སོགས་ཡུན་རིང་བཤད། ཅ་སྒྲོན་གྱིས་ཚང་མ་ཤེས་ཙུང་ད་དུང་ཅི་ཞིག་འདྲི། ངས་ཀྱང་ཐམས་ཅད་བཤད། ངས་ཚང་མ་བཤད་པས་ངའི་ཁ་ནང་གི་མཆིལ་མ་ཡང་སྐམ། ཅ་སྒྲོན་གྱིས་ད་དུང་འདི་ལྟར་དྲིས།

ད་དུང་ཅི་ཞིག་འཆད་རྒྱུར་ལུས་མ་སོང་ངམ།

ཤོད་བཞིན་ཤོད་བཞིན་མུན་ཙུབ། གྲོང་སྡེའི་མི་རྣམས་ཕལ་ཆེར་ཉལ་ཟིན། ང་ཚོས་ད་དུང་ལྟོ་བཟས་མེད།

ངས་ཟས་ཤིག་གྲ་སྒྲིག་བྱ། ངས་བཤད།

ད་དུང་ཁྱོད་ཀྱིས་འཇའ་ཚོན་གྱི་སྐོར་ཤོད་དང་། ཅ་སྒྲོན་གྱིས་ང་བཟུང་སྟེ་རེ་བའི་མིག་གིས་བལྟས།

དོན་དུ་ང་ཡང་འཇའ་ཚོན་གྱི་སྐོར་མང་པོ་ཤོད་འདོད། ཅ་སྒྲོན་ལ་སྨྲས་པ་ཙམ་གྱིས་ཡིད་མ་ཚིམ་པར་ཞིང་ཁར་སོ་ནམ་བྱེད་དུས་ངས་སླར་ཡང་ཡུལ་མི་རྣམས་ལ་བཤད། འཇའ་ཚོན་ལས་ལ་བརྩོན་ཞིང་བློ་རིག་བཀྲ་ཚུལ་བཤད། རྫོང་གྲོང་དུ་ཇི་ལྟར་ལེགས་པ་དང་། མི་རྣམས་ཀྱིས་དགའ་པོ་ཇི་

ལྟར་བྱེད་པ། གཞན་སུ་ལས་ཀྱང་བལ་གོས་བསླ་མཁས་པ་སོགས་བཤད། གྲོང་སྡེའི་མི་འགའ་ཞིག་རྣ་བ་སུན་ཏེ། འདི་ལྟར་སྨྲས།

ཕུར་རྒོད། ཁྱོད་རྒས་ཏེ་མགོ་ཡོམ་འཕོར་བ་མིན་ནམ། རྫོང་གྲོང་གི་མི་རྣམས་ནི་གཡོ་སྒྱུ་ཆེ། གལ་ཏེ་འཇའ་ཚོན་གྱིས་ཉིན་ལྟར་གཞན་གྱི་ལས་ཀ་བོ་ན་བྱས་ན་དཀའ་ལས་ཀྱིས་ཤི་ཡང་སྲིད།

སྐད་ཆ་འདི་ལྟར་ཤོད་མི་རུང་། ངས་བཤད།

འཇའ་ཚོན་གྱིས་བོ་ཚོའི་ཚབ་ཏུ་བལ་གོས་བསླས། བོ་ཚོས་ཀྱང་སེམས་པའི་མཚོན་བྱེད་ཀྱི་དངོས་པོ་ཅི་ཞིག་འཇའ་ཚོན་ལ་སྤྲོད་མི་དགོས་སམ། བོ་ཚོས་སྨྲས།

ཡུལ་མི་རྣམས་ནི་འདོད་པ་ཆུང་ཞིང་མིག་མདུན་གྱི་ཁེ་བཟང་བོ་ན་སེམས་ལ་འཛོག །རྫོང་གྲོང་གི་བུད་མེད་ནི་བོ་ཚོས་སྨྲས་པ་ལྟར་མ་རབས་ཅན་ཞིག་ཅི་ལ་ཡིན། ངས་ཀྱང་བོ་ཚོས་ཨར་ཞི་ལ་འདི་ལྟར་ལན་གཉིས་མངགས་པ་མཐོང་།

ཨར་ཞི། བལ་སྐུད་རྒྱ་མ་གཉིས་ཉོས་དང་། འཇའ་ཚོན་ལ་ཡང་བལ་གོས་ཤིག་དགོས།

ཨར་ཞི་ཡིས་ཐོས་རྗེས་བཀག་ཙམ་བྱས་པ་ལས་ལན་མ་བཏབ། ཨར་ཞི་ནི་ཡ་རབས་རྩུལ་ལྡན་ཞིག་ཡིན་པས། འཇའ་ཚོན་མནའ་མར་ལེན་སྐབས་ངའི་གཏམ་དོན་ལྟར་འགྲོ་གྲོན་ཆེ་བས། བུ་ལོན་གཡར་དགོས་བྱུང་། ནང་གྲོས་བྱེད་དུས་ཨར་ཞི་ཡིས་ཤུབ་བུར་ང་ལ་འདི་ལྟར་ཟེར།

ཨ་ཕ། ངས་བུ་ལོན་འཇལ་རྗེས་འཇའ་ཚོན་ལ་བལ་སྐུད་ཉོ་ངེས།

རྫོང་གྲོང་དུ་རིག་གནས་གསར་བརྗེ་ཇི་ལྟར་ལངས་པ་དེ་ལྟར་གཏུམ་དྲག་ཆེ། ཁྱིམ་གཞུང་ཚང་མ་ཡིག་ཆེན་ཚགས་པར་རེད། ཡིག་ཆེན་ཚགས་པར་སྦྱོར་མཁན་དག་ནི་སྲིད་ལུག་ཅན་དག་རེད། ཚགས་པར་གསར་པ་སྦྱོར་སྐབས་རྙིང་པ་མ་དབྲལ་བར་དེའི་ཐོག་ཏུ་སྦྱར་བས། ཚགས་པར་ཇེ་མཐུག་ཏུ་གྱུར་པས། གྱང་དེ་ནི་གློ་ཁུག་མང་པོ་ཡོད་པ་ལྟར་ལྷིར་ལྷིར་དུ་སྣང་། འཇའ་ཚོན་དང་ཨར་ཞི་ཡི་ཁྱིམ་སྒོའི་ཐོག་ཏུ་ཡང་སྦྱར་ཡིག་འབྱར་འདུག །ཁྱིམ་གྱི་ངོ་གཞོང་སོགས་ཀྱི་ཐོག་ཏུ་ཡང་མའོ་ཀྲུའུ་ཞིའི་གསུང་བཏུས་བྲིས་འདུག །འཇའ་ཚོན་པོ་ཚོའི་སྐུས་ཁེབས་ཐོག་ཏུ་གྲལ་རིམ་འཐབ་རྩོད་ནམ་ཡང་བརྗེད་མི་ཐུབ་ཞེས་དང་། རས་གདན་ཐོག་ཏུ་རྦ་རླབས་དྲག་པོའི་ཁྲིད་དུ་མདུན་སྐྱོད་བྱེད་ཅེས་བྲིས་འདུག །ཨར་ཞི་དང་འཇའ་ཚོན་ནི་མའོ་ཀྲུའུ་ཞིའི་གསུང་དེ་དག་གི་ཐོག་ཏུ་མཚན་མོ་རྟག་པར་ཉལ་བཞིན་ཡོད།

ང་རྫོང་གྲོང་དུ་འགྲོ་དུས་མི་མང་པོ་མཐོང་ན་གཡོལ་བཞིན་ཡོད། རྫོང་གྲོང་དུ་ཉིན་ལྟར་འཐྲུག་རྩོད་བྱེད། གཞན་གྱིས་བརྡུངས་ཏེ་ཡར་ལངས་མ་ཐུབ་པའི་མི་ངས་ལན་འགའ་མཐོང་། ཙ་དཔོན་རྫོང་གྲོང་དུ་ཚོགས་འདུར་མི་འགྲོ་བ་འདིས་ལན་ངེས། ཀྲུང་ཕྱི་ནས་རྟག་པར་མི་མངགས་ཏེ་ཙ་དཔོན་རྫོང་གྲོང་དུ་རིམ་གསུམ་ལས་བྱེད་ཚོགས་འདུ་འཚོགས་པར་ཡོང་བར་སྐུལ་ཀྱང་ཙ་དཔོན་མ་ཕྱིན། ནང་གྲོས་བྱེད་དུས་ང་ཚོའི་ཙ་དཔོན་ན་རེ།

རྫོང་གྲོང་དུ་ཉིན་ལྟར་མི་ཤི་བཞིན་ཡོད། ང་ནི་སྐྲག་ཆེ་ཐལ། ད་ལྟ་རྫོང་གྲོང་དུ་ཚོགས་འདུར་ཕྱིན་ན་རོ་སྐམ་དུ་འཛུལ་བ་འདྲ།

ཙ་དཔོན་གྲོང་སྡེར་གབ་སྡེ་གནས་གང་དུ་ཡང་མི་འགྲོ། འོན་ཏེ་འདི་

ལྟར་གནས་བཟོད་བདེ་པོ་ཉིན་ཤས་ལས་མ་བྱུང་། ཏུ་དཔོན་ཡར་མ་ཕྱིན་པས་གཞན་གྱིས་མར་སློ་འགྲམ་དུ་འཚོལ་བར་ཡོང་། ཉིན་དེར་ང་ཚོ་ཞིང་ཁར་སོ་ནམ་བྱེད་བཞིན་ཡོད། རྒྱང་རིང་ནས་དར་དམར་གཡོ་བ་མཐོང་། རྫོང་གྲོང་ནས་དམར་སྲུང་དམག་ཏུ་ཁག་ཅིག་སླེབས། ཏུ་དཔོན་ཡང་ཞིང་ཁར་ཡོད། ཏུ་དཔོན་གྱིས་ཁོ་ཚོ་ཡོང་བ་མཐོང་བས་སྐེ་བསྐུམས་ནས་གློ་སྙིང་འདར་བཞིན་ང་ལ་འདི་ལྟར་དྲིས།

ང་འཚོལ་བར་མ་ཡོང་ངམ།

དམར་སྲུང་དམག་གི་མགོ་ཁྲིད་ནི་བུད་མེད་ཅིག་རེད། ཁོ་ཚོ་ང་ཚོའི་མདུན་དུ་ཡོང་། བུད་མེད་དེས་ང་ཚོར་ཕྱོགས་ཏེ་སྨྲས།

འདིར་སྒྱུར་ཡིག་མེད་པ་ཅི་ཡིན། ཡིག་ཆེན་ཚགས་པར་མེད་པ་ཅི་ཡིན། ཏུ་དཔོན་གང་དུ་ཡོད་དམ། ཏུ་དཔོན་སུ་རེད་དམ།

དམར་སྲུང་དམག་གི་ཏུ་དཔོན་ལགས། ཏུ་དཔོན་གྱིས་ཁྲོ་མ་འཕངས་ཏེ་རྒྱུག །མགོ་སྐྲུར་ཁྱིད་ཞུམ་དང་སྨྲས།

སྒྱུར་ཡིག་དང་ཡིག་ཆེན་ཚགས་པར་མེད་དོན་ཅི་རེད། བུད་མེད་དེས་དཔུང་པ་གཟེང་གཟེང་བྱས།

སྒྱུར་ཡིག་ཡོད། སྒྱུར་ཡིག་གཉིས་ཡོད། ཁང་པ་ཕ་གིའི་ཁང་རྒྱབ་ཏུ་བྲིས་ཡོད། ཏུ་དཔོན་གྱིས་སྨྲས།

བུད་མེད་དེ་བལྟས་ཚོད་ལ་ལོ་བཅུ་དྲུག་བཅུ་བདུན་ཞིག་ལས་སོན་མེད། དེས་ང་ཚོའི་ཏུ་དཔོན་གྱི་མདུན་དུ་ཇམ་ཟྲིལ་ཆེན་པོ་བྱས། མིག་ཟུར་གྱི་འོད་མདངས་ལས་ཏུ་དཔོན་མིག་འོག་ཏུ་བཅུག །དེས་བཀྲག་ཧྲི་འཁྱེར་

བའི་དམར་སྲུང་དམག་མི་དེ་དག་ལ་འདི་ལྟར་སྨྲས།

སྤྱིར་ཡིག་སྤྱོར་བར་འགྲོ།

དམར་སྲུང་དམག་དེ་དག་གྲོང་སྡེའི་ཁང་པའི་ཕྱོགས་སུ་སྤྱིར་ཡིག་སྤྱོར་བར་ཕྱིན།

གྲོང་སྡེའི་མི་རྣམས་འདུ་འཛོམས་གྱིས། བུད་མེད་མགོ་ཁྲིད་དེས་ཙུ་དཔོན་ལ་སྨྲས།

ཙུ་དཔོན་གྱིས་དེ་མ་ཐག་སྒོ་ཁུག་ནས་ཤུ་བརྙན་ཧེ་ཤུ་བརྒྱབ། ཞིང་ཁ་གཞན་གྱི་ཐོག་ཏུ་སོ་ནམ་བྱེད་བཞིན་པའི་མི་དག་ཀྱང་མྱུར་བར་འཛོམས། མི་ཕལ་ཆེ་བ་འཛོམས་དུས་བུད་མེད་དེས་ང་ཚོ་བོས།

ཁྱོད་ཚོའི་ས་བདག་སུ་རེད་དམ།

ཚང་མས་ཉན་རྫེས་མིག་ང་ལ་བལྟས་པས། ང་སྐྲག་ནས་སྐྱིད་པ་འདར། སྟབས་ལེགས་པ་ཞིག་ལ་ཙུ་དཔོན་གྱིས་འདི་ལྟར་སྨྲས།

ས་བདག་བཅིངས་འགྲོལ་གཏོང་སྐབས་བསད་པ་རེད།

ཞིང་པ་ཕྱུག་པོ་ཡོད་དམ་མེད། བུད་མེད་དེས་སླར་ཡང་དྲིས།

ཞིང་པ་ཕྱུག་པོ་གཅིག་ཡོད་ཀྱང་གཞིས་ནང་གྲོངས། ཙུ་དཔོན་གྱིས་སྨྲས།

མོས་ཙུ་དཔོན་ལ་ལྟ་བཞིན་ང་ཚོ་ཚང་མར་དྲིས།

མ་རྩ་རིང་ལུགས་ཀྱི་འགྲོ་ལམ་དུ་འགྲོ་མཁན་ཡོད་དམ།

ང་ཚོའི་གྲོང་སྡེ་ཆུང་ངུ་འདིར་མ་རྩ་རིང་ལུགས་ལ་འགྲོ་མཁན་ཞིག་ཅི་ལ་ཡོད། ཙུ་དཔོན་གྱིས་དགོད་བཞིན་སྨྲས།

མོས་སྒོ་བུར་དུ་ལག་པ་བརྐྱངས། ཙུང་ཞིག་མིན་ན་ཙུ་དཔོན་གྱི་སྣ་ལ་

གཞུས་ཏེ་དྲིས།

ཁྱོད་ཅི་ཞིག་བྱེད་མཁན་ཡིན་ནམ།

ང་ཊུ་དཔོན་ཡིན། ཊུ་དཔོན་ཡིན། ཊུ་དཔོན་སྐྲག་སྟེ་བསྟུད་མར་སྨྲས།

བསམ་ཡུལ་ལས་འདས་པ་ཞིག་ལ་མོས་སྐད་ཤུགས་ཆེན་པོས་འདི་ལྟར་སྨྲས།

ཁྱོད་མ་རྩ་རིང་ལུགས་ལ་འགྲོ་མཁན་གྱི་དབང་འཛིན་ཤོག་ཁག་རེད།

མ་རེད། མ་རེད། ང་ཅི་ལ་ཡིན། ཊུ་དཔོན་རབ་ཏུ་སྐྲག །ཕྱག་འཚལ་བྱེད་བཞིན་བཤད།

བུད་མེད་དེས་ཊུ་དཔོན་ལ་ཁ་ཡ་མ་བྱས་པར། ང་ཚོར་ཕྱོགས་ཏེ་འདི་ལྟར་སྨྲས།

ཁོས་ཁྱོད་ཚོར་དཀར་པོའི་དབང་བསྒྱུར་བྱས། ཁོས་ཁྱོད་ཚོར་གཞའ་གནོན་བཏང་། ཁྱོད་ཚོས་གྱེན་ལོག་བྱས་ཏེ་ཁོའི་ཁྲི་ཞྭ་དེ་གཙོག་དགོས།

གྲོང་སྡེའི་མི་རྣམས་ཧད་དེ་ལུས། རྒྱུན་གཏན་ཊུ་དཔོན་ཛམ་ཟིལ་ཆེ། ཊུ་དཔོན་གྱིས་ཅི་ཞིག་བཤད་ཀྱང་ང་ཚོས་ཉན། མི་སུ་ཞིག་གིས་བལྟས་ཀྱང་ཊུ་དཔོན་གྱིས་མ་འགྲིག་པ་དང་མ་འཐུས་པ་མཐོང་གི་མེད། འོན་ཏེ་ད་ལྟ་ཊུ་དཔོན་ནི་རྫོང་གྲོང་ནས་ཡོང་བའི་གྱིས་པ་འདིས་ཧེད་པ་ཞུམ་པ་དང་། ཞུ་བ་ཡང་ཡང་འཐེན་དགོས་པ་བཟོས། ང་ཚོས་ཀྱང་ཁ་ནས་མི་ཐོན་པའི་གཏམ་དག་བཤད། ཊུ་དཔོན་གྱིས་ཞུ་བ་ཡུད་ཙམ་བྱས་རྗེས་ང་ཚོར་ཁ་བསྐོར་ཏེ་འདི་ལྟར་དྲིས།

ཁྱོད་ཚོས་ཤོད་དང་། ངས་ཁྱོད་ཚོར་གཞའ་གནོན་བྱས་སམ།

ཚང་མས་ཙུ་དཔོན་ལ་བལྟས། ཡང་དམར་སྲུང་དམག་ལ་བལྟས། མི་གསུམ་ཙམ་གསུམ་ཙམ་མམ་གཉིས་ཙམ་གཉིས་ཙམ་གྱིས་འདི་ལྟར་བཤད།

ཙུ་དཔོན་གྱིས་ང་ཚོར་གཞའ་གནོན་མ་བྱས། ཕོ་ནི་མི་བཟང་པོ་ཞིག་རེད།

ཐུད་མེད་དེས་སྨིན་མ་གཟིངས་ཙམ་བྱས།

སྲུས་ཀྱང་བསྐྱབ་ཐབས་མེད།

དེ་སྐད་སྨྲས་རྗེས་མོས་དམར་སྲུང་དམག་ལ་ཕྱོགས་ཏེ་ལག་པ་གཡུག །

ཕོ་འཕྲིད་དགོས།

དམར་སྲུང་དམག་གཉིས་ཕྱིན་ཏེ་ཙུ་དཔོན་གྱི་དཔུང་པ་བཟུང་། ཙུ་དཔོན་གྱིས་སྐེ་བསྒྲིངས་ཏེ་འདི་ལྟར་སྨྲས།

ང་རྫོང་གྲོང་དུ་མི་འགྲོ། ཡུལ་མི་སྤུན་གྲོགས་ཚོ། ང་སྐྱོབས་དང་། ང་རྫོང་གྲོང་དུ་མི་འགྲོ། རྫོང་གྲོང་དུ་ཕྱིན་ན་རོ་སྐམ་དུ་འཇུལ་བ་དང་ཁྱད་མེད།

ཙུ་དཔོན་གྱིས་ཇི་ལྟར་བོས་ཀྱང་ཐབས་ཅི་ལ་ཡོད། ཕོ་ཚོས་ཙུ་དཔོན་གྱི་ལག་པ་རྒྱབ་ཏུ་བཀྱིགས། རྐེད་པ་སྒྱུར་བཞིན་འཕྲིད། ཕོ་ཚོས་ཇམ་ཟིལ་ཆེན་པོས་ང་རོ་སྒྲོག་བཞིན་འཕྲིད། སྲུས་ཀྱང་བཀག་འགོག་བྱེད་པར་འགྲོ་མ་ནུས། མི་སུ་ལ་ཡང་བློ་སྤོབས་འདི་མེད།

ཙུ་དཔོན་འདི་ལྟར་ཕྱིན་པས། ཚང་མའི་བསམ་པར་མང་ཁ་ཉུང་གིས་མི་དོ་ཞིང་། རྫོང་གྲོང་དུ་ཟིང་ཆ་ཆེ་བས། ཙུ་དཔོན་ལ་སྲོག་ཉེན་མ་བྱུང་ཙང་། རྐང་ལག་གང་ཙང་ཞིག་མེད་པར་ཡོང་ངེས་སྙམ། འོན་ཏེ་ཉིན་གསུམ་ལས་མ་ཕྱིན་པར་ཙུ་དཔོན་ལོག་ཡོང་། སྣ་སྦོ་ཞིང་གདོང་སྐྲང་སྨྲས་སུ་གྱུར་ཏེ་ལམ་

དེར་འཁྱོར་བཞིན་ཡོང་།

ཏུ་དཔོན། ཞིང་ཁར་སོ་ནམ་བྱེད་མཁན་དག་མྱུར་བར་མདུན་དུ་ཕྱིན་ཏེ་སྨྲས།

ཏུ་དཔོན་གྱིས་མིག་པགས་ཀྲབ་ཙམ་བྱས། ཚང་མར་བལྟ་ཙམ་བྱས། གཏམ་ཅི་ཡང་མ་བཤད་པར་ཐད་ཀར་རང་ཁྱིམ་དུ་ཕྱིན་ཏེ། ཨ་ཏུ་ཨུ་ཏུའི་དང་ཉིན་གཉིས་ཉལ། ཉིན་གསུམ་པར་ཏུ་དཔོན་གྱིས་རྐོ་མ་འཁྱེར་ཏེ་ཞིང་ཁར་ཡོང་། ངོ་གདོང་གི་སྐྲང་སྦོས་ཕལ་ཆེར་འཇོམས། ཚང་མས་དོན་འདི་དང་དོན་དེ་ཞེས་དྲིས། ལུས་ལ་ན་ཚ་ཡོད་མེད་དྲིས། རྫོང་དཔོན་གྱིས་མགོ་བོ་གཡུག་བཞིན།

ན་རྒྱུ་ཞིག་མ་བྱུང་། གཉིད་ཉལ་དུ་མ་བཅུག་པས་ན་བ་ལས་ཀྱང་དཀའ་སྡུག་ཆེ།

དེ་སྐད་སྨྲས་རྗེས། ཏུ་དཔོན་གྱིས་མིག་ཆུ་བཏང་ནས་འདི་ལྟར་སྨྲས།

ངས་ད་གཟོད་ཁྱོད་ཚོར་རྒྱུས་ལོན། རྒྱུན་གཏན་ངས་ཁྱོད་ཚོ་རང་གི་བྱིས་པ་བཞིན་བསྐྱངས་མོད། རླུང་རྟ་ཆག་དུས་ང་སྐྱོབ་མཁན་སུ་ཡང་མེད།

གཏམ་འདིས་ང་ཚོ་ཚང་མ་ཏུ་དཔོན་གྱི་གདོང་ལ་བལྟ་མི་ནུས་པར་གྱུར། ཇི་ལྟར་བྱས་ཀྱང་ཏུ་དཔོན་ཉེར་འཚེ་དེ་ཙམ་མ་བྱུང་། རྫོང་གྲོང་དུ་ཁུ་ཚུར་དང་རྟོག་པའི་བྱེད་སྟབས་ཉིན་གསུམ་ལས་ཞུ་དགོས་མ་བྱུང་། ཁྲིན་ཧྲང་རྫོང་གྲོང་དུ་ཡོད་པས་འདི་ལས་ཡ་ང་། ངས་ཀྱང་ཁྲིན་ཧྲང་དེ་ལྟར་རླུང་རྟ་ཆག་པ་མ་ཤེས། ཉིན་དེར་ང་རྫོང་གྲོང་དུ་འཛའ་ཚོན་ལ་བལྟ་བར་ཕྱིན། ཁྲོམ་གཞུང་དུ་ཤོག་ཞྭ་སྣ་ཚོགས་གྱོན་ཞིང་། ཐང་མདུན་དུ་བྱང་བུ་བཏགས་

པའི་མི་ཞིག་ཁྲིམ་སྐོར་བྱེད། ཐོག་མར་ངས་སྣང་མེད་དུ་བཞག་ཀྱང་ཁོ་ཚོ་ངའི་མདུན་དུ་སླེབས་དུས་ང་ཤིན་ཏུ་སྐྲག །མདུན་དུ་འགྲོ་མཁན་དེ་ནི་ཁྲུན་ཧྲང་རེད། ཁྲུང་ཧྲང་མགོ་སྨུར་བས་ང་མ་མཐོང་། ངའི་འཁྲིས་ནས་ཕྱིན་རྗེས་ཁྲུན་ཧྲང་གིས་སློ་བུར་དུ་མགོ་བོ་བཏེགས་ཏེ་འདི་ལྟར་བོས།

མའོ་ཀྲུའུ་ཞི་ཁྲི་ཡོར་བརྟན་པ་ཤོག །

དཔུང་རྟགས་དམར་པོ་བཏགས་པའི་མི་འགའ་ཞིག་ཁྲུན་ཧྲང་གི་མདུན་དུ་བཤོར་ཏེ། བསྡིག་དམོད་འདི་ལྟར་བྱས།

འདི་ཁྱོད་ཀྱིས་འབོད་ནུས་སམ། མ་རྩ་རིང་ལུགས་ཀྱི་འགྲོ་ལམ་ཐོག་བསྐྱོད་མཁན་མ་རོ་བཟའ་རྒྱུ་ཁྱོད།

ཁོ་ཚོས་ཁྲུན་ཧྲང་ས་སྟེང་དུ་བསྐྱལ། ལུས་པོ་ཤིང་བྱང་ཐོག་བཞག །རྐང་པ་གཅིག་མགོ་ཐོག་ཏུ་བཞག །ཁྲུན་ཧྲང་གི་མགོ་བོ་ནི་གྲུ་གུ་ཞིག་དང་འདྲ་བར་རྗེང་སྦྲ་གྲག །མི་ས་ཐོག་ཏུ་འགྱེལ། ཁོ་ཚོས་ཁྲུན་ཧྲང་ལ་གཞུས་ཏེ་སྐད་གྲན་ཙམ་ཡང་ཐོས་རྒྱུ་མེད་པར་གྱུར། ངས་མི་ཚེ་འདིར་མི་ལ་གཞུ་བ་མང་པོ་མཐོང་ཡང་འདི་ལྟར་གཞུ་བ་མ་མཐོང་། ས་ཐོག་གི་ཁྲུན་ཧྲང་ནི་ཤི་རོ་ཞིག་དང་འདྲ་བར་ཁོ་ཚོས་ཅི་འདོད་དུ་གཞུས། ད་དུང་མུ་མཐུད་གཞུས་ན་ཁྲུན་ཧྲང་ཤི་ངེས། ང་མདུན་དུ་ཕྱིན་ཏེ་མི་གཉིས་ཀྱི་ཕྱུ་ཐུང་ནས་བཟུང་།

སྐུ་མཁྱེན། ད་ནི་མ་གཞུ་དང་། ངས་བཤད།

ཁོ་ཚོས་ཤུགས་ཀྱིས་ང་ཕྱིར་སྒྲོད་བྱས་པས། ཙང་ཙམ་མིན་ན་ས་ཐོག་ཏུ་འགྱེལ།

ཁྱོད་སུ་ཡིན་ནམ། ཁོ་ཚོས་སྨྲས།

སྐུ་མཁྱེན། ཁྱོད་ཚོས་ཁོ་ལ་མ་གཞུ་དང་། ངས་ཞུ་བ་འཐེན།

ཁྱོད་ཀྱིས་ཁོ་སུ་ཡིན་མིན་ཤེས་སམ། ཁོ་རྗོང་དཔོན་རྙིང་པ་རེད། མ་རྩ་རིང་ལུགས་པ་རེད། མི་ཞིག་གིས་ཁྲུན་རྟུང་ལ་མཛུབ་མོ་བཙུགས་ཏེ་བཤད།

འདི་ཚོ་ངས་མི་ཤེས། ངས་ཁོ་ཁྲུན་རྟུང་ཡིན་པ་ཤེས། ངས་བཤད།

ཁོ་ཚོས་ཕར་བཤད་ཚུར་བཤད་བྱས་ཏེ། ཁྲུན་རྟུང་ལ་མུ་མཐུད་མ་གཞུས་པར། ཡར་ལོངས་ཞེས་སྐད། ཁྲུན་རྟུང་འདི་ལྟར་རྣམ་པས་ཇི་ལྟར་ལངས་ཐུབ་བམ། ངས་ཁོ་སྐྱོར། ཁྲུན་རྟུང་གིས་ང་ངོ་ཤེས།

ཕུར་རྐོད། ཁྱོད་ཕར་སོངས་ཟེར།

ཉིན་དེར་ང་ཁྱིམ་དུ་ལོག །མལ་ཁྲིའི་གམ་དུ་བསྡད་དེ་ཁྲུན་རྟུང་གི་དོན་འདི་ཙ་སྒྲོན་ལ་བཤད། ཙ་སྒྲོན་གྱིས་ཉན་རྗེས་སློ་བོ་གློད།

སྔོན་ཆད་ཁྱོད་ཀྱིས་ཁྲུན་རྟུང་ཁྱིམ་ཐུག་ཏུ་འཛུལ་དུ་བཅུག་པ་ལེགས། ངས་བཤད།

ཙ་སྒྲོན་གྱིས་ཁ་ནས་ཚིག་གཅིག་མ་བཤད་ཀྱང་དོན་ལ་སེམས་ནང་ང་དང་གཅིག་འདྲ་བསམ་བཞིན་ཡོད།

ཟླ་བ་གཅིག་གི་རྗེས་སུ་ཁྲུན་རྟུང་སླར་ཏུ་ངའི་ཁྱིམ་དུ་ཡོང་། ཁྲུན་རྟུང་ཡོང་དུས་ནམ་ཕྱེད་ཙམ་ལ་རེད། ང་དང་ཙ་སྒྲོན་གཉིད་དུ་ཡུར། སྒོ་བརྡུང་བའི་སྐད་ངེད་གཉིས་གཉིད་ལས་སད། ངས་ཟླ་བཀྲག་འོག་སྒོ་ཕྱེ་སྟེ་ལྟ་དུས་ཁྲུན་རྟུང་རེད། ཁྲུན་རྟུང་གི་གདོང་ཡོངས་སུ་སྐྲངས་ཏེ་སྔོར་མོར་གྱུར།

ཁྲུན་རྟུང་། མགྱོགས་པོ་ཡར་ཤོག །ངས་བཤད།

ཁྲུན་རྟུང་སྒོ་འགྲམ་དུ་ལངས། ཁྱིམ་ཐུག་ཏུ་ཡོང་མ་ནུས།

ཙ་སྒྲོན་བདེའམ།

ཙ་སྒྲོན། ཁྲུན་ཧྲང་རེད། ངས་ཙ་སྒྲོན་ལ་སྨྲས།

ཙ་སྒྲོན་མལ་ཁྲིར་ཅོག་སྟེ་གཏམ་ལན་མ་བྱས། ངས་ཁྲུན་ཧྲང་ཁྱིམ་དུ་ཐོས། ཙ་སྒྲོན་གྱིས་སྒོ་མ་ཕྱེ་བས། ཁྲུན་ཧྲང་ནང་དུ་འཛུལ་ཐབས་མེད།

ཕུར་ཚོད། འདིར་ཤོག་དང་། ཁྲུན་ཧྲང་གིས་སྨྲས།

ངས་ཁ་བསྒོར་ཏེ་ཙ་སྒྲོན་ལ་འདི་ལྟར་སྨྲས།

ཙ་སྒྲོན། ཁྲུན་ཧྲང་རེད།

ཙ་སྒྲོན་གྱིས་ང་ལ་ཁ་ཡ་མ་བྱས་པས། ངས་སྟོད་གོས་གྱོན་ཏེ་འགྲོ་བ་ལས་ཐབས་གཞན་མ་རྙེད། ཁྲུན་ཧྲང་གིས་ངེད་ཚོའི་ཁྱིམ་གྱི་ཤིང་སྡོང་དེའི་འོག་ཏུ་ཕྱིན་ཏེ། ང་ལ་འདི་སྐད་སྨྲས།

ཕུར་ཚོད། ང་ནི་ཁྱོད་ལ་གྱིས་མཇལ་ཞུ་བར་ཡོང་།

ཁྱོད་གང་དུ་འགྲོའམ། ངས་དྲིས།

ང་འཆི་འདོད། ཁོས་ཨམ་གཙིགས་བསྡམས་ཏེ་སྨྲས།

ཁྲུན་ཧྲང་། ཁྱོད་ཀྱིས་བློ་རྒྱ་དོག་པོ་འདི་ལྟར་བྱེད་མི་རུང་། ཁྱོད་ལ་ད་དུང་ཆུང་མ་དང་བྱིས་པ་ཡོད། ང་ཏ་ལས་ཏེ། སྐྱུར་བར་ཁྲུན་ཧྲང་གི་དཔུང་པ་ནས་བཟུང་སྟེ་སྨྲས།

འདི་སྐད་ཐོས་མ་ཐག་ཁྲུན་ཧྲང་ངུས།

ཕུར་ཚོད། ཁོ་ཚོས་ང་ཉིན་ལྟར་ཐོག་ལ་བརྡེགས་ནས་ཧུང་རྡེག་གཏོང་། དེ་ལྟར་བཤད་རྗེས་རང་གི་ལག་གཉིས་བསྟན།

ཁྱོད་ཀྱིས་ངའི་ལག་པར་ལྟོས་དང་།

ངས་ལག་པར་རེག་མ་ཐག་ལག་པ་དེ་ཆུ་འཁོལ་ནང་དུ་བཙོས་པ་ཇི་བཞིན་ཚ་པོ་རེད།

ན་ཚ་གཏོང་ངམ། ངས་དྲིས།

ཚོར་བ་མི་འདུག །ཁོས་མགོ་བོ་གཡུག །

ཁྲུན་ཧྲུང་། སྔོན་ལ་ཁྱོད་མར་སྦོད་དང་། ངས་ཁོའི་ཕྲག་པར་རྗེག་ཙམ་བྱས་ཏེ་སྨྲས།

ཁྱོད་ཀྱིས་བསམ་བློ་རྒྱ་དོག་པོ་བྱེད་མི་རུང་། ཤི་མི་རྣམས་ཀྱང་གསོན་མི་འདོད་པ་ཞིག་ག་ལ་ཡོད། ཁྱོད་ཀྱིས་གསོན་པོར་འཚོ་བ་ལས་གཏན་ནས་སྔུག་ཤི་བྱེད་མི་རུང་། ངས་ཁོ་ལ་བཤད།

ཁྱོད་ཀྱི་སྲོག་འདི་ཕ་མ་གཉིས་ཀྱིས་གནང་བ་རེད། ཁྱོད་སྔུག་ཤི་བྱ་འདོད་ན་སྔོན་ལ་ཕ་མར་འདྲི་དགོས། ངས་སླར་ཡང་བཤད།

ངའི་ཕ་མ་སྔོན་ཆད་ནས་གྲོངས། ཁྲུན་ཧྲུང་གིས་མིག་ཆུ་འཁྱིད་བཞིན་བཤད།

དེ་ལྟར་ན་ཁྱོད་ངེས་པར་གསོན་པོར་འཚོ་དགོས། ཁྱོད་ཀྱིས་སེམས་དང་། ཁྱོད་ལྷོ་བྱང་གང་གི་དམག་ལ་ཡང་ཕྱིན། ཁྱོད་གསོན་པོ་འཚོ་བ་སྙིང་དབང་ཅི་ལ་ཡིན། ངས་བཤད།

ཉིབ་དེར་ང་དང་ཁྲུན་ཧྲུང་གིས་སྐད་ཆ་མང་པོ་བཤད། ཅ་སྒྲོན་གྱིས་མལ་ཁྲིའི་ཐོག་ཏུ་གཏམ་དེ་དག་ཐོས། ནམ་ལངས་ལ་ཉེ་དུས་ཁྲུན་ཧྲུང་བསམ་བློ་ཅུང་ཟད་ཐོངས། ཁོ་ཡར་ལངས་ཏེ་འགྲོ་ཟེར།

ཁྲུན་ཧྲུང་། སྐབས་དེར་ཅ་སྒྲོན་གྱིས་ནང་ངོས་ལས་བོས།

ངེད་གཉིས་ཀྱང་ཧང་སངས། ཅ་སྒྲོན་གྱིས་སླར་ཡང་བོས། ཁྲིན་ཧྲང་གིས་ད་གཟོད་གཏམ་ལན་བྱས། ངེད་གཉིས་སྒོ་འཁྲམ་དུ་སླེབས་དུས་ཅ་སྒྲོན་གྱིས་མཕལ་ཁྲིའི་ཐོག་ནས་འདི་ལྟར་སྨྲས།

ཁྲིན་ཧྲང་། ཁྱོད་གསོན་པོར་འཚོ་དགོས།

ཁྲིན་ཧྲང་གི་མགོ་བོ་ལྷོག་ལྷོག་བྱས། ཅ་སྒྲོན་ནང་དུ་ དུས།

ཁྱོད་ཀྱིས་ད་དུང་ང་ཚོར་མི་སྒྲོག་གཅིག་ཆད་ཡོད། ཁྱོད་ཀྱིས་རང་སྲོག་བསྐྱབ་ན་དོན་ལ་ང་ཚོར་སྲོག་ལན་འཇལ་བ་རེད། ཅ་སྒྲོན་གྱིས་སྨྲས།

ཁྲིན་ཧྲང་ཡུད་ཙམ་ལངས།

ངས་ཤེས་སོང་ཟེར།

ངས་ཁྲིན་ཧྲང་གྲོང་སྒོ་བར་དུ་བསྐྱལ། ཁྲིན་ཧྲང་གིས་ང་ལ་ད་ནི་སྐྱེལ་མར་ཡོང་མི་དགོས་ཟེར། ང་གྲོང་སྒོར་ལངས་ཏེ་ཁྲིན་ཧྲང་འགྲོ་བར་བལྟས། ཧྲང་རྗེག་གིས་ཁྲིན་ཧྲང་གི་རྐང་པ་ཡང་འཐེང་བཞིན་འདུག །ལུས་སྒྱུར་བཞིན་འགྲོ་བ་དངོས་གནས་དཀའ་ལས་ཆེ། ངའི་བློས་མ་བཟོད་པར་ཁྲིན་ཧྲང་བོས།

ཁྲིན་ཧྲང་། ཁྱོད་ཀྱིས་ང་ལ་གསོན་པོར་འཚོ་བའི་ཁས་ལེན་བྱས།

ཁྲིན་ཧྲང་གིས་གོམ་པ་འགག་སྲོས་རྗེས་ཁ་བསྐོར་ཏེ།

ངས་ཁས་ལེན་བྱས་པ་ཡིན་ཟེར།

གང་ལྟར་ཡང་ཁྲིན་ཧྲང་གིས་ང་ལ་ཁས་ལེན་མ་བྱས། ཟླ་བ་གཅིག་གི་རྗེས་སུ་ངས་ཇོང་དཔོན་ལེའུ་ལགས་གནམ་ཐག་བཅད་ཅེས་ཐོས། རིན་ཆེན་སྲོག་འདི་ཇི་ལྟར་རྩ་ཆེ་ཡང་རང་ཤི་བྱེད་འདོད་ན་གསོན་ཅི་ལ་ཐུབ།

ངས་གཏམ་འདི་ཅ་སྒྲོན་ལ་བཤད། ཅ་སྒྲོན་གྱིས་སེམས་སྡུག་ཉིན་གང་བྱས། མཚན་མོ་ཅ་སྒྲོན་གྱིས་འདི་ལྟར་སྨྲས།

དོན་ལ་ཡཱུ་ཅིང་འཆི་དོན་ནི་ཁྲུན་ཧྲང་གིས་ལན་མེད།

སོ་ནམ་ལངས་སྐབས་ང་རྟག་པར་ཇོང་གྲོང་དུ་ཕྱིན་ཏེ་འཇང་ཚོན་ལ་ལྟ་ཞོགས་ག་ལ་ཡོད། སྐབས་ལེགས་པ་ཞིག་ལ་སྐབས་དེར་མི་དམངས་ཀུང་ཧྲེ་ཡིན་པས། གྲོང་སྡེའི་ལས་ཀ་མཉམ་དུ་བྱེད་དགོས་སྐབས། ངས་དངངས་སྐྲག་བྱེད་མི་དགོས། འོན་ཏེ་ཅ་སྒྲོན་ད་དུང་མལ་ཁྲི་ལས་ལངས་མི་ཐུབ། ངས་ཚོགས་སྡེ་ལངས་དང་དགོང་ཕྱི་ཉལ་བྱས་ཏེ། ཞིང་ལས་འཐུས་ཤོར་མེད་པ་དང་ཅ་སྒྲོན་ཁྱིམ་དུ་ལྟོགས་པར་མ་ལུས་པ་བྱས་པས། ལུས་པོ་ངལ་བས་དུབ། ལོ་ཆུང་ཉི་ཤུའི་གཡས་གཡོན་ཡིན་ན་མཚན་མོའི་གཉིད་ཐུན་གཅིག་གིས་ངལ་བ་སངས་པར་བྱེད་མོད། ད་ནི་ལོ་རྒས་པས་མཚན་མོའི་གཉིད་ཐུན་གཅིག་གིས་ངལ་དུབ་ཀྱི་སྣང་བ་སེལ་མི་ཐུབ་ཅིང་། ལས་ཀ་བྱེད་དུས་ལག་པ་ཡར་འདེགས་མི་ཐུབ། ངས་གྲོང་སྡེའི་ལས་མིའི་ཁྲིད་དུ་མི་གྲངས་སྐོང་ཐབས་བྱས། ཁོ་ཚོས་ངའི་དཀའ་ངལ་ཤེས་སྐབས། སུས་ཀྱང་ང་ལ་ཅི་ཞིག་སྨྲ་མཁན་མེད།

ལས་དུས་ལངས་སྐབས་འཇང་ཚོན་ཡོང་སྐྱེ་ཉིན་འགའ་བསྡད། འཇང་ཚོན་གྱིས་ང་ལ་ལྟོ་བཟོ་རིགས་དང་ཆུ་བསྐོལ་རིགས་བྱས་ཤིང་། ཅ་སྒྲོན་ལ་བསྙེན་བཀུར་བྱས་པས། ངའི་ཁུར་པོ་དེ་བས་ཡང་དུ་ཕྱིན།

གནས་ལ་བྱིན་པའི་བུ་མོ་དང་། ཕྱི་ལ་བཤོས་པའི་ཆུ་ཞེས་པ་ཅིས་མི་བདེན། འཇང་ཚོན་ནི་ད་ལྟ་ཨར་ཞི་ཡི་མི་ཡིན་པས་རང་ཁྱིམ་དུ་ཡུན་རིང་

སྐྱོད་ག་ལ་ཐུང་། ང་དང་ཅ་སྒྲོན་གྲོས་བསྡུར་བྱས་ཏེ། འཇང་ཚོན་ཕར་སློག་ཐབས་བྱས། ངས་འཇང་ཚོན་གོམ་པ་རེ་རེ་བཞིན་ལག་པས་དེད་དེ་གྲོང་སྐོར་བསྐྱལ། གྲོང་མི་རྣམས་ཀྱིས་མཐོང་བས་ཁྲེལ་དགོད་བྱེད་བཞིན། ང་འདྲ་བའི་ཨ་ཕ་ཞིག་མ་མཐོང་ཟེར། ངས་ཐོས་རྗེས་ངས་ཀྱང་བཤད། སེམས་ནང་གྲོང་སྡེའི་ཁྱིམ་ཚང་སུ་ཞིག་ལ་ཡང་འཇང་ཚོན་ལྟ་བུ་ཕ་མ་ལ་བྱམས་པའི་བྱིས་པ་ཞིག་མེད་སྙམ།

འཇང་ཚོན་གཅིག་ལས་མེད། བུ་མོས་ཕ་མར་སྤྲི་ཞུ་བསྙེན་བཀུར་བྱས་ན། ངའི་མག་པ་མགོ་དཀྱིག་པར་ཚེ་གང་གཏན་གྲོགས་མེད། ངས་བཤད།

འཇང་ཚོན་གྱིས་ང་ཁྱིམ་དུ་བསྐྱལ། རིང་པོར་མ་ཐོགས་པར་སླར་ཡོང་། ད་ཐེངས་ནི་མག་པ་མགོ་དཀྱིག་པ་ཡང་ཡོང་། ཁོ་གཉིས་ལག་རྡང་སྦྲེལ་ཏེ་ཡོང་། ངས་རྒྱང་རིང་ནས་ཁོ་གཉིས་ཡོང་བ་མཐོང་། ཨར་ཞི་ཡི་མགོ་བོར་བལྟ་མི་དགོས། ངས་ལག་རྡང་སྦྲེལ་བ་ལས་སུ་ཡིན་པ་ཤེས། ཨར་ཞི་ཡིས་ཆང་འཁྱེར་ཏེ་དགོད་བཞིན་ཡོང་། འཇང་ཚོན་གྱིས་སླེ་པོ་ཞིག་འཁྱེར་ཞིང་ཨར་ཞི་དང་འདྲ་བར་དགོད་བཞིན་ཡོང་། ངའི་བསམ་པར་གཏམ་བཟང་ཞིག་གིས་དེ་ལྟར་དགའ་བ་རེད་སྙམ།

ཁྱིམ་དུ་སླེབས་རྗེས། ཨར་ཞི་ཡིས་སྐོ་མནན་ཏེ།

ཨ་ཕ། ཨ་མ། འཇང་ཚོན་ལ་མངལ་སྦྲུམ་ཟེར།

འཇང་ཚོན་མངལ་སྦྲུམ་པས། ང་དང་ཅ་སྒྲོན་ཡང་བཤད། ང་ཚོ་བཞི་ཐུང་ཙམ་བཤད་རྗེས། ཨར་ཞི་ཡིས་ད་གཟོད་ལག་ཏུ་ཆང་འཁྱེར་བ་དྲན་ཏེ། མལ་ཁྲིའི་འགྲམ་གྱི་ཅོག་ཆུང་དེའི་ཐོག་བཞག །འཇང་ཚོན་གྱིས་སླེ་པོ་

ལས་སྲུན་མ་བཏོན།

མལ་ཁྲིའི་ཐོག་སྡོད་དང་། ཚང་མ་མལ་ཁྲིའི་ཐོག་ཏུ་སྡོད། ངས་བཤད།

འཇའ་ཚོན་ཙ་སྒྲོན་གྱི་འཁྲིས་སུ་བསྡད། ངས་ཕོར་པ་བཞི་བླངས་ཏེ། ཨར་ཞི་དང་སྐབས་གཅིག་ཏུ་བསྡད། ཨར་ཞི་ཡིས་ང་ལ་ཆང་བླུགས། ཙ་སྒྲོན་ལ་ཡང་བླུགས། དེ་ནས་འཇའ་ཚོན་ལ་བླུགས། འཇའ་ཚོན་གྱིས་ཆང་དེམ་བཟུང་སྟེ་མགོ་བོ་གཡུག་གཡུག་བྱས།

དེ་རིང་ཁྱོད་ཀྱིས་ཀྱང་འཐུངས། ཨར་ཞི་ཡིས་བཤད།

འཇའ་ཚོན་གྱིས་ཨར་ཞི་ཡིས་གཏམ་ཐོས་པ་ལྟར་མུ་མཐུད་མགོ་བོ་མ་གཡུག །ང་ཚོས་ཆང་ཕོར་བཏེགས། འཇའ་ཚོན་གྱིས་ཉུང་ཙམ་བཏུངས་རྗེས་སྨིན་མ་གཉེར་ཙམ་བྱས། ཙ་སྒྲོན་ལ་བལྟས། ཙ་སྒྲོན་གྱིས་ཀྱང་སྨིན་མ་གཉེར་ཙམ་བྱས་པས། འཇའ་ཚོན་བགད། ང་དང་ཨར་ཞི་ཡིས་ཁམ་གང་ལ་ཞབས་དག་བརྒྱབ། ཆང་ཕོར་པ་གང་སྟོ་བར་སེམས་པས། ཨར་ཞི་ཡིས་མིག་ཆུ་བཏང་།

ཨ་ཕ། ཨ་མ། དེ་རིང་གི་སྐྱིད་པོ་འདི་འདྲ་ཡོང་སྙམ་པ་ངའི་རྨི་ལམ་དུ་ཡང་རྨིས་མ་མྱོང་། ཨར་ཞི་ཡིས་སྨྲས།

འདི་སྐད་ཐོས་རྗེས་ཙ་སྒྲོན་གྱིས་མིག་ཆུ་བཏང་། ཙ་སྒྲོན་གྱི་ཚུགས་ཀར་ལྟ་བཞིན་ངའི་མིག་ནས་ཀྱང་མིག་ཆུ་ཐོན།

ངས་ཀྱང་དེ་ལྟར་བསམ་མ་མྱོང་། སྔོན་ཆད་ང་དང་ཙ་སྒྲོན་ཤི་ན་འཇའ་ཚོན་ཇི་ལྟར་བྱེད་སྙམ། ཁྱོད་ཀྱིས་འཇའ་ཚོན་མནའ་མར་བླངས། ང་ཚོའི་སེམས་ནད་སེལ། བྱིས་པ་ཡོད་ན་དེ་བས་ལེགས། འཇའ་ཚོན་ཤི་ན་འདས་

འཇུག་བྱེད་མཁན་ཞིག་ཀྱང་ཡོང་།

འཇའ་ཚོན་གྱིས་ངེད་གཉིས་དུ་བ་མཐོང་བས། མིག་ལ་མཆི་ཞགས་འཁྱིལ།

ཡའུ་ཆིང་ཡོད་ན་དེ་བས་ལེགས། ཡའུ་ཆིང་ནི་འཇའ་ཚོན་གྱི་ཕྱུས་འགྲམ་ནས་འཚར་ལོང་བྱུང་། ཡའུ་ཆིང་ནི་རང་གི་གཅེན་མོར་དུང་བ་ཆེ། འོན་ཏེ་ཡའུ་ཆིང་གིས་དུས་དེ་རིང་མ་མཐོང་བ་རེད། ཙ་སྒྲོན་གྱིས་དུ་བཞིན་སྨྲས།

གལ་ཏེ་ངའི་ཕ་མ་གཉིས་ཀ་བཞུགས་ཡོད་ན་དེ་བས་ཡག །ཨ་མ་གྲོངས་དུས་ངའི་ལག་ནས་བཟུང་སྟེ་གཏན་ནས་མ་གློད། ཨར་ཞི་ཡིས་དུ་བརྒྱངས་བྱས།

མི་བཞི་ཡི་སེམས་པ་སྐྱོ་བར་གྱུར། ཡུད་ཙམ་ནས་ཨར་ཞི་ཡིས་དགོད་བཞིན། སྲན་མ་དེར་མཛུབ་མོ་བཙུགས་ཏེ་འདི་སྐད་སྨྲས།

ཨ་ཕ། ཨ་མ། ཁྱོད་གཉིས་སྲན་མ་མཆོད་དང་། འདི་འཇའ་ཚོན་གྱིས་བཟོས་པ་རེད།

ཡོད། ཡོད། ཙ་སྒྲོན་དང་ཁྱོད་གཉིས་ཀྱིས་ཀྱང་ཟོས་ཤིག །ངས་བཤད།

ང་དང་ཙ་སྒྲོན་གྱིས་ལྷ་བཞིན་ལྷ་བཞིན་བགད། ང་ཚོར་མགྱོགས་པོ་ཚ་པོ་ཞིག་ཡོང་ཟེར། ཉིན་དེར་མི་བཞི་པོ་དགའ་བཞིན་དུ་བཞིན་བསྡད། སྨུན་མ་ཏུབ་ཙམ་ལ་ཨར་ཞི་དང་འཇའ་ཚོན་ཕྱིན།

འཇའ་ཚོན་ལ་བྱིས་པ་ཡོད་པས། ཨར་ཞི་ཡིས་དེ་བས་གཅེས་སྐྱོང་བྱེད། དབྱར་ཁ་སླེབས་དུས་ཁྱིམ་དུ་དུག་སྦྲང་མང་ཞིང་། སྦྲང་ཡོལ་ཡང་མེད། སྨུན

ཏུབ་མ་ཐག་ཨར་ཞི་ཡིས་དུག་སྦྲང་ལ་ཟས་སྟེར། འཇའ་ཚོན་བསིལ་གྲིབ་འོག་ཏུ་བཞག །དུག་སྦྲང་ཟས་ཀྱིས་རྒྱགས་མཚམས་སུ་མི་ལ་མ་གནོད་ན་གཞི་ནས་འཇའ་ཚོན་ཉལ་དུ་འཇུག་གི་ཡོད། ཐེངས་འགའ་ཞིག་འཇའ་ཚོན་སྦུག་ཏུ་བལྟ་བར་ཕྱིན་པས། ཨར་ཞི་ཡིས་འཇའ་ཚོན་ཕྱིར་བསྐྱུད། འདི་དག་ནི་ཨར་ཞི་ཡི་ཁྱིམ་མཚེས་དག་གིས་ང་ལ་བཤད་པ་དག་རེད།

ཁྱོད་ཀྱིས་སྦྲང་ཡོལ་ཞིག་ཉོས་ཚོག །ཁྱིམ་མཚེས་དེ་དག་གིས་བཤད།

ཨར་ཞི་ཡིས་དགོད་བཞིན་ལན་མ་བཏབ། ཙུང་ཞིག་ནས་ང་ལ་འདི་ལྟར་སྨྲས།

ད་དུང་བུ་ལོན་འཇལ་ཚར་མེད། ངའི་སེམས་ནང་ད་དུང་ཁུར་པོ་ཡོད།

ངས་དུག་སྦྲང་གིས་གང་སར་རྒྱུགས་པའི་ཨར་ཞི་ཡི་ལུས་ཐོག་གི་དམར་ཐིགས་ལ་ལྟ་བཞིན། ངའི་སྙིང་ལ་ན་ཟུག་སྐྱེ།

ཁྱོད་ཀྱིས་འདི་ལྟར་བྱེད་མི་དགོས། ངས་བཤད།

ང་མི་གཅིག་ལ་དུག་སྦྲང་གིས་ཅི་བྱར་ཡོད། འཇའ་ཚོན་ནི་མི་གཉིས་རེད། ཨར་ཞི་ཡིས་སྨྲས།

འཇའ་ཚོན་གྱིས་བྱིས་པ་བཙའ་དུས་ནི་དགུན་ཁ་རེད། ཉིན་དེར་ཁ་བ་ཆེན་པོ་ཞིག་བབས། སྐེའུ་ཁུང་གི་ཕྱི་རོལ་དུ་ཅི་ཡང་མི་མཐོང་། འཇའ་ཚོན་བཙའ་ཁང་དུ་ཕྱིན་ཏེ་མཚན་གང་ཕྱིན་ཏུང་ཕྱིར་མ་ཐོན། ང་དང་ཨར་ཞི་ཡིས་ཕྱི་རོལ་དུ་སྒུག་བཞིན་སེམས་པ་དངངས་སྐྲག་ཇེ་ཆེར་འགྲོ། སྨན་པ་ཐོན་མ་ཐག་དྲིས་པས། ད་དུང་བཙའ་བཞིན་ཡོད་པ་ཤེས་པས་སློ་ཙུང་ཟད་བདེ་བར་གྱུར།

ཨ་ཕ། ཁྱོད་སྔོན་ལ་ཉལ་བར་རྒྱུག །ནམ་ལངས་ཁར་ཨར་ཞི་ཡིས་སྨྲས། ང་གཉིད་ཅི་ལ་ཁུག །ངས་མགོ་བོ་གཡུགས་ཏེ་བཤད།

འདི་ལྟར་མི་གཉིས་བསྡད་དེ་ཅི་བྱེད། འཇའ་ཚོན་གྱིས་བྱིས་པ་བཙས་ན་ལྟ་སྐྱོང་བྱེད་མཁན་ཞིག་ཡོས་དགོས། ཨར་ཞི་ཡིས་ང་ལ་བསླབ་བྱ་བྱས།

ངས་བསམས་ན་ཨར་ཞི་ཡིས་སྨྲས་པ་བདེན་སྙམ་སྟེ།

ཨར་ཞི། ཁྱོད་སྔོན་ལ་ཉལ་བར་རྒྱུག་ཅེས་སྨྲས།

ངེད་གཉིས་ཀྱིས་གཅིག་གིས་ཅིག་ཤོས་ལ་སྐུལ་མ་བྱས་ཏེ། སུས་ཀྱང་མ་ཉལ། ནམ་ཡོངས་སུ་གསལ། འཇའ་ཚོན་ནི་ད་དུང་ཕྱིར་མ་ཐོན། ངེད་གཉིས་སྐྱར་ཡང་སྐྲག །འཇའ་ཚོན་གྱི་རྗེས་སུ་ཕྱིན་པའི་བུད་མེད་དེས་ཀྱང་བྱིས་པ་བཙས་ཏེ་ཕྱིར་ཐོན། ང་དང་ཨར་ཞི་སྔོད་ཚུགས་ག་ལ་ཟིན། སྒོ་འགྲམ་དུ་ཕྱིན་ཏེ་སྐད་སྒྲ་ཉན། ནང་ངོས་ལས་བུད་མེད་ཀྱི་སྨྲེ་ངག་ཐོས་པས་ཙུང་ལྡོ་བདེ་བར་གྱུར།

འཇའ་ཚོན་གྱིས་ཕྱུག་བསྡལ་མྱངས་སོང་། ཨར་ཞི་ཡིས་སྨྲས།

ཡུད་ཙམ་ཞིག་ནས་ངའི་བསམ་པར་ཡིན་མི་སྲིད་སྙམ། འཇའ་ཚོན་ནི་གླེན་མ་ཡིན་པས་སྐད་ཅི་ལ་ཡོད། ངས་ཨར་ཞི་ལ་དེ་ལྟར་སྨྲས་པས། ཨར་ཞི་ཡི་གདོང་ཐལ་མདོག་ཏུ་གྱུར། ཨར་ཞི་ཡིས་བཙའ་ཁང་གི་སྒོ་འགྲམ་དུ་རྒྱུག་སྟེ་དུ་འབོད་བྱས།

འཇའ་ཚོན། འཇའ་ཚོན།

ནང་ངོས་ལས་སྨན་པ་ཞིག་ཐོན། ཨར་ཞི་ལ་གཏད་དེ་སྨྲས།

ཁྱོད་ཀྱི་མིང་ལ་ཅི་ཟེར། ཕར་སོངས།

ངའི་བུད་མེད་ད་དུང་མ་ཐོན། ཨར་ཞི་ཡིས་ཨིན་སྤྲ་དང་བཅས་ཏུས།

ཁྲིས་པ་བཅའ་བ་མཁྱོགས་པ་ཡོད་ལ། འགོར་བ་ཡང་ཡོད།

འགྲམ་གྱི་མི་ཞིག་གིས་ངེད་གཉིས་ལ་སྐྲས།

ངས་ཨར་ཞི་ལ་བལྟས། ཨར་ཞི་ཡིས་ང་ལ་བལྟས། ཕལ་ཆེར་དེ་ལྟར་ཡིན་སྲིད་སྙམ། ད་དུང་ཙུང་ཙམ་སྐུག་མོད། སྙིང་ཁ་ལྡིག་ལྡིག་ཏུ་འཕགས། མི་རིང་བར་སྨན་པ་ཞིག་ཡོང་སྟེ་ང་ཚོར་དྲིས།

ཨ་མ་དགོས་སམ་ཕྲུ་གུ་དགོས།

དེ་ལྟར་དྲིས་པས་ངེད་གཉིས་རེ་ཞིག་ཧོན་འཐོར། ངེད་གཉིས་ཀྱིས་གདམ་ག་ཇི་ལྟར་བྱེད།

ངས་ཁྱོད་གཉིས་ལ་འདྲི་བཞིན་ཡོད། སྨན་པ་དེས།

ཨ་ཡེ། ངས་ཁྱོད་གཉིས་ལ་དྲི་བཞིན་ཡོད་ཟེར།

ཨར་ཞི་ཡིས་དེ་མ་ཐག་ཕུས་མོའི་ལྷ་ང་ས་ལ་བཙུགས་ཏེ། ཏུ་བཞིན་ཞུ་བ་འཐེན།

སྨན་པ། འཇའ་ཚོན་སྐྱོབས་དང་། ང་ལ་འཇའ་ཚོན་དགོས།

ཨར་ཞི་ཡིས་ཨིན་སྤྲ་དང་བཅས་ཏུ་བརྒྱངས་བྱས། ངས་ཨར་ཞི་སྐྱོར་ཏེ་ཡར་བསླངས་ནས། འདི་ལྟར་བྱེད་མི་རུང་བའི་བསླབ་བྱ་བྱས།

འཇའ་ཚོན་ཡོད་ན་དེ་ཡིས་ཚོག །ལག་པར་ཤ་ཡོད་ན་ནམ་མཁར་བྱ་ཕོས་འཕུར། ངས་བཤད།

ང་ལ་ཁྲིས་པ་མེད། ཨར་ཞི་ཡིས་ཨིན་སྤྲ་དང་བཅས་ཏུས།

ང་ལ་ཡང་ཚ་བོ་མེད། ངས་མགོ་བོ་སྒྲོད་དེ་ཏུས། ཉིན་གུང་ཙམ་ལ།

ནང་ངོས་ནས་སྨན་པ་ཞིག་ཐོན་ཏེ་འདི་སྐད་སྨྲས།

བཙས་སོང་། བུ་རེད།

ངས་ཆུང་བ་དགོས་སྨྲས་མེད། ཨར་ཞི་ཡིས་ཐོས་རྗེས་མཚོངས་ཏེ་སྨྲས།

ཆེ་བ་ཡང་སྐྱོན་མེད། སྨན་པས་བཤད།

འཇའ་ཚོན་ཡང་སྐྱོན་མེད། ངའི་མིག་མདུན་དུ་ཐམས་ཅད་ཡམ་ཡོམ་དུ་གྱུར། ཡོ་ན་རྒས་པས་ལུས་པོའི་ཟུངས་ཟད། ཨར་ཞི་རབ་ཏུ་དགའ་སྟེ། ལུས་འདར་བཞིན་ངའི་འགྲམ་དུ་བསྡད། དེ་ནི་ཡིད་དགའ་དྲགས་པས་ཡིན་ངེས།

ད་ནི་ བློ་བདེ་སོང་། གཉིད་ཉལ་ན་ཆོག །ཅུང་ཙམ་ནས་ཁྱོད་ངའི་ཚབ་ཏུ་ཤོག །ངས་ཨར་ཞི་ལ་བཤད།

བསམ་ཡུལ་ལས་འདས་པ་ཞིག་ལ་ང་ཕྱིན་རྗེས་སྐར་མ་འགའ་ཞིག་ནས་འཇའ་ཚོན་གྲོངས། སྨན་པ་མང་པོ་ཞིག་བཙའ་ཁང་དུ་འཛུལ། གསོ་རླུང་དབུགས་རྫ་འཁྱེར། འཇའ་ཚོན་ནི་བྲིས་པ་བཙས་རྗེས་ཁྲག་མང་པོ་ཐོན་པས་མུན་མ་ཉུབ་ཙམ་ལ་དབུགས་ཀྱི་རྒྱུ་བ་ཆད། ངའི་བུ་དང་བུ་མོ་གཉིས་ཀ་བྲིས་པ་སྐྱེས་ཆེད་དུ་གྲོངས། ཡའུ་ཆིང་ནི་གཞན་གྱི་བྲིས་པ་སྐྱེས་ཆེད་དུ་གྲོངས། འཇའ་ཚོན་ནི་རང་གི་བྲིས་པ་སྐྱེས་ཆེད་དུ་གྲོངས།

ཉིན་དེར་ཁ་བ་ཧ་ཅང་ཆེ། འཇའ་ཚོན་གྲོངས་རྗེས་ཤག་དེར་བཞག །ངས་འཇའ་ཚོན་ཡོད་སའི་ཤག་དེ་མཐོང་བས་འགྲོ་མ་ཐོད། ལོ་བཅུའི་སྔོན་དུ་ཡའུ་ཆིང་ཡང་འདིར་གྲོངས། ངས་གངས་ཁྲོད་དུ་ཨར་ཞི་ཡིས་འཇའ་ཚོན་འཇའ་ཚོན་ཞེས་ལན་དུ་མར་འབོད་པ་ཐོས། སེམས་སྐྱོ་སྟེ་ཅོག་ཕུར་བསྡད། ཁ་བའི་འདབ་མ་ལྷབ་ལྷུབ་ཏུ་བབས། ངས་ཤག་གི་སྒོ་མ་མཐོང་མོད། ཨར་

ཞི་ཡིས་ཧ་བཞིན་འབོད་པ་ཐོས། ངས་ཨར་ཞི་བོས། ལན་འགའ་བོས་པས། ཨར་ཞི་ཡིས་ད་གཟོད་གཏམ་ལན་བྱེད་བཞིན་སྒོ་ཁར་ཐོན།

ངས་ཨ་མ་དགོས་སྨྲས་ཀྱང་ཁོ་ཚོས་ང་ལ་ཕྲུ་གུ་སྤྲད། ཨར་ཞི་ཡིས་སྨྲས། ང་ཚོ་ལོག་འགྲོ། སྨན་ཁང་འདི་དང་ང་ཚོ་ཚེ་སྟོན་གྱི་འཕོན་འགྲུས་ཡོད། ཡའུ་ཆིང་འདི་ཙ་གྲོངས། འཇའ་ཚོན་ཡང་འདི་ཙ་མེད་པར་གྱུར། ཨར་ཞི། ང་ཚོ་ལོག་འགྲོ།

ཨར་ཞི་ཡིས་ངའི་སྐད་ཆ་ཉན་རྗེས། འཇའ་ཚོན་སྐལ་རྒྱབ་ཏུ་འཕུར། ང་ཚོ་གསུམ་ཁྱིམ་གྱི་ཕྱོགས་སུ་ལོག

དེའི་ཚེ་མུན་ནུབ། ཁྲོམ་གཞུང་ཚང་མ་གངས་རེད། མི་གཅིག་ཀྱང་མཐོང་རྒྱུ་མེད། ཕྱང་ཆུང་ཙར་ཙར་དུ་ལྷང་། བུ་ཡུག་ང་ཚོའི་གདོང་ལ་གཟན་པ་ནི་བྱེ་མ་བཤོས་པ་འདྲ། ཨར་ཞི་ནི་ཧུས་དྲགས་ཏེ་སྐད་ཀྱང་འཛེར།

ཨ་ཕ། ང་འགྲོ་མི་ཐུབ། ཡུད་ཙམ་ཕྱིན་རྗེས་ཨར་ཞི་ཡིས་སྨྲས།

ངས་འཇའ་ཚོན་སྐལ་པར་འཕུར་བར་སྐུལ་མོད། ཨར་ཞི་ཡིས་སྤྲོད་སྟེས་མ་བྱུས། གོམ་པ་འགའ་ཕྱིན་རྗེས། ཡང་ཙོག་པུར་བསྡད།

ཨ་ཕ། ངའི་རྐེད་པ་ཆག་ལ་ཉེ།

དེ་ནི་ཧུས་དྲགས་ཏེ་རྐེད་པ་ན་བ་རེད། ཁྱིམ་དུ་ལོག་རྗེས། ཨར་ཞི་ཡིས་འཇའ་ཚོན་མལ་ཁྲིའི་ཐོག་ཏུ་བཞག །རང་ཉིད་ཀྱིས་མལ་ཁྲིའི་ཟུར་ནས་འཇའ་ཚོན་ལ་བལྟས། ཨར་ཞི་ཡི་ལུས་པོ་གཅིག་ཏུ་དྲིལ།

ངས་ཨར་ཞི་ལ་བལྟ་མི་དགོས་སྨྲས། ཨར་ཞི་ནི་རང་དང་འཇའ་ཚོན་གྱི་གྱང་གི་གྲིབ་གཟུགས་ལ་བལྟ། ངའི་ཡིད་འཁྲེངས་ཏེ་བལྟར་མ་བཟོད། གྲིབ་

གཟུགས་ནག་ལ་ཆེ། གཅིག་ནི་ཉལ། གཅིག་ནི་ཕུས་མོ་བཙུགས། གཉིས་ཀ་འགྲུལ་ཙམ་ཡང་མི་བྱེད། འོན་ཏེ་ཨར་ཞི་ཡི་མིག་ལས་མཆི་མ་འགྲུལ། ངས་ནག་ཐིགས་ཆེན་པོ་རེ་རེ་བཞིན་གྲིབ་གཟུགས་ཁྲོད་དུ་བཞུར་བ་མཐོང་། ང་ཐབ་འགྲམ་དུ་ཕྱིན་ཏེ་ཆུ་བསྐོལ། ཨར་ཞི་ཡིས་ཚ་ཚ་ཞིག་བཏུང་ན་བསམ། འོན་ཏེ་ངས་ཆུ་འཁོལ་འཁྱེར་ཡོང་སྐབས་སྒྲོན་མེ་གཟིམས། ཨར་ཞི་དང་འཇང་ཚོན་ཉལ་ཟིན།

དེ་ནུབ་ངས་ཨར་ཞི་ཚང་གི་ཐབ་མདུན་དུ་ནམ་མ་ལངས་བར་བསྡད། ཕྱི་རོལ་དུ་རླུང་བུ་ཨུར་ཨུར་དུ་ལྡང་། དེ་མ་ཐག་ཏུ་གངས་རྡོག་བབས་པས། སྒོ་དང་སྒེའུ་ཁུང་ཐོག་ཏུ་ཐ་ར་ར་ཞེས་གྲག །ཨར་ཞི་དང་འཇང་ཚོན་ཉལ་སར་སྐད་སྒྲ་གཏན་ནས་མེད། གྲང་རླུང་སྒོ་སྲུབས་ནས་ལྡང་། ངའི་ཕུས་མོ་གཉིས་འཁྱགས་ཏེ་ན། ངའི་སེམས་པ་གངས་ཁྲོད་ཀྱི་འཁྱགས་རོམ་འདྲ། ངའི་བྱིས་པ་གཉིས་པོ་འདི་ལྟར་མེད་པར་གྱུར། སྐབས་དེ་དུས་དུ་འདོད་ཀྱང་མིག་ཆུ་མེད། ངའི་བསམ་པར་ཅ་སྒྲོན་ད་དུང་མིག་ཅེར་ཏེ་ངའི་གཏམ་བཟང་ཉན་རྒྱུར་སྒུག་ཡོད་སྙམ། ང་ཐོན་སྐབས་ཅ་སྒྲོན་གྱིས་ལན་དུ་མར་མངགས་ཏེ། འཇང་ཚོན་གྱིས་བྱིས་པ་བཙས་མ་ཐག་བུའམ་བུ་མོ་ཅི་ཡིན་སྨྲ་བར་ཤོག་ཟེར། ད་ནི་འཇང་ཚོན་གྲོངས་ཚུལ་ངས་ཅ་སྒྲོན་ལ་ཇི་ལྟར་སྨྲ་བསམ།

ཡའུ་ཆེང་གྲོངས་དུས་ཅ་སྒྲོན་ཡང་འགྲོ་ལ་ཁད་ཙམ་བྱུས། ད་ལྟ་འཇང་ཚོན་སླར་ཡང་ཅ་སྒྲོན་གྱི་སྔོན་ལ་གྲོངས། ཨ་མ་ཞིག་གིས་འདི་དག་ཇི་ལྟར་བཟོད་ཐུབ་བམ། ཉིན་གཉིས་པར་ཨར་ཞི་ཡིས་འཇང་ཚོན་སྐལ་པར་འཁུར་ཏེ། ང་དང་ལྷན་དུ་ཁྱིམ་ལ་ལོག །ཁ་བ་ད་དུང་བབ་བཞིན་འདུག །འཇང་

ཚོན་གྱི་ལུས་ལ་ཤིང་བལ་གྱོན་པ་ལྟར་ཕལ་ཆེར་དཀར་པོར་གྱུར། ཁྱིམ་དུ་འཛུལ་མ་ཐག་ཙ་སྒྲོན་ནི་སྐྲ་ཟིང་ངེར། མགོ་བོ་གྱང་ལ་བསྙེས་ཏེ་འདུག་པ་མཐོང་། ངའི་བསམ་པར་ཙ་སྒྲོན་གྱི་སེམས་ནང་འཇའ་ཚོན་ལ་བར་ཆད་བྱུང་བ་ཤེས་སྙམ། ང་བསྟུད་མར་ཞག་གཉིས་ཁྱིམ་དུ་མ་སླེབས། ངའི་མིག་ཆུ་ལྷུང་ལྷུང་དུ་ཤོར། ཨར་ཞི་ཡི་ངུ་མཚམས་ཆད་མེད། ཙ་སྒྲོན་མཐོང་མ་ཐག་ཨིན་སྒྲ་དང་བཅས་སླར་ཡང་ངུ་ཤོར།

ཨ་མ། ཨ་མ། ཨར་ཞི་ཡིས་སྒྲས།

ཙ་སྒྲོན་གྱི་མགོ་བོ་འགུལ་བཞིན་གྱང་དང་བྲལ། མིག་ཨར་ཞི་ཡི་སྐལ་ཀྱིབ་ཏུ་ཡོད་པའི་འཇའ་ཚོན་ལ་ཅེ་རེར་བསྡིགས། ངས་ཨར་ཞི་ལ་འཇའ་ཚོན་མལ་ཁྲིའི་ཐོག་འཇོག་རོགས་བྱས། ཙ་སྒྲོན་གྱིས་མགོ་བོ་སྒྱུར་ཏེ་འཇའ་ཚོན་ལ་བལྟས། མིག་ཟུང་ཆེས་ཆེར་བགྲད་པས་མིག་གཉིས་ཐོན་ལ་ཁད་ཙམ་བྱེད། ངས་ཇི་ལྟར་བྱས་ཀྱང་ཙ་སྒྲོན་ནི་རྣམ་པ་འདི་ལྟར་ཡིན་པ་བློ་ཡུལ་དུ་མ་འཆར། ཙ་སྒྲོན་གྱི་མིག་ནས་མཆི་མ་ཐིགས་པ་གཅིག་ཀྱང་མ་བཞུར། འཇའ་ཚོན་ལ་ལྟ་བཞིན་ལག་པས་འཇའ་ཚོན་གྱི་ངོ་གདོང་དང་སྐྲ་ལ་བྱིལ་བྱིལ་བྱས། ཨར་ཞི་ནི་ངུ་བཞིན་ཕུས་མོ་བཙུགས། མགོ་བོ་མལ་ཁྲིའི་ཐོག་ཏུ་བཞག །ང་གཞོགས་སུ་ལངས་ཏེ་ཙ་སྒྲོན་ལ་བལྟས། སེམས་ནང་ཙ་སྒྲོན་གྱིས་རྗེས་སུ་ཇི་ལྟར་བྱེད་དམ་སྙམ། ཉིན་དེར་ཙ་སྒྲོན་གྱིས་མཚམས་རེ་མགོ་བོ་གཡུགས་པ་ཙམ་ལས། ངུ་བརྒྱངས་མ་བྱས་ཤིང་། འོ་དོད་མ་བོས། འཇའ་ཚོན་གྱི་ལུས་ཐོག་གི་ཁ་བ་རིམ་བཞིན་བཞུར་བས། མལ་ཁྲི་ཡོངས་སུ་བརླན།

འཇའ་ཚོན་དང་ཡའུ་ཆིང་མཉམ་དུ་སྦྲས། དེ་དུས་ཁ་བ་མཚམས་ཆད། ཉི་འོད་དགྱུང་ནས་འཚེར། གྲང་རླུང་ཁུར་ཁུར་དུ་ལྡང་། ཤིང་ལོ་རླུང་བུས་འཁྱེར། འཇའ་ཚོན་སྦྲས་རྗེས་ང་དང་ཨར་ཞི་ཡིས་ཀོ་མ་བཟུང་སྟེ་དེར་ལངས། རླུང་བུས་ངེད་གཉིས་འཁྱེར་ལ་ཁད་ཙམ་བྱེད། ཕྱོགས་ཐམས་ཅད་གངས་ཀྱིས་བསྐུབས། གངས་ལ་ཉི་མ་ཐོག་པས་མིག་གིས་བཟོད་མི་ཐུབ། འཇའ་ཚོན་གྱི་དུར་ཐོག་ཏུ་གངས་མེད། ས་སྔོན་པར་ལྟ་བཞིན་ང་དང་ཨར་ཞི་གསུས་ཀྱང་ཀང་པའི་འདེགས་འཇོག་རྩོམ་མ་ཐུབ།

ཨ་ཕ། ཁྱོད་ཀྱིས་ང་འདིར་སྦ་དགོས། ཨར་ཞི་ཡིས་འགྲམ་གྱི་ས་སྟོང་དེར་གཏད་དེ་སྨྲས།

ས་སྟོང་འདི་ང་ལ་ཞོག །ང་ཇི་ལྟར་བྱས་ཀྱང་ཁྱོད་ཀྱི་སྔོན་ལ་ཤི་ ངས་དབུགས་རིང་བཏང་སྟེ་ཨར་ཞི་ལ་སྨྲས།

འཇའ་ཚོན་དུར་དུ་བཙུག་རྗེས། ངེད་གཉིས་ཀྱིས་བྱིས་པ་སྨན་ཁང་ལས་བླངས། ཨར་ཞི་ཡིས་རང་གི་བྱིས་པ་པང་དུ་བཏབ་སྟེ་ལེ་དབར་བཙུ་ཕྲག་ལྔག་གི་སར་ཡོད་པའི་ངའི་ཁྱིམ་དུ་ཡོང་། བྱིས་པ་མལ་ཁྲིའི་ཐོག་བཞག །བྱིས་པས་མིག་གདངས་སྐབས་ཐོད་གཉེར་གཟིངས། མིག་ཟླུང་ཕར་བལྟ་ཚུར་བལྟ་བྱེད་པ་ནི་དྲིན་ཕ་མ་གཉིས་འཚོལ་བ་ལྟར་སྣང་། བྱིས་པའི་ཚུགས་ཀ་འདི་མཐོང་བས་ང་དང་ཨར་ཞི་ཡིས་བགད། ཅ་སྒྲོན་གྱིས་གཏན་ནས་མ་བགད་པར། མིག་གིས་ཅེ་རེར་བསྡིགས། ལག་པ་བྱིས་པའི་ངོ་འགྲམ་དུ་བཞག །ཅ་སྒྲོན་གྱི་སྐབས་དེའི་ཚུགས་ཀ་འཇའ་ཚོན་གྲོངས་དུས་ཀྱི་རྣམ་པ་དང་གཉིས་སུ་མ་མཆིས། ངའི་ཁ་ནས་སྙིང་ཐོན་གྲབས་བྱས། ཅ་སྒྲོན་

གྱི་ཚུགས་ཀ་ཡིས་ང་རབ་ཏུ་སྐྲག །ཅ་སྒྲོན་ལ་ཅི་ཞིག་བྱུས་པ་ངས་མ་ཤེས། དེ་ནས་ཨར་ཞི་ཡིས་མགོ་བོ་བཏེགས། ཨར་ཞི་ཡིས་ཅ་སྒྲོན་མཐོང་མ་ཐག་བཀད་མཚམས་བཞག །དཔུང་པ་སྒྲོད་དེ་བྱེད་སྟབས་མི་བདེ་བར་བསྡད།

ཨ་ཕ། ཁྱོད་ཀྱིས་བྱིས་པར་མིང་ཞིག་ཐོགས་དང་། ཡུན་རིང་སོང་རྗེས་ཨར་ཞི་ཡིས་ང་ལ་སྨྲས།

བྱིས་པ་སྐྱེ་དུས་ནས་ཨ་མ་མེད་པས། ཕོ་ལ་ཁྲི་ལུས་ཞེས་ཐོགས། ཅ་སྒྲོན་གྱིས་ད་གཟོད་གཏམ་སྨྲས། སྐད་བཙིར་ཏེ་བཤད།

འཇའ་ཚོན་གྲོངས་རྗེས་ཟླ་བ་གསུམ་མ་ལོན་པར་ཅ་སྒྲོན་ཡང་གྲོངས།

ཕུར་རྐོད། ཁྱོད་ཀྱིས་ཡའུ་ཆིང་དང་འཇའ་ཚོན་གཤིན་རྫོངས་བྱས་པས། ང་ཡང་ཁྱོད་ཀྱིས་དངོས་སུ་སྦས་ན་དེ་བས་བློ་བདེ། ཅ་སྒྲོན་མ་གྲོངས་གོང་དུ་རྟག་པར་དེ་ལྟར་སྨྲ།

ཅ་སྒྲོན་གྱིས་རང་ཉིད་མགྱོགས་པོ་འཆི་གྲབས་ཡོད་པ་ཤེས་པས། དེ་བས་བློ་བདེ་བ་ལྟ་བུར་གྱུར། དེ་དུས་ཅ་སྒྲོན་ཅོག་པུར་ཡང་སྡོད་མི་ཐུབ། མིག་བཙུམས་ཏེ་མལ་ཁྲིའི་ཐོག་སྡོད་ཀྱི་ཡོད། རྣ་བ་སངས་བས་ངས་ལས་ཐག་བཅད་དེ་སྨོ་ཕྱི་ན། ཅ་སྒྲོན་གྱིས་མིག་གདངས། མཆུ་འགུལ་ཙམ་བྱེད། ཅ་སྒྲོན་གྱིས་ང་ལ་གཏམ་ཤོད་པ་ངས་ཤེས། ཉིན་དེ་དག་རིང་ཅ་སྒྲོན་ནི་གཏམ་སྨྲ་བར་དགའ། ང་མལ་ཁྲིའི་ཐོག་བསྡད་དེ་ངོ་གཏད་ནས་གཏམ་ཉན། གཏམ་གྱི་སྐད་ཤུགས་ཆུང་བ་ནི་སྙིང་གི་འཕར་ཤུགས་དང་འདྲ། མི་ཞེས་པ་འདི་མ་ཤི་གསོན་པོར་སྡོད་དུས་དཀའ་སྡུག་ཅི་ཙམ་མྱངས་མོད། འཆི་ལ་ཉེ་སྐབས་ཐབས་ཅི་ཞིག་གིས་རང་སེམས་གསོ་བར་བྱེད། ཅ་སྒྲོན་ཡང་དེ་དུས་བསམ་

ཤེས་ཆེ། ཙ་སྒྲོན་གྱིས་ང་ལ་ལན་དུ་མར་འདི་ལྟར་བཤད།

འཇའ་ཚོན་དང་ཡའུ་ཆིང་ངའི་སྔོན་ལ་གྲོངས། ངའི་སེམས་ཐག་ཀྱང་ཆོད། ངས་ཁོ་ཚོར་སེམས་ཁྲལ་བྱེད་མི་དགོས། ཇི་ལྟར་བྱས་རུང་ང་ནི་སྐྱེས་མ་ཞིག་རེད། བྱིས་པ་གཉིས་ཡོད་དུས་ནི་ང་ལ་སྲི་ཞུ་བསྙེན་བཀུར་ཆེ། མི་ཟེར་བ་འདིས་འདི་འདྲ་ཞིག་བྱེད་ཐུབ་པས། ངའི་བློ་ཁ་ཡོངས་སུ་ཚིམ།

ཁྱོད་ཀྱིས་ལེགས་པོར་འཚོ་དགོས། ད་དུང་ཁྲི་ལུས་དང་ཨར་ཞི་ཡོད། ཨར་ཞི་ཡང་དོན་ལ་རང་གི་བུ་རེད། ཁྲི་ལུས་ཆེན་པོ་འཚར་ན་ཡའུ་ཆིང་འདྲ་བར་ཁྱོད་ལ་སྲི་ཞུ་ལེགས་པོ་བྱེད་ངེས་ལ། སྲི་ཞུ་བསྙེན་བཀུར་ཡང་བྱེད་ངེས། ཙ་སྒྲོན་གྱིས་འདི་ལྟར་སྨྲས།

ཙ་སྒྲོན་ནི་ཉིན་གཉུང་གྲོངས། ངས་ལས་ཐག་བཅད་དེ་ཁྲིམ་དུ་ལོག་དུས་ཙ་སྒྲོན་གྱིས་མིག་གདངས་ཙམ་བྱས། ངས་རྣ་བ་གཏད་དེ་ཙ་སྒྲོན་གྱི་སྐད་ཆ་ཉན་ཡང་ཐོས་མ་ཐུབ་པས། ང་ཐབ་མདུན་དུ་འབྲས་ཐུག་བསྐོལ་བར་ཕྱིན། མིག་བཙུམས་པའི་ཙ་སྒྲོན་གྱིས་གློ་བུར་དུ་ངའི་ལག་ནས་འཇུས། ཙ་སྒྲོན་ལ་ཤུགས་དེ་ལྟར་ཡོད་པ་ངའི་བསམ་ཡུལ་ལས་འདས་ཤིང་། ང་རེ་ཞིག་ཧང་དེ་ལུས། དེ་ནས་ཤུགས་ཇེ་ཆུང་དུ་སོང་། མཐར་ཤུགས་ཟད་པར་གྱུར། ངས་མྱུར་བར་འབྲས་ཐུག་ རྐུབ་སྟེགས་ཐོག་བཞག །ལག་པས་ཙ་སྒྲོན་གྱི་མགོ་ཐོག་ཏུ་བྱིལ་བྱིལ་བྱེད་སྐབས་ལུས་དྲོད་ཡོད་པས། ངའི་བློ་བདེ་བར་གྱུར། ཙ་སྒྲོན་ནི་གཉིད་དུ་ཡུར་བ་བཞིན་གདོང་གཤིས་ལེགས། གདོང་ལ་སྐྱོ་གདུང་ཅི་ཡང་མེད། འོན་ཏེ་ཡུད་ཙམ་ནས་ང་འཇུས་པའི་ཙ་སྒྲོན་གྱི་ལག་པ་གྲང་མོར་གྱུར། ངས་ཙ་སྒྲོན་གྱི་དཔུང་པར་རེག་དུས་དཔུང་པ་ཇེ་གྲང་དུ་གྱུར། དེ་

ནས་རྐང་པ་གཉིས་ཀྱང་ཇེ་གྲང་དུ་གྱུར། དེ་རྗེས་ལུས་ཡོངས་གྲང་མོར་གྱུར། མཐར་བྲང་ཁར་རྡོད་རྩུང་ཟད་ཅིག་ལུས། ངའི་ལག་པ་ཙ་སྦྲོན་གྱི་བྲང་ཁར་བཞག །བྲང་ཁའི་རྡོད་ངའི་མཛུབ་མོའི་གསེབ་ནས་ཡལ། ང་འཇུས་པའི་ལག་པ་སྒྲོད་མ་ཐག་ཙ་སྦྲོན་གྱི་མགོ་བོ་ངའི་དཔུང་ཐོག་ཏུ་ལྷུངས།

ꣳ ꣳ ꣳ ꣳ ꣳ ꣳ ꣳ

ཅ་སྒྲོན་གྲོངས་དུས་སྨིན་པ་རེད། ཕུར་ཆོད་ཀྱིས་བཤད། སྐབས་དེར་ཕྱི་དྲོ་ཡོལ་ལ་ཉེ། ཞིང་ཁའི་སོ་ནམ་པ་རྣམས་གཅིག་མཇུག་གཉིས་མཐུད་དང་ཞིང་ཚོགས་ཐོག་ཏུ་ཕྱིན། ཉི་མ་ནུབ་རིར་ཕྱོགས་ཤིང་ཟེར་མདངས་མག་མོག་པ་ནི་དམར་ལམ་མེར་འཚེར་བའི་སྤྲིན་གསེབ་ཏུ་མེ་ཡི་འཕོར་ལོ་བཞག་པ་དང་འདྲ།

ཕུར་ཆོད་ཀྱིས་དགོད་བཞིན་ང་ལ་བལྟས། ནུབ་རིའི་ཉི་འོད་ཁོང་གི་གདོང་ལ་འཕྲོས་པས། རྣམ་རིག་དེ་བས་ཀྲུང་།

ཅ་སྒྲོན་གྲོངས་པ་ནི་སྨིན་པ་རེད། གྲོངས་དུས་བདེ་བདེ་ལྷོད་ལྷོད་དང་། གཙང་མ་གཙང་ཀྲུང་རེད། གྲོངས་དུས་ཅི་ཡང་བཞག་མེད། གྲོང་སྡེའི་བུད་མེད་འགའ་ཞིག་ནི་རོ་ས་འོག་ཏུ་ཡོད་ཀྱང་ད་དུང་གཏམ་སྣ་ཚོགས་ས་སྟེང་དུ་ལུས་ཡོད།

ངའི་མདུན་དུ་ཡོད་པའི་རྐད་པོ་འདིས་ཚིག་གཤིས་འདི་འདྲ་བ་ཞིག་གིས་ལོ་བཅུ་གྲངས་སྔོན་དུ་གྲོངས་པའི་རང་གི་ཆུང་མ་སྣེང་བས། ངའི་སེམས་ནང་སྨྲ་མི་ཐུབ་པའི་སེམས་ཚོར་དྲོན་མོ་ཞིག་ཁྲབ་པ་ནི། རྩྭ་སྔོན་བསིལ་རླུང་ཁྲོད་དུ་གཡོ་བ་འདྲ་ཞིང་། ངས་ལྷོད་འཇགས་ཀྱི་འཚོ་བ་རྒྱང་རིང་གི་རླབས་རིས་ལས་འགྱུལ་བ་མཐོང་།

ཕྱོགས་བཞིའི་མི་རྣམས་བྲལ་རྗེས་ཀྱི་ཞིང་ཁ་ནི་རྐྱང་ཤད་བྲིས་པ་ལྟར་སྟོང་ཞིང་། བལྟས་ཚོད་ལ་ཞིང་ཁར་མུ་དང་མཐའ་མེད། བཞུད་ཁའི་ཉི་འོད་འོག་ཏུ་ཞིང་ཁ་ལས་ཆུ་བོ་བཞིན་འོད་ལམ་ལམ་འཚེར། ཕུར་ཆོད་ཀྱིས་ལག་པ་པུས་མོའི་ཐོག་ཏུ་བཞག །མིག་ཟིམ་བུར་ང་ལ་བལྟ། ཁོང་ལ་ད་དུང་ཡར་

བཞེངས་སྙམ་པའི་བསམ་པ་མེད། ངས་ཁོང་གི་གཏམ་རྒྱུད་ད་དུང་རྫོགས་མེད་པ་ཤེས། ངའི་བསམ་པར་ཁོང་མ་བཞེངས་གོང་ལ་ཁོང་གིས་གཏམ་རྒྱུད་རྫོགས་པར་འཆད་ན་སྙམ།

ཁྲི་ལུས་ལོ་ཅི་ཙམ་རེད་དམ། ངས་ཁོང་ལ་དྲིས།

ཕུར་རྐོད་ཀྱི་མིག་ལས་ཡ་མཚན་པའི་འོད་ཟེར་འཕྲོས། ངས་སྐྱོ་གདུང་དང་སེམས་གསོ་གང་ཡིན་མ་ཤེས། ཁོང་གི་མིག་ཟླུང་ངའི་མགོ་ཐོག་ནས་རྒྱང་རིང་ལ་ཕྱོགས་ཏེ། འདི་ལྟར་སྨྲས།

ནམ་ཟླ་བཅོ་ཞག་བྱུས་ན། ད་ལོ་ཁྲི་ལུས་ལོ་བཅུ་བདུན་སོན།

ཅ་སྒྲོན་གྲོངས་རྗེས་ང་ལ་ཨར་ཞི་དང་ཁྲི་ལུས་གཉིས་ལས་མེད། ཨར་ཞི་ཡིས་མི་གཞན་སླུས་ཏེ་སྐལ་སློ་ཞིག་བཟོས། ཁྲི་ལུས་ཉིན་ལྟར་རང་གི་སྐལ་པར་འཁུར་བས། ཨར་ཞི་ལས་ཀ་བྱེད་དུས་དེ་བས་དཀའ་སྡུག་ཆེ། ཨར་ཞི་ནི་དངོས་རྫས་དཔོར་འདྲེན་བྱེད་མཁན་གྱི་དོས་སྐྱེལ་པ་ཞིག་རེད། ཨར་ཞི་ཡིས་ཁྲི་ལུས་སྐལ་པར་འཁྱེར་ནས་དངོས་པོ་བྱུར་བུར་ཁེངས་པའི་འཕོར་ཆུང་ཞིག་འཐེན་དགོས་པས། དབུགས་ཏལ་ཏེ་འཁྱིན་རྡུབ་དཀའ་བར་གྱུར། ད་དུང་ལུས་ཐོག་ཏུ་ཁྱུག་མ་ཞིག་འཁྱེར་བའི་ནང་ཁྲི་ལུས་ཀྱི་གཅིན་སྣན་སོགས་བཅུག །མཚམས་རེ་གནམ་ངོ་ཞན་པས་གཅིན་སྣན་སྐམ་གྱི་མེད་སྣབས། འཕོར་ཆུང་ཐོག་ཏུ་སྨྱུག་ཕྱུར་གཉིས་ཀྱིས་རྐང་པ་དང་གཅིག་གིས་གོས་རྫང་བྱས་ཏེ། དེའི་ཐོག་ཏུ་གཅིན་སྣན་སྐམ། རྫོང་གྲོང་གི་མིས་དེ་དག་མཐོང་བས་ཁྲེལ་དགོད་བྱེད། ཨར་ཞི་དང་མཉམ་དུ་ལས་ཀ་བྱེད་མཁན་དག་གིས་ཨར་ཞི་བསོད་ནམས་དམན་པ་ཟེར་པས། ཁྲེལ་དགོད་བྱེད་མཁན་དག་ལ་དམོད་མོ་འདི་ལྟར་འདེབས།

ཁྱོད་ཀྱིས་ད་དུང་ཁྲེལ་དགོད་བྱས་ན། ངས་ཁྱོད་དུ་ཞོར་བ་བྱེད།

ཁྲི་ལུས་ཀྱིས་སྐལ་སློའི་ནང་དུ་དུས་ན། ཨར་ཞི་ཡིས་ཁྲི་ལུས་ལྗོགས་པ་དང་གཅིན་པ་ཞོར་བ་གང་ཡིན་ཟེར།

དུ་སྐད་རིང་ན་ལྗོགས་པས་ལན། དུ་སྐད་ཐུང་ན་གཅིན་པས་རློན་རྒྱུང་ཆགས་པ་རེད། ཨར་ཞི་ཡིས་ང་ལ་བཤད།

དངོས་གནས་བདེན། ཁྲི་ལུས་ཀྱིས་གཅིན་པ་བཏང་རྗེས་ཨིན་ཨིན་ཞེས་དུས། ང་ནི་ཐོག་མར་དགོད་བཞིན་འདུག་སྐམ། བྱིས་པ་ཆུང་དུ་འདི་ལྟ་བུ

ཞིག་གིས་ཏུ་སྐད་མི་འདྲ་བ་ཤེས། དེ་ནི་ཨ་ཕར་སྙིང་ཉེ་བས་ཡིན་ཏེ། མྱུར་དུ་ཨ་ཕར་ཅི་ཞིག་བྱེད་དགོས་པ་ངོ་སྤྲོད་བྱས་པས། ཨར་ཞི་ཡིས་རྩོདས་ཚོད་བྱེད་མི་དགོས།

ཁྲི་ལུས་ལྟོགས་ན་ཨར་ཞི་ཡིས་འཁོར་ཆུང་ནང་དུ་བཞག་སྟེ། ནུ་མ་བསྣུན་བཞིན་པའི་བུད་མེད་འཚོལ་དུ་འགྲོ། སྔོར་ཟུར་གཅིག་སྦྲིད་དེ་གཉོམ་ཆུང་དང་འདི་ལྟར་ཟེར།

སྐུ་མཁྱེན། ཁྱིས་པ་འདི་ལ་ནུ་མ་ཞིག་བསྣུན་རོགས།

ཨར་ཞི་ནི་ཁྱིས་པའི་ཨ་ཕ་གཞན་དང་མི་འདྲ། ཁྱིས་པ་ལྟ་བཞིན་འཚར། ཨར་ཞིའི་བསམ་པར་ཁྲི་ལུས་སྐལ་པར་འཕུར་བཞིན་རྒུང་ལྷི་སྣང་སྙེར་ན། ཁྲི་ལུས་སླར་ཡང་རྒུང་ཟད་འཚར་བ་ཤེས་པས། སེམས་ནང་རབ་ཏུ་དགའ།

ཁྲི་ལུས་སླར་ཡང་ལྷི་རུ་ཕྱིན། ཨར་ཞི་ཡིས་ང་ལ་སྨྲས།

ང་རྫོང་གྲོང་དུ་ཁོ་གཉིས་ལ་བལྟ་བར་ཕྱིན། རྟག་པར་ཨར་ཞི་ཡིས་འཁོར་ཆུང་འཐེན་བཞིན་རྟལ་ཆུ་ཁྲུམ་ཁྲུམ་དང་ཁྲོམ་གཞུང་དུ་འགྲོ་བ་མཐོང་། ཁྲི་ལུས་ནི་སྐལ་སྣེའི་ཐོག་མགོ་བོ་ཆུང་ཆུང་ཐོན་ཙམ་ཐོན་ཙམ་བྱེད། ངས་ཨར་ཞི་དགའ་སྤུག་ཆེ་བ་མཐོང་ནས་ཁྲི་ལུས་ངས་ཉར་བའི་གྲོས་མགོ་བཏོན་མོད། ཨར་ཞི་ཡིས་ཁྱིས་པ་རྒུང་ཙམ་འཚར་བ་མཐོང་བས། ཁས་ལེན་མ་བྱས།

ཨ་ཕ། ངས་ཁྲི་ལུས་སློས་གཏོང་བྱེད་མི་ཐུབ། ཨར་ཞི་ཡིས་ང་ལ་སྨྲས།

སྐབས་ལེགས་པ་ཞིག་ལ་ཁྲི་ལུས་མྱུར་བར་འཚར། ཁྲི་ལུས་ཀྱིས་གོམ་པ་སྤོ་ཤེས། ཨར་ཞི་ཡང་སྐབས་ཇེ་བདེར་ཕྱིན། ཨར་ཞི་ཡིས་དངོས་ཟྋང་

འཕེབས་སྐབས་ཁྱི་ལུས་ཀྱིས་འཁྲིས་སུ་རྩེད་མོ་རྩེད་ཀྱི་ཡོད། ཕོར་ཆུང་འཛིན་དུས་ཁྱི་ལུས་ཕོར་ཆུང་ནང་དུ་བཞག །ཁྱི་ལུས་ཆེན་པོ་ཚགས་པས་ང་ཡང་སུ་ཡིན་མིན་ཤེས། ཁྱི་ལུས་ཀྱིས་ང་ལ་ཨ་ཕ་ཞེས་འབོད་པ་སེམས་ལ་བཟུང་། ང་རྫོང་གྲོང་དུ་ཕོ་གཉིས་ལ་བལྟ་བར་ཕྱིན་ན། ཕོར་ཆུང་ནང་གི་ཁྱི་ལུས་ཀྱིས་ང་མཐོང་མ་ཐག་སྐད་ཤུགས་ཆེན་པོས་འབོད་བཞིན་གདོང་ཨར་ཞི་ལ་ཕྱོགས་ཏེ་འདི་ལྟར་སྨྲས།

ཨ་ཕ། ཁྱོད་ཀྱི་ཨ་ཕ་སླེབས་སོང་།

བྱིས་པ་འདི་སྐལ་སློའི་ནང་དུ་ཡོད་དུས་ནས་མི་གཞན་ལ་གཤེ་ཤེས། ཁོང་ཁྲོ་ལངས་དུས་མཆུ་ཀྲབ་ཀྲབ་བྱེད་བཞིན་གདོང་དམར་པོར་གྱུར། སུས་ཀྱང་ཁྱི་ལུས་ཀྱིས་ཅི་ཞིག་སྨྲ་བ་མི་ཤེས། མཆིལ་མ་ཁ་ནས་ཐོན་དུས་ཨར་ཞི་ཡིས་ཅི་ཡིན་ཤེས།

ཡང་མི་གཞན་ལ་གཤེ་བཞིན་འདུག །ཨར་ཞི་ཡིས་ང་ལ་སྨྲས།

ཁྱི་ལུས་འགྲོ་ཤེས་ཤིང་གཏམ་ཤོད་ཤེས་པ་ནས་དེ་བས་སྤྱང་གྲུང་འཛོམས་པར་གྱུར། བྱིས་པ་གཞན་གྱི་ལག་ན་ཅི་ཞིག་ཡོད་པ་ཤེས་ན། དགོད་བཞིན་ལག་གཡབ་བྱེད་བཞིན།

ཤོག །ཤོག །ཤོག་ཟེར།

བྱིས་པ་གཞན་རང་གི་མདུན་དུ་སླེབས་དུས་ལག་པ་བརྐྱངས་ཏེ། གཞན་གྱི་རྩེད་མོ་འཕྲོག་པར་བྱེད། གལ་ཏེ་གཞན་གྱིས་མ་བྱིན་ན་གདོང་གཤིས་བསྒྱུར་ཏེ། ཁྲོ་ཤིག་ཤིག་དང་ཕྱིར་སློད་བྱེད་བཞིན།

རྒྱུག །རྒྱུག །རྒྱུག་ཟེར།

འཇའ་ཚོན་མེད་པས་ཨར་ཞི་ནི་ཧླ་འཕྱུར་བ་ལྷ་བུར་གྱུར། རྒྱུན་གཏན་སྨྲ་བ་ཉུང་ལ། ད་ནི་འཇའ་ཚོན་མེད་པས་གཏམ་དེ་བས་ཉུང་བར་གྱུར། མི་གཞན་གྱིས་ཅི་ཞིག་སྨྲས་ཀྱང་ངོ་ཡ་ཞེས་གཏམ་ལན་བྱེད་ཁུལ་བྱེད། ང་དང་འཕྲད་ཚེ་སྐད་ཆ་ཅུང་མང་། ཁྲི་ལུས་ནི་ང་ཚོའི་སྲོག་གི་ཀ་བར་གྱུར། ཁྲི་ལུས་ནི་ཇི་ཙམ་ཆེན་པོ་འཚར་ན་དེ་ཙམ་གྱིས་འཇའ་ཚོན་ཇེ་འདྲར་འགྲོ། ཇི་ཙམ་གྱིས་འཇའ་ཚོན་འདྲ་ན་དེ་ཙམ་གྱིས་ངའི་སེམས་ལ་སྐྱོ་སྣང་སྐྱེ། ཨར་ཞི་ནི་མཚམས་རེ་ལྷ་བཞིན་ལྷ་བཞིན་མིག་ཆུ་ཤོར་ཁྲབས་བྱེད།

འཇའ་ཚོན་གྲོངས་ཏེ་ཡུན་རིང་སོང་། དེ་ལས་བསམ་རྒྱ་ཆེ་ཙམ་གྱིས། སྐྱུག་པོ་ངས་ཨར་ཞི་ལ་བསླབ་བྱ་བྱས།

དེ་ནས་ང་ཕ་ཡུལ་དུ་འགྲོ་དགོས་ཤིང་། ཨར་ཞི་ཡང་ལས་ཀར་འགྲོ་རན་པས། ང་ཚོ་མཉམ་དུ་ཕྱིན། ཕྱི་རོལ་དུ་སླེབས་མ་ཐག་ཨར་ཞི་ཡིས་ཀྱང་ལ་སྤྱུར་ནས་མགོ་བོ་དཀྱུགས་ཏེ་བྱ་འཕུར་བ་བཞིན་ཡོང་བ་ནི། མི་གཞན་གྱིས་རང་ཉིད་ངོ་ཤེས་པར་དོགས་ཟློན་བྱེད་པ་འདྲ། ཁྲི་ལུས་ནི་ཨར་ཞི་ཡིས་འཁྲིད་དེ་གོམ་སྟབས་འཕྱུར་འཕྱོར་བྱེད་བཞིན་ལུས་ཀྱང་གསེག་ལ་ཤོར། ངས་ཨར་ཞི་ལ་ཅི་ཡང་སྨྲ་མ་ཤེས་སོད། ཨར་ཞི་ནི་འཇའ་ཚོན་མེད་པས་དེ་ལྟར་གྱུར་པ་ཤེས།

ཁྱོད་ཀྱིས་དལ་བུར་བྱོས། ཁྲི་ལུས་བརྟབ་ལས་ཆེ། ཁྲིམ་མཚེས་ཀྱི་མི་དག་གིས་ཨར་ཞི་མཐོང་མ་ཐག་དེ་སྐད་སྨྲས།

ཨར་ཞི་ཡིས་ངོ་ཡ་ཟེར་སོད། སྔར་བཞིན་འཕུར་བ་ལྟར་འགྲོ། ཁྲི་ལུས་ནི་ཨ་ཕས་འཁྲིད་པར་སྐྲག་སྟེ་ལུས་པོ་ཕར་གཡོ་ཚུར་གཡོ་བྱེད་བཞིན། མིག་

ཧྲིལ་ཧྲིལ་བྱེད། སྐོར་དཀྱིལ་ཅིག་ཏུ་སླེབས་དུས་ངས་ཨར་ཞི་ལ་འདི་ལྟར་བཤད།

ཨར་ཞི། ང་ཡོག་གི་ཡིན།

ཨར་ཞི་ཡིས་ད་གཟོད་འགྲོ་མཚམས་བཞག །དཔྱང་པ་གཟིངས་ཙམ་བྱས་ཏེ་ང་ལ་བལྟས།

ཁྲི་ལུས། ང་ཡོག་གི་ཡིན།

ཁྲི་ལུས་ཀྱིས་ལག་པ་གཡུག་བཞིན་སྐད་འཚོར་པོས།

ཡོག་ན་འཁྲིག་ཟེར།

ང་ཁོམ་པ་ནམ་བྱུང་ལ་རྫོང་གྲོང་དུ་ཕྱིན། དེ་ལྟར་བྱས་ཀྱང་ང་ཁྱིམ་དུ་འདུག་བཟོད་མི་བདེ། ཁྲི་ལུས་དང་ཨར་ཞི་རྫོང་གྲོང་དུ་ཡོད་པས། ངའི་བསམ་པར་རྫོང་གྲོང་ནི་ངའི་ཁྱིམ་ཡིན་སྙམ། ཕ་ཡུལ་དུ་ཡོག་ན་མི་ཧྲེང་ཧྲེང་ཞིག་འདུག་བཟོད་མི་བདེ། ངས་ཁྲི་ལུས་ཕ་ཡུལ་དུ་ཐེངས་འགའ་འཁྲིད་ཡོང་། ཁྲི་ལུས་ལ་སྣང་བ་ཅི་ཡང་མེད་ཅིང་། དགའ་བཞིན་སྤྲོ་བཞིན་གྲོང་སྡེའི་གསེང་དུ་འགྲོ། ད་དུང་ང་ལ་ཞིང་སྐྱོང་གི་མཆིལ་པ་བཟུང་ཤོག་ཟེར། དེ་ལྟར་བྱས་ནས་བཟུང་དགོས་སམ་སྨྲས་པར། བྱིས་པ་འདིས་ཞིང་ལ་མཇུབ་མོ་བཙུགས་ཏེ་ན་རེ།

ཁྱོད་ཀྱིས་ཞིང་ལ་འཛོགས་དགོས་ཟེར།

ང་ཞིང་ལ་འཛོགས་ན་ཟགས་ངེས། ཁྱོད་ཀྱི་བསམ་པར་ང་ཤི་ན་བསམ་གྱི་འདུག་གམ། ངས་སྨྲས།

ཁྱོད་ཤི་མི་དགོས། ང་ལ་མཆིལ་པ་དགོས། ཁྲི་ལུས་ཀྱིས་སྨྲས།

ཕྲི་ལུས་ནི་གྲོང་སྡེར་གང་དགའ་གང་སྐྱིད་བྱུང་མོད། ཨར་ཞི་སེམས་ངལ་ཆེ། ཨར་ཞི་ནི་ཕྲི་ལུས་ཉིན་གཅིག་ཐུག་འཕྲད་མེད་ན་བཟོད་ཐབས་མེད། ཉིན་ལྟར་ལས་ཐག་བཞག་རྗེས། ངལ་དུབ་ཀྱིས་ལུས་ལ་ཟུངས་མེད་ཀྱང་ལེ་དབར་བཅུ་ལྷག་ཡོད་པའི་ལམ་བརྒྱུད་དེ་ཕྲི་ལུས་ལ་བལྟ་བར་ཡོང་། སླར་སང་ཞོགས་སྔ་པོ་ལངས་ཏེ་རྫོང་གྲོང་དུ་ལས་ཀར་འགྲོ། ངས་འདི་ལྟར་བྱས་ན་མི་ལེགས་སྙམ་སྟེ། རྗེས་སུ་མུན་མ་རུབ་གོང་ལ་ཕྲི་ལུས་རྫོང་གྲོང་དུ་བསྐྱལ། ཙ་སྒྲོན་ཡང་གྲོངས་པས་ང་ལ་སེམས་པའི་ལྷག་མ་མེད།

ཨ་ཕ། ཁྱོད་འདིར་སྡོད། རྫོང་གྲོང་དུ་སླེབས་དུས་ཨར་ཞི་ཡིས་ང་ལ་སྨྲས།

དེ་བས་ང་རྫོང་གྲོང་དུ་ཉིན་འགའ་བསྡད། ང་འདི་ལྟར་བསྡད་ན་ཨར་ཞིའི་བློ་བདེ་བ་ཡོད་པས། ཨར་ཞི་ཡིས་རྟག་པར་མི་གཉིས་ལས་མི་གསུམ་ལེགས་ཟེར་མོད། ང་ནི་ཨར་ཞི་ཡི་བཟའ་འདྲེ་བྱེད་མི་འདོད། ད་ལྟ་ངའི་རྐང་ལག་ཀྱང་བདེ་བས། དངུལ་གསོག་ཐུབ། ང་དང་ཨར་ཞི་ཡིས་དཀའ་ལས་བརྒྱབ་ན། ཕྲི་ལུས་ཀྱི་མི་ཚེ་དེ་བས་སྐྱིད་པ་ཡོང་ངེས།

དེ་ལྟར་འཚོ་བ་བསྐྱལ་ཏེ་ཕྲི་ལུས་ལོ་བཞིར་སོན་དུས་ཨར་ཞི་གྲོངས། ཨར་ཞི་ནི་ཨར་འདམ་པང་ལེབ་གཉིས་ཀྱི་བར་དུ་བཙུར་ཏེ་གྲོངས། དོས་སྐྱེལ་པ་ཟེར་བ་འདིར་ལྟོད་གཡེང་རྩུང་ཙམ་ཤོར་ན་རྨས་སྐྱོན་ཡོང་། འོན་ཏེ་རང་སྲོག་ཤོར་བ་ནི་ཨར་ཞི་ལས་མེད། ཞུད་ཚང་གི་མི་ཚང་མ་བསོད་ནམས་ཆུང་། དེ་ཉིན་ཨར་ཞི་ལ་སོགས་པའི་མི་འགའ་ཞིག་གིས་འཁོར་ཆུང་ནང་དུ་ཨར་འདམ་སྒྲུགས་བཞིན་ཡོད། ཨར་ཞི་ནི་ཨར་པང་གི་མདུན་དུ་ཡོད། འདེགས་འཁོར་གྱིས་ཨར་པང་བཞི་ཡར་བཏེགས། སྐྱོན་ཅི་ཞིག་བྱུང་

བ་མ་ཤེས། ཨར་པང་དེ་དག་ཨར་ཞི་ཡི་ཕྱོགས་སུ་ཡོ། སུས་ཀྱང་དེར་ཨར་ཞི་ཡོད་པ་མ་ཤེས།

ཁྲི་ལུས། ཨར་ཞི་ཡིས་གློ་བུར་དུ་བོས་པ་ཐོས།

ཨར་ཞི་ཡི་རོགས་ཟླ་རྣམས་ཀྱིས་ང་ལ་སློས་དོན། སྐད་ཆ་འདི་ཐོས་དུས་ཁོ་ཚོ་ཚང་མ་སྐྲག །ཨར་ཞི་ལ་སྐད་ཤུགས་ཆེན་པོ་དེ་ལྟར་ཡོད་པ་མ་དྲན། དེ་ནི་བྲང་ཁ་འགག་ལ་ཉེ་བ་བཞིན་པོས། ཁོ་ཚོས་ཨར་ཞི་མཐོང་དུས་ངའི་མག་པ་མགོ་དཀྱིག་དེ་ལྷ་ལམ་དུ་གཤེགས་ཟིན། ལུས་པོ་ཨར་པང་ཐོག་ཏུ་འཕྱུར། མགོ་དང་རྐང་པ་ཕུད་ལུས་ཡོངས་བཙིར་ཏེ། རུས་པ་ཆ་ཚང་བ་ཞིག་ཀྱང་མ་རྙེད། ཤ་ཁྲག་ལྡེ་གུ་བཞིན་ཨར་པང་ཐོག་ཏུ་འཕྱུར། ཁོ་ཚོས་ཨར་ཞི་གྲོངས་དུས་མཇིང་པ་གློ་བུར་དུ་སྔོང་པོར་གྱུར། ཁ་གདངས་པ་ཆེར་བགྲད་ཟེར། དེ་ནི་རང་གི་བྱིས་པའི་མིང་ནས་བོས་པས་རེད།

ཁྲི་ལུས་ནི་མི་རིང་བའི་ས་ན་ཡོད་པའི་རྫིང་བུའི་འགྲམ་དུ་ཆུ་རྩེད་རྩེ་བཞིན་ཡོད། ཁྲི་ལུས་ཀྱིས་ཨ་ཕ་མ་གྲོངས་སྔོན་དུ་རང་གི་མིང་ནས་འབོད་པ་ཐོས་པས། ཁ་བསྐོར་ཏེ་འདི་ལྟར་ལན་བཏབ།

ང་བོས་ཏེ་ཅི་བྱེད།

ཁྲི་ལུས་ཀྱིས་ཙུང་ཙམ་བསྒུགས་རྗེས་ཨ་ཕས་ མུ་མཐུད་མ་བོས་པས། མུ་མཐུད་ཆུ་རྩེད་རྩེ་བཞིན་བསྡད། ཨར་ཞི་སྨན་ཁང་དུ་སྐྱེལ་དུས་ཁྲི་ལུས་ཀྱིས་ཨར་ཞི་གྲོངས་པ་ཤེས།

ཁྲི་ལུས། ཁྲི་ལུས། ཁྱོད་ཀྱི་ཨ་ཕ་གྲོངས་སོང་། མི་ཞིག་གིས་གཞི་ནས་བཤད།

ཁྲི་ལུས་ཀྱིས་གྲོངས་པ་ནི་ཅི་ཡིན་མ་ཤེས་པས། ཁ་བསྐོར་ཏེ།

ཞེས་སོང་།

དེ་སྐད་སྨྲས་ཏེ་གཏམ་ལན་མེད་པར་སྐུ་མཐུད་ཆུ་རྩེད་ལ་རོལ།

དེ་དུས་ང་ཞིང་ཁར་ཡོད། ཨར་ཞིའི་ལས་རོགས་ཤིག་རྒྱུག་ཡོང་སྟེ་ན་རེ།

ཨར་ཞི་གྲོངས་ལ་ཉེ། སྨན་ཁང་དུ་ཡོད། ཁྱོད་མགྱོགས་མྱུར་ཤོག །

ཨར་ཞི་ལ་བར་ཆད་བྱུང་སྟེ། སྨན་ཁང་དུ་བསྐྱལ་བ་ངས་ཐོས་མ་ཐག་ང་དུ་ཤོར།

ཨར་ཞི་སྨན་ཁང་ལས་མགྱོགས་པོ་འཁྲིད་དགོས། སྨན་ཁང་དུ་འགྲོ་མི་རུང་། ངས་མི་དེར་བཤད།

མི་དེས་མིག་ཅེ་རེར་ལྟ་བཞིན་ང་སྨྱོའམ་སྙམ།

ཨར་ཞི་སྨན་ཁང་དུ་ཕྱིན་ན་སྲོག་ཤོར་སྲིད། ངས་བཤད།

ཡའུ་ཆིང་དང་འཇའ་ཚོན་གཉིས་ཀ་སྨན་ཁང་དེར་གྲོངས། ཨར་ཞི་ཡང་མཐའ་མ་དེར་གྲོངས། ཁྱོད་ཀྱིས་སེམས་དང་། མི་ཚེ་འདིར་ངས་ཤག་དེར་རོ་གསུམ་ཉལ་བ་མཐོང་། ནང་ངོས་ནི་ཉལ་ཐེངས་གསུམ་ག་ངའི་ཁྱིམ་མི་དག་རེད། ང་ལོ་རྒས་པས་འདི་དག་ཅི་ལ་བཟོད་ཐུབ། ང་ཨར་ཞི་ལེན་པར་འགྲོ་དུས་ཤག་དེ་མཐོང་མ་ཐག་ས་ཐོག་ཏུ་འགྱེལ། ང་ནི་ཨར་ཞི་དང་འདྲ་བར་སྨན་ཁང་ནས་འཁྱེར་ཡོང་།

ཨར་ཞི་གྲོངས་རྗེས་ངས་ཁྲི་ལུས་གྲོང་སྡེར་འཁྲིད་ཡོང་། རྫོང་གྲོང་ནས་བྲལ་བའི་ཉིན་མོར་ངས་ཨར་ཞི་ཡི་དངོས་པོ་རྣམས་ཁྱིམ་མཚེས་གཡས་གཡོན་ལ་བྱིན། རང་ཉིད་ཀྱིས་ཡང་ལ་འཁྱེར་བདེ་བ་འགའ་ཞིག་འཁྱེར། ངས་

ཁྲི་ལུས་འཁྲིད་དེ་ཡོང་དུས་མུན་ནུབ་ལ་ཉེ། ཁྲིམ་མཚེས་ཚང་མ་ང་ཁྲོམ་གཞུང་བར་དུ་བསྐྱལ་བར་ཡོང་།

རྗེས་སུ་ཡང་ཡང་བལྟ་བར་ཤོག །ཕོ་ཚོས་སྨྲས།

བྱིས་པ་འདིའི་བསོད་ནམས་དམན་པ་ལ། བུད་མེད་འགའ་ཞིག་གིས་དུས། ཕོ་ཚོས་ཁྲི་ལུས་ལ་བྱིལ་བྱིལ་བྱེད་བཞིན་སྨྲས།

ཁྲི་ལུས་ནི་ཕོ་ཚོའི་མིག་ཆུ་རང་གི་གདོང་ཐོག་བཞུར་བས་མ་དགའ་བར་གྱུར་ཏེ། ངའི་ལག་པ་ནས་ཤུགས་ཀྱིས་འཐེན་བཞིན། འགྲོ། འགྲོ། མགྱོགས་པོ་འགྲོ་ཟེར།

སྐབས་དེར་གནམ་ངོ་གྲང་བས། ངས་ཁྲི་ལུས་འཁྲིད་དེ་ཁྲོམ་གཞུང་དུ་ཕྱིན། གྲང་རླུང་ཙུར་ཙུར་དུ་ལྷང་། འགྲོ་བཞིན་འགྲོ་བཞིན་སེམས་པ་དེ་བས་སྐྱོ། སྔོན་ཆད་ཀྱི་བདེ་སྐྱིད་ལྡན་པའི་ཁྲིམ་ཚང་དེར་ད་ལྟ་རྒན་པ་གཅིག་དང་ཆུང་བ་གཅིག་ལས་ལྷག་མེད། སེམས་སྡུག་གིས་དབུགས་རིང་གཏོང་བཞིན་ལུས་ངལ་ཞིང་དུབ་པར་གྱུར། འོན་ཏེ་ཁྲི་ལུས་ལ་ལྟ་བཞིན་སེམས་ཀྱི་རྣམ་པ་རིམ་བཞིན་སོས། སྔོན་ཆད་བྱིས་པ་འདི་མེད། བྱིས་པ་ཡོད་ན་ཐམས་ཅད་ཡོད། མི་རྒྱུད་ཆུ་ལས་རིང་བ་མི་ཡོང་བའི་ངེས་པ་ཅི་ལ་ཡོད། མི་ཚེ་ག་ལེར་བསྐྱེལ་དགོས།

གཤར་ཐུག་ཁང་ཞིག་ཏུ་སླེབས་མ་ཐག་ཁྲི་ལུས་ཀྱིས་སྐད་གསངས་མཐོན་པོས་ན་རེ།

ང་གཤར་ཐུག་མི་འཐུང་ཟེར།

ངས་སེམས་སྡུག་བྱེད་བཞིན་བྱིས་པའི་གཏམ་སྣང་མེད་དུ་བཞག །སྒོ་

འགྲམ་དུ་སླེབས་དུས་ཁྲི་ལུས་ཀྱིས་སླར་ཡང་།

ང་གཤར་ཐུག་མི་འཐུང་།

དེ་སྐད་སྨྲས་རྗེས་ཁྲི་ལུས་ཀྱིས་ངའི་ལག་པ་སྣོད་དེ་མ་ཕྱིན། ངས་ད་གཟོད་ཁྲི་ལུས་གཤར་ཐུག་འཐུང་འདོད་པ་ཤེས། བྱིས་པ་འདིར་ཕ་མེད་ལ་མ་ཡང་མེད་པས། གཤར་ཐུག་འཐུང་འདོད་ན་སྟེར་དགོས་སྙམ། ངས་ཁོ་འཁྲིད་དེ་མར་བསྐྱོད། སྐར་མ་དགུ་སྲིད་དེ་ཐུག་པ་ཕོར་པ་ཆུང་བ་ཞིག་ཉོས། ངས་ཐུག་པ་འཐུང་བར་བལྟས། ཁྲི་ལུས་ཀྱིས་ཐུག་པ་འཐུང་བཞིན་མགོ་བོ་རྔུལ་ཆུས་ཁེངས། ཕྱིར་ཐོན་སྐབས་ལྕེ་ལེབ་ཀྱིས་མཆུ་བྱུར་འཛིབས་བཞིན།

སང་ཉིན་སླར་ཡང་འདི་བཟའ་བར་འཁྲིད་དང་ཟེར།

འགྲིག་གི་རེད། ངས་མགོ་ལྡུག་ལྡུག་བྱེད་བཞིན་བཤད།

རིང་པོ་མ་ཕྱིན་པར་ཀ་ར་ཚོང་ཁང་ཞིག་གི་མདུན་དུ་སླེབས། ཁྲི་ལུས་ཀྱིས་སླར་ཡང་ངའི་ལག་པ་ནས་འཇུས། མགོ་བོ་དགྱེ་སྐྱེ་ནན་ཏན་ངང་ན་རེ།

དངོས་གནས་བྱས་ན་ང་ད་དུང་ཀ་ར་ཤིན་ཏུ་བཟའ་སྙིང་འདོད་མོད། གཤར་ཐུག་བཟས་ཚར་བས། ད་མི་བཟའ་ཟེར།

བྱིས་པ་འདིས་ཐབས་ཤེས་གཞན་ཞིག་ལས་ང་ཀ་ར་ཉོ་རུ་འཇུག་པ་ངས་ཤེས། ངས་ལག་པ་སྣོ་ཁུག་ཐོག་འཆང་བས། སྐར་མ་གཉིས་ཐོན། མདོ་བསམ་ཅུང་ཟད་བྱས་ཏེ་སླར་ཡང་སྐར་མ་ལྔ་ཞིག་བཏོན་ཏེ། ཁྲི་ལུས་ལ་ཀ་ར་ལྔ་ཉོས།

ཁྲི་ལུས་ཁྱིམ་དུ་སླེབས་དུས་རྐང་པ་ཤིན་ཏུ་ན་ཟེར། ལམ་ཐག་རིང་པོ་དེ་འདྲ་ཞིག་ཕྱིན་པས་ངལ་བས་ཡོས་དུབ། ངས་ཁྲི་ལུས་ཉལ་དུ་བཅུག །རང་ཉིད་རྐང་པ་བགྲུ་བྱེད་ཀྱི་ཆུ་བསྐོལ་བར་ཕྱིན། ཆུ་འཁོལ་ཏེ་ཚུར་སླེབས་དུས་

ཁྲི་ལུས་གཉིད་དུ་ཡུར། ཕྱིས་པ་འདིས་རྐང་པ་གཉིས་ཀྱང་ངོས་སུ་བཏེགས་ནས་ཉལ། ཕྱིས་པའི་ཚོགས་ཀ་འདི་མཐོང་བས་ང་གད་མོ་ཤོར། རྐང་པ་ན་བས་ཀྱང་ངོས་སུ་བརྐྱངས་ན་ཅུང་བདེ་བ་ཡོད། ཁྲི་ལུས་ཆུང་ཆུང་འདི་ལྟར་ཡིན་ཡང་རང་གིས་རང་ལ་ལྟ་སྐྱོང་བྱེད་ཤེས། དེ་མ་ཐག་ངའི་སེམས་པ་སླུར་སིལ་སིལ་དུ་གྱུར་ཏེ། ཕྱིས་པས་རང་གི་ཨ་ཕ་གཏན་ནས་མཐོང་མི་སྲིད་སྙམ།

དེ་ཉུབ་ང་གཉིད་དུ་ཡུར་སོད། སེམས་ནང་དངངས་འཚབ་ཆེན་པོ་ལངས། གཉིད་ལས་སད་དུས་ད་གཟོད་ཁྲི་ལུས་ཀྱིས་རྐུབ་ཆུང་ངའི་བྲང་ཁར་བཞག་པས་ལན་པ་ཤེས། ངས་ཁྲི་ལུས་ཀྱི་རྐུབ་ཆུང་ཕར་བཞག །ཅུང་ཞིག་མ་སོང་བར་ང་གཉིད་ཁུག་ལ་ཉེ་དུས། ཁྲི་ལུས་ཀྱི་རྐུབ་ཆུང་འགུལ་བཞིན་འགུལ་བཞིན་ངའི་བྲང་ཁར་བཞག །ངས་ལག་པ་བརྐྱངས་པའི་ཚོ་ད་གཟོད་གཅིན་པ་བཏང་བ་ཤེས། འོག་ཏུ་འཕོར་རྒྱ་ཆེ་ཙམ་ཞིག་བངས། ཕྱིས་པས་རྐུབ་ཆུང་ངའི་བྲང་ཁར་བཞག་པར་ལན་པ་ཅི་ཡོད། ངའི་བསམ་པར་བྲང་ཁ་མནན་འདོད་ན་མནན་དུ་ཆུགས་སྙམ།

ཉིན་གཉིས་པར་ཕྱིས་པས་ཨ་ཕ་དྲན། ང་ཞིང་ཁར་སོ་ནམ་བྱེད་བཞིན་ཡོད། བུ་ཞིང་ཚོགས་ཐོག་རྩེད་མོ་རྩེ་བཞིན་ཡོད། རྩེད་མོ་རྩེ་བཞིན་རྩེ་བཞིན་སློ་བུར་དུ་ང་ལ་དྲིས།

ཁྱོད་ཀྱིས་ང་ཕར་སྐྱེལ་ལམ། ཡང་ན་ཨ་ཕས་ང་ཚུར་ལེན་པར་ཡོང་ངམ།

ཡུལ་མི་རྣམས་ཀྱིས་ཚོགས་ཀ་འདི་མཐོང་བས་མགོ་བོ་གཡུག་བཞིན་ཕྱིས་པ་འདི་ཡ་ང་བ་ལ་ཟེར།

ཁྱོད་ལ་ལོག་ས་ཞིག་མེད། མི་ཞིག་གིས་བཤད།

ང་ལ་ལོག་ས་ཡོད། བུས་མགོ་བོ་གཡུག་བཞིན་ནན་ཏན་གྱིས་བཤད།

ས་སྒྲོད་ཙམ་ལ་ཁྲི་ལུས་ཀྱིས་ཨ་ཕ་ད་དུང་ཡོང་བ་མ་མཐོང་བས། དངངས་སྐྲག་ལངས། མཆུ་ཀྲབ་ཀྲབ་བྱེད་ཞོར་སྐད་ཆ་མགྱོགས་པོ་བཤད་པས། ངས་ཚིག་གཅིག་ཀྱང་མ་ཐོས། ངའི་བསམ་པར་བསྡིག་དམོད་བྱེད་བཞིན་ཡོད་སྙམ། དེ་རྗེས་ཁྲི་ལུས་ཀྱིས་མགོ་བརྟེགས་ནས།

གཡུག་ཞོག །ལེན་པར་མ་ཡོང་རུང་ཆོག །ང་བྱིས་པ་ཡིན་པས་འགྲོ་ལམ་ནི་ངོ་མི་ཤེས། ཁྱོད་ཀྱིས་ང་ཕར་སྐྱོལ་དང་ཟེར།

ཁྱོད་ཀྱི་ཨ་ཕ་ཁྱོད་ཚུར་ལེན་པར་ཡོང་མི་སྲིད། ངས་ཀྱང་ཁྱོད་ཕར་སྐྱེལ་ཐབས་བྲལ། ཁྱོད་ཀྱི་ཨ་ཕ་གྲོངས་པ་རེད། ངས་བཤད།

ངས་ཨ་ཕ་གྲོངས་པ་ཤེས། འོན་ཏེ་མུན་རུབ་ཀྱང་ང་ལེན་པར་མི་ཡོང་བ་ཅི་ཡིན། བུས་བཤད།

ངས་དེ་ནུབ་མལ་ཆས་ནང་དུ་བུ་ལ་ཨ་ཕ་ཇི་ལྟར་གྲོངས་ཚུལ་བཤད། ངས་མི་གྲོངས་ན་དུར་དུ་སྐྱས་དགོས། མི་གསོན་པོས་གཏན་ནས་མཐོང་མི་ཐུབ་ཅེས་བཤད། བུ་སྔོན་ལ་སྐྲག་འདར་བྱུས། དེ་ནས་ཨར་ཞི་སྙད་ཁྱེན་མཐོང་རྒྱུ་མེད་པ་ཤེས་ཏེ་ཨིན་སྦྲ་དང་བཅས་དུས། གདོང་ཆུང་དུ་ངའི་སྐེ་ལ་སྦྱར། མིག་ཆུ་ཚ་མོ་ངའི་བྲང་གཞུང་དུ་བཞུར། བུ་དུ་བཞིན་དུ་བཞིན་གཉིད་དུ་ཡུར།

ཉིན་གཉིས་ཀྱི་རྗེས་སུ་ངའི་བསམ་པར་ཁྲི་ལུས་ཨར་ཞི་ཡི་དུར་སར་བསྐྱལ་བར་འཁྲིད་དགོས་སྙམ། ངས་ཁྲི་ལུས་ཀྱི་ལག་པ་ནས་བཟུང་སྟེ། གྲོང་ནུབ་ཏུ་ཕྱིན། དུར་གང་ཞིག་ཆོ་བོ་དང་། དུར་གང་ཞིག་ཨ་མ། དུར་གང་ཞིག་

ཞང་པོའི་ཡིན་པ་གསལ་བཤད་བྱས། ངས་ད་དུང་ཨར་ཞི་ཡི་དུར་མ་བསྟན་གོང་དུ་ཁྲི་ལུས་ཀྱིས་རང་གི་མཛུབ་མོ་ཨ་ཕའི་དུར་ལ་བཙུགས་ཏེ།

འདི་ནི་ངའི་ཨ་ཕའི་རེད་ཟེར།

ང་དང་ཁྲི་ལུས་མཉམ་དུ་འཚོ་བ་ལོ་ཕྱེད་བསྐྱལ་རྗེས། གྲོང་སྡེར་ཁྲིམས་དུད་འགག་གཅང་བཏང་བས། འཚོ་བ་ཇེ་སྡུག་ཏུ་སོང་། དེད་ཚང་ལ་ཞིང་ཁ་མུའུ་ཕྱེད་བགོ་སྐལ་དུ་བྱུང་། ངས་སྔོན་ཆད་ལྟར་ཉིན་ལྟར་གྲོང་སྡེར་ལས་ཀ་ཉི་མ་གང་འཁྱོལ་བྱས། དཀའ་ལས་ཁག་ན་ངལ་གསོ་བྱས་ཆོག །འོན་ཏེ་ད་ལྟ་ཞིང་ཁའི་སོ་ནམ་གྱིས་ང་ལྷོད་པོར་མི་འཇོག །ངས་སོ་ནམ་མ་བྱས་ན། སུ་ཞིག་གིས་ཀྱང་ངའི་ཚབ་ཏུ་འགྲོ་མི་སྲིད།

ལོ་རྒྱས་ན་མི་ལ་བྱ་རྒྱུ་མེད། ཉིན་ལྟར་རྐེད་པ་ན། མིག་གིས་གསལ་པོ་མི་མཐོང་། སྔོན་ཆད་ཕྲག་རྒྱུག་ཐོག་སྔོ་ཚལ་འཁྱེར་ཏེ་ཇོང་གྲོང་དུ་ཕྱིན་ན། དབུགས་ཐེངས་གཅིག་ལ་སླེབས། འོན་ཏེ་ད་ལྟ་འགྲོ་བཞིན་འགྲོ་བཞིན་ངལ་གསོ་བྱས། ངལ་གསོ་བྱེད་བཞིན་འགྲོ་ཙམ་བྱས། ང་ནམ་མ་ལངས་སྔོན་གྱི་ཆུ་ཚོད་གཉིས་ཙམ་ལ་མ་ཕྱིན་ན། ཕྱིས་དྲགས་ཏེ་ཚལ་ཁྲོམ་དུ་ཚལ་མི་བྲིན་པས། ང་སྔ་ཙམ་ལངས་ཏེ་བསྐྱོད། འདིས་སྐྱིད་པོའི་གཉིད་དུ་ཡུར་བའི་ཁྲི་ལུས་རྨི་ལམ་གྱི་ཞིང་ཁམས་ནས་དཀྲོགས། ངས་ཁྲི་ལུས་ཡར་བསླངས་པས། ཁྲི་ལུས་ཀྱིས་ལག་པ་གཉིས་རྒྱབ་ཀྱི་སྙེ་པོར་འཇུས་ཏེ། མིག་ཕྱེད་གདངས་ཕྱེད་བཙུམས་བྱས་ཏེ་ངའི་རྗེས་སུ་ཇོང་གྲོང་དུ་ཡོང་། ཁྲི་ལུས་ནི་བྱིས་པ་བཟང་པོ་ཞིག་རེད། ཁྲི་ལུས་གཉིད་ལས་ཡོངས་སུ་སད་ན། ངའི་འཁྱེར་བའི་ཕྲག་རྒྱུག་ཐོ་སྐབས་རྟག་ཏུ་ངལ་གསོ་བ་མཐོང་ནས། ཁྲི་ལུས་རང་ཉིད་ཀྱིས་སྙེ་པོ་ལས་

ཚལ་རིལ་གཉིས་པང་དུ་བཏབ་སྟེ་ངའི་མདུན་དུ་འགྲོ། ད་དུང་ཕྱིར་མིག་བལྟས་ཏེ་འདི་ལྟར་ཟེར།

ཛེ་ཡང་དུ་ཕྱིན་ནམ།

ངའི་སེམས་དགའ་བར་གྱུར་ཏེ། ཛེ་ཡང་དུ་ལོས་འགྲོ་ཞེས་སྨྲས།

ཁྲི་ལུས་ལོ་ལྔ་སོན་དུས་ངའི་དཔུང་པ་གཡས་པ་ལྟ་བུའི་ལས་རོགས་སུ་གྱུར། ང་གང་དུ་ཕྱིན་ཀྱང་བུ་དེར་ཡོང་། ང་དང་མཉམ་དུ་སོ་ནམ་བྱས་ཏེ། ཁྲི་ལུས་ཀྱིས་བཙས་མ་ཡང་བཟ་ཤེས། ངས་དངུལ་སྤྲད་དེ། རྫོང་གྲོང་གི་མགར་བས་ཁྲི་ལུས་ལ་ཟོར་བ་ཞིག་བཟོ་རུ་བཅུག །ཉིན་དེར་ཁྲི་ལུས་ཤིན་ཏུ་དགའ། རྒྱུན་གཏན་ཁྲི་ལུས་རྫོང་གྲོང་དུ་འཁྲིད་ན། ཨར་ཞི་ཚང་གི་སྤྲང་ལམ་དུ་སླེབས་མ་ཐག་བྱ་འཕུར་བ་ལྟར་རྒྱུག་སྟེ་རང་གི་རྩེད་གྲོགས་འཚོལ་དུ་འགྲོ། ཛེ་ལྟར་བོས་ཀྱང་ལན་མི་སྟེར། ཉིན་དེར་ཟོར་བའི་སྐོར་གླེང་མ་ཐག་བུས་ངའི་གྲོན་པ་ནས་བཟུང་སྟེ། གཏན་ནས་མ་གློད། ང་དང་མཉམ་དུ་ཉིན་ཕྱེད་ཙམ་མགར་ཁང་དུ་བསྡད། མི་ཞིག་ནང་དུ་ཡོང་ན། ཁྲི་ལུས་ཀྱིས་ཟོར་བར་མཇུབ་མོ་བཙུགས་ཏེ།

འདི་ཁྲི་ལུས་ཀྱི་ཟོར་བ་རེད་ཟེར།

ཁྲི་ལུས་ཀྱི་རྩེད་གྲོགས་དག་གིས་རྩེད་ཟླར་བོས་མོད། ཁྲི་ལུས་ཀྱིས་མགོ་བོ་གཡུག་བཞིན་སྤོབས་པ་ཆེན་པོས་འདི་ལྟར་བཤད།

ད་ལྟ་ང་ཁྱོད་ཚོར་སྐད་ཆ་ཤོད་ཁོམ་མེད།

ཟོར་བ་བཟོས་ཚར་བས། ཁྲི་ལུས་ཀྱིས་གཉིད་ཉལ་དུས་ཀྱང་པང་དུ་བཏབ། ངས་དེ་ལྟར་བྱེད་དུ་མ་བཅུག་པས། འོ་ན་མལ་ཁྲིའི་འོག་ཏུ་འཇོག

ཟེར། ཞོགས་པ་གཉིད་ལས་སད་དུས་ཐོག་མར་མལ་ཁྲིའི་འོག་གི་ཟོར་བར་བལྟས། ངས་ཟོར་བ་སྦྲུ་མཐུད་སྤྱད་ན་ཇི་སྙོར་འགྲོ། མི་ཡིས་ལས་ཀ་ཧུར་ཐག་བྱས་ན་ཤུགས་ཇི་ཆེར་འགྲོ་ཞེས་སྨྲས། བྱིས་པ་འདིས་མིག་གདངས་ཏེ་ང་ལ་ཡུན་རིང་བལྟས་རྗེས། སློ་བུར་དུ་ན་རེ།

ཟོར་བ་ཇི་ལྟར་སྙོ་ན། ངའི་ཤུགས་དེ་ལྟར་ཆེ།

ཁྲི་ལུས་ཆུང་དྲགས་པས། བཙས་མ་ང་ལས་དེ་བས་འགོར། ཁྲི་ལུས་ཀྱིས་ངས་བཟ་བ་མཇུགས་པ་མཐོང་བས་མ་དགའ་བར་གྱུར། ང་ལ་ཕྱོགས་ཏེ་ན་རེ།

ཕུར་རྒོད། ཁྱོད་དལ་བུར་ཕྱོས།

ཡུལ་མི་རྣམས་ཀྱིས་ཕུར་རྒོད་ཅེས་འབོད་པས། ཁྲི་ལུས་ཀྱིས་ཀྱང་དེ་ལྟར་འབོད། སྤྱི་བོ་ཡང་ཟེར། ངས་རང་གིས་བཟས་པའི་བཙས་མ་དེ་དག་ལ་མཛུབ་མོ་བཙུགས་ཏེ།

འདི་དག་ནི་ཁྲི་ལུས་ཀྱིས་བཟས་པ་རེད་ཅེས་སྨྲས།

བུ་དགའ་བཞིན་དགོད་བཞིན་རང་གིས་བཟས་པའི་བཙས་མ་དེ་དག་ལ་མཛུབ་མོ་བཙུགས་ཏེ།

འདི་དག་ནི་ཕུར་རྒོད་ཀྱིས་བཟས་པ་རེད་ཟེར།

ཁྲི་ལུས་ལོ་ཆུང་བས་ངལ་ཞིང་དུབ་པ་ཡང་མྱུར། ལན་མང་པོར་ཞིང་ཚིགས་ཐོག་ཏུ་ཕྱིན་ཏེ་ཡུད་ཙམ་ཉལ་རྗེས་ང་ལ་འདི་ལྟར་སྨྲས།

ཕུར་རྒོད། ཟོར་བ་ལ་སྙོ་མི་གདའ།

དེ་ནི་རང་ལ་ཤུགས་མི་འདུག་ཟེར་བ་ཡིན། ཁྲི་ལུས་ཞིང་ཚིགས་ཐོག་ཏུ་

ཡུད་ཙམ་ཉལ། སླར་ཡང་ལངས་ཏེ་ངས་བཙས་མ་བཟ་བར་བལྟས། མཚམས་དང་མཚམས་སུ།

ཕུར་ཏོད། འཁྲབས་སྐྱེ་ཊང་འོག་ཏུ་བཟོ་མི་ཏུང་ཟེར།

སོ་ནམ་པ་གཞན་དག་ཀྱང་དགོད་ཤོར། ཏ་དཔོན་ཡང་བཀག ཏ་དཔོན་ཡང་ང་དང་འདྲ་བར་རྒས་སོང་། ད་དུང་ཡང་ཏ་དཔོན་རེད། ཏ་དཔོན་གྱི་ཁྱིམ་དུ་མི་མང་བས། ཞིང་ཨུའུ་ལྷ་བགོ་བཤའ་བྱུང་། ཏ་དཔོན་གྱི་ཞིང་ཁ་ངའི་ཞིང་ཁའི་འཁྲིས་སུ་ཡོད།

བྱིས་པ་འདི་དངོས་གནས་སྐད་ཆ་ཤོད་མཁས་པ་ལ་ཨང་། ཏ་དཔོན་གྱིས་སྨྲས།

འཇའ་ཚོན་གྱིས་སྐད་ཆ་ཤོད་མི་ཤེས་པས་ལན་པ་ཡིན་ངེས།

འཚོ་བ་འདི་ལྟར་དཀའ་ཞིང་སྡུག་སོང་། སེམས་པ་སྐྱིད། ཁྱི་ལུས་ཡོད་པས་མི་ཚེར་སྙིང་པོ་ཡོད། ཁྱི་ལུས་ཉིན་བཞིན་འཚར། སྤྱི་བོ་ང་ཡང་ཉིན་རེ་བཞིན་སྐྱོ་ཧྲེ་སྟོད་དུ་ཕྱིན། ས་སྤྲོད་ཙམ་ལ་ངེད་གཉིས་སྐོ་ཐེམ་ཐོག་བསྡད་དེ། ཉི་མ་བཞུད་པར་བལྟས། ཞིང་ཁ་ལས་འོད་དམར་ལྷམ་ལྷམ་ཞིག་འཚེར། ཡུལ་མི་རྣམས་ཀྱི་ལས་སླུའི་འགྱུར་ཁུག་རིང་མོ་ཉན། ཁྱིམ་དུ་གསོས་པའི་ཁྱིམ་བྱ་དེ་མོ་གཉིས་པོས་ཕར་འགྲོ་ཚུར་འགྲོ་བྱས། ངས་ངའི་ཨ་ཕ་འཚོ་ཞིང་གཞིས་དུས་གསུངས་པའི་གཏམ་དེ་ཡང་བསྐོར་བསྐྱར་བསྐོར་གྱིས་ཁྱི་ལུས་ལ་བཤད།

བྱ་དེ་གཉིས་པོ་ཆེན་པོ་ཆགས་ན་བྱ་གག་ཏུ་འགྱུར། བྱ་གག་ཆེན་པོ་ཆགས་ན་ལུག་ཏུ་འགྱུར། ལུག་ཆེན་པོ་ཆགས་ན་གླང་དུ་འགྱུར། ང་ཚོའི་འཚོ་བ་ཇེ་ལེགས་སུ་འགྲོ་ངེས།

ཁྲི་ལུས་ཀྱིས་ཐོས་རྗེས་ཧ་ཧ་ཞེས་བགད། ཚིག་དེ་དག་རང་གི་བློ་ལ་བཟུང་། ཁྲི་ལུས་ཀྱིས་བྱ་ཚང་ནས་དེ་མོ་འདོན་སྐབས་གཏམ་འདི་ཤོད་པ་ངས་ཐེངས་མང་ཐོས།

བྱ་སྒོང་མང་པོ་བྱུང་ན། ང་ཚོ་རྫོང་གྲོང་དུ་འཚོང་བར་འགྲོ།

དངུལ་མང་པོ་བྱུང་ན། ངེད་གཉིས་སླང་ཞིག་ཉོ་བར་འགྲོ ཁྱོད་ཀྱང་སླང་གི་སྐལ་པར་བཞོན་ཚོག །ངས་སྨྲས།

བྱ་དེ་སླད་དུ་འགྱུར། ཁྲི་ལུས་ཀྱིས་མིག་ཟུང་གྲུང་ཧྲིག་ཧྲིག་ངང་བཤད། དེའི་རྗེས་ནས་བཟུང་། ཁྲི་ལུས་ཀྱིས་སླང་ཉོ་བའི་ཉིན་མོ་དེ་བསྒུག །ཉིན་ལྟར་ཞོགས་པ་གཉིད་ལས་སད་མ་ཐག་ང་ལ་འདི་ལྟར་འདྲི།

ཕུར་རྒོད། དེ་རིང་སླང་ཉོ་བར་འགྲོའམ།

མཚམས་རེ་ངེད་གཉིས་རྫོང་གྲོང་དུ་བྱ་སྒོང་འཚོང་བར་ཕྱིན། ངའི་བསམ་པར་ཁྱིས་པ་འདི་བསོད་ནམས་དམན་སྐམ་སྟེ། ག་རེ་ཉོ་དགོས་བསམ་མོད། ཁྲི་ལུས་ན་རེ།

ག་རེ་གཅིག་གིས་ཚོག །ང་ཚོ་ད་དུང་སླང་ཉོ་དགོས།

མིག་བཙུམས་ཐེངས་གཅིག་ལ་ཁྲི་ལུས་ལོ་བདུན་སོན། ཁྱིས་པ་འདི་ཤུགས་ཀྱང་ཆེ། ལོ་འདིར་ཤིང་བལ་འཐུ་རན་སྐབས་གྲོང་སྡེའི་རྒྱང་སྒྲོག་ལས་ཉིན་གཉིས་པར་དྲག་ཆར་ཡོད་ཟེར། ང་རབ་ཏུ་སྐྲག །ངས་བཏབ་པའི་ཞིང་ཁ་མུའུ་ཕྱེད་ཀ་ཡོད་པ་ཡོངས་སུ་སྨིན་པས། དྲག་ཆར་བབས་ན་ངལ་བ་འབྲས་མེད་རེད། ངས་ཞོགས་པ་སྔ་པོར་ལངས། ཁྲི་ལུས་འཁྲིད་དེ་ཞིང་ཁར་ཕྱིན། དེ་རིང་ཤིང་བལ་བཏུས་ཚར་བ་བྱེད་དགོས་ཞེས་སྨྲས། ཁྲི་ལུས་

ཀྱིས་མགོ་བོ་འཕྱུར་བཞིན།

ཕུར་རྐོད། ང་མགོ་ཡོམ་ལྷོར་བཞིན་འདུག་ཟེར།

མགྱོགས་པོ། བཏུས་དང་། བཏུས་ཚར་ན་ཁྱོད་རྩེད་མོར་ཕྱིན་ཆོག །ངས་བཤད།

ཁྲི་ལྷུས་ཀྱིས་ཤིང་བལ་བཏུས། གང་ཙམ་སོང་རྗེས་ཁྲི་ལྷུས་ཞིང་ཚིགས་ཐོག་ཏུ་ཉལ། ངས་ཉལ་མི་རུང་ཞེས་བོས།

ང་མགོ་ཡོམ་ལྷོར་བཞིན་འདུག །ཁྲི་ལྷུས་ཀྱིས་སྨྲས།

ངའི་བསམ་པར་ཅུང་ཞིག་ཉལ་ཀྱང་ཆོག་སྙམ། འོན་ཏེ་ཁྲི་ལྷུས་གཏན་ནས་མ་ལངས། ང་ཅུང་ཁྲོས་ཏེ་འདི་ལྟར་སྨྲས།

ཁྲི་ལྷུས། དེ་རིང་ཤིང་བལ་བཏུ་མ་ཐུབ་ན་སྣང་ཡང་ཧོ་མི་ཐུབ།

ཁྲི་ལྷུས་ད་གཟོད་ཡར་ལངས་ཏེ།

ང་མགོ་ཡོམ་ཤུགས་ཆེན་ལྷོར་བཞིན་འདུག་ཟེར།

ངེད་གཉིས་ཀྱིས་ཉིན་དགུང་བར་ལས་ཏེ། ཤིང་བལ་ཞིང་ཁ་ཕྱེད་ཙམ་བཏུས་ཚར་བས། ངའི་སློ་ཧེ་བདེར་ཕྱིན། ངས་ཁྲི་ལྷུས་འཁྲིད་དེ་ཁྱིམ་དུ་ལོག་བཟའ་བར་ཡོག་པའི་ཚེ་ངས་ཁྲི་ལྷུས་ཀྱི་ལག་པར་རེག་མ་ཐག་ང་རེ་ཞིག་ཧད་པར་གྱུར། ངས་མྱུར་དུ་ཁྲི་ལྷུས་ཀྱི་མགོ་བོར་རེག་པས། ཚ་བ་ཧ་ཅང་རྒྱས། ངས་ད་གཟོད་ཁྲིས་པ་འདི་དངོས་གནས་ན་བ་ཤེས། ང་ནི་སླིན་ལྐུགས་རང་རེད། ད་དུང་ཁྲི་ལྷུས་ལ་ལས་ཀ་སྐུལ། ཁྱིམ་དུ་སླེབས་རྗེས། ངས་ཁྲི་ལྷུས་ཉལ་དུ་བཅུག །ཡུལ་མི་རྣམས་ཀྱི་ངག་ལ་བཅའ་སྨན་ནད་རིགས་བརྒྱ་རྩར་ཕན་ཞེས་གྲགས། ངས་སྨན་ཐང་ཞིག་གདུས། འོན་ཏེ་ཁྱིམ་དུ་ག་ར་མེད། རྩྭ་

བཏབ་ན་ཁྱི་ལུས་ཀྱི་མེད་པར་མི་འགྲོ་སྙམ་སྟེ། ཁྱིམ་ཚང་གཞན་ཞིག་ལ་ཀ་ར་ཕྲན་ཙམ་སློང་བར་ཕྱིན།

ཉིན་ཤས་ནས་འབྲུ་རིགས་བཙོངས་རྗེས། སྐྱིན་པ་སྤྲད་ཚོག །ངས་སྨྲས། མི་དགོས། སྐྱིན་ཚབ་མི་དགོས། ཁྱིམ་འཛིན་མ་དེས་བཤད།

ཁྱི་ལུས་ཀྱིས་ལྷ་ཐང་བཏུངས། ངས་སྐར་ཡང་འཕྲས་ཐུག་བསྐོལ་ཏེ། ཁྱི་ལུས་ཀྱིས་འཐུང་བར་བལྟས། ངས་ཀྱང་ལྟོ་བཟས། ལྟོ་བཟས་མ་ཐག་ང་ཞིང་ཁར་འགྲོ་དགོས་པས། ཁྱི་ལུས་ལ་འདི་ལྟར་སྨྲས།

ཁྱོད་ཀྱིས་གཉིད་ཐེངས་གཅིག་ཉལ་ན་སངས་དྲག་ཏུ་འགྲོ་ངེས།

སྒོ་ཕྱིར་ཐོན་རྗེས། ངས་ཇི་ལྟར་བསམ་ན་དེ་ལྟར་དུང་བ་ཆེ་རུ་ཕྱིན། ངས་སྨན་མ་ཁོག་མ་ཕྱེད་ཙམ་བཏུས་པ། ཁྱི་ལུས་ལ་བཙོས་ཏེ་ཚྭ་བཏབ། མལ་ཁྲིའི་འཁྲིས་སུ་ཡོད་པའི་རྐུབ་སྟེགས་ཐོག་སྨན་མ་བཞག་སྟེ་ཁྱི་ལུས་ཀྱིས་བཟའ་བར་སྐུལ། ཁྱི་ལུས་ཀྱིས་སྨན་མ་མཐོང་འཕྲལ་བགད།

ཁྱོད་ཀྱིས་སྨན་མ་མི་བཟའ་བ་ཅི་ཡིན། ང་འགྲོ་དུས་ཁྱི་ལུས་ཀྱིས་སྨྲས་པ་ཐོས།

ང་ས་སྲོད་ཙམ་ལ་ཁྱིམ་དུ་སླེབས། ཤིང་བལ་བཏུས་ཚར། ང་ངལ་བས་དུབ་སྟེ་ལུས་ཀྱི་རུས་སྦྲོམ་འཐོར་ཞིག་བྱེད་ལ་ཉེ། ཞིང་ཁ་ནས་ཁྱིམ་བར་གྱི་ལམ་དུམ་དེས་ཀྱང་ངའི་སྐྱིད་རྩ་རབ་ཏུ་འདར།

ཁྱི་ལུས། ཁྱི་ལུས། ང་ཁྱིམ་སྒོ་འཛུལ་མ་ཐག་བོས།

ཁྱི་ལུས་ཀྱིས་གཏམ་ལན་མ་བྱས། ངའི་བསམ་པར་བྱིས་པ་འདི་གཉིད་དུ་ཡུར་བ་རེད་སྙམ། མལ་ཁྲིའི་མདུན་དུ་སླེབས་དུས་ཁྱི་ལུས་ནི་ལུས་དཀྱོགས་

ཏེ་འདུག །ཁ་ཕྱེད་ཙམ་གདངས་པའི་ནང་ད་དུང་ཞླལ་མ་ཐུབ་པའི་སྲན་ཇོག་གཉིས་འདུག །ཁ་དེ་མཐོང་མ་ཐག་ངའི་སྐད་པ་སྟོང་རྒྱང་ཆགས། ངས་ཤུགས་ཅི་ཡོད་ཀྱིས་ཁྲི་ལུས་ཀྱི་ལུས་དཀྲུགས་ཤིང་བོས་མོད། ལུས་ཡམ་ཡོམ་བྱེད་པ་ལས། ཁྲི་ལུས་ཀྱིས་གཏམ་ལན་མ་བྱས། ང་རབ་ཏུ་སྐྲག །མལ་ཁྲིའི་ཐོག་བསྡད་དེ་མནོ་བསམ་ཡུན་རིང་བྱས། ཁྲི་ལུས་ཤི་བ་མིན་ནམ་སྙམ། དེ་ལྟར་བསམ་མ་ཐག་ང་དབང་མེད་དུ་ངུ་ཤོར། ངས་སླར་ལུས་དཀྲུགས་བྱས་ཀྱང་གཏམ་ལན་མ་བྱས། ངའི་བསམ་པར་ཁྱིས་པ་འདི་དངོས་གནས་ཤི་བ་རེད་སྙམ། ངས་ཁང་པའི་ཕྱི་རོལ་དུ་རྒྱུག །གྲོང་སྡེའི་གཞོན་ནུ་ཞིག་མཐོང་བས་འདི་ལྟར་སྨྲས།

སྐུ་མཆེན། ཁྱོད་ཀྱིས་ང་ཚོའི་ཁྲི་ལུས་ལ་ལན་ཅིག་ལྟོས་དང་། ཁྲི་ལུས་གྲོངས་པ་འདྲ།

གཞོན་ནུ་དེས་ང་ལ་ཡུན་རིང་བལྟས་རྗེས། དེ་འཕྲལ་ངའི་ཁྱིམ་དུ་རྒྱུག །གཞོན་ནུ་དེས་ཁྲི་ལུས་དཀྲུག་དཀྲུག་བྱས་ཤིང་། ནྭ་བ་ཁྲི་ལུས་ཀྱི་སྣང་ཁར་སྦྱར་ཏེ་ཡུན་རིང་ཙམ་ཉན་རྗེས། ད་གཟོད་ན་རེ།

སྙིང་ལ་འཕར་ལྡིང་མི་འདུག །

ཡུལ་མི་མང་པོ་ཞིག་སླེབས། ངས་ཕོ་ཚོར་ཁྲི་ལུས་ལ་བལྟ་བའི་ཞུ་འབོད་བྱས། ཕོ་ཚོ་ཚང་མས་མགོ་བོ་འཕྱེད་དུ་གཡུག །

གྲོངས་ཟིན། ཕོ་ཚོས་ང་ལ་སྨྲས།

ཁྲི་ལུས་ནི་སྲན་མ་བཟས་དྲགས་ཏེ་སྦོས་ཤི་ཐེབས། ཁྱིས་པ་འདི་ཟས་ལ་ཧམ་པས་མིན། ངེད་ཚང་ཁྱིམ་ཕྱོགས་ཞན་པས་རེད། གྲོང་སྡེའི་ཁྱིས་པ

ཐམས་ཅད་ཀྱི་འཚོ་བ་ཕྱི་ལུས་ལས་ལེགས། ཕྱི་ལུས་ལ་རྒྱུན་གཏན་སྨན་མ་ཚམ་ཡང་བཟའ་རྒྱུ་མེད། གློད་སྐྱུགས་ངས་ཕྱི་ལུས་ལ་སྨན་མ་མང་པོ་དེ་ལྟར་བཙོས། ང་རྒས་བཞིན་རྒས་བཞིན་ཧ་སྐྱུགས་ཧ་སྐྱུགས་སུ་གྱུར། མཐར་ཕྱི་ལུས་ཀྱང་མེད་པར་བྱས།

དེ་རྗེས་ཀྱི་འཚོ་བ་ང་མི་གཅིག་གིས་བསྐྱལ། ངའི་བསམ་པར་ད་ནི་ངའི་མི་ཚེ་རིང་པོ་མེད་སྙམ། འོན་ཏེ་ལོ་འདི་དག་རིམ་བཞིན་འདས། ང་ནི་སྔར་རྒྱུན་བཞིན་རྟག་པར་ཁེད་པ་ན་ཞིང་། མིག་གསལ་པོ་མེད་པ་ལས། རྣ་བ་གསངས་པོ་ཡོད། ཡུལ་མི་རྣམས་ཀྱིས་ཅི་ཞིག་སྨྲ་བ་ངས་མ་བལྟས་ཀྱང་སུས་ཅི་ཞིག་ཤོད་པ་ཤེས། ངས་མཚམས་རེ་མནོ་བསམ་བྱས་ན་སྐྱོ་ཤས་སྐྱེ། མཚམས་རེ་མནོ་བསམ་བྱས་ན་བག་ཕེབས། ངས་ཁྱིམ་མི་ཚང་མ་དུར་འཇུག་བྱས། ང་ངོ་མས་ཚང་མ་དུར་སྐྱོངས་བྱས། ཉིན་ཞིག་ང་ཁང་པ་རྩེང་དེར་ཤི་བའི་ཚེ་སུ་ལ་ཡང་སེམས་ཁྲལ་མེད། ངས་མནོ་བསམ་ཐོངས། ང་རང་ཉིད་ཤི་དུས་བདེ་བདེ་ལྷོད་ལྷོད་ངང་ཕྱིན་ན་འགྲིག །རོ་ལ་བདག་པོ་རྒྱག་མཁན་ཞིག་ནི་གྲོང་སྡེས་མི་གཏོང་བ་ཅི་ལ་སྲིད། དེ་ལྟར་མིན་ན་མི་ཤི་བའི་རུལ་དྲི་བཟོད་ཐབས་མེད། ངས་གཞན་གྱིས་ང་དུར་དུ་སྐྱས་པ་ངལ་བ་འབྲས་མེད་དུ་ག་ལ་གཏོང་། ངས་སྔས་མགོའི་འོག་ཏུ་སྒོར་བཅུ་བཞག་ཡོད། སྒོར་བཅུ་པོ་འདི་ང་ལྟོགས་ཤི་ཐེབས་ཅང་བེད་སྤྱོད་གཏོང་མི་སྲིད། ཡུལ་མི་རྣམས་ཀྱིས་སྒོར་བཅུ་པོ་དེ་ངས་རོ་ལ་བདག་པོ་བྱེད་མཁན་དེར་བཞག་པ་ཤེས་ལ། ཁོ་ཚོས་ང་ཤི་ན་ཅ་སྒྲོན་ཁོ་ཚོ་དང་མཉམ་དུ་འཛོག་དགོས་པ་ཡང་ཤེས།

མི་ཚེ་འདིར་མནོ་བསམ་བྱས་ན་ཧ་ཅང་མགྱོགས་ཤིང་མྱུར། མི་ཚེ་བདེ་

བདེ་ལྷོད་ལྷོད། ངའི་ཨ་ཕའི་བསམ་པར་ངས་མེས་པོའི་གཟི་བརྗིད་ལོན་སླམ་ཡང་། ཁོང་གིས་མི་ལ་བལྟ་མ་ཤེས། ང་ནི་ལས་འདི་འདྲ་ཞིག་རེད། གཞོན་དུས་མེས་པོས་བཞག་པའི་རྒྱ་ནོར་གྱིས་སྐྱིད་པོ་རྒྱགས་པ་ཡུད་ཙམ་བྱས། དེ་རྗེས་བསོད་ནམས་སྟོན་གྱི་ཆུ་ལྟར་བྲི། འོན་ཏེ་འདིར་མི་ལེགས་པ་ཅི་ཡང་མེད། ངའི་གཡས་གཡོན་གྱི་ལུང་ཨར་དང་ཁྲུན་ཧྲང་གིས་ཀྱང་རྗིག་པོ་རྒྱས་པོ་བྱས་མོད། མཐའ་མ་རང་གི་སྲོག་ཀྱང་ཤོར། མི་ཟེར་བ་འདིར་ཚོག་ཤེས་ཡོད་ན་ལེགས། དེ་རིང་འདི་རྩོད། སང་ཉིན་དེ་རྩོད་ན། མཐའ་མ་རང་སྲོག་ཤོར། ང་ལྟ་བུ་ཇི་ལྟར་འཚོ་ཡང་དེ་ལྟར་གོ་མི་ཆོད་ཅུང་། ཚེ་རིང་ཞིང་སྲོག་སྲུ། ངའི་ངོ་ཤེས་མང་པོ་རེ་རེ་བཞིན་གྲོངས་མོད། ང་ད་དུང་འཚོ་ཞིང་གཞེས།

ཁྲི་ལུས་གྲོངས་རྗེས་ཀྱི་ལོ་གཉིས་པར། ངས་སྣང་ཉེ་བའི་དཔུལ་རྣམས་གྲབས་གསོག་ཐུབ། ངས་ད་དུང་རང་ཉིད་ལོ་འགའ་འཚོ་སླམ་སྟེ་སྣང་ཞིག་ཉེ་དགོས་བསམ། སྣང་ནི་ཕྱེད་ཀ་མི་རེད། ང་ལ་སོ་ནམ་བྱེད་གྲོགས་ཙམ་མ་ཟད། ཁོམ་དུས་སྡོད་གྲོགས་ཤིག་ཀྱང་ཡོང་། སེམས་ལ་བསམ་པའི་གཏམ་དག་ཀྱང་སྣང་ལ་སྨྲས་ཆོག །སྣང་འཁྲིད་དེ་ཆུ་འགྲམ་དུ་རྩ་སྐྱེར་བར་ཕྱིན་ན། བྱིས་པ་ཞིག་འཁྲིད་པ་འདྲ།

སྣང་ཉོ་བའི་ཉིན་དེར་ངས་སྒོ་ཁུག་ཏུ་དཔུལ་འཁྱེར་ཏེ། བ་སྣང་ཉོ་ཚོང་ཁྲོམ་ར་ཆེ་ཤོས་དེར་ཕྱིན། ལམ་བར་དུ་གྲོང་སྡེ་ཞིག་བརྒྱུད་སྐབས་གཡུལ་ཐང་ཐོག་ཏུ་མི་མང་པོ་ཞིག་ལངས་པ་མཐོང་། ཕར་ཕྱིན་ཏེ་ལྟ་དུས་སྣང་རྐན་འདི་མཐོང་། སྣང་རྐན་འདི་ས་ཐོག་ཏུ་ཉལ། མགོ་བོ་དཀྱོགས་ཏེ་མིག་ཆུ་གཏོང་བཞིན་འདུག །འཁྲིས་སུ་མི་དཔུང་རྗེན་ཞིག་གིས་བཤན་

གྲི་བརྡར་བཞིན་ཡོད་པ་མཐོང་། མི་དེ་དག་གིས་བཤན་གྲི་ཇི་ལྟར་བསྡུན་ན་ལེགས་པའི་སྐོར་གླེང་། ངས་གླང་རྒན་འདིས་སེམས་སྐྱོ་པོ་དེ་ལྟར་དུ་བ་མཐོང་བས། སེམས་ནང་བཟོད་དཀའ་བར་གྱུར། བསམས་ཤིང་བསམས་ན་གླང་རྒན་འདི་དངོས་གནས་སྙིང་རྗེ། ཚེ་གང་དཀའ་སྡུད་ཁུར་བཟོད་ཀྱིས་ལས་ཀ་བྱས་ཅུང་། རྒས་ཤིང་འཁོགས་ཏེ་ཤུགས་མེད་པར་གྱུར་དུས་མི་རྣམས་ཀྱིས་བསད་དེ་ཤ་ཁྲག་ལོངས་སྤྱོད་བྱེད།

ང་གླང་རྒན་འདི་གསོད་པར་སེམས་ཀྱིས་མ་བཟོད་པས། གཡུལ་ཐང་ལས་བྲལ་ཏེ། བ་གླང་ཉོ་ཚོང་ཁྲོམ་རར་ཕྱིན། འགྲོ་བཞིན་འགྲོ་བཞིན་ཇི་ལྟར་བྱས་ཅུང་གླང་རྒན་འདི་སེམས་ནས་འདོར་མ་ཐོད། གླང་རྒན་གྱིས་རང་ཉིད་གསོད་པ་ཤེས་ཏེ་བཞུར་བའི་མཆི་མ་ས་ཐོག་ཏུ་ལྷུང་།

ང་འགྲོ་བཞིན་འགྲོ་བཞིན་ཇི་ལྟར་བྱས་ཅུང་བློ་མ་བདེ། དེ་ལས་ཐད་ཀར་གླང་རྒན་འདི་ཉོས་ཚོག་སྙམ། ངས་མྱུར་དུ་ཕྱིར་ལོག །གཡུལ་ཐང་དུ་ཕྱིན། པོ་ཚོས་གླང་རྒན་གྱི་རྐང་པ་ཐག་པས་བཀྱིགས། ངས་འཚང་ཁ་བྱས་ཏེ་བཤན་གྲི་ཐོགས་པའི་སྐྱེས་པ་དེར་འདི་ལྟར་བཤད།

འཁྱིག་སོང་། འཁྱིག་སོང་། གླང་རྒན་འདི་ང་ལ་འཚོང་རོགས།

སྐྱེས་པ་དཔུང་རྗེན་དེས་གྱི་དངོར་ལྟ་བཞིན་ང་ལ་ཡུན་རིང་བལྟས་རྗེས་ན་རེ།

ཁྱོད་ཀྱིས་ཅི་ཟེར།

ང་གླང་རྒན་འདི་ཉོ་འདོད། ངས་བཤད།

ཁོས་ཧེ་ཧེ་ཞེས་བགད། ཉེ་འཁྲམ་གྱི་མི་དག་ཀྱང་བགད། པོ་ཚོས་ང་

ལ་ཁྲིལ་བཤད་བྱེད་པ་ངས་ཤེས། ངས་སྒྲོ་ཁུག་ལས་དངུལ་བཏོན་ཏེ་ཁོའི་ལག་པར་བཞག །

ཁྱོད་ཀྱིས་རྩིས་དང་། ངས་བཤད།

སྐྱེས་པ་ཏད་དེ་ཙེ་རེར་ལུས། ང་ལ་བལྟ་ཙམ་བལྟ་ཙམ་བྱས། མཛིང་པ་འཕུར་ཙམ་འཕུར་ཙམ་བྱས།

ཁྱོད་ཀྱིས་ཉོ་བདེན་ཡིན་ནམ།

ངས་གཏམ་ཅི་ཡང་མ་སྨྲས་པར་ཙོག་པུར་བྱས་ཏེ། སླང་ཀན་གྱི་ཀང་པའི་བཀྱིག་ཐག་བཀྲོལ། ང་ཡར་ལངས་རྗེས་སླང་ཀན་གྱི་མགོ་བོར་བྱིལ་བྱིལ་བྱས། སླང་ཀན་འདི་བློ་རིག་བཀྲ་བས་ད་གཟོད་རང་ཉིད་འཆི་བ་ལས་བསྐྱབས་པ་ཤེས་ཏེ། མྱུར་བར་ཡར་ལངས། མིག་ཆུ་མ་བཏང་། ངས་འདོགས་ཐག་ནས་བཟུང་སྟེ་སྐྱེས་པ་དེར་འདི་ལྟར་བཤད།

ཁྱོད་ཀྱིས་གྲངས་ཤིག་རྩིས་དང་།

སྐྱེས་པ་དེས་མིག་མདུན་དུ་ཡོད་པའི་དངུལ་གྱི་མཐུག་ཚད་ལས་མང་ཉུང་རྟོགས་པ་འདྲ། སྐྱེས་པ་དེ་ན་རེ།

བརྩི་མི་དགོས། ཁྱོད་ཀྱིས་སླང་ཀན་འཁྲིད་ཅོག །

ངས་སླང་ཀན་འཁྲིད་དེ་ཡོང་། ཁོ་ཚོས་ངའི་རྒྱབ་ཏུ་ཧ་ཧ་ཞེས་བགད།

དེ་རིང་ཚོང་ལམ་འགྲོ་ཆེ། ལམ་འགྲོ་ཆེ། ངས་རྒྱབ་ཕྱོགས་ནས་སྐྱེས་པ་དེས་སྨྲས་པ་ཐོས།

ངས་སླང་ཀན་འཁྲིད་དེ་ཡོང་སྐབས། སླང་ཀན་གྱིས་སྒྲོག་སྐྱབས་དྲིན་གཟོའི་ཚུལ་དུ། ལུས་པོ་ང་ལ་ཕྱོགས། སྙིང་ཉེ་མདོག་བྱེད།

ཁྱོད་ཀྱིས་སྔོན་ལ་འདི་ལྟར་བྱེད་མི་དགོས། ངས་ཁྱོད་ལས་ཀ་སྐྱུལ་ཆེད་དུ་འཁྲིད་པ་ལས། ཕ་མ་ལྟ་བུར་བཀུར་བསྟི་བྱེད་ཆེད་འཁྲིད་པ་ནི་མིན། ངས་བཤད།

ངས་སྤང་རྒན་འཁྲིད་དེ་རང་ཡུལ་དུ་ལོག །ཡུལ་མི་རྣམས་ལྟད་མོར་ཡོང་། ཁོ་ཚོས་ཁྱོད་ཀྱི་དེ་འདྲའི་སྤྲིན་རྟགས་ལ། སྤང་རྒན་ཞིག་ཉོས་ཏེ་ཅི་བྱེད་ཟེར།

ཕུར་རྒོད། ཁྱོད་ཀྱིས་ལྟོས་དང་། སྤང་རྒན་འདི་ཁྱོད་ལས་ཀྱང་ན་སོ་རྒན་པ་འདུག །མི་ཞིག་གིས་སྨྲས།

བ་སྤང་བརྟག་མཁན་དག་གིས་ཀྱང་སྤང་རྒན་འདིས་རིང་ན་ཡང་ལོ་གཉིས་གསུམ་ཙམ་ལས་མི་འགྱོལ་ཟེར། ངའི་བསམ་པར་ལོ་གཉིས་གསུམ་གྱིས་ཀྱང་ཆོག །ང་ཡང་དེ་སྲིད་བར་དུ་ཤི་ལས་ཆེ་སྙམ། འོན་ཏེ་ངེད་གཉིས་མཉམ་དུ་འཚོ་བ་དེ་རིང་བར་དུ་བསྐྱལ། ཡུལ་མི་རྣམས་ཡ་མཚན་ཞིང་ཧང་སངས། ཉིན་གཉིས་ཀྱི་གོང་དུ་ད་དུང་མི་ཞིག་གིས་ང་ཚོར་འདི་ལྟར་ཟེར།

ཤི་རྒྱུ་མེད་པ་འདི་གཉིས།

སྤང་རྒན་ཁྱིམ་དུ་སླེབས་པས་ངའི་ཁྱིམ་གྱི་གྲས་ཤིག་རེད། ངས་སྤང་རྒན་ལ་མིང་ཞིག་གདག་དགོས་སྙམ། ཇི་ལྟར་བསམ་ཡང་ཕུར་རྒོད་ཅེས་བཏགས་ན་ལེགས་སྙམ། མིང་ཕུར་རྒོད་དུ་གཏན་འཁེལ་བས་ངས་གཡས་བལྟ་གཡོན་བལྟ་ཇི་ལྟར་བྱས་ཀྱང་སྤང་རྒན་འདི་ང་དང་འདྲ་བར་ནང་སེམས་བདེ་སྐྱིད་ཀྱིས་ཁྱུག་པར་མཐོང་། རྗེས་སུ་ཡུལ་མི་དག་གིས་ཀྱང་ངེད་གཉིས་ཁ་ཅང་འདྲ་ཟེར། ངས་དགོད་བཞིན་སེམས་ནང་སྤ་ས་ནས་སྤང་རྒན

འདི་ང་དང་འདྲ་བ་ཞེས།

ཕྱུར་རྐྱེད་ལ་མི་ལེགས་པ་ཅི་ཡང་མེད། མཚམས་རེ་སྐྱིད་ལུག་ཙུང་ཟད་བྱེད་མོད། མི་ཡང་སྐྱིད་ལུག་གི་སྒྲིག་དུ་ཚུད་པས་སླང་རྐན་ལ་ལན་པ་ཅི་ཡོད། ངས་དུས་གང་ཞིག་ཏུ་སླང་རྐན་ལ་ལས་ཀ་བསྐུལ་དགོས་པ་དང་། དུས་གང་ཞིག་ལ་སླང་རྐན་ངལ་གསོ་དགོས་པ་ཞེས། ང་ངལ་བས་དུབ་ན་ངས་སླང་རྐན་ངལ་བས་དུབ་པ་ཞེས་ཏེ། ངལ་གསོ་བྱེད་དུ་འཇུག་བཞིན་ཡོད། ང་ངལ་གསོས་ཏེ་གྲུང་པོར་གྱུར་ན། སླང་རྐན་གྱིས་ཀྱང་ལས་ཀ་བྱེད་དགོས།

རྒད་པོས་དེ་སྐད་སྨྲ་བཞིན་ཡར་ལངས། རྒྱབ་སྙིང་གི་རྩལ་རྣམས་སྤྲུགས། ཆུ་རྫིང་འཁྲིས་ཀྱི་སྤྲང་རྒན་ལ་ཁ་གཏད་དེ་བོས། སྤྲང་རྒན་ཚུར་ཡོང་། རྒད་པོའི་འགྲམ་དུ་སླེབས་མ་ཐག་མགོ་བོ་སྒྲིད། རྒད་པོས་ཐོང་གཤོལ་ཕྲག་སྙིང་དུ་འཕུར། སྤྲང་རྒན་གྱི་འདོགས་ཐག་ནས་བཟུང་སྟེ་དལ་བ་དལ་བུར་ཕྱིན།

ཞུར་རྐོད་གཉིས་པོའི་རྐང་པར་འདམ་འདྲེས། ལུས་པོ་ཙུང་ཟད་འཁྱོར་བཞིན་འགྲོ། ངས་རྒད་པོས་སྤྲང་རྒན་ལ་འདི་ལྟར་སྨྲས་པ་ཐོས།

དེ་རིང་ཡཱུ་ཆིང་དང་ཨར་ཞི་ཡིས་ཞིང་ཁ་མཱུ་གཉིས་རྨོས། ཅ་སྒྲོན་དང་འཇང་ཚོན་གྱིས་སྐར་མ་བདུན་བརྒྱད་ཙམ་རྨོས། ཁྲི་ལུས་ཆུང་བས་མཱུ་ཕྱེད་ཀ་རྨོས། ཁྱོད་ཀྱིས་ཇི་ཙམ་རྨོས་པ་ངས་ཤོད་མི་དགོས། བཤད་ན་ངས་ཁྱོད་ལ་འཕྲུ་སློད་བྱེད་སྙམ་མོད། དྲང་པོར་བཤད་ན་ཁྱོད་ཀྱང་ལོ་རྒས། ཞིང་ཁ་འདི་ཙམ་རྨོས་པས་ལོས་ཆོག །ཁྱོད་ཀྱིས་ཀྱང་ཅི་ནུས་གང་ནུས་བྱས་སོང་།

རྒད་པོ་དང་སྤྲང་རྒན་ཐག་ཇེ་རིང་དུ་སོང་། ངས་རྒད་པོའི་གྲེ་བ་འཛེར་བའི་གླུ་སྒྲ་རྒྱང་རིང་ནས་ཐོས། རྒད་པོའི་གླུ་སྒྲ་ལྷང་ལྷང་གྲག་པ་ནི་ས་སྤྱོད་ཀྱི་རླུང་བུ་དང་འདྲ། རྒད་པོས་གླུ་འདི་ལྟར་བླངས།

གཞོན་དུས་ཡུལ་ལུང་གང་སར་ཕྱིན། བར་དུ་གཏེར་ཁ་འདོན་དགོས་བསམ། རྒས་དུས་དགོན་པར་གྲྭ་པ་བྱས།

ཉི་ནུབ་ཀྱི་ཁང་ཐོག་ཏུ་དུ་བ་སྔོ་ལྷོག་ལྷོག་ཏུ་འཕྱུར་ཞིང་། མཚམས་སྲིན་གྱི་འོད་ཟེར་ཕྱོགས་བཞིར་འཕྲོས་མཐར་བར་སྣང་དུ་ཡལ།

བུད་མེད་རྣམས་ཀྱིས་བྱིས་པ་གཉེར་བའི་དབྱངས་ཧ་གཅིག་འཇགས་

གཅིག་ལངས་བྱེད། སྐྱེས་པ་ཞིག་གིས་ལུད་དོང་འཁྱེར་ཏེ་ངའི་མདུན་ནས་ཕྲག་རྒྱུག་ལས་ཅེར་སྒྲ་སྒྲོག་བཞིན་ཕྱིན། དལ་བ་དལ་བུར་ཞིང་ཐང་ལྷིང་འཛགས་སུ་གྱུར། ཕྱོགས་ཐམས་ཅད་རབ་རིབ་ཏུ་གྱུར། མཚམས་སྤྲིན་རིམ་བཞིན་མཐོང་ཆོས་སུ་མ་གྱུར།

ངས་ས་སྤྱོད་སྐད་ཅིག་ཉིད་དུ་མུན་པར་འགྱུར་བ་ཤེས། སྨག་ངོ་གནམ་ནས་ཟུབ། ངས་གསེར་ལྷན་དགའ་མས་བྲང་གཞུང་རྗེན་པར་ཕུད་པ་མཐོང་། དེ་ནི་གཅེས་འཔོད་ཀྱི་ཚུགས་ཀ་ཡིན་ཏེ་བུད་མེད་རྣམས་ཀྱིས་རང་གི་བྱིས་པ་གཅེས་འཔོད་བྱེད་པ་དང་ཀུན་ནས་འདྲ་བར། གསེར་ལྷན་དགའ་མས་སྨག་གི་མུན་པར་གཅེས་འཔོད་བྱས། །

༡༩༩༢ལོའི་ཟླ་བ་༩པའི་ཚེས་༢༥པོ། །

འགྱུར་བྱང་།

འོ་སྐོལ་ལ་དུས་རབས་སྔ་མའི་ནང་ཕྱིན་པའི་རྩོམ་རིག་གི་ཤིང་རྟ་ཆེན་པོ་དགེ་འདུན་ཆོས་འཕེལ་དང་། དོན་གྲུབ་རྒྱལ་གྱིས་ཕལ་སྐད་ཀྱི་ལུགས་སུ་བྱས་ཏེ། སྙན་ངག་དང་བརྩམས་སྒྲུང་མང་དུ་མཛད་པས། དེང་རབས་བོད་སྐད་ཀྱི་མ་ལག་གྲུབ་པར་ལེགས་སྐྱེས་གཟེངས་སུ་ཐོན་པ་ཤུལ་ཡོད་ཅིང་། དུས་དེ་ནས་ཀྱང་དེང་གི་བར་བོད་སྐད་ཡིག་གི་བརྗོད་བྱ་རྗོད་བྱེད་ལ་འགྱུར་བ་མང་དུ་ཕྱིན་པ་ནི་ཀུན་གྱི་མཐོང་ཆོས་ཡིན། ལར་ཤེས་ནུས་ཀྱིས་ཐམས་ཅད་ལ་འགྲན་སློང་བྱེད་པའི་དེང་གི་དུས་འདིར། ཡིག་སྒྱུར་ཡང་ཤེས་ནུས་འཕྲུལ་བསྒྱུར་ནི་མི་ནུས་ཡིག་སྒྱུར་ལས་གྲངས་ཚད་དང་སྤུས་ཚད་གཉིས་ཀའི་ཆར་ལེགས་ངེས་པ་བཟློག་ཏུ་མེད་ན། སྐད་ཡིག་ཟུང་འཇུག་གི་བར་གསེང་ནས་ཡིག་འབྲུ་རེ་རེ་བཞིན་གཏགས་ཏེ། སྔོན་ཕྱིན་ལོ་པཎ་དག་གི་གཤེགས་ཤུལ་བསྐྱིག་པ་ནི་སྔོན་བསགས་ཀྱི་བསོད་ནམས་ཅི་ལ་མ་ཡིན།

འཚོ་གཞིས་ནི་ཡུས་ཧྭ་ཡི་དཔེར་མཚོན་བརྩམས་ཆོས་ཡིན་ཞིང་། བསྒྱུར་བྱའི་དཔེ་རྒྱུན་འདི་ནི་རྩོམ་པ་པོ་དཔེ་སྐྲུན་ཁང་གི་ཉིས་སྟོང་བཅུ་གཉིས་ལོའི་ཟླ་བ་བརྒྱད་པའི་པར་གཞི་གསུམ་པ་ཡིན་པ་གང་ཞིག་ཉིས་སྟོང་བཅུ་དགུ་ལོའི་ཟླ་བ་བདུན་པའི་པར་ཐེངས་བརྒྱ་དང་བཅུ་གསུམ་པའོ། །སྐྲ་བསྒྱུར་

དངོས་གཞིའི་སྐབས་སུ་དོན་བསྒྱུར་ཆེངས་སུ་བཟུང་སྟེ། ཚིག་སྦྱོར་སྣ་ཐབས་དང་། སོ་བ་བཙན་ཐབས། ཡིག་འགྲོས་གཙང་ཐབས་སུ་བྱས་ཤིང་། ཡིག་སྒྱུར་གྱི་ཡོ་བྱད་དཔེ་ཆ་གཙོ་བོ་དེང་རབས་བོད་སྐད་ཤན་སྦྱར་མིང་མཛོད་ལ་གཏུགས་པ་ཡིན། བརྩམས་ཆོས་འདི་ཉིད་ཀྱི་འགྲོ་དོན་འཕྲིན་ལས་འོ་སྐོལ་གྱི་རྩོམ་རིག་སྡེར་རྒྱས་ཐབས་ལ། མི་སྣ་གཙོ་བོ་དག་གི་མིང་སྒྲ་ཟུར་ཆགས་སུ་བཀོད་ཅིང་། ཆེད་ལས་བརྡ་ཆད་འགའ་ཞིག་ཀྱང་འོ་སྐོལ་གྱི་མཛོས་དཔྱོད་ལྟ་བ་དང་མཐུན་པར་བྱས་སོ། །བུ་ཡིག་ཡོངས་སུ་གྲུབ་རྗེས་ཐོག་མར་སྒྲ་བསྒྱུར་བ་ཉིད་ཀྱིས་སྔ་ཞུས་བར་ཞུས་ཕྱི་ཞུས་བཅས་སུམ་ཞུས་དང་། སླར་སློག་པ་པོ་དབང་པོ་རབ་འབྱིང་ཐ་གསུམ་གྱིས་ཚིག་ཞུས་ལན་རེ་བྱས་མོད། བུ་ཡིག་གི་བསྒྱུར་ཕྱུས་སྟོར་བས་རྗེ་ལེགས་སུ་གཏོང་ཆེད། སྐད་ཀྱི་ཆར་སློག་པ་པོ་དག་གིས་ཞིབ་འཇུག་གི་གྲུབ་དོན་དང་། ཤ་ཚའི་བསླབ་བྱ་ཆར་དུ་བསྙིལ་བར་མཁྱེན་མཁྱེན་ཞེས་ཀྱང་ཞུའོ། །

འདི་ལྟའི་བུ་ཡིག་ནི་གཙང་ལྗོངས་མྱང་སྟོད་འདོད་རྒྱ་དཔལ་འཁྱིལ་དུ་ལྟེ་ཁྲག་འཛོམས་ཤིང་། ཡབ་ཡུམ་བཟང་པོའི་དྲིན་གྱིས་དེང་རབས་སློབ་གསོ་རྫོགས་པར་མྱངས་པའི་བསྐལ་བཟང་ཅན། བླ་མེད་བཤེས་གཉེན་གྱི་ཐུགས་རྗེ་ལས་གསུང་རབ་བསྟན་བཅོས་ལ་ཐོས་བསམ་སྦྱོགས་རེ་བ་བྱས་ཤིང་། དེང་དུས་ཀྱི་ཚན་རིག་ཞིབ་འཇུག་ལ་སྤྲོ་བ་ཐན་ཐུན་ཡོད་པ། ཆུང་ནས་སྒྲུང་རབས་ཆེན་མོ་གླིང་སྒྲུང་སོགས་ཀྱིས་ནར་སོན་ཞིང་བརྩམས་སྒྲུང་བལྟ་བར་མོས་པ། དབུས་ཀྱི་སྐྱིད་ཆུ་སྔོན་མོའི་གྲུ་ཟུར་དུ་གཏོལ་མེད་དུ་འཁྱམས་ཤིང་རྒྱུ་བ། ཟོ་བཟང་མི་གཞིའི་རིག་གནས་སྨྲ་བའི་ཐོ་ཅོ་འཆང་བ་ཤར་ཆེན་ཉི་

མར་འབོད་པས་ཉིས་སྟོང་བཅོ་བརྒྱད་ལོའི་ཟླ་བ་བཅུ་གཅིག་པའི་ཡར་ཚེས་དགེ་བར་དགུ་བཙུགས་མོད། སྐབས་ཤིག་བཏང་སྙོམས་སུ་ལུས་ཀྱང་། མཐར་རབ་རྒྱན་ལྟུགས་ཀྱི་ལོའི་སྟོན་ཟླ་ར་བའི་སྐར་མ་རི་ཁི་འཚར་བའི་ཉིན་གཉིས་པ། སྤྱི་ལོ་ཉིས་སྟོང་ཉི་ཤུའི་ཟླ་བ་དགུ་པའི་ཚེས་བཅུ་སྟེ་དགེ་རྒན་དུས་ཆེན་གྱི་རྟེན་འབྲེལ་ཁྱད་པར་ཅན་ལ། གངས་ཅན་ས་ཡི་ཐིག་ལེ་དཔལ་གྱི་ཆོས་འཁོར་ལྷ་སར་རྫོགས་པར་བསྒྱུར་གྲུབ་པ་འདིས་ཀྱང་འོ་སློལ་གྱི་རྩོམ་རིག་བསྟན་པ་དར་ཞིང་རྒྱས་པར་གྱུར་ཅིག །།

དེ་ལྟར་འཚོ་བའི་སྣང་བརྙན་ཡིད་འཕྲོག་མ། །
དེང་རབས་བོད་སྐད་གཡུ་ཡི་གཙུག་རྒྱན་ཅན། །
རྗོན་པས་དོན་ཞགས་འཕེན་པའི་ནོར་བུ་འདི། །
ནོར་བཟང་གཞོན་ནུའི་སྙིང་གི་དགའ་མར་འབུལ། །

བཀྲ་ཤིས་དཔལ་འབར། ཞལ་ཏྲོ་གཡང་ཚགས།

འཚོ་གཞིས།

རྩོམ་པ་པོ།	ཡུས་ཧྭ།
བསྒྱུར་པ་པོ།	ཤར་ཚེན་ཉི་མ།
རྩོམ་སྒྲིག་འགན་འཁུར་བ།	ལྷག་པ་བཀྲ་ཤིས། བསོད་ནམས་དབང་རྒྱལ།
མཐའ་ཞུས།	བཀྲ་ཤིས་ཚེ་རིང་།
མདུན་ཤོག་མཛེས་འཆོས་པ།	ཞོགས་གླིང་།
པར་སྒྲིག་པ།	སྲིན་སྒྲོལ་མ།
དཔེ་སྐྲུན་འགྲེམས་སྤེལ།	བོད་ལྗོངས་བོད་ཡིག་དཔེ་སྙིང་དཔེ་སྐྲུན་ཁང་།
པར་འདེབས་ཚན་པ།	ཁྲིན་ཏུའུ་ཁྲོན་ཆོའོ་པར་འདེབས་ཚད་ཡོད་ཀུང་སི།
དེབ་ཚད།	850mm×1168mm 1/32
པར་ཤོག	9.938
པར་གྲངས།	01-3,000
ཡིག་གྲངས།	ཁྲི་18.7
པར་གཞི།	2025ལོའི་ཟླ་3པར་པར་གཞི་དང་པོ་བསྒྲིགས།
པར་ཐེངས།	2025ལོའི་ཟླ་3པར་པར་ཐེངས་དང་པོ་བཏབ།
དཔེ་རྟགས།	ISBN 978-7-5700-0978-7
རིན་གོང་།	སྒོར་23.00